U0066386

風雨談

（四）

復刻本說明

＊本期刊依《風雨談》合訂本全套復刻，為使閱讀方便，復刻本每三期為一冊，惟原書十七期以後頁數變少，復刻本第六冊為原書第十六期至第二十一期；復刻本的尺寸亦由原書的15×21公分，擴大至19×26公分。

＊本期刊因尺寸放大，但每期封面無法符合放大尺寸，故每期封面皆對齊開口，使裝訂邊的留白較多。

＊本期刊第一集書前加入導讀。

＊本期刊為復刻本，內文頁面或有少數污損、模糊、畫線，為原書原始狀況，不另註；唯範圍較大者，則另加「原書原樣」【原書原樣】，以作說明。

風雨談

第十期

風雨談

第十期

江山花草生詩夢，
風雨憂愁長道心。
石屏詩集

風雨談

第十期

中華民國三十三年三月

結婚十年

蘇青

六 養了一個女兒

賢送我到了家，公婆都笑顏逐開地，祗有杏英的臉上冷冰冰的。她說：「嫂子，恭喜你快養寶貝兒子了呀，我知道你一定會養個男的」。我的臉上不免紅了起來，心想：養兒子不是兒子怎麼可以担保得住呢？萬一我養了個……

明天賢又要回上海去了，夜裏我們全家坐在廂房裏閒談。賢的父親說：「我生平不曾做過缺德的事，如今懷青有了喜，養下來要是眞的是個小子，我想他名字就叫做承德如何？」於是婆婆說：「承德！承德好極了！懷青一定養男孩，因爲她的肚子完全凸出在前面，頭是尖的，腰圍沒有粗，身子在後面看起來一些也不像大肚子」。

杏英朝賢披披嘴，冷笑道：「養個男小子，才得意呢，將來他做了皇帝，哥哥，你就是太上皇，你的少奶奶就是皇太后了」。賢不自然地笑了笑，抬眼向我瞧時，我却皺了皺眉毛直低下頭去。

婆婆問我：「懷青，你是不是覺得肚臍眼一塊特別硬，時時像有小拳頭在撑起來，怪好玩，又怪難過的」？我微頷着，含羞地，頭再也抬不起來，祗偷眼瞧下婆婆的臉孔時，她在得意地笑了：「我知道她準是養小子！小子撑肚臍眼，丫頭祗摸腰，沿着娘腰圍癢癢的摸來摸去。

賢的父親摸了摸鬍子，滿臉高興，却又裝作滿臉正經的教訓賢道：「你以後還不快快用心呀，兒子也有了，可眞了不得！」賢似乎也訕訕的，答應又不是，不答應又不是。

歸寢的時候，賢給他們指定在書房裏睡，却又怕我獨宿胆小，叫杏英過來伴我一床臥，眞是糟糕！

我很想對着穿櫥上的大玻璃門照照自己的肚子是不是凸出在前面而且尖的，祗是礙着杏英不好意思，杏英也似乎一直在狠狠地釘着我，她的顴骨更高了，又粗又黃的頭髮亂蓬蓬地，像個鬼。

其民在那裏？賢在那裏？他們的聲音笑貌都遠了，祇丟下我一個人在陌生的家中，最親最愛的祇有腹中一塊肉，是男呢？還是女的？賢走後，公婆可待我眞好。天天爲我準備吃食，蹄筋，燉鴨，小鯽魚湯，巴不得把我喂得像個彌勒佛才好。吃飯的時候，菜上來，公公便說：「這個是補血的」。於是婆婆便趕緊移到我面前，省得我伸手向遠處夾菜，牽動臍帶。杏英賭氣不吃飯了，她說她頭痛；公公說：那末夜裏還是不要同我一床睡吧，萬一病人精神不定做惡夢一脚踢痛了我的肚子……謝天謝地，我總算可以安靜地臥在大紅木床上想一切了。

母親知道我回來了，也曾遣人好幾次來望我，而且帶來了不少吃食。她不敢接我歸寧，恐怕一不小心，弄壞了大肚子，可負不起責任，他叫人對我說：「靜靜的保養身體吧，生個胖小子，連外婆家也有面子呢？」

到了臨盆將近，賢也放暑假回家了，他仍舊宿在書房裏，連日間多在房中與我談一會，公婆都要藉故叫他出去，恐怕我們在白天幹那些不端的事。賢說：「養孩子眞討厭，瑞仙從結婚到守寡就從來沒有養過孩子」。我哭着同他吵：「你既然歡喜瑞仙，又幹嗎要娶我呢？我養了孩子就與你離婚！」

賢同我吵，他的父母就責罵他，因此杏英也處處敢怒不敢言了。還有黃大媽——賢家裏的一個老女傭——處處護着我，生怕我一不小心跌了，生怕我吃錯了什麼生冷的東西。

有一天，這麼的一天，母親揀個大吉大利的日子來替我「催生」了。先是差人來通知，隨後抬了兩杠花團錦簇的東西來，都是嬰兒用的，有襁褓，有小襪，有僧領黃布小襖，有葱白緞繡花嵌銀線小書生衣，書生帽也是緞製，有二條長的繡花的飄帶，我的孩子應該是個男的，像小書生，像他的爸爸——賢，但是不像我。

鄰居的人都來看催生衣帽，都說是外婆綉的，嘖嘖稱讚不絕。杏英又頭痛了，婆婆也不理她，祇自匆匆上樓去取了另外一個大紅包裹來，解開一看，裏面也盡是小衣小帽之類，這是她同黃大媽做的，在夜裏，一面驅蚊子，一面縫紉，她說外婆家衣服太講究了，祇好給寶寶大來些時出客穿，她們做了些布衫夾襖都是耐穿的，黃布是她親手染，她要瞧着寶寶穿到長命百歲。

承德，懷德，仁德……做祖父的天天在替將出世的孩兒想取名字，「德」字必不可少，德音同得，得了一個又一個，孩子自然愈多愈好。——但是他自己說他的願望並不太奢，他祇想有四個孩子，眼前最好先揀齊四個名字安放着。

但是那個叫做什麼德的却偏偏不來，初一，初二，初三，初四……一家人都緊張而興奮地等着，紅糖啦，長壽麵啦，桂圓啦，紅棗啦，愈送來愈多起來了，但是婆婆說快到月了不可吃，恐防孩子過肥難下來。我的肚子大得像鑊子，脚及小腿也浮腫起來，行動不便。

「養孩子該是怎麼痛苦呢？」我幾次老着臉皮問鄰居的婦人；但是她們都憂疑而裝作不甚嚴重的樣子告訴我道：「還…還好！…痛是痛一些，不過，還…還好！」我的心裏恐懼極了。

賢似乎並不替我担憂，他自己做下的事，都有他的父母替他担當，我是沒人能替我分些痛苦的，偌大的孩子，如何養下來，問也問不得！翻遍了「孕婦衞生常識，」與「育兒一斑」，祇不過是幾個術語，什麼陣痛什麼腹壓，幾乎是一律的，又沒有人說明，於是我想起了買這些書的人，有他在這兒也許能替我分些憂愁吧，雖然他對於這些當然也是外行些。他關心我，而這裏一切人似乎都是祇知道關心孩子的！

想到了他，我便翻來覆去睡不着了。當我剛轉身的時候，拍的一聲，小肚內似乎有東西爆烈了，接着一陣熱的水直流出來，我不禁大嚇一跳，直抖着喊黃大媽，黃大媽說不好了，這是胞水破了。

於是我便想坐起來，她叫我且不要動。她點了燈叫醒了我的婆婆，杏英也來凑熱鬧了，賢與他的父親去請西醫。於是鄰居婦人們都走了攏來，孩子們也有跟過來的，她們問我肚子痛不，我搖頭回說不痛。我的牙齒兒打着戰，兩眼望着滿房的人，似乎她們都是救星，都是親人，請你們千萬不要離開我呀！

但是西醫一到，便把她們都趕散了，她們祇在門縫邊瞧。西醫說請我暫且下床，他要把床鋪得好些，墊上草紙及白布單子。但是我抵死不肯下來，西醫說，養還早哩，放心起來吧，再三勸說，才把我抖索索地扶到房中央，肚子仍舊沒有痛。

床鋪好了，西醫叫我睡上去，先行下身消毒，消毒完畢，祇蓋上一層白布，裏面是光的，門外有人吃吃笑。西醫說，肚子不痛嗎？吃些熱的東西吧。婆婆回說參湯是備好的，懷青快些多喝幾口。

我一面戰戰兢兢地吃着參湯，一面心想這次又要完了吧：假如能夠讓我出險，寧願馬上離婚出去跟母親同住。賢像沒事似的，一切男人到了緊要關頭自己都像沒事似的讓痛和危險留給女人單獨去管了，卽使是其民，其民也不能替我痛肚子呀！慢慢的，肚子眞的痛起來了，可是不利害。醫生用手試了試，說，還早呢，起碼還要七八個鐘頭，我眞想哭了。我說：醫生，可否請你動手術呀？醫生搖搖頭，自去整理帶來的皮包，從皮包裏拿出許多亮晶晶的鋼製的東西，也許鍍着鎳，我是完了。肚子痛得利害起來，一陣過後，痛卽停止，不一會，却又痛起來了。後來痛的時候多，停的時候少，而且痛得更利害了，幾乎不能忍受，咬緊牙，扳住床杆，才得苦挨過去。西醫說，屁股不要動，但是我實在覺得非動不可，而且想撒尿，又想大便了。

西醫說：「你要大便，要遺在床上吧！」我搖頭不願，却也坐不起來，祇是扳住床杆迸陣，不，似乎在拚命。

賢站在床邊，愁眉苦臉地。我忽然起了憐惜之心，垂淚向他說：「請你快去睡吧，我沒有什麼。」他搖手止住我勿說話，似乎怕我吃力。

婆婆站在較遠處，擔心却又焦急地問西醫：「快了吧！」西醫搖頭說：「子宮開口還不大。」

但是我實在痛得不能忍受了，想要死，還是快死了吧！望一眼新房裏什物，簇新的，亮得耀眼的，許多許多東西，什麼都不屬於我了！我的媽媽，半年多不見了，以後也許見不到了吧，「媽媽！」我不禁大哭起來，迸陣又來了，西醫說：「孩子見頂了呢？」但是我息下來，兒頭又進去了。

這樣一次又一次的迸着，也不知過了多少時間，在我已有些迷惘，連恐懼悲哀的心思都沒有了，祇覺得週身作不得主，不知如何是好。痛不像痛，想大便又不能大便。像有一塊很大很大的東西，堵在後面，用力迸，祇是迸不出來。白布單早已揭去了，下身赤露着，不覺得冷，更不覺得羞恥。

我對賢說：「你去睡吧！」

賢說：「我要陪着你！」

我說：「假如我死了？」

他回答：「我一定畢生不娶！」

畢生不娶，我心裏想，恐怕瑞仙也容不得你吧！該是我倒霉，痛苦是我的，快樂幸福都要歸她去承受了。

結婚究竟有什麼好處！祇要肚子痛過一次，從此就會一世也不要理男人了。

可恨的孩子！可咒詛的生育！假如這個叫做什麼德的出來了，我一定不理他，讓他活活的餓死！

痛呀，痛呀，痛得好難忍受；起初是哭嚷，後來聲音低啞了，後來祇透不過氣來，後來連力氣也微弱了，醫生說：「剪吧」颼的一陣冷，裂開了似的，很大很大的東西出來些，再迸陣氣，便滑出來了，接着是哇哇的嬰兒哭聲。

我的眼睛緊閉着，下面似乎還有什麼東西未收拾乾淨，熱的血液又湧出去了，我想，不要流到孩子的眼睛裏去吧，於是有氣沒力的低喚道：「醫生…請你當心…當心孩子呀！」醫生更不答話，祇把我的腹部用力抓了幾抓，胞衣就下去了。

像解脫了大難似的，我的心中充滿了安慰。我祇覺得整個宇宙是澄清了，母親公婆，請你們恕我已往的不孝：賢呀，請你原諒我過去的不是處；甚至於杏英，甚至於瑞仙，我都要請你們寬恕我，我再也不同你們一樣的小心眼兒了。

我已有了孩子，我已有了最可寶貴的孩子呀！

有了孩子，無論是誰都要好好的做人，因爲天下的母親是最善良的。做了母親，善良便不難，她的心裏再純潔也沒有，祇有一個孩子，其他什麼也不要了，我再不敢想什麼櫻桃什麼………

哇啦，哇啦，我的孩子哭得好聽呀，聲音多宏亮！我雖沒有看見過他——電光照耀得使我不能睜眼—但是我相信他是健康的，美麗的，聰明的。他的名字便叫什麼德都好，就是頂俗頂粗頂蠢的字眼，做了我的孩子的名字，唸起來也就頂悅耳了，頂可愛了。跳躍呀，我的心在跳躍着，我的脚也幾乎要跳起來了，但是醫生按住我連不許動，他替我縫口，一針一針，痛徹心肝，但是我不嚷了，我祇迸住氣息在聽，起初是哇哇哭聲，後來哭聲中又夾着黃大媽聲音問：「老爺說的究竟是官官呢？還是小姑娘？」

西醫似乎在忙着不留心似的，半晌，這纔毫不經意地回答她道：「是女的！」

頓時全室中靜了下來，孩子也似乎哭得不起勁了，我心中祇覺得一陣空虛，不敢睜眼，彷彿慚愧着做了件錯事似的在偷聽旁人意見，有一個門口女人聲音說：「也好，先開花，後結子！」

另一個聲音道：「明年準養個小弟弟。」

婆婆似乎咳嗽了一聲，沒說話。

杏英衝進來站在我床前向西醫道：「可以給我瞧瞧吧，原來是女的，何不換個男孩？」

我躺在床上聽着聽着只覺得心酸。痛苦換來的結果，自己幾月來心血培養起來的傑作，竟給人家糟塌到如此地步！她的祖父也許現在嘆起了吧？也許以爲她的名字是什麽德也不配用，祇會叫做招弟也吧，領弟也吧，祇要圖個吉利便完事了。甚至於連忙碌了大半夜的西醫也像做了多餘的事情似的，誰都不需要他，認爲他多事，也有些惹厭，何必來揭幕呢？揭出這一幕不愉快的無聊脚色！

「青妹，請你好好的將息一下吧！」賢湊近我耳邊說。婆婆也敷衍一聲：「你再睡一忽兒」便出去了。賢及杏英是她叫去的，西醫自己回醫院去，黃大媽下廚房燒糖麵給我吃，床上睡着我與嬰兒兩個，她在我旁邊，我可以瞧得清，摸得出她的小臉：紅紅的，嫩得很，寬鬆的皮，頭髮烏黑而濕，眼睛微微睜開來，她在看些什麽呢？什麽人都不要她看，悄悄地溜跑了，房中祇剩她的媽媽！

我的女孩，我愛她，祇要有她在我的身旁，我便什麽都可以忍受，什麽都可以不管，就是全世界人類都予我以白眼，我也能夠獨自對着她微笑！

無上的快樂使我忘記了一切痛苦與不寧，我覺得我的女孩像一朵嬌紅的薔薇，我就替她取乳名叫做薇薇。

玉官（二）

落華生

三

一年底修業，玉官居然進了教。對於教理雖然是人家說什麼，她得信什麼，在她心中却自有她底主見。兒子已進了教堂底學塾，取名李建德，非常聰明，逢考必佔首名，塾師很喜歡他。不到兩年，他已認識好幾千字，英語也會說好些。玉官不久也就了「聖經女人」底職務，每天到城鄉各處去派送福音書，聖迹圖；有時對着太太姑娘們講道理。她受過相當的訓練，口才非常好，誰也說她不贏。雖然她不一定完全信她自己底話，爲辯論和傳教底原故，她也能說得面面俱圓。「爲上帝工作，物質的享受總得犧牲一點。」玉官雖常聽見洋教士對着同工底人們這樣說，但她對於自己底薪金已很滿意，加上建德在每天放學後到網球場去給洋教士檢球，因而免了學費，更使她樂不可支。這時她住也不用在福音堂後面底小房子，已搬回本宅去了。她是受條約保護底教民，街坊都有幾分忌畏她。住宅底門口換上信教底對聯：「愛人如己，在地若天。」門楣上貼上「崇拜眞神」四個字。廳上神龕不曉得被挪到那裏，但準知道她把神主束縛起來，放在一個紅口袋裏，懸在一間臥裏底半閣底梁下。那房門是常關着，很像神聖的樣子。她不能破祖先底神主，因爲她想那是大逆不道，並且於兒子底前程大有關係。她還有個祕密的底地方就是廚房灶底下。那裏是她藏銀子底地方。此外一間臥房是她母子倆住着。

不久，北方鬧起義和拳來了。城裏幾乎也出了亂子。好在地方官善於處理，叫洋人都到口岸去。玉官受洋主人底囑托，看守禮拜堂後底住宅。幾個月後，事情平靖了，洋主人回來，覺得玉官是個熱心誠信底人，管理底才幹也不劣，越發信任她。從此以後，玉官是以傳教著了名。在與人講道時，若遇見問難如「上帝住在什麼地方？」「童貞女生子，」「上帝若是慈悲，爲什麼縱容魔鬼到別處去害人，然後定被害者底罪？」等等問題，雖然有口才，她只能回答說，那是奧妙的道理，不是人智與語言所能解明底。她對於教理上不明白的地方，有時也不敢去請教洋教士們；間或問了，所得底回答，她也不很滿意。她想反正像教是勸人爲善，把人引到正心修身底道上，那管他信底是童貞女生子或石頭縫裏爆出來底妖精。她以爲神奇的事跡也許有，不過與爲善修行沒甚關係。這些祇在她心裏存着。至於外表上，爲要名副其實，做個遵從聖教底傳道者，不能不反對那拜偶像，敬神主，信輪迴，等等舊宗教，說那些都是迷信。她那本羅馬字底白話聖經不能啓發她多少神學的知識，有時甚至令她覺得那班有學問底洋教士們口裏雖如此說，心裏不一定如此信。她底裝束，在道上，誰都看出是特別黑布衣裙；一隻手裏永不離開那本大書；一隻手常拿着洋傘；一雙尖長的脚，走起來實足像母鵝底步伐。這樣，也難爲她，一天平均要走十多里路。

城鄉各處，玉官已經走慣了。她下鄉底時候，走乏了便在樹蔭底下歇歇。以後她底佈教區域越大，每逢到了一天不能回城底鄉村，便得在外住一宿。住底地方也不一定，有教堂當然住在教堂裏，而多半的時候却是住在教友家中。她爲人很和藹，又常常帶些洋人用過底玻璃瓶，餅乾匣，和些現成藥材，如金雞納霜，白樹油之類，去送給鄉下人。因此，人們除掉不大愛聽她那一套悔罪拜眞神底道理以外，對她都很親切。

因爲工作優越，玉官被調到鄰縣一個村鎭去當傳道，一個月許她回家兩三天。這是因爲建德仍在城裏唸書，不能隨在身邊，她得回來照料，同時可以報告她一個月底工作。離那村鎭十幾里底官道上不遠，便是她公婆底墓墳。她只在下葬底時候到過那裏，自入教以來，好些年就沒人去掃祭。一天下午，她經過那道邊，那忽然想起來，便尋找了一回，果然在亂草蒙茸中找着了。她教田裏農人替她斬除乾淨，到完工底時候已是黃昏時分，趕不上回鎭。四處底山頭都教晚雲籠罩住，樹林裏底歸鳥噪得很急。初夏底稻田，流水是常響着底。田邊底濕氣蒸着幾朵野花，顏色雖看不清楚，氣味還可以聞得出來。她拄着洋傘，一手提着書包，慢慢地踱進樹林裏那個小村。那村與樹林間着一條小溪，名叫錦鯉社，沒有多少人，因爲男丁都到南洋謀生去了。同時又是在一條官道上，不說是士商行旅常要經過，就是官兵，土匪，凡有移動，也必先臨，所以年來居民越少，剩下底只有幾十個老農和幾十個婦孺。教會在那裏買了一所破舊的大房子，預備將來修蓋教堂和學堂。玉官知道那就是用杏官入股底那間藥房底獻金買來底，當晚便到那裏去歇宿。

房子買過來雖有了些日子，却還沒有動工改建，只有一個看房底住在門內。裏面臥房，廂房，廳堂，一共十幾間。外門還有一所荒涼的花園。前門外是一個大魚池，天幾乎平岸。因為大靜，院子裏所有的聲音都可以聽見。在衆多聲音當中，像蝙蝠拍着房簷，輕風飄着那貼在柱上底殘破春聯，鑽洞底老鼠，撲窗底甲蟲，園後底樹籟，門前底魚躍，不慣聽見底人，在深夜裏，實在可以教他信鬼靈底存在。

看房子底是個四十左右底男子，名叫廉，姓陳。玉官是第一次來投宿。他問明了，知道她是什麼人，便給她預備晚飯。他在門外底瓜棚底下排起食具，讓玉官坐在一邊候着，因為怕屋裏一有燈光便會惹得更多蚊子飛進去。棚柱上掛着一盞小風燈，人面是看不清楚底。喫過晚飯以後，玉官坐在原位與陳廉閒談。他含着一桿旱煙，抱膝坐在門檻上。所談無非是房子底來歷，和附近鄉村底光景。他又告訴玉官那房子是凶宅，主人已在隔溪底林外另蓋了一座大廈，所以把它買掉。又說他一向就在那裏看房，後來知道是買給教會開學堂，本想不幹了，因為教會央求舊主人把他留到學堂開辦底時候，故此不得不勉強做下去。從他底談話知道他不但不是教徒，並且是很不以信教為然底。他原不是本村人，不過在那裏已經住過許久，村裏底情形都很熟悉。他底本業是挑着肉担，吹起法螺，經村過社，賣完了十幾二十斤肉，恰是停午。看房子是他底臨時的副業，他不但可以多得些工錢，同時也落個住處。村裏若是酬神演戲，他在早晨賣肉以後，便在戲台下排鹵味攤。有時他也到別的村鎮去，一去也可以好幾天不回。

玉官自從與丈夫離別以後，就沒同男人有過夜談。她有一點忘掉自己，彼此直談到中夜，陳廉才領她到後院屋裏去睡。他出來倒扣着大門，自己就在瓜棚底下打鋪。在屋裏底玉官回味方才底談話，閉眼想像燈光下陳廉底模糊的樣子，心裏總像有股熱氣向着全身衝動，躺在床上翻來覆去，直睡不着。她睜着眼聽外面許多的聲音，越聽越覺得可怕。她越是害怕，越覺得有鬼迫近身體。天氣還熱，她躺在竹床上沒蓋什麼。小油燈，她不敢吹滅它，怕滅了更不安心。她一閉着眼就不敢再睜開，因為她覺得有個大黑影已經站在她跟前。連蚊子咬，她也不敢拍，躺着不敢動，冷汗出了一身。至終還是下了床，把桌上放着底書包打開，取出聖經放在床上，口裏不歇地念乃西信經和主禱文，這教她底心平安了好些。四圍底聲音雖沒消滅，她已抱着聖經睡着了。一夜之間，她覺得被鬼壓得幾乎喘不了氣。好容易等到鷄啼，東方漸白，她坐起來，抱着聖書出神。她想中國鬼大概不怕洋聖經和洋禱文，不然，昨夜又何故不得一時安甯？她下床到門口，見陳廉已經起來替她燒水做早餐。陳廉問她昨夜可睡得好。玉官不敢說甚麼，只說蚊子多點而已。她看見陳廉底枕邊也放着一本小册子，便問他那是什麼書。陳廉說是易經，因為他也怕鬼。她恍然大悟中國鬼所怕底到底是中國聖書！

一夜底經過，使玉官確信世間是有鬼底。喫過早飯以後，身上覺得有點燒，陳廉斷定她是昨夜受了涼，她却不以為然。她端詳地看着陳廉，心裏不曉得發生了一種什麼作用，形容不出來，好像得着極大的愉快和慰安。他伺候了一早晨，不但熱度不退，反加上另一樣底熱在心裏。本來一清早，陳廉得把担子挑着到鎮裏去批肉。這早晨伺候玉官，已是延遲了許多時候，見她確像害病，便到鎮裏順便替她找一頂轎子把她送回城裏。走了一天多才回到家裏。她躺在床上發了幾天燒，自己不自在，却沒敢告訴人。

她想這也許是李家底祖先作祟，因為她常離家，神主沒人敬拜底原故。建德回家也是到杏官那邊去底時候多，自玉官調到別處，除教友們有時借來聚聚會以外，家裏可說是常關鎖着。她在床上想來想去，心裏總是不安，不由得起來，在夜靜底時候，從梁上取下紅口袋，把神主抱出來，放在案上。自己重新換了一套衣服，洗淨了手，拈着香向祖先默禱一回。她雖然改了教，祖先崇拜是沒曾改過。她常自己想着如果死後有靈魂存在，子孫更當敬奉他們。在地獄裏底靈魂也許不能自由，在天堂裏底應有與子孫交通底權利。靈魂睡在墓墳裏等着最後的審判，不是她所佩服底信條。並且她還有她自己的看法，以為世界末日未到，善惡底審判未舉行，誰該上天誰該入地，當然不知，那麼，世間充滿了鬼靈是無疑的。她沒曾把她這意思說過出來，因為聖經沒這樣說，牧師也沒這樣教她。她又想凡是鬼靈都會作威作福，尤其是惡鬼底假威福更可怕，所以袪除邪惡鬼靈底咒語圖書應常隨身攜着，家裏底祖先雖不見得是惡鬼，為要安慰他們，也非時常敬拜不可。

自她拜過祖先以後，身體果然輕快得多，精神也漸次恢復了。此後每出門，她底書包裏總夾着一本易經。她有時也翻翻看，可是怪得很，字雖認得好些個，意義却完全不懂！她以爲這就是經典有神祕威力底所在。敬惜字紙底功德，她也信。在無論什麼地方，一看見破字條，廢信套，殘書，斷簡，她都給檢起來，放在就近底倉聖爐裏。

四

忽忽又過了幾年，建德已經十來歲了。玉官被調到錦鯉去住，兼幫管附近村落底教務。建德仍在城裏，每日到教堂去上課，放學後，便同雅言一起玩。杏官非常喜愛建德，每見他們在一起，便想像他們是天配底一對。她也曾把這事對玉官提過，不過二人底意見不很一致。杏官底理想是把建德送到醫院去當學生，七八年後，出來到通商口岸去開間西藥房。她知道許多西醫從外邊回來底，個個都很闊綽。有些從醫院出來，開張不到兩年，便在鄉下買田置園，在城裏蓋大房子。這一本萬利底買賣，她當然希望她底未來女壻去幹。玉官底意見却有兩端。第一，牧師們希望她底兒子去學神道，將來當傳教士。第二，她自己仍是望兒子將來能得一官半職，縱然不能爲她建一座很大的牌坊，小小的旌節方匾也足夠滿她底意。關於第一端，杏官以爲聰明的孩子不應當去學神道，應當去學醫。至於第二端，她又提醒玉官說底教人不能進學，因爲進學得拜孔孟底牌位，這等於拜偶像，是犯誡底。基本的功名不能得，一官半職從何而來？在理論上杏官好像是勝一籌。可是玉官不信西藥房便是金鑛坑，她仍是希望她底兒子好好地念書，只要文章做得好，不怕沒有稟保。建德底前程目前雖然看不清，玉官與杏官底意見儘管不一致，二人底子女的確是像形影相隨；至終，婚約是由雙方底母親給定好了。

在建德正會做文章底時候，科擧已經停了。玉官對於這事未免有點失望，然而她還沒拋棄了她原來的理想。希望建德得着一官半職，仍是她生活中最强的原動力。從許多方面，她聽見學堂畢業生也可以得到擧人進士底功名，最容易的是到外洋游學。她請牧師想法子把建德送出洋去，牧師底條件是要他習神學，回來當教士。這當然不是她理想中兒子底前程。不得已還是把建德安置在一個學膳費俱免底教會學堂。那時這種學堂是介紹新知底唯一機關。她想十年八年後，她底積聚必能供給建德到外國去。因爲有人告訴她說，到美國可以半工半讀，勤勞些的學生還可以寄錢回家，祗要預備一千幾百底盤纏就可以辦得到。玉官這樣打定了主意，仍舊下鄉去做她底事情。

年月過得很快，玉官底積聚也隨着加增。因爲計算給建德去留學，致使她底精神弄得恍恍惚惚，日忘飲食，夜失睡眠。在將近清明底一個晚上，她得着建德病得很厲害底信，使她心跳神昏，躺在床上沒睡着，睡着了，又做了一個夢。夢見她公公婆婆站在她跟前，形狀像很狼狽，衣服不完，面有菜色。醒來，坐在床上，凝思了一回，便斷定是許多年還到公姑墳上去掃祭，也許兒子底病與這事有關。從早晨到下午，她想不什麼辦法。祭墓是底教人所不許底。紙錢，她也不能自己去買。她每常勸人不要費錢買紙錢來燒，今日底難題可落在她自己身上了！她爲這事納悶，坐不住，到村外，踱過溪橋，到樹林散步去。

自從錦鯉底福音堂修蓋好以後，陳廉已不爲教會看守房子，每天仍舊挑着肉担，到處吹螺。他與玉官相遇於林外，便坐橋上攀談起來。談話之中，陳廉覺得她心神好像有所惦罣。問起原因，才知道她做了鬼夢。陳廉不用懷疑地說她公婆本來並不信教，當然得用世俗底習慣來拜他們。若是不願意人家知道底話，在半夜起程，明天一早便可以到墳地。祭回再回城裏去也無不可。同時，他可以替她預備酒肉香燭等祭品。玉官覺得他很同情，便把一切預備底事交待他去辦，到時候在村外會他。住在鄉間底人們爲趕程底原故，半夜動身本是常事，玉官也曾做過好幾次，所以福音堂底人不大都理會。

月光蓋着底銀灰色世界好像只剩下玉官和陳廉。山和樹只伴着各底陰影，一切都靜得怪可怕的。能夠教人覺得他們還是在人間底，也許就是遠村裏偶然發出來底吠犬。他們走過樹下時，一隻野鳥驚飛起來，拍翅底聲，把玉官嚇得心跳肉顫，骨軟毛悚。陳廉爲破除她底恐怖，便與她並肩而行，因爲他若在前，玉官便跟不上；他若在後，玉官又不敢前進。他們一面走，一面談。談話底範圍離不開各人底家世。陳廉知道玉官是希望着她底兒子將來能夠出頭，給她一個好的晚景。玉官不却知道陳廉到底是個什麼人，因爲他不大願意說他家裏底事。他只說，他什麼人都沒有，只是賺多少用多少。這互述身世底談話剛起頭，魚白色底雲已經布滿了東方底天涯。走不多時，已到了目的地。陳廉爲玉官把祭品安排停當，自己站在一邊。玉官拈着香，默禱了一回，跪下磕了幾個頭。當下她定要陳廉把祭品收下自用。讓了一回，陳廉只得聽從，領着她出了小道，便各自分手。

陳廉站在路邊，看她走遠了，心裏想，像這樣喫教底婆娘倒還有些人心。他讚羨她底志氣，悲愍她底境遇，不覺嘆了幾口氣，挑着担子，慢慢地望鎮裏去。

玉官心裏十分感激陳廉，自丈夫去世以後，在一想起便能使她身上發生一種奇妙的感覺底還是這個人。她在道上祇顧想着這個知己，在開心底時候他會微笑，可是有時忽然也現出莊肅的情態。這大概是她想到陳廉也許不會喜歡她，或彼此非親非故所致罷。總之，假如「彼此爲夫婦」底念頭，在玉官心裏已不知盤桓了多少次，在道上幾乎忘掉她趕程回家底因由。幾次底玄想，幫助她忘記長途底跋涉。走了很遠才到一個市鎭，她便雇了一頂轎子。坐在裏頭，還玄想着。不知不覺早已到了家門，從特別響亮底拍門聲中知道她很着急。門一開，站在她面前底不是別人，正正確確地是她底兒子建德。她發了楞，說她兒子應當在床上躺着，因爲那時已經快到下午十點鐘了。建德說他並沒有病，不過前兩天身上有點不舒服，向學校告了幾天假罷了。其實她是戀上雅言，每常藉故回家。玉官一踏進廳堂，便是雅言迎出來，建德對他母親說虧得他底未婚妻每日來做伴，不然，眞要寂寞死了。這教玉官感激到了不得。建德順卽請求擇日完婚。他用許多理由把母親說動了。杏官也沒異議。於是玉官把她底積金提些出來，一面請教會調她回來城裏工作，等過一年半載再回原任。

舉行婚禮那一天，照例她得到教堂去主婚。牧師唸聖經祈禱，祝福，所有應有的禮節一一起過。回到家中，她想着兒子和新婦當向她磕頭，那裏想到他們只向她彎了彎腰。揖不像揖，拜不像拜！她不曉得那是什麼禮，還是杏官伶俐，對她說教會底信條記載過除掉向神以外，不能向任何人物拜跪，所以他們只能行鞠躬禮。玉官心想，想不到教會對於拜跪看得那麼嚴重，祖先不能拜已經是不妥，現在連父母也不能受子女最大的敬禮了！她以爲兒子完婚不拜祖先總是不對的，第四天一早趁着建德和雅言出門拜客底時候，她把神主請下來，叩拜了一陣，心裏才覺稍微安適一點。

五

自從雅言嫁到玉官家裏，一切都很和氣。玉官眞個享了些婆福，出外回來，總有熱茶熱湯送到她面前。媳婦是想不到地恭順，連在地上檢得一張紙條都交回給她。一見面便媽媽長媽媽短地問，把她老人家奉承得眉飛目舞，逢人便讚。

花無百日香，媳婦到底不是自家人，不到半年，玉官對於雅言有些厭惡了。原因是建德入了革命黨。她以爲雅言知道，沒勸他猶可說，連告訴她一聲都沒有。他同十幾個同志豫謀到同安舉事，響應武漢；不料事機不密，被逮了十幾個人，連他也在內。知縣已經把好幾個人殺了。這消息傳到玉官耳邊，急得她捶胸蹌地，向天號哭，一面向上帝祈禱，一面向祖先許願。她以爲媳婦不懂得愛護丈夫，連這殺頭大罪，也不會阻止他，教他莫去幹。她向着雅言一面哭，一面罵，罵得媳婦也哭起來。

玉官到牧師那裏，求他到縣裏去說人情，把兒子保出來。一面又用了許多銀子托人到縣裏去想法子。她底錢用夠了，也就有人出來證明建德是被誣陷。可不是嗎？他底年紀不過是十八九，懂得什麼革命呢？加以洋牧師到知縣面前面保，不好拒絕，恐怕惹出領事甚至公使底照會，不是玩的。當下知縣把建德提出來，教訓了幾句，命保人具結，當堂釋放。牧師摟着他，兩眼望天直禱告了一刻工夫。出了衙門，一面走，一面勸建德不要貪圖世間的功業，要獻身給天國。建德底入黨也是胡裏胡塗地，自思既然受了天恩，便當隨教會底意思，要怎樣便怎樣。牧師當然勸他去當牧師。於是在他畢業中學之後，便被送到一個神學校去。牧師又勸玉官說不要對於建德底將來太失望。他也許不能滿足她一切的期望，但她應當再求一個更高的理想，活在理想的世界裏。

玉官自從建德進神學以後，仍舊下鄉去佈道，只留着雅言在家。她底私積爲建德底婚事和官司用得精光，一想起來，那怨恨便飛到雅言身上。因此她一回家，媳婦雖然像往常那般奉承，她總免不了要挑眼，找岔。雅言常常受她底氣，不曉得暗地裏哭了多少次。這樣下去，兩人底感情便隨日喪失，竟然交口對罵起來。在玉官看來，媳婦當然是不孝，她想無論叫誰來評判，也要判雅言爲不孝。可是她沒想到凡事都有例外。第一，她底兒子並不這樣想。第二，她底親家姆也沒以她底女兒爲不然。她兒子一從學校回來，她沒別的話，一切怨惡底箭雅言發射，射得她體無完膚。兒子聽得受不了，教她裝聾扮啞。這樣倒使他母親把他也臭罵，說他不長進，聽媳婦底話，同媳婦一鼻孔出氣，合謀要氣死她。建德在家裏，最使她忿忿不平底是雅言躲在屋裏與兒子密談。她想兒媳婦若非淫蕩，便是長舌，這於家庭，於她自己，都是有害無利。到親家姆那裏去分會罷。她在氣不過底時候，總是這樣想。可是一到杏官那裏，她都沒得着同情的解答。她若說雅言親暱丈夫不招呼她，杏官便回答她，年輕的夫婦應當那樣，因爲聖經說夫婦應當合爲一體。況且她女兒嫁底是丈夫，不是婆婆。

又是一個時候，玉官在杏官面前囉嗦得沒開交，激覉了杏官，杏官便說她如果是眼紅兒媳婦與兒子親密，把她摻在一邊，沒人來理，爲何不去改嫁？她又勸玉官不要把雅言迫得太甚，因她女兒已經有娠，萬一有什麼差錯，她是不答應底。這把玉官氣得搥胸大哭，伸過手來，一巴掌便落在杏官臉上。這樣底「斷然處置」，當然不能使杏官忍受，兩個女人在緊張的情形底下不宣而戰。

交了兩三手，杏官一句話提醒了她，說她身爲佈道家，不能這般任性。玉官羞得滿臉漲熱，心裏底難受直如受了天上人間最酷的刑罰。她坐在一邊喘氣，眼淚源源地滴在襟前。慚愧的小心情迫着她向杏官求饒恕。杏官當下又安慰了她幾句。她將她自己作比，說她把丈夫丟了，把一個女兒丟了，也是這樣過活，萬事都依賴上天，隨遇而安，那就快活了。做人到不必斤斤於尋求自己底享樂受用，名譽恭敬，如她心裏想着子女無論如何是孝順的，他們也自然地不給她氣受了。

玉官出了杏官底門，心裏仍然有無限的愧恨。她還沒看出那「理想」底意義，她仍然要求「現實」，生前有親朋奉承，死後能萬古留芳，那才不枉做人。她雖走着天路，却常在找着達到這目的底人路。因爲她不敢確斷她是在正當的路程上走着。她想兒子和媳婦那樣不理會她，將來的一切必使她陷在一個很孤寂的地步。她不信只是冷清清的一個人能夠活在這世界裏。富，貴，福，壽，康，甯，最少總得攀着一樣。

到家裏，和衣躺在床上，雅言上前問好，她也沒理會，足足睡了一天一夜。她覺得她一切的希望都是空的，從希望，理想，想到實際，使她感到她現在的工作也沒意味。想透一點，甚至有點辜負良心。但是她又想回來，以爲造就兒子底前程就是她底良心。她底工作，勞力，也和用在其它的事業上一樣。主人要她怎樣做，她便怎樣做，主人要她怎樣說，她便怎樣說。她是一個職業的婦人，不是一個尼姑。不過兒子是她底，如今他像是屬於別的女人，不大受她統制，再也不須要她了。這使她底工作意義根本動搖。想來想去，還是得爲自己想。從自己想到她底亡夫，從亡夫又想到陳廉。她想到陳廉，幾乎把一切的苦惱都忘掉，好像他就是在黑洞裏底一盞引路燈，隨着它走，雖然旁的都看不見，都深信它一定可以引到一條出路。

她已決定辭掉女傳道底職業，跟着陳廉在村裏住。她想陳廉一定會答應底，因此寫了一封沒具理由底辭職書遞給傳道公會，洋姑娘來慰留她，問她到底爲什麼不滿意。她只是說不出來。用女人底心來猜女人，說不出來底不過是一兩件事而已。洋姑娘忖度玉官若非到鄉下傳教被不信的人們所侮辱，便是在隴陌間給暴徒傷害了她底淸白。這個，除掉祈禱以外，絕不能對外人聲張。她們禱告了半天，却也沒什麼結果。洋姑娘還是勸她權且担任下去，等公會開會來討論。

她回到錦鯉，一心要同陳廉說她這一點心事。因爲離社幾十里底一個村莊演戲賽會，陳廉到那戲台下賣滷味去了。等了一天，兩天，他都沒回來，以致她底心情時刻在轉動着。

五六天後，醮打完了，陳廉賺了些錢，很高興地回到社裏。他做了許多年底買賣，身邊有了夠上買幾十畝地底積蓄，都放在鎭上生利。大王廟口那棵樟樹有一條很粗的根露出地面一尺多高，往來底人們每坐在那上頭歇息。玉官出外回來也常坐在那裏與陳廉閒談。聽着隔溪底鳥聲很可以使人忘却疲倦。他坐在那裏正計算着日間底收入，抬頭看見玉官立卽讓坐，說了許多閒話，漸次談到他們倆人結合底事。這在陳廉方面是一件可詫異的事：喫教人願意嫁給世俗人。但是玉官把她底眞情說出來，說得陳廉也動了心。他說若是彼此成親，這社裏是不能住底，他可以把積蓄提出來，一同到南洋去做小買賣。

玉官一向不曾對陳廉說過她與家人不和底事情。陳廉是十幾年沒到過城裏去，所以玉官底實在光景，他也不大明瞭。還是他自己對玉官說他從前也住在城裏，因爲犯了些事，逃到錦鯉來。他把事情底原委說出來，玉官心裏想，那不就是杏官底事情嗎？她嘴裏雖沒說出來，從他說底妻子姓金，有兩個女兒底話推想起來，不是杏官是誰？玉官獨自忖度半晌，一言不發，陳廉看她發楞，以爲是在計畫到南洋底事情，也不細細問她。至終玉官站起來告訴他，彼此仔細想過，再作最後的決定。她怏怏地回到教堂，心裏盤算，這事是問明白好呢，還是由它呢。

陳廉本是個極反對信洋教底，自從在村裏與玉官認識以後，態度便漸漸變了。他雖不接近教會，然而一見玉官，每至談到不知時辰。他常說他從前的脾氣很壞，動不動就打人、一自來到鄉間，性格便醇了許多；自與玉官相識以後，更善得像羔羊一般。玉官到底有什麼法力能夠吸引他，旁人也不得而知。他安分營生，從來沒曾與人鬥過口角，所有的村人都看他是個老實人。與玉官結婚原不是他底奢望，因爲玉官底要求，他也就不加考慮地答應。但從玉官懷疑他是杏官底逃夫以後，心裏已冷了七八分。她沒敢把杏官與她底關係說出，也許是以爲到南洋結婚還有考慮底餘地。

雅言分娩底日期近了。杏官只忙着做外孫底衣帽，沒工夫顧別的。玉官辭職底事，她一點也不理會。建德也從學校回來照料。到時請了一個西法接生婆來。玉官心裏是隨便請個本地的吉祥姥姥，所化底當比用洋法，帶着鉗子，叉子底接生婆省得多。不過她這幾個月來底心事大變，什麼事都不願意主張，一心只等着公會准她辭職，她再改嫁。生產底一切只得由着杏官照料。接生婆足足鬧了一天也沒把嬰兒抱下來。雅言是痛得冒出一頭冷汗。全家底人也都急得坐也坐不住，站也站不住。到深夜，一個男嬰墮了地，產母躺在床上，面色慘白。大家忙着照料嬰兒，竟沒覺得雅言底靈魂已離開軀殼。玉官摩摩雅言底心頭還熱，可是呼吸已經停了：不由得大叫。個個看見這樣，也都隨着狂叫一陣，至終認定是沒希望。接生婆也沒法子，口中喃喃，一半像祈禱，一半像自白。杏官是哭得死去活來。玉官是眼瞪瞪說不出一句話，枯坐在一邊。建德也只顧擦着眼淚。第二天早晨，他便出門去辦一切應辦底事，全家忙了好幾天，才把喪事弄停妥了。孩兒由杏官看護，抱回外家去。

媳婦死了以後，玉官對着建德像恢復了從前一切的希望。自古道：「一山不容二虎，一國不容二主」，也許家裏沒有兩個女人，婆媳對奏底交響樂作不起來，多有清靜的時間教她默想。她現在也不覺得再醮是須要，反而有了祖母底心情。她算算自己的年紀是四十二三，雖然現不出十分老，可是已有孫子。一個祖母還要嫁給一個後祖父麼？她想到這裏也不覺失笑。她還是安心做她底事，栽培兒子，接受了教會底慰留。

她覺得對陳廉不住，想把杏官底近況告訴他，但沒預備好要說底話。同時他又不敢告訴杏官，怕杏官酸性發作起來，奚落她幾句，反倒不好受。

鄰家

葛德(J.W.V.Goethe)著
楊丙辰 譯

兩家比鄰而居的大戶人家底兩個孩子，就是一男孩與一女孩，它們的年齡很相當，爲的是將來可以結爲夫婦，因此人們就令它們在這一種愉快的希望之中，彼此在一起長了起來，而兩方面的父母們對於這一種的聯合，也是表示着喜悅的。但是人們馬上就覺了出來，人們的這一種希望，似乎是將要失敗的，因爲在這兩個有優良天性的孩子之間，竟會透露了出來一種奇特的彼此厭惡的情形。這或許是因爲它們兩個的性情，過於近似的原因。這兩個孩子，一回轉到了各自的一方面去，那麼它們在它們的意志中，是很淸晰的，它們在它們的決斷中，是很堅決的；它們二人中，每一位都爲它們的同伴之所親愛與敬重；可是如果它們二人在一起時，它們便成了仇敵，成了寃家，要是彼此一分散，各人剩了各人，却又是互相思慕着的，建設着的，只是它們一見着面，却就又馬上互相破壞起來了，它們並不是向着一個目標去競爭，乃是爲一個目標，而起鬥爭的；兩個孩子都絕對是善良的性質，與令人們可愛的，可是只要它們彼此一有所關涉時，那它們使彼此都痛恨了起來，甚至凶憤了起來。

這兩個孩子底這一種奇怪的關係，在玩童的遊戲上，已經就透露了出來，而它們的年齡愈加增長，它們這種情形，也愈益增進。男孩子們向來好作戰爭的遊戲，在這種遊戲上，孩童們是要分作兩黨，而彼此互相衝打交戰的，這樣那位固執而勇敢的女孩子，有一天竟把自己樹立爲一隊人馬底首領，而向其它一隊人馬撲打，用這樣大的猛力與凶憤，竟至把其它的一支隊伍打得落花流水，並且決定會很恥辱地四散奔逃的，如果不是她那唯一的一位對頭，亦然非常忠勇地予以抵抗，並且最後解除了他這女對頭底武裝，而把她逮捕了起來時。但是即在她被逮捕的時刻，她仍還猛烈抵抗，竟至使男孩子爲維護他的眼睛，不致受到她的拳擊，並且也爲的是不至於傷着了他的女仇敵，就把他脖項上的絲手絹扯了下來，把她的雙手，反背着捆於她的脊背之上。

爲這一件事情，女孩子決不肯饒恕了那位男孩子，甚至她還作出許多隱密的計謀與嘗試，爲的是可以去加害於他，可是兩家底父母們，它們早已就注意到這兩個孩子底這奇特激烈性情的，所以它們雙方彼此商談，並且決斷把兩個孩子分開，不讓它們倆個在一塊，而那一種要使它們倆個將來結爲夫婦的優美希望，也要放棄了。

男孩子在他所處的新情況裏，沒有多些時日，便又嶄然露頭角。任何一種課程，都能很快地在他內心紮根，漸次地發達了起來。友好的人們和他自己的傾向，規定他去入軍人階級。他無論到甚麼地方，俱皆爲人們之所親愛與敬重。他的能幹的天性，簡直彷彿使他去爲它人底安寧與快樂，只有効力効勞的一般，而他在他的內心，也是很快樂的，現在得以擺脫掉了他那唯一的，上天特特爲他安排下了的女對頭，不過這却是他平日並不會清晰反省了過來的。

反之，在女孩子底一方面，自從男孩子走後，情況却就突然改變了。她的年齡，一種日漸長進的教育，而尤其是一種一定的內裏的感覺，竟使她由那宗激烈的遊戲中退出，不再參加了，這宗遊戲，是她直至這時習慣同男孩子們一起舉行的。在大致的情況上說，自後男孩子走後，她總彷彿是缺少點甚麼似的，她周圍的一切事物之中，她現在覺得沒有一件是可以能值得激起她的痛恨來的了，而她也並不見任何一個其它的人是值得親愛的。

一位青年的人，年齡較比他從前比鄰而居的男對頭大一點，有地位，有財產，和有價值，在社交場中，爲人們之所愛戴，爲婦女們之所追逐，把他全副的愛慕，都傾注到她的身上來。究是第一次，有這麼一位既是朋友，而又是愛人，又簡直她的僕役似的人物，來向她獻慇懃，表示愛慕。他向她說她還要比那些比她年長，比她受教育更高深，更華麗高貴，更自尊自大的許多女子還要好得多的話頭，很使她聽得入耳。他對於她繼續了下去的注意力。然而也並不因此而對她過於强迫，他對於她們家庭在種種不同的，不如意的偶然發生的事故上所給予的忠實幫助，他對於她的父母們，固然已經吐露了出來，但却安靜的，與只是充滿了希望的求婚之舉，因爲這位女孩子自然還很年幼的原因，這一切的不能不使她對於他發生出來一些好感，因有這一層原因，所以人們之間那宗習慣的情形，那宗外面的經大衆所已認爲公開的關係，當然就要生出勢所必至的狀態出來了。因此大家竟屢屢稱呼她是那位青年人底未婚妻了，竟致最後使她自己也認可，她是他的未婚妻了，並且連她，連任何一位其它的人都還不會想到，這件事情，是還須要加以一番考慮的，當在她同那位已經長久的時期頂有她的未婚夫的頭銜的人，交換訂婚戒指時。

全盤事件上向來的那安靜步驟，並不因它們的訂婚，而有所加緊加速。人們聽從兩方面仍要照常繼續了下去的志願，並不疾速催它們結婚，因爲它們喜歡暫時仍可大家在一起會聚，共同生活，可是它們二人一結婚後，自然就得要大家分散了，它們無論怎樣，總還要把這春日的一季好光陰，當作將來愈加嚴重的人生之春，共同享受了的。

可是這其間，那位離開了鄰女，遠處異鄉的青年，已經發育到了最優秀的地步，並且已經攀登到了他的人生使命上的一個堪當的階段，因此他纔告假回家來，看望他的父母們了。在一種十分自然的，然而却極稀有的狀況裏，他又與他娟娟楚緻的鄰女對立面前了。她本來在這末後的時期中，僅只滋育了和藹的，作未婚妻的感覺於心內的，所以她對於她環境裏的一切，俱都心滿意足，毫無遺憾無遺恨，她相信，她是愉快的，並且在一定的狀況之下，也眞是愉快的。可是現在自久長的時期以來，第一次有一點事物對立於她的面前，這點事物，是不能痛恨的，她簡直已經沒有了痛恨的能力了；甚至他兒童時代的憎惡仇恨，這本來只是她當時對於自已內裏的價値的一種悶暗不明的自負自豪的，這時却竟全都變成了對鄰家之子的欣躍的驚視，愉悅的觀察，樂意的承認，一半願意，一半又不好意思，但却終究不能不的向前接近了，而這一種情形，却還不是一方面的，乃是兩方面皆然的。一種長久的別離，自然是可以爲長久談話之起因的。甚至它們幼穉時代那宗不合理性的行動，現在也都被它們這二位年事已長，知識已全開的青年們拿來作爲詼諧的回憶了，並且那好像它們至少不能不拿一種友誼的體貼的互相對待，來補償它們年幼的那種鬬惹的仇恨了，好像它們年幼時的那粗暴誤解，到了現在不能不有一種吐露了出來的互相承認，以爲之收束了。

從鄰家男青年底方面說，一切的都是處在一種明達的與不過分的情況之中的。他關心他的地位，他的關心，他的努力，他的名譽，如此之甚，竟至使他把那位美麗的，已經作了他人的未婚妻的鄰女，對他的一番和藹心情，僅只視作了她的一種令人可感謝的性質，予以很愉快的領受，然而却也並不作其它的心思，並不因此而在一種自已的關涉裏作觀察，或也起嫉妬之心，不願意鄰女去嫁給她的未婚夫，對於她的這位未婚夫，他也還是立於至友好的關係之中的。

反之，在鄰女底方面，情形却就完全不同了。她這時已經恍然覺悟，彷彿自夢中醒了過來的一般，她小的時候，對於她的鄰家之子的鬬爭，乃是第一次熱情底表現，而她當時那激烈的鬬爭，也只不過是在一種反抗精神底形式之下所透露了出來的激烈，彷彿天生的一種愛慕的。就是現在在她的回憶裏，她也覺得，她總是愛着他的，並不是旁的樣子的。她那時手中拿着兵刃，去搜尋與她作對頭的鄰家之子的情況，一浮到了她的眼底之下來，她便深感趣味，而要對之微笑的了，她多樣地愛呼醒她那至爲愉快的感覺的，當在他把她手中的兵器奪了過去時；她相信，她是感到了至高度的欣悅的，在他把她綁了起來的時候，並且凡是她爲要傷他一下，或使他感到討厭，所作的一切事情，她都覺得，只是一種並無眞正惡意的方法，用這些方法，她的意思是想要把他的注意力，吸引到自己的身上來。她詛咒它們倆個之間的隔離，她痛恨她所陷入的那昏睡的狀態，她叱罵她那拖延的夢夢無覺的習慣，因這一習慣，竟會給她把一個這樣無意味的未婚夫弄了過來；她一想到了這兒，她便轉變了，雙倍地轉變了，無論人們說她這是向前和向後的轉變，皆可以的。

假使一個人能解釋她心中這時所十分嚴密隱藏着的這些感覺，並且能同她有同鳴共感時，那麼它便不會對她加以責難了，因爲她的那位未婚夫，是絕比不上她的那位鄰家之子的，只要人們瞧見了他們二人並列一齊的話。人們對於她的未婚夫，要是能說，他不是沒有一點一定的慷慨可信任的情形的，那麼她的鄰家之子，只要人們一見到了他，登時便會引起人們對他至爲充分的信仰信賴了；如果要說是人們願意在社交場中瞧見了她的未婚夫的話，那麼人們對於其它的一位，便是願意要他作伴侶的了；並且甚至人們要是想到了更高一層的同情心，想到了非常的事件上頭來的話，那麼人們在她未婚夫的身上，決定會懷疑，他沒有急人之急，赴人之難的血誠肝胆的，然而人們一見到了其它的一位，人們便要絕對有把握，他必是一個能有這樣肝胆義俠人物的。爲的是能得認識出來男子方面的這宗情形，婦女們是具有一種特別微妙的分辨感覺的，而婦女們却自然也是有理由和機會來養成她們這一種感覺的了。

作了未婚妻的美麗鄰女，愈在心曲中完全暗自育養着這樣的思想，愈沒有任何一個人在人們所應作的種種關係之上，所應盡的種種義務之上，甚至在人們所似乎是決不可避免地應行去的不能變更的必須事件之上，說上幾句甚麼有利於她的未婚夫的話，那麼她的一副優美心腸，就愈要向着她的偏愛方面去深入了；並且又因爲她從一方面說，是完全被束縛於社會和家庭，於未婚夫和自己的允諾之上，而不可以解除的，從其它一方面說，那位向上努力的青年，對於他自己的志向，他自己的計劃與希望，並不向她隱瞞，況且對於她的表示，僅只好像是她的一個忠實的弟兄，而决不像是一位柔心柔腸的情哥的，最後竟至他又向她提稱，他要馬上動身走開，所以那便好像她從兒童時代的精神連帶着她這精神上的那一切狡猾，一切粗暴，都又突然間反省了過來，可是現在在這愈加增高了的人生階段之上，更爲一種凶忿的心情之配備，所以便要愈加重大地和愈加有危險性地去爆發了。因爲她這時竟決斷，要出之於一死，以使向她從前所仇恨，而現在又這麼激烈戀愛的人物，爲他對她的漠視，加以懲罰，並且因她這一死，既令他不能再獲得了她，然而却至少可以藉此使她的靈魂同他的記憶力，永遠結合起來，令他永遠後悔無及。她是想要使他永遠不能擺脫掉了她死時的印象的，是想要使他永遠不停止地怨抱他自己，不會把她的心志認識了出來，窺探了出來，並且不知應行怎麼加以重視的。

她這一種希奇的凶狂心思，到處追隨着她。她在種種的形式之下隱藏着她這一種心思；並且雖然她令人們覺得她的行動有些怪異，但並沒有一個人底注意她底聰明，足夠可以揭穿她內裏的眞實原因的。

可是到了這個時期，所有親戚，朋友，以及熟識的人們之間設宴歡聚，以及招伴遊樂的事體，俱已被作到了底。幾乎沒有一天，它們爲遊樂宴會的目的，不會想出一點新奇的，令人所猜想不到的花樣出來的。它們所住地方底四周圍，幾乎沒有一處風景美麗的地點，不會爲它們所彩飾了出來，並且不會爲它們所收拾了出來，以便招待許多歡欣的客賓的。况且我們所敍述的這位回家探親的青年人，在他再動身離開家庭之前，也還要向衆親友還席，略盡他的一點心情，所以他就招請二位訂婚的青年男女，同着一批更爲親密的親族們，作一次水上遊艇之樂。客賓與主人都走上了一隻巨大的，華麗的，加了一番彩飾的船隻之上，這一隻船，便是那宗備有一間小客廳，和幾間單間，而嘗試着陸地上的舒適生活移植到了水面上來的遊艇之一的。

它們的遊艇在一條廣闊的江流之上，順水奔馳了下去，並且在船上還有一幫子樂師，在作着音樂給大家聽，客人們在白天太陽熾熱的時候，都會聚在下層的艙裏，爲的是可以彼此或也作賭博的遊戲，或也作有才趣的遊戲。青年的主人，他本來是永不能閒着不作甚麼的，所以竟坐在了船舵之前，替代那位老舵手掌起舵來了，因爲那位老舵手在他的旁邊已齁齁地睡着了；瞪眼醒着船舵的青年人正在用他一切的注意力，生怕出了危險，因爲它們的遊艇這時已經臨近了兩個島嶼把江槽夾窄的地方，而兩個島嶼，既而一個在江底這面，既而一個又在江底那面，把牠們那低淺的亂石灘涯，全都伸入了江身之中去，所以便把這一段江水弄得成了很危險的船舶航路了。因此極愼重，而眼光銳利的青年掌舵的，心內幾乎動了要把掌舵的老師傅喚醒的念頭，但是他相信，他是有本領，可以使它們的遊艇渡過險地的，所以他便掌着舵，照直地朝着那江流急湍之處奔馳了過去。在這一瞬刻之間，他那位美麗的女仇敵，頭髮上戴着一個花環，出現於甲板之上。她把那隻花環拿了下來，向着正在掌舵的鄰家之子扔了過去。你拿這去作紀念吧！她大聲喊着說。你不要來打攪我！鄰家之子向她大聲迎面回答說，他一面說着，一面竟把那隻花環接了過去，並且更繼續着說：我現在不能分心，我須要把我一切的氣力，我一切的注意力都得用上，要不然船就要出險了。鄰家之女大聲說：我不再打攪你了，可是你永遠不能再見我了！她把這話說完，就奔到船底前梢，由那兒，她竟縱身一跳，直落入水中去。有幾個人底聲音大聲喊叫着說：救人哪！救人哪！她要淹死了！鄰家之子這時處在了一種至爲可驚駭的窘迫情況之中。年老的舵師，因爲大家這麼一嚷嚷，便自睡夢中驚醒了過來，他立即跳了起來，去抓船舵，而鄰家之子，便也就立即把船舵交給了他；但是這時已經來不及更換掌舵的人員了，因爲船已奔入沙洲之上擱淺，就在這一瞬之間，鄰家之子，已經把他身上那至爲囉瑣的衣服怱卒地脫了下去，立即跳入水中，奮力泅水去追逐他的那位美麗的女仇敵。

水之爲物，對於那知道水性，而會對付牠的人們，便是一種和藹無害的元素。牠會負載着它向前飄流，而那精於游泳的人們，自然也會把水降服了的。所以不多大一霎，鄰家之子便已追上被水飄流於他面前的美麗的鄰女了；他伸手抓着了她，已曉得怎樣把她舉出水面之上，並且怎樣拖着她向前飄流；這遠它們兩個便被那浪滾的江水很勇猛地向前催逐了去，一直到它們遠遠地把島嶼，把江洲拋在了身後，而江又到了寬廣與開始緩慢奔流的地方爲止。這時他纔緩過來了這一口氣，自那一開始立迫着的危急之上，清醒了過來，因爲在這危迫的情形之中，他只是一心一意，彷彿機械地，無知覺地以行動了的；他抬起頭來向四下裏瞧了瞧，就奮力朝着一片淺平的，長着些叢樹的地方游泳了過去，這個地方很便利，很合適的突入江流之中。在那兒，他把他所負載着的美麗人物，置之於乾地之上；但是她的身體內，已經覺不出來有甚麼呼吸的氣息了。他心內很覺失望，可是這時有一條爲人跡行走的穿過叢林的小道，耀入他的眼光中來。他從新把他所珍重視之的女子，抱了起來，沿着小路走了下去，他走了不多時，便瞧見了一座很孤寂的住室，並且逕直奔到了住室之前。在這兒他發現了良善的人們，就是一對青年的夫婦，他和他的鄰女災難困苦的情形，那一對青年夫婦，一看見了之後，不用說，也就馬上明白了。所以他略作沈思之後，向青年夫婦之所要求的事物，馬上也就都爲它們之所照辦了的。它們燒起一堆很明亮的火來，把毛製的毯子鋪在了一個臥鋪之上，製造過與未經製造的獸皮，以及屋內所有一切可以生煖的物件，都被趕快拿了過來，以備應用。在這兒要救人命的急切心思，竟把一切其它的觀察，都壓制了下去。凡屬能使那美麗的，業已半僵的，赤裸的身體得以返還生命的一切應作的事體，它們無不一一都嘗試了。最後竟居然與它們成功。返還生命的鄰女，把眼睛睜開了，她瞧見了她的愛人，伸出她安琪兒一般的雙臂求緊緊來抱着他的頸項，不肯放鬆。這那它們無言無語，良久良久地互相依抱；她的眼淚湧泉一般地由她的眼裏湧流了下來，而她這眼淚，也竟成了她的心病底痊癒。你還要離開了我麼，她呼着說，因爲我現在又獲得了你？他也呼着說：永不，永不再離開你了！他說這話時，也還並不知道他說的是甚麼，作的是甚麼的。他只又大聲加添着說，你只用顧惜你自己吧，顧惜你自己吧！你爲你的原因，和爲我的原因，先想一想你自己吧。

她果然照把他的話向自己作思想了，並且現在纔覺出來，她所處的，是一種甚麼狀況了。她在她的愛人，又是救了她的生命的人底面前，對於她當時那種狀況不能感覺甚麼羞答答的難以爲情的；但是她却很願意的暫時離開他的身邊，爲的是好令他自己去爲自己操一番心思，因爲凡是纏繞着他的身體衣物，還是潮濕的和滴滴點點地向下落水珠的。

那二位青年的農夫婦，彼此互相作商談，男的向鄰家之子，女的向美麗的鄰家之女，一同地把它們結婚時所穿的新郎新婦的服裝拿了出來，讓它們二人穿上，以便遮蓋身體，它們這新服裝，本來還完完整整地在那兒掛着，足夠再把一對新夫婦從頭頂到脚底下，並且從內向外齊齊楚楚地穿戴了起來。在極短的時間之內，這二位經過了一番這樣大風波的鄰家子女，不僅又都穿戴了起來，甚至還是修飾了起來的。它們這一穿戴修飾，頓覺煥然改觀，令人瞧着眞是一對可愛的璧人，連它們自己也彼此互相驚奇地以目相視，當在它們二人又迎面走了出來互相晤對時，它們二人以千百般的熾熱心情，但是它們對於它們那裝飾離奇，也不能面面相覷地微笑着，彼此勇猛地投入臂腕之中。青年人們底壯旺力量，以及愛情底異常活躍，竟使它們在極短的時刻之內，已經完全恢復了它們的常態，並且當時只是缺少了音樂的，如果當時有了音樂，那麼請它們跳舞，它們也必至會入場跳舞的。

由水中到陸上，由死裏到存活中，由家人底環繞中到一片荒野的地方裏，由失望到快樂，由情感底淡漠到情感底熾熱火烈，二人又得重逢重晤，這一切的竟實現於一瞬刻之間——人們底頭腦爲理解這一點，簡直不夠用的了，簡直能把人們底頭腦要充塞破了的，或者要使人們底頭腦錯亂於起來的。在這兒，人們底心臟可得要貢獻牠全盤的力量了，如果要牠來負載一種這樣出人意料之外的結局的話。

因爲它們二人底心思，全都只顧彼此你在我，我在你的身上，所以過了好久，它們纔想到了拋在身後的人們底憂慮操心；並且它們二人再一想到了，它們怎樣再去和它們會面的時候，它們的心內差不多是不能不起恐懼與憂慮的。那麼我們不得不私自逃跑的了麼？我們不得不把我們藏了起來的麼？鄰家之子說。我們要始終守在一塊兒的，鄰家之女說，並且伸出臂腕去，抱住了他的頸項。

住在了那所孤寂住室中的青年農夫，剛一聽到了它們所說的那隻擱淺船隻的話，他就急忙地，顧不得更向下詳細追問，就向江岸上奔跑了去。它們所乘的那着遊艇，竟平平安安自江面上飄流了過來；這是因爲船上的人們，費了很大的氣力，又把那隻遊艇，自擱淺的地方弄脫了的。船上的人們不知道它們二人飄流到了那兒去，所以只要冒猜着令遊艇向下游飄流，希望可以能再發現二位落入水去的青年們。因此當在那位青年農人在江岸上大聲叫喊着，一面伸出手去招示着，並且他又跑到一個爲停船很合適的地方上頭去，一個勁不住地用手招示和大聲喊叫，所以終究引起船上人們底注意，竟使船向江邊靠攏了過來，可是當在它們一着陸的時候，何等樣的一幕熱鬧劇情，竟呈現於它們的眼前了！二位訂婚者底父母們從客賓的羣隊中首先擠出，走到江岸上頭來；而那位懷着一腔愛情的未婚夫，在這一件事情的發生上，已經是幾乎急得要發瘋了的。兩方面的父母們剛一聽說，落入水中去的可愛的孩子們，業已得救，並未被淹死，而這兩位孩子們，已經穿着它們那奇怪的服裝，由叢林內走了出來。因此兩方面的父母們當在這二位這樣穿戴着的子女乍一走了出來的時候，並沒有把它們認識了出來。及至它們完全走到近處時，兩方面的父母們，纔認出了啊？兩方面的父母們喊叫着說。幸已得救的二位青年子女，向它們父母們底面跪了下去。你們的子女們！它們同聲喊叫着說，已經成了一對的人們了。女孩子繼續着喊叫說：請你們原諒吧！男孩子繼續着喊叫說；請你們給我們祝福吧！它們兩個又一口氣繼續喊叫着說：請你們給我們祝福吧，因爲一切的人們都憶着一腔驚愕的神情默默無言。請你們祝福吧！第三次哀懇的聲音又自鄰家二位子女底口中發了出來，而這一種祝福，誰能拒絕得了呢？

知堂：關於王嘯岩 （預告）

追無記

予且

朋友向我說：

我告訴你一個故事，這個故事却無關於青年男女的戀愛。這是一個養父和養子的故事。養父姓魏，約摸五十多歲的人。在他夫人未死之前，愛情是很好的。因爲愛情好，魏老先生始終沒有娶過妾。任憑年老無子，他也不過繼一房兒子。

關於過繼兒子的事，以前，也曾有人提過，被他夫人嚴詞拒絕了。在魏老先生自己，倒是可有可無的。因爲夫人拒絕，他就引用民法第一千○七十四條：「有配偶者，收養子女時，應與其配偶共同爲之。」的一句話把說話的人回絕了。

預備過繼給他做兒子的，乃是遠房的一個姪兒。叫做魏乃庚，一個誠實的青年。在他和父母的想法，乃是繼承宗祧，並不是繼承財產。在魏老先生的想，完全爲的是娛他們二老晚景的，夫人既不要，他又爲什麼一定要做呢？

這位魏乃庚，終於在魏老太太去世之後，做了他的養子了。在先，原是用嗣子名義的。無奈魏老先生執意不肯，他說我們應該服從法律，法律上沒有嗣子的名義，我們怎好勉強做。

魏老先生是個好人，待他的養子也不壞。不過有一天他忽然很嚴正地向乃庚說。

「你到我家裏來，原是你那死去的養母所不贊成的。這些你早已知道。當你來的那天晚上，我就做了一個夢，夢見她來了。穿了前十年的衣服，坐在我的房內。她向我說：你不要怕，我來向你說一句話，就是你收魏乃庚做養子，這件事做錯了。」

老人說過話，頗露出極不滿意的態度。魏乃庚本是一個誠實的青年，他更沒有說什麼。他心中却想着，這是一個開頭，終久他必定要斷絕收養關係的。他是看重法律的人。法律上也有一條：「養父母與養子女之關係，得由雙方同意終止之。」他一定要拿這一條來徵求自己的同意了。

乃庚一面想着一面就覺到自己前途的渺茫，當他來的時候，他本生父母就說過：

「乃庚，我們家裏窮得很，你到他家裏去之後，我們和你兄弟，日子都要過得寬舒些。」

「如果終止收養，那我就要恢復我與本生父母之關係的。」

乃庚想着這不是自己願做的事。也不是爸爸願做的事，他就跑回去告訴爸爸了。

爸爸一聽，半天沒有響。他問道：

「我以爲這裏面總有點原故，他不是一個輕易變更自己意見的人，古人說，輕諾者寡信，他是從不輕諾的。關於你過繼的事，我們已經提過好幾年。」

爸爸一面說着一面想；又道：

「這件事他和別人說過沒有？」乃庚道：

「家裏也沒有什麼別的人，他也不大出去。要是說，只有家裏一個老僕人阿張。」

「他也不一定告訴他。」

「一定會告訴他的，他們無話不說，好像是一對不能離開的伴侶。」

「阿張的家在那裏？」

「就離他家不遠。」

「還有什麼人？」

「只有一個遠房的姪女兒。」

爸爸沒有話說，他實在看不出老僕人阿張和這事有什麼關係。可是乃庚被爸爸這樣一問，他倒有些疑心起來了。他看見老人和阿張每晚都要到那個墳前的。

這是有月色的夜。

乃庚開始去偵察老人和阿張的行動了。

他看見老人跟着阿張出去的，阿張手裏還有一個燈籠，他尾隨着他們來到墳地，遠看見墳地旁一個新的茅蓬中，一點燈光明亮起來了。他一直隨着他們往前進，看見他們進了那茅蓬。

他伏在茅蓬邊，從縫裏看着。裏面有一張小桌，桌上放了香爐蠟台，這微小的光就是從那蠟燭發出來的。桌的上面有一張椅子，椅子上並沒有人。此外還有兩張椅子，放在靠牆壁的東面和西面，一張老人自己坐着，還有一張，坐着一個婦人，這婦人頭梳的很光，臉上搽着粉和胭脂。燭光下望上去，也還說得上相當的美麗。

「這是誰？」

乃庚自己想着，一面聽見她的語音和步態，他明認出來就是阿張遠房姪女兒了。

「他們究竟做什麼？」

乃庚眞是滿腹的懷疑。但是看的却十分有趣。他看見阿張恭恭敬敬地將香拿了出來在墳前繞了一圈，他那姪女兒就撲通一聲倒在地上了。

乃庚注意的看，片刻之間，那姪女兒復從地上爬起來，爬起來她就哭了一場。哭過了之後，他就說：

「乃庚去了沒有呢？」

「沒有！」老人顫巍巍地說着。

「你太不顧慮我們夫婦情分了。」

乃庚眞是藏了一肚子氣。依他的性子，眞要進去打她一頓，但拘於老人的面，他仍耐心的聽着。老人道：

「你去了之後，就剩下我一個人。」

那婦人不說話，半晌，她嘆了一聲很長的氣。又抽抽噎噎的哭起來了。

「你用了我的奩田，我的嫁粧，要不是我從我兄弟那裏拿錢來，獨自兒替你經營，你那裏有今天？你還是不聽我話的。」

乃庚出神的聽着。他以爲老人一定要說出原因的。那知老人反而說：

「想起你的生前，叫我怎能獨自的過下去。」

她又說了。

「我們是最相愛的一對了。你記得我們從來沒有離開過，你褲帶上的兜肚………」

老人發出會心的笑顏。

「我梳粧臺裏畫眉筆………」

老人似乎閉目追想以前的事。

「還有那轎箱中的宮粉和胭脂，都在麼？」

「都在………」

「我不忍回想了，我在陰間，時常想着你，想着你………」

說着她就哭起來，哭的非常傷心。接着就扑在地上了。

這一次扑跌之後，她自己是不爬起來的。阿張幫助老人扶她起來，睡眼朦朧的似乎是十分疲倦。他們將那三張椅子拼攏，她就睡在老人和阿張的身上，頭枕在老人的膝上。

她嘴裏發出浪聲，身體反覆的扭動，那梳光的頭也散亂了，臉上的脂粉也被淚水洗花了。她扭動着，老人對她似乎十分的憐惜。

再過了一刻，她倏然地立起來了。她立在那裏向老人深深地萬福，那雲鬢蓬鬆，花枝撩亂，好像不勝其嬌羞的樣子。

阿張點起了燈，這是走的表示。乃庚便急急躲開了。

今晚，乃庚睡的十分不寧。這一幅圖畫，所給予他的刺激太深了。他想，這明明是假的。那裏有什麼鬼魂來附着阿張姪女的身上呢？阿張的姪兒隨着阿張許多年，阿張又和老人這樣的熟悉，閨房的事，他怎會不知道？

「這是阿張串通了他的姪女兒，用朝亡的方法攏掇老人來解除自己和老人收養關係的。」

他越想越覺得自己的結論一些兒也不錯。

他翻來覆去的睡不着，一直等到天明。

到了次日，老人却又把夢中的話向乃庚再提一遍。乃庚眞忍不住了。他很緩和的問道：

「爸爸是什麼時候夢見的？」

「一個月以前。」

「當然是在夜裏………」

「三更時分了。這是阿張和我說的。他說主母托了夢給他，說灶神不讓她進我的房。後來經我燒了香，阿張買了一點酒給我喝，我是不能喝酒的。喝了三杯就醉了。我睡在房間裏，就看見了她。她穿了十年前的衣服。」

乃庚不再問他，他想這一定是阿張的詭計。那裏有什麼鬼魂，不過灌醉了老人，叫她姪女兒來假扮罷了，十年前的衣服，不是他太太給的，也是他偷的。

今天晚上，乃庚特別興奮，他想今晚自己决定去拆穿他。橫豎終止收養已成爲不可避免的事實，拆穿之後大家散夥，也就是這麼一回事了。

他今晚仍隨着他們，他們仍是照樣到那所茅蓬去。雖然言語上不同，儀式和裝束仍是差不多的，乃庚不能忍，他闖進去了。

他闖進去是屋內人所不能想到的事，他們全呆了，尤其是阿張的姪女兒立刻就恢復了常態。乃庚說：

「你們這樣在騙誰？想騙我爸爸嗎？騙爸爸不要緊，不應該牽涉到我！」

阿張的姪女兒嚇得顫抖，阿張更是癡呆了。乃庚抱着盛怒，婦女和老人那裏是他的對手。這位魏老先生便微微地笑起來了。他說：

「乃庚，一切的事明天再說吧，天下事無非是戲，你又爲什麼這樣認眞？」

說着他就離開了茅蓬，乃庚也不敢做什麼，只隨着他出了茅蓬，一切的事就這樣的解决了。

在第二天的早晨，老人就撥給一批財產給乃庚，並且向他說：

「爸爸的事，你不必管的太多。爸爸的心境是在苦痛中，你又何必過事追求呢？」

乃庚果然聽了養父的訓示，一句話也沒有說。老人從那天起，也就不再到墳墓那邊去了。阿張仍是他的僕人。只有阿張的姪女兒有一點變動，她已經成爲老人的姨太太了。

但是老人常常的虐待她，說她不好。認識她的人，都說她有福氣。

但是，她一聽見人家說她有福氣，她的眼淚就掉下來了。

女兒心

丁諦

「小娥，來，到爸爸面前來，看你修過的頭髮。」于廷華向他的女兒招招手。小娥果然走過來，人頭鑽到爸爸的懷裏，爸爸撥起她的下頦，嘴湊到那蘋果般的兩頰上吻了一下，然後便細心的端詳她的頭髮。

這是一個「圓頂」形的頭髮！祇是比普通的「圓頂」長一些，正中地方頭髮有幾根披下來，不整齊中透露着美。

她不是一個女孩子，至少在裝束上，在一刹那的凝視間，于廷華先生忘記了她還是一個女孩子。

「你是一個男孩還是一個女孩？」于廷華慣歡喜這樣發問，傻而又傻的。依社會意識說，他該是屬於封建意識的一派，雖然照他的職業——律師——，封建意識也許不會過濃，可是殘餘的渣滓，從他的盼望兒子，傳宗接代上看來，他的腦經中似乎又留存着一點。

他每一次這樣問小娥，希望的總是：

「我不是女孩，我是一個男孩。」

他聽了這種回答，總要張開嘴來大笑一頓，有時還要抹抹他的八字鬍子。他的理想得到滿足了。他的現實的缺陷也暫時彌補了。

「好，好，眞是一個好孩子。」

結果他總要大大的誇獎一陣，掏幾塊錢給她，或是拿幾塊糖果給她。

「將來你大了，送你上中學，中學畢業升大學，大學畢業再送你出洋。」

于廷華說成一個套話，滾瓜爛熟的竟能背出來。

小娥也討乖：「我賺錢給爸爸用。」

往往在聽了這些話時于廷華笑得呵呵的頭也仰不起來，眼淚不自禁的淌出，不知道怎樣把小娥是好。他把她摒得緊緊的。

可是，今天不同。小娥沒有這樣回。她懷疑地望着爸爸說：

「女孩子！」

「爲什麼？」于廷華有點動氣，臉沈下來，可是一忽又變成溫和：「爲什麼呢？你以前說過的是什麼話？怎麼又忘記了？」

「爸爸告訴我是男孩子。可是趙大嫂今天跟我說……她問我：爲什麼叫小娥喲？我說：不曉得。她說：因爲我是女孩子。……叫女孩的名字喲！……女孩才叫小娥喲！」

「不錯！女孩的名字才叫小娥。」于廷華聽了點點頭想想這話也不錯。小娥分明是女孩的名字。他既然要把女兒裝成一個男子，穿男孩的衣裳，剪男孩的頭髮，自然也應該給她取一個男孩的名字。剪男孩的頭髮，穿男孩的衣裳而猶叫女孩的名字，這不是分明是自己的疎忽麼？的確應該改一個名字。想到這裏他摸摸小娥的頭，微笑地說：

「不錯，應該換一個名字。小娥是女孩的名字。」

果然從今天起，小娥就諧音改成小煥。

小煥，小娥在一個無知無識的小孩心裏是毫不發生作用的。她雖然是一個女孩，模糊的意識裏也自己知道是一個女孩，可是爸爸既然要她做男孩，她也就做男孩了。

逢到于家的來客問到小煥是男孩女孩時，尖靈百巧的舌頭總會爽爽脆脆的回答：

「男孩。」

「男孩爲什麼還叫小娥喲？」

「改過名字了。——小煥。爸爸給我改的。」

這天，是小煥的生日。爸爸給小煥打扮特別的漂亮。戴一頂紅紫拼色圓球形的呢帽，帽上一倒小舌頭，略微的遮住臉。圓圓的小頭，蘋果紅的嘴巴，新鮮，充實，豐滿，全可以從嘴巴上兩條弧線上看出。那是兩條緊張的充滿生命力的線，人類的力量，天眞的偉大，原始的質樸，不假人工的圖畫，簡單的而又暗藏複雜的彩色，朝霞的新鮮和中天的白日的絢爛，果園的豐盈，晴帆的飽滿，都從這隆起的雙頰上逗起人的遐思。穿一件咖啡色薄棉袍，外加一件茶黃色小大衣，純粹是男孩的打扮。爲了逼眞的給她扮成一個男孩起見，毛冷衫也沒有給她穿。于先生要她做一個兒子。

客人一個個來了。有兩個小女孩搽着鮮艷的脂粉，小娥望了望她們只是不作聲。

「童話式」頭髮。髮上還結了一個絹帶，打的蝴蝶結，打的蜻蜓結，紅的，綠的，紫蘭的，都有。臉上，紅紅的，白白的……嘴唇上紅紅的……

小娥覺得羨慕，自己照照鏡子，臉上只敷了一層淡淡的雪花膏，沒有她們紅，也沒有她們白。嘴唇上一點也不紅。她到處的找爸爸，爸爸沒找着，便跟媽媽鬧着要搽粉搽胭脂搽唇膏。

「你是男孩，不與你搽的。」媽媽不肯。

「我要搽。她們也搽。」小煥指指站在旁邊的幾個女孩。

「她們不是男孩。她們是女孩才搽。」媽媽竭力的譬解，還說搽了胭脂唇膏爸爸不歡喜小煥，爸爸要小煥做男孩。

「她又不是男孩，是假裝的。」女孩中有一個指指小煥。

「小煥是女孩。跟我們一樣。」又一個說。

說話的女孩有意要駁小煥。他們總以爲小煥一定要做男孩，聽了這話一定不高興，那知道小煥並不。她反說：

「我不是男孩。」

我不是男孩！……我不是男孩！……一直的吵着滾着，竟哭了起來。小煥一定要媽媽給她塗胭脂唇膏。

「搽胭脂唇膏才好看。……媽媽，……搽胭脂唇膏才好看。」

沒有法媽媽給她塗了。塗了一層淡淡的。

媽媽走出房以後，小煥照照鏡子，拿起胭脂盒子來又塗。她沒有塗過胭脂，也沒塗過唇膏，可是不知道是憑着她的天分或是愛美的本能，這第一次的嘗試，竟然做得十分好。頰上的紅搽得勻勻的，比以前紅了一些，只是并不像猴子屁股。嘴唇上的紅也塗得整整齊齊，沒有狼藉到嘴角或口腔。

她走出房，幾個女孩子跟在後面一齊拍手，叫道：「小煥是女孩子啦！小煥是女孩子啦！」

恰巧這時于廷華一脚跨進堂屋，看見女兒打扮的這個樣子大吃一驚。他問明了是媽媽給她塗的，責備媽媽，媽媽一看見小煥打扮成這個樣子也不禁奇怪起來，問：

「我沒有給她這樣打扮喲！是誰？」

幾個小女孩開口給她代回了：

「小煥自己塗的。小煥自己塗的。」小煥也不賴，得意揚揚的說：

「這樣畫起來才好看！媽畫的不好看。」

爸爸這才曉得她自己塗的了。着急的問她：「你爲什麼要塗上這麼多的胭脂和唇膏呢？女孩才這樣塗。」

「我是女孩！我不做男孩！」陡然小煥叫起來。小煥從來是不這樣說的。可是正爲從來不曾說過，小小的心裏有一種不暢快的感覺。她說的話不是心裏要說的，她穿的衣裳也不是心裏要穿的，她剪的髮樣也不是心裏要剪的。她的心，有一個隱藏的小小的角落，那兒是春天的繁花之園，有的是鮮妙，美麗，嬌媚。他愛牠，時常趁着沒人的時候要偷偷的進去。那兒才是她的心的王國，美的王國。

「你！……你……！」于廷華的聲音變得抖顫了。他的眼前再不是一個典雅的男孩而是一個粉白黛綠的女兒。他的理想！他的溫暖的夢！……他幾乎是憤怒地然而還是不願刺傷一個幼孩的心。語調變得平和下來！「你不是女孩！」

中飯吃過，小孩們遊戲了。玩的是結婚禮。

幾個小孩佔了一個空的房間。找來一根長竹竿掛在牆上，牆上釘了兩根針。竹竿上掛了一幅紅氈毯。他們說這是結婚的禮堂。

「這是喜幛！」大點的穿兒童西裝的孩子指指氈毯。

「不，這是唱戲的幕子。結婚禮堂都行唱戲喲！唱戲的幕子！」一個歲數小的孩子更正。

亂轟轟一陣。有說應該把檯子搭到當中的，有說應該放上花瓶的。爭論了半天，結婚禮開始了。一個孩子身上掛上一朵紅花。那是小煥在她媽媽抽屜裏找到的。一共五朵花，剛巧是五個人。

佩好了花，望望自己，又照照鏡子，小煥笑起來。黑漆的眼珠閃出光，聰明的，愉快的，活潑的。偶然別花的針鬆了，有點搖搖，她又從新插上一個釘眼。花牢了。

「我們還要掛起綢條子來，紅條子！」

不知道是誰喝了一聲，於是又忙了起來。找不到綢條子，改用紅紙條代替剪成五個紙條，插在別花的釘上。

接着便是：支配各人的職務。那一個是新郎？那一個是新娘？

「還有呢！那個做儐相？」大點的一個說。

於是又轟起來！「儐相！儐相！」

「小煥做新郎！」兒童西裝的一提議個個都附和起來。一齊喊着：「小煥做新郎。」

「不，不，我不做新郎。」小煥身子就像個扭古糖，有話又好像說不出。吞吞吐吐地，哼喲哼的，用鼻孔，用喉嚨。

「你做好了。」跑來跑去最起勁的拖鼻涕的一個女孩，性子挺急。她要兒童西裝的做新郎。因爲，五個孩子中既祗有他和小煥算男孩，三個是女孩：童話頭，旗袍，女皮鞋，頭髮上還編個蝴蝶結。

「我不做。我做司儀。司儀喊口號的！你們懂不懂？……你們都不會喊，只有我來。小煥！還是你！」

小煥又扭了下。身體轉了轉，頭別轉過去又掉回來。好容易才說：「我不做新郎。我要——」

「你要做什麼？」

「我要做，新——娘。」

小煥說過這話，一羣孩子哈哈大笑，大喊着：

「原來小煥是要做新娘。原來小煥是要做新娘。」

小煥又扭了一下。臉孔紅了。嘟着嘴，難爲情起來，忽然又否認！「我不做新娘。我不做新娘。」

「你做新娘好啦。這有什麼要緊。鬧着玩。」

還是穿西裝的孩子哄着她，才答應做新娘。和另外一個孩子站在一排。

「司儀」喊起來：「新郎三鞠躬。」

新郎三鞠躬。——點點頭望着小煥只是傻笑。

又喊了：「新娘三鞠躬。」

小煥彎了彎腰。鞠得挺好的。鞠過躬行過禮以後小煥忽又想起一件事，取下身上的紙條拿給「司儀」，說這上面還沒有寫上「新娘」兩個字呢。當「司儀」拿去寫的時候小煥飛奔到房裏，從新又拿起唇膏和胭脂塗了一陣，等到拿起紙條再別上衣服，嘴裏還與高彩烈地說道：「我這像新娘了吧？」

「小煥！」于廷華又走了進來。他是來找小煥的。他聽說小煥正在幹着結婚遊戲，想特地來參觀參觀。可是一看到小煥身上的紅紙條寫的「新娘」和臉上的更多的胭脂和口紅，他不禁又氣憤起來。他知道自己決不是一定因這一個無關輕重的小事恨小煥或是不滿於小煥，他祇是感到理想的破滅——一個原來的小煥的破滅。

「小煥不肯做新郎，小煥愛做新娘。」小孩一個個搶着告訴于廷華，他們把小煥是怎樣歡喜戴花，怎樣搽脂粉和怎樣做新娘的話，告訴于廷華。于廷華不說什麼，祇是看看小煥，小煥的搽過油的光亮的頭髮，小煥的的鮮紅的嘴唇，小煥的淡紅的臉頰。

小煥看爸爸望着她，小圓臉，靜靜的。長黑的臉毛垂下來，黑棋子的眼珠一動不動的停望着身上的紅條子：「新娘。」

他能責備她嗎？他能說她什麼呢？

他抱起小煥來。……小煥唱起來。唱的是尖嗓子的歌，溫柔的歌，女人的歌。

像個扭古糖兒似的，肩膀一動，腰肢一轉，小煥跳下來了。小煥要跳舞。兩個手張喲張的，腰彎起來，頭彎起來，腿和脚輕輕的屈伸起來，運動着輕巧的步伐。嘴裏一邊唱，一邊舞，唱的是女人的歌，跳的是女人的舞。

「我教你的『大路歌』呢！」于先生叫着問。小煥只是不聽見。她跳着唱着，叫四個孩子也跟她唱。邊唱着邊跟她的爸爸說：

「你給我買一件跳舞衣。短袖子，下面大大的，有花邊的。才好呢！……爸爸，給我買。」

不等爸爸回又說話了！「還給我買一雙皮鞋。花的。不像我那雙皮鞋。要花的。」

還怕爸爸不明白，特地停下來指指一個名叫阿巧的女孩脚上的皮鞋，說：「像這雙。有花的。好看。」

那天以後，小煥便醉心跳舞衣和花皮鞋，時時的跟她爸爸說要買。

往往在她睡覺時候，爸爸陪她睡，總可以聽到她的絮聒。時辰鐘走動着，發出一種單調聲音。

窗外，雨停止了。從屋簷上滴下的殘滴漏到玻璃窗上，滴，滴，滴，……

炭火是熄了。剩餘的細微的紅光，斑剝的灰黑色中滲雜着熊熊的閃光，偶然因炭火的熄滅和大塊小塊間的傾軋發出低低的格嚓聲。擱在鉄板架上的一壺水絲絲絲的響着。一滴兩滴冒出來，落到炭火上便是一聲「嗤」。蒸氣騰滿一屋子，此刻因水壺裏水減少漸漸冲淡了些，只是靠爐的一邊依然是罩着氤氳的白汽。玻璃窗外面堆着銀白的雪，被夜罩着，顯得漆黑中的。細圓的水粒，鑲在窗上，密密的。……

望着炭火的紅光，小煥叫着：

「紅！紅顏色才好看啦！給我買一雙紅皮鞋。……花皮鞋。……爸爸，我還要買一盒胭脂。……要紅的才好看。……紅胭脂……爸爸，也給我買粉啦！……說了就要買，不許騙人。……騙人的不是好爸爸。……紅皮鞋，花皮鞋。……像阿巧穿的。……呵，爸爸，還買件跳舞衣。……要花的。」

小煥說起來總是買這樣買那樣。買東西爸爸可不氣。小煥要買的東西爸爸總買的。可是小煥這幾天要買的東西總是女人的東西，女人的東西爸爸就不高興買。

而且，爸爸不懂！爲什麽這大的一點小孩就歡喜愛打扮？要打扮成一個女孩子？

「不，阿巧的皮鞋不好看。跳舞衣也不好看。我給你買一套西裝，像永綱的的。花皮鞋！有什麽好看呢？給你買一雙男孩子穿的皮鞋。」爸爸說。

「永綱穿的一點也不好看。阿巧穿的好看。……花皮鞋，好看。……跳舞衣，紅胭脂，搽在臉上，還有……還有口紅……媽媽的口紅你給我買一盒。……我也會搽胭脂。……搽粉……我不愛永綱的衣裳。」

小煥有點瞌睡了。眼皮垂下來。一會兒睜一會兒閉。睜開的時候便停在于先生臉上，從被裏伸出一隻小手來搖搖爸爸的身體，爸爸叫他放進去，免遭涼，她果然乖乖巧巧的依話放了進去。閉着眼竭力想睡。

格軋！……炭火發出一聲微響，驚動了半睡的小煥；她能從薄紗帷帳中看到閃爍了一下又寂滅的火光，鬆弛的腦經又興奮起來。

她又嚷起來！「爸爸，給我買啦！別忘記啊！」

「為什麼你歡喜這些東西呢？——你歡喜粉，胭脂，花皮鞋？」有意的逗着孩子玩，還學着小煥不正確的語音叫皮鞋「蒲鞋」。

「臉上搽得白，好看！」突然又興奮起來了，張開兩隻眼，黑睫毛一閃一閃的，小的下頦，弧形的嘴巴，充滿恬靜，平和，安逸，勻稱的臉龐，突然轉成興奮。這時，她伸出一隻小手來做着勢。顯見她思想激動着，她有說不盡的話要說，汩汩的泉水從簡單的腦子裏，從拙笨的嘴裏，流出來，流出來。她一連串的說：「嘴唇上畫紅了。……紅的，口紅，像媽媽畫的。……那天媽媽到朱大伯家看結婚，畫得紅紅的。……爸爸，我也畫！……給我買一盒。我要穿跳舞衣跳舞。我要花皮鞋。我要胭脂。……我要……我要……好看……好看……」

我要，我要……越說越模糊了。于廷華正站起，忽然小煥又叫起來！

「爸爸！」她還沒睡着。她又同爸爸說話了！「頭髮留起來。像阿巧樣子。童話式。」

爸爸點點頭答應。又坐下來。

到最後一壺水沸的時候，小煥睡着了。

小煥的臉的確可愛！細微的呼吸平靜的面容，躺在這安謐的夜中……圓臉的充實，黑眼珠的智慧，嘴角的靈巧。他用手摸摸她的嘴巴，她動了一動，頭翻到裏邊去。暗淡帳中頭髮是一團黑色。他想起她說的留成「童話」式的髮。憑他想像他把她看成已經留起童話式——女孩子的頭髮，她的紅的頰，她的紅的唇，他感到心中沖來一陣陣寒的潮。波湧着，衝激着，這些冰冷的潮水被風鼓動，往岸石上衝，這是心的岩石的打擊。

我要……我要……聲音還響着。幼稚的，切望的，躍動着生命之力的追求。她愛美！她愛為她的天賦所需求的一切。

她到底是一個女兒！

縮回手，冷冷的，摸到一樣東西。那是一雙假寶石別針。

時鐘滴滴的。單調的響聲。……爐火熄了。發出最後的一聲「嗤」。

又一年。……小煥添了一歲了。

應該到了入學年紀。于先生要送她上學校去。等一個半月後便是春季的開始，她就可以上學。于先生主張進第一小學，第一小學是男女生都有的。小煥到現在還是穿的男子衣服，于先生也仍舊把她當男孩看待。

媽媽不肯，理由是：小煥這樣大了。還穿男子的衣服，剪圓頂頭，這算什麼。她主張把她還了女孩的裝，送她進縣立女子小學。兩個人爭了半天，爭不出一個辦法來。媽媽說：

「還是問小煥吧。……不，小娥，應該還是叫小娥了。…

…問她自己究竟願意進那一個學堂？」

「小煥，你說。……你要進第一小學還是女子小學？」跟着掉過頭來找小煥，小煥却已經不知到那去了。媽媽喊了一陣，小煥在房裏應聲。媽媽和爸爸進了房，看見小煥躲在房角落裏不知做什麽。走近一看才知道她正在編織着毛頭繩。兩根竹針，在手裏活潑的運轉。有三寸闊的毛冷已經編起來了。

這眞是出于先生的意外！于先生還不知道女兒童學會了編織。她眞是一個女孩子！女孩子的一切……她都歡喜。她也都有天才。

搶過毛冷物一看，編得雖不十分勻稱，但是花紋的圖案竟很少錯誤，出自一個六歲小女孩之手確是値得驚異的。于先生說什麽，于太太看了却祇是望女兒笑。她覺得女兒眞是能幹。

小煥搶過毛冷物，手裏又忙着編起來。她不要爸爸媽媽在房裏。

「你說，你應該進學校了。你願意進那一個學校？第一小學還是女子小學？」媽媽問。

小煥楞了楞，媽媽又說：「第一小學裏有男生有女生。女子小學完全是女生。」

「我要進阿巧的學堂。阿巧的。」小煥頭昂昂，高興的，像個戰勝的雄雞：「我歡喜阿巧。阿巧教我編毛冷。編手套。她說還教我編衣服呢。她毛冷衣也會編。她說還教我做小寶寶。布做的。小寶寶。還給小寶寶做衣裳，做小毛冷衫。做小鞋子，做小帽子。……她有一個小寶寶。她還給小寶寶做方被，做褥子。還有一隻花的小枕頭。小寶寶睡的枕頭。」

一口氣說下去，眼睛微微閉着，沈浸在夢裏。美的夢，模糊的夢。小小的心，小小的身子，輕輕的飛起來，像歸巢的鳥飛翔在黃昏。美的，模糊的。……眼珠閃了閃，下邊，上邊，掠了爸爸和媽媽一眼，充滿着愉快的光，仁慈的光，一個慈母撫着幼孩的聖潔的光。由溫和的愛撫，模糊的神恩，沈酣的睡境，興奮起來，由夜中的深谷走到晴光的平源，一溜烟的語音，和諧的音樂，打動在心坎，——彷彿她自己也聽到自己的話語，爲另一個理想的聖潔的人而愛撫，而鼓動，而促進着，使她爲聽到綠岩密密鮮中汩汩的溫泉，蜜蜂的癡語，半意識的或甚至不可知的而她竟是被一個理想的聖潔的人牽到一種由自己的心力翺翔的世界。不是她，而是另一個人。也許是另一種光，另一種聲音。

看她伸直頭頸，這個旁若無人的滑稽樣子，于先生笑起來。

于先生愛小煥，決定答應讓小煥進女子小學了。可是，事有湊巧！阿巧搬了家，爲了路近，阿巧下學期改進第一小學。

小煥要跟阿巧自然也跟進第一小學。

小煥要跟阿巧學習一切。小煥歡喜的東西是阿巧歡喜的。小煥要編毛冷，小煥要搽胭脂，小煥要玩小寶寶。

在一道上學自然機會更多。阿巧常到小煥家來。在學校裏年級不同，可是下了課總是常常見面。小煥照舊穿男孩衣裳，只有阿巧曉得她是女孩。阿巧常常勸她改穿女孩的衣裳。她說：

「你是女孩喲！你又不是男孩！難道你不願意做女孩麽？」

「我願意的，是爸爸𠹌我穿這樣的衣服。」

「你可以同爸爸說。你就說：我不穿這衣裳。」

「衣裳要做起來。裁縫就做了。等幾天就可以穿了。……我穿起衣裳來，便好搽胭脂搽唇膏。……穿這衣裳什麽也不好搽。」小煥看看衣裳有點討厭。她想起昨天穿衣裳搽胭脂，被幾個男生譏笑的一回事。

不知道怎麽的忘了！媽媽到張嬸嬸家吃酒的那天，胭脂潑了一點在桌上，中午回家吃飯時看見，順手敷了一點。走到教室，張大忠，謝果勤，黃嘉意三個人走上來，迎着自己，劈劈拍拍的鼓手。

一陣喊！「看喲！于小煥搽胭脂。」

「男孩子不作興搽胭脂！搽胭脂的是女人！」

「我們男人！不搽胭脂，連粉也不擦！」張大忠指指粗黑的臉皮，伸出手來拍拍胸脯，好漢的樣子。

「她本來是女人麽！聲音尖溜溜的」謝果勤頭一摔，擠了擠眼。

三個人引起了一班學生竟都跟小煥鬧起來，說小煥是女人。小煥搽胭脂！小煥搽胭脂！大家當做一件滑稽故事你告訴我我告訴你。小煥今天嚇得連粉也不敢擦。

下課的時候教室裏也不敢蹲。她還是祇有找阿巧去。阿巧的臉上搽了粉，嘴唇上塗了口紅，沒有人說她。因爲她是女生，小煥看了心裏有一種感覺。她想：我爲什麽也不像阿巧？

阿巧坐在位置上，文文靜靜地，不像那些男孩子起上舞落地打喲鬧喲的。男孩子全是些淘氣東西！眞討嫌！……阿巧有這一種感覺。她不願意做男孩子！她歡喜文文靜靜的坐着，歡喜看看書，自然也歡喜編結些毛冷衫之類，歡喜玩小寶寶。

阿巧看見她來招呼她坐下來。小煥坐下以後，看看這一張和阿巧相聯的書桌上面放了一本書，書上寫的名字是張麗珍，問道：「換了一個人同你坐麽？」

阿巧點點頭：「換了一個女生。原來是吳玉銘。男生眞討厭！時時的打架。有一次打到我桌上來。我的一瓶墨水也翻了。……吳玉銘也挺髒。寫字的時候常常墨水洒到我衣上。是我跟秦老師說掉換張麗珍坐的。」

對於男女女生小煥沒有正確的見解。小煥聽了這話想起的祇是：歡喜打架，滿臉黑墨滿身泥汚的學生，這些學生可都是男孩子。這些男孩子小煥就挺不喜歡。

小煥沉默着，阿巧的手伸到抽屜裏拿出一件小的毛冷衫來。一個玩具嬰孩僅能穿着的毛冷衫。她告訴小煥：「這是我的小寶寶穿的衣裳。你的小寶寶要不要也結一件？」

「我自己編着。」小煥說：「只是有一處編得不像。」

「哪一處？」

小煥眼睛閉了一閉，又睜開來，半響不言語，停了一會才搖搖頭笑着說！「我說不出來。總是不像。」

「給我看看。」

「在家裏。」

「晚上到你家去。」

說過了這話，阿巧果然晚上到小煥家來。經過阿巧一指點，小煥又順利地編了下去。

春天的夜晚。……帶着早開的繡球花的香風吹進窗子。窗戶開了一扇；白窗帘拂拂的飄動。夜深了。寒氣加重；小煥忘記冷，全神祇是貫注在手裏還差幾針，就可完成的小寶寶冷的衫。

終於結成了針落下地。……她開始感到疲倦。窗帘，簌簌簌的響，輕輕的碰到牆上的聲音。

新鮮的夜風，包涵着無數神奇的童話，和千萬美麗的植物的氣息，扣擊着一個女子孩的心，解除她的疲倦。

她打開抽屜取出一個白雪公主樣子的「布偶」來。這「布偶」有了帽子，有了鞋子，都是毛冷的，就只差一件毛冷衫。現在也有了，她給她穿起來，拙笨地，費了好大的力給她穿上身。

她想起媽媽新養的一個小弟弟，還要給孩子吃奶，還要給孩子抱……她的腦中閃出一絲亮光，從漆黑的愚昧無知中，她的心充滿一種力，溫暖與愛，她的雙手抱起了布偶，膀臂還不自禁地顫着；來回的走。……她又蹲下來，抱着了小布偶，嘴裏做出「吁吁吁」的聲音，要孩子撒尿。好像孩子頑梗的忍着尿，不聽她話，她發起威來，打了一記布偶屁股。嘴裏還說道：「不尿！不尿！」

又來回的走起來，嘴裏哼呀哼，不知是唱的什麼歌。

來回地走了幾次，她覺得疲倦了。——混和了她的理想中的一個母親應有的疲倦，重重的放下布偶，不高興的聲音！

「怎麼老不睡！把人累死了！」

她便走到窗子邊。窗子忘記關。……她，癡癡地嗅着白繡球的香氣……

還是她爸爸來驚醒了她！

「怎麽到此刻還沒睡！……開着窗！」

小煥睡着了。……小煥今天睡得很甜。她的興奮的心存着期待。因爲爸爸在她上牀睡覺時，這樣和她說：

「明天你就要穿新衣服了。你還是做一個女孩吧。」

爸爸還摸摸新養起的頭髮，說：「可以梳個『童話』式了。」

「你好給我買胭脂了。買唇膏，買跳舞衣。女孩總可以搽胭脂，搽唇膏，穿跳舞衣啦。」

小煥這樣說，爸爸點點頭。還說一疊新衣服放在櫈上。

小煥醒的時候，天才亮。她睡不熟了。望望房裏，灰黑的一片。但是，摸糊中已看到牀邊一個凳上放着的一堆衣服。她的心開始跳起來。她要穿這些衣裳。雖然是新穿的，却又好像隔別了多時一樣。這一個新鮮的但却是十分熟習而又隔別多時的裝束。

穿起一件紅底黑花格旗袍，穿起花皮鞋，照了照鏡子。她有一種赧然的陌生的感覺，又是這到底也被一種自然舒適之感征伏了。

放低脚步，到媽媽那裏取來了粉，胭脂，唇膏，她在洗過面後化了粧，只是頭髮還是男孩的圓頂。于先生進來看見女兒這樣，哈哈哈的大笑。

「我是一個女孩子！」小煥大聲的，好像驕傲的說。

「好，你做一個女孩子吧」爸爸知道自己過去所做的祇是一幕趣劇。

現髮匠來了。很快的小煥的頭髮改變了個式樣。

小煥跳跳蹦蹦的上學校去，像一頭快活的小鳥。

「我是女孩子！我是女孩子！」逢人便告訴她今天改裝的事。說她原不是男孩子，她祇是穿的男孩的衣服。她露着驕傲的樣子。

她還走到媽媽的房裏，臉湊到那一個新養下的嬰孩——她的小弟弟——要他叫小姐姐。

「叫我姐姐！叫姐姐！」態度也是挺驕傲的。

看她這樣老氣橫秋的媽媽只是笑。

一封扯碎的信

黃連

前天我正在整理舊書，忽然從書裏掉下一封信來。這封已經扯碎而不知給誰的信，原是我搬進這屋子的時候，在廢紙堆中檢得的，費上三四小時的拚湊，才讀了個大概

這封信裏的敍述，正是現社會的一個大問題。我不知道那些有子女的離婚父母，讀了有甚麼感想。

親愛的爸爸：

你收到這封信奇怪嗎？想不到我會給你一封信的吧！像這樣的信，也不知寫了幾多封，可是始終沒有寄給你，希望這封信可以送在你手裏。

心裏有多多少少的話要向你說，一捻起筆，又不知打那兒說起，喔，爸爸，我天天想念你，不知道你可記起我的媽媽和小莉兒麼？

自從這天在張律師家裏和你分開以後，一直不見你回來，我時常問媽；甚麼時候爸才來，媽老是就不知道。有一天我和佩佩在一起玩洋娃娃，她的洋娃娃眞好玩；會閉了眼睛睡覺，坐起來會叫媽。我的鷄蛋殼洋娃娃一點也不好，不會睡，不會叫，我喜歡抱她的娃娃，佩佩不肯，她說；你要玩不會叫你的爸爸也去買一個。我回到家裏一定要媽媽去找你，媽媽不肯。我儘是哭着鬧着不肯睡，一定要找爸買洋娃娃。媽氣得要打我，可是沒有打，她自己却哭啦，她說爸爸已經和她離婚，怎麼可以再去叫他。她又對我說：「爸爸已經和別人結婚，早有了兒子啦，你以後別再提起他，免得媽心裏難過。」

啊！媽不肯叫你來，你又不來，那末我永遠不能有爸麼？對面小妹妹死了爸，不能再有爸，我的爸沒有死，爲甚麼沒有爸？

這天之後我不敢向媽說起你，可是心裏老是忘不了。瞧着佩佩一手拉住媽，一手牽住爸，跳跳蹦蹦地出去，又跳跳蹦蹦地回來，多好！我呢，我祇有叫媽媽做一隻小拎袋，一手拉着媽，一手拎着袋出去，才不覺沒意思。

瞧着別人叫爸爸，眞眼紅！我常常一個人躲在小房間裏，捧着你的照片叫爸爸，又學你的聲音代你說：「小莉兒，乖乖，不久，爸爸會回來的。」爸，你眞會回來麼？

我生日這一天，舅舅舅母送我許多糖果和蛋糕，我非常快樂。想到去年你買的那一隻大蛋糕，中間插着十一支顏色的小臘燭，你和媽笑嬉嬉地點亮臘燭，叫我用力吹。我一口氣把火全吹滅，你們大家都拍手慶祝我這一年的幸福。不料過不了幾個月，你就和媽媽鬧皮氣翻啦。我總抱怨這天的一吹，把爸爸吹跑，快樂像燭火般熄滅。所以今年的十二支臘燭不叫點，怕的會把媽也吹跑，那我怎麼過日子呢。

到了聖誕節，學校裏向例要請家長看學生做戲。今年我要獨唱一支西洋名曲「甜蜜的家」，這天恰巧媽媽，傷風發熱，不能來聽我唱歌，我心裏說不出地難過。站在台上，瞧見佩佩的爸媽向我微笑點頭，我望着台下黑壓壓的賓客，沒有一個是我親愛的人。爸，如果你坐在下面，瞧見我出來，一定會向我睞眼睛，做個滑稽的臉。可是這裏沒有這一張熟悉的，可親的臉。「甜蜜的家」，我以爲有爸有媽的家才是甜蜜的，我的家沒有爸，不是甜蜜的家。唉，爸，我想着眼前的孤獨，和家又不是甜蜜，鼻子酸酸的眼睛有些潮濕，不想再唱下去，可是我已經站在台上，一定得把曲子唱完。不然，金小姐會罵我，因爲她費了許多時間爲我練歌。那時候我的聲音顫抖了，把頭抬向上面，眼睛用力地擠，這樣眼淚仍然掛在面額上。被大家一陣熱烈的拍掌，又響又長久，我這就樂啦。來不及擦乾眼淚，就笑嬉嬉隨着金小姐出來向大家鞠躬。後來金小姐對我說，我唱的歌含有情感的。我不知甚麼叫情感，不過我是在想念你！

爸呀，我今年已進初中一年級。你從前不是允許我；進了中學買一支鋼筆給我嗎？現在我已是中學生了，你的筆可曾買好麼？在小學念書的時候，不會做算術。有一天和佩佩一起預備功課——我做算術她抄書——我做加減法全要數手指，如果七加上八，自己的手指不夠用，一定得向佩佩借七個手指頭，她要抄書，不肯借。我急得哭了。剛好爸，你回來了，知道了這件事情，笑得要不得，你立刻借兩只手給我用，並且答允我不討還。以後每逢到我做算術，爸老是趕快伸出手來借給我。爸爸，現在我可以不用數指頭啦，新近已經教了代數呢。

忘了是那一個下雨天，張媽到校裏來接我，我們倆合撑一把傘在霞飛路上走，忽然斜裏拉來一輛車，坐着的人正是爸，你。我停住脚要叫，你的車已經像飛地去了。我剩下張媽，回轉身趕着你的車，不管大雨，不管地滑，拚命的奔着叫着，不料在水門汀上一滑，跌了一交，頭上撞起一個青塊，膝蓋上擦了一層皮，身上是泥水，可是追不着你。我哭了，爸，你全不知道吧？回到家裏，媽又說我：「那末大的姑娘，還是頑皮，瞧你怎麼得了！」爸，你想這也算頑皮嗎？

過了一天，媽對我說：「你那末愛你的爸，我懊悔當初領你來，明天送你爸那兒去吧，可是你得知道；到了爸這邊，可不能又要媽。打定主意，你要跟誰。」喲，這可把我難住啦！我愛爸，同時也愛媽。不過想到爸已另有了媽，媽呢，仍是孤零零的一個人，小莉兒不陪媽，誰陪媽呢？我不喜歡媽有個新的爸，和不喜歡爸有個新的媽一樣。

上個月是三外婆家的大姊姊做新娘，媽帶我一起去。大姊姊穿了白的禮服眞好看，我喜歡那條長的白紗。二舅媽見我喜歡那塊紗，對我說：將來小莉兒做新娘要用更好看的紗。爸呀，紗是我喜歡的，我却不想做新娘。自從你和媽離開之後，我常見她在沒人的時候流淚，是的，她太冷靜啦，如果我做了新娘，媽不是更冷靜了嗎？結了婚，又要鬧離婚，反正不結婚的乾脆，爸，你說對麼？

他們說爸喜歡兒子，不喜歡女兒，所以不來看小莉兒。爸，我不相信你這樣。「兒子」和「女兒」這四個字，大家都有個「兒」字，「子」字和「女」字全都是三劃，有甚麼分別呢？依我想，新生的小孩不會叫，不會做事，有甚麼可愛呢。爸，我不是會做活麼？你從局子裏回來，我拿拖鞋給你，把你脚上的皮鞋脫下，套在拖鞋裏。你抽烟，我給你點火。我聽爸媽的話，我肯念書，爸你能說不愛我嗎？

今天媽到舅舅家去，我一個人在家。現在我甚麼地方都不想去，瞧着別人家熱鬧，心裏不舒服，不如在家裏靜靜地玩。我的刀片已經鈍——現在我知道不能說刀「慢」，該用刀「鈍」——了，不能削鉛筆，媽不剃鬍子，沒這玩意兒，希望你來看看我，把舊刀片帶來，再見，親愛的爸爸，祝你快樂。

你的小莉兒寫

俾魯克

屠格涅夫
楊絢霄 譯

我從打獵回來，獨自一個人坐在一輛四輪車裏；我離開我的家還有八「芙斯脫」（註一）。我的那匹好馬，牠是從不困憊的，沿着廣闊的灰泥路疾馳着時時豎起牠的耳朶，並且還發出一種窒息般的噺聲；我那疲乏了的狗緊隨着四輪車：人們或許會想象牠是和車輪繫在一起的。風暴是快將開始了。正對着我，一堆大而黑的雲慢慢地從樹林裏昇起來；灰色的雲朶迅速地向我進逼，柳葉帶着一種颯颯聲開始搖曳着。暑熱，直悶到那個時候才突然降低，大氣也變成了寒冷而潮濕；天色是逐漸地烏暗起來。我用勒韁輕緊着我的馬，牠降到深谷裏，順遂地穿過了邊上長着矮樹之小型而乾涸的溪床，向對方登昇，然後跑到森林裏。我所走的路是要繞過一叢密集的榛林，在那裏，天色已黑，我幾乎是胡亂地駕馭着。當我的四輪車每次碰到了年代久遠的橡樹和菩提樹的節根，總是陷在由車輪刦成的深轍裏；我的馬便開始顛躓着。突地，抬起了一陣猛風，嘯着襲過了樹林；在簇葉上可以聽到幾點大雨滴的淅瀝聲；閃電滑過了天際，接着便是一陣雷聲。大雨馬上就象瀑流般地傾瀉下來。我弛緩了我的速度，而且不久就被逼停車，我的馬陷在泥濘，我是再也不能看見兩步以外的景物了。不過，我終於躲避在一顆鬱葱的矮樹下面。竭力地傴着身子，把我的頭藏在大衣裏，我是耐心地等候着風暴的終了。當一陣電光閃耀的時候，我看見路上顯出了一個人影，因爲我看見他是站在我的面前——在四輪車的近傍——正好像是從土裏鑽出來似的。

「你是誰？」高大的聲音問道。

「你又是誰呢」

「我是守林人。」

我把我的名字告訴了他。

「啊！我知道你！你回家去嗎？」

「是的，但是你聽到這風暴聲嗎？」

「怪猛烈的」，幽靈回答道。

但是就在那個時候，一陣光耀的閃電照明了路，而我也能淸楚地看見那個向我招呼的人。這突然的閃電接着便是一陣强烈的雷聲，而雨也比先前更大了。

「這雨不會馬上就停住的」，守林人又添上了一句。

「那怎末辦呢？」

「假使你願意的話，我就把你帶到我的屋裏去」，守林人粗魯地說道。

「那你眞大幫我的忙了。」

「請你就坐吧。」

守林人走到我的馬前，他挽着韁，在前引路。我緊握着四輪車的坐墊，車子正像一葉怒海中的小舟那裏地前後顚簸着，我却叱喝着我的狗。我那可憐的馬在濕泥中趦趄前進，而且每走一步總要顚蹶一下。守林人在前面走着，一忽兒在車槓的右面，一忽兒在車槓的左面，正象一個鬼魅針向着黑暗行進。這樣地，他是過了樹林的一部份，我們的嚮導便停住了。

「現在到了我的家了，老爺，」他鎭靜地對我說過。

側門的鈕軸咯吱地作嚮，小狗在庭院裏開始同聲地狂吠着。我抬起頭，在閃電的亮光下我看見一間小屋，牠是位於一塊圍有籬笆的大地中央。在這個地方的一扇窄隘的窗牖裏，透出了一線闇淡的光。守林人把我的馬牽近踏階，於是敲着門。

「來啦，來啦，」幼弱的聲音叫道，於是又聽到一陣赤脚的擊拍聲。鐵門嚮了，一個至多十二歲的小女孩，穿着一件短的寬博外衣，腰際用細繩縛緊，就出現在門限上，她的手裏握着一盞提燈。

「照着這位老爺」，我的東道主對她說道，「要把那四輪車放到披屋裏去」。

小女孩瞧着我，走進了小屋。我跟着她。

守林人的家就是一間小房；而且是一間敗陋的小房。低矮，烟塵燻染，而且沒有我們通常在一間農舍裏所能看到的器皿什物。那裏既沒有板壁，又沒有閣樓。牆上掛着一條襤褸的羊皮上衣，除此而外，在長凳上，放着一支鍁，牆角裏堆積着一大捆破布。在火爐旁邊，放着兩隻火缽，這些就是一盞松節燈（註二）的閃搖光芒下所能辨識的全部傢俱了。在房間的中央，放着一隻搖籃，牠是和一根長柱的末梢緊縛着。小女孩熄了提燈，坐在一條踏脚凳上，開始用一隻手擺動着搖籃，而以另一隻手挑剔松節燈的火焰。我向房間的四周瞧了一下；我瞥見的景象深深地感動着我。再沒有其他的東西是要比較農人小屋的內部在夜晚時更來得慘黯了。睡在搖籃中的小孩艱困地呼吸着。

「你一個人在這裏嗎？」我向這小女孩問。

「是的，我一個人，」她用一種微弱的怯懦的聲音回答道。

「你是守林人的女兒嗎？」

「是的，」她囁訥着。

門兒呀的開了，守林人為了要跨過門限，便傴着他的身子，他走進了房裏。他拿起地上的提燈，把牠放在桌上，為的是要燃着插在那裏的一支蠟燭。

「你或許不慣於點松節燈吧？」他向我說道，把他的頭髮揮向腦後。

我留心地打量着他，他的外貌感動了我。他是個高大的漢子，闊肩膀，長着一幅人們很少見到的軀格。他那胸脯和堅實的臂腕的筋肉從濕透了的厚襯衫的襞襉下凸了出來。他那峻嚴而剛毅的臉龐的下半都遍生着濃密的黑髮，他那凸露的，烏黑的半閉的眼睛被怪好看的眉毛遮掩着，幾乎合在一起。他站在我的面前，他的雙手按住他的腿部。

我向他表示謝意，並且探問他的名字。

「我的名字叫做福瑪，」他回答道，「但是別人都叫我俾魯克。」（註三）

「啊！你就是俾魯克？」

我帶着倍增的興趣瞧着他。我是時常聽到哲慕蘭和這個鄉村裏的其他居民提起這個守林人俾魯克的，農人們害怕他正如他們害怕火種一般。從來沒有一個人，他們說，是肯對別人囑託他的職務那樣地留心去執行的；他簡直不肯讓他們拿去一些些柴薪。

在白晝無論那個時候，即使是在午夜，他又會用一種霧霈的突擊攻襲他們，並且還沒有人敢抵抗他；他是和惡魔一樣地强壯而敏捷。沒有方法可以收買他；沒有東西可以籠絡他。他們好久便想把他送到另一個世界裏，但是他們却全然失敗了。

這就是俾魯克對於鄰近農人的威信。

「那末，你便是俾魯克？」我對他說，「我是時常聽到別人提起過你的；朋友。他們說你是無情的。」

「我執行我的職務」，他粗魯地回答道，「一個人不祗吃他主人的麵包，並且還要以功去獲致麵包才是。」

他拿下掛在他束帶上的小斧頭，坐在地上，開始做着松節燈。

「你沒有妻室嗎？」我向他問。

「沒有」，他回答，用他的小斧頭重重地擊了一下。

「那末，她死了嗎？」

「不—是—她是死了」，他答道；於是他走開了。

我沉默着。他抬起了他的頭，向我瞧着。

「她跟着一個過路的布爾喬亞逃走了」，他帶着一種殘酷的微笑對我說。他在說這話的時候，小女孩低下了她的頭。小孩醒了，又開始哭起來。小女孩跑到搖籃邊。「這裏！拿去吧！」俾魯克拿出了一隻滿佈塵屑的哺乳瓶對她說道。「看那裏！她連這個都丟棄了」，他指着這小孩用一種低弱的聲音繼續道。於是他走向門邊；但他又停了脚步，向着我。

「無疑地，你是不願意吃我們的麵包的，老爺？」他對我說，「但是我們也祗有這些。」

「我並不餓。」

「隨你的便吧。我眞該把我的銅壺熱起來，但是我却沒有茶葉。我該得去瞧瞧你的馬。」

他走了出去，隨着把門兒砰的關了。於是我又開始體驗着這小屋的內部；這看來好像比先前更淡暗了。在烟氣長久逗停着的地方所特有的那種辛辣的氣息壅窒着我。小女孩帶着一種沮喪的神色兀坐不動；祗不時地推着搖籃，怯懦地拉起了披在她肩上的外衣；她這赤裸着的小腿垂在踏脚凳的側邊。

「你叫什麼名字？」我問她道。

「奧麗泰」，她說道，把她瘦削的臉龐更屈得低些。

守林人回到屋裏，他坐在長凳上。「風暴是停息了」，在刹那的寂靜後，他對我說道，「假使你願意的話，我便領你走出這樹林。」

我站了起來。俾魯克拿起他的鎗，開始檢查鎗關。

「你爲什麼帶着牠？」我向他問道。

「那邊的樹林裏是時常出亂子的，在瑪麗的深谷裏，有人在砍樹裏。」

「你在這裏怎末能聽見呢？」

「不是在這裏，是在庭院裏聽見的。」

我們一塊兒走了出去。雨是完全停止了。烏雲的厚幔伸展在地平線上，但是我們頭上的天際却是深藍色的，星兒通過了浮動着的雲塊不時地閃爍着。人們也已經能夠分辨出樹的形狀，這些樹是剛被大風吹擊得那末地猛烈。我們傾聽着。守林人除下他的帽，沉下了他的頭。

「那裏，那裏是，」他突然對我說道，伸出他的手，「他們已經選了一個好夜晚來幹他們的事！」

我聽不見什麼動靜。我祗聽到樹葉的瑟縮聲。俾魯克從披屋裏牽出了我的馬。

「假使我們不趕快的話，」他對我說，「我將會趕不上他們的。」

「我想和你一齊去。你願意嗎？」

「好」，他說着，又把馬牽回去。「我們不久就可以捉住他們；於是我再領你回去。來吧！」

我們出發了。俾魯克在前走，我便緊隨着他。我眞不明白他怎末會在樹木和叢林裏認出他的路，但是他却毫不猶豫地走得很快，並且還時時憩住脚步，傾聽着斧頭的砍擊聲。

「聽哪！」他咬着牙齒說道，「你聽見嗎？你現在聽見了嗎？」

「在那一方面？」

守林人聳着他的肩膀。

我們走進了山谷。但是在沒有風的時候，我也能很清楚地聽到斧頭的砍擊聲。俾魯克望着我，點着他的頭。我們繼續走着，經過了鳳尾草叢和蕁蔴叢。我聽見一陣嚮亮而拖長的坼裂聲。

「他已經把牠吹倒了！」俾魯克喋囁着。

這時天色明朗，我們已經能夠看出我們是在樹林之中。我們終於走到了深谷的盡處。

「在這裏等着我，」守林人低聲地說着；於是扳上了鎗機，他僂着身子，穿過灌木，便不見了。

我留心地靜聽着；雖然風在怒號，但我却能聽到離我不遠的地方有種微弱的聲音。有人在用斧頭砍着樹枝；於是我又聽到馬兒的呼吸聲以及由輕四輪車車輪所發出的嘎滴的轣軋聲。「你到那裏去？停住！」俾魯克突然用種雷鳴般的聲音呼喊着。在這呼喊之後接着便是一種像兎子哀求般的號泣聲。格鬪大約快開始了。「不！不！」俾魯克屏息地重複着，「你不要離開我。」我向他們那裏狂奔着，在絆了幾交之後我就跑到這格鬪的場所。守林人伏在一顆倒樹脚根的地面上；他把那掙扎着的小偷捺在他的底下，還正想用一條繩子綁住他的手。我急忙地向他們奔去。這農人穿着破爛的衣服，混身濡濕；一叢漫長而散亂的鬍鬚使他的臉龐顯出一種非常兇狠的樣子。俾魯克站了起來，强迫他的俘虜也這樣做。一匹消瘦的馬，背上蓋着一條破席，並且在離叢林沒有幾步遠的地方又停着一輛輕四輪車。守林人沉默着；農人也沉默着，祗搖着他的頭。

「就放他走吧，」我按近俾魯克的耳朵輕輕地說道，「我會償還這顆樹的代價的。」

俾魯克並不回答；他用他的左手抓住馬鬃（他已經用他的右手握住小偷身上的帶子）。

「來吧，掉轉你的身子，癟三」（註四）他粗暴地說道。

「那邊是我的一柄小斧頭；拿着吧，」農人囁訥着。

「這是不該失落的，當然囉，」守林人答道，拿起了那柄斧頭。

我們動身了。我在後面走着。當我們走的時候，幾點雨滴告訴我們風暴還不會停止，而且不久，的確，大雨像暴流般地傾瀉下來。我們經過好些困難才回到了守林人的家。當我們走到那裏俾魯克便收馬兒留在庭院的中央，引農人到小屋裏，解開了他手上的綵帶結，叫他坐在牆角裏。我坐在他對面的凳子上。

「多大的雨！」守林人對我說，「你一定要等到牠停憩後才好走。你願意躺一會兒嗎？」

「不，謝謝！」

「我該得把他放在窄小的側屋裏，這樣才不致驚吵你，」他指着農人對我說道；「但是這門——」

「就讓他在那裏吧；他不會打擾我的，」我回答道。

農人瞧着我，並不抬起他的頭。我打定主義要把這可憐的人兒放走，不論出什末代價都行。他兀坐在長凳上——俾魯克進來時就把他放在那裏的。提燈的光使我能夠淸楚地看到他；我更留心地望着他。他長着一副消瘦而發皺的臉，無色的眉毛，一種惶遽的神色，他的身體瘦得令人害怕。小女孩在地板上直伸着她的脚。至於俾魯克，他却坐在桌子的面前，用他的手掩着他的頭顱。蟋蟀在牆角落裏彈奏着；雨滴打擊着屋頂和窗板。我們沉默着。

「福瑪科斯密基，」農人突然用種沈滯而破啞的聲音說道，「福瑪科斯密基。」

「你有什麼事？」

「放我走吧。」

俾魯克並不回答。

「放我走吧。我是怪可憐的。放我走吧。」

「我知道你，」守林人帶着一種陰鬱的神色說道，「你們全是一樣的；你們一個一個都是痞棍，而且一個比另一個更壞。」

「放我走吧，」農人回答道，「這管事的——我們是破產了；是的，是全然破產了。放我走吧。」

「破產？那不能成爲你應該偷盜的理由。」

「放我走吧，福瑪科斯密基。不要毀滅我們吧。你總明白什麼東西在等待着我們。這位管事將會呑滅我；的確，他會！」

俾魯克掉轉了身子。農人不時地顫抖着，正如害了瘧疾似的。他又用奇怪的樣子搖着他的頭，呼吸怱促。

「放我走吧」，他用一種絕望的語調繼續重複着，「放我走吧；看看上帝的面，放我走吧！我會償還你的，有上帝在。是的，我們眞可憐。孩子們在家裏啼哭着；那你是完全明白的。這怎末能夠叫人忍受呢？生活是那樣地困難！」

「那是一種無聊的辯解；那不能成爲你應該偷盜的理由。」

「假使你能夠把那匹馬還給我」，農人說，「至少要把馬還給我。我的全部財產就是牠。不要把牠拿去呀。」

「那不行；我已經這樣告訴過你。我也有我應盡的職責；我必須這樣嚴厲地對付你們。」

「放我走吧。我是可憐的，福瑪科斯密基；我是可憐的，我過的生活眞的這樣可憐呀。」

「我是知道你的。」

「放我走吧，看看上帝的面！」

「來吧，你還不停住你的口？你總知道我不是在開玩笑。老爺在這裏；你不會看見他嗎？」

這可憐的人兒垂下了他的頭。傅魯克開始打着呵欠，他的額顙倚着桌子。雨依然在下着。我不耐煩地等候着這件悲慘案子的結束。

農人突然地站了起來；他的眼睛發着光芒，他那蒼白的顴頰浮起了血絲。「來吧！這裏」，他叫着，他的眼睛半閉着，他的嘴唇恨恨地震慄着，「吞滅了我，可咀咒的兇手！啜吸着基督教徒的血；吸吧！」

守林農人掉轉了身子。

「我在對你說」，農人繼續道，「你，亞細亞人；（註五）血的啜吸者，你！」

「你瘋了嗎？」守林人說，「我想信你還是喝醉了。」

「喝醉了？我不會化你的錢來喝酒的，看我有沒有喝醉？可咀咒的生命兇手！殘酷的畜生！」

「我要教訓你。」

「不要對我說！我怕什麽？我是絕望了。你想想我沒有了馬將會怎樣？把我殺了吧；我祗原有了牠就不惜餓死的。讓我們全部立刻死了吧——我的妻子，我的孩子！至於你，不要害怕；我們將會再遇見你的！」

俾魯克站了起來。

「打吧！打我吧！」農人憤怒地繼續說道，「打吧！來，打我吧，現在！」

在說這些話的時候，那個躺着的小女孩驚醒了。

「住口！」守林人用種雷鳴般的聲音狂叫着，他向前踏上一步。

「來，放他走吧，福瑪」，於是我叫着，他是不會連累你的。」

「我不再緘默了」，這不幸的人用着一種比先前更要激烈的語調繼續說，「現在我寧願打死。你是一個生命的戕害者，一隻兇猛的野獸！但是，等着；你擅作威福的日子也不長了。你會被絞死的，你一定會被那樣做！」

俾魯克抓住他的肩膀。我跑去救那農人。

「隨他去吧，老爺！」守林人向我叫道。

這個命令並不使我害怕；我也已經伸出了我的手；這時，眞使我驚愕，俾魯克竟突地解去了縛在農人臂上的絲帶，於是抓住他的頸項，把他的帽子推到他的眼邊，開了門，而且把他推了出去。

「滾吧，你和你的馬！」當他看見他走了，他吶喊着，「提防我下次再捉住你。」

當他說這話的時候，守林人悄然地回到他的小屋裏，關了門，而且開始在牆角落裏搬動什麼東西似的。

「眞的，俾魯克」，我對他說道，「你眞使我吃驚不少。你是一個傑出的人！在我看來——」

「來吧，老爺，我們且不談那些吧！」他不耐煩地回答道，「你走了之後，再不要提起這些才好。現在我領你走吧，看起來這雨是不會馬上就憩住的。啊，他已經走了！」他用一種低弱的聲音說，當他聽到輕四輪車的車輪在滾過小屋窗前時所發出來的聲音的時候。「啊！我——」

在半小時之後，我在樹林的盡處向他告別。

（註一）芙斯脫（Verste）約合八分之1英哩。

（註二）是一種用松枝打成節結來燃點的燈，俄國農家多用之。

（註三）俄國人稱一般自食其力的驕橫人爲俾魯克（Birouk）。

（註四）俄音 Varona，是一種輕侮的稱呼。

（註五）俄國人常用的表性形容詞，大約起源於韃靼人侵入的時候。

骷髏

R. Tagore 著
余拯 譯

相連的這間房間，我們許多男孩們常常在那裏歇睡，那裏懸掛着一架骷髏，每到夜裏被風戲耍得急響，在這天這骨頭又在作響，原來是我們醫科學校學生，拿牠來做骨學的研究，我們的父母把我們送到這裏來，是決定使我們造成各種科學的主人翁，至於我們將來的成功，是不需要任何人知道，我們索性隱藏起來去努力我們的工作。

經過許多年之後，在這時期中，我們費盡腦力研究科學骨學，於是這架骷髏被我們摸索得有些消無，沒有痕跡，一天，我們的房間是被客人所佔據，我便在這間房中歇下，在現在這種生疏的環境之下睡眠之神是不肯降臨，我輾轉在床側，聽到時鐘「的答！的答！」的一時一時的推進，禮拜堂的鐘又在狂吼，最後那在牆角邊的一盞燈，數分鐘後，突然在發悶般的顫動，不久，完全黑暗，幾個死去的鬼魂似乎在出現，於是這消滅的燈，牽引得我，使我聯想到「死」，在這人間大的決鬥場中，我以爲這燈光便如人的生命之光一般，或是黑暗或是輝耀，整個循環不已。

我的心神又連續回想到這架骷髏，幻想着他生前的身體是若何的美麗，想至此，他的幽靈似乎來到我的床邊，摸索着我身邊的牆，同時更聽到一種很快迅急的呼吸，他似乎是來尋找一件東西一般，接着，一步緊的一步走來，我十分鎭定着，這種怪想刺激着腦海，侵蝕了我的睡眠，兩鬢在劇烈的急跳，同他進行的脚走一般，接着我打了一個可怕而冷的寒噤，我極想壓抑住這種幻想，高聲叫道：「誰在這裏？」這脚步聲似乎停止在我的床側，回答「是我！我是來尋找我自己的骷髏的。」

他似乎便是我所想的可怕鬼魂，於是我緊緊握住我的枕頭，偶然想起了對付方法，「在這酣美的夜裏，你不休息，而來尋骷髏作什麽？」

他的回答似乎在蚊帳旁發出；「甚麽？所謂那骷髏是整個纏繫住了我的心，在六年或者二十年前，這骷髏便是我青春苞蕾未放之時，我唯一的願望，便是來看他一次。」

「當然！」我說：「爲的想完成你的願望是不？你去尋覓

你的骷髏吧！我是要靜靜的睡一覺！」

這聲音說：「但是我覺得你自己是很寂寞的，」所以我要坐在這裏件你說話，你要知！在昔日我常常坐在一個男人面前談天，然而，在最近三十五年之中，我自己僅有悲鳴在縹渺的風中，環繞在死者燃燒處，至於我同你這次談話，和我已經對一個男人談話一樣。」

我又覺得他是坐在我的帳旁，我自己強壓抑可怕的恐懼，大胆的裝做與他親熱，我叫喊道：「請你告訴我有趣的故事吧！」

「是的！讓我告訴你，我自己那生命有趣的故事。」

禮拜堂鐘現在敲到兩點。

「當那時候我是在這裏居住，幷且正在青年，那時，我怕死這件事，宛如怕我的丈夫一般，我以為我自己彷彿一條魚，爬在釣鈎上，被一個陌生人生生的從我的兒童時代，濕適家庭中釣了出來，實在，我沒有辦法脫離，我的許多朋友們，都很關心的替我悲悼和哀憐，得到我丈夫死音之後，我丈夫的父親很注意的細察我的面孔，對我的婆母說：「你沒看見嗎？她生了一雙兇眼！」喂！你聽見來？我希望你能容納我這故事！」

「是的」！我說：「不過這故事的起始倒實在有些過於滑稽」。

「讓我繼續着說吧！我回到我自己的家時，我是格外高興！有許多人都把我的事都隱藏起來，恐怕我傷心，然而我自己是知道現在上帝是賜給我可貴而美麗的前途，喂！你是什麼意見？」

「很對！」我發牢騷說：「但是你應當知道，我實在不願親自見到你！」

「甚麼？不願見我？是不是討厭我醜惡的骷髏？哈！哈！哈！你要記住！我是禁止開玩笑，無論如何，我終要使你相信我的這兩個如洞穴般深陷而黑暗的雙睛，却是美麗柔媚而多情，那露齒的猙獰牙，却是紅唇笑容充滿着和靄，我深希望你能明白我是如何的柔美，我那茉莉般的柔媚笑渦，正可以表示出成熟之女性美，更怎能料到我的撫媚笑容變成了這樣的枯骨，作夢也未想到這些醫生們拿我的骷髏來教授骨學，他拿我去作生理上的解釋，哈！因為我是一朵美麗的花，所以拿我的骷髏來研究，喂！是為的我和 Champak 一樣美麗嗎？

當我行路的時候，我感覺我自己像金剛石般的在散射出輝煌的光慢慢地移動着飄舞的足部，我常常耗費許多時間凝視自己的纖手，這美麗柔嫩的手，定能驅使着許多輕蕩男子若狂般的追求！

但是我那個醜陋的骷髏，是會引起你的不快感，我是無法來辯駁這惡的醜譽，現在特別恨你；因爲你暴露了我醜陋的眞像，我感覺我這安逸的睡眠，彷彿你溫柔恬適的熟睡同一情況，我希望你！希望你的腦海中能完全掃除去這無價値的骨學材料。」

「我的誓言！」我說：「假若你的身體仍存在時，自然你是不能留下那架骷髏供我們作骨學的研究，同時我們也決不再學他，并且那架骷髏現在是充滿着十二分的美麗景像，對於生理學上，閃爍着明亮的光在這夜裏的黑暗裏，以下我不能再說！」

「我從來沒有女朋友，」這聲音又繼續說：「我僅僅有一個哥哥，他是一個獨身主義者，在我的室中，只有我一人孤單的獨寢，我常常獨自一人坐在花園樹蔭下，并且我夢想到整個宇宙中，我愛想的一切，我凝視那些閃爍的星光，似乎是吸取着我的美麗，微風拂過似乎正在嘆氣！吹到我的身邊，在這種情景之下似乎失去了我的知覺，碧綠的草兒在我脚下，似乎全世界的青年男子都在我脚下踏着，這時我的心不知爲什麽越想越煩悶！

當那時候我哥哥的朋友，珊課荷兒，他正由醫科卒業，竟成爲我們家庭醫生，我常常在簾後見到他，至於我的哥哥是一個很奇怪的人，他是絲毫不關心社會情形，他感覺一切都是空虛，於是他離開了煩囂的所在，移居於僻靜之地，因爲珊課荷兒是他的朋友，所以他時常過去看他，從那時起，我所幻想的青年人，只有珊課荷兒一個，你聽見未？你在想什麽？」

我嘆息着回答，「我希望我是那珊課荷兒。」

「稍候，你聽這故事的整個起始。在一個兩天中，突然我的身體發燒起來，這個年青人來給我診治，那是我們第一次的相遇，我斜倚着面向着窗，那佈滿紅露的天空，正調和着我蒼白的面孔，當這時，醫生進來看了看我的臉，眞的，假若我是醫生地位，我一定凝視這美麗的面貌，看過不止。這黃昏時分的光輝，很柔和的照在我病容之上，躺在枕畔，宛如一朶垂頭憔萎的花，散亂的頭髮，披在額上，我閤上了雙眼，一種動人哀憐的表情現於面上。

這醫生很羞赧的問我哥哥：「我摸摸她的脈可以嗎？」我從被角下面舉出懶乏圓滿的手腕，我這綠碧玉釧的手腕，被他看見，不知該作如何感想？我從來見過這樣笨的醫生給人摸脈，手指會在我的手腕上顫動着，他測量着我的熱度，我猜着他心兒跳動的次數，喂你相信我這些話嗎？」

「很相信，」我說：「這人跳動的心大概告訴你以後的故事。」

「以後我的病漸漸恢復健康，從此，我每日照例的宴會便愈減少至一次，於是在我腦海中這小小的世界中，所留下的唯一想望，只有醫生一人！

在一個黃昏中，我偷偷地着上了以前所常穿的那件淡黃衣服，細繩編成的髮結，并且頭髮的四週戴滿了芬香的白茉莉花，我拿着一面小鏡，坐在樹，自顧自己。

或者你會想到那樣的觀看，會生厭煩，不！不！雖然我自己是在那裏，然他，所幻想的，還有醫生一人在我身邊，於是我便聯想到醫生，確實，現在我已對他發生了愛情，在這種咀咒的單戀中，是虛耗了我的精神，一種悲傷的嘆息聲輕輕地走到我的心頭，這樣子的細微哀鳴，似乎黃昏時的風聲一般。

從那時起，我的心是永遠寂寞着，每逢當我散步時，我那憂鬱的眼睛，總是低着頭看着我美小的足趾，并且我自己還在暗想，假若我這美麗的足趾被醫生看見時將作何感覺？在那個上午的天氣，天空中懸掛着炎熱赤紅的太陽，空中除了風箏渺茫的風聲外，時有花園短牆外的小販唱着如音樂的音調，「去賣水晶的鐲釧……」這時的我，將白褥置在草地上，用我的臂支着頭，并且把白臂故意露在外面，輕放在白毯上，而且還要估定我所放的位置適宜與否，我看了看我自己如玫瑰般的手掌，深深的吻了一吻，接着又立起來，慢慢的散步，假如這故事在這裏停止，你覺得怎樣？」

「并不算壞的結尾，」我深思的回答：「假如下面還有時，還需要一個最後美麗的點綴。」

「是！那所殘餘的却是這故事最美朵的地方，這笑容現露於何處，我這是繼續說下去，經過好久，這醫生也搬到我們房子來做自療處，我有時間常常同他開玩笑，并詢問他害人致命毒藥的用法，關於死的一件事，我探討得很熟習，所以至現在愛與死在我這小小的世界中，簡直成了合而爲一的一件事，實在不錯，我的故事已將完。

夜又終了，我是在這樣怨謗着這匆促的時間，有一天，我注意醫生的態度很自然而奇怪，并現出偈怩的不安模樣，又一天他來却穿着講究衣服，借了我哥哥的馬車，在黃昏時分，我的好奇心驅使着我，使我不得不去問我的哥哥，我預先和他談了些題外話，最後開始問：「哥哥！我問你，在今天黃昏時，醫生乘着你的馬車到什麼地方去？」我的哥哥簡單而不耐煩的回答「人家死去」，「啊！告訴我：哥哥！我要求：「哥哥，他究竟到什麼地方去呢？」「去結婚！」他說：於是給我一個纖微的明瞭，「啊！實在嗎？」我說：然後我狂笑起來！

以後經過我切實的調查，方知道新婦是一個女承繼者，給醫生是帶來許多的財產，但是關於這件事爲什麼隱藏着我呢？我曾經請求過他不結婚，因爲他結婚，實在傷我的心，咳！世界上的男人原都是靠不住的，我知道在我全生命之間佔據一位置的人在不久之間，便都會發現他們的本性。

當這時，醫生又回來作他的工作，他很不安定，我在滿面的笑容問他：「喂！醫生！你是在今夜結婚嗎？」

我活潑的狀態，使醫生變了儀容，「喂！到底怎麼回事？」我繼續說：「那裏沒有掛燈嗎？沒有軍樂隊嗎？」他嘆了一口氣回答：「難道結婚便是快樂時期嗎？」我接着又第二次的笑；「不！不！這一定不是！誰不愛聽那幽美的音樂，和愛看那美麗的燈嗎？」我說：我纏繞我的哥哥命他裝扮成一個華貴的儀式：

「在這時間我很高興的談笑，「喂，醫生！」我問：「你忘了給我摸脈的時候了嗎？哈！哈！哈！雖然每人容易變動的心，我們是看不見，然而我却覺得，這一片話，深穿入醫生之心，彷彿致命之箭一般。

結婚禮是舉行在夜裏，在未起身前，醫生和我的哥哥對杯狂飲在洋台上，像他們已往舊例，這時，月兒正在升起，我走去微笑着說：「醫生！你忘了你的結婚禮嗎？」他是很驚！

我必須告訴你一件事，我預先到藥房買一包毒粉，尋一個機會悄悄地放在醫生的酒杯裏，他那朦朧的神情，這些都刺痛了我的心，「我也就去！」我傷心的說：

這軍樂隊奏着來了，於是我回到屋內，換去我平日的裝束，從鐵箱內取出許多裝飾品戴起來，幷且在頭髮分開處，抹去了作妻子的紅痣，在公園樹下我預備歸去！

這是一個很美麗的夜，柔和的南風正在吻着這煩惱的大地，在公園中的茉莉和 Bela 都發着芬芳香味。

當這時，幽揚的音樂漸漸去遠，月兒在朦朧黑暗着，在這人間：我的一生及家庭親族的一切關係，都起始消失在我的知覺裏，一切一切，彷彿都是一場幻夢，我闔上的雙眼微微一笑——慘痛的笑。

我幻想當一個人發現我的屍體時，那最後的微笑一定停留在我的唇上，同玫瑰酒般的遺下痕跡，當此時我是慢慢進入我的洞房——坟墓——幷攜帶着我最後的微笑回歸，我是為了做新婦而這樣嗎？抑或是為了新婦華貴的裝飾？當我正在熟睡之時，突然一種急響的聲音驚醒，原來是幾個頑童，正在以我的骷髏研究骨學，曾幾何時，我的少年花瓣會一瓣一瓣的再開放？在這裏教授用他的教鞭很匆忙的指示我的骨架，至於我最後的微笑，你看見在何處？現在我又傷心的述盡我悲哀的過去。」

「我很滿意！」我說：

在這時烏鴉突然的狂叫，「你在那？」我問：然而幷沒人回答，這晨曦之光漸漸照入屋內。

誤

傑克倫敦
楊赫文譯

「我想，我們還是玩骰子吧！」

「很好，我願意！」另一個回答道。

於是他轉過臉去，以愉快而洪亮的語調，向在屋角裏修理雪撬的棕色的骯髒的印第安人道：

「喂！畢納勃唐，快像孩子般地奔到奧萊蓀家去，把他的骰子連搖筒借來，不要躭擱功夫！」

這一個突如其來的差使，鑛中其他工人是不會爽然接受的，但在畢納勃唐，却不以爲怪。這時還是清晨，來到這塊未開墾土地上已有了四個冬天的畢納勃唐，從不曾見過別的白人，脾氣古怪如丕費特和海頓生要在早上玩骰子。然而他的臉上始終未有不歡之色，慌忙戴上手套，跑出門去。

北寒帶的天氣，鬧鐘上已是九點鐘，屋外依然是一片漆黑，松木的小屋內被兩支燭光照耀着，蠟燭插在威士忌酒瓶口中。在這樣的燭台旁，有幾只白鐵盆子，裏面祇剩了早餐的殘餚。這一間小屋是他們整個住所，收拾得很不整齊，在一端，靠着以泥土和青苔堵塞縫隙的牆壁，是一張雙層的帆布床，被單和毛皮散亂地堆在床上。現在，他們已養成了早起的習慣。

勞弗侖斯丕費特和柯里海頓生是一八九八年阿拉斯加的喀隆狄克地方的富豪。他們的外貌不甚漂亮，常有人將他們當作樵夫或是鐵道工人。

在山麓旁的冰雪層下，密佈着許多礦井，天剛露魚白色的時候，井口的車盤便開始轉動，每個礦井中有四十個工人，每分鐘可以掘上來大桶的生金塊。每個工人每天祇取十五塊錢的工資，來解決居住和食物的問題，而千千萬萬的金元，却從他們的勞働中產生了，一齊都落入了「金鑛大王」丕費特與海頓生的私囊中。

丕費特沉默了片刻，將很髒的盆子一個個疊起來，釀成了生鐵的清脆響聲，他又握起拳頭擊着桌面，和菲洲人敲鼓一般。在過去，會使人吃驚，現在海頓生似乎毫不在意，用大姆指和食指抹去了蠟燭油。

「我的若弗！我很願意我倆一同去！」他若有所思地感慨着說。

丕費特嚴厲地向他投了一眼。

「若是你做事不這麼固執，」他說，「這個問題早就解決了，你聽着，現在你的責任，就是駕馭雪車出門，把外面的事務辦清！我獨自管理金礦，明年，輪到我去瞧瞧那些地方！」

「爲什麼要我去？」海頓生分辯道：「沒有人掛念我，等待我！」

「可是你的父母！」丕費特道。

「至於你，與我沒有未婚妻的人更不同了，親愛的勞弗侖斯！」

丕費特微聳雙肩。

「總之，她會等着我的！」

「可憐哪！她至少已等上了兩年！」

「不，再等一年，她不會老，她的熱情也不會冷淡！」

「三年了，已經三年了，考慮一下吧，老朋友啊！在這個世界的角落裏住了三年，在這充滿了苦痛和憂鬱而缺乏一切的地獄內！」

海頓生手舞足蹈地說着，他的嘆息似的自言自語使丕費特發怔。

柯里海頓生比他的同伴年少了幾年，他是二十六歲，深刻在臉上的皺紋，足以表現他生活上的苦楚，在這偏僻而荒涼的地方淘金，他的忍受的精神是可想而知的。丕費特的生性更較剛强，他那含着鄙夷，輕蔑的口吻，幾乎激怒了暴燥的海頓生。

「親愛的，昨夜我夢見在聖佛朗西斯哥西格飯店裏，在華爾滋音樂中，夾雜着碰杯和歡笑的聲音，大家都打扮得很漂亮，穿了華麗的服裝，我穿了燕尾服，吩咐伺候我的僕歐開飯，你猜是什麼菜？都是蛋，炒蛋、煎蛋、蛋糕、蛋湯……上桌後我就一一吞下了肚子！」

「啊！」海頓生叫了起來，「你那時爲什麽不要燔肉、生菜、靑葱、小蘿菔和嚼起來聲音淸脆的蕪菁？」

「是的，我也想到，但是當他們送上來的時候，我已經醒了！」丕費特答道。

說罷，他取了掛在爐旁的舊琵琶，很小心地撥動了絃子。

「哦！我求求你！」海頓生說。「別奏這些曲子，你要使我發狂了！」

丕費特將琵琶拋在床上，閉着眼，輕輕地哼着：

『聽我這首放逸的歌，我是，

這歌中的弱者，沒有人知道我，

我是「回憶」，我是「苦痛」！

我是「虛榮」，

我代表死亡，晚上，在光亮中，我看見——

花、黑色的衣服、鑽石、愛情的微笑！』

海頓生拖了一張凳子坐下，曲肱而枕，伏在桌上打瞌睡，聽見有人敲門，忙抬起頭來，一股冷氣襲人，從門外衝進了畢納勃唐，他將五顆骰子和一個骯髒的皮製的搖筒放在桌上。

「奧萊蓀對我說，育空河昨晚結冰！」

「聽見嗎？老朋友！」丕費特拍拍同伴的肩，「去吧，到天堂裏去，明天就到育空，駕雪車到斯開灣，在那裏可以趕上太平洋的汽船！」

他將骰子放在筒內搖了起來。

「我們先玩什麽？照撲克牌的辦法計輸贏如何？」

「照撲克牌的辦法！」海頓生贊同道。

丕費特從筒子裏倒出了骰子，得到七點，海頓生照樣地搖了一次，出來一個「女王」。（註：西洋人所玩的骰子，花色與我國的不同。）

「你贏了！柯里！」丕費特說，他用小刀將烟葉割碎，滿裝在煙斗裏。

骰子在不平滑的桌面上滾動着。

「一對五點，一個「侍從」，一個七點！」海頃生嚷着，勞弗俞斯，你一定來一把比這更好的，我敢保證！」

在這盤結局的時候，丕費特用力擲了一下，得到一個十點和四個「王」！

「第一局是你贏了，朋友，還繼續麽？」

沉默半响，丕費特向印第安人做了一個手勢，叫他拿一根鐵條來，一端被爐火燒紅，嗤嗤的聲音中，煙味四溢，勞弗俞斯又小心地將鐵條交給印第安人。

他又擲着骰子，得到四個八點和一個么。

「很好！」柯里喃喃地說。

他用手心覆在筒口，不停地亂搖。

「快點！」丕費特不耐煩地說。

海頃生從筒子裏倒下了骰子。

「五個么！」他叫了起來，「這一次我贏了，現在我們相等！」

柯里海頃生抽了一口氣，拿起骰子丢下來，一個「侍從」三個「王」和一個么，但是那個么骰嵌在桌縫中。

「不行，重來一次！」

這一次，他多搖了幾下，再倒在桌上。

「哦！哦！」丕費特說：「哈哈！五個「王」，多麽走運啊！」他伸出那粗糙的手放在桌面上，但却被推開了。

「不一定，我們再來一次，也許勝過我，也許和我相同！來！」

神經質地搖了起來，丕費特倒出骰子，有一個落在地上，他祇得重搖。

這一次很不幸，一個九點，一個七點，一個八點，輸了的人狂笑着，使柯里驚惶地瞧着他。遊戲就此停止了，丕費特走到他的朋友跟前，將被北極的酷寒所凍腫的手放在他的肩上，頗有紳士氣度。

「去罷！」他睜大了眼，「不要再拒絕了，柯里，我猜到你正在想，你處在我的地位，也要催你動身的……是，不要多說了，你可以到底特烈去探望年老的爹娘，解決了這個問題，你又可以做一件我要做的事，我現在已有了主張，而且決定這樣做了！」

兩人相視着，海頓生微笑了。

「很好！」丕費特道，「是了，你將她帶來，我們在達森結婚，可以免去許多儀式，比在聖佛朗西斯哥便利多多！」

「且慢！」海頓生打斷他的話，「我想起來了，伴她同來是否方便，一同趕路，住在一個篷帳內，我們不是姊弟，我又從沒有見過她……自然，我是一個老實人，況且是你最親密的摯友……但，人總是盲昧的！」

丕費特宣誓式地說海頓生的掛慮是多餘的，他不會像尋常人那樣多疑。

「可是，勞弗侖斯，請你放文雅些，再讓我說幾句話，你應該明瞭在這種情形中，我以爲最妥當的，莫如由你南行，隔一年，我再負起這個任務便了！」

「我不願，柯里，親愛的朋友，這是很坦白的事，你固執也沒有用，我祇覺得很慚愧，把你當了傭人……」

他驀地搖擺着身子，彷彿發現完善的主意，拉開被單和狐皮，從床上取出一本簿子和幾只皺成一團的信封，又在架子上取了一支鋼筆和一瓶墨水，坐在床邊，很快地寫了十餘行。

「沒有問題了，祇須按照地址送去！」

海頓生展開信箋，將一個字仔細地玩味着，忽然問道：

「你怎能斷定她的兄弟願意伴她作這艱苦的行程！」

「哦！爲了我，爲了他的姊姊！」丕費特肯定道：「你知道，他不會到過這些地方，而且又很愚笨胆怯，我不願讓他一個人與她作伴，但是有你一路照拂，我相信一切都妥當。你與她相見時，可以將這番話告訴她，那麼，你再到密歇根你的母親那兒去，當你回來時，她們已經會準備動身了，你第一次看見她，一定會像姊姊似地愛她，她對於跟她接近的人都是一樣的溫柔！」

他取出時計——一只金表，上面鑲着精緻的小寶石，用手指掀了一下，蓋子開了，後面嵌着一張愛人的小像，海頓生倚靠在丕費特的肩上默視着。

「她的名字叫馬蓓！」他吞吞吐吐地道：「你在聖佛朗西斯哥上岸，雇一輛馬車，對車夫說到密爾多路法官霍爾姆士家去，便可以逕直到她家！」

丕費特又繼續道：「我又想起，你能否替我購買一點小物件嗎？」

「一個將結婚的人應當有所準備！」柯里道。

「當然囉！我要桌布，手巾，毯子，枕頭，還有……再買些零星的東西和一套瓷器，我預備兩萬塊錢，大概是夠花了，連明年七月間赴達森的船費也在內了，這就是在白令海邊生活的報酬啊！哦！你說要不要一架鋼琴呢？」

海頓生認爲是必需的，他的困難已減少了，熱情地接受了這個使命。

「咳！勞弗侖斯！」他說，「我接受了，我替你將丕費特太太接到阿拉斯加來，她不致吃虧，我會當廚子，管理狗和雪車，她的兄弟只要伴着她就是了，我相信我不會少做事的！」

翌日，勞弗侖斯多情地握了一下同伴的手，在灰黯的早晨，他眼看着海頓生穿了毛皮衣服，握着車上的橫子，搖晃着身子，漸漸地消失了！雪地上留下車印，最後一聲的皮鞭在遠處作響，他什麼都看不見了！

丕費特回到礦裏，更覺得黑暗，淒涼，他因這無情的冬天向萬物襲擊而惆悵；展開眼前的永遠是許多工人，終日監視工人，留心着賬目……他的心情却不在工作上，他的心被黑暗籠罩着。當四個木匠在一座小岡上，以松木開始建築一間給馬蓓來住的新屋時，他才得到一點快慰。工頭替他打了圖樣，三個寬敞的房間，一間會客室，一間廚房和一間臥室，每一根木頭都裝着筍頭，四壁更懸掛棉織物和毛皮，一點兒也不漏風。因爲木料不多，工人們常要上山砍樹，丕費特每天給他們十五塊錢的工資。

每天早晨，丕費特起身後，用鉛筆在牆上劃一條線，計算離開海頓生歸來尚有多少日子，柯里預定在春天解凍時到家，還早呢！

一個星期日，新屋落成了，新的地板，削去皮的樹幹釘成的牆壁，充滿了淸沁甜香的氣味，丕費特相信馬蓓也愛多樹脂的松木的芬香，他在門上裝了一具大鎖，沒有第二個人能進這屋子。他在裏面徜徉了幾個鐘頭，才紅着臉回到礦中，閃爍的眸子中含着夢也似的期望。

到了十二月中旬，丕費特得到海頃生的一封信，說他已去拜訪馬蓓霍爾姆士，「她確是勞弗侖斯的好妻子！」他寫着，「她是極可愛的，她的父母也很和藹……」這一封信使丕費特興奮了好幾個星期。正月裏，同時來了兩封信，因爲斯開灣和季巫地方缺乏郵車。隔了一星期，又收到一封信，這些信都使他快樂，無形中增加了友情。

他像做夢似地，天天在想：柯里離了密爾多路，柯里又回到密爾多路，柯里將報告他在聖弗朗西斯哥的會晤，他在底特烈的旅行……丕費特又覺得這個朋友在霍爾姆士家勾留太久，心中未免有點不快，馬蓓的來信，也不斷地稱贊海頃生，爲人溫和，親切，她又担憂在冰雪中，車行不便，要在短期中趕到達森結婚，恐怕會發生意外。丕費特在覆信上，說她過分怕懼，他能保證她一路安全，柯里的熱忱不會使她受一點委屈。

嚴峻漫長的克隆狄克的冬天，開始摧殘他的靈魂，監視礦工，在深黑的洞內或冰雪堆中找尋礦脈，剝削了他一切的樂趣。到了三月初旬，丕費特到達森數次，去玩輪盤賭，他時常贏錢，賭客中產生了一句口頭禪：「丕費特的賭運」，半個月中很賺了一筆錢。

這是在一個總會裏發生的事，鐘敲一點，丕費特身藏一袋金屑在輪盤賭的檯子旁，最後一次，殷勤招待的賭場老板奈克印伍特忽然向他說：

「巧得很，丕費特，我在報紙上看到你的同伴海頃生在外面很不寂寞！」

「他應當玩玩，他的收入多！」丕費特道。

「他已享受到世間至美的樂趣！」印伍特道，「除了玩，他還娶了老婆，這是不同的！」

「什麼，柯里結婚了！」丕費特驚訝地問道。

「是的，我剛讀過聖弗朗西斯哥日報上的小消息！」

「啊！」丕費特尚不甚關心，「和那一位有福氣的小姐？」

奈克印伍特在袋子裏掏到報紙來，攤在桌上，一頁一頁地翻着。

「且慢，我記不清叫什麼名字，好像是馬蓓吧……馬蓓……看！霍爾姆士馬蓓小姐，法官霍爾姆士的令媛……拿去，朋友，你自己看吧！」

丕費特並不取報紙，他的臉上雖不失色，但眼皮却在震顫着，這一個名字刺傷了他的心靈，他端詳着印伍特和賭客們的臉，希望在他們冷酷的臉上發現一絲欺騙的神情，可是他們並沒有這種表現。丕費特轉身向老板，慢吞吞地說：

「印伍特，在我的袋子裏有五百塊錢，現在和你賭一下，方才你講的那件事，並不是刊登在報上的！」

印伍特詫異地向他投了一眼。

「走吧！孩子，我不要你的錢！」

「我料得到你想尋開心！」丕費特憤憤地說，將一把籌碼扔在桌上。

老板脹紅了臉，不懂他的用意，將報紙摺起來，放在椅子上，吩咐停止開盤，怒沖沖地向丕費特說：

「說吧！你，我不准你這樣，你放明白些！」

「不准我什麼？」

「不准你說我謊言，懂得嗎？」

「我不說！」丕費特不肯罷休，「我說你神經過敏！」

「先生們！你們繼續玩吧！」印伍特冷靜地說。

他又獰視着丕費特。

「你要來跟我搗蛋，你太年青了，我先向你聲明，丕費特！」

「我也有了年紀，我和你賭五百塊錢……你的眼睛眞可怕！你願意嗎？」

他說罷，將一個裝滿金幣的鹿皮的袋子放在桌上。

「我替你可憐！孩子！我要拿你的錢了！」印伍特說。勝利地將聖弗朗西斯哥報向他擲去！

不幸的人益顯狼狽，一股怒火幾乎從太陽穴中直冒出來，身子漸漸不穩，將每一行字很快地讀着，視線投在大字的標題上，突然，在最高的一行，馬蓓霍爾姆士與柯里海頓生的名字并列在一起，跳入了他的眼簾。

「我輸了！」丕費特勉强微笑着，「這個海頓生太無恥了，他做了最卑鄙的事！」

他坐在角落裏，在小燭的光亮下，一個個字重讀這篇文字，「加尼福利亞的人都沒有忘記，金礦大王之一，在克隆狄克與勞弗侖斯丕費特合作者，現在和馬蓓霍爾姆士結褵。」隔了幾行，又是：「據聞海頓生與其新夫人在蜜月中，赴底特烈及密歇根父母那裏之後，將開始北返。」

「我要出去一會，侍者，保留我的位子！」丕費特提了袋子，裏面少了輸給印伍特的五百塊錢。

出了門，穿過積雪的街道，到一家書店裏買了一張西獨報，同樣地刊着這段新聞，文字還要長些，柯里與馬蓓，確實成了丈夫和妻子。丕費特又回到總會裏，坐在凳子上，詢問目前銀行中的情形！

「你要想走好運麼？」印伍特呵呵地笑了起來，「天哪，我要向A·C公司定購大批鞋子，你要不要？」

老板並不知道他的心事，兩小時後，丕費特抽完了夾在指縫中的一支紙煙，和印伍特到銀行裏去了。

丕費特將四千塊錢存入銀行，握着印伍特的手，告訴他從此不來輪盤或其他的賭博了！

誰都料不到丕費特會受到如此一個嚴重的打擊。但他的生活毫無變化，一星期中，他仍專心工作，不辭勞苦地忙碌着，沒有放棄他的責任。星期日早晨，一個技師在他的工作室內休息，給他一份波爾蘭報，在第一版上，也有柯里與馬蓓結婚的消息。

一星期後，他將礦務暫且托給一個鄰人管理，駕了雪車到育空去，五天後，到了白河口，丕費特到一個印第安部落裏去。晚上，大家熱烈地慶賀他的光降，在野宴時，他坐在酋長貝連的右首，分得一份食物；翌日清晨，他回到原來的地方，但這一次，他不是單獨的一個人了，一個年青的印第安姑娘和他同行，替他照拂拖車的狗，整理帳幕。這個印第安女人的腰部曾爲熊爪所傷，她還是處女，舉止很文雅，她的名字叫拉絲茄，部落裏的僧人以簡單的儀式替他們證婚，拉絲茄是屬於白人的了，她應該隨着丈夫到金鑛裏去，過富裕而艱苦的生活！

這個不幸的女子，正直耐勞，雖略帶殘廢，但命運並不能算壞。到了達森，一個牧師替他行洗禮，以印弟安語和這個誠實羞澀的女人談話。過了達森，在拉絲茄的心目中，以爲是度着神仙般的生活，丕費特將她安置在金鑛旁山岡上的充滿了香氣的新屋中。

過了幾天，地方上的居民，喀隆狄克的聞人們對於這個紳士的行動頗覺驚異，日久之後，各人都忙着自己的事，不再品評這個離奇的結合了！

丕費特得不到外面的消息，有人說在育空的大沙漠地方，有六輛滿載郵件的車子，在大雪中失蹤。丕費特總是在猜想着，這時海頃生和他的妻子已到了阿拉斯加，將來到鑛區了，途中，在長夜間，他一定做了許多甜蜜的夢。

四月杪，一個旖旎的春日的早晨，陽光鋪在地面上，拉絲茄要求下山，到印第安人西凡茲菠特家去，西凡茲的妻子剛從太瓦河來，她的初生的孩子有了病，拉絲茄略懂一點醫理，丕費特主張與她同去，他們替狗裝了鞍，取道小路上山。

春天果然降臨了，寒冷也不十分嚴酷，在薄冰了，蠕動着潺潺的流水，在一個河灣處，丕費特忽然聽見一陣鈴聲。

在這時，來了兩架各由八個疲乏而在喘息的犬拖着的雪車。

坐在第一架車子前的人，丕費特一眼看去，就感到熟悉，是他的柯里海頃生。後面的車子上，有兩個裹在毛皮中的女人，丕費特停了車子等候，因爲拉絲茄和他在一塊，覺得很快慰，他的心在別別地跳着，他以爲在這個場合中相遇並不是尷尬的。柯里將說些什麼呢，他將如何解釋呢？他能保全人格麼？而他自己，決定讓他們先說，再根據他們的話來駁覆。

大約距離十步的光景，柯里止住了畜生先行，豁的一聲皮鞭打下，立刻有一個微笑展開在他的臉上，他是向丕費特，伸出手來。

「哈囉，勞弗侖斯，你好？」

丕費特緊握着柔軟的手，找不到一個可以答復這友情的慰問。這時，兩個女子走下車來，丕費特看見年幼的是陶萊霍爾姆士，馬蓓的妹妹。丕費特忙將皮帽除去，祗剩了兩個遮耳，拉着陶萊的手，轉過臉去看看馬蓓，她倚在車子上，半步不動，皓似路旁的玫瑰，他不顧近她，但却想向她招呼，「好吧？海頃生太太！」但始終沒有出口，祗簡單地說了一聲，「好嗎？」

在他的臉上，陰沉，悒鬱，馬蓓也是臉色蒼白。陶萊意想不到會有這一幕，忙靠近他。

「怎麼了，勞弗侖斯？」她問着，將手擱在她的肩上。

海頊生也走過來拖他的袖子，將他拉到路旁。

「啊！丕費特，你瘋了，你在想什麼？」

「我正要問你，你有什麼權利來質問我？」

「什麼？」另一個叫了起來，「坐在雪車上的那個女子是誰？她來做什麼？這些事我怎能明白呢？」

「用不着解釋，先生！」丕費特大聲地說，「這個女人是我的妻子——丕費特太太，我請你這樣地稱呼她！」

柯里海頊生呆若木鷄，張開了嘴，不斷地喘氣，丕費特恢復了理智，走去和兩個女人搭訕，平心靜氣地對陶萊道：

「你一路辛苦嗎？晚上可能安心睡覺？」

他又轉過臉去，以另一種態度向馬蓓道：

「海頊生太太到我們這個蠻荒的地方來，有什麼感覺？」

「哦！天哪！多麼愚蠢啊！」陶萊抱着他的頸項狂呼：「那裏有這種事，你讀了錯誤的新聞，你竟會相信了，馬蓓，我是預料到的，他的態度太壞了！來，擁抱我！」

「我……我不很懂你說的……」不幸的人囁嚅着，吐出了這幾個字。

「第二天就登出了更正的啓事，勞弗侖斯，我們眞料不到你也會讀到這段可笑的新聞，你沒有看見星期五更正的消息嗎？」

「再停一分鐘，請原諒你說些什麼？」丕費特說，一陣莫明的苦痛威脅着他。

陶萊咿唔着：

「你不必多疑，我就是海頊生太太，馬蓓，她還是你的未婚妻，我們來打破你的疑團，快去安慰她，她是很纖弱的！」

丕費特咳嗆了一聲，淸晰地說：

「現在，眞相大白了，新聞記者弄錯了姊妹倆的名字……但是我又讀了西特爾與波忒蘭兩份報，其實他們的消息是轉載而來的！」

大家默緘良久，垂下了眼，急促地呼息着，不敢正視，陶萊走向蹲踞在雪車中的印第安女人，她正在驚惶着，馬蓓嚶嚶地抽噎，從胸坎中爆發出無限的苦痛。

勞弗侖斯丕費特失望地凝視着馬蓓：

「這件事太使我爲難了，我無法擺脫我的苦痛……」丕費特又抽了一口氣。

「丕費特太太在那邊，坐在雪車裏！」

馬蓓顫抖了起來，她覺得四肢都很空虛，陶萊用力扶着她，丕費特內心如焚將她打量了一番，陡然回轉身去，大聲喊道：

「咳，拉絲茄，走吧，西凡彼得的孩子，不能再耽誤半天了！」

他握着雪車的槓子，跳了上去，未行數步，忽又轉身喊道：

「柯里！你可以搬進我們的老屋去住，三個月我沒有住在裏面了，我在山上造了一所新的！」

八聲甘州

錢　穀

——題雷峯塔磚經手卷

好湖山，萬里負鷗盟，何時負歸舟？可惜南屏塔影，歸晚已全休！一派商聲入樹！賸雷峯無恙，靈瑞十方收。更崇隆，七寶鏡寒流。

夢胥濤嗚咽，潮痕淘盡，舊日沉鏃。空有鴉寒急，遙掠邊愁。莽驚沙撲面，去去難留！待佛天，莊嚴彈指，重來處，香花梵鼓，陌上歌遊。

世外桃源

James Hilton著
實齋評譯

第五章

那天早晨他們繼續討論着。這一行四人本來可以在配蕭華地方的總會或教會里過舒服日子，可是現在却住在西藏的一所喇嘛寺里，而且也許得守候二個月之久，這當然難免使他們驚愕萬狀。不過他們起初驚愕了一忽之後，再沒有餘力去生氣或表示驚異了；甚至馬立森，他發了一陣脾氣之後，似乎也就抱了一種聽天由命的態度。他神情不安地抽着煙說道：『康惠，不願再事爭辯了。我此時的心情你是知道的。我開頭就說這事可疑。這顯然是個詭計。我眞想立刻離這里。』

康惠答道：『難怪你要這樣。只是不幸得很，問題不在我們想怎樣幹，而在我們怎樣設法忍耐過去。我坦白告訴你吧，若是這些人說他們不願或是不能供給我們所必需的夫役的話，我們就沒有別法，只好等待別些人來再說。我沒法不承認我們的處境很是困難，這恐怕是事實吧。』

『你是不是說我們得在這里住二個月？』

『此外別無辦法呀！』

馬立森彈着香煙灰，勉强裝做不在乎的神氣說道：『那末就這樣吧。得等候二個月呢。我猜我們現在得歡呼幾下了。』

康惠繼續說道：『照我看來，在這里住二個月可也並不比其他偏僻的地方住二個月特別來得壞。從事我們這樣職業的人是慣於被調遣到各種奇怪的地方去的，我猜其餘幾位的情形也和我們一樣吧。在有親戚朋友的人當然是很難受的。我個人在這方面却很幸運，我想不出有什麼親友會對我担心，至於說我的工作吧，這種工作是誰也都會幹的。』

他把臉轉向餘人去，其神情似乎是在邀請他們各自申述自己的狀況。馬立森沒有說話，只是康惠對於他的狀況是略略知道一點的。他在英國父母俱全，還有一個女朋友；這就使他難受了。

在另一方面，伯納却還是很高興，康惠此時已經知道這是他天生的脾氣。伯納說道：『我嗎，我認為自己運道很好呢；即使在牢監里關二個月也不會把我急死的。至於說到家鄉的親友，他們是決不會着急的。我素來懶於寫信。」

康惠提醒他道：『你忘了報紙是會把我們的名單發表的。報紙將宣佈我們失蹤的消息，人們自然將往壞處推測。」

伯納聽得康惠這麽說不禁愕然，可是接着就獰笑道：『可不是，不過那對我不生影響，你放心吧。」

康惠雖然覺得這話有點奇怪，只是伯納既然認爲無人會替他着急，那却也是可喜的事。勃林克魯小姐迄今爲止還是守着沉默；他們和張老者談話的時候，她沒有表示任何意見。康惠心想她必也和自己一樣，是沒有什麽牽掛的。此時他轉向這位小姐徵詢她的處境。她愉快地說道：『正如伯納先生所說，在這里住二個月是不足大驚小怪的。不管身在那里，只要是爲天父做事，各處都是一樣的。上帝既然把我送到這里來，我認爲這是神命。」

康惠心想在這種環境之下她的那種態度於人於己都很方便。他安慰她道：『我相信你回去的時候，教會里的人們一定是很喜歡的。那時你可以有許多消息告訴他們。那時我們人人都多了一種經驗。這也聊足自慰吧。」

接着各人都隨便談着。伯納和勃林克魯小姐二人的態度是那樣地樂天安命，康惠覺得未免可怪，只是同時也舒了一口氣。現在他得應付一個滿懷愁憤的人就是。然而甚至馬立森，他緊張地爭論了一忽之後，也隨卽起了反應；不錯，他這是心神不寧，不過同時也比方才願意往好處着想。他大聲地說道：『天知道我們將怎樣去排遣日子呢。」可是他說這話已足表示他已略有認命的意思。

康惠答道：『第一，我們必須安靜，不要鬧得彼此心神不寧。幸而這個寺院很是寬敞，住在這里的人好像也不多。除了僕役之外，至今爲止我們還只遇見一個和尙。」

伯納找出了另一個樂觀的理由，他說道：『反正我們不會餓死，如果往後他們給我們吃的菜飯繼續像方才一樣的話。康惠，這里的寺產看來很富裕呢。這里的人似乎個個不事生產的，下面山谷里的居民也許有職業，可是卽使如此，他們也不見得會有餘剩的產品以供輸出吧。我很想知道這里是否有人在開礦。」

馬立森說道：『這里的事簡直沒有一樣不神祕。我敢說他們一定有許多鬆的金銀埋藏着。至於說到那種浴缸，那大概是某位富豪捐送的。反正一旦離開了這里，這一切便不干我事了。只是這里的風景都眞是不錯。如果地位適中的話，倒是一個很好的冬季運動場。不知在那邊的山坡上可以滑雪嗎？」

康惠注視着馬立森，似乎覺得這話未免可笑。他說道：『昨天我對你說我尋見了薄雪草，你就提醒我，說我們並不是在阿爾卑斯上遊玩。現在却臨着我提醒你了。我勸你還是不要在這種地方施展你的滑雪本領吧。」

『這里的人大概沒有見識過穿了雪屐自高躍下的把戲吧。』

康惠開玩笑地答道：『那種冰上舉行的捧球比賽他們也不見得看見過呢。你不妨去組織幾個球隊。就叫做「紳士隊對喇嘛隊」如何？』

勃林克魯小姐一本正經地說道：『這確乎可以教導他們怎樣去運動。』

她的話叫人沒法接下去，只是事實上也沒有必要，因爲不久就有人端上午飯來；午飯的菜很好，而且上菜上得很迅速，他們都覺滿意。飯畢，當張老者走進來的時候，他們無意再事爭論了。張老者處事圓滑，假裝他和客人間的感情還是很好，四位流亡的人也就虛與委蛇，不再提起方才爭吵的事。張老者問他們願否去參觀寺院，又說若是他們願意的話，他願充嚮導；四人都立卽表示願意。伯納說道：『當然哪，我們既然來到這里，不妨參觀一下。下次不知何時可以再來這里呢。』

勃林克魯小姐却比較嚴肅；當張老者領着路，衆人跟隨他出來的時候，她低聲說道：『我們乘了那架飛機離開培斯格爾的時候，眞是做夢也想不到會到這樣的地方來的。』

馬立森似乎不能不念舊惡，他答道：『我們至今還是不知道爲什麽要到這里來呢。』

康惠對於別色的人種並沒有歧視的觀念；有時在聚樂部或頭等車廂里他故意裝作對於人種的是否白色頗爲重視，可是這只是一種矯飾而已。故意裝作這種態度可以免去許多無謂的麻煩，這在印度尤其如此，而康惠最不愛麻煩。可是在中國這便不十分必要了！他有許多中國朋友，他從來未曾看不起中國人。所以他和張老者談着話，態度很是自然；在他看來，張老者只是一個彬彬有禮的老紳士，雖然未必完全可以信賴，可是他的智力很高，這點是毫無可疑的。只是在馬立森的想像之中他不啻是被關在一個樊籠里，所以對張老者頗有惡感；勃林克魯小姐在張老者之前辭色嚴厲，好像後者是個無知的邪教徒；至於說到伯納，他對張老者的態度還是和藹可親，說着笑話，在他看來，後者像是一個管家。

且說他們參觀着這所聖格里•勒的喇嘛寺，寺中的一切使他們感覺到奇趣，所以他們不禁各人暫時擺脫了上述的態度。康惠從前也曾參觀過寺院，可是這所寺院要算得最大的了，而且除了牠所處的地位不說，同時也要算最奇特的了。房間和天井是那麽的多，只是走一遍也足夠一個下午的運動了；並且他察覺得還有許多整座的建築張老者只是領着他們在外邊走過，沒有請他們進去。不過他們所參觀過的一切已足證實他們的猜想。伯納此時愈加深信這所喇嘛寺很是富裕；勃林克魯小姐却找到了許多他們品行不端的證據。馬立森看見了這一切，起初很覺新奇，可是後來覺得疲倦萬狀，正如在比較低的地面上遊山玩水時一樣；他心想他實在不能崇拜這些喇嘛僧。

只有康惠一人見到了這一切不禁目眩神移。他覺得美好的倒不是某件單獨的東西，而是整個優雅和諧的氣象。他只是以藝術家的心情在欣賞着，後來總算極力振作着精神才改以賞鑒家的心情去賞玩，那時他才看見許多寶藏，是博物院和富豪們見了都想搶着收買的寶藏，像寶藍色的宋朝瓷器，已有千餘年歷史的彩色畫，還有上面畫有神仙境界的漆器，這些漆器上面的圖畫不像是圖畫，都像是美妙的音樂。〔嘗謂眞正美好的文章，有時不只怡情，並且悅耳，是卽謂文章有節奏，有音樂。英文Beautiful一字，通常漢英字典譯只美麗，實涵義不如是之狹；美麗似只指目覩之物而言，然英文此字亦適用於別的感官所覺到的事物。A beautiful Sight 固是景色美麗（或悅目），然 a beautiful bowl of soup（滋味殊佳），It is beautiful to feel naked in one's bath-tub（舒適），what a beautiful idea（妙），My coax apparently worked beautifully（令人滿意）等，便非美麗二字所能形容。眞正 beautiful 的文章能令身體各部感官覺得滿意，雖只白字黑字，無氣無味無聲，却是莊子所謂天籟，是謂有血有肉的文章。作者此處說圖畫像是美妙的音樂，意卽不但悅目，抑且悅耳，然則上述的話亦可適用於別的藝術品。〕這些瓷器和漆器雖然經過了這些年代，可是今日看來還是精妙絕倫，令人陡然起驚喜之情，只是隨卽令人沉思。這些藝術品令人看去覺得並沒有誇大炫飾的意味。這種精美的東西看看好像是一朵花上飄下來的花瓣。一個搜藏家見了必然會驚喜欲狂，可是康惠不是搜藏家；他既沒有去搜藏這些東西的財力，也沒有想搜藏的意思。他喜歡中國化的東西乃限於精神方面；在這世事愈來愈擴大愈囂鬧的世界里康惠的愛好却轉向小巧的東西上面去。當他一間一間的參觀過去的時候，他想起了這些絕品的脆弱，又想起了虎踞在上的巍然的卡拉格爾山，他不禁有茫然神傷的意思。

只是這所喇嘛寺里的寶藏除這些中國藝術品之外，還有許多別的東西。比方就以寺中的很可愛的圖書館來說吧；這個圖書館造得很是高大寬敞，藏書頗爲豐富，隱密地放置在牆壁的凹處，令人起里面藏着的是智慧而不是學問之感，整個的空氣是瀟洒而不是嚴肅。康惠約略看了幾架子的書，很感驚異；除了許多他所不能評判的祕藉之外，看來世界上文學的精萃盡在於此了。英文，法文，德文，俄文的書藉很多，還有無數部中文和別的東方語言的抄本。最使他感覺興趣的是專講西藏民族誌的那一類的書；他注意到多部的孤本，像Antonio de Andrada著的 Novo Descubimento de grao Catays on dos Regos de Tibet（一六二六年里斯本出版），Athanasins Kircher 著的 Chona（一六六七年安得華浦出版），Thevenot 著的 Voyage à la Chine des Peres Grueber et d'Orville-Beligatti 著的 Relazione Inedita di un Viaggis al Tibet。【此固足示藏書之富，同時亦可看出作家對於中國西藏愛好之深。】他正在觀玩最後的那一本書的時候，偶然察覺張老者在好奇地望着他。張老者問他道：『閣下是個學者吧？』

康惠覺得這話不易回答。他在牛津會充過講師，所以也可應之以是，只是他深知學者這二個字出諸於中國人之口確是稱揚之辭，然在英國人聽來却有一種驕人的意味，所以為免得同伴們聽了覺得刺耳起見，他支吾其詞地沒有予以確切的回答。他只說道：『不錯，我喜歡讀書，不過近年來因為職務關係沒有多讀點書的機會。』

『可是你的志向在於讀書吧？』

『嗄，那可不敢說，不過我確實以為讀書是頗有趣味的事。』

此時馬立森已經拿起了一本書，於是插入道：『這里却是一本所以供你閱讀的書呢，康惠。這是一冊這里的地圖。』

張老者說道：『我們這里收藏着的地圖有數百冊呢。你們隨意去閱覽吧，不過我可以告訴你們一點，免得你們徒勞：這些地圖上沒有一副是標明聖格里•勒這個地方的。』

康惠問道：『這可怪了，為什麼不標明呢？』

『其中有一個很充足的理由，只是我不便多講。』

康惠笑了笑，只是馬立森又有怒意了。她說道：『愈來愈神祕了。至此為止我們還沒有看到任何你們不想給我們看見的東西呢。』

勃林克魯小姐一直守着沉默，此時却像是醒了過來說話了。她以尖銳的聲調說道：『你不將領我們去看看正在做工的喇嘛和尚嗎？』大概在她的想像之中以為中國寺院里一定儘是些編織蒲團等簡陋的東西的和尚，所以她想看看這些，以便回家之後所以作為談話的資料。她對於所見的一切絲毫不覺得驚奇，可是老是呈現着一種對於一切不以為然的態度，這委實是種不平凡的態度。張老者的回答是：『抱歉得很，這是不可能的。喇嘛僧是從來不看外界的人的——或許說很是難得接見外人更妥當吧。』勃林克魯小姐聽了這話仍是不以為意，無動於中。

伯納說道：『那末我猜我們大概不得不交臂失之了。不過我以爲這實在是很可惋惜的事。我委實很想和你們的主持握手言歡呢。」

張老者聽得伯納這話，雖然面呈慈祥之色，可是態度頗爲嚴肅。只是勃林克魯小姐還未氣餒；她又問道：「喇嘛和尙們的日常工作是什麼呢？」

「他們天天沉思，追求智慧。」

「可是這不能算工作呀。」

「那末你可以說他們是不做什麼工作的。」

她乘機下斷語道：「我也是這麼想。張先生，你領導着我們參觀這一切，我們覺得很是愉快，不過我以爲這種寺院實在沒有什麼益處可言，應該更注重點實際才是。」

「你也許喜歡用點茶了吧？」

康惠初以爲這是一句諷刺話，只是後來立卽發現並不是的；下午很迅速地過去了，張老者吃飯雖是很少，可是正像典型的中國人一樣，很喜歡每隔一些時喝點茶。同時勃林克魯小姐表示不想再去參觀什麼，她說參觀博物館和藝術品陳列所總是使她感覺得頭痛的。所以一行人對於張老者的建議立卽表示讚同，就隨着他走過了好幾個天井，陡然到了一個很可愛的所在。自柱廊沿着階梯走下去便是一座花園，園的深處有一個荷花池，荷葉長得很密，所以看好像是綠油油的瓷磚。池的四週放着許多大銅的獅像，龍像和獨角獸像，看去都很凶猛，只是和週圍穆靜的空氣却也頗爲調和。這座園子的各部份處處造得很是均稱，所以眼睛看過去很是舒適而毫無突如其來之感；一切佈置得很是自然，所以高聳在藍色瓦片的屋頂上面的卡拉格爾山看去也和這副美麗的圖畫相調洽。當張老者領着路走進一個涼亭中去的時候，伯納說道：「好一個所在！」在涼亭里放置一個古琴和一個新式的大鋼琴，康惠見了心里尤覺高興。他認爲於整個下午中所遇到的奇事之中這二件樂器最足令人驚奇了。張老者對於他的問話在某種範圍以內都誠摯回答；他說喇嘛僧很是重視西方的音樂，尤其看重莫柴（Mozart）所作的樂曲；歐洲偉大音樂家的各種曲譜寺中都有，而且寺中有幾位和尙還是演奏各種樂器的能手呢。

伯納却是對於運輸問題特別關心；他說道：「這個鋼琴竟是從昨天我們來的路上運來的嗎？」

「此外並沒有別條路線。」

「這可了不得！你若是再置備一個留聲機和一架無線電收音機，那簡直可以說萬事皆足了！只是你們對於流行的歌曲也許不大熟悉吧？」

「嘎，那個嗎，我們常常自外界收到報告，只是據說因爲我們這里四週有高山所以不能利用無線電收音機；至於說到留聲機，現在已經有人向寺方當局建議過了，只是當局認爲不必急急乎去購辦。」

伯納說道：「這點你就是不對我說我也是知道的。我猜你們這里的口號一定是「凡事別忙」吧？」他說畢不禁大笑；繼又說道：「我且問你，假定你們的老板決意購備留聲機的話，你們用什麼方法去購備呢？廠方決不願把貨物送交到這里來的。那末你們一定有代理人駐在北京或上海或是他處的了；我敢打賭，你們收到貨物的時候那貨物一定是化了很大的代價才得到。」

只是張老者還是不肯多說話，他只說道：「伯納先生，你的猜測顯得你很是聰明，不過對於這點我不便多談。」

康惠心里思量着道：又來了，又走近了不能談論的界線了。他以爲不久總能研究出這條界線究竟是怎麼一回事。他正在這樣思量着，幾個舉步矯健的西藏僕役已經端出以淺杯盛着的香茗來，打斷了他的思路；隨着僕役悄悄進來的還有一位穿着中國服裝的女子。她逕自走到古琴旁邊去，奏了一曲雷莫（Ramean）所作的舞曲。康惠聽了那令人迷醉的曲子，心里非常的快樂；這個十八世紀的法國調子似乎與那些宋代的瓷器精美的漆器以及那個荷花池打成了一片。那個女子的顴骨很高，膚色潔白，像是一個滿洲人；髮向後梳直，頭背打着一個髮結；看去她的身材很是小巧可愛。她的小嘴像是紅色的櫻桃；她寧靜地坐着，只是纖長的手指在移動着。她奏完了舞曲就打了一躬走了出去。

張老者向着那個女子的背影笑了一笑，又得意地向康惠笑着問道：「你喜歡她所奏的曲子嗎？」

馬立森在康惠還沒有回答之前問道：「她是誰？」

「她名叫魯貞。她善奏鋼琴。也和我一像，她還沒有成了正式的喇嘛僧。」

勃林克魯小姐說道：「正是呀！她那里像得道的樣子，看去還只是個小孩子呢。原來這里還有女喇嘛僧嗎？」

「我們這里是不分性別的。」

過了一忽，馬立森遽然說道：「你們的這個喇嘛寺却是別緻的很呢。」他們繼續喝着茶，大家不再說話；那個曲子的餘音似乎還在空氣之中震盪着。不久之後張老者領着路走出了涼亭，同時問他們覺得這次參觀是否覺得可樂。康惠代表餘人回答，說了些婉轉迂回的客套話。張老者又說他領導着他們參觀寺院很覺榮幸，並請他們隨意去利用音樂廳和圖書館不必客氣。康惠誠摯地向他道謝，並問道：「那末這里的喇嘛僧們怎麼樣？他們不也要使用音樂廳和圖書館的嗎？」

「他們很願意讓給貴客們使用。」

伯納說道：『這箇直可以說好極了。而且這正足以表示他們沒有忘掉我們的存在呢。事情總算比前有了進展了，我覺得比方才自在得多了。張，你們寺院里的設備委實完備得很呢；你們的那個女孩子奏得一手好鋼琴，請問她的年紀有多大了？』

『抱歉得很，我不能告訴你。』

伯納大笑着說道：『你們把女子的年齡視作祕密不肯告人，是不是？』

張老者微笑着答道：『正是。』

那天晚上，吃了夜飯之後，康惠託故離開了餘人，獨自踱到外邊靜穆的月光滿地的天井里去。此時聖格里．勒的景色尤爲可愛，正如一切可愛的事物一樣，頗有點神祕的意味。空氣很是寒涼而靜寂；那座高聳於天際的卡拉克爾山，此時望去比在白天看去近得多了。康惠覺得身心爽適愉快，只是略感不安。他不知道這到底是怎麼一回事。他想起了過去幾天中所遭遇到的種種奇事，又想起了那三位同伴；這一切他還不知道究竟是怎麼一回事，只是相信他總有了解的一天。

他走過了一條迴廊，便到了一座面臨山谷的陽台。月下香花的香氣撲鼻而來，使他想起了種種的往事。他忽發奇想，心中思量着：如果月光也有聲音的話，那一定像方才他所聽見的雷莫的樂曲；這使他想起了那個纖少的滿洲姑娘。聖格里．勒居然有女子，這是非他初料所及的；人們通常以爲修行是和女子不能並存的。只是他心想這倒也不失爲一種可喜的革新；在這個『適可而止地信奉邪教』（這是張老者的話）的人羣之中有一位女鋼琴家不失爲一件可慶幸的事。

他自陽台的邊緣向下望去；但見下面是一片藍黑色的空虛。陽台下面的峭壁峻險得令人難以想像，也許有一英里的高度吧。他頗有意於到峭壁下面去視察山谷里的文化狀況，只不知寺方是否願意容許。張老者曾談及山谷里的文化。康惠是喜歡研究歷史的人，對於這個被人跡所不到的叢山峻嶺所包圍着的文化地帶自然感覺興趣，而且看了山谷里的情形也許能解決寺院里的祕密呢。

陡然，微風吹來，自山谷深處傳來一種聲音。康惠注耳細聽着，知是鑼聲與號筒聲，並且還雜着許多人的號泣聲（不過這也許只是他的想像作用）。風向一轉變，聲音便聽不見，接着那種聲音又自風中傳來，可是瞬時又消去了。聽了山谷深處的這種聲音更使康惠覺得聖格里．勒的峻高莊嚴。聖格里．勒靜悄悄的天井和灰白色的樓台在月光里靜穆地閃耀着，在這里人生一切的煩惱都消失了，只剩下一種深沉的靜寂，在這種靜寂的空氣中時間好像也凝止了。他向上望去，看見陽台高處的窗戶里滲出金紅色的燈光；喇嘛僧修道入定之處是不是就在那里呢？他們現在是不是正在入定呢？他但須從最近的那個門戶走進去，通過了陳列室和走廊，走到那滲出燈光的處所去便可知道事實的眞相。只是他知道不能這樣隨便亂闖，而且他的行動還被監視着呢。此時有二個西藏人走到陽台上來，向陽台的欄干那里踱去。他們穿着寬大的長袍，看來是性情善良的人。微風吹過，又帶來了隱約的鑼聲與號筒聲；康惠聽得一人在問他的同伴。同伴的答語是：『他們已經把塔魯埋葬了。』康惠略諳藏語，希望那二人再談下去；只是一句話是猜測不出什麼來的。過了一忽那問話的人又在詢問他的同伴了，說得很是輕微，康惠聽不眞切；同伴的答語隱約可以聽得，大意如下：

『他死在外界的。』

『他聽從聖格里•勒當局的命令。』

『他乘着鳥背在空中飛越過高山。』

『他還帶來了幾個外人呢。』

『塔魯不怕外邊的巨風，也不怕外邊的嚴寒。』

『他到外邊去雖然已有多年，可是藍月谷里的人們還沒有忘掉他。』

下面的話康惠聽不懂了，所以等候了一忽就回臥室。他所偷聽着的話不啻又是一個開神祕之門的鑰匙；那一番話和他所想像的假定是那麼的若合符節，他心想何以沒有早點推定他的結論。當然，他曾想到這點，只是這個結論是那麼的怪誕不合情理，所以他認爲不足相信。可是現在不管如何怪誕，如何不合情理，他沒法不相信了。那個結論便是：他們的被飛載到這里來並不是一個瘋子的無意義行爲，而是有計劃有準備，受聖格里•勒當局的指使的。這里的居民知道那駕駛員的姓名，那駕駛員是他們自己人；他的逝世這里的居民都覺悲哀。從這一切看來，可見冥冥之中自有一種勢力在指使着，使人沒法拗違；冥冥之中好像有一種目的，那個目的不啻是他們作這次不可索解的旅行的橋樑。可是那個目的是什麼呢？究竟爲了什麼緣故一架屬於英國政府的飛機里的四個偶然相遇的乘客會被飛越過西馬拉雅山而載到這種冷僻的地方來的呢？

康惠想到了這點不禁愕然，只是沒有不悅之意。他思量着，決定不把這個發現告訴任何人；他不能把這事告訴同伴，因爲他們不能幫助他；也不能告訴寺方，因爲寺方無疑地不願幫助他。

霧都瑣憶

天游

二　加冕（Coronation）

一九三六年轟傳一時之「不愛江山愛美人」的新聞，謂愛德華八世敝屣皇冠，去愛一位離婚兩次的辛柏森夫人，其實是寃枉之極。這一重公案要詳細明白，還得從愛德華第八的身世及英國的政制說起。

英國是一個君主立憲的國家，誰都知道的。但英皇除了一頂皇冠的尊榮之外，一些權力也沒有。這眞可說是「傀儡皇帝」。普通人稱他是皇，多少帶有一點兒神祕意味，有時國土擴張到「日不落」的時候，他們又稱他是帝。這和由「大不列顚」發展到「聯合王國」是有密切關係的。因爲國土大了，皇帝也得要升一格。然而稱號的大小與權力無關，無論是皇是帝，其爲木偶一也。那麽，英國的最高權力機關在那裏？一般人說是巴里門（Parliament），但國會的席數是有一定的，保守黨佔議席多數時，便由保守黨組織內閣，工黨議席佔多數時，便由工黨成立政府。這便是所謂民主政治。既然是民主的政府，皇帝便僅僅是一種工具罷了，這和中國歷史上的皇帝比較起來是完全不同的。愛德華八世在做太子的時代，看見他父親做皇帝，僅有虛榮而沒權力，便覺得做皇帝沒有味道，想起維多利亞女皇時代，更不堪回首，他考慮着他將來的前途，是隨着父親的遺規亦步亦趨的做一個平常的皇帝，抑發憤爲雄做一個權威十足的皇帝呢？因爲他的血液中滲日耳曼種族的成分，（維多利亞之夫阿爾伯是德人）他毅然決然走上後面的一條路。他須要打破因襲，創造環境，故在行動上表示其不受現成習慣的支配。當他做皇太子的時候，曾經參加過歐戰，親歷戎行，已是不同凡響。及其繼位，常出沒於工廠及貧民窟之間，喜歡與貧苦階級爲伍，頗負一點虛譽。有時竟穿着一套便服，口中啣着雪茄，蹀躞於街頭，這種行動使一般人稱他爲平民皇帝。他的生活既脫出了皇帝的軌道，他的思想也就離開了貴族階級，其在政治上的企圖是要變成有權威的皇帝，故在國內要獲得一般平民的擁護或一個政黨支持，在國外更要取得強有力的國家為聲援，所以親德的色彩極為濃厚。這種政治趨向日漸顯明，便引起保守黨內閣首領包爾溫的防範了，保守黨的背景是資產階級，資產階級為維護其本身的利益，不能不把持虛偽的民主政權，以便操縱政府的政策，如有人欲變更英國的政制，當然是對他們不利而要反對的。當佐治第五逝世，愛德華即須繼位之時，包爾溫即以維護憲法的尊嚴自任，如果愛德華不改變其政治路綫，是絕對不容許「加冕」的，而問題的中心，則以不許愛德華與辛柏森夫人結婚為理由，因為英國皇室的規矩，凡離婚之婦人，不得母儀天下，被國人尊稱為后也。愛德華既欲與辛柏森夫人結婚，即不能加冕為帝，若欲為帝，即不能與辛柏森夫人結婚，蓋二者僅能自擇其一，不可得而兼之。當日包爾溫「逼宮」的一齣活劇，即以此二語為利器，結果，愛德華羽翼未豐，不足以敵保守黨的壓迫，於是只有被逼下台，成為「不愛江山愛美人」的風流皇帝了。

但是愛德華八世究竟是否風流呢？他有過許多情人，辛柏森夫人不過是其中之一。據說，他的「小公館」是有數處的，辛柏森夫人那裏是一所古式的大廈，花園亭榭尚稱雅緻，所以愛德華常常到那裏盤旋，但是另外還有幾所「金屋」，那金屋裏所藏的人物並不是貴族的小姐，或名門的閨秀，他對於穿着華貴衣服的女人是不發生興趣的。例如他的母親瑪利皇后，常常為着選擇或者介紹貴族的女子為他作媳婦，而招集盛大的茶會及遊園會時，盛裝的女子經過他的面前都要行最敬禮的，但他却報之以不理，眼睛朝着天空，手指擱在耳朵或鼻孔裏，這種「禮貌」是普通罕有的。他因為厭惡貴族的緣故，連貴族的女子也不願看。同時他自己的小公館既不止一處，也就證明他不是專愛辛柏森夫人一人，既不是摯愛辛柏森夫人，而一定要和她結婚，這便是政治作用的結婚了。當初他本人是這樣想，第一步，實現皇帝與平民結婚，打破傳統的習慣；第二步，取得皇帝的實權，打破虛君政治。但是他的敵人——包爾溫早就準備好了。辛柏森夫人及前夫的儷影，早已搜集在包爾溫首相的手中，辛柏森夫人和愛德華在海邊沙灘上的浴衣照像，又一同發表於倫敦各大報紙上，使一般民眾看了，發生「望之不似人君」之感。這是包首相進攻的第一步。輿論既經發動，他便「帶劍入宮」，面致哀的美敦書：「究竟願做英國的皇帝，抑做辛柏森夫人的丈夫？請從速抉擇。」瑪利皇太后很着急，為他討情說：愛德華與辛柏森夫人結婚後，不稱皇后，可不可以？包首相說：不可以。瑪利皇太后再說，既不稱后，連她所生的兒子也不繼承皇統，能不能讓愛德華加冕？包首相說，仍不可以，因為這與皇室的尊嚴有關。至此，愛德華完全失敗了。這是包首相逼宮的第二步。愛德華既被包爾溫摔下台來，英國又不可一日無君，依次序由愛德華的弟弟繼承大位，恰巧老二是一個吃舌的啞巴，正合木偶的條件，那老三是學陸軍的，老四是學海軍的，都比老二强，但是英國的皇冠却落在老二的頭上，這個繼承的問題解決了，包首相便掛冠而去，表示其推翻皇帝不是爲着首相的地位，而是爲着國家。這是結束這齣把戲的最後一幕。

當這齣喜劇上演時，我適當其會，居留倫敦，那時加冕的熱鬧，轟動一時，中國派遣參加冕典禮的專使是孔祥熙氏，他的頭銜除了財政部長兼行政院副院長之外，更加上孔子七十六代之孫的榮銜，他率領了一大羣的隨員，和一大批的禮物趕到倫敦，結果在觀禮席上只出現了孔祥熙和郭泰祺兩人，其餘的人都沒有參與盛典的資格。中國在大英帝國皇帝加冕的典禮中，其地位也就遠遜於印度了。

文壇消息

⚙張我軍所譯武者小路實篤小說『曉』，改名『黎明』，歸上海太平書局印行。

⚙柳雨生近著短篇小說『髮神記』，『鬼吃記』，『非偶記』，『栗子書』，每篇俱近萬字，首篇將刊四月號『雜誌』。

⚙陶亢德返滬後，近成『東京與上海』一文，刊四月號『大衆』。

⚙日本國際文化振興會常務理事黑田清伯爵來滬。

⚙予且將主持知行編譯社社務，計畫編譯各項參考書。

⚙『詩領土』創刊號出版，路易士等私人創辦。

⚙王予就任蘇州江蘇省立圖書館長，丁丁在蘇辦『作家季刊』。

⚙龍沐勛紀果庵等創辦求是月刊，銷行甚盛。

風塵澒洞室日抄

紀果庵

昔黃東發爲黃氏日抄，述記考索，深有名理，四庫提要極稱之。余好讀雜書，初無倫序，疇居塞外，晝苦風塵，夜懷寒沍，輒顏其居曰「風塵澒洞室」，每爐火初溫，煮水絲絲作響，雖屬外風聲虎虎，沙礫撲窗，而發書疾覽，佐以紅茶，則大適意，不知其在居庸數百里外也。於役金陵，轉息三載，花開草長，無復向日瑟縮之態，然春秋風至，亦可以昏兩間，耳鼻爲垢，是江南而有塞上思矣，取舊名而名之，匪直溫故，抑以知新焉。讀書無程，寫文無法，豈唯不敢妄儗黃氏，即定菴詩所云：「著書都爲稻粱謀」亦媿不足語於著書二字也，其將何以自解乎？有所得則記之，無所得則已之，如是而已，是爲序。

鹽菜

童時讀共和國國文，有曰：嚴霜既降，園菜漸肥，曝而醃之，其味鮮美，可以久藏不壞。輒以爲是我鄉大白菜，南人名曰黃芽菜者，既來南始知二者非一，醃菜自是醃菜，與黃芽菜渺不涉。淸嘉錄鹽菜云：「比戶，鹽菘菜於缸甕，爲御冬之旨蓄，皆去其心，剸菔蕻爲條，而有各寸斷，鹽拌酒漬入瓶，倒埋灰窖，過冬不壞，俗名春不老。孫晉灝鹽菜詩云：寒菘秀晚色，油油一畦綠，殘年咬菜根，嗜此亦稱酷。所少官園送，絕喜野人劚，壓肩一担霜，百錢買十束，結繩戾巖風，攤担暴晴旭，飛白撒晶鹽，殺青斷花玉，但覺兩眼饞，那顧雙手瘃？醆醬醡中滴，醯鷄甕中浴，每飯飽黃韭，鐺焦就廚綠，誰信苜蓿盤，至味等菽粟，旨蓄在窖中，御冬亦已足。」詩雖不甚佳，但頗寫實，三百篇以葑菲禦冬，注者多云當係萊菔蕪菁之類，詩多產於齊魯衛鄭，其說是也，吾鄉醃菜，則蘿蔔芥菜耳，正與古合。春不老保定出產，乃芥之別種，亦即雪裏蕻，而非如書中所云云也。余初不喜鹽菜，以爲老而無味，既久漬染，遂甘三百甕黃虀矣。此物經發酵微酸，故又曰酸酵，北中每以黃芽菜略煮而酵之，即酸菜，口味同嗜，千里攸同，詎不異耶？然余獨喜黃芽菜之嫩而肥，昔人盛贊春初早韭秋末晚菘，始以爲黃芽也，今知非是，爲之索然。北人質實，不知揚其鄉風，張家口產蕪菁株可五六十斤，肥極，固不爲海內所知，豈僅黃芽菜哉。士大夫以菜根爲難嚼，儒者以苜蓿爲本分，山妻入市，菜亦以十元論斤矣，苜蓿盤正不易辦。

蟹

秋深蟹肥，畢茂世可以柏浮一世矣。仁和吳桓生詠蟹詩云：「何事季鷹千里駕，只思鱸膾故鄉秋？」張季鷹豈遂不知味，蓴鱸南中始產，蟹則北方亦非罕見耳。余來京三年，每歲食之，均以洋澄湖爲號召，實不知其所從來，猶之北京必以勝芳爲言也。然今年蟹最瘦。古人持螯，今人食黃，斯亦一異，清異錄載劉承勳言，十萬白畝一個黃大不得，此言螯不知黃遠甚，蓋晉唐以後漸重黃歟？余則卞急，食此有蘇公「又如食蟚蜞，盡日嚼空螯」之煩，而嗜酒者方以剔剝爲得佳趣。正陽樓吃蟹，人備木槌之屬，又專收勝芳產之肥而鮮者，故人多趨之，京中無專食蟹所，多念燕趙不置。清嘉錄「煠蟹」云「湖蟹乘湖上簖，漁者捕得之，担入城市，居人買以相餽贈，或宴客佐酒，有九雌十雄之月，謂九月團臍佳，十月尖臍佳也。湯煠而食，故謂之煠蟹。」按煠音插殆即炸字。如油炸豆腐乾，正應寫作油煠也。南人吃蟹油煠，北人只蒸熱一品，若炸蟹黃蟹粉，則不能與蒸蟹並論，小吃而非大嚼耳。松花江產蟹，其大如輪，一跪一肉，可佐一餐，盡花雕二斤，或製爲罐頭，猶不失味，以予之饕餮，庶幾食此爲得。惟聞不易捕，或捕人致死焉。嶺表錄異：「海鏡，廣東人呼爲蠔菜盤，兩片合以成形，殼圓，中甚瑩滑，日照如雲母光，內有小肉如蚌胎，腹中小紅蟹子，其小如黃豆，而頭足俱備，海鏡飢則蟹出拾食，蟹飽歸腹，海鏡亦飽，或迫以火，則蟹子走出，離腹立斃。或生剖之遂巡亦死。」此可謂蟹之奇者，屈翁山廣東新語，不知及此否，余藏有此書，而爲友人假去，惜不獲查之。北人嗜乾蝦，皆蝦之小而鹹者，俗曰蝦皮，其中輒有小蟹，其大如豆，螯跪皆具，兒時頗以爲嬉，不知即此否，若然，亦不易得也。蓋故書載記，每有故作神奇以爲炫者，果蠃螟蛉，亦此之類，昔賢辨之審矣。吾鄉春日，多食海蟹，甲端有二銳刺，乃蝤蛑也，味亦甚鮮。兒時觀社戲，便買以歸，色紅而鹹，置數日不敗，棖觸前塵，不覺亦有張季鷹思歸之念。

飲食之費

飲食之費，至今而極，一筵五百元，猶無下箸處，海上酒家，一席無不以萬論値者，然秦淮河畔之喧闐自若也。考事變前宴會，每席不過十元，已有鴨翅，清稗類鈔記光緒已丑庚寅間，京官宴會，每席六兩至八兩，是四十年間，無若何變化，光宣追溯乾嘉，以爲盛世，民國之人，未嘗不憶同光餘韻，至今日則又以戰前爲不可卽矣，世事如丸走阪，滋可嘆息。光緒季年，黄岩喻志韶太史長霖在京師，厭酬酢之繁，有謝宴會私議一啓，略云：「供職以來，浮沉人海，歷十餘年，積八不堪，謹貢下忱，敬告同志：一，現處憂患時代，禍在眉睫，宴會近於樂禍，宜謝者一。二，今日財政窘困，民窮無告，近歲百物昂貴，初來京師，四金之饌，已足供客，今則倍之，尙嫌菲薄，小臣一年之俸，何足供尋常數餐之容，久必傷廉，宜謝者二。三京員舊六部，近添新署共十一部，而官益多，加以學堂林立，巡警普設，人數倍屣於舊，宴會之事，彌增彌繁，若欲處處周到，雖日日謁客，日日設饌，仍有不逮，且京中惡習，已刻肅客，至申不齊，午刻肅客，至暮不齊，主人竟日衣冠，遠客奔馳十里，炎夏嚴冬，尤以爲苦，宜謝者三。宴客略分數等。如貴人冶遊，巧宦奔競，達士行樂，可置勿論，若知交祖餞，朋友講習，誼分當然，似非得已，然近來酒食之局，大都循例應酬，求其益處，難獲一二，宜謝者四。」其餘四則，個人之私，姑不錄，但以所舉四者，今日視之，感想如何？冶遊奔競，積久愈甚，豈五十年來，我國遂一無進步邪？爲之黯然。比來提倡儉約之說甚盛，故不惜拈此以見今昔一揆焉。宴會不守時刻，厥病尤久。淸稗類鈔云：「以請客遲到而謾友者，如祝雲帆春熙是也，一日，雲帆招梁敬叔恭辰程晴峯矞采達王圃麟李蘭卿彥章往其家，陪新簡金華太守楊古心兆璜，俟至上燈時，古心猶未至，雲帆大怨，乃先入座暢飲，且曰古心必不來，卽來亦聽之，飲至三鼓，肴核盡矣，而古心忽至，雲帆乃侈口肆詈，聲色俱厲，僅以一羹一飯了之，古心大慚沮喪而去。」此則頗資談噱，近來不守時之風，雖漸戢滅，然仍未見準時，恨無祝雲帆其人，以振作之。

鐵路

鐵路之利，夫人而知之。乃其初創，松滬鐵路，曾大爲居民所反對，以爲有礙風水，毀而投之江，卽今思之，何可笑。江西胡思敬，淸末名御史也，所輯國聞備乘，頗資掌故，此老雖不憚劾當時宗室重臣之苞苴行賄，而於新黨設施，亦多不以爲然，用知是固時有非新非舊之一派，特旣不得於新，更受觝於舊，朝廷自不容此種人立足耳。其審國病書，痛數新政之失，與所上諫新政疏可相表裏，報館，學堂，鐵路，皆在排斥之列，所論執拗，無取於今日，然亦未嘗不略中末流之弊，如鐵路云：「鐵路之議，倡自劉銘傳，當時阻撓者頗衆，自京漢京奉相繼告成，東南各省爭以此爲利窟，其實南北幹路旣通，支路利少害多，當嚴禁舉債私辦；凡鐵路通有之地民必漸刁，物必漸貴，俗必漸奢，遊手逐末之民，必輕於離鄉遠出，由是市鎮之民日衆而盜患多，鄉村之民日寡而田畝曠，不特江西南潯鐵路舉債至七百餘萬，入不敷出，地方受無窮之累也」。又國聞備乘卷二鐵路條有相同議論，可參看。

條耕

俗音每可證古，不得以田夫野老少之，冀北稱打更曰打「經」，粳米音如「精」米，耕田曰「經」地，而「更」「京」之音古本互通，故「屢更」即「屢經」也，「花梗」即「花莖」也，「粳」亦與「經」義近。太炎先生新方言，專辨此事，條理翛通，收獲獨多。余不明韻學，周豈明先生有天書之喻，蓋同感焉。唯苟深入淺出，勿餖飣於陰陽清濁之理論，而取證於日用口語，或亦轉資通俗，惜乎音韻學者之唯高深是騖，令人如入五里霧耳。頃翻讀新方言一條云：「漢書律歷志，用銅方尺而圓其外，旁有庣焉。鄭氏曰：庣，音條桑之條，蓋凡中窳之器，可以容物者，皆謂之庣。說文，銚為溫器，方言，盌謂之銚銳，此食器中窳容物者謂之庣也。其鐎斗刁刀諸名，亦皆仿其聲類，並以中窳容物得名。斟藥者，漢人謂之刀圭，即十分方寸匕之一，刀即庣字，圭者，漢律歷志，不失圭撮，孟康曰：六十四黍為圭，是也。圭讀耕者，支佳耕青同入對轉，圭聲字多轉入耕清，如圭田即頃田，跬步即頃步，今讀刀圭如條耕，正符其例。或說當為調羹，非也，此以斟羹，非以調羹，人所盡知。」此說甚新穎有趣，無論調羹之義是否有約定俗成之價值，然由此方言而知古音之通轉，固遠勝一篇「娘日二紐歸泥說」矣。按銚音弔，今北京謂煮水器仍曰銚子，而日人更呼茶具之可提挈者曰銚子，亦可為章說一證。

行散

今多稱藥粉曰散，其意蓋或取分散不整意，然散之朔義，本是酒巵，甲文金與斝形近。而散盤之散，又是地名，散宜生之氏是矣。魏晉人有行散之風，始於何晏，倘亦藥粉名散之本義乎？魯迅翁魏晉風度與藥及酒之關係一文，說此甚詳。今撮其要如次：五石散乃毒藥，自何晏始服之，其藥用石鐘乳，石硫礦，白石英，紫石英，赤石脂合成，故名五石散。服之能轉弱為強，而貧人不敢用，蓋食之不慎，往往致死，服後不久，藥力發作，名曰「散發」，此時必須走路，不可休息，六朝詩云：「至城東行散」，即此意。（或解行散為散步，實望文生意也）行散後，體漸熱，熱久復寒，而不宜食溫物，服暖衣，反之衣少食冷，以冷水澆沃，始能收效，否則亦死，五石散緣是又曰寒食散。又行藥後，須飲酒。身體膨脹，必衣寬博衣，赤足或着屐，六朝多飲酒衣肥大着屐，職是故也。貧人少暇，不能行散，更不能飲酒，遂少服散矣。此文多推測之詞，未敢斷其與當時形情合否？然富人好補品，今日尤甚，海上有因濫注維他命乙劑而致死者，補品之爲害爲益，自古已難言如此，惜多金者未悟耳。散既有發散意，故吾曰藥散之義，不盡取於零星散碎。姑存此說，以待質證。

東莞李竹隱

余爲日抄，不意遂一周矣，以余之無恆，有此成績，已屬不惡。然覓題檢書，大爲不易，或譏爲獺祭，不知獺祭亦仍須讀書也，拙稿刊登之次日，龍楡生先生自城北以廣東新語見還，因有感於談蟹一文而然，不勝惶恐，蓋余非粵人，買此書時，徒以作者屈翁山曾被文字獄而破鈔，非必有所用之，龍公假閱時，已有相贈意，今又辛勤送回，不幾於有意爲之邪，一笑一笑。頃因覓題，首翻此書，以答龍公雅意，至卷九事語「過洋樂」一條云：「東莞李竹隱先生，當宋末使其壻熊飛起兵勤王，而身浮海至日本，以詩書教授，日本人多被其化，稱曰夫子，比死，以鼓吹一部送喪返里，至今莞人送喪，皆用日本鼓吹，號『過洋樂』。」此又早於朱舜水陳元贇三百年矣，第不知今時猶有此風否？京中不乏東莞賢者，深盼有以語我。竹隱歷史，大足研討，事忙書少，媿未能也。

黃巢菊花詩

秋光漸老，菊有黃華，東籬佳趣，隱逸所高。自來作菊花詩者，多寄託遙遠，韓魏公被黜，有不羞老圃秋容淡，自有黃花晚節香之語，久炙人口，頃見褚稼軒堅瓠集記黃巢菊花詩一則云：「黃耳集載，黃巢五歲時，父翁吟菊花詩，翁思未就，巢信口吟云：堪與百花爲總領，自然天賜赭衣黃。父怪欲擊之，翁曰：孫能詩，令再賦一篇，巢應聲曰：颯颯西風滿院栽，蕊寒香冷蝶難來，他年我若爲青帝，報與桃花一處開。翁大異之。淸暇錄又載，巢下第作菊花詩曰：待到秋來九月八，我花開後百花殺，衝天香陣透長安，滿城盡戴黃金甲。二詩已見跋扈之意，豈不爲神器之大盜邪？七修類稿載：明高皇亦有菊花詩云：百花發，我不發，我若發，都駭殺！要與西風戰一場，遍身穿就黃金甲。似亦祖巢之意，巢之反，果在於秋，而明兵敗士誠，克大都，皆在八九月，但滿城戴金甲，不過擾亂一番，而穿就黃金甲豈非黃袍加身之象？此所以爲巢之敗，高皇之成也。」按明祖詩見七修類稿卷三十詩文類，巢詩附載，世對英雄，每多附會，黃巢明祖之詩，豈遂可信？然自張端義既已言之，流傳亦云久矣。梟雄口吻，或有不凡，若謂卽此便占成敗，不免侯門仁義之誚。

再記過洋樂

余前記李竹隱先生事，東莞有過洋樂之俗，頃承范直公兄示以詳況，頗可感，茲代為披露如次：『果菴先生，關於李竹隱先生逸事，曾見縣志，（惜客居京都，未克檢送）所謂過洋樂，在余記憶中，現尚流行，每逢喪殯，不論貧富，此過洋樂，必有吹出者。其器係用竹管，約四寸許，頭端有橫孔，用薄紙或用蔥衣黏之，吹出聲音，哀感動人，相傳我鄉與省港比賽音樂，為人所敗，好事者以此器吹出送之，意為詈咒獲勝，至今我鄉名此器為送喪笛，廣州諺語有「阿聾送殯」謂聽死人笛，不理會你們所說什麼也。但此笛以我鄉為優，鄉父老且樂道之，惜余生也晚，且在鄉日淺，未能一一奉告耳。熊飛起義，誠然，凡車過廣九石龍站，見有巍然一塔兀立者，即熊飛起義所在之地，塔名石榴花塔，蓋以紀熊公也。民國成立，袁政府有所謂忠義祠之設，除祀關帝外，旁及歷朝忠義大臣，吾鄉即以熊將軍配焉。』按先生所述，可謂詳盡，唯洋樂究與日本有何關係，仍未著明。屈氏所云樂人衣冠皆東洋式，不知到底若何？范公函後附云，黎國昌先生或所知更多。余與愼圖兄昕夕過從，惜未暇問及，亦極疏矣。李竹隱及熊飛，史並無傳，又無暇遍考小腆紀年紀傳等書以實之，為學不易，此一端耳。

書畫金湯

鄭秉珊兄轉代懇陸曙輪先生花卉一幀見投，畫秋葵一枝，伴以山石，白陽神韻，點綴寒齋秋色不少，秉珊兄亦精繢事，山水尤具法度，非今之浪以西法寫中畫者可擬，識者於所為文字中，不難知其取精用宏，固無待辭費也。頃閱繢事微言，書畫金湯一條，頗可助收藏家為談資，錄之以省翻檢勞。「一，善趣：賞鑒家，精舍，淨几，風日清美，瓶花茶笋橙橘時，山水間，二人不矜莊，名香修竹拂晒，天下無事，考證，高僧，與奇石鼎彝相傍，睡起，病餘，雪，漫展緩收。二，惡魔：黃梅天，燈下，酒後，研池汁，屋漏水，硬索巧賺輕借，收藏印多胡亂題，代枕傍客催逼，陰雨燥風，奪視，無揀料銓次，市談攪，油汚手，晒穢地上，臨摹汚損，蠹魚，強作解，噴嚏，童僕林立，問價，指甲痕，剪裁摺疊。三，落劫：入村漢手，質錢，獻豪門，剪作練裙襪材，不肖子，換酒食，盜，水火厄殉葬。」按此所云，固無以易一字，而天下無事一語，余謂尤凡百根本。往昔名家輩出，何莫非受此之賜？方殷饔之不繼，不以書畫易米者蓋尠。若清照詞人金石錄後敍所云，又今日數見不一見者矣。於惡魔一項，余擬着一鼠字，蓋以京中而論，鼠患之厭人，固人人而知之，余所藏書畫册籍，無不罹此厄者，鼠矢累累如丸，鼠遺片片成瀋，齒牙所及，更不堪問，焉得狸奴守而殲旃，方釋此恚。

米價

趙甌北廿二史箚記，唐代米價，貞觀時斗米三錢，安史之亂，兵役不息，田土荒蕪，兼有攤戶之弊，十家之內，五家逃亡，即令未逃之五家，均攤其稅，是以逃亡愈多，耕種愈少，代宗時，斗米一千四百，幾甸挼穗，以供宮廚，至麥熟後，市有醉人，詫爲祥瑞。較貞觀時，幾至數十百倍，讀史者至此，可以覘事變也。至如攻戰之地，城圍粮絕，尤有不可以常理論者，安慶緒被圍於相州，斗米錢七萬，魯炅守南陽，斗米至四五十千，有價無米，一鼠值四百，黃巢據長安，百姓遁入山砦，累年廢耕耘，斗米涌至卅千，官軍執山砦民，賣賊爲食，一人直數十萬。又明代米價：明史周忱傳，時京師百官月俸，皆持俸帖赴南京領米，米賤時，俸帖七八石，易銀一兩，忱請重額官田，極貧下戶，準納銀，每兩當米四石，解京代俸，民出甚少，而官俸常足。楊守隨傳：王府祿米每石征銀一兩，後增十之五，守隨入告於王，得如舊。是明中葉米價不過如此，及崇禎四年，斗米値銀四兩，民多從賊，左懋第傳，崇禎時山東兵荒，米石二十四兩，河南乃每石一百五十兩。按此可注意者，即古代一遇非常，物價上漲之百分比，亦每有超乎想象者，非僅今時爲然也。又自宋以前，中國通用貨幣，尚不以銀爲單位，元明以降，用銀漸廣，而物價益增，若崇禎末每石米價爲百五十兩，折合銀元已二百餘元，較之今日價格，相去幾何？斯又不能不使人驚異者矣。官俸用米，承平時苦米價之低，似亦應考慮處。汪龍莊病榻夢痕錄乾隆五十一年江南大水，無錫設粥廠，米價一石四千三百，丹陽更昂，每石四千八百，流丐載道。洋河鎭隸宿遷縣，米制錢十千二百文一石，豆價與米價等，豆腐一斤錢十六文，麵一斤錢七十六文，屍橫道路，按又可見承平時之物價變化，淸高宗在位六十年，江南無事，故粮價如此，已爲奇災，若今日則夢寐求之未可得耳。

烤肉

故都吃烤肉涮肉，雋事也，亦趣事也。寒霜漸緊，晨起可棉，遙憶松柴白酒，正不減季鷹蓴菜。南人不諳此味，都中食肆，雖亦具此，而趣之者仍是北人，若南人至北方，或以不知食法，轉生笑柄，某年秋，余與友醵飲東來順，食火鍋，隔壁二人操南音，亦索此，余翟穴隙覘之，大鍋旣至，肴品鹽梅雜陳，乃竟不知所措，計議良久，啓蓋將肉片及菜悉數傾入，仍羹之，半時許，肉老不堪食，相與欷歔，余聾則大嘔噦，因念吾人若旅居百粵，見龍虎之羹，密炙之鼠，或亦不免乎此耳，按都門瑣記曰：正陽樓以羊肉名，其烤羊肉，置爐於庭，熾炭盈盆，加鐵柵其上，切生羊肉極薄，漬以諸料，以碟盛之，其爐可圍十數人，持碟踞爐旁，解衣盤礴，且烤且噉，佐以燒酒，過者皆覺其香美。舊都文物略云：八九月間正陽樓之烤羊肉，都人恆重視之，熾炭於盆，以鐵絲罩覆之，切肉者爲專門之技，傳自山西人，其刀法快而薄，片方正，蘸醯醬而炙於火，馨香四溢，食者亦具姿勢，一足立地，一足踏小木几，持箸燎罩上，旁列酒尊，且炙且啖，往往一人啖至二三十拌，拌各盛肉四兩，其量亦可驚也。諸所記皆可見吃烤肉之習俗，然邇日烤肉亦尚牛，不似涮之以羊爲本，又有「烤肉宛」者，更有聲於正陽樓，頃見曹見微先生有文記之甚詳，不贅。

送寒衣

一之日觱發，二之日栗烈，無衣無褐，何以卒歲，每於冬時，諷咏此篇，輒有瑟縮之感。電火韶光，又居冬月，不知無以卒歲之同胞，尚有幾何。考故都有十月送寒衣之俗，所以竭孝思，懷祖澤，亦良風已。帝京景物略曰：十月一日，紙號裁紙五色，作男女，長尺有咫，曰寒衣，有疏印緘，識其姓字輩行，如寄書然。家家修具夜奠，呼而焚之門，曰送寒衣。新喪，白紙爲之，曰新鬼不敢衣綵也，送白衣者哭，女聲十九，男聲十一。劉同人巧於摹物，區區此事，亦必斤斤於男女哭聲比例，風趣可見。荊楚歲時記不載此俗，唯清嘉錄云：十月朔，僧稱十月朝，官府祭郡厲，遊人集山塘，看無祀會，間有墓祭如寒衣者，人無貧富，皆祭其先，多燒冥衣之屬謂之燒衣節，或延僧道作功德，薦拔新亡，至親亦往拜靈座，謂之新十月朝，蔡雲吳歈云，花自偷開木自凋，小春時候景和韶，火爐不擁燒衣節，看會人喧十月朝，是南方亦有是節，特名曰燒衣不曰寒衣耳。十月小春，有花開之事，余所寓邇日紫荊繡球皆作花，玉蘭亦含苞待發，蔡詩先得之矣。京中似有祭先之俗，而燒衣否未悉。水曹清暇錄燕台新月令十月云：「是月也，曆乃頒，鵪鶉居於蒲，籠在戶，羊始市，咕咕入於懷，僧道課經，荳腐凍，山兔化爲貓。」對寒衣未提，蓋僅十月一日之事，非關節候耳。十月頒曆，或有取於古人以十月爲歲首之意，今國定曆書亦適於是時修訂，咕咕蓋蟈蟈之別寫，故都之嬉蟲者，入冬以葫蘆盛蟈蟈蟋蟀之屬，納懷溫之，鳴絕清脆，以爲一樂，一葫蘆之値，每千百，若豆腐之凍，則北國多寒始然，大江以南尚可衣袷，一冬不見冰淩，不以爲異，斯又中國地大物博之徵也。

石發

前爲行散一則，記魏晉人服五石散事，頃閱唐朱揆諧謔錄有石發一條，可參證：「魏時諸王及貴臣，多服石藥，皆稱石發：乃有熱者，亦至服石發熱，時人多嫌其詐作富貴體，有一人於市門前臥，宛轉稱熱，衆怪問之，答曰，我石發，衆曰：君何時服石？曰，我昨市米中有石，食之今發，衆人大笑。」按準此例，則我人今日食米，日日可詭石發矣，一笑。又郝懿行晉宋書故寒石散一條，說此尤詳，並引晉書裴秀傳云，服寒食散當飲熱酒，而飲冷酒，泰始七年薨，時年四十八。王戎傳：戎爲藥發，墮廁，得不及禍，皇甫謐傳：服寒食藥，違錯節度，隆冬裸袒食冰，當暑煩熱，加以欬逆，或若溫瘧，或類傷風，浮氣流腫，四肢酸重。又宋書王征傳：憶往散發，極目流涕。然則補藥之患詎不大哉！古人所云，服食求神仙，多爲藥所誤，於此又獲一解。

蔡乃煌

盋堅君爲蘇撫陳啓泰一文，頗資掌故，盋堅先生卽餘杭褚稼先，清末名御史褚博約之嗣，博約先生官至潮州知府，後丁艱爲金陵惜陰書院山長，其在台諫，以敢言稱，然身後凋零，後人不得不橐筆自給，廉吏可爲而不可爲也。清史於陳無傳，以開府一方之大員，而疏略若此，亦一異也。蔡乃煌粵人，原名金湘，作秀才時，殊無賴，好以刀筆爲人構訟，後卒被褫去衣冠，乃挾其兄子乃煌監照北走京都，冒應順天鄉試，登乙科，居然以乃煌名而字伯浩，人亦莫辨也。甲午台灣獨立，煌在台爲藩幕，乾沒中朝餉金廿萬而逸，納其資爲四川道員，旣又賁緣入都，張文襄適領樞府，遇事推重袁項城，而日以詩鐘自娛，一時名流樊增祥易順鼎等，爭趨侍焉。一日南皮集項城及其他幕僚爲詩鐘，慶親王奕劻亦在，南皮特拈「蛟斷」二字，蔡應聲云：「射虎斬蛟三害去，房謀杜斷兩賢同」。蓋慶邸方與瞿鴻機岑西林不協，正假京報案觝去之，詩上句指此事，下句則指袁張交驩，亦云巧慧矣，慶袁張皆大悅，卽日擢放蘇松太道。後以忤載澤去職，辛亥鼎革，復至京，希起用，袁氏鄙之，一日，蔡復集客爲詩鐘，拈「申鑑」二字，客曰：「今日未必能申蠖，往事眞堪作鑑龜。」蔡失色不語，翌日，樸被去京矣。（按詩鐘或謂梁鼎芬作，梁雖便捷，不至以是爲迎合，蔡有詩鐘集石絮園詩鐘，蓋頗以此自詡者也）

隨園

蔣心餘臨川夢傳奇譏陳眉公，隱奸一齣定場詩曰：裝點山林大架子，附庸風雅小名家，終南捷徑無心走，處士虛聲盡力詩，獨祭詩書充著作，蠅營鐘鼎潤烟霞，翩然一隻雲間鶴，飛來飛去宰相衙。可謂讜而虐。然此詩葉衍蘭太史謂係詆袁隨園，雖不足據，而袁氏風格，固與此近。余每過小倉山，觀高冠吾氏所爲題額，遙見荒墳蔓草，輒覺卽此名士，亦不作久矣，大雅寢微，吾衰誰陳，可堪一慨。考石城山志：隨園舊爲隋織造園，既歸袁氏，易隋爲隨，四山環抱，中開異境，樓台皆依山構造，如梯田狀，雖屋宇鱗次，而占地無多，四圍皆倚峭壁，不設牆墉，入園必循山坡，迤邐而下，固天然形勢也。今則平原一片，雙湖水僅一泓可辨，以外絕無坡坨處，相傳洪寇因糧餉告乏，墳平洞壑，資田以供給僞王府之食米，及克復後，復有棚民墾殖山穀，其土日壅日高，遂不能按圖而考其迹矣。是隨園之鞠爲茂草，抑已久矣。黃秋岳筆記云：昔聞冒鶴亭言，在京師廠市，得批本隨園詩話，不知誰氏所批，中有一則，言幼時隨其母至江甯，見袁簡齋之夫人于隨園，談次，袁夫人自詆所居，荒烟蔓草，與鬼爲鄰，入市購物至艱，爲良人風雅所累云云，今按其地，距市仍遠，年前日本神社動工之先，曾盡發其地棺柩，豈自袁夫人時，卽有叢塚邪？唯余過其地，詢種菜人，則地猶袁姓，青門尙可種瓜，亦可羨耳。

書生嘆

書生百無一用，黃仲則之言哀矣。百物湧貴，生計艱難，而書生之悲嘆益多，甚有不能謀朝夕者，數十年後，視此不知以爲如何？陸放翁書生嘆，羅掞東極賞之，蓋放翁亦有所感而發乎？其詩曰：「君不見城中小兒計不疏，賣漿賣餅活有餘，夜歸無事喚儔侶，醉倒往往眠街衢。又不見壟頭男子手把鉏，丁字不識稱農夫，筋力雖勞憂患少，春秋社飲常歡娛。可憐秀才最誤計，一生衣食囊中書！聲名才出衆毀集，中道不復能他圖，抱書餓死在空谷，人雖可罪汝亦愚，曼倩豈卽賢侏儒！」羅評云：「中道句眞正書獃。」吁，書生之所以爲書生，正在其不能爲他圖耳，翻手爲雲，覆手爲雨者，固不得與於書生，卽之胡之越又豈書生所應爾邪？今之棄學而商者甚衆，海上稱之曰動腦筋，吾輩獨苦未能，其腦筋或幾乎腐矣。以迂執之見，應波譎之世，宜其死於空谷，而無所訴也。

端方

端午橋有小慧，善伺人意，初附新黨，既見其勢不能自存，乃又悔焉，然新黨敗後，終稍受牽掣，秋星閣筆記云：端午橋小有才，充名士，好嘲弄人，猶憶上海某中書者，發起一拒賭會，網羅名人不鮮，而尤企大力者爲之作登高呼，時端正開府兩江，某中書趨謁節轅，痛陳賭害，端太息曰：誠如君言，此花骨頭亦喪余不少。向者余亦嗜此，一行作吏，茲事廢矣。唯近日盛行麻雀牌，聞士大夫皆嗜之如性命，君亦能之乎？某君曰：中書向於各種賭經，均未入其藩籬，殊爲門外漢也。端曰：我猶彷彿憶之，麻雀牌中，他牌均四，惟白板則五，某君急辯曰：大帥誤矣，白板亦四也。端熟視某中書半晌，笑曰：咦！亦個中人也，能正我之誤，大佳。又周視在座諸僚曰：君輩亦深知白板之數非五也，語已皆大笑，端茶送客矣。按文宗暱孝欽時，台諫或陳春藥之害，孝欽乃指示文宗云，何不批以朕不知春藥爲何物，着該員明白回奏，諫者果自裁，西后自是益得寵，端之答覆禁賭，亦此類耳。端官兩江久，佚事宜多，不知白下有何傳說，若有好事者一蒐輯之，亦快事也。

秦淮

余澹心板橋雜記，寫秦淮旖旎風光，宜令人惆悵，所謂：「每當夜涼人定，風淸月朗，名士傾城，簪花約鬢，攜手閒行，憑欄徙倚，忽遇彼姝，言笑宴宴，此吹洞簫，彼度妙曲，萬籟皆寂，游魚出聽，洵太平盛世也」者，在澹心當時，固已有「每一過之，蒿藜滿眼，樓館刼灰，美人塵土」之嘆，若桃花扇餘韻云云，又不必吾人覼縷矣。昔曾文正收復兩江，不廢遊宴，人多賢之，明人詩云：花無桃李非春色，人有笙歌是太平，此自極人情之致，不可全以世道人心之論衡之，然太平而後可以笙歌，則又未可本末倒置耳。友朋相過，無不以艱難生事爲言，淚眼問花，花將不語，則余之明年不涉秦淮一步，又豈有冷豬肉之思邪？每見夫子廟前，鳩茶羅列，菜色羸形，爲之不忍，縱月白風淸，亦無言笑憑欄之雅興。是則鍍江洒綠中，更有痛於蒿萊滿目者，况黔垣豬盧，依然觸眼乎！

毛人

友人贈人間世合訂本一册，其第二期卽刊老向「吾民其爲毛人乎」一文云：「村中老頭兒嘗譚，斤鹽如超過京錢百文之價，則官逼民反，天下大亂。尋繹斯言，意義有二，蓋一則以懼，懼其反時生靈塗炭，一則以喜，喜其亂後鹽價得平也。夫京錢百文，合孔方銅長五十之數，當十銅元僅五枚也，今則鹽商巧思藉改用新衡之名，行增加鹽稅之實，以量減一兩有六之新秤，每斤且漲至銅元五十四枚，合京錢千文而有奇，村中老太太們又說：碩鼠食鹽，則織毛盡脫，化而爲蝙蝠：人則適得其反，如不食鹽則徧體生毛，狀如西藏之犛牛。若然，則旣免鹽商之剝，又有寒衣之備，吾民其爲毛人乎！」今日讀此，不免突爲少見，蓋私鹽已漲十五元一斤，猶無買處：而配給之官鹽又遲遲不至，毛人之說，果其將實現歟？古人設喻，以駑馬鹽車，牽延隴阪爲賢者惜，殊不知於今之馬，欲負鹽車而不得。古又有無鹽之邑，不知其民何以爲活。世每云恬淡自甘，恬得靜趣，淡實不甘。聞西南夷以鹽爲珍物，家有客至輒奉少鹽使舐之，或吾人不久亦將以此爲餽遺矣，書博一笑。

胡餅

胡餅，卽今之燒餅。燒餅滄桑亦甚矣，始余來京時，枚不過一分，或餡以葱脂，二分；每晨買兩枚，幷餺飥佐而食之，早點之最適者也。厥後以角計，而五角，而一元，每漲價，寒具忽龐然大，餅如之，久而寖縮，及其不足以塞吾人之一嚼，則又驟大，而價增焉，以是驗胡餅之低昂，無或爽，欲取姑與，亦賈者伎倆之一也。考胡餅出西域，漢唐與西域交通繁，胡俗漸入長安，故古詩有胡姬酒家胡諸語。玄宗東奔，至咸陽，飢甚，皇孫等掬父老麥飯食，而楊國忠市胡餅以獻，當是此物，滹沱麥飯，以中興而傳，胡餅則不因蒙塵之君而獲佳話，是亦飲食之不平也。中國麵麥，雖有餅名，如齊民要術所稱餅法者，則皆今之麵條，故又名水引餅，謂加水引之。形如委蜒。今南人食麵，似仍僅此一法，不諳其他，固古意矣。然或有炊餅，水滸傳潘氏蒸砧之所售是，蓋加酵粉蒸熟，今謂蒸餅者，燒餅寒具，爲全國最通行最廉美之晨餐，是卽謂我國皆胡化，亦未爲已甚。中國民族，喜吸收外來文化，卽飲食小事，未嘗不可爲證。若今之衣服，純然蒙古式之胡服，與古意相去極遠，然其利便，殊倍屣博袖廣襟，取實際而去虛形，又不能不加以讚美者也。燕京學報曾有唐代長安與西域文明之輯，詳贍精博，此不過摘其一端耳。

衣衾棺槨詩

買丁氏排印歷代詩話一年矣，既忙且懶，迄未一翻，冬雨連霄，寒鐙擁絮，不免取資消遣，乃甫展卷卽見秋窗隨筆衣衾棺槨詩，甚奇，遂摘以實吾抄云。「余病中偶見法華老衲咏棺詩，戲云，何不補足衣衾棺槨四首，老衲欣然援筆而成，命之曰大歸詩，余亦和作，遂忘其病，時人以死爲諱，讀此得毋大駭？然所謂死者，果駭而可避邪！詩幷錄於左：兒女千行淚點汙，著來寒暖不關膚，誰能立地明三事，漫說升天重六銖。翠袖明璫長已矣，繡裳命卷得知無？早知一向爲黃土，虛費區分紫與朱。（衣）越紵吳綾細剪裁，千條百結裹枯骸，閨中繡滿梵王字，原上飛成鬼伯灰；不許鴛鴦栖並翼，任他蝴蝶夢千回，恰如旅客和衣睡，倚枕鼾鼾子夜來。（衾）誰信千年永不開，徒教骨肉隔黃埃；收回天上三春豔，蓋盡人間一石才，水土幾番灰却了，山林又復斧斯來；還愁仙骨埋難盡，碧落殷勤選玉材。（棺）渾如護惜加窮袴，莫是隄防用檻車，螻蟻一生忙不了，牛羊他日此相於；漆園再向骷髏語，爲問王孫意底如！（槨）和云，披來已是四肢僵，誰與身裁較短長；白骨幾根撐作槳，銅棺三寸貯爲箱；永辭裘葛春秋換，却省晨昏着脫忙；重戀人生衣錦樂，熏籠應爇返魂香。（衣）一蓋長年仰面人，夜台從此不知春，葡萄豔覆三生夢，翡翠文遮累刦身；但有漆燈時閃爍，更無玉體共橫陳，秋墳雨打歌蒿里，擁鼻骷髏得句新。（衾）東園祕器作安居，匠斧經營慘淡初，千古賢愚從論定，兩旁兒女總成虛；崔家尚有黃金盌，唐苑甯無白玉魚，獨是英雄戰場上，裹尸馬革不關渠。（棺）皮囊臭腐豈知憐，玉匣蛟龍作套堅，黃土落時先露角，青燐明處不燒邊；狸狐跳嘯重扉外，螻蟻奔馳複道連，縱是三生得同穴，四層木板隔癡緣。（槨）」按秋窗隨筆作者，西安馬石亭，與杭堇浦爲友，楊復雲跋云：秋窗隨筆，鮑丈以文所貽，余劇愛其中衣衾棺槨詩八章，旨趣深遠云云，則古人已有先我歆賞之者。首唱與和章各有佳句，非必通首皆瑜也。

稿費

中和月刊四卷七期刊葉遐庵先生鬻文字例云：「碑傳序記，每篇三百字以內，儲券三千元，頌贊題跋，每字撰書幷計，廿元，詩五七言長古，每首二千元，短古及五七律，每首一千元，五七絕每首三百元至五百元，詞中調視長古，小令視律詩，聯語，不逾十五字者每副五百元至一千元。」晚近所見潤格，此爲觀止矣，而以一字論直，恐亦以此爲嚆矢。然海上米價每石一千六百，三百字文，不過兩石米，變前念元之數耳，以當時潤資爲衡，要稱最廉，若千字斗米，尙以爲甚，不知視此，又作何說。日知錄十九，引王楙野客叢書，作文受謝，非始於晉宋，觀陳皇后失寵於漢武帝，別在長門宮，聞司馬相如工爲文，奉黃金百斤，此風西漢已然，蓋洪邁容齋隨筆有作文受謝，始於晉唐之論也。韓退之諛墓，劉禹錫爲祭文有曰：公鼎侯碑，志隧表阡，一字之價，輦金如山。故有劉叉持金，譏爲諛墓所獲之事，若在今日，亦爲應分，豈可目爲非義。杜工部八哀詩，言李北海：「碑版照四裔，豐屋珊瑚鉤，麒麟織成罽，紫騮隨劍几，義取無虛歲」，稱爲義取，實緣與揞克苞苴不同，何物劉叉，輒敢非韓公邪？唐潤筆多以實物，杜詩已可證，白樂天爲元微之作墓誌，饋以鞍素車馬，價直六七十萬，白以微之摯友，不忍取而舍之寺，亦可參照。故今所謂斗米千字云云，古人固已先我行之，特古今之値遠殊而已，頃於冷肆買遐庵先生所印趙承旨膽巴碑一冊，價才六十元，而有先生題字兩行，倘以廿元一字之潤例計之，所獲不已多乎？百無聊賴，持此自解。

沈愚溪

沈藎，字漁溪，一字北山，湖南人，光緒廿九年以言論不愼，被譖入獄。余欲考其詳細經過而不得，（江亢虎先生在文友一文，亦談及之）蓋余對文字之獄頗感興趣，每欲搜集此項材料也。王小航方家園紀事詩注云：光緒二十九年，沈漁溪被某譖陷入獄，夜半宮中傳出片紙，天未明而沈已碎屍矣。其明年，余（小航先生自稱）入獄，即沈之屋（王氏因讚成變法曾勸皇帝太后出洋進歷，吏部不爲代奏，爲光緒帝所知，蓋罷滿漢六堂官。戊戌變作，王亡命日本，返國後，一度入獄），粉牆有黑紫暈迹，高至四五尺，沈血所濺也；獄卒言，夜半有官來，遵太后傳論，就獄中杖斃，令獄吏以死報，沈體極壯，羣杖交下徧身傷折，久不死，連擊兩三點鐘氣始絕云。所記已足使人慴悚，而黃秋岳筆記所記，尤可不寒而慄。原文云：精衞先生被逮入北獄時，有一獄卒，嘗爲述沈事，嘆息言曰：彼一鐵漢也；當被捕時，老佛爺本欲即殺之；萬壽在邇，乃命杖死，行刑官宣讀時，彼面不變色，但曰；請快些了事。於是亂杖交下，骨折肉潰，流血滿地，氣猶未絕，呼曰這樣不得了的，快把我堵住罷！於是裂其衣幅，塞口鼻及穀道，再杖始絕云云，精衞先生近爲予言之，彌嘆其壯烈。沈在北京被捕時，章太炎方在上海獄中，有詩曰：「不見沈生久，江湖知隱淪，蕭蕭悲壯士，今在易京門！」末云：「中陰應待我，南北幾新墳。」語甚沈雄，亦稱沈之壯烈也。夫新聞界有此壯烈人物，而後進不之知，似非敬賢之道，故特表而出之，如有人紀述其被罪詳細情形，發潛德之幽光，彰往哲之前烈，更所盼也。

渾蛋

閱天津華學瀾先生辛丑日記，大部記貴州主考事，翔實樸茂，具有北人風格。余與先生哲嗣華以愼兄共事數年，久仰遺型，蓋亦一有維新頭腦之人物也。先生工數學，雖捷南宮，不廢籌策，其日記中記在路途，猶以布算爲消遣，厥後津浦路局及開灤礦局諸人，泰半先生及門弟子；而陶孟和先生，與有世誼，故爲之纂輯日記，付之剞劂。若以書法著名北方之華弼臣士奎，則輩分與先生爲叔姪行，日記中記其過從甚密。因憶王小航先生方家園雜詠紀事詩，有記華學涑事，涑爲先生叔子，字實甫，又字石斧，好理化，日記中恆記買化學藥品及晒圖紙等事，皆爲實甫所辦者，實甫尊人視萱公則極守舊，信拳匪，時官侍郎，爲京官領袖，旋奉命典試閩省，閩考官用侍郎者甚稀，此蓋銜命宣傳大計，沿路勸化魯蘇浙閩四省督撫也。學涑聞之，勸曰：父親借此逃難好極了，天津北京，不久必失，不能走者苦矣。祝訔曰：你小孩子懂什麽，天道六十年一變，今滅洋之期已近，我豈逃哉！學涑答曰：無怪乎人說三品以上皆渾蛋也。王氏所記原文如此，以子詈父爲渾蛋，太奇，然當日京官之不曉事，蓋亦可見。寶竹坡太史之子壽伯茀，寄寓華宅，此役竟殉焉，學瀾先生與同寓，則偕實甫共爲理後事，是時北京之困難，什百今日，其風義又足多矣。北俗駡人喜用渾蛋，官場尤甚。憶某筆記記某公宣統間爲奉天監司，名其科長曰：大渾蛋二渾蛋，一日客至，欲爲雀戰而鼎足闕一，乃以電話召其科長曰：「叫大渾蛋來」，斯更渾蛋之異聞也。

放翁生日

太疏翁招集橋西草堂，爲放翁作生日，忝侍諸君子之列。翁詩有云：小儒凝涕望京華，無計車書更一家。讀之感慨萬端。昨樊仲雲先生枉談云：我國知識分子論和戰，以五代爲樞紐，五代以前泰半主和，厥後則多言戰。蓋漢唐國勢盛時，羽檄所至，北至朔漢，西抵龜茲，南則交趾入貢，東則三島來學，而役民驅衆，勞亦深矣，漢武有輪台之悔，唐人多非戰之什，即高岑之流，高歌邊塞，又何嘗不以古來征戰幾人還爲悲乎？至若香山杜陵，尤無論矣。乃至趙宋，國威漸替，政令不出河北，國家局促中原，及女眞尋衅，乘輿播遷，昔之士夫，議論不定者，遂無不以戰爲言。激切陳辭，痛哭流涕，若胡銓之十[illegible]十疊，眞不失爲鏗鏘文字。詩人如放翁，詞人如稼軒，忠憤之句，百世如見其人，頗醆儒腐論，究何與人事？且均不免於附韓之玷，爲人所譏。是國家有主戰之論，必其勢已絀於戰，不若非戰之時，戰有餘而和不足也。武皇開邊意未已，邊庭流血成海水，較之度兵大峴，收泣新亭，是何境界，識者當有以詔我。余感此論之透闢，不揣其筆墨之陋，摘記如此。任公詩云，詩界千年靡靡風，兵魂消盡國魂空，集中什九從軍樂，亙古男兒一放翁，以兵魂國魂，付之詩人，殆已誤矣，吾人俯仰千載，追祭古人，不免於萬旨詩篇之外，重有若干惆悵耳。

譚組菴先生論書

太疏翁見假譚組菴題跋抄本一册，是未經印行者，楷書清整，多論書法并及晚清諸名公牘啓跋語，亦且有稗掌故。黃秋岳跋云：掌故既羅胸不紊，論書尤有獨到語，良不誣也。暇擬謄錄一通，以資披覽。今摘抄其論右軍書法一段云：淸道人嘗疑蘭亭爲僞，以臨敍爲證，大爲沈寐叟所呵，然寐叟但云更從何處得行楷，不足折道人也。吾謂道人，唐太宗善書，不至寶僞迹，且其時王書甚多，唐去晉如我輩之與董香光，何至標舉僞迹，以號召天下乎？且王右軍號爲書聖，一時從風，不始於太宗，北齊書魏書言：善書多言學王羲之可證。所謂聖者，正以變法，若猶循分隸舊法，則時人皆能之，何聖之有！衛索之倫，皆能自立一時，而庾翼謂王顗還舊觀知學古不至，不能更出於新意也。按疑王右軍者，不始自清道人，阮芸台南北書派論，及蘭亭帖跋，已露斯旨，蓋王書之脫盡圭角，與漢晉隸書體勢相去太遠，以時代論之，不容有此突變也。若謂內府所藏，必屬眞迹，以昭陵之酷好王書，得墨迹數百紙，猶命遂良辨其眞贋，二千年後，又復何所據乎？董香光去吾人不過五百年，僞作正復不少，譚公此論，不免蔽矣。今日所見漢唐寫經木簡，其意均與隸近，雖已解散隸體，而波磔尚存，無一似王書之圓熟者，以眞迹論，此諸無名之作，不須僞製，自是可信，又豈得以淸宮所收一二小紙，寥寥數字，遽斷爲二王眞物而抹殺當時流行體製邪？

書貴自成一家

譚組安先生云：山谷詩：隨人作計終後人，自成一家始逼眞。況後世俗尚相高，非力追古昔，何以自拔，不但舊日館閣習氣，即一時風尚，某碑某帖，亦不可從，創始者非無工力，轉相則效，所謂斅人矢橛，非好狗也，數語頗有味。吾國書法，多以臨摹爲事，初學臨摹之功，自不可廢，若學之既久，而不能生出新意，則亦不足道矣，書派初宗南帖，以二王爲高，片紙雙字奉爲瓌寶，蓋唐太宗倡導之力居多。至乾嘉後始有言北碑者，北碑近古，又較帖意之圓熟生厭者，每有可喜處，書林景從，蔚爲風氣，包康之論，所以揚激之者，無所不至，逮晚清而趙董之書，無人問津，梁山舟王夢樓，輒被譏訶，末流所屆，怪態橫出，五角六張，毫無矩矱。比及今日，學子乃廢法書而不顧，遑論碑板法帖，即毛筆松烟，亦將輟於廛肆矣，平心論之，只要熟而生巧，力而有姿，碑也帖也，夫何所擇？若能自成一家，如鄭蘇戡吳倉石，取精用宏，斯更士林所不廢者耳。

畫展

赴中華留日同學會訪啓无兄不遇，信步至中日文化協會，看第二次全國美展。時適晨起，觀者寥寥，然其日既爲日曜，亦足徵國人之不嗜美術也。美展出品幷不甚多，以余所知，京津及滬上諸名家，闕如者尚不在少。或開幕方始，作品尚未收齊歟？抑交通梗阻，未能遍徵歟？余不知畫，顧甚喜畫，外行人不能作內行語，恕不敢妄肆雌黃。但見畫幅標籤，有誤石冥山人爲石眞山人，誤瞿兌之爲瞿光之者，幅幅如是，當非筆誤。以邱瞿二公在藝壇之地位，宜乎家喻戶曉，乃猶有魯魚之訛，又何怪乎觀者之寥落乎？按中國藝事，自以舊京爲中心，瞿兌之先生在古今卅五期論其原因甚詳，讀者不妨參閱。清初畫家，太倉之王，陽湖之惲，虞山之吳，杭郡之金，以及明之遺民八大石濤，何一非生長江南，緣何三百年後，此風轉微，其間殊堪吟味。余細考舊京畫者，其實籍仍以南方爲多，特作宦京華，久住不歸，遂家於北耳。當太平之盛世，樂衣食之無虞，京都百物輻輳，人情淳樸，宦於是者，動有菟裘之念。迨人文旣成，蔚爾成風，遂令江南昌阜，轉不逮燕趙風華，斯則由畫而涉及其他，罔不如此者也。若以目下而論，雖寸楮百金，猶不是謀室人一飽，六法雅尙，能維持幾時，又不能不抱杞人之懼矣。

張蔭桓

余前爲孽海花人物漫談，對張樵野侍郎佚事，有所捃摭。頃買得吳漁川庚子西狩叢談，於張事多言人所未言，張曾疏薦吳氏以爲堪膺方面，自不無知遇之感。戊戌變後張以右新黨遣戍新疆，及庚子端王矯西后詔殺之，吳記云：「張公於予有薦主恩，聞之惻然。當主辦日約時，（甲午之役，張被派爲和議大臣，初被拒，後改李合肥，合肥來及約終他去，仍由張辦理。）余曾從事左右，相處逾歲，其精强敏贍，殊出意表。在總署多年，尤練達外事，翁常熟當國時，倚之眞如左右手，凡事必諮而後行，每日手書往復，動至三五次，翁名輩遠在張上，而函中乃署稱吾兄我兄，有時竟稱吾師，其推崇傾倒，殆已臻於極地。今張氏裒輯此項手札，多至數十巨册，現尙有八册存余處，其當時之親密可想。每至晚間，則以事足送一巨函來，凡是日經辦奏疏文牘，均在其內，必一一經其寓目審定，而後發布。張公好爲押寶之戲，每晚間飯罷，則招集親知幕僚，團坐合局，而自爲覆主。置匣於案，聽人下注，人占一門，視內之向背以爲勝負，翁宅包封，往往以此時送達，有時寶匣已出，則以手作勢令勿開，卽就案角啓封檢閱，封中文件雜沓，多或至數拾通，一家人秉燭侍其左，一人自右進濡筆，隨閱隨改，塗抹勾勒，有原稿數千字而僅存百餘字者，亦有添改至數十百字者，如疾風掃葉，頃刻都盡，亟推付左右曰：開寶開寶！檢視各注，輸贏出入，仍一一親自核計，錙銖不爽，於適處分如許大事，似毫不置之胸中。然次日常熟每有手函致謝，謂某事一言破的，某字點鐵成金，感佩之辭，淋漓滿紙，足見其倉促塗竄，固大有精思偉識，足以決謀定計，絕非草草搪塞者，而當時衆目環視，但見其手揮目送，意到隨筆，毫不覺其有慘澹經營之迹，此眞所謂舉重若輕，才大心細者，宜常熟之服膺不置也。」對張之揄揚，可謂甚至。世固有一等人，其明敏超過恆人之上，然不善含蓄，圭角太露，終不足以襄大業，張樵野之外，近世若徐又錚，殆有同感。按此書所敍，徐一士先生在國聞周報隨筆中已有徵引，特亂後書闕，不妨再抄一番，以廣異聞耳。

史書

史書多未可盡信，劉子玄史通已著疑古篇矣。古事邈遠，宜其難稽，自近代研史者一取實證，古代傳說之露暴眞象者，豈只一端，小儒拘於短視，方抱朱子綱目以爲不可移易，不知堂堂五帝三皇，早已發生動搖，亦可笑也。余讀近世史，雖其事與人去今不過數十年乃至數年，已有傳述不一無所適從之感。魏收撰史，傳以賄成，爲世所譏，此一事也，若夫身爲當軸，大約皆有執筆爲文刊印發布之便利，故私人著述，多有臆見在內，亦不足視爲徵信。蔡條鐵圍山叢談，多爲其先人辨護，而世亦不廢其書，此又一事也。近日印刷便利，書可汗牛，一事而有數家之傳，閱者最易墮入五里霧中。頃讀吳漁川庚子西狩叢談，對岑雲林頗致不滿，且云其當孝欽西奔途中，與太監相結納，助僉壬爪牙，而中和四卷五期所載岑氏樂齋漫筆，正汲汲以裁抑閹宦爲言，此究當以何爲信邪？又岑氏督兩廣時，曾於一年內參罷屬吏數十百人，其最著者爲霍印裴景福，時令南海，樂齋漫筆亦紀其骫法狀，而霍氏河海崐崙錄今爲家絃戶誦之書，所自辨解甚明，此又當以何者爲據乎？瞿文愼相國與袁世凱慶王不協，幾已傾其出軍機矣，以京報一案不愼，爲小人所擠，遂一蹶不振，然在吳氏書中，亦寫成一讒刻忌猜之人，令人不生快感，斯亦令人疑不能明者，昔者吾友某君曾有一言云：歷史者古人之謠諑也，吾不禁爲之輾然，是則吾人研究歷史，豈非日日展轉於謠言之中乎？噫。

余自卅二年十一月起，應王代昌兄之命，爲中報中流版撰文，閱書有所抄，輒以畀之，月尾，雨生兄來京，已集得三十條，謂可抄成一帙，由風雨談再爲發表。夫以此種餖飣屑瑣，而浪費紙張與讀者精力，不幾爲罪過邪，然而家有敝帚，享之千金，既已有此機緣，亦遂不願放過，好在滬上看中報者不多，未嘗不可自解。抄校既竟，附誌於此，後此有作，容當續書。

十二月一日抄畢記

母親

周幼海

母親倚在門邊，母親倚在窗前，母親在吃飯時，母親在休息時，……老是憶念着當初，那爲了點誤會而氣憤的，離了家的兒子。母親到如今還不了解兒子爲什麼要離開家，爲什麼在沒有離開家前，老是爬在樹頂上望着天邊，再不然就是說起離得很遠很遠的那些生疏的地方。……現在母親倒也不再關心這些原因了，母親只是盼望着兒子會回來，就是今天會回來，當母親倚在門邊時，當母親倚在窗前時……任何時，母親留心着那熟悉的脚步聲，那熟悉的怎樣的開門，以及怎樣的關門。兒子會回來的，母親這樣相信着，她的神告訴她，她的夢告訴她，她自己也告訴她……不久，兒子仍沒有回來，他現在是在那裏呢，高了些，還是瘦了些呢？有人在招扶他嗎？他還是離開家時的那付一去不願再回的心情嗎？……母親想着，母親祈禱着，母親等待着。當母親倚在門邊時，當母親倚在窗前時，當母親在吃飯時，當母親在休息時……母親流淚了，只有母親才流的淚。

母親靠在床邊，淒涼的夜裏，淒涼的月亮射在母親的房內，母親睡不着，爬起來靠在床邊，又想起現在不知在那方的兒子，母親想當初爲什麼要讓兒子走！爲什麼不讓兒子做自己愛做的，而留住他！母親有點懊悔，有點只有母親才有的懊悔！

忽然，母親聽見園子裏的狗叫，奇快的在聽着。接着，母親聽見用人們開了園門，聽見用人們的驚奇的語聲，在吵雜的聲音中，聽見那熟悉的脚步聲走過了庭院！……母親爬起來，是兒子回來了嗎？母親不敢這樣想，怕只是夢，母親常常做這種夢的，她仍舊默默的坐在床邊。……熟悉的脚步聲更近了，而且伴着妹妹的聲音，妹妹的聲音不知是笑還是哭！……

房門輕輕的被推開了，像往常一樣的，就只有一個人能那樣的輕輕的推開了房門，兒子輕輕的走進來。月光迎着他，母親仍以爲是夢，母親仍默默的坐在床邊。……月光下，人似乎高了點，不是瘦了，一臉風霜，像是老了些，眼睛更深了，深得像海！

「媽！……」兒子用似乎有點改變的語調，輕輕的喊着，可是母親仍聽得見往常那聲音。

母親終於伸開了兩手，兒子撲向母親的懷裏。兒子哭了，母親本來想笑，但也哭了，兩人都哭着。

房門外的妹妹也哭了！

母親緊抱着兒子，兒子也緊抱着母親。……兒子看見母親老了些，瘦了些，精神也比往昔差些，更哭得利害。母親看見兒子也老了，瘦了，像是吃過很多苦似的，也更哭起來！

『啊！孩子，你終於回來了！……』母親含着淚，像是自語的說。

『媽！……我早就想回來的……」兒子抬起頭，迎着月光望着母親。

「爲什麼你早不回來呢？……害我等，這許久！」母親撒嬌的埋怨的說。

兒子在嘆氣，低下頭：

「外面有很多事情牽了我！」

「我知道你會回來的，何況，你已經回來了！」

「媽！你等了我。……」

「你一走了以後，我就埋怨自己不該讓你走！神罰我等你，不過神告訴我你會回來的。」

「我不該使你這樣等我。」兒子又在啜泣。

「你過得好嗎？……孩子！」

「有時過得好，有時過得不好，不好的時多，好的時少！」

「你苦了嗎？」

「不！媽！……我出去時，就預備着會有苦的。」

「孩子！……究竟你當初爲什麼要離開我的呢？」

「當初？……哦！只是，只是簡單的，……美叫我出去，神祕的，未知的美叫我出去，叫我出去尋找那些神秘的，未知的！……」

「你尋到了嗎？」母親摸撫着孩子。

「尋到了，就是因爲尋到了，剛才想起回來。」

「尋到了些什麼？」

「我不知道，我不知道究竟尋到了什麼，我只感覺到尋到了，我尋到的那些告訴我，世界上的一個美，都是發源於母親的。」

「可是，你不是曾說過母親的愛，都是自私的嗎？」

「媽！……從一個自私的人看起來，世界上的一個都是自私的！」

母親緊緊的抱着兒子，又說：

「那麼，你出去了以後呢？」

「一上來，氣憤使我從不想家，漸漸，我也……最後我不能不回來了！」

「你不懊悔以前離開了我！」

「懊悔？……似乎有一點，但不太多。因爲，我離開了你以後，才知道自己永不能離開你。……如果我現在仍沒有回來，我將永遠懊悔！」

「你爲什麼連信都不寫給我？」

「最初，氣憤和一點點孤傲使我沒有，……等自己需要給你寫信時，慚愧又使我不知該怎樣寫了！」

「傻孩子！在母親面前，有什麼慚愧？」

母親微笑着，兒子擁抱她。

「你在外面去了些什麼地方？」母親問。

「這裏，那裏！……最後才發覺，自己一向原仍只是在你的身邊！」

「當你想回來，又不能立即回來時，你怎樣呢？……孩子！」

「媽！別再說了吧！……」兒子抬頭望着母親說：

「你瞧，我已經回來了！……你別再問我，我也別再問你，我們也別再哭！……好不？」

「好！孩子，過去的讓他過去！……你站起來，洗一個臉，去看你父親和妹妹！」

兒子又緊緊的擁抱了母親，母親微笑着。兒子站起來走向門邊，又回轉身。

「媽！……」

「怎麼？孩子！」

「媽！你原諒我嗎？……原諒我當初離開你，原諒我回來得這樣遲？」

「傻孩子！……做母親的一向是在原諒的！」

兒子向母親親密的笑笑，走出了房門。像往常一樣的，只有兒子才能的，輕輕的帶上房門。

母親看着射進屋內的月光，微微的笑起來，在笑中，又不自主的流了只有母親才流的淚！

從隔壁房裏傳來歡笑聲。

杭行雜筆

芳蹤

一　杭州去來

杭州，這江南著名的地方，是我少年時代的第二故鄉。雖然我居住在那裏不過短短的三年，但這三年，在我底生活史上永遠印着一條深刻的烙印，無論怎樣也不會褪滅。所以我離開杭州屈指計算起來已有十六七年，十六七年前的一切，不管是一喜一驚，一愁一樂，以至於同我接觸過的那些街道、房屋、店舖、西湖上的山水，社會上的人物，時時會在我底回想中淸晰地斷續地湧出來，有時候令人感喟，有時候也令人驕矜。然而那種感喟和驕矜，祇有永遠埋藏在我心的深處，當中夜睡醒的時候，才能一個人靠在枕上輕輕地，慢慢地逐一剝嚼，去體味那過去了的味況，作爲生活困憊時的一點慰安。而每當這個時候，我就恨不得插翅飛到杭州，去溫一溫舊夢。

但是，艱苦翠六的生活，像一條沒有盡頭的長繩，跟隨着歲月一轉復一轉地縛住了我的手脚，不要說春秋佳日，不能抽暇到杭州去作三日游，就是平常自以爲比較空閑的日子，也一直沒有機會再去見杭州一面。少年時代在杭州的一切祇好向夢裏去追尋。所以有時候不兗想起我不知道我此生此世，是否還有再到杭州去生活一個時期，尋尋那値得記念的舊游之地的機會否？

一個人的生活和遭遇，原是不能强求也無法預料的。我以前一直想到杭州，却一次一次放過了到杭州去的機會！此時此刻憑心說我並不想到杭州，却在三四個月之內，反而出乎意外地去了兩次杭州。而這兩次到杭州，都是去也匆匆，來也匆匆，總計起來逗留在杭州的時間不到廿四小時。渴望了十多年的一點心願，好不容易達到了目的地還是不能了結，人生的遭遇竟是這樣難測，所以我又不知道我與杭州已是絕了緣呢，還是緣期未到，才致這片心願還不能了？

我去年第一次到杭州去是在五月初旬，正是一個天氣晴和最適宜於到杭州去遊玩的時節。但是說來可憐，我那次到杭州去得非常匆忙，來得也非常匆忙，事實迫使我不能有一分鐘的逗留。而且湊巧得很，我從城站車站下車坐一輛三輪車到旗下，所要會晤的一位朋友已經離旗下到了城站，正將趁火車來到上海了，于是我就坐了原車趕回城站，趕進車站去買了車票，一同離開杭州。因此那一次我可以說不會去杭州。如說去了，那末我事實上在杭州的時間最多不過兩小時，並且兩小時至少有一小時以上的時間仍舊坐在車子上過着顚仆不定的生活。

第二次到杭州去是在九十月間，那一天記不起了。這次在杭州逗留的時間比較多，但計算起來還是不滿二十小時。因爲我上午十時由上海趁快車去杭州，到城站已經下午二時了，過了一宵，第二天六時起身上城站去搭八點鐘開來上海的火車，連去帶來，把趁火車的時間也計算在內，還不到三十小時，至於我眞能呼吸着杭州的空氣的，祇不過十九小時。所以我這次去杭州說起來也不免有名無實。

但我總算兩次去了杭州。多年來不能了的心願，總算似了不了地了了一番。並且在第二次到杭州的時候，能夠忙裏偷閑地走了幾條馬路，去了一次旗下，又在西湖邊上與朋友緩步了一回，有意無意地望望遠山，看看近水，闊別十多年了的西湖，總算又在我底眼前湧現了一下，這一刹那的舊地重遊，到底不是畫餅充饑，心上所得的慰藉，也許比遊一整天的西湖還要多。這猶似長期跋涉于沙漠之中的旅人，偶然嘗到一滴泉水，這一滴泉水的清涼爽快自會勝過久住在水邊的人喝上一大杯十大杯的涼水千萬倍。

那天在杭州，我同朋友到旗下去的時候，已是下午四時了。因爲火車上飯未吃飽，所以先到「白木公司」樓上的一家什麼酒家去吃點心。這「白木公司」是從前的「商品陳列館」，但是外表和內容，已經完全改了樣。

從白木公司出來，便順着延齡路向西湖走去。延齡路的盡頭從前是公共運動場，也是過去杭州羣衆集會的中心點，現在已改爲一所日本小學校。在這所日本小學前順着湖濱路走，便是西湖邊沿的湖濱公園。我們走進公園，沿着湖邊的大路一直向前走，到達湖濱第六公園，我們遊西湖的遊程便告終結。在暮色蒼茫，遊艇閑散，灰色的烟霧鎖着了遠處的山峯的時候，我便同朋友回寓所休息。我沒有機會坐在湖邊的石凳上看天邊的落日，我也沒有機會坐在石凳上凝視着湖上的每一座山，每一座橋，每一片水，每一條路來重溫我少年時代在杭州的一切；也沒有機會完全把心境放寬，讓疲憊久累了的精神浸沉在湖光山色裏，回復幾許生氣。

就是這樣的我算兩度去了杭州。雖然杭州的山河依舊，但是人事全非，連我自己也完全變了樣了！

二　故鄉

從上海到杭州，我底故鄉是必經之地。

在兩座小山的對峙下，中間有一道曲折的河道，市集蹲伏在河道兩邊，我底家在市集的南端，河流的東岸。

從上海到家裏去從前祇須趁兩小時的火車，一天可以來去。現在車行得比前慢，但也不過三小時，照理我是應該常常回到家裏去的。但是事實相反，我對于故鄉的疎遠，其程度正不亞於杭州。

這也許是所謂「人之常情」吧，人們對于凡是容易獲得的東西，便不覺其希罕，反之，一旦到了這東西不能獲得時，會把它視同至寶，日以繼夜地對思慕渴望了。一個人對于他底故鄉也是如此。一直居住在故鄉的人，祇覺得故鄉令人厭倦；不常在故鄉的人，才會體味到故鄉的可愛。而如果你是一個遠客他鄉的游子，故鄉離開你有千萬里之遙，那末你非但覺得故鄉太値得親切，就是故鄉的一口靑草會把它比做靈芝，故鄉的一頭烏鴉，會把它當成喜鵲。越是親切不到故鄉越會害思故鄉病，越是接近故鄉越不把故鄉放在心上。我就是這樣千千萬萬人羣當中的一個人。從前時候，我居住在離故鄉很近回故鄉去極容易的上海，老不把故鄉放在心上。就是每逢廢歷過年，母親在家裏眼巴巴盼望我回家去團聚，我總是一年一年地疎忽了過去，一年一年地使母親失望。但到戰事一起，上海與故鄉的交通完全阻絕；後來我又離開上海到香港，故鄉已不可接近，心裏便苦苦地想起故鄉來。所以我對于故鄉直至這次戰事發生之後，到了香港才有說不出來的戀意也才知道思鄉的苦痛與滋味。在香港，我常常幻想起故鄉的一切，望着雲，望着海，望着風，望着雨，就會在心頭織造一幅美麗而模糊的故鄉的圖畫來。不是孤兒怎能知道有父有母的幸福，不是一個遠離了故鄉的人，才怎合感覺到故鄉是滋潤生命的甘泉呢。

去年由香港回滬，原想立刻回到故鄉去看看，但想到我幾年來的遭遇以及當前這副模樣，實在鼓不起回家的勇氣。因此我對于故鄉，祇好仍舊借夢來找尋。今年清明，在節前我打算要回鄉去掃墓，爲的是我母親的坟墓，在戰亂之際草草地營葬，我們兄弟四人都不能參與葬儀，送母親的棺柩入土；如今我們兄弟四人祇有我一個從千萬里外回來，自然應該趁早回去看看母親的坟墓，並在墓前默告她我們四個人在亂離之中都能平安，而且都能好好地做人！然而春假到了，我回鄉的勇氣又喪失了，我祇好對地下的母親內疚，對可愛的故鄉內疚。

然而清明過後的一個月，我出乎意外地與故鄉接近了幾分鐘。在第一次去杭州的路上，我坐在車廂裏，我底心跟着車輪的向前飛馳而飛馳，很自然地飛向故鄉去。車過嘉興，車輪轉動得似乎異於尋常的急迫，我底心緒也隨之異於尋常地急迫起來，終於有點混亂了。在車廂裏，我開始聽到了故鄉人的口音，但在我雙目搜尋之下，找不到一個面熟的人。在車廂外，田野的景色，有好多處似乎還依稀記得，但我又不能離開車廂，去同它們接近。車過王店，遠遠地已可望見故鄉的山，故鄉的塔，我在山影塔尖的引誘下，恨不得先到了故鄉然後再到杭州去。然而事實又不許可我不走完我底全程。于是我在絕望中心上浮起一陣薄薄的悲哀。

火車終于駛進了故鄉的站台，——我兒時常常跑去玩的站台。混亂跳蕩的心簡直快將陷於昏迷，對着我故鄉的門戶我不知道怎樣處置我自己才好。終於，在說不出的昏亂之中，我站起身來推開了手邊的紗窗，探首出去看旅客們從站台上魚貫走進站去，希望能在他們的行列中找到一個熟人。但是眼看旅客快將走完，我又情不自禁地跳下車去，在站台走了四五步，猛然發覺車輪又在動了，才又急忙了跳回車上，無言地目送我底故鄉悄悄退去。

三　菱

火車經過嘉興，正是南湖菱初上市的時節，我買了一小蒲包放在車窗前細細剝嚼，思潮便悠悠然回溯到幼小時的故鄉去。

生長在江南水鄉的人，幼小時候對於菱總是吃膩了的。鮮菱、老菱、生菱、熟菱，還有冬天的風菱，化一兩個銅元就可買到一大堆，味道既很鮮美，多吃了又不會壞肚子，可以不受父母的限制或叱責，所以它眞是兒童們的恩物。不過小孩子大都歡喜吃紅菱，因爲紅菱的艷色對於小孩子總覺得比青菱（其實是淡綠色的菱）美，並且紅菱的殼又較青菱薄，容易剝開。其實紅菱的肉總較青菱老，紅菱的滋味也比不上青菱的鮮美，這在小孩子自然辨不出來。加以小孩子又大半歡喜吃煑熟的老菱，不歡喜生吃鮮菱，所以青菱對于小孩子就沒有多大作用了。我小時候就祇歡喜吃煑熟的紅老菱，對于青菱祇不過偶然吃幾隻。

但是後來年紀比較大了，能夠辨味出青菱的鮮美時，就不再愛吃煑熟的紅老菱。並且更知道嘉興的南湖菱，確比別地方的更爲可口，就是杭州的西湖菱，吃起來的滋味也不過爾爾。

然而我不幸很早離開了菱的故鄉，又很早離開了菱的杭州，在十八歲那一年，環境迫使我做了一個少年亡命者，流浪到上海，對于菱便如同隔世一般，一直闊別到如今。十五年來，雖然也曾回鄉去過兩三次，但每次回去都不是菱兒上市的時節，沒有見到菱的蹤影；去年從香港回來，八月間表兄從家鄉到上海來看我，帶來不少生菱，本來可以大吃一頓，但是看到兒女們爭着吃這些我幼小時候吃得厭膩，而他們却自有生以來還不曾吃到過他們本該也早就吃膩了的東西時，想到他們在這時候竟會遇到這樣可憐的遭遇，不由得心兒一沉，望着眼前紅紅綠綠的菱兒，不忍多吃，便讓給五個小孩子，去享受了。

上海，雖是一個五花八門，百戲雜陳的國際大都市，別地方所沒有的東西，在上海各色俱備，但惟獨這種菱兒，雖然產地近在咫尺，却如同絕了緣的一般。這原因，一半是菱的價格的並不貴，所以反使都市中「高貴」的仕女們對之鄙視；一半是菱兒必須鮮吃，越鮮越好，隔了兩天，滋味便澀辣得不可入口了，我們在家鄉，如果興會所至，趁菱熟的時節下鄉去遊玩，就在鄉間河邊向採菱的鄉下人買來吃，其滋味的淸甜可口，決非在都市裏吃來自美國的水菓可以比擬；如果在市上購食，因爲菱從鄉下運來，至少已隔一晚，味道就比較差了。所以如果將那些菱兒運來上海，供到南京路先施、永安的玻璃櫥裏去，樣子或者會被裝點得非常好看，吃起來恐怕難免要『味同嚼蠟』了。因此菱之不適宜於運到上海，猶似鄉下姑娘不適宜於塗了口紅，抹了胭脂，穿了高跟鞋到上海來跳電車一樣。可是這就苦了像我這種從菱鄉裏出來的鄉下人！

菱，在上海自然並非沒有，每天秋天沙角菱上市的時節，孩子們總會到街上去買來吃，吃得滿屋子都是菱肉，樣子頗有點『津津有味』。可是這種沙角菱對于我實在毫無好感，每次看到孩子們在大吃大嚼，就不禁心有所感地懷念起故鄉來。所以菱在我的心目中已成故鄉的一個標記，當菱兒已老的時光，就不免要懷念到故鄉年來衰老的景況！

這次在嘉興買到一小蒲包南湖菱，一邊吃一邊沉思着快將到來的故鄉，竟像小孩子吮吸着母親的乳頭一般感到有說不出來快意，而這種快意，相信不是從菱鄉裏出來的人是感覺不到的。

身後是非

秦瘦鷗

雨生兄：

您的信早就收到了，可是，我得向您告一個罪，「華雷勁自傳」到現在還沒有譯下去，並且，根本不打算再譯下去了。理由並不多，祇有光光的一個，就是這部書太長，而我在過去幾個月裏所譯的實在太少了，以致原定儘一年內可以譯完的，此刻算算至少非拖到兩年以上不可；這樣不但對於「風雨談」不利，便是對於讀者，也將成爲一種厭惡。有道是「人貴識相」，「識時務者爲俊傑」，所以我覺得乾脆還是讓小弟我自己把它腰斬了吧！——我相信這樣做，「風雨談」讀者中是決不會有一個人反對的，也許全都樂啦！

只是對於您好像太無交代，沒奈何祇好跟蘇青小姐（這是她最不樂意的稱呼）商量商量吧！在兩三個月以前，我早就答應她寫一篇不知所云的散文，題目叫做「身後是非」；可是這篇東西裏得引用幾位先生的大作，而我自已偏又最怕翻書，更痛惡爲了寫文章，才臨時「現炒現吃」的去翻書；所以一晃數月，始終沒有脫稿，偶然她跟我提起，我也抱着「千年不賴，萬年不還」的心理拖延着。如今，爲了要給您一個交代，只得「漏夜趕製」，寫出來先侍候了您再說吧！至於「天地」月刊，我當然總得再給蘇青小姐跑一次龍套，題目也許是「論鴛鴦蝴蝶派」，怪怕人的，不知道她有這胃口不？

信完啦！跟着就是我的「也算文章」。

愛國詩人陸放翁的「身後是非誰管得，滿村聽唱蔡中郎」那一首詩，雖然詠的是鄉村夏夜負鼓老翁歌唱盲詞的情景，但辭意之間，對于一個人在身死之後，被人家歪曲事實，顛倒是非的痛苦，也很有些「感慨系之」。本來，人與人間因爲地位，環境，以及空間等等的隔離，即使同在一個時代裏，要求彼此充分認識，充分瞭解，已爲萬不可能，那禁得再在時間上隔離了幾百年，或幾千年，當然更容易「七錯八纏」，攪得清濁不分，是非不明了。

休說蔡伯喈那麼一個不曾大大地「抖過」的讀書人的家事要給後來人裝點得不成話說，就是歷史上稀有的大英雄曹操曹孟德先生和大耳兒劉備爭天下的一場龍爭虎鬥，也被後世的演義家和戲劇家們歪曲得不成話說，使千百年後的人永遠相信不是的總是曹操，好人總是劉備，竟成「千古奇寃」。近代史學家呂思勉先生曾有幾篇很精采的演講稿，後來印成單行本出版，叫做「三國史話」，的確替曹老先生提出了許多反證，說了許多好話，並且都有相當理由；無奈只此一人一書，要想給曹操洗掉數千年的寃枉，那兒能成？直到現在，他老先生還得搽着大白臉上戲台去，這比諸蔡伯喈的被歪曲爲風流才子，更不知寃上幾百倍，幾千倍咧！

還有咱們秦家的老祖宗相國（諱檜），更是代人受過，白白挨了一千幾百年的臭駡。差不多翻開任何一本史書，總可以看見「奸臣秦檜」四個大字，而岳老先生父子倆的一件血案，更是「萬口莫辯」，全本算在姓秦的頭上。其實我們祗要把南宋那時候的史料平心靜氣的看一遍，就可以知道主和最力的決不是秦檜，要說岳飛，能殺岳飛的也決不是秦檜。揭開天窗說亮話，這完全是宋高宗趙構他一人玩的巴戲！試想：如果岳飛眞的直搗黃龍，迎接二聖還朝，將置趙構于何地？再試想：秦檜當時無論如何走紅，到底只是高宗駕前一臣，他怎麽敢，怎麽能「假傳聖旨」，連發十二道金牌，召回岳飛？他又怎麽敢，怎麽能，公然在大理寺審訊岳飛，並把他們父子倆殺死在風波亭，而不爲高宗所聞？這不是笑話嗎！

這還是古話，好像有些「年代久遠，無可稽考」；那末讓我再把幾十年前中國兩位大人物的事來談談吧！

關于中日「甲午之役」，中國方面的戰敗責任者究竟是誰，大家的說法很多，彼此也往往不同，但歸併起來看，似乎李鴻章和袁世凱都不能沒有關係。在我所譯的「瀛台泣血記」（德齡女士原著）一書中，作者幾乎把一切責任，完全推在袁世凱身上，但德齡女士顯然是非常同情于光緒的一個人，對于袁世凱，不免有些偏于情感上的反響，所以她的記載，也很難「採爲信史」，記得七八年前，在周瘦鵑先生府上看到一本民國初年所出的「半月」雜誌，其中登着袁寒雲先生的一篇大作，題曰「洹上私乘」，裏面也曾提到了甲午之役，他對于李鴻章翁同龢兩個人都責備得很厲害，並說戰事未起以前，袁慰廷先生曾有緊急密奏，從朝鮮派人送到北京，有所條陳，不料奏文竟給李鴻章私下扣留，藏在軍機居的屋瓦中，使「兩宮」（即西太后與光緒帝）未能先閱袁老先生的報告，以致應付失宜，兵敗辱國。寒雲先生雖然是袁大總統的兒子，但那篇文章都寫得很有些「理直氣壯」的樣子，不像在迴護自己人，因此倒教讀者更覺「是非莫辨」了。（近一二月前，又在某周刊上讀到李伯琦先生的大作「先相文忠公事略」，這裏面對于袁世凱可就大不客氣了；並且，我們還得承認，他的記載倒有不少是跟別家的私人記載相同的。）

像這樣的兩位政治上的大人物，所牽涉的又是那麽重大的國家大事，並且所隔的時間又如此之短，但李袁二公的「誰是誰非」，已經教人不可究詰了。遑論其他？

甚至，我還覺得，由于人類天賦的「好聞人過」的劣性，不但對于已死的人的行爲，喜歡加以惡意的渲染，把是非弄得不明不白；便是對于同時的人或相熟的人，也喜歡在他背後說長道短，顚倒一下是非。

舉一個例來說：話劇界女藝人夏霞，在去年春天，離滬赴陝，當時因爲有一位姓張的醫生跟她同行，而且這位醫生又是一個「有婦之夫」，于是報紙上便紛紛議論，都說夏霞跟張醫生私奔了；及至消息傳來，夏霞到陝以後，卽和一李姓工程師結婚。這件事一宣佈，照理說，私奔的說法應該打翻了，可是各位寫文章的先生們還不肯放鬆她，竟把她說得「私奔是實，臨時變志亦眞」，彷彿夏霞眞是個「專拆爛汚」的女人了。然而實際的情形却完全相反：夏霞和李工程師的婚約是早就訂定的，她的離滬赴陝，便是忠于她所愛的男子而不惜遠道就婚；那個姓張的醫生只是她的一個很普通的朋友，這位先生的所以要跟夏霞同走是爲了他自己，因爲他瞞過了他的妻子，私下和一個舞女發生了關係，並且已經弄到珠胎暗結，非論嫁娶不可的地步，而正式的醫生太太偏又堅持不允，他在左右爲難的情況下，才決定湊着夏霞去陝完婚的機會，請伴離滬，並且借着護送的功勞，請夏霞的丈夫李工程師給他在陝西弄一個位置，以維生活。事實上，他一到陝西，夏霞夫婦倆便照着他的希望給他謀到了一個職業，僅僅因爲不久上海的醫生太太就有電報打去，表示屈服，願意贊同張醫生娶那舞女爲妾，我們那位張醫生才又重回上海的，臨走時盤川無着，夏霞還送了他幾千塊錢。所以在她寫給最知己的一位女朋友的信裏曾經說：「我爲張醫生化了許多不必要的錢，還落了一個私奔的惡名。」然而，她怎知道在上海大多數人的心裏，直到此刻，還沒有弄清楚這一場是非咧！

再近些說到我自己，自從「秋海棠」被搬上舞台和銀幕以後，正不知有多少人在我背後說了許多無根據，莫明其妙的怪話，甚至還在筆底下寫出來，其中至少有十分之八是完全和事實相反的。例如有位先生說我自從抽到了「秋海棠」的上演稅以後，頓時舉止闊綽，生活優裕起來，甚至要把我的筆名改爲「肥鴨」，以示已經吃足油水之意。其實，我雖非富家子弟，却還並不像他們所想像的寒酸，事變以前，我就在京滬滬杭甬鐵路管理局當一名編查股主任，兼任時事新報編輯，獨家住在愚園路上，租着一幢小小的洋房；事變以後，手裏一直總還弄着一份報紙，直到「秋海棠」在卡爾登上演以前的兩個月，我還是德商政彙報的總編輯。祇有在「秋海棠」上演的那幾個月裏，我才混進「中聯」影片公司去跑龍套，正是最落魄的時候，「上藝」劇團所分給我的百分之二的上演稅，恰好勉强幫我維持一家七口的生活，休說未能「吃足油水」，簡直連半些「苗頭」也沒有。（借用海派語彙）最可笑的是有位先生在南京的報紙上說我得意忘形，天天約着「上藝」的男女演員上金都飯店去吃喝；我看了眞幾乎噴飯。所謂「得意忘形」，不知道指怎樣的行爲而言？難道說「秋海棠」上了舞台，原著者就必須在台下打拱作揖，逢人磕頭嗎？至于請男女演員上金都飯店吃喝，越發子虛烏有，根本不曾有過一次。眞不明白那位先生爲什麼要這樣的寒村我，挖苦我，把我形容得眞像「貧兒暴富」一樣！然而我有什麼方法好向讀過那篇「神話」的先生們逐一解釋，逐一辯白呢？所以這一場是非也就只能讓人家自己去體味了！

不過我終覺得面貌的美醜，文章的好壞，都不妨讓各人照着主觀的意念隨便喊去，但是非卻不可不分，因爲這是我們穿着衣帽，做一個人的最起碼的條件！對于那些喜歡在別人身死以後，或身子背後顚倒是非，亂說亂寫的先生太太們，我是永遠沒有同情的！

漢宮春

錢毅

——詠北平中山公園鸚鵡

竚立前頭，縱含情欲說，舊事都休。
多年飄泊，長門冷落清秋。
聲聲般惹——怕來生慧業難修。
漫記得開元天寶，無端又起新愁。
莫問上皇安否？
只追陪鳳輦，遙認荒邱。
陶然夢，猶未醒，艷跡空留。
滄桑一度，最難言換了神州。
相望處，秋梧葉，金籠尙在西樓。

看大團圓流淚

班　公

我極愛看鄭傳鑑搬演崑劇「金印記」。他描摩蘇秦如何床頭金盡，回家氣得幾乎自殺，以至後來如何否極泰來，身掛六國相印，揚眉吐氣……居然極爲生動。在崑劇如此凋零的今日，傳鑑雖然唱工不如已故的施傳鎮，可是以演技的酣暢淋漓而論，他的成就也就要算難能可貴的了。

然而我很別有所感。

當我看她演到蘇秦落魄歸來，父母不禮，嫂不爲炊，妻不下機的時候，實在覺得非常氣憤，非常難受——而看到他一旦得志之後，不過是想到季子坎坷時的處處受人白眼，不免也有些身世之感而已。當知道這眼淚流得無謂，也明知感情太易衝動則流于淺薄，可是每到「大團圓」時，我總是常常感覺到這一種莫名其妙的力量，使我完全屈服。王爾德 Oscar Wilde 的喜劇 The Importance of Being Ernest 中有一女角說，「我看了喜劇常常難受」。恐怕也就指這一霎那的情感罷。樂極便本來常有人要淚下，何況這裏的一切圓滿，又正緊接在種種牢愁之後！

實在，喜劇都可以叫人興悲。卽使是注意情調之輕鬆幽默，而着眼于人生之譏諷的一派喜劇，如我們常在美國電影中所看到的罷，似乎這一類祇是叫人付之一笑而已，可是仔細一想之下，也就並不盡然，人生本來就不過是這種愚蠢的累積罷了！我笑阿Q的時候，旁人目中看來，我這一笑便已夠「阿Q相」。實在，每個人都是差不多。琴・奧司丁小姐（Jane Austin）說得好：「人生在世，還不是笑笑人，被人家笑笑而已」。被我所笑的人，不見得就比我低能；笑我的人，大概也未必比我更高明了多少。我在風景明媚的鄉間逃難的時候，在天朗氣晴的時節，往往躺在樹下唸莎士比亞，覺得彷彿祇有這樣才能算沒有辜負了大好春光，然而倘遙遙見一個醉醺醺的樵子對我悠然一笑，這時候，便似乎讀莎士比亞也還是多事，也還是無聊，覺得忽忽如有所失了。

有錢的人譏笑無錢的人，其實還祇是勢利之一種——學識又何嘗不能造成「狗眼」！大財主瞧不起窮詩人，詩人便說你是一個俗子；實在兩個人正是半斤八兩：一個居爲奇貨的是自己的錢，那一個當作了不得的是自己的——就說是「天才」罷。如此而已。看了美國式的喜戲，覺得這種人世間愚蠢的脚色，很是可笑，這也無非是表示我自己必比他們更高一籌而已，這種笑可以說完全是一種自鳴得意的笑。誰知道這「自以爲比別人勝一籌」的心理，便正是一切喜劇的源流呢！在一種環境之下，人們便自有一種想法，一種作風。你們自己的想法去衡量和你絕不相同的人物，還要分別他們的賢愚不肖，其不通又何如？又何怪他人正在對你齒冷呢！那末看這種輕鬆的譏諷的喜劇，又有什麼可笑？亞爾突斯。赫胥黎（Aldous Huxley）云：「人與人之間的瞭解絕不可能。我們大家都是被判處無期徒刑的人，而且隔離監禁，永無互通消息之一日」。話雖說得太沉痛了一點，可是何嘗不眞？人生原來是如此的可哀啊！

看見一個人在笑，聰明人便會告訴你：「這不過是假笑」，或者「這才是眞笑呢」！然而，我不是聰明人，便常常以爲這兩種無從分別。我有一個不學無術的親戚，他最喜歡談他所不大懂的東西，如政治文學之類。他居然能談得頭頭是道，「這是第一點」。「…這是第二點」。「這是第三點」。他實在講到膚淺，不中肯，而且太長。我於沒有法子欣賞，不好意思塞住耳朶，而又想不出適當的話題來轉換他的詞鋒（謝天謝地，現在倒居然也給我想出了一個急救的辦法來了，「敬他一支香煙」是也。）的時候，祇得把頭仰靠椅背，朝天微笑。這一笑可謂虛僞之至，不過是敷衍他的面子而已，然而我又何嘗不是爲了他的淺薄可嗤而笑呢？試問妄人談政治文學，還要自命不凡，沾沾自喜，豈不可笑？然則我正是爲了可笑而笑，又豈不是眞笑呢？

「今天天氣——哈哈哈」是很有名的了。這「哈哈哈」也是虛僞之至的了，然而再想一想「魯迅眞會觀察！我在這樣一個局面之下，居然竟也要借重這一句擋箭牌了」！無論如何，以我而論，我是要忍俊不禁的。忍俊不禁又豈非眞笑呢，于是這「哈哈哈」又一變而爲眞笑了。

太太們上街買東西，掌櫃的一見生意上門，馬上裝出笑容。這笑容明明是「裝」的，其「暫時性」無異于小孩子們新年裏戴的面具。可是，你知道，他也許正在想：「好呀，明天的房錢有了着落了」。也許他已經愁了半天，眼見問題迎刃而解，半天愁雲一掃而空，爲什麼不要滿心高興？眞心高興而笑，又豈非道地的眞笑呢？

愛人的笑又何嘗是眞的？追求性的滿足，乃是極爲費力的工作，「笑」有時不過是若干手法之一。「千金一笑」時撕扇子的晴雯，也許正在笑寶玉「這一下你可上了鈎了」。「回頭一笑」的楊貴妃，更分明祇是想獨寵專房而已——楊貴妃眞心愛唐明皇的證據非常之少，市井歌者倒也得明明白白，你看他們唱「西宮詞」時，不是也說她爲了要「朝歡暮樂度時光」起見竟不惜捨棄椒房之尊，而祇要「嫁一個風流漢」嗎？

厭惡的時候倒會眞笑。洞悉世故人情，看見那一套套虛僞的玩意兒又來了，不免付之一哂——「哼！又來了」：好在有備無患，儘不妨水來土掩。你以三分虛僞來，我這裏便以六分虛僞奉答。然而自己想想却實在像在做戲。厭惡是厭到了極處，可笑也就可笑極了。

在眞滿足的時候倒會哭罷？亞歷山大在他的武功最煊赫的時候大哭起來，他說「天，我沒有土地再給我的兵士們去征服了。」勝利的將士在浩浩蕩蕩凱旋回國的時候，恐怕一定會有人流下感動的眼淚的。

快樂了便笑，討厭了便鼓起嘴來，悲傷了便大哭一場——這一個時候是有的，就是神聖的童年。而看得懂這一篇文字的人，他的童年却早已一去不復返的了！

即使在童年的時候，眞笑的機會也是並不很多的。先生要你背冗長而難以記住的功課，母親不許你盡量吃你所愛吃的東西，淘氣的哥哥又偏偏喜歡欺侮你，你的新皮球又往往正掉在髒得要命的泥潭裏——唉夫，人生苦短！在這短短的一生裏，眞笑的時候又祇有多少呢？

甲申元宵後一日，在待平室寫竟。

寒夜雜談

梅魂

寒夜雜談

近來心緒不大好，晚上常常不能安睡，忽然想到古代女性文學家的生活，多少有點感觸。

十年前有人勸我學塡詞，開始看幾本詞選，因而讀了幾篇易安居士的詞，覺得她在宋代詞壇鼎盛的時間，能夠佔着那麼重要的地位，便聯想到女性的文學天才，也許不會對男性有什麼遜色，可惜幾千年來，社會的環境，給女性重重的壓迫，埋沒了不少絕代的才人，這不僅是女性的損失，同時也是中國文學上極大的損失。

「女子弄文誠可罪，那堪詠月更吟風？磨穿鐵硯非吾事，繡折金針却有功！悶無消遣只看詩，又見詩中話別離。添得情懷轉蕭索，始知伶俐不如癡。」這是女詞人朱淑眞的兩首絕句，短短的五十六個字中，裏面包涵了多少寃抑，多少憤懣，只要我們細心體會，便知道當時社會的壓力，是怎樣的摧折女性文學家了；在當時男性用心最深刻的地方，表面的玩弄還在其次，第一就是以桎梏女性的性靈，爲消弭女性反抗的手段。假如女性中稍爲有點表現的天才則多方侮蔑誹謗，使他們無容身之地而後已。「始知伶俐不如癡」，豈只自嘆命薄而已，其中已經有無數的環境壓迫的背景在裏頭。就如李易安之後，便有人誣她再嫁，再嫁是當時認爲女性極大的罪惡，誣易安的人們，根本就借社會的嘲笑和輕視，來掩滅她在詞壇上的光輝，其用心的卑鄙險惡，實在出乎常理之外。然則現在一般頑固的男性，專以少數被社會吞噬蹂躪的女性來做嘲弄的目標，企圖撲滅婦女運動的發展，正是衣鉢相傳，沒有什麼可異之處。

文學固然需要天才，尤其需要環境的幫助。譬如說司馬遷的文章，一定連帶說他周覽名山大川，然後其文有奇氣。環境給文學家的影響，最要緊的是大自然的接觸，和人事上的閱歷，李白的長處在前者，而杜甫的長處在後者，這是歷史上很明顯的事實。現在文學家的造就，尤其注重事物的體認，關在房裏做文章，縱有天才，其成就的範圍也就很小，普通的才力，則簡直不要希望有什麼表現。假如文學也應該只有男性包辦的話，那麼，婦女都趕回家庭裏去，也許會達到他們預期的目的。其實這又何必呢？

許多人以爲女性的文學，是有溫柔敦厚，悱惻纏綿的特長，這也許是天性使然的罷，但這又何嘗有一定的呢？環境上的限制，使女性的天性，只能向這方面發展了。例如秋瑾女士的詩詞，便以豪放雄渾見長，可見那一類的才能，都不會有什麼特殊的缺點。

然而，在今日而談文學，在女性也許不十分需要的。一般文化的水準，並不是少數人的特別成就可以提高。雖然有才力的女性，儘可以就其性之所近去發揮，但大多數女性的教育，尤其値得我們注意。所以吟風弄月的閑情，在我們是認爲可有也可以不必有的。

卅三年一月七日深夜

北屋拾零

這兩年，我眞和「北」字有緣，住的地方朝北，工作的房間也朝北，有時偶然把窗戶打開探一探頭，就有北風撲面吹來，很親切地和我溫存。

同事們有時到我的工作室裏來，都是異口同聲地，笑着說：「你這房間多麼冷呵，眞像冰窖。」于是我對他們說：「對，是冷，可是我覺得冷得很有奇趣。」

這眞是一個理想的好地方，關上門，一個人，冷冷地，靜靜地，隨便看書，隨便寫文章，說老實話，假如我的生命到了最後的一秒鐘，我也會對這個環境發生美的感想的。

拿冰塊來鎭靜跳躍的心，可是噴出來的血，却還是那麼熾熱的，像火塊，但它不能燃着誰，就只熬煎着自己。

「留着一雙眼睛看看這時代吧」有時，這種念頭會給自己一絲的活力。然而，「人間相」雖是那麼複雜，實際却不過一句話可以包括的：無聊的卑鄙。

越是年紀大了，越對一切都覺得懷疑，由懷疑而想得到最終的答案，于是希望從嘗試中得到它，但十九是失敗了的，幾乎沒有什麼値得嘗試一次的。

平時最不懷疑的有兩樣東西：一是愛，一是自己。但這兩樣東西現在都動搖了，因爲它們始終沒有給我平靜過一天。

精神渺小，在我已經確實承認了，展不開任何的局面，損害不了任何所憎惡的人，更除不掉那些不想聽見，不想看見的事，假如眞有上帝的話，我倒想問問她：「您閃着憤怒的光芒究竟有什麼意思？」

卅三年一月八日

「貝殼」和「予且短篇小說集」

上官蓉

一

去年八月末，在東京舉行的第二次大東亞文學者大會上決定設置文學賞，審選東亞各國優秀作品，分別授與獎金；同時第一次得獎的名單，也就在大會閉幕之日公佈了，中國，日本與滿洲，各有兩部作品以二等當選。袁犀出版不久的「貝殼」，和予且新出的「短篇小說集」都因此而得到世界的注意。

「貝殼」的作者在北方文壇上出現還是近兩年的事，他雖於戰前住在北平，而文學上的努力却開始於遠在關外的奉天，他的第一個短篇小說集「泥沼」，於三年前在「文選刊行會」出版。三十年冬他來到北平以後，遂以全力寫「貝殼」的長篇，而於三十二年初完成這未完的第一部。

「泥沼」與「貝殼」的作風不很相同，「泥沼」裏的作品最好以題名爲「泥沼」的那一篇爲代表，畫出人間的形態，由這個短篇裏可以窺見現實生活種種不同的人羣，這一本小書也就各自表現出現實生活的苦難色彩。到「貝殼」裏就全不相同了，若說「泥沼」是曠野中的泥濘，則「貝殼」正好是海濱河灘上的貝殼；一個是粗獷，一個是細美，也因着這個不同，「貝殼」才有它特殊的成就與意義。

至於予且，是爲一般人所習知的作家，稍稍留意於戰前中華書局出版物的人，都知道予且先生是中華書局的編輯，而且常有小說與隨筆出版。他的小說中的題材就是現實人生的描寫，他的隨筆更可看出對於人生的種種見解。過去他寫的多是長篇作品，「小菊」就是很有名的一部，短篇集還有「妻的藝術」「如意珠」等。近幾年來他們寫的短篇最多，差不多上海的刊物上都有他的作品。他善於把捉人生的一刹那，揀取一個很平常的題材，得心應手寫下去，讀者既容易領會，且對他所寫的人物抱着同感，覺得自己的周圍環境異常熟悉；因此，他擁有大多數的讀者。「予且短篇小說集」正是他這時期的作品的代表。

二

這裏，先來談「貝殼」的故事。這故事是很簡單的。主人公是一個名叫李玫的女人，她在做學生時代與同學呂桐相愛而懷孕，後來嫁給教育系主任趙學文；當她到醫院裏檢查出將要生產的時候，自己心裏又恐慌又慚愧，雖然做丈夫的很高興，而她却想暫時離開他，同着她的妹妹李瑛到青島。李玫因此稍得解脫，但是李瑛却陷進情網中。「詩人」白澍在追求她，同學張嘉士也遠遠給她寄情書，但她幸而都沒有被那一些虛僞的人物所誘。她的姊姊在青島生產之後，一個宴會上，碰巧遇到了從前愛過她的呂桐，雖然兩個人都已經結了婚，但愛情仍藉此新燃起，使李玫感到最大的苦痛，也同時得到慰安。後來却發現呂桐是一個製毒的犯人，李玫也在最後得肺病到西山療養去了。

這故事顯然是以李玫，呂桐和趙學文三個人的關係爲一個主要線索。這個女主人公在這裏是一個意志不決，情感很重的女人，這由她再在青島遇到呂桐時的情感，可以見出，然而同時她又是一個沒有胆量的人，既不敢和趙學文說出她自己的事，也不敢一直投向呂桐的懷裏，這種女人在實際上也極常見，也可是女人本性的一面。托爾斯泰寫的「安娜・卡列尼娜」就是這樣的人物，新近中聯公司改編的電影「情潮」在描寫這一點上也是很成功的。它所寫的不是表面的事實，而是內心情感的描寫。「貝殼」的故事和這有些相近，若僅是李玫愛過呂桐，嫁給無情感的趙學文，後來又遇到了呂桐，這樣的三角式的戀愛公式實在是太普遍了，或者說極近於鴛鴦蝴蝶派的小說。所以側重於心理的描寫是重要的了。

但「貝殼」的故事，既不是三角的戀愛公式，也沒有深刻的心理描寫，它是以另一個線索來陪襯這一段故事。這線索就是以李玫的妹妹李瑛爲主的另一面的愛情關係。這樣一來，李玫和李瑛便像是由一個故事展開的兩支，各自發展，然而同在一根枝幹上滋長。李玫的愛情從開始就痛苦，而李瑛則完全是愉快的；因爲前者已是終結，而後者不過開始，所以從李瑛的故事裏也可略見在這小說開篇前李玫的影子。就這一點說，作者寫李瑛實即也就是寫李瑛。這話說來也許過於武斷，我相信作者若再繼續寫下去時一定會給李瑛進步的命運，不讓她再走她姊姊的痛苦的道路了。

以這兩個女主人公展開「貝殼」的故事。圍繞着李玫的是趙學文和呂桐，圍繞着李瑛的是白澍，周乃庚，張嘉士。這些人物的性格有一部分是極近似的，像白澍和周乃庚都是以愛情爲遊戲，視女人爲玩物的人，張嘉士雖是一個大學生，然而恐怕將來也和呂桐是一流的社會上的蟊賊。唯一比較特出的人物是石勃，但作者在這書裏並沒有怎樣描寫；另一個在火車中做女侍的徐儀，似乎只做了一個李玫與李瑛二人的中間人物。

所以，就這故事看來，還是一個未完的故事，我們若仔細想一想除了李玫李瑛姊妹二人的簡單愛情故事外，別的方面待發展的還有很多，如李瑛的未來，和石渤，徐儀這一些人物都還是要生長起來的。這就不在這本「貝殼」之內，而需要作者另寫成它的續篇了。

三

誠然，「貝殼」是一部戀愛小說，然而它和一般戀愛小說不同的是它不是寫男女之間的愛情關係，像所謂鴛鴦蝴蝶派的作品那樣的，它不是那樣舊。可是也不以甚麽描寫來號召，它也不是那樣新。「貝殼」是別具一風格的，我們說它是戀愛小說，更詳確的說，是一部批評戀愛的戀愛小說。作者藉愛情的故事，述說出他對愛情的看法，也就是對於人生的一點觀察。

正面表示出這種看法的是李玫，她雖是一個缺乏堅强性格的女性，但在愛情的觀點上，則是一致的，她認定戀愛只有痛苦沒有快樂：

「戀愛應該給人幸福的！然而其結果永遠是悲傷，幸福的戀愛也絕非幸福——不過是錯覺罷了。」（頁八八）

「妳說愛情的本身就是欺騙…………」（頁一八九）

「因爲愛情所得的結果，往往是不幸的。愛情本身便是欺騙！」（頁六一）

這是一個很澈底的看法，戀愛雖然表面上看來很甜蜜很幸福，而結果往往陷人於不可挽救的悲哀結局，眞所謂「一失足成千古恨」，李玫的事情就是這樣。同時，因此使她感到人生的乏味，她以爲「生命是不可知的，而且永遠是作弄人們的。」（頁三三）這是一個懷疑主義者的看法了，但她因此而消極起來，她說：

「在家裏住着的時候，爸爸禮佛焚香誦心經，記得我自己也反對過，然而今天想起來，他是有道理的。也許人是可以從佛教哲學中得到無苦無憂的心靈生活吧。」（頁九四）

這種消極的人生觀却也不是正當的態度。好在這不過是她一時的意念，她未來還有半生，也許能從戀愛的苦痛中，再重新覺醒做出一番事業來的。

反面來寫的是李瑛，她是一個初嘗戀愛滋味，以爲裏面有無窮趣味的人，她常說「愛情是可以使人興奮的」（頁一六七）所以她很高興去戀愛。詩人白澍追求她，她發現了他還愛着別的人，又使另一個女人得了精神病；同學張嘉士追求她，他的情書却是別人代筆。這結果給她的都是不幸。這又該歸法到李玫說的「愛情的本身就是欺騙」那句話了。

作者對於戀愛旣持這種看法，且從事實中證實他的觀點，除了在李玫李瑛兩個人物上訴說這個觀點之外，更藉白澍這個人物說出男人們對於戀愛的看法，那不過是色情的追求而已。就如詩人白澍向李瑛表示愛戀，同時還愛着周乃庚的太太和周家的女孩子周靜，且破壞了後者的貞操。連醫生郝鑄仁「學醫的動機乃是羨慕外國女人的肉體」（頁二五）。在這裏戀愛變成了多麼低卑的東西。

「貝殼」的意義就在這一點上，它對於流行的戀愛觀念，給了一個猛烈而不容氣的攻擊，把它的流毒坦白的揭發出來。而這本書裏的人物就像是「殘留在沙上，這些貝殼」（卷首題詩）了。作者在書中曾寫：

「她用手撫着沙子忽然觸着一個美麗的貝殼，它是淺紫色的。對着這被海水遺棄了的貝殼，她無端的起了一種悵惘的難以言說的感情，而冥想了很久的時間。當她想到愛情這兩字的時候，她有點困惑而焦燥，……」（頁一五九）

這象徵着全書的思想。但這是沒有完結的，究竟人生的意義是痛苦，生命完全是作弄人的嗎，這是「貝殼」中沒有寫到，而應該再展開的。所以「貝殼」上不過是「蒼白的人們」的一個小影，我們還不能由這裏窺見更遠大的一些。

四

卽使就現在「貝殼」的故事看，也不能避免的有小缺點。就是故事的過於單純化。

這裏所謂單純化可以分兩方面來說明，一個人物上的，一個是事實上的。

人物的單純是顯而易見的事實，李玫和李瑛可以說是一個類型，這是只就目前的「貝殼」的故事說的，而白澍，張嘉士，呂桐是另一個類型，甚至連醫士郝鑄仁也可歸之在內，這兩類型却代表着青年男女：大概作者筆下的女子都可以李玫爲代表，男子以白澍爲代表。只有趙學文的性格是模糊的。在這兩類型裏面發現不出多少相異的個性。因爲這個關係，整個的「貝殼」也就像是一二青年男女的故事而已。其實作者應該更廣泛的寫，比較容易的是再在趙學文的性格上多加發展，把石渤再放重要一些，這至少可以調劑一下，白澍那一類純以戀愛爲遊戲的空氣。更進一步，除了青年這一代外，作者對於上一代的人物，如周乃庚的父母，這個周氏的大家庭，李玫的父親李公度都是可以對襯的寫下去的。不幸「貝殼」在人物上只注重少數相同性格的人物，而不能普遍展開更廣大的描寫，所以自然顯得單調了。

另一方面事實上的單純，是全書中所寫大半是戀愛的故事，另外觸及到它方面的很少很少，這正也是爲人物的單純化的所限制，使別的故事也不能充分展開。周乃庚家庭的豪貴生活只顯示一點極溫淡的影子。這裏的戀愛描寫却還有許多過於色情化的地方。像是周乃庚太太與白澍的關係，呂桐與李玫的關係，都近於性慾的場面了。

但是「貝殼」是還沒有發展起來的長篇，作者是還要繼續寫下去的，所以這個單調也自然不能避免。而這裏的看法不過是一個約略的輪廓，不敢做正式評斷了。

五

讀過「貝殼」再看「予且短篇小說集」時，覺得有近似的地方，也有不很相同的地方。近似的是這兩個作者在用文字描述一件事實時，很切實很生動；不同的地方是「貝殼」裏的意義在「予且短篇小說集」裏不能見到，這裏只是現實人生的片段描寫，作者僅給我們描畫出在一個短故事中出現的人物，人物和故事之外的意義，就不像「貝殼」那樣鮮明了。

這短篇集中一共八篇作品，能明顯代表他的作風的是「雪茄」和「酒」，一個寫戒烟一個寫戒酒，到後是都破了戒。這兩篇故事最簡短，也最可見出作者處理故事題材的方法。眞是揀取這些瑣細的故事，切實的寫下去而已。

「君子契約」一篇，是一個特殊的故事，寫一個獨身的女教員的生活，所謂「君子契約」，是「只許互有精神上的安慰，却不許有肉體上的接觸。各個自愛，大家都有個限度」。（頁二九）而這女子對人生的看法是「人生不過是一場夢，我們不要把生活看的太嚴重了哇。」（頁四七）所以她才有她自己的契約，在兩個男人中間生活着。作者在這裏所寫的就像與我們有些隔離，也就是在描寫人物一點上尚缺少一分深刻。

同樣，末一篇的「求婚」裏的主人公郝理文，和黃玉貞父女也是寫現實社會不很貼近的人。而且人物的個性都有些模稜，這也是作者的一個普遍的現象。「考慮」一篇寫一個人性情的變更，趙先生起初主張「考慮眞是一個害人的名詞」（頁一一三），後來又說「考慮最能使人心平氣和的」。（頁一三二）這裏的主人公却比較那兩篇稍稍明確。

不過由這裏的可看出的是作者寫故事比寫人物更爲適當一些。那些故事倒極切合我們的人生，人物倒反有時架空的樣子。若上面說到的「考慮」與「君子契約」是人物上的失敗，則另外的「傘」「微波」和「照像」就是在故事上成功的了。

這三篇的題材全是寫愛情的故事。「傘」裏的趙先生與阿巧，「微波」裏的小說家，「照像」裏的黃先生與趙小姐，他們的戀愛方式幾乎是相同的。其中「微波」的結構最爲完整，恐怕是全集中一篇很好的東西。

就「予且短篇小說集」看來，只給他們一個很粗略很浮淺的人生面影，故事取材的範圍也極狹隘，又不能儘量開展，這也許是篇幅上的限制。我覺得這本短篇小說集實在不如他最近在「風雨談」發表的長篇「迷離」，和過去出版的「小菊」。

讀劇隨筆

阿英

「男女之間」（李之華作）和「寡婦院」（夏霞作）

在三十一年冬季的上海演劇紀錄中，「男女之間」和「寡婦院」兩個劇本佔着一個很重要的地位。前者由「上海藝術劇團」演出，後者是夏霞「自編，自導，自演」的作品，在目前話劇界傾向於熱鬧的場面的時候，這兩個劇本的演出有它可注意的意義，因爲它們都是實實在在的作品，沒有新奇的穿插，給與觀衆和讀者的，不是眼前的喧囂，而是深沉的含義，雖然這含義也許是最簡單和最平凡的。

簡樸原是一切文學作品中所應具的要素，換言之，即是文學作品中質的結實比較技巧的裝潢更爲重要。對於戲劇我們常說它是一種教育工具，原因也就是因爲它能藉一個故事傳述一個思想。偏重於一面的技巧常會影響到整個劇本的意義。話雖這樣說，但我們避免的還是公式主義，尤其是近幾年來的劇本在一個型裏翻轉，沒有更能擴張到更遠和更深的地方去。因此，劇情顯得狹隘，人物盡是一型；在這裏，簡樸似乎變成爲單純了。

「男女之間」這劇本若仔細看來，也難免有這樣的現象。情節是男女之間的愛情，人物還是習見的男男女女。不過它所以異於過去那些作品的是作家採取了喜劇形式寫出。喜劇，在中國現代的劇本裏還極貧弱，尤其是看慣了那些「×幕大悲劇」的人，這樣的戲劇對他們倒是很好的調味劑。就這劇本的整個氛圍氣看，總還具着喜劇的成份。因此，這裏的男女之間的愛情的意義和看法也實和過去劇本稍有不同。從前，在發揚了愛情上的因果後，多半給人物賦以死亡的命運，而現在，作居高臨下的以另一種態度觀察，這是喜劇者對人生諷刺的看法，也是劇中人物必有的結局。

這諷刺的意義，一方面可說是心理的，一方面却又是生理的。作者在書前引用倍倍爾的「婦人與社會」裏面的話正是很好的說明：「婦人是男子唯一享樂目的物；經濟上社會上不自由的她們，非在婚姻之內尋出給養不可，所以他們便從屬於丈夫，而做了一個他的所有物」。同時還「因爲世間無數的障礙，使結婚的人們熱望的希望不能滿足」。這原因社會的關係，我們由這愛情的故事裏，能尋找出戀愛和結婚的原因，這原因距離人類男女間生存的意義異常遙遠，這裏不就有一個阻梗嗎？想到這點，喜劇的諷刺的意義也就能見出了。

這故事很簡單：一個老處女馬翠芬是以爲男人沒有好東西的人，所以在她租給別人住的房子裏，不許男女同住，連談話都有所限制。可是不幸有一個「學店」的教務主任沈俊租了她的房子，起初因爲都抱着「獨身主義」的原因還很能談得來，却不料後來因此而要結婚，最後是她發覺了她不但家裏有個未離婚的夫人，而且還有一個舞女要好，她這時就又宣誓說第二次再守獨身主義，永不嫁人」了。同這故事中心有關係的還有租賃她的房子的舞女陳莉莉，，和她的「拖車劉劍秋及某煙行經理錢元甫間的來往：有馬的表弟梁福康，是洋行職員，投機而有圓滑手段的商人；有某經理的私人祕書曹蕙如和她的愛人吳恩衡，是比較進步的人物；有馬的女傭阿桂，是一個命途多乖的女子。

費穆先生在這劇本的「序」裏說，這是一個能代表上海現代生活的史劇「作者描摹此一羣男女的生活和她們的意識狀態，却有其代表一時代的眞實性」。作者所以選取這些劇中人，表面上看來，除了做爲主要人物的馬翠芬和沈俊外，人物間缺少彼此間緊密的連帶關係，也因爲這個，作者纔不得不把背景放在馬公館的公用會客室裏。在實質上代表了現階段的上海社會中各階層的男女，也是劇中的主要意義。由這劇本的主題，使我們想到于伶的「夜上海」，那是四年前的一個悲劇了，寫上海淪爲孤島後的苦樂，若和這個劇本對照一下，就可看出的確是兩個不同的時代。在那時候還是逃亡，苦難，和悲哀造成的凄慘的場面。現在這時候，在一九四二年六月至十月則是安謐中的傾軋；前者可看出的是整個的時代轉動，後者可看出的是在時代稍稍寧靜後人間的鬥爭，就是費穆所說「上海社會的渣滓」。這些「渣滓」反映出大都市繁華中的墮落，荒唐，像是舞女與煙行經理及所謂「拖車」之一些人，也反映出囤積貨物，利己害人的奸商，像是梁福康，更反映出動亂中求進步者的生存，像是曹蕙如一些人。作者在這些人物故事中的進展還隨時給與讀者鮮明的時代印象，像第四幕開場時的防空舞台裝置。

這劇本的意義恐怕也只有在這一方面理解，才不會覺得人物與故事過於龐雜而缺少彼此間的關係，也才不會有像馬翠芬那樣實際上不會有的人物的感覺。但這意義如我們在開頭所說，和作者採取的喜劇形式很有關係，因爲這正是增强兩個主題的力量和方法。

在人物上，作者的成功是沈俊，他很恰當做適當這喜劇的身分。提到這角色，很容易聯想起希臘阿里斯多芬的喜劇「雲」裏的蘇格拉底，那是對於「思想店」的諷刺，恐怕於這裏的作者也不無影響。其次是馬翠芬，她雖不很合于實際，却是一個很好的喜劇角色。

讀過「男女之間」若再看「寡婦院」就覺得有一個完全不同的空氣，這並不是喜劇和悲劇的不同，是作者處理體裁和寫作方法的迴異。在「寡婦院」裏有很簡捷利落的氣氛，這一點就是作方法上的成功，結構與人物都輕重得宜，沒有累贅，也沒有欠缺，所以在舞台的演出上也一定很緊張，這恐怕和作者的舞台經驗多少有關係。

這劇本的中心思想是反對「寡婦院」的機構，也就是對於「當了寡婦就應當守節」這觀念的糾正。自然，像這裏的「寡婦院」的組織在目前社會上還不如「養老院」「孤兒院」那樣普遍，但寡婦守節的思想却存在於各處。很早以前就有人對這思想討論過多次，成爲一個重要的婦女問題，到現在這呼聲才慢慢消沉下去。因而同易卜生的「娜拉」一樣成爲過去了。然而「寡婦院」並不因此而失掉它的意義。在這故事裏不但有作者的思想，而且還代表着不同性格的女性，有美麗熱情的，有冷酷嚴厲的，有悲觀厭世的，都從這「寡婦院」裏看出。作者注意的描寫是吳方潔玉，從心理上闡述守節是和人類本性並不相合的行爲，還有十七歲的「望門寡」劉如珍，是在理論上反對這守節的一個人物。這裏的人物很簡單，而且幾乎都是女性，除了那個方潔玉的愛人高蔚卿，和只在第三幕開頭出現的潔玉的父親方守正以外，別的角色都是「寡婦院」中的寡婦。這個女作者寫出這樣一個全靠女角色演出的戲，演來想會給觀衆新的趣味的。「寡婦院」的演出雖不很成功，而仍被觀衆歡迎者，這恐怕也是一個原因。

另外的關係是作者善用技巧的場面，以靈活的方法打破整個戲劇的沉默。如第一幕結尾的潔玉從窗外歸來，第三幕潔玉被她的父親責罵，寡婦院由沉悶變爲緊張，同時還能加强觀衆的情感，使之理解作者所要傳述的思想，對潔玉同情，對那個「貞節牌坊」痛恨。這些是在寫作上值得我們注意的。總之，緊湊這兩個字可說是「寡婦院」成功的原素。

「寡婦院」雖沒有「男女之間」裏那樣鮮明的時代感，然而就意義上說，也還不失掉它應有的地位，它們在寫作上又各有自己的特色；因此在舞台上收到很好的效果，也就不是偶然了。

林房雄論

伊藤信吉
路易士譯

我帶感動地讀了林房雄氏的「青年」。這是美的作品。且就自己而言，我是羨慕能夠寫了如像這樣的作品的作家的。在這小說裏面，青年熱情之美，是被如實地描寫了出來，令人活生生地回想起業已被埋葬了的自己的過去。

青春乃是一去不復返的情熱之日，這一點，不問什麼時代都是同樣，但那青春通過之途，却是因了時代之不同而大異的。如像被描寫在「青年」中的伊藤俊輔，志道聞多等所通過了的青春，我在過去就不會有過。這個嗟嘆，恐怕也並不僅僅乎是我一個人的事情吧。但爲了復活那失去了的情熱之日之故，能夠寫了「青年」的作家是可羨的。

幾乎是和「青年」同一時候，我讀了島崎藤村氏的「黎明前」。這部作品和前者，在都是以向着明治維新之時代的展開爲其背景的這一點上，它們是共通的；在那樣的空氣之中，它們都提示着一個同樣的課題，那便是，青年們是怎樣地通過他們的情熱之日的。

於此二作品之歷史，不是從企圖構成所謂史觀的立場上寫的，而係從時代的青年們之情熱，思惟與行爲，經由苦惱，哀嘆與歡樂而構成了的。「黎明前」與「青年」之共通性，不在於時代相同的這一點上，而係在於像這樣的歷史方法上。在許多被描寫於近代文學的青年們之中，青春之情熱帶了深刻的意味的，是少有如像出現於此二作品的主人公那樣的。我是爲了自己的青春和這些青年的不同之故，因而格外痛感及此，更加有所感動。在這裏，且讓我們試把近代文學中的青春之跡踏巡一下吧。

島崎藤村氏於「黎明前」之青山半藏的生涯中，看到人生之轉變與哀樂，並感慨於其充滿了苦惱的世途之崎嶇，這一點，從這位作家的人生態度及其文學道程而言，乃係當然之事。可是島崎氏在過去，已經多次地描寫了青春之姿。爲一種無因的憂愁所擒住了的絕唱「千曲川旅情之歌」和詩集「嫩菜集」之情感，這些都是顯現於其年代的青春之抒情。作品「春」和「櫻的果實熟時」等，皆係青春之歌。那些是從明治二十年代跨進三十年代的塡滿了青年之實感的咏嘆與憂愁。

在這樣的時代之青春中，也有像北村透谷那樣的詩人，在他的作品中，訴述着「什麼叫做涉及人生？」這一種的激越之情。透谷之生涯乃係悲劇的。但在一無餘剩地燃盡了青春之情熱的意味上來說，却未必就是悲劇的生涯。因爲時代之青春和那些詩人的青春，已相結合而共語生命之美了。這一時期，以「文學界」之集團爲中心，被稱爲浪漫派之文學，而在那裏，也有着某種東西，在我是可羨慕的。

其次，從明治三十年代末跨進四十年代，田山花袋等，已不復謳歌如像北村透谷那樣的青春了。花袋所描寫了的「鄉村教師」之青年，通過了毫不稀罕的平凡之生涯，由而顯示了新的人間的典型。但把透谷・藤村等之時代和表現於這青年的青春比較觀之，則令人痛感青春之一去不復返了。花袋亦採取否定爲人生之藝術的態度，但那和透谷之「什麼叫做涉及人生？」有異。在這裏，雖有所謂青年的肉體之時間之經過，然而所謂青春的生命之燃燒却是一去不復返了。

林房雄氏的「青年」，便在這樣的近代文學之暗迷的終局登場了。這部作品，其所以從新被稱爲浪漫派之文學者，亦即以此之故。但不管那樣的說法是否適當，總之「青年」是帶着生命之燃燒而復活了青春之美的。花袋之「鄉村教師」，這爲多數作家所不顧的青春，是得到了新的生命，而啓發了「情熱」所包含的眞實性了。

我的這種看法，乃是即於從明治文學以迄於今日的文學史之過程的，但是另外的是，「青年」謳歌了青春及其情熱之美的輝耀。在即於文學史的看法上，我只打算指出林氏的位置，所以我又只不過是想說一說青年具有何等的生命力而已。

時代是以明治維新之變革爲背景的，因此這部作品被稱爲歷史小說，作者似乎也曾經在什麼地方使用過歷史小說一詞，但在這場合的「歷史」的意味，不是產生自那樣的時代之背景的。青春的人們的生命如何燃燒？其情熱與思惟與行爲貫穿了時代而創造了些什麼？有何預感？在這裏，是有歷史的意味的。即是，伊藤俊輔，志道聞多等之情熱，就這麼着預感了歷史的方向，而從在於花袋之系譜的所謂青春之實證的人生之意味的提出，一轉而在這裏提出了青春之情熱所包含的歷史之預感。這是稀有的成果，我的銘感，是這樣的生命之輝耀的燃燒給帶了來的。

描寫了「黎明前」之青山半藏的島崎藤村氏之態度，不是如像在「青年」中所見到的那樣，呈現一種生命力之直接的燃燒。這是從什麼地方看出來的呢？原來作者的態度，是通全篇而沉鬱的。在那裏，通過了青山半藏的生涯，描寫着時代之動盪與人們之生涯之宿命的糾纏。被賭於父祖之時代的生命之支持究竟是什麼？在那裏，有着感慨於歷史與人生的「歷史之意識」。有着一路踏巡人之姿的寫實主義者之眼。全篇之構成，悉由這樣的意識和認識來加以支持。

「青年」之續篇，展開爲「壯年」，但是單以「青年」一篇而言，其作品之生命業已成立。由青年之情熱其物，顯示了不可崩壞的作品之構成，以及歷史之預感。兩部作品的不同處，首先可以說是就在這裏。

對於一篇作品的銘感，是有着多種多樣的理由的；便是對於「黎明前」之重厚的作風，其使人銘感處也是如此。我銘感於「黎明前」之沉鬱的作風，和被作者之重厚的態度所導引了的三十餘年的歷史與人生。而自和那不同的角度我感動於「青年」，在這裏也看見了歷史的意義。比較地說，「黎明前」是深深地織入了人生的意義，「青年」是銳敏地擒住了歷史的意義了。而且那歷史的意義，在通過了青春之情熱而被加以處理的一點上，有這作品的美。這是近代文學的青春之再生，它傾注了人間的意義於新歷史之形成。誰都沒有能夠擒住了青春之情熱如像這樣的美，誰都沒有能夠顯示了歷史的意義如像這樣的輝耀。在這裏，我所可以說的，乃是關於青春之再生的感動。

× × ×

稱做決定版的「青年」之新版，付印於昭和十三年秋，作者於其跋文中說道：「到了現在，在所想到的是，雖則早於六年前即已預感了新日本，然而我自已是，至少在方法上，依然未能脫却唯物史觀的觀點。」

現在，那是既已成爲過去的了，但以近年思想史之流變及其方向爲背景，這句話是有所說明的。於是作者凝思而寫其新版之序文從這樣的內省之活動，新版脫皮而出，同時林氏其人之思想也告蛻變了。但是「青年」所一貫地感動了我的，非在於其史觀之如何，而係由於作品精神之美。感動了我的，乃是當激動的時代，熾熱地燃燒其美麗的夢的青年們的精神。英勇地投身入於時代之激動，企圖着展開新時代的青年之熱意，其本身是美的，那和史觀之設定是不同的兩件事情。在這意味上，這部作品，從最初就已經棲宿着有其決定的精神之美了，而貫穿了時代的青年們之熱情，便是預感了歷史的意義於其熱情的林氏之史觀。在我那是作爲歷史而反映出來的。

即使那樣，新版的序文，對於林氏也還是痛切的話。現在此處，雖不能舉例以看最初之「青年」與新版之「青年」的異點，但是至少，可以指出其思想之蛻變，其痛切的內省與自覺是極深的。

爲了自史觀之蛻變之故，「青年」從最初即已孕育着新芽了。這部作品着手寫作於昭和七八年頃，當時，林氏之歷史的方法，曾經蒙受了許多的非難。因而實際上，當「青年」之最初的一句寫下來時，作者思想之蛻變，即已踏出了具體化之第一步，而於新版之序文中的內省，可以說是它的深化。

關於歷史方法的非難，在那時候，蒙受了的不止林氏一人。同樣的是，島崎藤村氏之「黎明前」，也遭到了非難，說是作品之中心不過是木曾山中之一宿驛，所以這不是以激動期之動盪爲典型的作品。而反過來在「青年」中，可以反映激動期之動盪的土地是不問在何處也沒有的。勉强求之於地上，則日本之國土與命運其物乃是可以典型激動期的土地。倘更嚴密地說，那是在於預感了日本之新運命的青年們之熱情中。不僅僅乎是伊藤俊輔和志道聞多兩個青年，林氏之歷史方法，是在沉思於當時之激烈的渦卷而預感了日本之運命的所有的青年們的胸中設定了的。從這裏，「青年」之浪漫風的氣息是流動起來了。

爲此之故，對此作品之羅曼蒂克的印象之非難，實際上是意味着對林氏思想之蛻變的非難的。「青年」從最初即已具體化其思想之蛻變了，它自然以祖國之運命爲自身之運命的自覺上，尋求其歷史的方法。建築一個思想，而又從一個思想蛻變，這一點是，無論在誰都非容易的事情。在這裏，用這樣的言語來說明思想之蛻變，也許是不合式的。但是唯其這樣，新版之序文纔帶有着切實的意味。爲此蛻變之故，十年的歲月，決非很長久的。思想之作業是那樣的執拗，在那裏，我感傷業已被埋葬了的自己的青春。

時間之逝去，在這時候，是何等的重啊。林氏說：「雖則早於六年前即已預感了新日本，然而……」照這樣看來，可知六年的歲月，並非長久的時間。以國家之運命爲自己之運命，這一種的自覺，爲了行遍週身迄於血管脈絡之隅隅，尚須堆積苦惱的日子，流逝十年之歲月。我不想把這作爲如像所謂近年思想史之變化那樣的外部事情而加以推測。那是由於內省與新的自覺所得的新生命之成熟。「青年」之出發點，正是在於這樣的內省。預感國家之命運爲自身之命運的青年之熱情，說明了作者之新的思想之成熟。被埋葬了的過去，於是化爲新生命。放棄了史觀的作家，代之而獲得了的，乃是以潛藏於青年們之熱情的預感爲歷史之方法之立場。

新版之序文，提出了新的課題：何謂歷史的方法？關於這個，記得在「青年」中有如下的一節：「研究家在俊輔父子之此種經歷中，也許看見了封建末期的農民生活之窮乏與解體——離村和向都會之逃亡，身分制度之自壞，人的要素之組合，下層人材之徐徐登場等實例。……但是，那只不過是『後向之預言者』——即是生於後世而可回顧歷史的人們所僅有的特權吧。」

歷史小說這一名稱，係將處理過去時代的作品一概包括而用之的。但是作家所示的歷史方法，不是這麼單純，並且也不應該共通。而一般的是，只有生於後世的人們的「後向之預言」能夠想到歷史之處置，在那裏也置放着作品之方法。但是僅此習慣，我不以為是構成歷史者。「後向之預言」縱令是歷史之處置，亦非對於作家的歷史之方法。必要的事情不是預言，而係新的方向去之預感。

以「後向之預言」來處置歷史，在那裏塗抹上一時代之色彩，這一點，不是作家的創造。創造在於以預感了新日子的人們之姿為作家之實感的這一點上。因此以國家之命運為自身之命運的意味，這纔呈放異彩。我從這一點上，感覺到，把汲取歷史之預感於青年們的熱情的「青年」，作為歷史的方法，那是很莊嚴的。

×　　×　　×

德富蘇峯氏於「近世日本國民史」之五十卷刊行之際，寫了「修史餘白」而述其感想道：「日本外史三十萬言，本書已有一千二百萬語，如山陽的藝術的歷史，如白石的科學的歷史，在我是不能著作。我只打算把事實敍得使其清清楚楚。」

這幾句話，表示了德富氏的歷史之方法，而非特別具有什麼特徵的意見。但是作為一個決定的抱負，德富氏持着「讓事實清清楚楚」這一種的態度。排列事實之秩序，企圖使事實之經過述說歷史之言語的方法，乃是「近世日本國民史」之支柱。德富氏忠實於此態度，堅信事實其物所述說的歷史之言語。

從這樣的態度記述了的歷史講些什麼呢？原來德富氏的話，作為史家，是謙虛的，但在這話之中，也可以聽見對歷史之方法之不信之聲。事實其物之堆積所語的意思，「對過去之預言」，這纔可能。

指示歷史之方向的，是預言嗎？抑或是預感呢？這樣說的時候，史學與文學，也許是異途的。但是例如在林房雄氏的「青年」或島崎藤村氏的「黎明前」中，則也可以說是歷史之預感的事情便感得十分的顯著。在那裏，作家的歷史方法之主體性是被感覺到的。

「青年」和「黎明前」的作者，較之預言，更以預感爲其支柱而形成歷史的方法，這一點，乃是由於帶着人間呼吸之活生生的氣息而看歷史，以生於歷史中的人們的預感爲作者之共感之故。在這個意味上，作家的歷史之構成，乃是行自拒絕預言的一點。預言之更確實的型態，乃是以歷史的人們之預感爲作家之共感，直到以其共感爲實感的成熟。所謂歷史的言語，豈不就是這樣的麼？

青山半藏之生涯，甚至於其青春之時亦非激動的。但是通「黎明前」全篇之悠揚的筆致，島崎氏尙預感了歷史，那是由於共感於青山半藏之苦惱，並將之作爲作家之實感之故。有似山中之人，青山半藏之性格是土氣的，但在其被抑制了的性格與思維之中，時代之動盪，是活生生地反映着了。但是島崎氏並不將密接於其時代的半藏之苦惱自「後向之預言」分割出來。所謂摸索父祖之歷史，共感其預感的手段，橫互於作品之根抵。

雖說是歷史之紀述，可是恐怕全然是從這預感和共感脫離了的吧。把昨日之事實作爲今日之感動而再生，不是所謂史學之方法的手段之成果。若是有方法的話，則是包含在那方法中的史家之熱意，歷史自熱意之感動再生，事實其物說明預感吧。「維新之鴻業其所由來遠矣，玆擬叙述事實使其淸淸楚楚。」像這樣的態度，决非歷史之方法，乃係史家之念願。於此念願之中，我知道德富氏的歷史之預感與實感。於歷史的作品之較比更確實的方法是想不出來的。

德富氏之意圖，便是向這確實的接近。或者是，由歷史之聲其物連綴了的現實之證明。在這個時候，預言方纔可以確實。爲此之故，預言在歷史之現實再建後，逐漸證實。於歷史的作品之作家的失敗，生於迴避自預感之內部建築作品的困難。殘留在以歷史爲創造而必須加以組織的作家之手中的，僅僅乎是歷史之預感。

「但是，那只不過是『後向之預言者』——即是生於後世而可回顧歷史的人們所僅有的特權吧。」這一句話，已經是預言之拒絕，歷史方法之否定了。「青年」從最初即已拒絕預言而構成作爲創造的預感之歷史。在「青年」的場合，謳歌貫穿了時代之漏卷而放光芒的精神之美，即是既已完成了歷史之方法的。

對於作家，爲處理歷史之理論，在無論何處，都沒有加以規格化之理。作家之創造，以完璧化了的歷史之方法成遂之，這一種的想法，不過是習慣的妄見而已。歷史的作品之佳處，在於被捉住於其中的時代之精神，以及指出那精神之如何地作用於歷史。或者是在於那精神之如何地失敗，敗滅之犧牲如何地光彩了歷史。某種場合，甚至從一個因素產生了的當然之過程與事實，作家都必須毫不躊躇地把它橫斷。橫斷那事實之法則時，人的精神是如何地燃燒，「青年」之美，便在那裏。

林氏說：「人信人類是抓住理想的，實則理想是抓住人類的。」通「青年」之全篇，關於理想，作者說了不少的話，而且，它使得伊藤俊輔，志道聞多等的行爲熾烈，但我把「理想」這一抽象名詞，解釋爲預感了歷史的人們的行爲。

人生五十歲
詩酒宜爲樂
成事機兼勢
何論賢與愚

這首五言絕句，乃是伊藤俊輔當馬關戰之後，發自瞬時之心的安定的感慨，而在歷史之一瞬間，也有如像這樣的寧靜的安定。連結起這時間的段落來，歷史的人們，投射以預感之生熟爲支持的精神之光芒於時代之渦卷。

際於明治之開化期，中村正直和福澤諭吉等文化的東道者所行的啓蒙之著述，原來並非僅由於實證的精神之酷烈的要求者。福澤諭吉所著「西洋事情」，容易被認爲新抬頭的實證的精神之具現，但在其中，是有着新世界的憧憬和新時代的預感的。雖說是「近世日本國民史」，可是在打算「叙述事實使其淸淸楚楚」這一種的意圖之中，由於各人的看法不同，也許有人以爲其中帶着些實證的精神之色彩吧，可是那種追求「事實」的精神，並非什麼實證，如果是站在實證的立場上的話，則德富氏一定是帶着向過去的後向之預言而整理事實的。但是德富氏所追求的，仍然是站在以國家之命運爲自身之命運的立場上的切實的歷史之聲音。

於歷史的作品中，屢屢言及時代的概括這一點。「青年」之人們所抱的理想，如果也是那樣的話，則係通於其時代的概括的東西吧？但是理想常常是普遍的抽象之形態，成功或失敗之結果，都是預約着的。關於「青年」的時代的概括，我以爲不是像那樣的由於理想之放射的對現實之肉搏。那是預感於青春之情熱中的歷史之意義及其預感作爲行爲而擴大了的成果。那是時代的概括。由於其預感與行爲，於捕捉了貫穿歷史之「眞實」處，可以說明「青年」之時代的概括。

「關於高杉晋作之馬關擧兵，其死，及維新革命之發展，以及其後之奇兵隊之命運，於第一章已言及了的別篇『奇兵隊』中說得十分詳細，聞多與俊輔之成長，及至維新後的井上馨，伊藤博文之變質等等，第二部『壯年』，第三部『晚年』，各各加以處理。」於是『青年』中之青春的時候是過去了，但我想着在這一篇之中少見的青春之再生，以及溢於其情熱的預感佳妙地達成了時代的概括而傳達着歷史活潑潑的呼吸。

文壇消息

★周作人近著『藥堂雜文』，已由北平新民印書館出版。

★實齋近成『記蘇青』一文，將刊『雜誌』四月號。

★古今半月刊二週紀念號聞將於四月初發行，增加篇幅頗多。

★楊之華編『文壇史料』已出版，爲中華副刊叢書之一，內容極豐富。

★丘石木著長篇小說『黃梅青』已脫稿，將刊單行本。現正趕寫『黃金時代』，刊太平洋週報。

★上海日文婦女雜誌『婦人大陸』三月號，譯有蘇青，張愛玲，關露，施濟美等女作家短篇。

★日本改造社出版『文藝』三月號，對『風雨談』有詳細評介。

讀稗雜錄

葉德均

傳奇文與平話

中國短篇小說中有所謂「傳奇文」的一類，牠的來源雖頗悠久，但確定其名稱和範圍却是近一二十年的事。以前是被稱爲「傳奇」，「志異」，「雜記」，「雜史」，「雜傳」，「筆記小說」等，名稱固然雜亂，範圍更是異常糢糊。「傳奇文」一名被提出，正是爲針對這種現象。牠的內容大抵以唐人傳奇爲主，以六朝志異爲副，並及明清人的摹擬之作，相當於前人所謂「傳奇」，「志怪」，「異聞」幾項。或有稱爲「子部小說」的，但牠祇取「子部」「小說家」中的一兩類，而將「叢談」，「雜錄」，「瑣語」，「雜事」等項排除在外。牠的名稱也和以往一樣是借用唐人裴鉶傳奇的書名作類名，但爲避免與明清戲曲中「傳奇」混淆起見，特別注明爲「傳奇文」。

通常就文體的不同分短篇小說爲傳奇文與平話兩大類：凡自唐以來用文言記述的，屬於傳奇文一類；宋元以來用口語記述的通俗小說，屬於平話一類。從牠們的流別看來，這分類也頗確當，因爲兩者是各有淵源。傳奇文源出六朝志異，至唐人傳奇而大盛；明清以來雖末流稍有演變，但來源並無不同。而平話則肇端唐人俗講，源出宋代瓦市伎藝，至明清而極盛。兩者的文體，淵源都各不相同，所以也極易判別。

以上是就一般的情形而言，但在明代是沒有平話與傳奇文之分，凡是寫成的小說不論文言或口語，都一律視爲話本。

明代洪楩所編刊的清平山堂話本，大體是以平話爲主，但其中不僅有「詞話」風極濃的刎頸鴛鴦會，快嘴李翠蓮記二篇，也有藍橋記，風月相思（以上二種收清平山堂話本十五種中），翡翠軒（殘本，阿英藏，現歸鄭西諦先生）三篇傳奇文。

萬歷間書林熊龍峯所編刊的平話四種中，馮伯玉風月相思小說一種，也是傳奇文。

在明末馮夢龍所纂的平話集「三言」中，也夾入幾篇傳奇文。如警世通言十卷錢舍人題詩燕子樓，二十九卷宿香亭張浩遇鶯鶯，醒世恆言二十四卷隋煬帝逸遊召譴。

明刊通俗書籍如萬錦情林，綉谷春容及諸本燕居筆記等，所收小說大抵以傳奇文爲主，但也間收平話小說。如余象斗萬錦情林收有：秀娘遊湖，柳耆卿翫江樓記；起北赤子心綉谷春容有：柳耆卿翫江樓記，東坡佛印二世相會，月明和尙度柳翠；林近陽，何大掄，余公仁諸本燕居筆記有：東坡佛印二世相會傳，柳耆卿翫江樓記，紅蓮女淫玉禪師等。又諸本燕居筆記所收之綠珠墜樓記，鄭元和嫖遇李亞仙，張于湖女貞觀記，文體不文不白，介與傳奇文與平話之間，這也可證明人所謂話本是以敍述故事爲主，而不論文體的。

從明人平話集中常收有傳奇文及以傳奇文爲主的俗書也收有平話小說的兩點對照看來，足證明人對兩者是一視同仁的。但除了上述以外，在明人傳奇文之內還有更重要的證據。如劉生覓蓮記（一作劉熙寰覓蓮記）云：

「因至書坊，覓得話本，特與生觀之。見天緣奇遇鄙之，……見荔枝奇逢，懷春雅集留之。」

按天緣奇遇，懷春雅集兩種，收於燕居筆記，國色天香諸書，都是傳奇文；荔枝奇逢今未見傳本，疑爲某種的別名，但也當爲傳奇文無疑。從這本證中更可證明明人所謂話本是包括傳奇文在內。近人讀淸平山堂話本，「三言」中的傳奇文，每疑爲編者誤收，不知明人本無平話與傳奇文的分別。

這雖說是明代的事，但其來源當更古於此。在羅燁醉翁談錄小說開闢中已把太平廣記，夷堅志，琇瑩集視爲說話人的底本，則所謂話本已將傳奇文列在其中了。

明代傳奇文七種

明代傳奇文自剪燈新話，剪燈餘話以後，擬作者紛起，尤以嘉靖前後爲最盛，其數量究有若干，今已不能詳考，但就今存諸種計之，至少當在五十種以上。這些傳奇文在當時都是單刊本，故最易散佚。今所知明刊單行本傳世者，僅有日本成簣堂文庫所藏弘治刊本鍾情麗集一種而已。其餘雖有見存本，但都是收在風流十種，萬錦情林，燕居筆記，國色天香，綉谷春容，花陣綺言諸選本中。這些選本除一二種外，國內均無傳本，治明代傳奇文者，都有無從下手之感。今春偶得光緒二十年晉記書莊活字本七種才情傳奇書四册，始於「剪燈」二種外，得嘗明代傳奇文的一臠。這雖是從國色天香摘出別行的孫子本，但也聊勝於無。

這裏將七種篇名列後（次序稍有移動），並註明與諸選本互見之處。

鍾情麗集上下卷（又見風流十種，萬錦情林，諸本燕居筆記，國色天香，花陣綺言，綉谷春容六種。）

尋芳雅集（上六種中均收之，或題懷春雅集。）

劉生覓蓮記上下卷（除風流十種外，餘五種均收之。）

花神三妙傳（六種中均收之。）

天緣奇遇上下卷（六種中均收之。）

龍會蘭池錄（又見綉谷春容，國色天香。）

雙卿筆記（又見國色天香。）

鍾情麗集弘治刊本雖題「玉峯主人編輯」，但明人的著作中都異口同聲地說是邱濬之作。呂天成曲品卷下五倫條云：「或謂此記以蓋鍾情麗集之愆耳。」沈德符野獲編卷二十五云：「又聞邱少年作鍾情麗集，以寄身之桑濮奇遇，爲時所薄，故又作五倫以掩之，未知果否？但麗集亦學究腐談，無一俊語，即不掩亦可。」焦循劇說卷三引張志淳南園漫錄云：「邱文莊所著鍾情麗集，雖以所私擬元稹，而淫猥鄙褻尤倍於稹。」褚人穫堅瓠集云：「明邱文莊之少也，其父爲求配于土官黎氏，黎誚之曰：『是兒豈吾快壻邪？』不許。公作鍾情麗集，言黎女失身宴輅——宴輅，廣人呼狗音。他日黎得之以百金屬書坊毀刻，而其本已徧傳矣。」其中雖稽說不盡可靠；但諸書均屬邱作，當可置信。按明史卷一百八十所載濬中景泰五年進士，鍾情麗集既爲其少作，最遲亦當成於景泰初年。

尋芳雅集或作懷春雅集。金瓶梅詞話欣欣子序云：「吾嘗觀前代騷人，……邱瓊山之鍾情麗集，盧梅湖之懷春雅集，周靜軒之秉燭清談，其後如意傳，于湖記，其間語句文確，讀者往往不能暢懷，不至終篇而掩棄之矣。」據此則懷春雅集的撰者爲盧梅湖，惜其人生平不詳。這篇叙元代吳廷璋與王嬌鸞等婚媾事，和情史卷十六周廷璋條及警世通言卷三十四王嬌鸞百年長恨所叙元周廷章事，雖結果兩者不同（尋芳雅集是一娶兩女的大團圓；情史等則爲悲劇的結局），但時代及男女兩主脚的姓名均相同，僅改吳廷璋爲周廷章，疑爲一事兩傳。

劉生覓蓮記中曾引到懷春雅集，天緣奇遇二篇，成書當在其後，似爲正德嘉靖間之作。又這篇和龍會蘭池錄文字均甚拙劣，決非出於通人之手，當爲「書林」之作。

花神三妙傳中常附有小題，如「白生錦娘嘉會」，「飲讌賞月留連」之類，與平話回目相同。明刊通俗小說有整齊的回目是始於萬歷間的事，嘉靖刊本三國志演義等都是分則不分回，此類小題當是摹擬通俗小說的分則，似亦嘉靖時的作品。

蘭會龍池錄是叙拜月亭傳奇中蔣瑞隆王瑞蘭事，但和拜月亭出入頗多，重要的差異有下列四點：（一）龍池錄改王瑞蘭爲黃瑞蘭，其父金尚書王鎮改爲宋尚書黃復，改陀滿興福爲賈士恩，陀滿興福的仇家聶賈列改爲高琪水虎；蔣世隆仕於金改爲仕於宋。改王爲黃是由兩字讀音相同，故作者當爲南方人。改金爲宋及改易外族姓名是有連帶關係，因爲既將朝代改換，外族的名字也不得不換了。這可證蘭會龍池錄是改拜月亭，而非拜月亭改傳奇文，因爲拜月亭是元代南戲，其所記之姓名較古，而傳奇文爲明人之作，其改易是在有意無意之間。（二）龍池錄詳敘瀟湘鎮的會合，並增出仇萬頃等人。（三）龍池錄增出黃瑞蘭祭蔣世隆及逼嫁事。（四）龍池錄無接絲鞭事，另增蔣世隆繪蘭會龍池圖及傳遞書簡事。從上列四點看來，與其說傳奇文是本南戲改編，不如說傳奇文是借用南戲的間架而重新創造的。又關於其中「君賓有心追季布」一詩解救明代的大獄，十年前沃圃（嚴敦易）先生論之極詳，這裏不贅述。

又蘭會龍池錄中有關南戲本事的一些材料，附錄於此：「陳珪受月梅寫帕之報，終爲夫婦；郭華吞月英繡鞋之汚，卒幾於死，或曰爲玉盒；蕭氏之夫木漢妻敬，詐曰文龍。」上述三種南戲，一是孟月梅寫恨錦香亭，據此確知男角爲陳珪；二是王月英月下留鞋，所謂「或云爲玉盒」殆誤爲明楊文奎呂雲英風月玉盒記雜劇與留鞋記爲一事；三是劉文龍菱花鏡，女主角即皮黃戲小上墳蕭素貞，趙旭初兒前已考出，得此更爲可信。按九宮正始所收女冠子一曲亦云：「正新婚蕭氏，送別囑咐，行行洒淚。」

七種傳奇文中除花神三妙傳，雙卿筆記外，其餘都有改編爲戲曲的（唯蘭會龍池錄作於戲曲之後），茲分列如次：

趙於禮：畫鶯記（鍾情麗集）　呂天成曲品云：「此鍾情麗集辜輅事，乃邱文莊所撰少年遇合事也。事可傳而發揮未透暢。」

錢直之：忠節記（懷春雅集）　曲品云：「此小說中懷春雅集也，風情而近古板者。此君學甚富，每以古人姓名叶韻，不一而足，亦是別法。」

鄒逢時：覓蓮記（劉生覓蓮記）　曲品云：「照劉一春本傳譜之，亦悉；而詞采未鮮。」又盧柟或王漢恭想當然傳奇亦敘此事。

程文修：玉香記及無名氏玉如意（天緣奇遇）　曲品云：「此劇天緣奇遇傳而譜之者，人多撥簇得好，情境亦了了，固是佳手。別有玉如意亦此事，未見。」

此外燕居筆記中心堅金石傳（又見情史卷十一）一種，也曾演爲傳奇，即無名氏霞箋記。曲品云：「此即心堅金石傳死者生之，分者合之，是傳奇體，搬出甚激切，想見鍾情之苦。但覺草草，以才不長故。」按此謂霞箋記將傳奇文中李玉郎張麗容悲慘的結局易爲團圓場面。

李禎史料補

關於明傳奇文集剪燈餘話的作者李禎（昌祺）的史料，魯迅小說舊聞鈔中曾輯有聽雨紀談一則；戴望舒先生於三年前香港星島日報俗文學十三期刊有關於李禎的史料一文，從蔽園雜記，水東日記，野記，孤樹裒談，少室山房筆叢，疑耀，國朝徵獻錄，本朝分省人物考，明史九書，輯得李禎史料十一則。望舒先生搜羅之勤是値得我們欽佩，但幾種習見書中的資料反而被他忽略，沒有搜集。近來爲輯錄明代戲曲作者史料，時常檢閱列朝詩集等書，凡有涉及小說作者的輒別紙錄出；這裏先將李禎的數則彙錄於下，以備治小說史者的參考。

錢謙益：列朝詩集乙集五，李布政禎：

禎字昌祺，廬陵人。父伯葵，號盤釣谷叟，有詩名。昌祺弱冠文譽蔚起，與曾子棨翬聲名相頡頏。永樂癸未進士，簡翰林庶吉士。與修永樂大典，同事者推其該博；僻書疑事，互相諮決，必以實歸。授禮部主客郎中，仁宗監國，命權知部事。藩憲員闕，以才望特簡出爲廣西左布政。父喪，服除，改河南。丁內艱歸，宣宗命奪喪，乘傳赴官；風疾增劇，不待引年，堅乞致仕。生平剛嚴方直，居官，所至有風裁，服食淸約，足跡不至公府。富于才情，多所結撰；效瞿宗吉剪燈新話，作餘話一編，借以伸寫其胸臆。其殁也，議祭于社，鄉人以此短之，乃罷。白璧微瑕，惟在閒情一賦，其然豈其然乎！安盤曰：「餘話記事可觀，集句如：『不將脂粉涴顏色，惟恨緇塵染素衣』。『漢朝冠蓋皆陵墓，魏國山河半夕陽。』對偶天然，可取也。」（刊本八至九葉）〔下錄詩四十六首，末郎至正妓人行，略。〕

朱彝尊：靜志居詩話卷六：

李昌祺名禎，以字行，廬陵人。永樂甲申進士，選庶吉士，擢禮部郎中，，出爲廣西左布政，改河南。有容膝軒草，運甓漫稿。方伯務謝早華，力啓夕秀；取材結體，頗與段柯古相似。（扶荔山房刊本）

王　旭：明詞綜卷二：

李禎字昌祺，廬陵人。永樂二年進士，官河南左布政。有僑菴詩餘二卷。（綠蔭堂刊本二葉）〔下錄柳梢靑題秋塘圖一首，略。〕

陳　田　明詩紀事乙籤卷九：

昌祺名禎，以字行。伯葵子（見甲籤）。永樂甲申進士，選庶吉士，擢禮部郎中，出爲廣西左布政，改河南。有容膝軒草，運甓漫稿。

四庫總目：昌祺詩一變綺靡纖巧之習，而以流逸出之，故別饒鮮潤。

李時勉古廉集：李布政詩如纖雲浮空，變態而難狀；春泉注壑，瀠瀯而無窮。

水東日記（按即原書卷十四，已見戴引，不錄。）

安磐頤山詩話：「李昌祺剪燈餘話，記事可觀，集句如：『不將脂粉涴顏色，惟恨緇塵染素衣。』『漢朝冠蓋皆陵墓，魏國山河半夕陽。』對偶天然，可取也。

田按：方伯詩色新意古，諸體並工，在永樂詩家中，獨標一格。當時選二十八士，進學文淵閣，有秀如此，不與其列，操鑒衡者能辭其咎乎？」（萬有文庫本七〇七頁）〔下錄詩十四首，略。〕

李達道與四和香的本事

宋人羅燁醉翁談錄著錄話本名目一百〇九種，其中若干種非但今無傳本，而且連本事也無可考。譚正璧氏曾作有醉翁談錄所錄話本考，考出五十多種，用力頗劬。但所考遺漏的也頗不少，如煙粉類楊舜俞見靑瑣高議別集卷三錢希言越娘記，元尚仲賢鳳凰坡越娘背燈雜劇亦叙此事；呼猿洞，事見田汝成西湖遊覽志；神仙類馬諫議同古今說海佚名馬自然傳，又見西湖二集卷三十馬神仙騎龍昇天；妖術類嚴師道疑與白樸閣師道趕江雜劇同叙一事，「閣」似爲「嚴」字誤。又靈怪類的李達道本事，見宋李獻民雲齋廣錄卷四西蜀異遇條，譚文於無鬼論謂出雲齋廣錄卷七，於錢塘佳夢謂旣見王宇司馬仲才傳，又見春渚紀聞及雲齋廣錄，同在一書不知何以獨遺漏李達道的一則？宋元話本，傳世者極稀，即偶存名目，其本事亦大抵隱晦；偶得兩則亟爲擷錄之，以供治話本本事者參考。西蜀異遇的本事是：

紹聖間眉州丹稜令李褒子達道，於公舍後花圃遇一女子，自稱近隣宋氏女，名媛。達道與之調謔，約晚間復來於此。是夕果至，兩人曲盡人間之歡。及曉辭去。如此晨隱夕至，幾及一月。一日達道夢一人來謁，自稱李二秀才，謂蒙其父厚待，知爲妖所惑，故來拯救。乃命力士擒媛至，委地化爲一大狐而遁。臨去遺以一符，謂佩之則狐可絕也。復懇修其屋廬，達道允之。及夢覺果於几上得符。遂以夢中之事告褒，褒知爲灌口神君示夢，乃命工葺神社。達道佩符後，媛雖來卒不能相近。旬日後達道於小徑得一花箋，乃媛所作詞也。詞極淒婉動人，遂爲所惑，乃毀其符與之合，而情好逾昔。如是閱月，達道容色枯槁，父母恐其疾不說，召巫禁治，終不能制。後閉達道於密室中，則媛不得而至；然怪變大作，羣猴數百攀緣屋舍，百術不可止。一日，褒於窗隙得一書，署孔昌宗，謂曾與媛妹狎，日久則與之俱化。宜多畜鷹犬，則猴患可止。褒用其言，猴患果稍息。一夕又夢孔來，謂洩罩狐之機，乃被殺於西溪，託褒葬其遺骸。及明褒遍詣西溪，求尸不得，因飯僧數十，誦經追薦；並爲文祭之。後數日怪變復作，鷹犬亦不能制。褒無如之何，乃縱達道出，不復禁制，怪遂息。媛既復與達道合，歡愛益甚。會母發心痛疾，幾卒，媛以藥愈之，一家驚以爲神。媛自此亦與親屬相近。達道與媛情益篤，閨房倡和，不異人間。後媛生一子，及晬歲，乃謂達道曰：「冥數已盡，當與子別。」次晨，媛與子俱不復見矣。達道雖不勝感恨歎息，而媛竟絕音耗焉。

又周密志雅堂雜鈔卷一引北本靈怪小說，有四和香一種，孫子書中國通俗小說書目卷一宋元部面九著錄。按四和香本事亦見雲齋廣錄卷六四和香條，疑即周密所指者。本事略謂：

河朔孫敏字彥明，父官於淮陽，敏住太學爲外舍生。上元前一日省謁貴戚，其族之長，乃敏姑丈也。既至，敘話甚久，時見妙齡秀色交雜於堂，敏不敢視。歸途經闤闠門，遊啓聖寺，遇一麗人與一侍妾同行，與敏目成，姬呼茶以飲敏，約以明日至崇夏寺老李師院相會。及期如約至，遂與麗人合。問以居處姓氏，但笑而不答。次晨始別，約：如欲相見，可於皇建院前賣時菓張生處先達一信。後數日，敏果覓得張生，遂令通耗。翌日復會於老李師處。如此月內會合不下數四。一日，敏於太學中，忽一老僕持一小盒子遺生，上書「香和」二字，敏不解，啓封，乃四和香也。敏詢僕麗人居處姓氏，而僕乃老李師所遣，餘非所知。六月間，敏忽抱病，同舍趣令歸，敏佯諾而不成行；同舍乃寓書敏父，强之歸。瀕行敏預約麗人至木櫃街一祖宅內敘別；姬約敏中秋日復至京輦，過期則不得再會。敏至淮陽疾漸愈，將及中秋，乃辭親欲赴太學，父母以未平復强留之。至重陽始成行。及抵都下，首至皇建院訪張生，而院爲火焚，張生則不知其所。復至崇夏寺老李師院，李師亦他徙，乃問其在院者，則云老李師本非寺中尼，稅此院居半年餘，今去已二旬矣。敏於小閣壁間得一詩，乃麗人所題留示故人者。敏覽畢，驚駭無地。後亦無他。

關於吳承恩詩

小說作者有詩文集傳世者有：董若雨豐草菴集，丁耀亢江干草，陸舫詩草諸集，夏二銘浣玉軒集，吳敬梓文木山房集，近人考證小說作者生平的論文中，均已引及。至於無別集行世僅見選本的，如陳忱的詩，趙景深兄也在小說瑣話中介紹過。又如西遊記作者吳承恩的詩文，今所傳世的無出於射陽存稿以外，冒鶴亭先生所編楚州叢書中射陽文存（吳進輯），也在射陽存稿範圍之內。又朱彝尊明詩綜卷四十八及靜志居詩話卷十四所載也均爲存稿所有；而錢謙益列朝詩集竟未將吳氏入錄。至陳田明詩紀事已籤卷十九所選金山寺一詩，雖亦見存稿（卷上十七葉）之內，但與原文出入頗多，五十六字中竟有十六字的不同，大約陳氏似未見原書，僅據他書轉錄。玆將異文校勘如次（括弧內爲明詩紀事的改文）：

幾年夢遶（地湧）金山寺，千里歸舟得勝遊（四面空濤捲雪流）。佛界（性）眞同江（秋）月靜（淨），客身暫與（爲）水雲留。龍宮夜久雙珠現，鰲背秋深（高）片玉浮。醉倚石欄時極目，霽霞東起海門（金銀）樓。

又紀事記其生平云：「承恩字汝忠，淮安山陽人，官長興縣丞。有射陽先生存稿。」又引大泌山房集評語，按即節引射陽存稿首李維楨（本寧）吳射陽先生集選序。又引靜志居詩話一則，見原書卷十四，文與明詩綜卷四十八（小說舊聞鈔曾引之）同。末引清郭麐靈芬館詩話一則，爲他書所未及引者，且清人詩話中涉及吳承恩詩的也僅此一書，錄之如次：

「射陽先生詩筆，淸而不薄，淡爲能雋。對酒云：客心似空山，閒愁萬雲集，前雲乍飛去，後雲連翩入。（按見存稿卷上頁五）齋居云：窗午花氣揚，林陰鳥聲樂（見卷上頁六）。冬日送人（按原書題冬日送友人暮發）云：馬蹏鳴凍雪，鴉腹射斜陽（見卷上頁十三）。長興尉（原書無尉字）作云：祗用文章供一笑，不知山水是何曹（見卷上頁十六）。秋興云：河漢白楡秋歷歷，江湖元鳥晚飛飛（見卷上頁十八）。數聯皆能脫去塵滓，翛然自遠。」

柳敬亭

考證明代說書人柳敬亭事跡的文章，最詳的當推陳汝衡的說書小史中第四章大說書家柳敬亭，但其中遺漏的也不少，如黃宗羲柳敬亭（南雷續文案撰杖集）等極常見的資料都沒有搜羅進去。數年前著者又於文林月刊發表柳敬亭評傳一文，雖增加不少新材料，但原文僅刊前半，後半則因雜誌停刊沒有登完；僅就前半看來，其中也還有可以增補的。

諸書中記載柳敬亭喜爲人排難解紛，如吳偉業傳中記救陳秀事，宋宗元新智囊記救膳夫事等，已爲人所稱讚。至以一藝人嘗資助當時潦倒文人的事，則諸書中均未涉及，如杜濬（于皇）便是一例。按杜氏變雅堂集卷五（同治九年重刊本）有詩二首，詳記其事。其一序云：

「中秋日一粥，閉門睡究，忽聞呼門聲，乃柳叟敬亭走力送酒並青蚨一千。想外格外，感而有紀。」詩云：

「中秋無食戶雙扃，叩戶爲誰柳敬亭，亟送酒錢仍送酒，直教明夜也休醒。」次首云：

「中秋明日，几上再見敬亭來札，封函下方有八字：『來人受賞，我就天誅。』始悟昨者平頭逃去之故。不覺與客大笑，又成一絕。

「封題凜凜太周詳，醉後重看笑一場；多少同人稱厚道，來伻未免詈商鞅。」

兩詩殊無可取，唯記事值得重視耳。按詩作於順治間，時杜濬流寓金陵，窘迫殊甚，時柳仍鬻技，故得周濟之。詩序所記封函下方八字，是柳敬亭所作文字僅存者，活繪出一略識之無人的口吻。據黃宗羲柳敬亭傳末引錢謙益語云：

「錢牧齋嘗謂人曰：『柳敬亭何所優長？』人曰：『說書。』牧齋曰：『非也。其長在尺牘耳。』蓋敬亭極喜寫書，調（？文別字滿紙，故牧齋以此謔之。」與詩序所記，可互相印證。

吳梅村詩文集中涉及柳敬亭的文獻，除柳敬亭傳（見家藏稿卷五十二）外，又有柳敬亭贊（見卷十三），楚兩生行（見卷十）及沁園春贈柳敬亭（見卷二十二），以上末一種見趙景深兄關於柳敬亭的詞所引，其餘說書小史都會引到。但吳氏所作又有爲柳敬亭陳乞引一文，與錢謙益爲柳敬亭募葬疏同是記載柳氏晚年的重要資料，惜小史中沒有引及。原文見梅村家藏稿卷二十六：

「梅村曰：馮驩彈鋏而歌無家，孟嘗君使人給其食用。東方生公車索米，給侏儒啼泣，遂得親幸賜帛百匹。夫士誠自給則已；不然，盍早自言。不自言，則雖有滑稽之才，縱橫自辯，而拓落窮餓，憂愁噍塞，吾知其必不濟矣。當柳生客武昌時，居寧南帳下：過諸帥椎牛大享，從灶上騷除，可食萬家；軍中樗蒲官賭，積錢隱人，分其博進，可富十世；有司簿閱無名田，膏腴水碓，令賓客自占，可得數十區；江南絲、穀、果、布，江北魚鹽桐漆，取軍府檄，關市莫敢誰何，所贏可得十倍。如是，則柳生規陂池連車騎，遊說諸侯，稱富人矣。今迺入無居，出無僕，衣其敝衣；單步之吳中，日詼啁諧笑，爲人撫掌之資，而妻子羸餓，不能名一錢。柳生念久約無窮時，請余言，言：『吾老矣！不以此時蚤自言，以祈所哀憐之交，一旦寢病疲曳，尚復誰攀乎？』余視柳生長身廣額，面著黑子，鬚眉蒼然，詞辯鋒出，飲噉可五六升：此其人非久窮困者。今王公貴人已漸知柳生久之且復振，振則再如客武昌時，即余言爲無用。顧柳生故人游不遂，因而來過我；吾貧落不能相存，其所請不能又以難也。且左寧南將百萬之衆，一朝潰亡，其有追敘舊恩，反覆流涕，俾寧南本志白於天下者，柳生力。夫大丈夫以壺飧一飯，死生契闊，沒齒勿忘；況於鄉曲故舊爲營葬裘，其感慨之節，又何如哉！余故因其言之爲請，且以明生之不背德焉。」以此與爲柳敬亭募葬疏合看，可知柳生晚年潦倒之狀，至貧不能葬其子。

又諸書所記柳敬亭說書的技能，都頌揚不置，張岱陶菴夢憶卷五且謂：「摘世上說書之耳，而使之諦聽，不怕其不齰舌死也。」但也有說柳氏的技藝與其他說書人無異的，此僅見王士禛分甘餘話一書。餘話卷下（吳震方說鈴本）云：

「……左幕下有柳敬亭，蘇崑生二生；一善詩話，一善度曲。良玉死，二人流寓江南；一二名卿遺老左袒良玉者，賦詩張之，且爲作傳。余識柳於金陵，試其技，與市井之輩無異。而所至逢迎恐後，預爲設几焚香，瀹岕片，置壺一杯一；比至，徑居右席，說評說才一段而止，人亦不復強之也。」

此則陳氏先後兩文，均未引及，未知何故？漁洋謂「一二名卿遺老左袒良玉者，賦詩張之，且爲作傳。」當指錢牧齋，吳梅村，黃梨洲而言。按柳敬亭一生事蹟，當以佐左良玉幕時最爲煊赫，故文人詩文中也大抵以此事爲重，未必眞是左袒左氏的，而黃傳最後且有責備左氏的話：「寧南身爲大將，而以倡優爲腹心，其所授攝官皆市井。若己者，不亡何待乎！」王氏所指當非此文。至吳梅村詩文也並無左袒左氏的話，大約王氏是專指錢氏的左寧南畫像歌爲柳敬亭而作的詩而言，不知何以又纏夾到作傳的人？

此外陳書中未錄的關於柳敬亭的詩文，尙有陳維崧左寧南與柳敬亭軍中說劍圖歌（湖海詩集卷二）：

「寧南嘍嘈大出師，軍中百戲無不爲，潯陽戰艦排千里，夜闌說劍孤軍裏。虎頭瞋目盤當中，其意自命爲奸雄。說時帳前捲秋月，說罷耳後生悲風。軍中語祕聽者死，寂不聞聲夜如水。左坐一將軍，右坐一辯士。辯士者誰老無齒，黧顏摺脅醜且鄙，得非齊蒯通？乃是柳麻子。此翁滑稽眞有神，少年趫捷矜絕倫，青春亡命盱眙市，白髮埋名說事人。寧南置酒軍中暇，愛翁說劍眞無價；橫刀詎趣提湯菜，洗足寧來踞床罵。飄零大樹蔓寒烟，翁也追思一惘然：西風設祭悲彭越，夜雨傳神倩鄭虔。感恩戀舊纏胸臆，故國無家歸不得！惡少侯王盡可憐，三更燈火披圖泣！」

又同卷贈柳敬亭二絕句云：

「憶昔孤軍鄂渚秋，武昌城北戰雲愁；如今衰白誰相問，獨對西風哭故侯。（原註：指南寧侯也）」

「紅燭天涯照舞筵，當時情緒已茫然；相逢頭白還相笑，記許題詩二十年。」

按上列三詩均作於康熙乙巳（四年），時敬亭尙存，年已八十餘矣。

三十三年一月十九日於蘇州。

洛神賦

譚　雯

第一幕

登場人物：曹丕　甄婢　甄靜　曹植　甄逸　曹彰

時間：漢獻帝建安元年（公元一九六年）。

地點：鄴城甄逸府後花園中。中間是一座假山，後面可以藏人。山前置石凳多只，且有石桌一張。右邊是用細竹搭成的花棚，棚下爲一小徑。左邊是樹林，有路直通園外。

幕開時：曹丕由林中走出，四下張望，怕給人看見的樣子，忽然聽見花棚後有女子談話的聲音，他就狼狽地躲到假山後面。甄婢由棚下出來，也是四下張望，防有人看見的樣子，曹丕忽從假山後走出，用手掩住甄婢兩目。

甄婢　（吃了一驚怒聲）你是誰？快快放手！

曹丕　（做女人聲）你猜！猜着了我就放手！

甄婢　（怒聲）我偏不猜，你不放手，我就要喊了！（掙扎）

曹丕　（忙放手，嘻皮賴臉地）鶯姐姐，是我。（作揖）對不起！對不起！

甄婢　（看不起他）我早就猜到是你。你到這兒來幹什麼？你總應該知道，這兒是我們甄家的花園，不是你們曹家的呀！

曹丕　（再作揖）鶯姐姐，請你別動氣！聽我說：這花園雖然你甄府上的，可是我的弟弟子建，他也是曹家的人，他既是可以常進來，我爲什麼不可以呢？就是你們甄老伯知道了，我想，他也決不會單單責備我一個人的。（冷笑）

甄婢　（正要回話）

甄靜　（沒上場，僅聽見聲音）鶯兒，鶯兒，你在那兒和誰說話？

曹丕　（急向甄婢搖手示意，慌忙向樹林中走去）

甄婢　（轉身走入花棚）小姐，沒有什麼人和我說話！

曹丕　（回身仍走入躲在假山背後）

（甄靜與甄婢從花棚下走出，甄靜滿面歡容，很天眞地）

甄婢　小姐，你在這兒坐一會，恐怕四公子就要來了。待我進去拿茶出來。

甄靜　（坐下）好的。鶯兒，你以爲他今天一定會來的嗎？

甄婢　一定會來的。小姐，四公子從來沒有失過約，你放心吧！他快要來了！（從花棚下進去）

曹丕　（在假山後伸首望甄靜，要想出來，只是不敢，忽聽得樹林中有脚步聲，連忙又躲藏不見）

甄靜　（想到了什麼，俯首而笑）

（曹植由樹林中走出，見甄靜，驚喜站住）

甄靜　（停笑昂首，見曹植，忙起立前迎）你，子建，你來了多久了？

曹植　（含笑向前，緊執甄靜之手）我是剛才到的。靜姐，你為什麼一個人坐在這兒？鶯兒她到那兒去了？

曹丕　（伸首偷看，怒容滿面）

甄靜　她是到里邊兒拿茶去的。子建，你請坐！

曹植　（十分高興）謝謝你！你也請坐，我們大家都坐下來談吧！（扶甄靜並肩坐下）

甄靜　（忽笑）子建！（又停住）

曹植　（面對甄靜）靜姐，你有什麼話，儘管和我說，現在連鶯兒也不在這裏，有什麼話不好意思說呢！（含笑）

甄靜　子建！（又笑，撲在曹植懷中）

曹丕　（怒目皺眉）

曹植　（輕輕撫她）我不是對你說過，沒有別人在這兒，你為什麼又這樣的不好意思起來？

甄靜　（由曹植懷中坐起，強止笑）子建！我們的感情實在太好了，（仍笑）我一刻兒不看見你，就好像心裏失掉了什麼東西似的，空虛得很是難受。如果常常是這樣，以後的日子我眞過不下去！——

曹植　（驚喜）眞的嗎？靜姐，其實，我也和你一樣！我每天一起身，便望着時間快些兒過去，好不容易喫過飯，又好不容易挨到這個時候，等到一看見你，一天的煩悶，便立刻化為烏有了！

甄靜　（嬌笑）子建，你既然是這樣的愛我，那你為什麼不快些想個辦法？

曹植　（故意問）想個什麼辦法？（笑）

甄靜　（嬌嗔）子建！你到底對我怎樣？難道一個眞心愛我的人，應該對我這樣放刁的嗎？

曹植　（大笑）哈哈！靜姐，你不要性急。我早就有了主意了。

甄靜　（急問）那你為什麼不快些和我說？你到底打算怎麼辦？

曹植　我想把我們的事，告訴我的媽，馬上央請媒人，到你府上，向你爸爸求婚。

甄靜　（想了一想）向我爸爸求婚？（搖頭）這怕有些不妥當吧！

曹植　（急問）爲什麼？

甄靜　難道你已經忘記了你哥哥的事嗎？

曹丕　（不願聽，藏匿不見）

曹植　哥哥是哥哥，我是我，我想你爸爸決不會把兩個人看做一回兒事的！

甄靜　這件事情，倒不在我的爸爸允不允，而在于你的爸爸願不願再央請媒人到我家裏來求婚。

曹植　我想，只要媽媽允了，爸爸是不成問題的。

甄靜　可是，子建，你不想，你爸爸替大兒子求婚不成功，當然是一件很失面子的事情；難道再好意思替他小兒子求婚嗎？老實說，要是換了我，我也不願意。

曹植　（失望地）那怎麼辦呢？

甄靜　我想：我們應該從我的爸爸方面來想法。

曹植　（喜）那麼，靜姐，你有勇氣自己對你的爸爸說嗎？

甄靜　（搖頭）不能。我的意思，以爲你可以把我們的事托給孔先生去辦。

曹植　（大悟）好極了，好極了，虧你想得到。孔先生和你爸爸很要好，和我爸爸也是老世交，兩方面都容易說話，我明天就去拜托他。——但是，你以爲你爸爸一定可以允許嗎？（不放心地）

甄靜　我想決不至于完全拒絕吧！因爲我昨天還曾聽見他談起你家爸爸和你們兄弟幾個。

曹植　（急問）他老人家怎樣說我們呢？

甄靜　他說：你家爸爸是個亂世的英雄，可是你們兄弟幾個却僅僅有着他一部份的遺傳性，成爲個個性情不相同的人物，你大哥已死，不要去說他，二哥很是狡猾，三哥是個莽夫，而你是太忠厚了。

曹植　（感動）眞的這樣說嗎？

甄靜　當然是眞的。所以我知道他對于你一定不會拒絕的。

曹丕　（伸首扮鬼臉）

（甄婢慌張上，兩人亦驚愕起立）

甄靜　鶯兒，有什麼事麼？

曹植　（泰然）那我不妨借這機會，見他老人家一面。

甄婢　不好！老爺是專爲找尋小姐來的，好像有什麼要緊的話要和小姐說，四公子還是避開的好！

甄靜　（代他找尋躲避的地方，指指假山洞後面）子建，你快到那邊去躲避一會兒，等我爸爸進去了，我們再來商量。

（曹植依言躲至假山後，曹丕忽伸首對之嬉笑。曹植驚愕

立定。丕伸手招之，植乃一躍而下。甄逸扶上）

甄婢　老爺來了！

甄靜　（含笑奔前迎接）爸爸，你有什麼事情找我嗎？

甄逸　（咳嗽數聲）靜兒，我叫他們找了你許多地方都找不到，你爲什麼一個人到這個冷僻的地方來了？

甄靜　女兒因爲今天天氣特別好，和鶯兒到園裏來散散心，不知不覺走到了這裏。（指四周）爸爸，你看，這裏不是很幽靜嗎？

甄婢　老爺，小姐，都請坐了談，我進去端茶來。（下）

甄逸　（坐下）好的！靜兒，你也坐了，我有要緊的話和你細細的談。剛才袁家差了一個親信到我這兒來，——

甄靜　那個袁家？

甄逸　就是本城的袁司空家。他來替袁司空的孫兒袁熙做媒。

——

甄靜　（吃驚）爸爸！

甄逸　我因爲袁家世代三公，袁熙又是本初的大公子，最有文才，而且和你年齡也相當，所以——

甄靜　（面色灰白）爸爸，你答應了沒有？（似哭地聲音）

甄逸　（沒有注意他女兒）我自然答應了！

甄靜　（急）不，爸爸！——

甄逸　（不等她說下去）你且聽我說完了再說。我家也是世代公卿，並且我只有你這一個女兒，你母親又早就沒了，所以我是不肯便把你許給人家的。可笑（指指台右）曹孟德那厮自己不問問是怎樣一個人，差人來替他的第二個兒子曹丕求婚，當時我只是笑了笑，沒有說什麼，就端茶送客。現在聽說他很是得意，恐怕還要來纏擾不清，所以今天袁家差人來求婚，我一口就答應了。這種人家就是要覓也覓不到，而且又可以使曹家死了心，你想，我那肯放他錯過？

甄靜　（再忍不住）爸爸！

甄逸　唔！那你有什麼話，可以和我說了。

甄靜　女兒要爸爸慢些答應袁家的婚事！

甄逸　（不以爲然，大聲）爲什麼？難道你以爲在這兒城裏還能夠找得到勝過袁家的人家嗎？就是袁家公子，也是一表人材，我做爸爸的決不會去答應一個不配做你夫婿的人來做你的夫婿的。

甄靜　爸爸，女兒並不爲了這些。女兒不懂得爸爸爲什麼這樣看不起曹家！

甄逸　（不覺大笑）哈！哈！你知道曹孟德是什麼出身？他本姓夏侯，家裏敗落了，給曹家做過房兒子，才姓的曹，——

甄靜　可是爸爸不是說過，英雄不怕出身低，昨天又還說他是個亂世的英雄，爲什麽今天又把他看得分文不値了？

甄逸 （又笑）哈！靜兒，你知道亂世的英雄是什麽？他們在歷史上，成則爲王，敗則爲寇。而且越是在亂世，他們越是特別的多，而成功的只有一個人，其他都是失敗者。所以曹孟德雖是一位英雄，他的結局怎樣，是王是寇？還在未知之數。你難道願意去做這種人的媳婦嗎？

甄靜 （難受）爸爸！（欲言又止）

甄逸 靜兒，你由你爸爸替你做主吧！別三心兩意了！再說：袁家的親事一說定，在半年裏就要成婚，你自己必須要緊提準備！

甄靜 （呆坐如死）

（甄婢匆匆上）

甄婢 老爺，袁家又有什麽人來了，門房裏到裏頭來通報，請老爺馬上出去接見。

甄逸 唔！他們又有什麽事和我商量來了。鶯兒，你也就陪小姐回房，我們一路出去吧！

（甄婢扶甄靜起立，甄逸亦起立，等女兒等前行，然後慢慢跟在後面，且咳且行。三人尚未全隱，曹丕牽曹植之手由假山後出。曹植面白如紙，曹丕嬉皮賴臉）

曹丕 （至台前）哈！老弟，我們的心都可以死定了！

曹植 （搖頭）你是老早就應該死了心的，可是我還不能。

曹丕 我看甄老頭兒主意打得很定，他女兒也沒法反對，你難道別有回天的手段嗎？

曹植 （搖頭）二哥，你難道不知道，「事在人爲」？靜姐一天自由，我們便須一天想法，即使眞正山窮水盡，也須在死中求活，何況現在還沒有到這個程度。

曹丕 （笑）那麽很好！老弟，祝你努力，得到最後的成功！我站在這兒很沒意思，我要走了。而且，恐怕靜姐也不見得再會出來了吧！

曹植 二哥，請自尊吧！我再在這兒等一會兒，如果她不出來，我也就回來。

（兩人點頭道別，曹丕含笑下，曹植愁眉不展，在台上來回躑躅。漸聞花棚下又有人語聲）

甄婢的聲音 四公子還沒有走，小姐快來！

甄靜的聲音 好像還有別的人？

甄婢的聲音 沒有什麽別人。

（曹植停步對花棚呆立，甄婢扶甄靜從花棚下出來。見曹植，兩人突然相抱不放）

甄靜 （哭）剛才爸爸的話你都聽得了？（漸放手）

曹植 （亦放手）我都聽得了！

甄靜　那你打算怎麼辦？

曹植　（搖頭不語久之）靜姐，剛才二哥也在這兒，我們的話都給他聽去了。

甄靜　奇怪，他是什麼時候進來的？進來做什麼？

曹植　可是他來得也好，他親自聽了你爸爸的話，他就表示他已死了心，倒可以省去他以後對于我們的麻煩。

甄靜　可是我們的事到底怎麼辦呢？

（二人同坐下，甄婢四望有無人來）

曹植　（昂首長歎，輕撫甄靜）看來事情已逼得我們不能不採用我們本來不願意用的方法了！

甄婢　四公子，你打算怎麼辦呢？事情很緊急，眞的不能再猶豫了！

曹植　現在只有這麼一條路好走，就是你家小姐肯立刻跟着我離開這兒，否則一切都完了！

甄靜　（含淚昂首問）那你打算把我帶到什麼地方去？

曹植　我的家里和你們這里不過隔着一道牆壁，我當然不能就把你藏在我的家裏。我想：我們可以一同到洛陽去。

甄靜　那邊你有熟人嗎？

曹植　那邊有許多許多我爸爸的朋友，他們看在爸爸的面上，一定都能幫助我們的。

甄靜　那你打算在什麼時候帶了我走呢？

曹植　（正待回答）

（曹彰匆匆從樹林中出來，滿頭大汗）

曹植　三哥，有什麼事？你爲什麼會找到這兒來的？

甄靜　（忙從曹植懷中坐起，含羞招呼）三公子！

曹彰　靜小姐，四弟，我那一處地方沒有找到，倘不是二哥告訴我，我今天休想找得到你！

曹植　有什麼緊急的事情，要你這樣地尋找我？

曹彰　四弟還沒有知道嗎？爸爸剛才接到皇上的詔書，請他立刻到京裏去做丞相。等到天使一走，爸爸就派我出來找尋你和二哥，叫你們趕快回去準備一切，明天一早，合府都要動身。

甄靜　（目視曹植）

曹植　（視甄靜）爲什麼這樣地緊急？

曹彰　聽說是皇上的命令。

甄靜　（欲泣）子建，你，你難道就這樣的走了嗎？

曹植　（對曹彰）三哥，你先回去，我立刻就來。

曹彰　（視二人而笑）好的，我在家裏等你。（走入樹林中）

曹植　（見曹彰已去）靜姐，事情竟是這樣的不巧，爸爸的命令，我又不能不聽，那怎麼辦呢？

甄婢　（義形于色）四公子，那麽你打算就此棄掉我家小姐嗎？

甄靜　（聞言而泣）

曹植　（想了一想）靜姐，你不用悲傷！明天，我當然不能就帶了你走。可是洛陽離開這裏很近，只有幾天的路程，待我到了洛陽，便托辭向爸爸請命回到這兒，那時候，我就帶着你一同走。這樣，不是一切都不成問題了嗎？

甄靜　（轉悲爲喜）眞的嗎？

曹植　靜姐，我爲什麽要騙你？況且我也不能沒有你。

甄婢　那麽時期已經很是倡促，四公子千萬不能延遲了！我們在這裏準備好一切，專等着你的到臨。

曹植　這我也知道。現在時候已經不早，我不能不立刻回去。靜姐，你放開些兒！這次分別少則十天，多則一月，我一定回來帶着你們同走。將來我們相聚的日子正長哩！你好好地保重你自己的身體吧！（抱甄靜）靜姐，再會！

甄靜　（依依不捨）子建，你眞的別忘記了我！（似哭）

曹植　（强笑）靜姐，千萬放心，吾決不會忘記你的！

（曹植由樹林中下，甄靜主婢送至林側，止步，向林中望了好久）

甄婢　小姐，四公子已經去遠了，我們也就回去吧！

甄靜　（還是望着，依依不捨地）

（甄逸突又上）

甄婢　（先看見）呀！老爺來了！

甄靜　（呆立如不聞）

甄逸　（神采奕奕，拄杖至女兒前）靜兒，袁家的媒人又來過了，他說：因爲你的公公奉到聖旨，馬上要到冀州去做太守，所以要在他沒有上任以前把你們的婚事辦好，一切裝奩都不用我家置辦，就定于這個月的二十日過門……

甄靜　（突然暈倒于地）

（甄婢急扶之，甄逸愕立，不知所措）

（幕）

第二幕

登場人物：甄婢　袁母　甄靜　曹丕　曹植　曹操　孔融　甄逸　家將若干人　衛士若干人　部兵二人　老僕

時間：漢獻帝建安九年（公元二〇四年）。

地點：鄴城袁紹府中的內廳。右邊通甄靜的臥室。廳中佈置很富麗，滿壁書畫。桌上擺着許多古董，花瓶裏插滿了鮮花。後面有門通別室。

幕開時：甄婢端着面盆，送入甄靜臥室。袁母拄杖從後門上場，面容愁慘，到廳上坐定。

袁母　（嗽了幾聲）鶯兒！鶯兒！

甄婢　（在甄靜室中回答）哦！老太太！我立刻就來。

袁母　今天你聽到過什麼消息沒有？

甄婢　（從甄靜室中出來）老太太，消息很不好！（皺眉）聽說這次打的兵士，一共足足有三十多萬，而且由曹丞相父子親自率領，所以不到十天，已經打到這裏的城下。今天假如再沒有救兵到來，恐怕就要守不住了！

袁母　（着急）那怎麼辦呢？那怎麼辦呢？我是老了，他們至多把我殺了就算了。可是媳婦兒正年青，熙兒又出去打仗了，這責任我可負不來！那怎麼辦呢？（頓足長歎）

（甄靜從臥室中走出，這時已脫離少女的風韻，完全是大家少婦的典型。面容略見憔悴，脂粉不施，服妝也極樸素）

甄靜　（拜見袁母）婆婆萬福。

袁母　（望着甄靜皺眉）媳婦兒，我正在同鶯兒說着你。目下戰事的情形很不好。自從你公公死後，部下的人都漸漸地離散。他們弟兄們又不爭氣，只曉得爭權奪利，不肯團結一致，以致這次曹賊來攻，沒有力量可以抵抗，把你公公一生辛苦掙得的地方，都陸續送掉。現在已經兵臨城下，眼看這裏也要落到敵人的手裏。可是他們都是夫婦們在一處，和我不相干，獨有你，丈夫不在這裏，我担着保護你的責任，叫我怎麼辦呢？（不覺又頓足）

甄靜　（勸慰）婆婆，你待我太好了，所以我捨不得離開你，不願跟了丈夫出去。這次到了我們袁家的生死關頭，我一個人的死活算不得什麼，可惜公公一生辛苦造成的事業，竟這樣的任人家來侵奪去了，未免令人十分痛心！——

（家將一人上，形色倉皇，氣喘不已）

甄婢　（驚慌）老李，有什麼警報嗎？

家將　（才開口）老太太，大奶奶，大事不好了！西門已給曹兵攻破，二老爺和三老爺都已率領全家大小突圍逃出城外，又差我專誠前來報告，請老太太，大奶奶快快離開這裏，暫到附近百姓家裏去躲避，以後再設法逃往城外，和他們相聚。

袁母　（着急）果然到這一天了！好，他們竟自顧自的逃走，連我母親也不要了！媳婦，你快快決定主意！老李，你不要回去了，生死你跟着我，我也一定不放掉你。現在你快到外面再去打聽一下，一有什麼緊急的消息，立刻進來告訴我們。

（家將應聲下）

甄婢　（對甄靜）小姐，情勢已經危急極了，你趕快打定主意，這裏決不是安全的地方，還是快躲開的好！

袁母　鶯兒的話不錯。媳婦，你趕快收拾一下，等老李一回來，我們立刻出府。隨便什麼地方都可住得，只是不能再在這裏停留了。

甄靜　（仍鎮靜地）婆婆，我聽你的話。（解髮使散開）鶯兒，你快把我們準備好的灶灰拿出來，我們已到必須用牠的時候了。

（甄婢至甄靜室中取出灶灰，兩人分塗滿面）

袁母　（贊成）媳婦，你眞想得到！我正因着你實在生得太美麗了，放不下心，這樣，可以使我放下一半的心了！

（家將復上，手持一信）

衆人　（急問）外面情形怎樣了？

家將　敵兵前鋒已經進城，我們的軍士已逃到沒有一人。曹丞相的大軍尚未全到，所以還沒下過什麼命令。（呈信）這封信是我到門口時，剛巧遇到一個敵方的兵士，他叫我送給大奶奶的。

甄靜　（奇怪）好奇怪！是誰給我的？（拆信來看，漸現喜色）

袁母
甄婢　（疑）是誰的信？

甄靜　這是曹丞相第四位公子平原侯給我的信。他和我從小時候起，就認識的。這次他也跟着大軍來到這裏，恐怕我受驚慌，所以先托先鋒隊裏的人送這封信來安慰我。等到他的部隊一到這裏，我們便可安然無事了。

甄婢　（疑）是曹子建公子嗎？

甄靜　（暗露喜色）正是他呀。想不到我們一別將近十年，他還沒有忘掉了我。

袁母　（也疑）那靠得住嗎？媳婦和他怎樣會認識的？

甄婢　（代答）如果眞是曹子建公子，那是極靠得住的。當初曹家和我小姐家是鄰居，曹家諸位公子幼小的時候，時常到我小姐家花園裏來遊玩。小姐和他們玩得很熟，直到曹家遷住洛陽，才大家斷絕來往。現在曹公子既有信來，他當然還念着舊日的情誼，一定肯保護小姐的，那麼這裏老太太等全家當然也沒有什麼問題了。（對甄靜示意）小姐，對嗎？

甄靜　（露喜色，點頭）對的。而且他信裏也這樣的申明，對于我們袁家決不秋毫有犯，即對先鋒隊也已發給這種命令。我想，他們進城已有許多時候，到這時還沒人來騷擾，恐怕就是這個緣故。

甄婢　（大喜）那麼謝天謝地！

袁母　（也喜）那麼我們還需要到外邊去暫時躲避嗎？

甄靜　（肯定地）我看可以不必了，還是再派人到外邊去多多打聽消息吧！

袁母　不錯！（對家將）老李，你再到外邊去看一看，附近有沒有敵兵在打擾百姓們？

（家將應聲下）

甄婢　老太太，如果曹家公子進了城，一定會先到這裏來的，我們必須早作準備，好好地款待他一番。

袁母　（點頭）那麼，鶯兒，你趕快到廚下去叫老王準備幾桌豐盛的筵席。（對甄靜）媳婦，你看還須準備別的什麼嗎？

甄靜　（十分高興）婆婆，這樣已夠了，別的到臨時再分派吧。

（甄婢走入後門。甄靜忍不住她心頭的高興，時露笑容。忽然屋外蹄聲得得，軍號聲大作，家將匆匆上場，向袁母報告）

甄靜　（忙問）是誰來了？

家將　老太太，大奶奶，現在府外已給曹家軍隊四周圍住，曹公子在府門外請見。

袁母　（放下了心）謝天謝地，曹公子果然來了！你快去請他到這裏和我們相見。

（家將復下）

袁母　（對甄靜）爲了保全我們的一家，媳婦，只好煩你做個招待的人。這實在是件對不起你的事，但是也爲了家裏實在沒有一個可以担當這責任的男人！

甄靜　婆婆不要對我這樣客氣，在這樣的亂世，無論男女，都應該負起同樣的責任的。

甄婢　（從後門上）老太太，我已和廚下說好了。

甄靜　鶯兒，曹家公子已經來到，你快快出去幫着老李招呼他，請他到這裏來。

甄婢　（很高興地）好，我就去就來。（轉身將走）

（曹丕武裝率衞士數人上，家將跟在後面。甄婢細看曹丕，不覺失色，暗向甄靜搖手示意，甄靜未見）

家將　（爲曹丕介紹）這是我家的老太太。

曹丕　（向袁母下拜）伯母在上，小姪曹丕有禮。

甄靜　（聞言亦失色，目視甄婢）

家將　這是我家大奶奶。

曹丕　（狡笑）靜姐，我們本是熟人，可以無須介紹了。（拜見）

甄靜　（勉强答禮）原來是曹家二公子，不必多禮，請坐用茶！（十分失望）

（家將送茶上）

袁母　（見甄靜對曹丕落落不合，很不解）曹公子，剛才聽媳婦說起，公子與媳婦家本是鄰居，所以她和你從小時候起就認識。這次多承公子看在舊日的情誼上到這裏來保護我們，還不獨是媳婦一個人感激你，就是寒舍全家也都叩恩不盡了！（婉轉地）

曹丕　（奇怪，目視甄靜）伯母不要客氣，這是小姪應該盡的責任。靜姐，你怎麼知道我今天會到你府上來的？

甄靜　（低首不語，十分難受）

袁母　（十分懷疑）

甄婢　（想法解圍，目視甄靜，忽然想到）小姐，現在既然用不到再到外邊去避難，那我們可以回到房裏去梳洗一下了。

甄靜　（更俯下頭）二公子少陪了！（走入臥室）

曹丕　（目送甄靜入室）以後我們是一家人了，不必這樣的客氣。（對甄婢）鶯姐，我們分別以來，將近十年，你們小姐和你都還沒有衰老，依然和十年前一樣的年輕，美麗，使我十分高興。（自言自語）現在我總算達到我的目的了！（十分得意）

甄婢　（對曹丕點頭，返身也走入臥室）

曹丕　（起身踱步，向四下看了一回）這裏的陳設很不差！（走到甄靜臥室門外）這是靜姐的房間嗎？（回首對衞士）你們都駐守在這裏，任何人都不要放他進來，知道嗎？（走入臥室，將門閉上）

衞士們　（齊聲）是！

（衞士排成一行，站立門外。袁母驚愕，不知所措。屋外忽起騷擾之聲，曹植慌張萬分，衝入內廳。）

曹植　（問家將）那一位是袁家的老太太？

家將　（介紹見袁母）這是我家的老太太！

曹植　（拜見）伯母，小姪曹植有禮。

袁母　（不知所措）剛才已有一位曹公子來到這裏，不知你是那家的公子？

曹植　（大失所望）小姪是平原侯曹植，難道家兄已經比小姪趕先來到這裏了嗎？不知道他現在在什麼地方？靜姐到那裏去了？

袁母　（恍然大悟）原來是曹家四公子！你不是曾經有過一封信送給我媳婦兒的嗎？

曹植　（着急）正是！正是！現在靜姐那裏去了？

袁母　（搖頭歎息）四公子，可惜你來遲了一刻鐘。她，她（指臥室）在這裏面。

曹植　（急問）那麼家兄呢？

袁母　（搖頭用目暗示）四公子，（苦笑）你，你是聰明人，何必一定要我說明呢！

家將　（努嘴示意）

（衛士們摸佩劍，怒目而視）

曹植　（知旨，怒不可遏）他，他是個當朝丞相的公子，自己也官居中郎將，虧他竟乘人之危，做出這樣無恥的禽獸行爲來！我曹家的面光都給他掃盡了！（對袁母）伯母，待我爸爸到來，我一定將這件事情稟告他老人家，他一定會有個公平的處置！

（曹植部兵二人上）

部兵　報告侯爺，丞相已經進府，叫小的們請兩位公子出去相見。

曹植　（驚愕）怎的爸爸也來了？可是我這時不能走，你去請丞相親自到這裏來，說我有非常要緊的事必須在這裏當面稟告他老人家。

（部兵應聲下）

曹植　（自言自語）等到爸爸到了這裏，再喚他出來，看他再有面子見人不成！（在廳上踱步）

（袁母掩面暗下。曹操，孔融家將數人上。曹植向前拜見）

曹操　（滿面不高興）植兒，你是什麼時候到這裏來的？丕兒呢？

曹植　（莊肅地）爸爸，孩兒來到這裏時，二哥早已先到，可是到現在還沒有會面，他正在（指甄靜臥室）這裏面！

曹操　（愕然）這是誰的臥房？

家將　（上前行禮）稟丞相，這是我家大奶奶的臥房。

曹操　那麼你家大奶奶呢？

家將　（氣憤地）也在裏面。

曹操　（驚訝）哎呀！這是什麼話？這畜生竟無法無天，做出這樣的禽獸行爲來！（大怒）

孔融　（上前勸解）丞相息怒！事情已經這樣，丞相當以大事爲重。——

曹植　（呈不快之色，怒視孔融）

曹操　我是當朝丞相，可以讓自己的兒子這樣的胡作胡爲嗎？

孔融　這事情除了已經在這裏的許多人以外，外面還沒有一個人知道，丞相不如索性將甄家女子納爲中郎將的正式夫人，那麼別人也不能再說什麼話了。

曹植　（怒甚，不知所措）

曹操　如果這樣，那麼後代的歷史家，將要把我當做什麼一種人看待！

孔融　（笑）哈！哈！這在古代歷史上倒有例可按，丞相豈不聞從前周武王滅掉商朝後，把紂王的后妃妲己送給周公，以酬他從征的大功嗎？

曹操 （低頭踱步，想了一番）既然有例可按，那倒便宜了這畜生了！

曹植 （忍不住）爸爸，這可不能！堂堂丞相的公子，竟在青天白日奸佔人家有夫之婦，這樣的罪如果可以饒恕，那麼爸爸以後可以不必再做什麼丞相了！

孔融 （笑）哈！哈！子建，這要怪你爲什麼遲到了一步！你且平心靜氣地聽我講：你是一個打過獵的人，我們可以拿打獵來譬況：苑裏只有一隻鹿，要想得到他的倒有三個人，結果，自然是先獵到他的人先得。如果因此自相殘殺，不都成了瘋子嗎？子建，事已至此，就是你把他殺掉也已沒用，況且你們到底是同胞兄弟。此後你還是用你全副精神，和他（以目示意）在別的方面作光明的鬥爭，不要爲着一個女子傷了和氣，給人家笑話！

曹植 （十分喪氣，長歎一聲，低頭不語）

曹操 那麼，文舉，你就去叩開了門喚他出來，待我當面罵他一頓，出出我的氣，然後再照你的話做。

孔融 遵命！（走到甄靜室外叩門）子桓，子桓，丞相在這裏！

曹丕的聲音 你是誰？（含怒）

孔融 子桓，我是孔融，奉了丞相的命來請你！

曹丕的聲音 那我就出來了！

孔融 （走近曹操）丞相，五官將就要出來了！

曹操 （滿面不悅，搖搖頭）唬！（讀「呼」字的重唇音）畜生！畜生！可惡的畜生

（甄靜臥室忽開，曹丕笑容走出，甄婢扶甄靜跟在後面，甄靜淚容滿面，露着疲乏的樣子，俯下了頭，一同走到曹操面前）

曹操 （頭向着遠處，只做不見）

曹丕 （笑）爸爸，（行禮）孩兒有禮！（介紹甄靜）這是媳婦！靜姐，快來拜見公公。

甄靜 （不自主地拜伏于地，大哭）

曹操 （愕然下視）甄小姐，這是畜生（指指曹丕）的不是。但事已至此，你就到我家做我的媳婦吧！此後他如有虧待于你，你儘管告訴我，我必替你做主！

曹丕 （與甄靜並伏地上）

甄靜 （哭泣不已）

曹操 （不由地將甄靜扶起，撥開她面前的頭髮細看）好位美麗的姑娘，怪不得孩子們（連忙換口）孩子這樣迷戀你。正

是「我見猶憐，何況老奴！」（笑）哈！哈！

孔融　（大笑）哈！哈！

曹操　（回首問孔融）文舉，你笑什麼？

孔融　我笑丞相見了媳婦，忘了兒子！

曹操　（不覺也笑）哈！哈！丕兒，起來，暫時你就和媳婦住在這裏。你須要好好地對待她。她雖是袁家之婦，但她父親却是我家的鄰居舊友！（忽然想到一事）植兒，你過來！

曹植　（這時呆立一旁，若癡若醉，聞喚聲而醒）爸爸，有什麼吩咐？

曹操　（指甄靜）你可拜見嫂嫂。從此是一家人了，可以不必有什麼避嫌！

曹植　（愕然，想了一想）嫂嫂！（聲音十分淒切，下拜）小弟有禮！

甄靜　（暈絕欲倒，爲甄婢扶住）

曹操　媳婦且回房安歇，孩兒們都跟我到營裏商量軍事去！

（甄婢扶甄靜入室，曹植垂頭喪氣，曹丕趾高氣揚，二人先下，家將衛士等亦下，場上僅存曹操，孔融二人。）

曹操　文舉，剛才你所說周武王滅了商紂，把妲己賜給周公這回事，到底出于什麼古書？

孔融　（笑）丞相博古通今，難道沒有看到？

曹操　（也笑）我一時却想不出來！

孔融　（笑）你想周公已經奪得了妲己，你不賜給他也不成。這事原來出于當代丞相的家乘。

曹操　（大笑）哈！哈！我疑心這是你造的鬼話，果然沒有猜差！

孔融　不是這樣說，周公的弟弟怎肯干休？（笑）

曹操　（笑）你斡旋的眞好！

（兩人一先一後地下場，甄婢扶甄靜自室中出來，忽老僕扶甄逸匆匆上，甄逸神色灰白，見女，抱之而哭）

甄逸　（顫聲）靜兒，是我害了你，當初不該把你嫁到這裏來！

（幕）

闔家歡

三幕喜劇

康民

第三幕

時：翌日上午。

景：仝前。

開幕時李太太，淑貞，文玉圍坐在餐桌旁剛吃好早餐，六個位子空了三個（守一，福田，文中。）小紅侍立在一旁。

李太太：小紅！你沒喊舅老爺吃早飯？

小紅：我喊了幾次咧！他不肯吃，他說要學什麼甘地的什麼絕食！

文玉：絕食？他爲什麼要絕食？

小紅：他說找到了事做又沒法子去做，說太太一點兒也不肯幫忙，活着沒意思。

李太太：誰要你多嘴！他不吃隨他去！你把飯桌收拾好了。

小紅：老爺和少爺都不吃了嗎？

李太太：我給他們吃過一碗藕粉，早飯恐怕不吃了。你儘管收拾，快十點鐘了。今兒禮拜天，也許還有客來——

（小紅收拾桌上碗筷。）

文玉：對了！家棟說過要來的哪！我頭髮還沒梳好，衣服也沒換。（她走上樓去）

李太太：唉！貞妹！你大哥昨晚上一直沒睡着，聽他儘是嘆氣。

淑貞：大哥從來沒有失眠的毛病。

李太太：是呀！所以我在躭心——

（小紅手裏一隻碗脫手掉在桌上，沒碎。）

留神！

小紅：沒碎！太太！一點兒也沒碎。

李太太：我謝謝你別再嚇我了！昨兒晚上我也一夜沒睡着，心裏難過得什麼似的。你要再來一套𠲜浪浪的聲音，那不是要了我的命！

小紅：太太！我當心着好了。（她十分小心地端着一盤碗筷進去。）

李太太：貞妹！我躭心他今天一定要狠狠地把文中打一頓呢！

淑貞：唉！大嫂！昨晚上他睡不着覺，他說了什麼嗎？

李太太：他什麼也沒說。我瞧他皺了眉，臉氣得發青，我也沒敢同他說什麼。昨兒晚上要不是我死死地扳住他膀子，你也幫着勸他，文中早就挨了打啦！

淑貞：可是文中的脾氣也倔強得很，越打他，他心裏越是怨恨。你硬要他向東，他當面懼你三分，沒什麼，背着你偏要向西。他認爲這是報復，昨兒出去胡鬧，他不就是存心報復嗎？

李太太：他從小就是這股別扭勁兒，所以不討人歡喜。可是孩子總是孩子，做母親的看他挨打怎麼不心疼？唉！貞妹！待會兒他爸爸要眞打起來，怕我一個人勸不住，還得請你姑媽護着點兒。

淑貞：就怕大哥眞冒火的時候，我也不敢勸他。

李太太：唉！怎麼辦呢？貞妹！你知道文中昨晚後來嘔了許多，人乏極了。躺在床上像一灘泥似的。不用說啦！身體裏面也受了損傷。今兒怎麼再挨得起打？（聽見樓上有脚步聲。）哦！誰下來了？

淑貞：大哥！

（守一臉色憂抑而莊嚴，默然地從樓上走下來。）

李太太：要吃點兒稀飯嗎？我叫小紅搬出來。

守一：不用。我要同文中說幾句話，文玉在樓上，我希望你們也上去。

李太太：你叫我們都上去，你光留他一人在下面，你要是打他——

守一：你放心！他十八歲了，長得比我還結實。

淑貞：大哥：文中的脾氣——

守一：我知道，我研究過。

李太太：他昨晚上嘔了那許多，今天精神還沒有恢復，你自己也一夜沒睡，還是改天——

守一：別嚕囌！他下來了，你們上去！（威嚴地）上去！

（李太太和淑貞被逼着走上去。在樓梯上她們和文中交錯走過。文中面色略見蒼白，昂着頭慢步下樓，像一個綁赴法場的好漢，外貌堅定，心裏說不定在跳着。）

李太太：（最好她兒子別下樓，可又不敢說。他充滿着母愛的情緒。）文中！怎麼？你覺得舒服一點兒嗎？孩子！乖點兒！不要跟爸爸別扭，小心點兒。

（文中好像沒聽見，不停步地慢慢走下來。李太太幾乎要哭出來，淑貞扶着她上樓去。如今屋裏祇剩下父子二人，守一沒向文中望，背着臉一句話也不說。寂靜了一分鐘，文中先忍耐不住。）

文中：爸爸！你叫我來，我來了。你要打我，你就打吧！

守一：（轉身過來，意外地，他和顏悅色的說。）打你？你想我要打你？那麼你自己明白昨晚上的行爲是錯的嗎？

文中：（沒防備他父親這樣問他，然而仍帶着倔强的態度。）這也是環境逼迫我這樣的。

守一：逼迫你這樣？你說是被動的嗎？不！你該承認是自動的。你想這是一種報復的行爲。（文中低下頭）我覺得你平時很有理智，可是昨晚上的事，實在太愚蠢了。是的，如果靜霞仍是愛你的，那麼她知道了是會傷心的；我當然是痛心的。你以爲這就是一種報復，然而犧牲的是你自己的前途，自己的身體，自己的名譽。你不念書，不關心畢業考試，不求上進；那麼你打算流浪在街頭還是預備和你舅舅一樣的白吃白住白活一輩子？（文中抬起頭來，顯然有反抗的表示，但是守一很快地接下去說）你有很好的資質，祇要努力上進，將來必定有很大的成就。那時候，儘有許多美麗的小姐敬愛你，由你選擇。你又何必爲了一時的氣憤，犧牲自己畢生的幸福。如果靜霞知道了你昨晚上的行爲，你想他還會愛你？不說靜霞，隨便哪一位小姐，要是知道你——

文中：爸爸！昨晚上的事情眞是太沒有意識了！

守一：你明白了就好。（突然嚴重地）有一點非常重要，你必須同我實說，我相信你從來不說謊，此刻我也信任你向我說眞話。我要問你的是關於女人——嗯？有沒有——？你要說實話！

文中：（沒有領會眞意）我眞是太荒唐了！

守一：（大驚）啊！你已經——那一定是喝酒以後——哦！別說了，祇要你立誓悔過——

文中：爸爸！請你相信我，我永遠不再到那種地方去！

守一：（喘息着）好！好！你能眞心悔過就好。今天是禮拜日，明天，明天早上我就陪你到醫生那兒去。

文中：醫生？帶我去看醫生？

守一：是的。既然有這種事情，我想那女人一定不會乾淨，一定有毒。

文中：（恍悟）不！爸爸！我連她的嘴唇都沒碰！（吞吐地說）我，我祇摟了她——

守一：那麼你沒有——沒有——？

文中：沒有！爸爸！沒有！我，我醉了也不會幹！

守一：（欣喜地執住文中的手）哦！孩子！我說你是有理智的。

文中：那女人知道我口袋裏還有二百塊錢，她就一定要留我過夜。我化二百塊錢？為什麼要化錢？她化錢，我不幹哪！可是那壞女人串通了姓沈的鬼東西，我知道一定是他們串通的鬼把戲，乘我喝醉，把我口袋裏剩下的錢都偷了去！

守一：孩子！還有一點也很要緊。同這些壞女人，我相信你決不會發生關係。致於你正式談戀愛，好像你以前和靜霞一樣，我也從來沒跟你談過，以後你總要再經過的。在結婚以前，無論如何，你也祇能在精神上得到安慰。你不能夠—你現在已經十八歲了，到這年齡，當然我知道，很自然地在生理上發生一種所謂—是的，如果說這一種事情是所謂幸福，那麼這一種幸福遲早你總可以得到。不過你該明白要在合法的時候，那就是說要在結婚以後。嗯！你明白嗎？

（他掏出手帕揩去額上的汗。）

文中：（比他父親更窘迫）我，我明白。

守一：（慈愛地）好的！好的！那麼讓我們忘了昨晚上的事情。孩子！這是我生平第一次寬恕別人的過失。其實這過失，一半原是我的。

文中：（莫大的感激，因而嗚咽地說。）哦！爸爸！你不打我了嗎？我倒希望你打我！眞的，我該打！我一下子化了五百塊錢，我幾乎就誤了畢業考試，我使爸爸痛苦了好多天！（他一手擦去眼角的淚水。突然奔上樓去。）

守一：你上哪兒去？

文中：（在樓梯上帶哭帶說。）我…我去…預備功課。（很快地上樓去。剛跑到樓梯上面，李太太和淑貞轉身出來，顯然剛才的話，她們全聽見了。）

李太太：哦！孩子！你好運氣！（她攜了他兒子的手走上去。）

淑貞：（驚喜地走下樓）大哥！你眞是一個好爸爸！文中是得救了！文中有你這位爸爸，決不會再往邪路去了。

守一：眞的嗎！那麼我一夜不睡是有價值的。這是我一個嘗試。我試試看寬恕是否眞有効果？這是我生平第一次寬恕別人的過失，也是我生平第一次感到人生的眞快樂！我的心向來是壓得緊緊的，可是現在我感到無限的輕鬆！想不到寬恕一個人能得到這麼大的愉快！

淑貞：你還不知道被寬恕的人更愉快呢！你瞧文中快樂得流了眼淚哪！

守一：是的，是的！如果我不寬恕他，我打了他；他也會覺悟嗎？

淑貞：不！他是倔强的，他一定會更瘋狂，更危險！

守一：貞妹！我眞高興極了！

淑貞：我也高興極了！文中總算沒有爲了我而被犧牲。

（守一略有所觸，收住笑容。）

大哥！聽說你昨晚上沒睡着，現在我們都沒有心事了，（雖然她這麼說，臉上却掩不住憂抑的神情。）你該好好地休息，今兒是禮拜天，你再去睡一會吧！

守一：你呢？

淑貞：我想到你書房裏去看書解解悶，可以嗎？

守一：當然可以的。

（淑貞走進書房。守一望着她背影，微微嘆一口氣，來回踱步着。范靜霞出現在門口，她瞥見守一，有些疑懼。）

守一：（雖然見過她一面，可是記不清楚。）你找誰？

靜霞：請問文中——

守一：噢！你就是靜霞，范靜霞！（略頓，端相她。一個意念使他突然轉身。）他不能見你！

靜霞：不能？哦！那麼我可以跟姑媽，（守一轉回身想發言。）我說是文中的姑媽談談嗎？

守一：不！她也不能見你。

靜霞：也不能？爲…爲什麼？

守一：因爲你姓范，因爲在你身體裏有罪惡的因素！

靜霞：不！誰都有過失，誰都可以改過自新。我求求你！我要向文中或則他姑媽解釋。請你給我一個機會。要不然，哦！我眞躭心，文中會氣得瘋了。

守一：幸虧還有我這麼一個父親。你不用躭心！小姐！我會重你本身的人格，我請你體面地走出去！

靜霞：我求求你！你看不出我是怎麼地眞心誠意？我要見——

守一：不！（舉起一手指大門）請你——（走字沒說出口，淑貞從書房內開門走出。）

淑貞：哦！靜霞！你來了！

（靜霞即刻投進淑貞的懷抱裏。守一究竟硬不起心腸，轉身走開幾走。）

大哥！孩子們是無罪的。你別趕她走。如果你要責駡，你責駡我吧！大哥！是我寫信去請靜霞來的。

守一：你寫信去的？

淑貞：是的！

守一：你寫給誰？

淑貞：寫給逸如。

守一：貞妹！我想不到你會——

淑貞：大哥！請你相信我，我沒有寫過一句情感的話，沒有一句關係我和逸如私人間的事。我祇勸她別爲了私怨而犧牲年輕的一對兒。希望他給靜霞自由。大哥！你知道昨天文中接到了那封絕交信，瘋狂得什麼似的。

靜霞：都是我不好！我不該寫那封信的。

淑貞：孩子！可是我相信你寫那封信本來不是自願的。

靜霞：信是我寫的，可是我——（她伏在淑貞肩上哭了。）

淑貞：我知道，我知道的。是你爸爸逼着你寫的。

靜霞：可是爸爸一直是愛我的。我知道他心裏非常的痛苦，我不能違反他的意思，然而我相信他後來也會懊悔的。多謝你一封信來得巧，他卽刻含着淚對我說：「你不恨爸爸自私嗎？」我說：我怎麼會恨？我祇是同情爸爸。

淑貞：我早就料想到是這樣的。靜霞！你爸爸還說了什麼嗎？

靜霞：爸爸來叫我代他謝罪，他說知道自己是不會被原諒的，祇希望我不要爲了不幸的爸爸而受到委曲。爸爸叫我多忍耐些。他說雖然一個爸爸醒悟了，交還了孩子的自由；可是另外一個爸爸是否也能捐除私見顧全他孩子的幸福？

守一：范小姐！

靜霞：不敢當！請喊我名字好了。

守一：我先問你，你是否眞心愛文中？

靜霞：是的。（害羞地）

守一：爲什麼？我說你愛他那一點？

（靜霞低下頭，不能回答。）

淑貞：大哥！這叫她怎麼說呢？

守一：那麼我問你，你對於文中信得過嗎？你相信他不會使你失望嗎？

靜霞：哦！不！

守一：好！如果我告訴你他曾經喝醉了酒和下流的女人——

淑貞：孩子！事情是這樣的，昨天文中接到了你的信，他一時氣瘋了；剛巧有一個壞同學到這兒來，就引誘他一同去喝了酒，不過是喝了酒，對於壞女人他絕對沒有感覺興趣，一點兒也沒什麼。大哥！他不是都向你坦白地說明白了。而且你饒恕了他，他也已經立誓永不再到那種地方去了嗎？孩子！你相信我的話，你該原諒文中這一次。

靜霞：我怎麼能不原諒他？本來是我不好，是我刺激了他，況且他已經悔過了。我就是怕——

淑貞：好孩子！你怕什麼？

靜霞：（向守一望望）我就是怕自己不能爲人家原諒呢！

守一：（明白她的意思）這麼說，我就原諒你。我歡迎你來和文中做朋友。我希望你能幫助我鼓勵文中上進。

靜霞：哦！我是多麼的高興！我該怎麼樣的感謝你！我一定不會使你失望的。

淑貞：大哥！你今天這樣仁慈，眞使我驚喜極了！

守一：既然我原諒了文中，就該原諒靜霞了。

靜霞：可是文中也能原諒我嗎？

淑貞：他一定會原諒你的。

守一：我負責解釋。貞妹！你先陪她到書房去，我喊文中下來。

淑貞：好的，靜霞！我們進去待一會兒。（她倆挽手走進書房。守一向樓上喊。）

守一：文中！文中！

（文中出現在樓梯上。一只手拿本書，一只手拿枝筆。）

文中：爸爸！你喊我？

守一：是的，你把書放了下來，我有話同你說。

文中：噢！（他快步回上去。）

守一：（獨白）這孩子倒眞用功。不知他心裏是否還在想他的情人？

文中：（從樓梯上跑跳下來。）爸爸！什麼事？

守一：你在看書？

文中：是的，我在準備畢業考試。

守一：你心裏還在想念靜霞嗎？

文中：（出其不意）不！我不想她。

守一：（溫和地）孩子，說眞話！你就是想念她，我也不會責備你。事實上我相信你忘不了她，你總會想到她的。

文中：我，我恨她！

守一：如果她仍舊是愛你的？

文中：不！那封信是她親筆寫的。

守一：你怎麼不想到她是被父親逼着寫的呢？

文中：我，我不相信。

守一：她是一個溫柔的女孩子，在她父親強暴的壓力下面，她也許會順從的。

文中：那麼事後她也該偷偷地再寫一封信給我。至少她要盡力想法來解釋。

守一：這麼說，祇要她能解釋清楚，你依然是愛她的？

文中：（誤會他爸爸的眞意。）不會的！哦！爸爸！你怎麼會想到這些？

守一：你覺得奇怪，是不是？祇要你向我說實話，如果靜霞的確是愛你的，你也能像以前一樣的對她嗎？

文中：這個——

守一：好了，你不用說了，你怕我怪你，是不是？嗯！我相信你一定愛她的。（高聲喊）喂！現在請你們出來！

（她倆從書房出）

文中：（驚喜欲狂）啊？

靜霞：文中！哦！文中！請你原諒我。我：我不該——

文中：好了！你別說了，我懂了。靜霞！過去咱們都有不該的地方。我也不瞞你，我打了你家看門的一下耳括子。

靜霞：這我知道，我不怪你。是我寫了那封信引起你的怒意。

文中：我又喝了酒，到下流的——

守一：這個我替你解釋過了。

文中：（向靜霞）那麽你也原諒我了？

靜霞：如果有什麽不可以原諒的，那也是我的罪過。哦！文中！讓我們忘了過往的一切吧！

文中：靜霞！（他上前握住她的手，搖撼着。）我眞高興極了！

靜霞：我也是一樣哪！一樣的高興，不會比你少一分。

淑貞：（笑向守一）大哥！我們呢？

守一：也是一樣，一分也不少。不是嗎？哈哈！

（趙家棟出現在大門口）

文中：喂！趙家棟先生！歡迎！歡迎！

家棟：我可以進來談談嗎？

守一：啊哈！當然可以！歡迎得很！

（趙家棟進來向各人行禮。）

守一：怎麽好多天沒上這兒來玩兒？忙嗎？

家棟：老伯！我天天都想來，可就是文玉不讓我來。

守一：你別去問她，你祇管來好了。

家棟：謝謝你；老伯！剛才我進來的時候，你們都很快樂，好像有喜事的樣子？

守一：不錯，是喜事。過去幾天文中和靜霞小姐，嗯，有些……有些誤會。

文中：不是誤會，是波折。

家棟：（心中的話隨口滑出）也許同我一樣。

文中：不！我的情形同你的完全兩樣。

守一：不過也有點兒連帶的關係。

家棟：（惘然）嗯？

文中：可是現在問題都解決了。就在五分鐘以前弄清楚的。

家棟：哦！那好極了。眞是件喜事。

文中：希望第二件你的喜事跟着來。

淑貞：（走上樓梯）我去喚文玉下來。

家棟：不！我想先同老伯談幾句話。

守一：對了！我也正想同你談幾句話。

淑貞：好！那麽我先上去。（她上樓去）

文中：靜霞！我們到花園涼亭裏去坐坐。

（他倆携手下）

家棟：老伯！我想——

守一：對不起！恕我切斷你的話，我先問你，其實我不該這樣問你，不過我看你很誠懇，才覺得有問你的必要。嗯，我想同你是否眞的愛上了——

家棟：文玉嗎？是的，我是眞的愛——也許我不配。

守一：是她不配！你聽我說，并不是我掃你的興，如果我站在你的地位，我可祗要她做一個朋友，决不想娶她做妻子。

家棟：什麼理由？

守一：你還不知道她的性情？虛榮任性，實足的小姐脾氣！

家棟：請問還有其他的理由嗎？

守一：先生！這些還不夠你受的？

家棟：老伯！非常感謝你的好意。可是我對於這一點已經考慮過了。其實，愛情是沒有理智的，我祗覺得我需要她。我能從她得到安慰，得到生趣。我相信我也能使她滿意，使她幸福。在過去幾天我發現她有些厭恨我。我已經研究過她的心理。現在我有把握使她回心向我。可是我一定先要得到您的許可，容許我向她求愛。

守一：如果你有把握使她一心一意地愛你，那我不僅是容許你，我更要感謝你，感謝你這樣一位好青年來幫助我做父親的看管一個將要走上歧路的女兒。

家棟：老伯！你如此着重我，直使我感恩無盡。我會永遠地愛護文玉。現在我胆子大了。老伯！我有絕對的把握。

守一：那麼好極了，你可以試試。我去喊文玉下來。（走上樓去）

家棟：（獨白）怎麼？我的心又跳得快起來了。（他深呼吸一次）如果我還是臨陣胆怯，依然不敢——她來了。

文玉（很輕快地下樓來）家棟！你來了嗎？

家棟：（卽刻迎上前去，握住她一只手。）唉！文玉！你今天打扮得更可愛了。

文玉：你也學會了開玩笑？

家棟：是眞的，我一見你就有這感覺。（他另一只手攬住她的腰。文玉！有你在我身旁，我是多麼的幸福！

文玉：（就勢兒偎貼着她）唔！我不相信。

家棟：你不信？文玉！我是多麼地愛你，迷戀着你！

文玉：可是你一直并不喜歡我。

家棟：我？天知道！也許是你？

文玉：（走開兩步）你總是對我那麼冷淡。

家棟：（追上去）不！我是怕冒犯你。

文玉：你又來這一套假正經！

家棟：是的，現在我明白了。（卽刻掉轉話題。）哦！文玉！昨晚我做了一個夢。

文玉：夢見什麽？

家棟：我夢見整千整萬的人在圍着看。

文玉：看什麽？

家棟：（笑着說）看你穿了一套世界上最華貴最鮮艷的結婚禮服。

文玉：穿了結婚禮服？

家棟：是的，美麗得如同仙女一樣。

文玉：你夢見我和誰結婚？

家棟：你想還會有別人嗎？

文玉：那可說不定哪！

家棟：文玉！我眞希望有這麽一天，如果我有你這樣一位嬌美的妻子，那我可以算是最幸福的男子。我也該使你成爲最幸福的女子。我要使你愉快，使你永遠愉快。在物質上，我保證能使你滿意，使你幸福。在精神上，我需要你安慰我，鼓勵我。我祇要看見你笑，看見你醉人的嬌笑；那怕是在冰天雪地裏，也會感到溫暖。在你那對媚人的眼珠子裏藏着無盡的熱力，可以融化我的煩惱，可以滋長我的生氣。

文玉：你就是會說得那麽好聽。

家棟：（大胆地摟住她）文玉！你不信我的話？那麽讓我的嘴唇告訴你的嘴唇。

（他吻她。文中和靜霞上。正在擁抱着的一對卽刻分開身子。）

文中：哦！恭喜！恭喜！我早就說第二件你的喜事會跟着來的。

文玉：弟弟！你眞討厭！

文中：是我不好！打攪了你們的雅興。姊姊！可是往後的日子長着哪！

（李守一，李太太，淑貞下樓。）

守一：貞妹！嗳！你們都下來！今天我眞高興極了，這不是雙喜臨門嗎？（向家棟）你果然是多才多藝！女人的心理研究得很透澈。

家棟：還請老伯多多指教！（瞥見李太太）哦！伯母！

靜霞：伯母！

李太太：（羞縮地。慌忙間把兩人的姓也弄錯了。）呃！呃！范先生，趙小姐！

文玉：媽！什麽范先生，趙小姐呀？是趙先生，范小姐！

李太太：是的，是的，我簡直弄昏了！你知道我昨天一晚沒睡覺哪！嗯，待慢得很！糖也沒有一顆，文玉！你怎麼不告訴我一聲說趙先生今兒要來。

文玉：（不留情）媽！我昨兒不是跟你說過？你還問是不是在這兒吃飯哪！

淑貞：（說開）大哥！今天家裏眞快樂！孩子們是多麼地興奮！多麼地高興！

守一：啊！想不到一個死氣沈沈，前途滿是荊棘的家；今天一變爲喜氣重重，快樂而有生氣的家！

淑貞：這全是你寬恕的收獲，慈愛的結果！

守一：貞妹！我眞快活極了！你不快活嗎？

淑貞：當然我是快活的。我眼看着孩子們都幸運地有了愛人。我該爲他們慶幸！爲他們祝福！

守一：（注視着淑貞）可是你自己呢？貞妹！我可憐的貞妹！你在爲我快活，爲我高興。然而我分明看出在你的笑裏隱藏着無限的悲哀！

淑貞：（幾乎要哭出來）不！大哥！別提了！祇要孩子們幸福，祇要這個家庭愉快——

守一：貞妹！誰都盼望着幸福！有誰是該犧牲的？一個死去的家可以復活，爲什麼一個死去的人不能復活？貞妹！你想我不會去請逸如來嗎？

淑貞：大哥！你眞的——

守一：文中！請你去替我向姑爹道歉！再說如果他還沒有因爲我的冷酷而消滅了他對於姑媽的情感，那麼就說是我請他到這兒來，我請他吃飯！你就去！

文中：爸爸！好！我就去！我就去！（他飛奔着跑出去，但是即刻又退了回來。）不行！不行！爸爸！我昨兒剛打了他們看門的一下耳括子。我，我不好意思。

靜霞：不要緊！我和你一塊兒去。爸爸知道了一定會喜歡得跳了起來。文中！我們快去吧！（他倆拉了手快步跑出去。）

文玉：姑媽！你怎麼哭啦？你該高興哪！

淑貞：你爸爸使我太感動了！我不能不哭。然而你不知道有時候哭比笑更痛快呢！嗚嗚嗚……

（李太太把守一拉在一邊輕聲說。）

李太太：你怎麼叫文中去請姑爹來吃飯？今兒又沒添什麼菜，兩葷一素三個菜，怎麼請人家吃飯哪？

守一：（大聲說）你別躭心事；噯！家棟，不要走！你今兒也在此地便飯了。（李太太更着急。守一笑着回頭向她說。

）我的太太！你別拉拉扯扯！我知道！我知道！我去叫老張上菜館定一席酒菜來。太太！現在沒你的事，你放心囉？

李太太：你要是每個月給我的錢不那麼緊，我也不用着急，我自己不會去添菜？

守一：那你早不跟我說？（從口袋裏掏出鈔票。）這兒是五百塊，以後家用每個月添上五百，夠不夠？

（朱福田從小間裏走出。）

李太太：（大喜）這就夠了。

守一：那麼你去吩咐老張！

李太太：今兒的酒菜也在內？那五百元還不夠哪！

守一：你眞是的！不怕人家笑話？好！好！我去！我去！（他走出大門）

福田：（向李太太）姊姊！這五百塊是——

李太太：是你姊夫給我的家用。

福田：那你暫時借給我，我三五天賺了錢就還你。

李太太：你別儘擾着我！眞討厭！

福田：你說我討厭，你就借錢給我。我早知道長住這兒準討人厭。嗯，趙先生！是趙先生？我沒叫錯？趙先生！你替我評評理。我因爲沒事做，一個大子兒也賺不了，就長住這兒白吃白住，可是我已經三十五歲了，還沒娶媳婦兒哪！

文玉：舅舅！你怎麽啦？

李太太：不害羞！你跟我死進去！

福田：不！你不借錢給我，我也不用想活的咧！今兒你們樂着喝酒，我，我沒什麽，我就躺在這兒！（他眞預備躺下）

李太太：好！拿去拿去！

福田：你眞給我？

李太太：是借給你！

福田：是借！是借！咱們親姊弟明算帳。

（他接過錢就跑，沒到門口，李太太喊住他。）

李太太：記住了！這次拿了錢去，再沒事做，你就別進這門口！

福田：說定了我做推銷員，沒錯！準沒錯！（他轉身跑出門去，在門口和剛進門的守一撞個正着。他恐懼地說。）哎呀！該死！該死！（逃了出去。）

守一：他急急忙忙地做什麽？

李太太：沒…沒什麽。

守一：今兒我們一家算起來四對成雙！就是福田三十五歲了，還是單身一個人，瞧他也是怪可憐的。嗯，菜我已經叫老張去定了。說眞的，酒菜很豐盛，待會兒大家可別客氣。

家棟：老伯！太破費了。其實祇要家常便飯聚聚也就夠了。

守一：你別客氣！我也不單爲你。今兒簡直可以說是來一個團家歡。

家棟：那我這個入幕之賓眞是不勝榮幸了。

守一：哈哈……

文玉：你啊！你還沒有資格參加哪！

淑貞：大哥！你想逸如今天一定會來嗎？

守一：那一定來的。上一次我趕都趕不走他。

淑貞：是的，我也想他一定會來的。不過我此刻心裏七上八下，跳得那麼快，我眞躭心着，大哥！你瞧不會再有變卦了吧？

守一：（開玩笑地）說不定哪！好事向來是多磨的。

淑貞：（恐懼）大哥！眞的嗎？

（門外一陣奔跑聲，是文中喘着氣衝進來。）

文中：姑媽！姑媽！

淑貞：怎麼？文中！姑爹——沒來？

文中：請你給我一杯水，我再告訴你。

（淑貞慌忙遞給他一杯水。衆人都緊張等文中說話。他一口氣喝完一杯水。）

淑貞：快說呀！

文中：姑爹嗎？

淑貞：（焦慮地）嗯！怎麼樣？

文中：（抑住笑，手指大門。）你瞧！

（逸如和靜霞已站在門口。）

淑貞：（驚喜地迎上前去）哦！逸如！逸如！

逸如：淑貞！我的淑貞！我聽了文中的話，我高興得幾乎瘋了！

淑貞：逸如！你該先向大哥道謝。

逸如：（猛省）哦！大哥！我眞感謝你的寬洪大量。

守一：（鎭靜地指着逸如）貞妹！這位是誰？

淑貞：（大驚）大哥！

逸如：（驚得倒退）啊？這是存心開我玩笑？

守一：（正經地說）貞妹！我過去的妹夫是已經死去了。復活的是新的妹夫。我希望忘去過往的一切。我誠意地請你介紹這位新的妹夫。

淑貞：（恍然，於是笑着介紹。）這位是家兄李守一先生！這位是我的未婚夫范逸如先生！

守一：嗯！是逸如兄！歡迎！歡迎！

逸如：是守一兄！久仰！久仰！

文玉：（向家棟）眞有趣！你聽我姑爹還是姑媽的未婚夫哪！

淑貞：逸如！我們幾時結婚呢？

逸如：明天怎麼樣？

守一：就是今天！我喜酒都給你們定好了。哈哈哈…來！來！來！大家都來見個禮兒。（先把李太太拖過來）我的太太！你別扭扭捏捏！老太太了，還像新娘子一樣的害羞？這年頭不行這個了！大方點兒，見見咱們的姑老爺，逸如兄！我的內人。

逸如：大嫂！您好！

李太太：（窘極，低下頭不敢望，兩只手沒處安插。）呃，姑…姑爹！您…您好嗎？（轉身就走）

守一：（指文玉家棟）小女文玉，文玉的朋友趙家棟先生。

文玉：姑爹！

（家棟向逸如行禮）

逸如：玉小姐！要喝你的喜酒了。

文玉：先要喝姑爹的呢！

逸如：哈哈…

守一：（又指文中）小兒文中！

逸如：（指靜霞）小女靜霞！

文中：（開玩笑）爸爸！我今天可以喚姑爹嗎？

守一：（說笑話也不讓他兒子）我看你簡直可以喚爸爸！逸如兄！你不反對嗎？

逸如：祇要小女也願意喚你爸爸。

守一：（笑着向靜霞）怎麼樣？

（靜霞羞得低下頭。）

文中：（向靜霞輕聲說）別害羞！瞧我先喊。

（向逸如）爸爸！

（全屋的人都笑了。靜霞羞得躲到淑貞身旁去。）

守一：想不到一個死氣沈沈的家庭過了一夜頓時春滿家園！

淑貞：大哥！是你一夜不睡播下的花種。

守一：這兒我們整整的四對兒，（向李太太）來！你拉住我的手，別害羞哪！我們該以身作則親愛些個。哦！好像二十年來，我們沒有這樣——

（朱福田捧着一大包糖菓，滿頭是汗地跑進來。）

福田：成了！成了！姊姊！姊姊！我的事成了，字據也寫好了。怎麼？消息多靈通呀！你們大夥兒等着吃我的糖啊？行！行！我如今有的是糖。你們等等！我還有驚人的消息發表哪！（他急急忙忙出門跑進廚房。）小紅！小紅！

守一：橫裏殺出一個程咬金！他也喜氣沖沖地？（向李太太）他告訴你什麼成了，成了？

李太太：就是那糖菓店推銷員的事成了呀！

守一：他有了五百元保證金？哦！你？是你給了他？

李太太：（又畏懼地）是…借，借給他的。

守一：好！好！祇要他眞有事做，我還不高興？咦？今兒你一樂，出手也大了？

文玉：舅舅說還有驚人的消息發表呢！

文中：八成是糖菓大減價？

（福田拉小紅上）

福田：（舉起一手）諸位！我發表一個驚人的消息！我，我訂了婚。我介紹我的美麗可愛的未婚妻，（將小紅一只手高高舉起）王小紅小姐！

（消息果然驚人，尤其是李太太差點兒暈倒在椅子上。）

福田：諸位！這兒一些喜糖，喜糖，分贈諸位。（把糖菓遞給小紅）小紅妹妹！請你分一分，每人一包。

小紅：（拿了糖不知先給誰好）福田哥哥！我先給誰呢？

福田：隨便！隨便！哦！先給姑爹吧！姑爹客氣點兒。

（小紅跑到姑爹面前）

逸如：不敢！不敢！先給大哥吧！大哥最長。（小紅又跑到守一面前）

守一：你先該謝謝你們的恩人。（學她的口吻）福田哥哥的姊姊，我的太太。

（小紅再轉向李太太，可是經不起幾個轉身，一不小心，她裁了一個觔斗。喜糖扔了滿地。）

福田：（趕緊上前扶起她）怎麼？你又是右脚踩了左脚？

小紅：（喘着氣說）我，我掉了一隻鞋。

（於是笑聲充滿了屋宇。）

幕在笑聲中急閉

編後小記

太平書局出版過幾種文學書籍，像去年印行的『予且短篇小說集』，章克標譯的『現代日本小說選集』，張庸吾譯的林房雄著長篇小說『青年』，都頗受出版界的注意。最近，又有幾種新書要出版了，因爲都是風雨談作家們的近著，我們願意先在這裏略作介紹。

其一是紀果庵先生的『兩都集』。紀先生的散文，久享盛名，風雨談自創刊以來，屢次蒙他以新作見惠，增光篇幅。我們並且曾收到許多讀者們的來信，希望紀先生能夠答應，把他的近著結集，以慰渴望。現在『兩都集』的印行，讀者們這個願望已經可以實現了。

『秋海棠』的作者秦瘦鷗先生，也是本刊讀者的老朋友了。他的短篇小說，最近五六年來，已刊本刊的，積稿甚豐，可是非常珍惜，不肯出版。經我們特別要求付印，這部自選短篇集『二舅』，在最近期內，即可發行了。秦先生這一部短篇集，多以最近六七年來的都市生活做題材，除了完全是寫實主義的作風之外，文筆的犀利，描寫的動人，對話的緊湊，刻畫的深刻，更是近年來罕見的佳著。

我們的另一位友人馮和儀女士，從風雨談創刊起，開始用蘇青的筆名撰寫『結婚十年』，最近雖在她主編『天地』月刊百忙之中，續稿仍舊源源賜寄，這是我們異常感激的。她最近有一部散文集，收羅近十年來她的佳作，一共有十二三萬字，將由天地出版社印行。我們相信她這部『浣錦集』的出版，將使文壇在寂寞之中放一異彩，所以願意在這兒特別介紹一下。周幼海先生一向是風雨談的愛讀者，上月承以近著見惠，本期的『母親』，想能得到多數讀者們的注意。他的近著『日本概觀』，是由新生命社出版的（中報館及古今社代售），我們認爲是近年不可多得的一部好書。作者是最能夠說眞實話的，而行文流暢，譬喻生動，尤可見其平日的文學素養。這是一部決不乾燥之味的談日本性格的書籍。

本期每册國幣叁拾伍圓

風雨談月刊

第十期 中華民國三十三年三月號

編輯兼發行者 風雨談社

印刷 太平出版印刷公司

中央書報發行所及全國各大書店報攤俱有經售

漢口 蘇州 南京 無錫 常州 揚州 泰興 嘉興 松江 寧波 濟南 煙台 天津 北平 昆山 衢州 紹興

漢口圖書文具社 中央書報發行所 聚珍書局南京 新中國圖書文具公司 日升山房書店 世界文具社 陳恒和書林 新泰書店 元大書店 標新書店 開明書店 藝雲書局 鼎隆文具社 金剛新書業發行所 國民雜誌社 玉山書店 新中國圖書公司 華華商行

鎮江 太倉 南通 徐州 杭州 平湖 蚌埠 蕪湖 天津 廣州 青島 如皋

新國民書店 開通書局 文明書室 新生書局 大華書店 西蒙書局 大業書店 新新書店 勵學書店 金剛公司影刊部 文化書局 文源新店 如皋書店

本期售價每冊三十五元

國民政府宣傳部登記證誌字第一三三二號

上海市第一區特警處登記證C字第一一三四號

風雨談

第十一期

新書　太平書局出版

青年

參閱風雨談第十期林房雄論便知本書價值

林房雄著　張庸吾譯

「青年」這部小說，在日本早已膾炙人口。其所以擁有大量的讀者，乃至出版了六年之後再重新出一次決定版的，是因爲它有着永遠留存的價值，而且是讀者和原作者都深愛着它的原故。

本書敍述着日本明治維新時動人的事實，作者用他透視到將來的目光，描寫少數人犧牲自已偉貴的生命，而使全國人民甦生的故事。從這事實顯示出日本的維新是不同於歐洲底階級鬥爭而是舉國的維新，同時更顯出日本能吸取外來思想創造自已的東西的特性。本書已由張庸吾女士全部譯竣。在此時介紹到我國來，該不是沒有意義的事。

每冊售價八十元

予且短篇小說集

予且是近代文壇上不可多得的人物。

予且短篇創作小說，也是近代不可多見的傑作。

予且短篇小說是輕鬆的，細膩的，有入微的穿插，深刻的描寫，和動人的故事。

予且短篇小說中，可以使你獲到年輕人的許多實惠——精神上的，修養上的。

予且短篇小說集包括有雪茄，君子契約，傘，酒，考慮，微波，照像，求婚等八個故事，每篇有每篇的含蓄，每段有每段的修構。

予且短篇小說集裏可以使年輕人體味到心與靈的交流，熱情與血的奔放。

予且短篇小說集最近出版，每册售價七十元。

短小精悍　百讀不厭

現代日本小說選集

章克標譯

在當要溝通中日文化的今日，介紹日本名作，該是首要的任務，章先生譯作豐富，蒙允將所譯短篇小說選擇優秀者交本書局出版選集。橫光利一，火野葦平，丹羽文雄，林芙美子，宇野浩二等都是國人熟知的作家，尚有上田廣，舟橋聖一……等佳作多篇。研究日本文學者，不可不讀。

海福州路三四二號　★　電話.九四九一五

風雨談

第十一期

四時作風雨，萬斛瀉珠璣。

石屏詩集

風雨談

第十一期

目次

關於王嘯岩

知堂

王訢，字嘯岩，山西涂陽人，著有明湖花影三卷，嘉慶五年刊，青烟錄八卷，附嘯岩吟草一卷，嘉慶十年刊，寒齋均有之。王曉堂著歷下偶談卷四中有一則云：

「山右布衣王嘯岩訢，負不羈才，俯視一世，不屑屑事功名，專索金石古制及詩歌曲詞，以故奔走四方，迄無眞賞，竟以困終，惜哉。當其壯歲，客歷下廿年，辛未過東門與余相晤，每及齊中故事，欷歔不盡言。既余到東，方詢悉嘯岩蹤跡，蓋有不得已之情，始爲香譜花影以見意，如所謂會緣記者，顧安在哉。且夫天不靳人以才，何獨靳人以遇，困厄曲成，發而爲慶雲霖雨，世固不乏，然如嘯岩之才，終於窮餓，徒使英略雄姿埋諸丘壑，不亦多此才乎。乃有感於嘯岩之事，錄其詩數句，不計工拙，以存其人可也。感懷云，豈但利名皆苦海，須知歡喜是寃家，至落花一聯，空自挾嬌爭艷色，偏他有命老重茵，尤爲感憤激烈。」案感懷一聯見吟草中，題爲有所寄，小註云，年來習靜，輒數月不出，湖上諸姬時訪余音耗，問起居，詩以謝之。但須知此作也知，似差勝，落花詩未收。明湖花影孫藹春序中云：

「嘯岩少爲晉諸士，倜儻有奇氣，覩記博雜，好持論古今大事，作科舉文不屑屑就繩墨，以故棘闈七被黜，乃適都下欲求升斗粟，而數多坎坷，前後十餘年卒不可得。於是之山左，以刀圭術爲人治疾厄輒效，因以糊口，噫，亦窮甚矣。嘯岩淡於欲，與人語未嘗及貲財，人有干其術者投以錢帛亦取，不與亦不較。官山左者數公雅敬重之，屢迎致幕下，卑辭去，退而息於明湖左古剎，一裘一葛，一蔬一飧而已，惟好飲，又好携郎童小樂府，游興至輒倩人調絲竹，手檀板而歌，其聲悲壯，聲色俱見，聞者或爲掩泣。」作序者係其友人，故所敍較詳，雖不免稍有藻飾，但即此總可以知道其生平大略了。

我最初購得明湖花影，本不知著者爲何如人，實在只因想收羅這一類著作，所以也收了來而已。余澹心著板橋雜記算是署名之作，此後的人便都是躲躲閃閃的，寫上些古怪希奇的別號，等得大家看慣了也就認爲固然，即如王韜，宿娼吸鴉片已不必諱言，所著海陬冶游錄也題作玉魫生，是近代的一個好例。明湖花影却是開卷大書云，涂陽人王嘯岩著，這是很特別的事。花影內題三種，即是品題，詩話，補遺三部分，會緣記收在補遺中，原名爲繪緣記，乃是一篇小文，敍述訪湖上名妓疏娘，獨見賞識，縷縷九百言，多感恩知己語，蓋文人不遇寄其牢騷，亦常有事，猶李越縵之贊菊部三珠，特別稱頌霞芬耳。我所覺得很有意思的乃是補遺中的別的文章，即態度論與詞曲論是也。態度論云：

「自古妓歌舞之法失，而青樓於是乎少態度，自非性分尤雅，未有不失之粗與浮者。何也？失其所養故也。古妓歌必舞，舞以暢歌之神理，而曲折俯仰，優柔漸漬者久之而後躁氣平，矜心釋，骨節自底於安雅，雖不歌不舞而態度綽然也，古人操縵安絃，亦猶是也。嘗讀庾子山詩，至頓履隨疏節，低鬟逐上聲二句，爲之沈吟不語者累日，竊以爲歌舞古法之傳，賴此十字。」此下說明從略，王君能歌，其專門語非鄙人所能了知也。案此類意見前人亦曾說及，李笠翁在閒情偶寄卷三，聲容部選姿第一下列有態度一款，乃只狹義的釋作媚態，以爲態自天生，非可强教，至習技第四下又列歌舞一款，所說很相近：

「昔人教女子以歌舞，非教歌舞，習聲容也。欲其聲音婉轉，則必使之學歌，學歌既成則隨口發聲皆有燕語鶯啼之致，不必歌而歌在其中矣。欲其體態輕盈，則必使之學舞，學舞既熟則迴身舉步悉帶柳翻花笑之容，不必舞而舞在其中矣。古人立法，常有事在此而意在彼者，如良弓之子先學爲箕，良冶之子先學爲裘，婦人之學歌舞即弓冶之學箕裘也。」湖上笠翁殊多創見，文章亦爽利可喜，唯嫌其有八股氣，又因習於做淸客，其思想與態度多不免有粗俗處，所可惜也。教歌舞以習聲容，與態度論的主旨大體相合，但李君尙沾滯於歌舞的直接影響，王君則更進一步，以歌舞爲手段，以養成安雅的態度爲目的，迨矜平躁釋的地位達到，燕語柳翻亦復何所用之哉。大抵平心論之，如只談妓樂，笠翁的話本亦未爲謬誤，王君所言更爲合理，却又超出歌舞之外，其理可適於教育，亦不限於女子，即在男子教育上一樣可以應用，學校中的體操與唱歌的原意本來也就如此，只可惜現在成爲具文，其本身且將漸失之粗與浮，自然難望有好的效能了。歌曲論亦多好意見，如批評唱曲之弊云：

「歌者往往模棱其字，不著力於字之頭尾，而敷衍於腰腹公共之聲，此聞者之所以欲臥也。且曲必有情，雖小曲亦有寫景寫懷，寫愁寫怨，寫相思寫離別之不同，如開口時全無體會，即發聲字字高亮，而神味終是索然，雖欲動人得乎。」所說極合情理，即如鄙人純是外行，亦覺得可佩服。近來中國似已只有皮黃戲與電影唱歌，原來歌曲之技術殆已失傳了吧，王君所言蓋尙是百年前事也。

青烟錄係講焚香的書，鄙人對於香別無愛好，所以買得此書，亦只因其爲王曉岩著而已。全書八卷，首爲青烟散語，亦即凡例，次爲香典故，香考據，各二卷，繼以香類品，焚爇譜，香事考，香類記，各一卷，類聚香事，可資省覽，文字亦頗雅潔。近年山西編刊山右叢書，初編三十種，未收此錄，亦是可惜，豈將留待編入二集耶。末卷附有食烟考，自火烟水烟鼻烟以及鴉片烟，其一節云：

「近時乃有鴉片烟，與諸烟用法迥不類，亦自西洋來，嶺南人多食之。其器用竹長如橫吹而粗，兩頭以銅飾之，其中近上處鑿一孔，烟盌直插其上，盌用泥，大如指頂，而其中僅容米粒許，筒中用棕櫚毛瞻之，以防烟燼之突出。烟如膏，置小銀器中。食時用燈宜潔淨，或洋頗黎，或廣錫爲之，燃以清油。開燈於中，兩旁各設枕席，食必二人，人據一枕，就燈上臥食之，食其量之半，易位再食，不然則烟力偏，精神或有不到處也。又有小刃若刀錐者二三事，以爲挑撥取烟之用。食畢，進以果品，不用茶。」案據此可以考見嘉慶初年吸大烟之情狀，亦大有意思，與清末相比較，已有不少異同矣。民國甲申二月末日。

一個恐怖時代的軼事

巴爾札克著
田蕭譯

一七九三年一月二十一日，晚上八點鐘模樣，一個老婦人在嶮斜的街道往下走，那條街的盡頭是聖馬丁·福堡區的聖勞命教堂。雪已下了一整天，她的脚步踏在地上幾乎沒有聲音。街道是荒涼的。法蘭西正呻吟在恐怖時代（註一）下，一種不祥的感覺很容易在寂靜中升起。而且那老婦人簡直沒有遇見一個人。她的因年齡而衰褪的眼光，像幽靈一般地散射到福堡大街的遠方。

她正當過摩德路，她好像聽見有人堅實沉重地走在她的後面。她覺得她已不是第一次聽見這聲音了。她懼怕有人跟隨她，她想稍快一些走到一家亮着燈的店鋪，好看明佔滿她腦裏的疑團是否確實。

她一跑到照在街上的光線中，就很快地回過頭去，瞥見一個人影在迷霧的黑暗中隱現。這一瞥對於她已經是足夠了。她在恐懼的控制中震驚了一下，因爲她已確定，這人是從她出門起始就一路跟蹤着她的。她的氣力因想躲避這偵探而重新加強。她迷亂地比前走得更快，好像她可能的躱避開這一步就能追上她的。她急促地走了一會，直到到達了一家糖菓店。她跑進去坐倒在櫃檯前的一把椅子上。

門閂的軋聲使一位正在刺繡的青年女人抬起頭來。她從窗子的小方格向外注視，認出了這舊式的紫色絲斗蓬，就趕快搜索着一隻抽斗，好像有什麼東西要給老婦人。不僅是她的態度和面色顯出急切希望能盡快的脫離了這不受歡迎的來客，而且當她發現抽斗是空了的時候，她竟躁急地呼喊出來。她並不看老婦人一眼，就立刻轉身離開櫃檯，到後房把她的丈夫喊了出來。

「你放在那裏……？」她神祕地問，一面注視着來客。結束她的詢問。

糖菓商只能看見老婦人戴着的結紫色緞帶的巨大黑絲無邊帽，他看看她的妻子，好像是說：「你想我一時會有那種東西留在抽斗裏嗎？」就跑出店外去。

老婦人坐得這麼緘靜，使糖菓商的妻子奇怪起來，走近她。一種混合了好奇心的憐憫的衝動攫住她。老婦人的臉色灰白，她似乎經慣了深度的嚴肅，但很明白地可看出她的灰白色是不平常的，是爲了剛才的震驚。她的蓋着頭飾的頭髮無疑是上了年紀的白色。在她的衣領上沒有敷過粉的痕跡。她的服飾的極度端莊使她的神態顯得嚴肅，她的面容是靜穆莊重。在那時代裏，上流人的態度和習慣跟別階級平民完全不同，一個貴族很容易被認出來，女店主確信了她的客人是屬於宮廷裏的。

「夫人……」她無意地尊稱說，忘記這個稱號已被禁止使用了。

老婦人沒有回答。她仍看定了店窗，好像看見玻璃外有什麼可怕的東西。糖菓商剛於這時回來，他給她一隻包了藍紙的小盒子，把她從沉思中驚醒。

「什麼事，女公民？」他問。

「沒有什麼，沒有什麼，朋友，」她溫雅地回答。她說的時候望望糖菓商的臉，好像是感謝他，却看見了他戴的紅帽子，就叫出來：「啊！你背棄了我！」

青年女人和她的丈夫用一種驚恐的手勢答覆老婦人，使她紅了臉。也許是爲了她得救了，或是爲了她對自己的疑心抱歉。

「原諒我！」她說，語聲中含有一種似兒童的禮貌。然後，在袋裏摸出一個金路易給糖菓商。「這裏是講定的價錢，」她說。有一種貧乏，窮苦人直覺地看得出的。糖菓商和他妻子互望一望，又看看老婦人，兩人覺着了同樣的思想。那個金路易顯然是她最後一個了。她的手在把它遞給他們時發抖，悲哀地看定它，但眼光不含貪慾，她知曉她所得代價的全部價值。飢餓和貧乏顯現在她臉上跟恐懼和苦想一樣清楚。她的衣服有着舊時顯赫的痕跡。它是一件穿得破舊的清潔的絲袍釘着小心地縫補過的花邊。明白些說，她穿的是過去光榮的紀念物。店主人和他妻子，在憐憫和自利之間猶豫，用話語來安慰自己的良心。

「你很倦弱吧，女公民？」

「夫人要吃點什麼東西麼？」他的妻子也插進來。

「我們有美味的熱肉羹，」糖菓商又說。

「天氣是這麼寒冷，」他的妻子繼續說：「也許夫人在路上受了凍。你在這兒自己取一會暖吧。」

「我們不是魔鬼般的黑心！」男人喊道。

老貴婦由於這對仁慈的夫婦的和愛談話和語聲而信任他們，她承認說有一個陌生人跟隨着她，她怕懼單獨回家。

「就是這些嗎？」戴紅帽子的糖菓商說。「等一歇，女公民！」

他把金路易給他妻子，想做一些什麼以報答收受的錢，恰像一個商人，有時爲一件細微價值的貨物多付了錢，覺得不安。他進去換上國家民衞軍（註二）的制服，戴好帽子，掛了劍，全副武裝出來了。但他的妻子有時間回想，這回想使已經展開的好心關閉了。焦慮和不安，惟恐她丈夫遭遇不幸，她抓住他的衣角阻止他；但是他，好漢子，隨着他先前的仁慈心，在他妻子能阻止他以前，提議護衞老婦人回家。

「女公民所怕的那人好像還在我們店外巡視，」青年女人敏銳地說。

「我眞怕他還在，」老婦人愚昧地說。

「也許他是一個偵探吧？或者是一個陰謀？別去。把給她的盒子拿過……」

這些話在糖菓商耳邊輕輕說的，凍結了他的熱心和勇氣。

「好，我出去對他講幾句吧，他立刻會走開的，」他在奔出店時喊說。

老婦人，像一個孩童樣忍受，因恐懼而昏眩，又坐倒在椅上。誠實的糖菓商很快回來，他的天然紅色的照著爐火的臉，突然變成駭人的灰白。他被恐怖所控制，像一個醉漢般的蹣跚和凝視。

「你想把我們的頭砍了嗎，你卑劣的貴族？」他暴怒地叫喊。「趕快滾開，再不要把你的臉在這裏出現。別想我們供給食物了。」

他一面說，一面想把他已經放入老婦人袋中的的小盒子攫取出來。但是他的鹵莽的手沒有碰着她的衣服，她馬上回復年青和敏捷，似乎她寧願除了上帝沒有人保護地到街上去冒險，而不願失去她已付了錢的食物。她急促推開門，跑出去了，留下糖菓商和他妻子恐怖地震顫。

她一跑上街，就開始快速地走，但她的力氣又使她衰頹了。她聽見重重的踏在雪上的腳步聲，覺察出偵探無情地跟隨她。她停步，他也停步。由於全然的驚恐，或是愚蠢，她不敢向他講話，甚至不敢看他一眼。她慢慢地走，他也緩慢了腳步，在她後面保持了眼光可及的距離。他恰如她的影子。

當這緘默的兩人又一次經過聖勞侖教堂時，鐘聲剛敲了九下。任何猛烈的激動之後的感覺是平靜的，即使最微弱的心靈也這樣自然。如果我們的感情無限，我們的感覺能力却有其限制。當這生疏的老婦人發覺她假定的惡人似乎沒有傷害她的用意時，她開始注視他，把他當作一個護衞她的不識的朋友。她思索着所有她發現他以後的情景，像是要找出一些安慰自己的理由，立刻地，她開始信任他的善意甚於惡意。

忘記了她使糖菓商也感到的驚恐，她更堅定地走過聖馬丁‧福堡區的上段，半小時的行路帶她到了一座屋子，這屋近於福堡區大街和往巴里布•邦當去路的交點。甚至現在，這地方也是巴黎最荒涼地區之一。北風呼號着，鑽過屋子，這些屋子不如說是茅屋，散落在這幾乎沒人居住的荒野，牆垣和着泥土石骨一同傾倒了。這荒地是不幸和失望人們的一個適當的躲居處。

這個可憐蟲的追蹤者，熱心地跟蹤一個老婦人使她足敢在晚上經過這些寂靜的街道，他似乎被出現在他眼前的景象所感動了。他靜靜地立着，失去思維，像是在猶豫。現在，由街燈穿過夜霧的閃爍的微光，她能糢糊地看見他，畏懼心增進她的視力，她好像在陌生人臉上看出兇險的東西，她的恐怖復活了。她趁他在猶豫的時候，溜到一座孤獨屋子的門，舉起門閂，一霎眼間，像一是幽靈似的淸失了。

陌生人仍立定望着屋子。它是這郊外的破屋的代表。一座將傾倒的石塊堆成的小屋，外面塗了黃泥，已裂開了痕，使你看來，這整個的建築給最輕微的風一吹，也會崩成碎片的。屋頂遮蓋着生苔的灰瓦，有幾片已經碎了，看來好像在雪的重量之下隨時會陷塌。每一層房子的三塊窗格已經潮濕得腐朽，給陽光扭歪了。寒冷會蔓延在每個房間。這孤獨的屋子恰如一座古代的塔，時間已忘記去摧毀它。一絲微弱的光從頂樓窗中照出來，這裏那裏的穿過屋頂。房子的其餘部份完全是漆黑的。

老婦人爬上粗陋笨重的樓梯，也不扶一扶用作欄杆的繩索。她立定腳輕輕地敲開頂樓房間的門。一個老人給她一把椅子，她急促地坐下。

「快躲過！快躲過！」她向他喊叫。「雖然我們出外得不多，可是他們知道我們的一切，我們每走一步是被監視着的。」

「現在有什麼事？」另一個老婦人問，她坐在火邊。

「昨天巡視在屋外的人，今晚跟住我。」

說完這兩句話，住在這破陋頂樓的三個人都互相瞪目，無力遮掩他們的恐怖。老神父受驚的程度最輕，也許是因爲他是在最重大的危險中。一個勇敢的人當因災害或被迫而受苦的時候，他會完全地讓自己來承當。他把他生存着的每一天看作是從命運攫奪過來的多餘的勝利。但你立刻可看出兩位女人爲了他，是多麼絕望和焦急地看定他。

「我們爲什麼要失去我們對上帝的信任呢，姊妹們？」他的低低的聲音充滿熱情。「在卡麥拉脫修道院我們在兇手和被殺者的叫聲當中唱過讚美詩。如果這是上帝的主意，我將在屠夫的中間繼續活下去。因爲，我已毫不猶疑地預備好，不呻吟一聲的接受應受的天命。上帝留意他自己。他要做什麼就做什麼。必須顧慮的是他們不是我。」

「不，」老婦人中的一個說。「我們的生命怎可跟神父的生命相比呢？」

「亞白炎·雪來以外，我又一次想及我的死了。」住在家中的姆姆說。剛回家的一個摸出小盒子給神父。

「這裏是祭壇麵包，——我聽見有人上樓來了。」他們都傾耳聽。聲音停止了。

「如果有人要來看你們，別驚慌，」神父說。「這個我們可信託的人走過邊疆。他來拿我寫給朗若安公爵和菩倘侯爵的信，我要他們設法幫你們離開這可怕的國家，使你們避開這裏待着你們的痛苦，災難和死亡。」

「你不跟我們去嗎？」兩個姆姆用輕低的失望的聲音喊出來。

「這裏有遭難的人，我的職位就在這裏，」牧師簡單地回答。姆姆沒有再說什麼，只是用尊崇和敬仰的眼光看他。他拿着祭壇麵包轉過身去。

「瑪蒂姊妹，」他說，「當你們說出暗號。『何桑那』時，那使者會回答：『你們會得救的。』」

「樓梯上有人！」另外一個姆姆叫起來，她開了屋頂的隱藏處。

在深靜中，多麼容易聽見在樓梯上發着回响的脚步聲。神父困難地溜進一隻碗櫥，姆姆用布遮住他。

「你可把門關了，亞伽蒂姊妹，」他在窒息的聲音中說。

他剛躲藏好，有人已敲了三次門。善良的女人互相詢問地看着，不敢發出聲音。她們看來有六十歲了，脫離外界四十年，她們是這樣的習慣於修道院生活，甚至不大與問外人的事。好像暖房裏的植物，空氣的變換對她們還不如死。所以，當一天早晨修道院被毀了的時候，她們反因自由而發抖。革命在她們的清白心田上的效果是可想而知的，它使她們反常地愚昧和魯鈍。她們不能把修道院的信念跟生活的艱困相配合。她們甚至不懂她們是住在那裏。她們像兩個曾被當心護理而現在失了母親的孩童。正像小孩子的號叫，她們祈禱了。現在，面對着將臨的危難，她們安靜而不抵抗，知道除了基督徒的忍受，沒有其他防衛方法。

那人在門邊，以她們的靜默作爲進來的邀請，突然出現，姆姆們震顫了。她們認出這人就是在屋外查視的人。她們用焦急的好奇看他，好似笨拙的孩童靜靜地看定一個陌生人。她們沒有移動。

那人是高大而強壯。他像姆姆一樣的靜靜地立着觀察室中，在他的態度，舉行或容貌上，沒有一些邪惡的樣子。

兩條草席鋪在木板上當作床。房間中間的桌上放了一個黃銅燭台，幾隻金屬器碟，三把小刀，和一塊圓麵包。火床裏有些許的火。只有幾片木柴堆在角落裏表明這些隱世者的貧困。你可看出屋頂已經危危欲倒了，牆壁塗滿參差的舊漆，天花板流下灰色的污水來。一隻聖骨盒，——無疑的是從亞白尧•雪來毀壞時保全下來的，是壁架上唯一的裝飾品。三把椅子，兩隻箱子，和一隻搖動的抽斗櫥完整了房間的全部設置。火床旁有一扇門，通到裏面一個房間去。

那個在這樣魯莽情形下進來的人，很快就把全房間的東西都察看到。他轉身向兩個女人仁慈地作一個憐憫的微笑，好像和她們一樣的感到窘惑。這新的靜默並不經久，來客遠在未覺察這兩個可憐蟲的無經驗和無助狀態之前，和善地向她們說話了。

「我不是到這裏來危害你們的，女公民——，」他突然停止，然後繼續：「姊妹們，如果你們遇到了什麼災難，當然我不能負責。我來求你們一件事。」

女的還是靜默。

「如果我吵擾了你們，如果……如果我引起你們不安，請坦白地講，我會走的。但是請明白，我完全願意聽你們吩咐。即使是一件極小的事，只要我能代你們做到的，你們儘可不必猶疑對我說。也許，現在，自從我們沒有了皇帝以來，我是唯一超乎法律的人了。」

他說得這麼誠懇，使屬於朗若安高貴家系的，舉態表示出曾經享受過去光榮並呼吸過宮廷空氣的亞仇蒂，趕快請他坐下。來客半喜半愁地看懂了她的手勢。他在自己坐下以前，先等待和善的姆姆們坐下。

「你們這裏躲藏了一個可敬的神父，他拒絕爲革命政府主持祈禱，他神奇地逃避了卡麥拉脫的屠殺，……」

「何桑那！」亞伽蒂熱望地喊出來，阻斷了來客的話，用渴急的好奇心望着他。

「我想那不是他的名字，」他回答。

「但，先生，」瑪蒂提快截斷他，「這裏沒有神父，而且……」

「你們更小心謹愼了，」他溫和地說，伸手在桌上取起一本禱告書。「我想你們不懂拉丁文……」他中止了講話，當他看見描繪在兩個可憐姆姆臉上的劇重的表情，他恐怕自己講得太多了。她們恐懼地震驚，眼睛充滿淚珠。

「勇敢些，」他說，聲音中帶了誠實。「我曉得你們的和他的名字。三天前，我聽到你們的苦楚和你們虔誠對待可敬的亞培……」

「噓！」亞伽蒂老實地把手指放到唇邊。

早不止做了一次了。」

說這些話時，神父從躲藏的地方溜下來，立在他們旁邊。

「我不能相信你是一個迫害我們的人，先生，」他對那人說。「我信賴你，你要我做什麼嗎？」

神父的赤誠的信任，和他顯著在容貌上與外表的靈魂的高貴，會使一個殺人者放下武器。那個在他們困苦忍從的生活中，帶進了這樣騷動的神祕的人，向他們注視了一會。然後，對神父說出下面的話：「神父，我到這裏來求你為死去的人作一個彌撒，為靈魂休息的彌撒……一個……一個肉體永不會安息在聖地的尊貴的人物……」

神父出乎意外的震顫。姆姆們充滿好奇心地坐着仍不明白那陌生人說的是誰，她們的頭向前傾彎，臉一會向神父，一會向陌生人。這時，神父留心觀察後者的面孔。那面孔滿含焦憂和急切的求懇。

「很好，」神父回答。「夜半再來。我會預備好我們能力所能及到的唯一的祭禮，為你剛才所說的人贖罪。」陌生人動身了，似乎有些悅意的重大的滿足戰勝了他隱藏的苦惱。他恭敬地道了別，這三個出身高貴的人多少覺着了一些他緘默的感謝。

她們破陋屋子的內間。彌撒禮所需要的一切都已預備好了。姆姆已把舊抽斗櫥放在兩個烟突之間，上面遮蓋了一塊美麗的綠色波紋的絲質祭壇布。

一具象牙和烏木製成的十字架掛在無裝飾的牆上，人的眼光會受強制地射到那上面去。姆姆準備了的四支細小的臘燭已經給臘結住，投出慘白的光，幾乎被牆壁吸收了。房間的其餘部分實際是黑暗的。朦朧的光亮照在聖物上，好像是一條來自天堂的光線照臨沒有設備的祭壇。地板是黏滑潮濕，尖銳傾斜的屋頂，有了許多裂縫，夜裏的冷空氣鑽進來圍住他們。沒有東西能再可動人，也沒有東西比這悲哀的儀式更莊重。深烈的寂靜，（亞拉孟沿街的最低微的聲音也可以聽出）形成一種陰沉的莊嚴，同時莊嚴本身——跟簡陋的設備作了尖銳對比的莊嚴——產生了宗教的敬畏的感覺。

祭壇兩邊跪着這兩個姆姆，也不管磚土的潮濕。她們加入了祈禱，這時神父穿上道袍，拿出一隻嵌着寶石的金聖餐杯，——一種祭祀用的器皿，無疑是由亞白炎•雪來時保全下來的。在聖餅櫃——一件皇家賜物旁邊，聖祭用的酒和水放置在兩隻僅能在最下等酒店裏看到的杯子裏。彌撒需用經典，神父把禱告書放在祭壇上，並且放了一件普通陶製的盆子，是預備把手從血汚中洗淸白的。無限的偉大和有限的渺小，窮陋和莊嚴，神聖和凡俗混雜在這個禮拜中。

陌生人在兩個姆姆中間跪下來，他馬上注意到神父在十字架和聖餐杯周圍，用黑紗打了一個結。沒有別的再能表顯出這是一個「安魂彌撒」。好像上帝自己也在哀悼中。這情景似乎引起他畏懼的記憶，因爲有幾點汗珠在他廣闊的前額閃耀。

四個緘默的演員在這樣裝置中互相陌生，注視對方。他們的靈魂中好像有一些東西互相競爭着，直到四人都溶和在同情和敬畏的一種單純的心境中。他們好像覺得殉難了的皇帝的影子尊貴地立在他們中間，他的遺骸早已埋葬了。沒有屍體的存在，他們舉行了「安魂彌撒」。在危然的板條和磚瓦之下，沒有一口棺材，四個基督徒主持着葬禮，向上帝祈求一個法蘭西皇帝的靈魂的安息，沒有愛再比這更純潔了。這是一種奇異的忠信的舉動，不含一絲自私的思想地履行。在上帝的眼光中，那一杯冷水比最好的德行更鄭重。一個神父和兩個可憐的姆姆代表了整個的君主政制，同時，革命者由這個陌生人物來代表，因爲他的臉因悔恨而憂哀，表顯出他由於最深的懺悔，立下一個誓願。

神父宣讀了拉丁文 Introibo ad altare Dei ，（註三）他從上帝得了突然的感悟，他轉身看那三個跪着的基督教法蘭西的代表。好像是要驅逐那頂樓房中的貧乏，他說：「我們進入神明的聖殿了！」

用熱切的信心說這句話，尊崇的敬畏佔有了姆姆和陌生者。在羅馬聖彼得教堂的圓屋頂之下，上帝也不會把他自己比啓示給因陋樓房中這些凡人更有力。這是眞的，一切存在於上帝與人類之間的居間人是不需要的，他（上帝）的恩惠單獨地降自他自己。

陌生者是熱心地虔誠。在單純的祈求中，同樣的感情結合了神和皇帝的四個奴僕。神聖的語句從寂靜响出來好似天堂的音樂。陌生者的眼睛含滿眼淚 。神父用拉丁文誦禱：「Evemitte scelus vegicidis sient Ludovicus eis vemisit semetipse。」（註四）

姆姆們看見兩行眼淚流過陌生者的面頰，滴在地板上。他們誦着經句。「Domine salvum fac vegem」，（註五）低低的聲音觸着了這些忠信的皇黨者的心。他們想着他們正在爲他祈禱的那個年幼的皇帝如何地在他仇敵手中做了俘虜。陌生者當覺察到他也要負責一部分這已犯了的罪時，戰慄了。

死者的禱禮有了一個終結。神父向兩個姆姆做了暗號，她們退走了。一當只單獨和陌生者在一起，神父面容帶着憂哀和溫和行近他，用父親的態度對他說：

「孩子，如果你的手已經沾汚了尊貴的殉難者的血，快告訴我。沒有罪惡能在你懺悔時瞞過萬能上帝的眼睛。」

神父的第一句話，就使那人懼怕地不安。但是他回復了鎮靜，平和地看着驚愕的神父。

「神父，」他說。神父覺察出他的聲音顫抖，「在這流血的犯罪中，沒有人再比我的罪更少了。」

「我一定接受你的陳述，」神父說了又中止，再次地接近細看他的懺悔者的臉。他相信這人是國家會議（註六）中的一份子，爲拯救自己而犧牲了一個神聖的頭顱的怯懦選擧人之一，他莊重地繼續說：

「記住，孩子，單是因爲你並沒直接參預這重大的罪行，你還是不能被寬恕的。那些應該保衞皇帝而劍不出鞘的人，將由天堂之皇（指上帝）來重重地淸算他們。是的，確然的！」尊嚴的神父搖動着頭滔滔地說，「重重地，確實的！……因爲由於他們的懈惰，在這可怕的事件中，他們也變作同謀者了。」

「你想，」陌生者在迷惑中間，「甚至不直接參預這件罪行的也要受懲嗎？兵士被命令着去執行他的職務呢？」

神父覺得狐疑。陌生者因爲把這拘泥君主主義的人困惑於「教義」和「服從」的進退維谷之間而覺高興；服從，依照君主政體的支持者說，是軍典中的第一要義，但同時也是同樣重要的宗教的本分，用以尊敬的皇帝。他想在神父的躊躇中，發現一個對於這些困惑他的疑慮的滿意的解釋。一會他又說：

「你爲皇上靈魂的安息和我良心的慰藉作了『安魂彌撒』，我慚愧給你任何酬報。我惟一能報答你的是一件超越價值的極貴重的禮物。你會俯允，先生，接受我這件神聖的紀念物嗎？也許你覺察到它的價值的日子會到來的。」

陌生者一面說，一面給神父一隻小的很輕的盒子。神父機械地收受了它，他是深深地爲陌生者的嚴肅的話語，聲調，和他給他這件禮物時的恭敬所驚愕。他們回到前房。姆姆們等待他們。

「你們住着的房子屬於住在樓下的泥水匠莫西・斯蓋伏拉，」陌生者說。「他的愛國心在黨（指革命黨）裏是出名的，但暗中他是鮑朋斯（法國貴族）的手下。他曾做過康蒂親王閣下的獵僕，他答應爲他效忠。你們能住在這屋子裏，比法蘭西的任何地方來得安全。千萬不可離開。敬神的人們會留心你們的福利，你們可在這里安全地過一些日子。一年以後的一月二十一日，」——他說到這裏，不能制止他的震慄——「一年以後，如果你們仍躲藏在這可憐的地方，我會回來和你們同做一個贖罪彌撒」。

他停止講話，向他們三個鞠躬，他們還是靜默，他又把房間周圍看一看，出去了。

對於這兩個天眞的姆姆，這樣的事，好像小說故事一樣的感與趣。尊嚴的神父告訴她們這件神祕的禮物。他們把它放在桌上，臘燭的微光照出三張焦急臉上的不能形容的好奇。朗若安姑娘開開盒子，發見一條沾汚了汗跡的精緻的蔴紗手帕。他們把它展開時看見了深色的汚點。

「那是血跡！」神父喊出來。

「它上面繡着王冠的標記！」亞伽蒂喊。

受驚的姆姆們放下貴重的遺物。這些簡單的靈魂不能弄懂陌生者的神祕。至於神父，從那天起，他從不曾想去理解它。

這些囚人很快就開始發現有力的手保護着他們，雖然是處於恐怖時代下。首先他們收到了燃料和食物。然後，姆姆們覺察像有一個女人在勸告他們的保護，因爲亞麻布和衣服也有了，這樣，她們出去時可以不必因不得不穿的貴族服式而引人注意。莫西。斯蓋伏拉給她們兩張公民證，並且不時地因神父安全的必需給他們警告。這些警告和忠言總是及時地由一個惟一能接近他們的人來通知。當巴黎遭受飢荒時，不能見的手在他們可憐的頂樓門口留下了白麵包糧食。他們似覺公民莫西•斯蓋伏拉只不過是這計畫得很巧妙的善行的神祕的代理人。貴重的避難者們不再疑惑他們的保護人就是一七九三年一月二十二日夜裏做「安魂彌撒」時的陌生人。他變作他們特別尊敬的對象。他們的希望靠近他。他們生活着表示感恩。他們在祈禱中特別提起他。從早到夜，這些虔誠的靈魂爲他的快樂，他的福利，他的超度而祈禱。他們請求上帝撤去對於他的一切誘惑，解救他仇敵的迫害，賜予他平和的生活。他們的感恩混和了更熱心的好奇的感覺，一天一天的增加。他們時常談論他第一次出現時的情况，對於這，他們有千種的推測。由於盤旋在他們腦中的疑惑，陌生者使他們更感恩惠。他們不止一次地說着，當他在已經答允過的爲了紀念路易十六死去的週年回來看他們時，他們要使他知道他已博得了他們的友誼。

終於他們躁急地等候着的夜晚到了。夜半，陌生者的重重的脚步在古舊的木梯上發出回响。他們把房間預備好接待他。祭壇裝好了，門開着，兩個姆姆在樓梯間，熱心的去照他進房間來。朗若安姑娘甚至跑下幾級去迎接他們的恩人。

「來，」她用感恩的顫抖的聲調說，「進來，我們期望着你。」他抬起頭，陰沉的看她一眼，沒有回答。姆姆感到好像一件冰衣罩住她，不再說話。看到他的樣子，感恩和好奇的溫暖在他們心中死去了。也許他比他們所看到他的更少冷酷，更少緘默，更少畏懼，因爲他們在過度激動中熱心傾注出他們的友情。三個可憐的囚人現在覺察出他仍要保持爲一個陌生人，他們承受了這情勢。神父好像看見那人當察看到爲接待他而所有的準備時，有一絲微笑露在他的唇角，但立刻被抑制了。他聽了彌撒，做了祈禱，由於朗若安姑娘的邀請，和他們分用了一些他們爲此而預備的點心後，他消失了。

第九個 Thermidor（註七）以後，姆姆們和亞培·馬霍萊能夠在完全平安中自由地住在巴黎。第一次，神父冒險出去到一家招牌叫作 La Reine des Fleurs 的香水商的店舖，這店是由宮廷香水商公民拉岡和他的妻子管理的。他們是忠信的皇黨者。神父穿着普通的衣服，站在店舖的門階上，他看見聖恩諾路上羣集了民衆，不能跑出門去。

「什麽事？」他問拉岡夫人。

「沒有什麽，」她回答。「只是囚車和執行死罪者到路易十五地方去。去年我們看得足夠了，但今天，一月二十一的週年紀念的後四天，我們不必再爲看見這可怕的行列而担憂了。」

「爲什麽不？」神父問。「那不是基督徒的說話。」

「但這是羅伯斯比爾（註八）同黨的處决。他們盡量防衞自己，現在是他們自己到他們驅趕許多清白無辜的人民去的地方去了！」

羣衆流動着。亞培·馬霍萊生出一種好奇心的衝動，從人羣的頭上望過去，看見直立在囚車中的就是三天以前在他們頂樓中聽彌撒的人。

「那人是誰？」他叫喊。「那人是誰……」

「那是劊子手，」拉岡先生說，叫他爲「偉大工作的執行者」，這名字是他在君主政體下所能記憶的。

「呵！呵！亞培先生昏倒了！」拉岡夫人叫出來。她攫取了一隻醋瓶想弄醒這可敬的神父。

「他必得將手帕給我，皇上在殉難時用這手帕揩額的，」他呻吟着。「可憐的人！……鋼刀尙有良心，當整個法蘭西是殘忍的時候！……」

香水商想，這可憐的神父是在說譫語。

附註：

（一）一七九三年夏至一七九四年夏，法蘭西共和國爲殲滅所有共和政體的敵人而行使恐怖手段。單是巴黎一地處死了二千五百人。

（二）一七八九年巴斯蒂爾獄被毀後所成立的代表中產階級利益的民團。辣斐德曾做過司令。

（三）「向神的祭壇祈求。」

（四）「赦免弒君者的罪如路易王赦免那些叛違他的。」

（五）「天主拯救皇上。」

（六）一七九二至九五年間，一般法國成年男子選舉出來的爲組織共和國的人民代表的集會。

（七）國家會議變換了日曆，重新編排了月份後的一七九四年七月二十七日，照舊曆，那天是一月二十一日週紀的後四天。那一天羅伯斯比爾自己也上了斷頭台，結束了恐怖時代。

（八）羅伯斯比爾（一七五八——一七九四）——無情和決斷的革命領袖。中產階級家庭中出身。在恐怖時代中他變作獨裁者，最後自己也死在斷頭台上，終結了恐怖時代。

再遊漢園

在北京大學裏唸書的學生，好像是向來應該只有兩種不同的典型的人似的：一種是喜歡做政治活動或社會活動的，另外一種是偏向於純粹學術研究的。有的人也許兩種的興趣都有，但是無論如何都也至少會認定這兩種中的一種是他或她的特殊智力發展的集中點的。自然，世界上也有的人是向來對於這兩種興趣都不發生興趣的，他喜歡的是吃喝嫖賭，他從來不追求什麼眞理的充分明瞭或實踐，他出入於紙醉金迷的娛樂場所，他任意揮霍父母成千整萬的遺產或錢財，——這樣的典型的「大學生」在中國也不知出了幾千幾萬了，然而在北大的學生裏面我却敢於負責的担保並沒有一個這樣的人。這樣的人進不了北大。

從表面上觀察起來，北大的教學並不嚴格。在北京大學是可以唸過四年書，畢業，而沒有上過二十四點鐘的課程的。課程，自然是要按着學校的章程在每個學期開始的時候塡寫選課單的，然而選課單的塡寫，又極其自由，其自由的程度也許比你上菜館子裏面去點菜還要容易。比方說，你在北平東安市場的潤明樓吃飯，點了一個筍絲炒肉，跑堂的也許會給你換上一盆玉蘭片炒肉。或是，你要了二十個鍋貼餃子，臨時想退換十個，夥計也許會回話說是都下了鍋啦。在北大，倘使你選了胡適之的一課漢代哲學史，忽然——卽使在開了課一個多月之後——覺得湯錫予（用彤）的魏晉哲學史配你的胃口，想改選了過去，隨便。忽然覺得哲學系根本不是人唸的，痛恨明儒學案，排斥因明，不懂唯識論，你想轉到法律系去，也隨便。你在學校裏唸了兩年，到註册處去隨便說上一聲：因爲病了，想告一年半載的休學假，行。根本和註册處的職員們不照面，自己一個人在外面住上幾個月，等到考試的時候到了，再回到學校裏來應卯，也行。

選課的情形怎麼樣呢？第一步是，每一個學院都有它的一本印刷精美的選課說明書，上面詳細的載着本學期各系所開的課程，內容，和教授的名字。所有說明的文字，都是担任該科的教授自己執筆，而不是由註册組的職員書記們代勞的，所以絕對不會文不對題。譬如，在魏晉六朝的時候，本來駢文異常發達的，作者旣多，辭藻又極典麗，然而北大偏偏的要出冷門，開一課六朝散文，專講顏氏家訓，洛陽伽藍記，雜譬喻經等書，這個理由只有担任這課教授的周豈明先生能夠說得明白。又譬如，研究中國小說史的先導，雖以魯迅先生在北大首先開這一門課程爲最早的提倡，然而二十年來，學術的研究進步甚速，教材的改變甚大。魯迅先生的中國小說史講義，是從『史家對於小說之著錄及論述』，『神話與傳說』，『漢書藝文志所載小說』……等章開始的，一直敍述到清末的譴責小說，黑幕小說。而近年北大所開的中國小說史的課程，却可以用足足的一年時間專講唐五代的俗講。這個理由也只有擔任這課的孫楷第先生能夠說得明白。這本厚厚的說明書，每一個選課的學生都可以人手一編，並且，用不着交納什麼費用。我們當然可以想像得出，以北大這樣陳腐風氣的學校，加上經費缺乏，怎樣能夠常年的支持這種無益的『廣告』的印刷費，而且情願支持。但是，據我的愚昧的觀察的結果，北大雖然堂堂皇皇的創辦了四十多年，至今蓋不起一座足夠幾千人聚集的金碧輝煌的禮堂，它的天花板是要圓頂式的；可是，倘若要做起什麼眞正有益於學生智識的開擴或深入的事情來，北大絕不惜錢。

在旁的大學裏面，選課這兩個字不過是一個名，强迫却是實際的形容。在上海，『選課由系主任指導，並須經院長簽字』，已經成爲院長或系主任『提携』他的高足的不二法門。不用系主任親自開口，在你拿着你的選課單到他的面前聽候指導之前，倘若單上沒有一門兩門他所擔任的功課，你自己大概也會覺得這件事情辦得不大妥當。覺得這件事情辦得最不妥當的自然還是『他』。你可以很清楚的望得見他的和氣的笑容怎樣的收歛起來，眉頭怎樣的向上一聳。

『……三七一八！哦，密司脫口，怎麼，散文專集研究是必修的呀？』

『是的，……不過它和基本英文B組的時間衝突了。』

『基本英文？……A組是張院長親自擔任的呀，你爲什麼不選？B組是新的先生，專爲本學期的插班生開的，你還是改掉它罷。英文選了A組，散文專集也……』

『是。但是，註册處佈告似乎並沒有說B組只限於新生纔可以選呀？我想——』

『我知道得比他們清楚，』一面說着話，系主任的手頭的鋼筆已經把英文B組輕輕的畫上了一條紅色的橫線。

『但是A組的上課時間也和大一的生物衝突。』

「你是什麼系的學生？」

「國文。」

「國文系怎麼要唸起生物學來？」

「我是武漢大學轉來的，註册處的人說，我的科學學分還差三個，不補足不能夠呈報教育部。物理和化學都是四個學分，並且做的實驗很難，生物是三個學分，所以我就寫上了。」

「不行！散文專集是本系必修的功課，你一定要選的。」

這樣的談話，（它的發生的地方大約在上海），眞是旣費周折，又會令人覺得乏味的。惟有一個從其他的大學轉學到北大來的學生，纔會領悟北京大學的選課，眞是貫澈了眞正民主精神的行爲。雖然每一系的課程至少也有十餘種，常常多至數十種，雖然也在說明書上規定了年級和選修必修等各項不同的劃分，但是，每一個北大的學生都知道北大是從來沒有什麼課程可以嚴格的認爲是要必修的。有一位系主任會經很幽默的告訴系裏的學生說：「這裏所定的必修，只是教授們主張你們讀了比較好的幾種功課而已，究竟好不好，還是要你們瞧着辦罷。」在事實上，只要這門課程有一個學生選了，教授就可以正式上課，用不着有什麼顧忌或恐懼。在上海呢，有的大學規定在聘書上面，每班選修的學生至少要有五個人，否則就並不開班的，因此教授們爲了迎合學生的心理和鞏固自己的飯碗和位置起見，常常不能夠不用兩種方法來抵制：第一，就是趕快想方法把自己的功課儘量改做「必修」，第二是，對於來上課的學生客客氣氣。第一種方法的結果是使學生們痛恨學校，爲什麼功課表上有這許多必修的東西，第二種方法的結果則是，使許多趾高氣揚的學生們都瞧不起教授。這些無疑的都是違背民主精神的眞正平等的原則的。

接連在選課以後的事情自然就是上課。上課是教授和學生們兩方面互相合作所做成一種學術研究的形式表現。在北大，有的時候可以是上課的人數超過點名簿上的人數幾倍的，這裏面包括了許多未選此課而來旁聽的正式生，註册旁聽的旁聽生（這種旁聽生的錄取是經過考試的。）以及外校慕名而來的學生或根本不是學生的「偷聽生」。這裏面當然有許多不是爲學問而學問的人，然而也仍舊可以歸併在我在上文所說過的活動份子那一類裏面的。有的時候也可以是上課的學生數目奇少，而這課名義上的選修的人數却在兩三百人以上的。像有幾種規定必修的課程——如黨義，體育之類，規定必修而且也已經註册選修的學生每學期總有五百多人，並且經過註册組排定因爲人數太多又分爲甲乙丙等幾組的，而事實上每次上課的人常常不滿十個，偶然也會有幾次竟闃無一人。這種情形最初看到或聽到的人也許會感覺奇怪的，時間久了，就也覺得這也是事理上的常情，沒有什麼稀奇。譬如說：我們在漢花園裏的體育館的建築，其實非常像什麼講武堂的練拳場，裏面是刀槍劍戟斧鉞鈎叉……十八樣武器樣樣均全的。這些器械都插在木架上面或掛在牆壁上。在過去大約若干年，總有過一個時期，這些武器是常常被人用做操練的『稱手的兵器』的，但是在我進學校的那一年，距離它們的光榮發展的時期好像已經很久了。每一件兵器上面都罩上了一層厚厚的灰塵，附近的壁角也結好了兩個頗大的蛛蜘網，時常要斷不斷的隨風擺動。這座體育館的內外牆都是塗着灰灰的顏色，四面有着很多的窗，窗楞是鐵柱做的，也都生了銹，玻璃破了不少。地面上是砌着四四方方的大磚，但是並不常常清潔，因爲掃除的時候並不多。此外，什麼可能讓我記憶的東西也沒有了。在這樣的場所裏，每星期要上兩點鐘的體育，如果不是想像力太過豐富的人，當然不免是要有一點兒覺得異樣的。不過，請你不要誤會，像這樣特殊的建築，在北大決不止一所兩所，而且綜合起來，它們給予學生們的印象仍然是極爲崇高的。這天然的是一種容易引起思古之幽情的地方。過去光輝的記憶，歷史的陳迹，往古來今的人物的變遷，似乎都可以從這些建築半埋在土裏面的基石上面看得出來。有的地方甚至於可以有一塊點綴景物的石碑，像體育館的後面，像地質館的前面，都有很巍高的大石碑在陽光的直射下矗立着，上面刻着篆文和隸書。不過，地質館的建築是最新的，完全依照最新的立體式的樣子建築，有四層高樓，裏面也有熱水汀的設備，也有柔軟的地氈，也許可以說是全國唯一的一座地質館。這座大樓剛在民國二十四年落成，所以，和它的屋前的那一座大石碑在情調上太不調和了，然而值得欣慰的是，地質館裏還有一位最主要的教授葛利普老教授，他來北大已經有二十個年頭以上了，因爲他是患着風濕病的原故，每次到校，他的洋車是一直拉到地質館那塊古碑的面前下車的。他的七十多歲的高齡，他的學術貢獻，他的品格，他和中國人的融洽的感情，都足以和那一塊古碑媲美，同時也讓學生們滲染着一點兒『北大老』的驕傲。爲什麼體育課上課的人那麼樣的少呢？是體育主任不行麼？不是的。這是一位新從德國柏林大學回國的體育主任，在代表本校出席北平的體育會議裏，時常佔着很重要的地位。可是，他的最新的體育理論，却無論如何難得和那一座體育館的前前後後的環境互相調和了。他顯然的並不能夠是一塊古碑！我記得，在他熱心的主持之下，有一個雨雪霏霏的清晨，全校會經開過一次提倡體育精神的體育大會，在節目裏，有一個是全校大遊行，繞運動場三匝，由蔣孟鄰校長領導。每一個系的學生，在場裏先站成一單排，排頭舉着本系的小旗子。這一次，國文系九十多個學生居然大出風頭。爲什麼呢？因爲他們是約好了大家穿着藍布袍黑馬褂來參加的。

以上所說的，都是概括的記述北大學風的幾種特點，雖然也是粗枝大葉的，不足以見馬神廟的塑像的全貌。本來，要想用幾段簡單的文字來說明一種抽象的『印象』，而又不願意使牠模模糊糊的太過分的脫了軌節，那即使你的觀察是怎樣的入微，也還是不能夠不借重一下具體的事實來做譬喻。所以，在這裏我又願意把上課的情形多說上幾句。

依照普通的課程表上面的規定，每天早晨八點到晚上八點在北大都是上課時間，也都有人上課。上課的情形，一般而論，是跟聽演講彷彿的，除非照例沒有鼓掌的聲音這一點可以算是例外。教授們呢，像我在『漢園夢』一文裏面所寫的，大約可以說是分做兩種傾向：一種是動態的教授，多半姍姍來遲，晚那麼五六分鐘纔進課堂確是常事。有的，是要到了上課的時候，纔由學校的工友打電話到教授的家裏去催請的。茲舉出一件偶然的事情來做一個極端的例子：

工友吳君：（電話中）您是胡院長麼？

胡適之：哦，哦，是的，你是那一位？

工友：我們這兒是北京大學。現在已經是十點零八分鐘了，您今兒這一課——

胡適之：是的，……我現在正在洗臉，昨晚上三點鐘後纔睡的，編了一夜的獨立評論，丁文江先生紀念特輯正趕着要出版呢！我現在就到北大來。

這一派的教授到了課室之後，立刻談天氣，論政治，評人物，高談闊論，破口大罵，都是動態的教授必需的條件。有的更帶着幾種參考的書籍，但是在課堂上並不翻閱，雖然不翻閱，却捨不得放在教員預備室裏。書籍的攜出攜入，總是手挾着或捧着，從來不喜歡用皮包盛着的。因爲高談闊論的緣故，他們的退課常比規定的時間略早，否則，就是非常的遲。

反之，用皮包盛着參考書來上課的，雖然未必是靜態的教授的足夠的條件，也往往可以做爲不是動態的教授的一種特徵。他們來到課室之後，不管三七二十一，總是開口講正文，或者立刻用粉筆在黑板上寫筆記。有的人可以接連着鈔兩點鐘的筆記，即使學生們都覺得搖頭蹙額。有的人也可以在一點鐘之內唸完二十多頁的講義，那講義上面的文字是他自己編的。像余嘉錫先生的中國目錄學史，一開學的時候就連發了一百三十多頁，完全用四號鉛字排印。學生拿了這種講義之後，到宿舍附近的南紙店去裝訂，當天就可以用絲線訂好，書頭包着靑綾的兩隻角，加上藏靑色的封面，也不過出上七分錢的代價。從此，這一課可以永遠用不着上了，一直等候學期終了的考試。沒有事的時候，儘可以在宿舍裏組織會社，寫文投稿，交女朋友，搖旗吶喊，以至於蒙頭大睡。如此在宿舍裏蒙着頭睡滿了四年的覺的人，就有若干位已經成爲中國的第一流的學者，政客，實業家，文學家，某項革命活動的領導者，……以至於被人在後面曳線『唱做俱佳』的名角。課室裏面的空氣通常是很沉靜的，除了教授的談話和粉筆在黑板上面擦磨外，沒有什麼雜辭。大的課室，可以多到兩百人擠在一起，小的課堂至多不逾三十人。上大課的趣味是沒有小課來得深的，因爲大課多半是些『基本』『概要』『通史』，而小課的內容像傳記專題研究，校勘學及實習，梵文，希臘文學，詩學，自然來得精采動人。可是，倘若你要問的是潘家洵教的那一班基本英文，羅常培的那一班語音學概要，錢穆教的那幾班中國通史，我的不甚精采的評語就應該全盤取消。因爲我所說的話不過是舉幾個例，而天下的定例又是沒有一條沒有例外的，除了這一條自己。

世外桃源

James Hilton 著
實齋 譯評

第六章

他們在聖格里•勒居留了一個星期之後，伯納說道：「這裏並不怎樣壞呢」；這確是他們所應該學得的教訓之一。那時他們可以說已經習慣於那裏的生活了；由張老者招待着他們的生活並不比有計劃的渡假期爲無聊。對於那種高度上的空氣他們都已習慣了；只要不作重大的體力活動，那種稀薄的空氣使人精神鮮健。住了一星期後他們知道：那裏白天氣候溫暖，晚上寒冷；該寺由高山掩護，爲巨風所不及；卡拉克爾山的雪崩常常發生於午刻；那山谷裏出產一種很好的烟草；他們所吃的食物和飲料有的很合口味，有的不合口味；他們一行四人各有各的嗜尚和癖好。他們正像學校裏四個初次相遇的新生，各各發現了對方的個性。張老者招待得很是殷勤。他領導着他們去出遊，建議種種消遣的方法，爲他們介紹書籍；進餐時他們無話可說，張老者便閒適地與他們攀談；他處處地方顯得仁慈客氣，而且多智。對於他們的問話，有的他很願意回答，有的他彬彬有禮地拒絕答覆，界線很是分明；此時除馬立森對於張老者曚昧的態度尚表憎惡外，餘人都已不以爲意了。康惠只是暗中留心着張老者的話語，不斷地增加着他所搜集的資料。伯納甚且還與那位中國人開玩笑呢。他對張老者說道：「老張，這個旅館實在不好。我很願意把你們圖書館裏所有的一切書籍去換取一份今晨的 Herald Tribuue 呢。」張老者的答語老是很認眞的，只是這並不是說他把一切問話看得很認眞。他答道：「伯納先生，我們保存着數年前的「時報」。不過抱歉得很，那是倫敦的泰晤時報。」

張老者告訴康惠說，那個山谷是可以去遊玩的，只是山路崎嶇，沒有人護送着去旅行直是不可能的。康惠聽了很覺高興。由張老者陪同着，他們在那山谷裏玩了一整天。康惠個人認爲這次旅行非常有意味。他們是乘着竹製的轎子去的，轎子在峭壁上峻險地搖曳着；轎夫們却滿不在乎地沿着陡峭的山路拾級而下。他們到達山麓時，發現喇嘛寺所處的地點委實很是幸運。原來那個山谷是高山包圍着的世外桃源，土地肥沃異常，氣候溫和適中。連畝的土地種植着各種的農產物，其間沒有一寸一尺荒廢的土地。那整方的農田長也許有十數英里，闊度有的地方是一英里，有的地方有五英里。在沒有日光的地方，空氣溫暖舒適，只是那灌漑土地的小溪裏的水是冰冷的，因爲溪水是積雪融解而成的水。康惠舉目望着那座龐然的峭壁，心裏不禁又覺得這幅景子裏邊隱藏着一種優美動人的危機；如果沒有那偶然形成的阻擋物，整個山谷由四週冰川所融解的水灌注着必將變成一個湖。可是事實上只是幾條灌漑農田的河流；河流是那麼的均勻合式，直是像工程師所設計的。只要那個阻擋物不爲地震或山崩所毀滅，那個山谷的地形眞是非常可喜可慶的。

康惠想到了這種將來或許會發生的危機愈覺此刻這幅圖畫的可愛。他又被美景迷住了；中國的景色有某種迷人之處，康惠在中國所過的生活比別處愉快就是這個緣故。那週圍的龐然大物和那些小塊的草地，沒有雜草的花園，小溪邊頭紅色的茶室，以及小得如玩具樣的屋舍適巧成一對照。居民看來是一種中國人和西藏人的混合種；他們比中國人或西藏人來得清潔俊美；他們雖然在這樣小的社會裏面互通婚姻，只是看來似乎沒有受到任何不良的影響。他們看着康惠等一行人坐那轎子走過都滿臉笑容，並且和張老者寒喧；他們顯着很高興的樣子，顯然不無好奇之感；他們都很有禮貌，看來很安閒自在；他們都在忙着做事，只是並沒有露出匆忙的樣子。康惠認爲這是他所看見過的社會之中最令人愉快的社會，甚至那無時不在找尋邪教徵象的勃林克魯小姐也不得不承認在『表面上』一切都令人滿意。那裏的婦女雖然確是穿着那種足部縛着帶子的褲子，只是上下却是穿着衣服的，這使勃林克魯小姐寬了心；她又把一所寺院很週詳地視察了一下，視察的結果只是發現了幾件勉强可以認爲生殖器崇拜的象徵。張老者告訴他們說，那所寺院裏也有喇嘛僧，不過是另一類的喇嘛僧，受聖格里•勒的管轄，只是管轄並不怎樣嚴格。沿着山谷再走過去還有一所道教館和一所孔廟。張老者說道：『一塊寶石是多面的；許多宗教在適當範圍以內也許都包含着眞理呢。』

伯納與高彩烈地說道：『這話我同意。我是素來反對各派宗教之間的互相妬嫉的。老張，你不愧是個哲學家，你這句話我得永遠記住着。『許多宗教在相適範圍以內都是含着眞理。』你們山居的人能夠想到這點一定都是聰明朋友呢。你的話確乎不錯，我絕對相信。』

張老者像在做夢那樣地答道：『可是我們只是在適當範圍以內相信而已。』

勃林克魯小姐對於這些話絲毫不感興趣，在她看來這些只是無聊話而已。她却在思量着自己的事。她緊縮着嘴唇說道：『我回國後必要求教會派一個教士到這裏來。如果他們咕里咕嚕不願撥出一筆經費來，我誓必迫着他們，非至他們同意不止。』

這種精神顯然是健全得多了，甚至那對教會毫無同情心的馬立森也忍不住欽佩勃林克魯小姐的這種精神。他說道：『他們應該派你到這裏來，如果你喜歡這種地方的話。』

勃林克魯小姐反駁道：『這不是喜歡不喜歡的問題。天下那裏會有喜歡這種地方的人呢？若是我們認爲這事是應該做的，那末我們就得去做。』

康惠說道：『如果我是教士的話，我却甯願到這裏來。』

勃林克魯小姐不以爲意地說道：『你若是那樣，那便顯然沒有什麼功德可言了。』

『可是我殊不計較功德呢。』

『那麼你的話尤足令人遺憾了。你因爲喜歡做某事而才去做那是沒有功德的。你看這些人！』

『看來他們都很快樂呢。』

她狠狠地答道：『就是那話呀！』（强詞奪理之情如畫）

她又說道：『這且不去管他，我認爲傳教工作應該從學習這裏的語言始。張先生，你可以借給我一本關於學習這裏語言的書嗎？』

張老者以彬彬有禮的態度說道：『當然可以呀，我很願幫助你呢。而且我個人以爲你的這個主意委實不錯呢。』

當天晚上他們回到聖格里・勒寺後，張老者認爲這事頗爲重要，應該立即去辦。所用的書是一本一位勤奮的十九世紀的德人所編的巨著，勃林克魯小姐起初看了這麼龐大的一本書不禁氣餒，（她想像中的語言課本是那『藏語數月通』一類的書。）只是張老者指導着她，又有康惠在旁鼓勵着她，所以開頭成績不壞，不久之後認爲學習藏語是件很有興趣的事了。

康惠一邊思索着喇嘛寺的神祕之謎，另一方面却覺得寺中另有許多頗饒興味的事物。在溫和的晴天他或往藏書室去讀書，或到音樂室去奏琴；此時他已深深覺得那些喇嘛僧們在文化方面是很有修養的。至少他們在書籍方面的興趣是很廣泛的；圖書室裏伯拉圖的希臘文著作和奧瑪（Omar 古波斯詩人）的英文著作並列在一處；尼采的著作與牛頓的著作爲伍；湯默斯•慕爾（Thomas more） 的著作也搜藏着，並且還有漢那•慕爾（Haunah more），湯默斯•穆耳（Thomas moore），佐治•穆耳（George moore）諸人的著作，甚且老穆耳（Old moore）的著作也有呢。依照康惠的估計，所藏書籍大約有二三萬册；他不禁懸想着這許多書籍是用什麼方面得來的。

同時他還想知道最近購置書籍是在什麼時候；他發見最新的著作只是一本不値什麼錢的 Im westen Nichts的翻印本。只是他後來又到圖書室裏去的時候，張老者告訴他說：此外還有些一九三〇年中出版的新書，不久就可置放於書架上；這些書已經運到喇嘛寺了。張老者還說道：『你看，我們並不怎樣落伍呢。』

康惠笑着答道：『別人的看法未必與你相同呢。須知自從去年以來世界上已經有了許多的變遷了。』

『我親愛的先生，凡是重要的事無一不是可於一九二〇年時預料及的，而且無一不是須到了一九四〇年時才會被人所暸解。』（智哉作者！凡爾賽和約訂於一九一九年，是項條約實不會解決歐局，只是暫時的休戰協定，有識之士如H・G・WELLS早已預料第二次大戰之難免，果於一九三九年爆發。本書出版於一九三三年，令人疑作者爲未卜先知的神人。）

『那麼說來你對於最近發生的世界劇變不感興趣了？』

『到了適當的時候我將會對之發生興趣。』

『現在我敢說我對你稍稍了解了。你們只是處事的速度與我們不同而已。時間對於你們並不像對於外界人們那麼重要。我在倫敦的時候是不大喜歡讀號外的，而你們聖格里・勒的人們却並不急於閱讀出版已有一年的報紙。據我看來這二種態度都是很合情理。我且問你，上次外客到這裏來的時候離現在有多久了？』

『康惠先生，不幸得很，這個我不能告訴你。』

他們之間的談話往往這樣結束；康惠覺得與其刺刺不休的談話倒不如這樣的好。他和張老者見面的次數多了之後愈覺後者的可愛；只是寺方的人他遇見得很少，這點總覺得奇怪；即使外人不能謁見喇嘛僧，難道此外沒有像張老者那樣的非正式喇嘛僧了嗎？

那位纖小的滿洲姑娘當然是間或見面的。康惠到音樂室裏去的時候有時遇見這位滿洲女子；只是她不懂英語，而康惠還不願使人知道他懂華語。他不知道這位女子只是彈着玩呢，抑是在正式學習音樂。她的擧止很是端莊，她所彈奏的多是規律比較嚴格的調子——像培克（Bach），考律里（Corelli），斯加拉替（Scarlatti）諸作曲家的曲子，有時也彈奏莫柴（Mozart）所作的曲子。她喜歡奏大鋼絲琴（Harpsichord），而不愛奏鋼琴，只是康惠去奏鋼琴的時候，她總是認眞嚴肅地聽着的。她的思想如何沒法知道；甚且她的年齡也不易猜到呢。她也許已是三十餘歲，也許還只十三歲，都可能，只是說不定究竟已有幾歲了。

馬立森覺得生活很是無聊，所以有時也到音樂室去聽音樂；他覺得那位滿洲女子很不可解。「我眞不知道她來這裏是幹麼的？」他這樣的對康惠說已不止一次了。「像張老者那樣的老人出家做和尙也許沒有什麼可怪，只是一個女子爲何喜歡進喇嘛寺呢？」

「我也覺得奇怪呢，只是寺方大槪不會告訴我們其中原因的。」

「你想她喜歡這種地方嗎？」

「我沒法否認她並沒有不喜歡這裏的表示呀。」

「只是她似乎沒有情感的。與其說她像一個人，倒不如說她像一個象牙製成的小洋娃娃之爲愈。」

「像一個洋娃娃可不壞呢。」

「這話當然也相當的有理。」

康惠笑着說道：「馬立森，你只要仔細想想，這話很有理呢。那個象牙洋娃娃畢竟舉止溫文，服飾雅潔，容貌動人，還能奏大鋼絲琴，而且安閑好靜，不像一般女子那樣雖在室內也好像是在打棒球似的。據我所知，西歐有許多婦女缺少這種種的美德。」

「康惠，你在對於婦女的見解方面頗有憤世嫉俗的意味呢。」

康惠對於這種譏責之詞是已聽慣了的。實則他於女子並不會發生過多大的關係。他雖曾有幾個相好的女友，而且如果他向她們求婚的話，她們很願與他結婚，只是他並不曾向她們求過婚。有一次他幾乎已經達到了登報聲明訂婚的地步，只因女方不願到北平去，而他又不願住在英國，終於訂婚之議作罷。她雖曾與女性交往，然而只是試驗性的，若斷若續的，沒有結果的。話雖如此，只是他實在並沒有憤嫉的意思。

他笑着答道：「我已是三十七歲了，而你還只二十四歲。如斯而已矣，豈有他哉。」

過了一忽，馬立森突然問道：「咳，你猜張老者有多大年紀了？」

康惠不在意地答道：「他也許是四十九歲，也許是一百四十九歲。」

關於年齡一點，張老者不願告訴他們。不過在別方面的事張老者却願儘量的講給他們聽，例如關於山谷居民的習俗，張老者是從來不守祕密的；康惠對於此事極感興趣，曾與張老者屢次談及這點，若是把談話的資料搜集了起來，很可以做成一篇大學畢業論文。他對於山谷居民的政治尤感興趣；經他調查之下，知道那裏所行的是一種寬弛的獨裁政體，受命於喇嘛寺，而寺方仁愛爲懷，並不認眞地去統治山谷裏的居民。康惠後來又數度到山谷中肥沃的天國裏去，知道這種政體成績很好。只是他不懂谷中的法律和秩序是怎樣維持的；那裏並無兵士，也沒有警察，對於那種懸不畏法之徒總得有一個處置的辦法呀！張老者答稱犯罪的事很少，一半是因爲只有非常嚴重的事才被認作犯罪，一半是因爲凡是人情所欲的東西居民都能充份的獲得。萬不得已時，寺方的工役有權把罪人驅逐出境——只是這是一種可怕的極刑，實施的時候很少。張老者又說：藍月谷政府最重視教人知禮這一點，這種教育使人知道某種事不該做，若竟做了便會失去身份，叫人看不起。張老者說道：『英國學校也重視這一點，只是對像容或不盡相同而已。舉例說吧，山谷裏的居民認爲不該拒絕收容外人，不該刺刺爭論，不該爭取領導權。你們英國學校當局認操場爲戰場，這在這裏的居民看來簡直是種野蠻習慣——只是不必要地激動下劣本能而已。』

康惠問張老者那裏的男子有無爲了女子而發生爭執的事。

『這類事少見得很，因爲在這裏的居民看來，强娶他人所喜歡的女子是種悖理的擧動。』

『假使有人堅欲得到某個女子，殊不計及悖禮不悖禮，那時又怎樣呢？』

『我親愛的先生，那時嗎？那時另一個男子便該客氣地把他所愛的女子讓給那人，同時女子也該同樣地表示客氣，順從那人。康惠，只要人人稍爲懂點禮貌，這些問題都很容易解決呢。』

康惠多次訪問藍月谷，發現事實上那裏的居民確乎很富友誼精神，人人都感覺得滿足；他看了這種狀況滿心歡喜，因爲他知道世間一切藝術之中政治的藝術最爲落伍。他對張老者稱揚這一點，張老者答道：『那個嗎？你知道我們相信欲使政治美滿必須簡政輕刑。』

『可是你們並沒有民主政治機構像選擧等制呢？』

『嗄，沒有的。我們這裏的居民若是聽人宣稱某項政策完全是，某項政策完全非，必大爲詫異。』（在理論上世間無不好的政策，無不是的主義。共產固好，獨裁也好；共產黨獨裁者又作別論。）

康惠聽了微笑，他對於這番議論很表同意。

却說勃林克魯小姐孜孜地學習藏語，倒也頗感興趣；馬立森還是滿心煩燥，叫苦連天；伯納始終保持着甯靜態度，且不管他的這種態度是矯裝的，還是出於眞心的，反正總令人欽佩。

馬立森對康惠說道：『對你說實話吧，那個傢伙的那種輿高彩烈的態度使我心慌得很。如果他只是閉緊着嘴忍受痛苦，我能夠了解他，只是他不斷地說着玩話使我很覺不安。我們若是不監視他，我們的性命也許會喪在他手裏呢。」

康惠有時也覺得伯納那種滿不在乎的態度很是可怪。他答道：「他的那種樂觀態度不是很可喜嗎？」

「我個人覺得他的舉動很奇特。康惠，你知道他的身世嗎？」

「只是和你一樣而已，不知道他究是何等樣人。我只知他來自波斯，據說是在那裏開發油礦的。他對於一切素來滿不在乎——當以飛機撤退人民的事已經商妥了以後，我費了很大的力氣他才同意和我們一同撤退呢。最後我對他說只是一張美國護照並不能阻止橫飛的子彈，他聽了我這麼說才表示同意。」

「你審查過他的護照嗎？」

「大約總審查過的，只是記不清了。你爲什麼問這話？」

馬立森笑了。「我大概是在管閒事了吧。只是管閒事似也不妨呢。反正在這裏住上了二個月之後，如果我們之中誰有什麼祕密的話，遲早總是要被人知道的。你聽了，我只是偶然發現的，還不會對任何人說過呢。我實在也不該告訴你，只是既然在說伯納的事，索性就對你說了吧。」

「你在說什麼事呀？」

「只是這點而已：伯納的護照是僞造的，他的眞實姓名那裏是伯納！」

康惠的眉毛往上一揚，表示感覺興趣，只是並不十分重視。他喜歡伯納，可是並不關切他究竟是誰。他說道：「那末你以爲他是誰呢？」

「他就是却爾謀斯・勃朗（Chalmers Bryant）呀！」

「什麼！你怎麼知道他是却爾謀斯・勃朗？」

「今天早晨他的皮篋落在地上了，張老者誤以爲是我的，便拾了起來交給了我。皮篋裏儘是些從報紙上剪下來的新聞；我察看着的時候，有幾張紙頭落了出來，老實告訴你了吧，我是偷看了一下的。報紙上剪下來的新聞畢竟不是什麼祕密，至少不應該視作祕密。這些新聞都是些關於勃朗以及通緝他的消息，其中之一刊有他的照相，除了鬍鬚一點之外完全和伯納的面貌一樣。」（原來神祕之中還有神祕）

「你向伯納提及過你的發現嗎？」

「不曾，我只是把那件東西交還了給他，沒有向他說話。」

「那麼你的猜測是完全根據那張報紙上剪下來的照相了？」

「不錯，此刻的根據只是那張照相。」

「我以爲只憑這點不足以確定一個人的罪刑。當然，你的話也許是對的——我沒有說他沒有是勃朗的可能。如果他是勃朗的話，那麼他居留在這裏而表示滿不在乎的態度可以獲得解釋了——世界上那裏還有比這裏更好的藏身之所呢？」

馬立森初以爲這件事是個驚人的消息，而今康惠竟不爲所動，未免有點失望。他問道：「你將採取什麼對策呢？」

康惠想了一忽，然後答道：「我沒有確定的主意。大致沒有什麼辦法罷。試想我們可有什麼辦法呢？」

「可是如果此人確是勃朗——」

「我親愛的馬立森，不要說他是勃朗，就令他是尼羅（Nero——古羅馬帝皇名），在目前情形之下對於我們也沒有什麼重要性可言呀！他是聖人也好，是壞蛋也好，我們住在這裏一天，我們就得彼此和睦一天，我以爲不論採取任何對策都是無補於事的。當然，若是在培斯克爾的時候我疑他是勃朗的話，我該通知達里（Delhi——印度地名）當局——那是我的責任。可是在目前情形之下我似乎可以說沒有什麼責任可言了。」

「這未免太偷懶了嗎？」

「只要合乎人情，我不管是否偷懶。」

「你的意思是否叫我當牠沒有這回事嗎？」

「你大概是不能當牠沒有這麼一回事的，只是我以爲我們二人不妨保守着祕密。這並不是爲伯納或勃朗，只是爲離開這裏之後免得遭受麻煩而已。」

「你意思是說我們應該放掉他嗎？」

「我的說法和你不同，我說我們應該讓他人去享受捉住他的樂趣。你和一個人和好相處了數個月後，叫他帶上手拷似乎不甚相宜。」

「這話我不能同意。此人不啻是個江洋大盜——我知道有許多人爲了他而損失了許多的金錢。」

康惠對於馬立森的那種黑白分明的看法很表欽佩；英國學校教育的倫理觀念也許簡陋，只是至少可以說很是澈底。如果有人違法，人人有把他捉了交給有司的責任。而今勃朗已是違法了；康惠不會十分注意這件事，只是隱約覺得案情很是重大。他只知道紐約大規模的勃朗托辣斯組織倒閉的結果，損失約計一萬萬元——那在這個不時在創造新紀錄的世界裏也可算得打破了亘古未有的倒閉紀錄了。勃朗在華爾街上操縱着市場，究竟如何操縱，康惠不是經濟專家，所以不甚明瞭；結果當局簽發拘票，要捉他的人，他乃逃往歐洲，當局又向歐洲各國請求引渡，接到這樣的請求的有六七國之多。

最後康惠說道：「如果你認爲我的話不錯，那末你就不要漏洩消息——這不是爲他，而是爲了我們自己。只是你別忘了他也許不是勃朗呢。」

可是他確是勃朗，當天的晚上，進了晚餐之後他們獲得了證實。那時張已別去；勃林克魯小姐獨自在研究着藏語文法；三個流亡的男子面對面的坐着，飲着咖啡，抽着雪茄。若是沒有張老者在旁助興，他們在進餐時早就無話可說了；現在張已離去，他們就相對默默無言地坐着，彼此都覺尷尬。伯納此時却不說笑話了。康惠心知馬立森不能若無其事地去對待那個美國人，同時也覺察到伯納已經知道事敗了。

那個美國人突然把手裏的雪茄拋掉，開口說道：「我猜你們都已知道我是誰了。」

馬立森像是一個女孩子地面孔紅了起來，只是康惠仍是鎮靜地答道：「不錯，馬立森和我二人可以說是已經知道你是誰了。」

「我眞糊塗，把報紙上剪下來的東西胡亂拋棄在地上。」

「天下那裏有永遠不糊塗的人呢？」

「你倒鎮定得很，眞有你的。」

接着大家又沒了話；最後勃林克魯小姐尖銳的聲音打破了沉靜，她說道：「伯納先生，我固然不知道你究竟是誰，可是我早就猜你是在微服旅行呢。」大家都好奇地望着她，於是她又說下去道：「當時康惠先生曾說我們的姓名不久將在報上發表，我記得那時你說：那於你無關。那時我就暗想你的眞實姓名大概不是伯納。」

那個不法之徒微微笑了一笑，又燃上了一支雪茄。終於向勃林克魯小姐說道：「姑娘，你不只是個足智多謀的偵探，而且還替我現在的處境想出了一個很雅的名稱呢。你的話眞不錯。我是在微服旅行呢。至於說到諸位男孩子們，你們發現了我的祕密，我毫不認爲憾事。你們若是不知道我的眞相，我也就含糊過去了，只是現在你們既然已經知道了，我若是再向諸位裝模作樣，便顯得不夠朋友。諸位待我不壞，我雅不願叫你們遭受麻煩。看來我們得在這裏和衷共濟一時呢，我們自得盡我們的力量彼此幫忙。以後的事我只是聽其自然罷了。」

在康惠看來這一番話很是合乎情理，所以對他很表示同情。那個肥胖和善，看去很是仁慈的人會是世界上最壞的騙子，眞是令人難以相信。若是再多受點教育，看去却像是一個受人愛戴的學校校長呢。在他歡樂的神情之中隱約可以看出他新近曾經遭受過憂患，可是這並非說他的歡樂神情是矯裝。他的個性正如他的形容——是世俗所謂「易與相處的人」，裏性是隻馴順的羔羊，只是職業上是個騙子而已。

康惠說道：『不錯，我深信那是最好的辦法。』

伯納聽了大笑。看來他的身體之內貯藏着大量的幽默呢。他躺在長椅裏大聲說道：『眞奇怪。我意思是指那事整個的經過。先是到歐洲，又到土耳其和波斯，後來才到達那個簡陋的小城！警察無時不在追蹤着我——在維亞那的時候幾乎捉住我了！被追蹤着起初很是有趣，可是被追蹤的久了便覺心慌。話雖如此，在培斯克爾的時候却好好的休息了一會——我以爲在鬧着革命的地方總是安全的。』

康惠微笑着說道：『不錯，只是子彈橫飛而已。』

『正是呀，我所担心的就是這個。我得在二難之中檢一條路：留在培斯克爾便會死於亂箭之下，若是乘了你們政府所預備的飛機逃走呢，終於難免要被帶上手拷，這二者眞是叫人爲難呢。二者我都不大喜歡。』

『我還記得你當時爲難的神情呢。』

伯納又笑了。他說道：『當時我的處境是如此，而飛機却載我們到這裏來，我自然毫無恐懼之心，這是你很能想像的。這裏眞是一個第一流的神祕處所，我個人認爲這裏是最好的處所呢。我只要身體舒適，便決不會口出怨言。』

康惠微笑着，笑得愈加和氣了；他說道：『你所採取的態度很是合乎人情，只是我以爲你似乎過份一點兒了。我們都不懂你何以能夠這樣的知足。』

『不錯，我覺得很滿足。只要你習慣了，天下沒有不好的地方。這裏的空氣起初令人感覺得不舒服，可是做人那裏能夠件件稱心如意呢。過慣了囂擾的生活在這裏安靜一下換換口味確也不壞。每逢秋季我總是到芭蕉灘（Palm Beach 美國弗洛力大州遊息勝地）去休養身體的，可是那裏怎能獲得休息呢——那裏你還是處於囂囂攘攘的境況中。可是現在却眞能遵照醫生的指示獲得休養了，這裏眞是令人覺得舒適。現在我吃的食物與前不同了，我不能讀電報了，經紀人不能打電話給我了。』

『我敢說他此刻正急於打電話給你呢。』

『當然。事情弄得一團糟，很難清理呢，這點我知道。』

伯納天眞地說着；康惠答道：『對於大規模的企業經濟我不大懂得。』

伯納立即答道：『大多數是種詐欺行爲。』

『我也這麼想呢。』

『康惠，據我看來是這麼回事！你只是依照着慣例幹着，人們也是這麼幹着，而市場突然轉變，對你不利。你束手無策，只是强打起精神，等候時機的轉變。事機是常常轉變的，可是不知怎麼這次却不轉變了；當你虧蝕了約有一萬萬元的時候某位瑞典教授又在報上大發議論，說是世界末日快到了。我且問你，這種話能使市場轉機嗎？你聽了那話當然有點吃驚；只是你還是束手無策，呆若木雞，不久警察便來捉你了——如果你等候着警察來捉你的話。我沒有呆呆地等候着。」

「那麼依你說只是時運不濟罷了？」

「不錯，我個人的時運確乎不濟呀。」

馬立森憤然說道：「可是別人的錢在你手中呢。」

「是呀！爲什麼會到我的手中來的呢？因爲他們滿想一本萬利，而自己又沒有本領。」

「這話我認爲不對。那是因爲人們信任你，以爲金錢置在你的手裏很安全。」

「可是並不安全呀。那有安全之理呢。事實上那裏有安全的地方？那種認爲安全的人只是遇巨風時想躲在陽傘之下的一羣呆鳥而已。」

康惠勸解雙方道：「我們都承認對於巨風我們沒有辦法。」

「對於巨風那裏有什麼辦法——比方我們離開了培斯克爾之後所發生的事我們對之有什麼辦法？在飛機裏的時候馬立森坐立不安而你鎮定異常，那時我就想到這點。你知道沒有辦法，同時也滿不在乎。當倒閉的時候，我的感興也正如此。」

馬立森大聲喊道：「胡說！那有對詐欺沒有辦法之理！當初你遵照規則營業就是。」

「一切正在山崩地坍的時候，這可不易照辦呢。而且世界上沒有知道規則的人。哈佛和耶魯的教授們也不知道呢。」

馬立森輕蔑地答道：「我是在說幾條簡單的日常做人規則呀。」

「那麼我猜你的所謂做人規則並不包括托辣斯。」

康惠立即勸解道：「我們最好不要爭辯。你以我們這次的飛程喻你自己的事，我不反對。毫無疑問，我們只是盲目的飛行着。可是我們終於到了這裏了，這點是重要的；你說世界上儘有比這裏更惡劣的地方，這話我完全同意。想起來眞令人覺得奇怪：四個偶然遭遇的人被綁架到千里以外的地方，而這四人之中有三個竟是各得其所。你需要休養和一個藏身之處；勃林克魯小姐意欲傳播聖教。」

馬立森未待他說完插入道：「第三個人是誰呢？我希望你不要是指我。」

康惠答道：「我是指我自己。我的理由也許最簡單了——我只是喜歡這裏而已。」

不錯，過了一忽之後，在夜色籠罩之下，他又到荷花池邊或陽台上去散步；他在身心方面都覺得非常的愉快。不錯，他很喜歡居留在聖格里·勒。這裏的空氣使他的身體感覺得舒適，而其神祕性刺激着他的思想，二者所產生的整個的感覺很是可喜。數天來他在不斷地想解釋喇嘛寺及其居民的神祕，快將獲得結論了；此時他還在忙着思索這個問題，只是毫無慌亂之感。他正像數學家在解答一個難題——不斷地焦慮，不過只是冷靜地焦慮着。

勃朗在康惠的意識中仍是伯納，他以爲仍是叫他伯納的好；伯納的事以及他即是勃朗一點不久無人談及了，只是康惠時時想到他那『一切都像山崩地坍』的話。伯納說這話大概只指市場而言，康惠却以爲這話含有更深的意義：這話非但可以適用於美國的銀行與托辣斯，並可適用於其他的事。這話可以適用於培斯克爾，達里，及倫敦，可以適用於戰爭和擴張帝國的領土……；在他記憶之中的世界裏一切都呈瓦解之象，伯納的事只是比較的戲劇化而已。(今日世界戰禍來了，戰爭的戲劇化較銀行倒閉有過之而無不及。)毫無疑問，一切都在崩潰中，只是所幸者，多數的演員並不因爲他們使一切崩潰而受罰。在這一方面，企業家是不幸的。

可是在這裏——在聖格里·勒——一切平靜異常。在沒有月亮的天空中，星光閃閃，很是明亮；卡拉格爾高峯上發着淡藍色的光輝。此時康惠自思若是自外界來的貨物運送人此時立刻到來，他雖可以立即動身回去，然而心裏不含有欣喜之意的。伯納也不會呢，他想到了這點，不禁暗暗好笑。這事眞是滑稽可笑；他忽然發現他仍是覺得伯納的可愛，不然他便不會覺得滑稽可笑了。他覺得爲了使人損失了一萬萬元而憎惡一個人很不容易想像；若是只偷了他人的錢，這便容易想像了。而且怎麽一個人會損失一萬萬元的呢？這也許與政府當局任命某位閣員去『統治印度』有同樣的意義。

接着他想到了回程，他想到了長途的跋涉，又預想到抵達印度時的情景——他覺得那時應該使人覺得高興，然而大概是會使他失望的。接着他又想到了那時必與衆人握手，並說明他的來歷；許多被陽光曬黑了的人將驚奇地望着他。到了達里自必謁見總督以下諸人；自必有頭部包着飾布的僕人向他施禮。也許會被召回英國去；接着便預想到回到英國後的種種：外交次長必虛與委蛇，稱讚他幾句；必須接見許多新聞記者；許多女子必會嘲笑地淫蕩地問他：『康惠先生，你在西藏的時候，那裏……』有一件事毫無可疑：他必將把經過的事至少講述三四個月。可是這一切合他的口味嗎？他想起了戈登的話：『我甯願過托鉢僧的生活而不願在倫敦每天去出席宴會。』康惠的憎惡感沒有像那樣的明確——他只是預見到屢次講述過去的經歷不只會使他傷感，而且會覺得異常討厭呢。

他正在這樣思想着，突然覺察到張老者走近他的身邊來。張老者急促地說道：『康惠先生，我覺得很是榮幸，能把一件很重要的消息告訴他……』

運送貨物的夫役們畢竟早於預定的時間到達這裏了，康惠心裏這麼想；他早就應該預見到這點呢。他還不想回去，所以心裏感覺得難過。他問道：『什麼事？』

張老者的神情，以他往常的態度言，也可以算得緊張了。他說道：『我親愛的先生，恭喜，恭喜。這也可以說一半是我所促成的——我曾屢次向我們的主持請求，現在他已經決定了。他想立即見你。』

康惠猶疑了一忽，隨即說道：『張，你的話不大清楚呢。究竟爲了什麼事呀？』

『主持叫你立即就去呢。』

『這個我知道了。只是你爲什麼這樣興奮呢？』

『因爲這是向來所沒有的——我雖說屢次向他請求，可是不料這麼早就來命你去見他。二星期前你還不在這裏呢，而現在却可去見他了！以前未曾有過這樣的事！』

『我還是不知究竟是怎麼一回事呢。主持命我去見他，這點我懂得。只是此外還有什麼事嗎？』

『這還不夠重要嗎？』

康惠笑了。他說道：『請原諒，我沒有故意對你不敬之意。你和我說話時我正在思想另一件事呢。只是現在且不去管牠。你們主持命我去見他我當然覺得非常榮幸和高興。定於什麼時候謁見呢？』

『就是現在。他命我請你此刻就去。』

『此刻不是太晚了嗎？』

『這個不打緊。我親愛的先生，你不久就可知道許多事了。同時我個人也覺得很是高興，因爲此後我不必吞吐其詞了。說眞的，我屢次拒絕回答你的問話，心裏很覺痛苦——非常的痛苦。此後不必這樣受罪了，我眞是很覺愉快。』

康惠答道：『張，你這人眞怪。不用解釋了，我們就去吧。我很感激你。請你領路吧。』

結婚十年

蘇青

七 寂寞的一月

薇薇很會哭，當她哭的時候，我心裏急得要命。黃大媽說：「少奶奶你別急，等明天有了奶，事情便好辦了。」

可是第二天仍舊沒有奶，我恐怕薇薇眞的要餓壞了，想對她們說，祇是不好意思。賢也曾走進來過幾次，問我此刻還好嗎，我點點頭，他也不敢多說話，惟恐我產後吃力。至於薇薇呢？他也曾偷偷地瞧過，看見我在看他，便難爲情似的把目光移開了。

到了傍晚的時候，黃大媽走進來說，該給孩子「開口」。婆婆站在門外，吩咐指揮，但却不肯再進房來，說是『紅房』進不得的，進了下世有罪過。黃大媽拿來一碗木梳燒煎出來的湯，叫我洗乳頭，說是木梳可以梳通頭髮，因此它的湯也可以「通奶」。洗過了乳頭，便讓孩子吮吸了，眞奇怪，她竟懂得如何吮法，而且吮得這樣緊，這樣巧妙！

我覺得自己實在沒有奶出來，但是孩子却有嚥聲，難道她嚥的是自己唾涎嗎？從來沒有喂過奶的乳頭，叫做「生乳頭」，吮起來實在痛得很的。而且她似乎愈吮愈緊，後來我眞覺得痛澈心肝，趕緊把它扳出來，看看上面已有血了。黃大媽說：快換了一隻奶來給她吃呀，吃過幾次，便不痛了。我摸摸自己另一個乳頭，猶疑着怕塞進她的小嘴裏去，但瞧見她空吮自己下唇，嘖嘖有聲的樣子，實在忍不住了，總於咬咬牙把她抱近身來。

吸第二隻奶時，孩子似乎也有些疲倦了，不像先前有力，不久便自沉沉睡去。我輕輕的縮回身來，睡在她旁邊，睡了一覺，覺得乳房硬磞磞地，原來兩乳已脹滿着奶汁了。

在奶汁飽脹的時候，眞把望孩子能把它多吸出些，可是孩子却貪睡。我沒奈何祇得輕輕自己揑弄着乳頭，覺得有些癢癢的，不一會奶便直噴出來，稀薄的，細絲的，像亂噴着的池水。噴出了些，便覺得好過些，不一會又脹痛起來了。

我告訴黃大媽，黃大媽說：奶多總是好事情呀，寶寶有福氣了。但是不一會婆婆就到門外來吩咐我道：我看還是叫黃大媽絞一塊冷手巾來給你覆住乳房吧，你公公關照過叫你不必自己喂奶，明年早些可以養個男娃娃，奶媽我已派人四處到鄉下去找了。

我沒有話說，心想：自己的乳怎麼多着不讓孩子吃呢？薇薇雖然吮得我乳房很痛，但是我愛看她攢在腋下偎靠着我的樣子，有她睡在我的身旁，我便覺得充實了，幸福了。

但是第三天終於來了一個奶媽，她的身材又矮又胖，面孔是扁的，鼻子有些塌，看上去樣子倒還和善。她把我的薇薇抱了過去，同她一起住在後房，日裏薇薇睡在床上，她便給她驅蚊子，管尿布。夜裏她也上床睡了，當我想起我的薇薇今夜已是睡在一個塌鼻子女人的身旁，餓了將要攢到她的大奶袋底下去吮吸這顆黑棗似的奶頭時，我眞替她委屈得哭起來了。我覺得再也睡不着，沒有了她在一起，我覺得床上多空虛，心中多寂寞呀。

半夜裏，我的乳房更加脹痛得厲害了，沒奈何祗得高聲喚奶媽：「快把孩子抱過來呀，叫她吸些奶，我的乳房眞痛得要死了。」可是奶媽起先不應，後來含含糊糊的說道：「孩子夠吃了呢，少奶奶你放心。抱來抱去要着涼的。」我不禁拍床大怒道：「我叫你抱過來，你敢推三阻四？我的孩子還要你作主嗎？」這時黃大媽再也不能不做聲了，她伸出頭來在帳外勸道：「少奶奶你且忍耐些吧，奶頭痛些時就會好的，沒有了奶時你的身上就會來了，老爺太太把不得你再快些替他們養個小孫孫呢。」

我哼了一聲，心裏暗想從此再也不要養孩子了，養的時候多痛苦，養下一個女的來又是多麼的難堪呀！結婚眞沒有多大意思，說到兩個人的心吧？心還是隔得遠遠的；說到男女間快樂，一剎那便完了，不過十分鐘，却換來十月懷胎，十年養育的辛苦。

從此我便罕見薇薇的面了，她們說月裏頭孩子不可多抱，抱慣她將來要不得了。我也想到育兒常識裏有這麼一句話，嬰兒抱多了背脊骨要彎曲，不是件好事，因此也就隨她們去了。有時候分明聽見她在後房呱呱哭起來，很好聽的，但聽不到兩聲，似乎便給塌鼻子奶媽的大奶頭塞住了嘴，變成悶氣的嗚嗚聲音了。

我很想念我的薇薇，乳房痛得緊，一大團硬麵包似的東西漸漸變成菓子蛋糕般，有硬粒有輭塊了，終於過了一星期左右乳房不再分泌乳液，我知道從此我便沒有能力再從那個塌鼻子女人的手中奪回我的薇薇來了，至少在一年以內，也許在一年以上。

我寂靜地一個人睡在床上，時間似乎特別長。賢有時候也輕輕走進來瞧我，但是不多講話。有一次他吞吞吐吐地對我說，再過三天他要到上海去了，學校裏已經開學；我點點頭沒有回答，心想瑞仙又該快樂了吧，幸福的是她，痛苦的是我。

我能不能再回到學校裏去呢？上學期沒讀完，下學期又開學了。其民畢業後更沒有信來，他不在C大，南京對於我便也沒有什麼可留戀的地方了，還是在家裏看看薇薇吧，她總是我的，看看她我便彷彿有了安慰了。

賢去後我便更加覺得寂寞，產房除了黃大媽與塌鼻子奶媽以外，誰也不肯走進來，好像這裏面全是罪惡之泥污，踏一脚就要沾着她們身子似的。那末爲什麼當我快要生產的時候，倒有這許多人走進瞧呢？她們會竊竊私語着批評我的下身從肚皮到脚跟，似乎她們都很留意這段，她們自己的身子大概總也鑑賞研究過，而把我的與她們的相比。我想她們或許是在打量我的肚樣，在這麼養出來的究竟是男是女；她們或許也在計算我的產道，看那樣孩子出來時究竟便當不便當。我想她們的下意識中也許正在希望我的肚樣不好，一會兒孩子養下來包管是個女的；而產道看起來也似乎不夠寬大，孩子要出來而不能出來會把我痛苦得要死。不幸我的經過恰恰正如她們所料，她們這才又慚愧了似乎恐怕我萬一因產難而死去後會在菩薩跟前得悉她們的壞心，而予她們以報復，因此她們馬上就一臉慈悲起來，希望我能平順地產下，當然太平順也不好，直待西醫用剪刀得的一剪，這下子她們才快意了，安心了。

她們在我的房內已經看得相當滿意而去，以後似乎都是平常的戲，沒有什麼緊張之處，她們再也不屑看了，因此便羣起而侮辱我，說我住的是紅房，進了有罪過，故意冷落我。我在裏面多難過呀。一清早醒來，眼睜睜瞧天亮。天亮了，黃大媽悉悉索索地在後房下床，撒尿，輕輕的咳嗽兩聲，然後躡手躡脚地打從我房裏走過。我驟然喊她聲：「黃大媽，你這麼早起來了嗎？」她頓時嚇了一跳，定了定神回答道：「少奶奶你再睡一忽吧，等我燒熱了水，再來給你洗臉。」

但是黃大媽久久不至。她也許是先在打掃庭院，抹桌子，搬椅子的忙亂一陣，然後再去燒水。也許是燒了大半壺水自己先洗臉了，然後再燒熱一壺來，給我洗。她還要忙着吃早飯，塡飽了自己的癟肚子，再想到我的早點。至於奶媽呢？她是不到日高三丈不起床的，捧着一個薇薇，什麼也不管了。

我一個人寂寞地躺在床上，心裏煩燥起來，祗想披衣而起。但是，下半身似乎由不得自己，半麻木地，直的硬的，再也沒有力氣。婆婆會關照我：產月裏不可做毛病呀，有了病痛一世也治不好了。還是不動彈吧，寂寞的光陰，幾十天總也會過去的。

吃過了早點，奶媽便來我床前站一會。她告訴我夜裏寶寶如何一次次醒來，她如何當心地拍着她，趕緊喂她奶，她吮着奶就沉沉地睡去了。她又說她的奶實在脹得緊，寶寶吃不完，祇好用碗盛着擠出來，想想倒可以給你少奶奶喝。我說誰要喝你奶，人乳又腥又淡一些味道也沒有。她訕訕地自進後房去了。我不是不識得人家一片好意，我是恨她霸佔了我的孩兒，還要向我來多嘴誇耀似的。

奶媽進去了，我這纔又感覺到無聊起來。看看報是不可以的，留聲機沒有人會開，睜着眼睛望窗外看來看去祇不過這麼一塊豆腐乾般大的天空。天空上有時候有些雲，有時候雲沒有；太陽則祇見它的光，瞧不見它本身。太陽光透進來的時候，房中玻璃都閃着光。我怕損壞自己的眼睛，趕緊眄向光線暗處，一件件笨重的雕刻得過於繁瑣的紅木器具都呆扳着臉孔站直着，沒有絲毫新鮮生動的氣象。我瞧它們瞧得厭了，心想何時才能飛出這間古老寂靜的房間呢？秋天快到了，外面雖然蕭條，總該有些高爽清遠之氣吧，無論如何也要比這裏好些，我想飛，穿過這一格格劃分着天空的窗子，飄升到薄薄的白雲之上，然後駕着它到我的故居，探望我媽媽，與她抱頭痛哭一場！——我為什麼想穿窗而出呢？原因是我不愛從房門口出來，走下樓梯，也許在樓梯頭與黃毛髮的姑娘碰到了，瞧着她歪嘴一笑，我不喜歡杏英，不，簡直有些恨她。

但是我的身子動彈不得，我祇能躺在床上等午飯端上來。做產的婦人是吃得好的，蛋啦肉啦什麼都有，就是不備青菜。黃大媽說：吃了青菜會發腫的。我說：腫什麼呢？肚子腫，還是喉嚨腫得嚥不下了？但是她也答不出來，我要吃，她仍舊不許。

吃完午飯，我便睡一忽兒。但是後房薇薇的哭聲又把我吵醒了，我煩惱地想：奶媽究竟到那裏去了呢？正在拍床喊時，她的聲音從後房嚷起來了，原來也睡熟了，却讓薇薇儘哭！

我說：奶媽，你太不懂事呀，我剛睡中覺，睡得正好，你却讓孩子來吵醒我。她在隔壁嗯嗯應了幾聲，一面低啞着聲音不知在哼呀還在唱：「寶寶快睡喏，噢，寶寶要睡覺！」

給她們吵醒了，我便睡不着。聽聽後房毫無聲息，情知奶媽又跟着孩子一齊入睡了，心裏惱很緊。過了片刻，我便喊：「奶媽，寶寶睡着了嗎？奶頭可有吐出來不會？嬰兒含着奶頭睡是……」奶媽嗯的一聲驚醒過來，一面連聲噢噢說曉得了，我正要起來洗尿布了呢。我哼了一聲，對她說道：「你也眞的睡得夠了吧，早上比我醒來不知遲多少時候，此刻我睡着了也不當心照顧孩子，却讓她來吵醒我。」奶媽沒有話說，接着還是嗯嗯。

沒有人可談，沒有人可罵，說着便也沒有意思了，於是我便改口問奶媽：「你爲什麽要出來呢？奶媽。」她在後房長長嘆口氣，說道：「也是我命苦呀，少奶奶，嫁個男人不爭氣，貪吃懶做，只會在家生小孩子，生出小孩子來一個個丟到堂裏去了？」

「什麽？」我帶着詫異的口氣問，心裏明明知道，却恐猜得不對，於是再追問一句：「可是丟到育嬰堂去了？」

她嗚咽着說：「可還不是？一個又白又胖的大娃娃呀，還是小子呢，祇好狠一下心腸丟了。」

「丟了孩子好賺錢。」我用平淡的口吻安慰她說，心裏有些得意。我的娃娃是女的，還可以僱奶媽，她的男孩却丟在堂裏！於是我知道貧富的不平等比男女的不平等更厲害，祇聽得那個貧苦的女人又說道：「少奶奶，嫁人眞是沒有好處，苦苦的養個孩子，却又丟了，出來給人家當奶媽。雖然這裏你少奶奶同老爺太太都待我好，賺這麽多的錢，我還說什麽？但是錢也不能歸我用呀，我那個不要臉男人早已向這裏拿了十元去了，說要去還債。——我這次生孩子的時候產婆雖沒有喊，自己替自己接生下來的；但是抱孩子上城丟到育嬰堂去却忍心不下，叫人代抱去，要化好幾塊錢呢。」

我默默地點點頭，覺得有些悽惻，不要再聽下去了。過了一會，我對她說：「寶寶還睡着麽？抱她過來給我瞧瞧！」她顯然有些驚訝，却也不敢反對，孩子便裹着毛巾捧過來放在我身旁。

薇薇貼近我睡着，小身體動了幾下，嘴吧空吮着，像在夢吮奶。我想把奶頭塞進她的小嘴裏去，雖然沒有奶了，給她吮幾下總也有癢癢的舒服的感覺。但是奶媽說：「少奶奶，把寶寶推得開些吧，你的奶已經斷了，再吸出來是有毒的。」我雖然不相信，却也不願打擾孩子的安睡，就自躺直了不再觸着她。

我說：「奶媽，你去洗尿布吧，孩子我管着。」她嗯了一聲，矮而胖的身子移動起來，呆滯又遲緩地。她的塌鼻子的孔一掀一掀，扁平臉上顯然還帶着些悲哀的顏色，「眞是男人不爭氣呀，要是我……我能夠嫁着個稱心如意的人……」像是在說，像是囁嚅着不敢全說出來，她去了。

我躺在床上，眼瞧着窗外的天，心裏浮起一種幻想。蕭索的秋晚，後湖該滿是斷梗殘荷了吧，人兒不歸來了，不知道湖山會不會寂寞？

玉官（三）

落華生

六

自從雅言去世以後，教會便把玉官調回城裏，鄉間底工作暫時叫別人去替代，爲底是給她一點時間來照料孩兒。建德這時候也在神學校畢業了，教會一時沒有相當的位置安置他，校長因爲愛惜他底才學，便把他送到美國再求深造。玉官年中也張羅些錢寄去給他。她底景況雖然比前更苦，精神却是很活潑的。

流水賬一般底年月一頁一頁地翻得很快，她底孫兒天錫也漸次長大了。教會仍舊派她到錦鯉和附近的鄉間去工作，可是垂老的心情再也不向陳廉開放了。陳廉對於從前彼此所計畫底事本來是無可無不可底，何況已經隔了許多年，情感也就隨着冷下去。他在鎮裏自己開了一間小肉舖子，除非是收賬或定貨，輕易不到錦鯉來，彼此見面底機會越少。

歐洲底大戰，使教會在鄉間底工作不如從前那麼順利。這情形到處都可所看出來。因爲一方面出錢底母會大減佈道底經費；一方面是反對基督教底人們因爲同教底民族自相殘殺，更得着理論的根據。接着又來了種種主義，如國家主義，共產主義，等等運動，從都市傳到鄉間，從口講達到身行。這是社會制度上一場大風雨，思想上一度大波瀾，區區的玉官雖有小聰明，也擋不住這新潮底激蕩。鄉間底小學教師時常與她辯論，有時辯到使她結舌無言，只有閉目祈禱。其實她對於她自己的信仰，如說搖動是太重底話，最少可以說是弄不清楚。她也不大想做傳道，一心只等建德回來，若能給她一個恬靜安適的生活，心裏就非常滿足了。

建德一去便是八九年。戰後底美國，男女是天天狂歡着底。他很羡慕這種生活，到了該回國底年限也不願意回來。在最後一二年間，他不再向母親要錢，因爲他每月有點小小的入款，是由輔助一位牧師記賬得來底工資。在留學生當中，他算是很能辦事底一個。

在一個社交的晚會上，他認識了一個南京底女學生黃安妮。建德與她一見面，便如前好幾生底相識，彼此互相羨慕。安妮家裏只有一位母親，父親留下底一大椿財產都是用母親和她名字存在銀行裏。要說她學底是什麼，却很難說，因爲她底興趣是常改變底，她學過一年多底文學，又改習家庭經濟。不久厭惡了，又改學繪畫，由繪畫又改習音樂，因爲她受不了野外底日光，由音樂又改習哲學，因爲美學是哲學底一部門。太高深的學問又使她頭痛，至終又改習政治。在美國，她也算是老資格，誰都知道她。缺德的同學於給她起個外號叫「學園裏底黃蝴蝶」。但也有許多故意表示親切底同學管她叫安妮。她對人們怎樣稱呼她都不在意，因爲她是蝴蝶，同時也是花；是藝術家，同時也是政治家。當她是花底時候，其它的蝴蝶都先後地擁護着她，追隨着她，向她表示這樣那樣。她常轉變的學業，使她滯留在外國，輾眼間已到了四七年華。不回國也不要緊，反正她不必爲生活着急。在外國有受用處，便盤量受用，什麼：野球會，麻雀會，晚餐會，跳舞會，乃至「公鷄尾巴會」，她都有份，而且忙個不了。

建德是她意中人之一。她覺得他底性情與她非常相投，自從相識以後，二人常是如影隨形，分離不開。有一次，他接到杏官一封信說要給他介紹一個親戚底女兒。她說得天仙不如那位小姐底美麗，希望建德同意與他訂婚。建德把信拿給安妮看，安妮大半天也沒說半句話。這個使建德理會她是屬意於他，越發與她親密起來。

玉官知道兒子在外國已經有了女朋友，心裏雖然高興，只是爲他不回來着急。她也常接建德底信說起安妮怎樣怎樣好，有時也附寄上二人同拍照片。她看了自然是很開心，早忘掉從前與雅言底淘氣，心境比前好得多。建德年來不要她再寄錢去使用，身邊底積蓄也漸次豐裕起來。天錫仍在杏官家住着，雖然到小學去念書，因爲外祖母非常溺愛他，一早出門，便不定到那裏去玩，到放學底時候才回來。學校報告他曠課，杏官也不去理會。玉官從鄉間回家，最多也不過是十天八天，那裏顧到孫子底功課。

天錫在學校裏簡直就是花果山底小猴王，爬牆上樹，攢洞揭瓦，無所不爲。先生也沒奈他何。有一次他與一個小同學到郊外一座荒廢的玄元觀去，上了神座，要把偶像頭上戴底冕旒摘下來玩。神像拱雙手捧着玉圭看來是非常莊嚴的。他們攀到袖子，不提防那兩隻泥手連袖子塌下來，好像是神君顯靈把他們推到地下底光景。他底腦袋磕在龕欄上，血流不止。那小同學却只擦破了皮。他把書包打開，拿出幾張竹紙，忙忙地搗在天錫頭上，不到一分鐘，滿都紅了，於是又加上幾張，脫下汗衫加裹得緊緊地，才稍微好一點。他們且不回家，還在廟裏穿來穿去。那玄元觀在幾十年前是一座香火很盛的廟宇，後來因爲各鄉連年鬧兵，外處僑居在城裏底，人死了不能就葬，那把靈柩停厝在那裏。傳說那裏底幽鬼很猛烈，所以連乞丐都不敢在裏頭歇宿。各間屋子除掉滿布六板長箱以外，一個人都沒有。門窗早教人拉去做柴火燒了。

小同學自己到後院去，試要找出什麼好玩底東西。天錫却因頭痛，抱着腦袋坐在大門底檻上等他。等了一回，忽然聽見一聲巨響從後院發出來。他趕緊進去，看見小同學躺在血泊當中，眼瞪瞪，說不出話來。他也莫名其妙，直去扶那孩子。孩子已經斷了氣，走不動，反染得他一身都是血。無可奈何，天錫只得把屍首擦在地下，臉青青地溜出廟門。

天錫不敢逕自回家，只在樹林裏坐着，直等到斜陽沒後，家家燈火閃爍到他眼前，才顫唐地踱進城去。一進家門，杏官看見他一身血漬，當然嚇得半響說不出話來。天錫不敢說別的，只說在外頭摔了一交，把頭摔破了。杏官少不了一面罵，一面忙去舀水替他洗頭面手脚，換上衣服，端上喫底。在放學後，天錫，每得在外頭玩到很晚才回家，所以常是喫完就睡。

過了兩天，城裏哄傳玄元觀裏出了命案，引得一般不投稿底新聞訪員，老少的，男的，女的，都趕出城去看熱鬧。不到半天工夫，玄元觀直像開了廟會，早有十幾担賣花生湯，油炸檜，芝麻糖底排在那裏。廟門口已有幾個兵士把守住，不許閒人進去。人們把那幾個兵士團團圍住，好像來到只爲看看他們似地。不一會，人們在喝讓道底聲中分出一條小道，縣長扶着手杖和他底公人大搖大擺地來到廟門口。兵士舉鎗立正，行禮，煞是威風。在場有些老百姓看見這種神氣，恐怕要想自己將來死底時候也得請一位官員來驗屍，才可以引得許多人來增光閭里。縣長進到後院，用香帕掩着鼻子，略爲問了幾句，仵作照例也報告些死者底狀態。幾個公人東張西望，其中一個看見離屍首不遠底一個靈柩底蓋板是斜放着，沒有蓋嚴，便上前去檢驗。他一掀開棺蓋，便看見裏頭全是軍火，還有許多炸彈，不由嚷了一聲「炸彈呀！」那縣長是最怕這樣東西底，一聽見他嚷，嚇得扔子了杖，撒開腿望廟門外直奔，一般民衆見縣長直在人叢中亂竄，也各自分頭狂奔。有些以爲是白日鬧鬼，有些以爲是縣長着魔，有些是莫名其妙，看見人家亂跑，也跟着亂跑一陣。

縣長走了很遠，才教幾個人把他扶住，請他先回衙門去，再請司令部派軍隊去搜查。原來近幾個月間，縣裏常發見私藏軍火底地方，間中也找出畫上鐮刀鐵鎚底紅旗。軍政人員也不知道都是代表什麼，見了軍火，只樂得沒收，其餘的都不去理會它們。廟外還是圍滿了羣衆，個個都昂着頭，望這裏，望那裏，好像等待什麼奇蹟底出現一般。忽聽見遠地嚷道「一二三四」，「一二三四」，帶着整齊的脚音，越來越近。大家知道是兵隊來了，急忙讓道，兵士們進到廟裏，把發現底鎗枝炸彈等物分幫運進城裏。

仵作把屍驗完，出到廟門口，圍着他底羣衆，忙問死底是什麼人。他把死者底模樣，服飾，略略說出，不到片刻工夫都傳開了。當時有一個婦人大啼大哭，闖進廟裏，口裏不住地叫「兒，心肝，肉。」她斷定是賊人把她兒子害死，非要把兇手找出來不可。那時兵士們已經回去了。隨着進去看熱鬧底人們中間有勸她快到縣衙去報案底，有勸她出花紅緝兇底。她哭得死去活來，直說要到小學校去質問校長。公人把她帶到衙門裏，替她寫狀。縣長稍爲問了幾句話，便命人送她回家。

好幾天底調查，騷動了全城底人。杏官被校長召去問話，才知道玄元觀底命案與天錫有關，回來細細地考問孫子，果然。她立刻帶着天錫去找洋牧師，說明原委，洋牧師勸他自首去，說這事於他一點過失也沒有。杏官想想也是道理，於是忙帶着孫子去找校長，求他做個保證。校長却勸她不要去惹官廳，進衙門，是非是鬧不清底，說不定要用三千兩千才沒能洗刷乾淨，不如先請牧師到衙門去疏通一下，再定辦法。杏官無奈又去找洋牧師。到了縣衙門，縣長忙把他請到客廳去，一見天錫年紀並不大，不像個兇首，心裏已想不追究，加上天錫自己說明那天底光景，命案一部分的情由就明白了。縣長說他還得細細調查那些軍火是那裏來底，是不是與天錫和他底同學有關。洋牧師當然極力辯論天錫是個好孩子，請縣長由他担保，隨傳隨到。縣長也就答應了。臨出門時，聽見衙門裏底人說月來四處底風聲很緊，反對現政府底叛徒到處埋伏，那些軍火當然是他們祕密存貯在那廟裏底。他帶天錫回到杏官家裏，把一切的情形都告訴了她。杏官聽說大亂就到，心裏更加不安，等牧師去後，急急寫封信給玉官，問她怎樣打算。

玄元觀發現軍火底事，縣裏雖沒查出什麼頭緒，但杏官聽見街上有人說李建德曾做革命黨，這事又與他女壻有關，莫非就是他運底。事情又湊巧得很，在兵士運回去底軍火當中，發現了些貼上李字第幾號底字條。他們正在研究這「李」字是什麼意思。天錫被傳到營裏問了好些次，終不能證明他知道其中的底細。誰也不知道那些假棺木是從那裏，在什麼時候停在廟裏，天錫也是偶然和同學到那裏玩，他家裏和常到底地方也沒一點與軍火相關底痕迹。為避禍起見，杏官在神不知鬼不覺底一個早晨，帶着天錫悄悄地離開縣城，到口岸去了。

七

玉官傳教底區域已不像往年那麼平靜，早晚牛羊牟牟于于聲音常從參着軍號戰鼓底雜響。什麼警備令和戒嚴令，一兩個月底間總會來幾次。陳總司令退出福建以後，兵隊隨地紮營是好幾年來常見的事，玉官和其他民眾一樣，不加注意。

自從接到杏官報告天錫底事以後，她一心想回城裏去看看，那幾天是她在鄉間佈道底期間，好容易把禮拜天忙過了，想在星現以前趕到錦鯉過夜，第二天一早趕程回家，不料還沒看見大王廟，前路已有些個人回頭走。他們說大路上有許多臂纏紅布底兵士把住，無論是誰都不許通行。玉官不得已，只得折回，到一個小村裏。那裏有一家信教底農夫。因為地方不多，他把玉官安置在稻草房裏。她聞着稻草房附近底糞堆和茅廁底氣味已經不大受得住，又加上大大小小的老鼠，穿出竄進，像沒理會她也在裏頭似地。她心裏斷定凡老鼠自由來往底屋裏必定是有鬼底，不過她已得到陳廉防鬼底補術，把聖經和易經放在身邊，放心躺在稻草上。治鬼雖有妙術，辟臭却無奇方，玉官好容易到夜深了才合得眼睛睡着了。

她在夢中覺得有鎗聲和許多人底腳步聲，吵嚷聲，睜開眼已看見離她不遠底稻草已經着了火。她無暇思索那是彈子引底火還是人放底火，扯起衣裙，望外便跑，那時已過夜半，全村都在火光裏照着。她想事情是凶多吉少，不如逃到瓜田邊那座看守棚去躲避一下。棚裏底人已不在，她攢進去蹲着心裏非常害怕，閉着眼睛求上帝，睜着眼睛求祖宗，村裏底人聲挾着火焰四處發射，原來一隊臂纏紅布底兵到村裏擄人。村裏底人早就聽聞數年來中國各地「鬧共」底事情。他們也知道有一種軍隊叫做「土共」，其他還有「紅軍」，「蘇維埃軍」等名目。但土與非土底有什麼分別，他們說不出來；他們只從行爲來判斷。凡是焚掠村莊，擄人勒索，不顧羣衆底安全與利益行爲和强盜一般的，他們便叫那些人做土共。這來底大概也是土共，因爲他們在村裏足足擄掠了一夜。玉官在棚裏沒敢閉眼睛，直等到天亮。看守棚只是一片竹篷罩成底一個圓穹，兩頭沒什麼遮攔，她若不出來往來底人必要看見她。她想還是趕回錦鯉去再作計較，可是走不多遠，就被幾個開路先鋒斷道元帥攔住。

她成了那隊戴黑帽纏紅布底軍隊底俘虜，被送到另一個村裏。被擄來底婦女都聚在一處，有許多是玉官認識底。紛亂了幾天，各人都派上一種工作。所謂工作是浣洗，縫補，炊煮：等等。玉官是專管縫補底。那隊人馬底破衣爛帽特別多，把她兩隻手忙得發顫，到連針也拿得像銅柱一樣重才勉强歇，這樣底生活於她算是破天荒第一遭。自從當了傳教士以後，她底生活單調，天天循規蹈矩地生活着，沒人催促她，也沒有人監視她。如今却是相反，生活直如囚徒一般。她懷念着在外國底兒子和城裏底小孫，又想到不曉得什麼時候才能脫離這場大難。她沒有別的方法，流出幾行淚就當安慰了自己。

有十幾天底工夫在村外開了仗。纏紅布底人們被打死了不少。他們退到村裏，把輜重其它一切貨寶匆忙地收拾起來，齊向村後二十多里底密林退却。村中底男女丁口，馬牛羊鷄犬豕能帶底也都得跟着他們走，一時人畜底號叫聲響入雲際，因爲誰也不願意跟他們這樣危險的旅行，可也沒法擺脫。全村頓然顯得像死寂的廢墟，所剩底只有十幾個老公公老婆婆，嬰孩能走路也得隨着走，在懷抱底就由各人母親決斷，不能帶或不願帶底可以扔在路邊，或留在村裏。受傷底戰士走不動底也被打死，因爲怕被敵方擄去受刑逼供。

走了七八里路，隊長忽然發現一張非常重要的地圖和一本編號名册留在村裏被打死底一個領隊底身上。那是最重要的文件，絕對不能遺失，更不能落在敵人手裏。隊長要一個男人和一個女人扮成夫婦回去搜尋。玉官早想找機會逃脫，便卽自告奮勇。她說她認識幾條小捷徑，可以很迅速回來。同行底男子是「老同志」，一路監視着玉官，半步也不肯放鬆。從小道走果然很快就到了村外。那時官兵還沒來到，但隔着籬笆，那人已聽見村裏那幾個剩下底老人在罵他們是土匪，官兵一來要怎樣做他們底引導。玉官於是教那人就在竹陰底下等着，怕他進去不方便。那人把死者記在臂上底號數告訴她，由她自己進去。玉官本來是想一進村裏便躲起來底，繼而想到那人身邊有鎗，若等急了，必會自己進來，豈不又是血門？她於是按着號數找尋，果然在路邊一具屍首底衣袋裏找出他們所要底文件。那時全村只是臥着零亂的屍體和破碎的軍需品，各家底門戶都得關嚴嚴地，玉官在道上回走了些時候，也沒見人。她帶着文件到林底下，交給那人，教他飛步向前走，說她走不動，隨後跟着來。那人得着地圖名册也自很滿足，不顧一切地撒開腿便跑。玉官見那人走遠了，且自回到村裏。她想那裏不能久停，於是沿着田邊底小徑向着錦鯉社投奔。

她那一雙改組派的尖長脚，要手裏底洋傘來扶持才能放步底，如今還得在小徑上跋涉，所以更顯得蹣跚可憐。好容走到社口，又被兩個灰衣軍士攔住。他們不由分說，把她帶到營長帳前。營長便命把她發落，顏色好像大失所望。他們都是外省人，說底話，玉官一句也不懂。兩個兵士把她領到一間大屋子裏，她認得是社裏祠堂後院底廂房，那前院還有兵一小隊駐紮着，她對二人說她是住在巷尾那間福音堂裏，但說來說去，都說不淸。他們也不懂得她底話，在屋裏已有八九個女人，有在一邊啼哭底，有坐着發楞底，也有些像不很關心底。玉官想着這大概也是拉來替兵士們縫補衣服底罷。

原來在用武之地，軍隊底紀律若是差一點，必有兩件事情是他們儘先要辦底：第一件是點點當地有多少糧食；第二是數數有多少婦女。沒有糧食和婦女，仗是不能打底。幾個婦女一見玉官進來都圍着她哭，要她搭救。玉官在那裏工作那麼些年，自然個個認得，但她也是女子，自己也沒把握。前些日子在那一村被逮底時候，她也承認過自己是教徒，結果是被打了幾個耳光，被罵了幾句「帝國主義走狗」。所以對於用教會底名義，她有點胆怯。婦女當中有一個是玉官引進教底。反勸玉官在危難時不要捨棄她底上帝。她從袖裏取出一本聖經交給玉官，說她出來底時候什麼都沒有帶，就帶着那本書，請她翻開選一兩節給大家講講。這話打中了玉官心坎，於是從她手裏把聖經接過來，自己愼重地念了幾遍。

黃昏過後，各人喫了些粥水。玉官便要大家開始唱聖詩，祈禱，她翻開羣衆中惟一的聖經，揀出一章來念。一時全屋裏顯得很嚴肅。她越講越起勁，勸大家要鎮定，不要臨難慌張，好像大家都預備着見危授命底神情。玉官自己也覺得剛强起來，心裏想着所信底教也是常教人爲義捨命。她講過又唱，唱完又解，解完又祈禱，覺得大家像在當日羅馬底鬥場等待野獸來吃她們一般。這樣把時間嚴肅地壓了幾點鐘。大約九點鐘後，幾個兵士們推進來，就像餓虎撲食一般，個個動手拉婦人們，笑嘻嘻地要望門外走。玉官因爲挨着牆站着，沒等來揸她，便嚷起來。她叫所有的人停住，講了一片「人都是兄弟姊妹要彼此相愛，不得無禮」底道理。兵士中雖有一兩個懂得本地話，但多數是聽不明白。不過教堂聚會底儀式，他們是知道底。其中還有會在別處底教堂聽過好些次道理底。玉官叫一個懂話的人同她傳譯，說得非常誠懇。她告訴他們淫掠是人間最大的罪惡。她告訴他們在教會裏男女都是兄弟姊妹。她告訴他們凡動蠻力必死蠻力之下。她告訴他們，她們隨時可以捨命。許多許多好教訓都從她口裏瀉出，好像翻開一部宗教倫理大辭書一般。她也莫名其妙，越說越像有像舌頭底火燄在身體裏頭燃燒。那班兵士不知不覺地個個都鬆了手，把女人們放開，玉官又教大家都坐下，把本國傳統底陰陽哲學如「敬祖利人是種福給子孫」，「淫人妻女自己妻女淫於人」底話說了一大套。有些沾染了新思想的說「飲食男女」原是本能，男子動起情慾來要女子，也和餓底時候動起食慾要吃一般。玉官又開導他們說，那原是不錯，只是喫也得喫得合乎正義；殺人來喫固然不成，就搶人所有底來喫，也是自私自利，不能算是正大光明的喫法。要女人是應該底，不過用强迫的手段，將來必要受報應底。兵士們本是要來取樂的，在聽玉官起頭教訓他們底時候，有些還說他們是來找開心，不是來教堂禮拜，可是十幾分鐘以後，他們越聽越入耳，終於大家坐下，聽着玉官和那些女教友唱詩。玉官教那些女人都叫兵士們做兄弟，也教兵士們叫她們爲姊妹。還應許他們隨時可以來談話。他們來要她們做什麼都成，就是不許無禮。有什麼要縫補底，她們也樂意服勞。同時又勸他們也感化他們底同伴，不要來騷擾。正在大受感動底時候，又有另一批的兵士進來，說他們等得太久了。屋裏那班受感化底兵士便教他們也坐下，經過幾乎動武底階段，情形也和緩下去了。知道他們外面還有人等着，索性把門關起來，保護着那幾個女人。果然門外不斷敲門帶罵底聲音。門裏底兵士成排站起來，把門頂住。鬧了一夜，雞已啼了。玉官教兵士們回帳幕去，又教其中底小頭目去見營長，請他出一個不許姦淫婦女底手令。這事也不用經過什麼困難就辦到了。玉官想危險期已經過去。於是教同伴底婦女們隨便休息。她心想昨夜像遇見鬼。平時她想着易經底功效可以治死鬼，如今到她却想着新舊的聖書倒可以治活鬼。她切意祈禱感謝了一回，也自躺下歇息。

祠堂底前門雖然有兵把着，但後門是常關着底，從後門底夾道轉一條小巷便是福音堂。玉官那裏睡得着，她在想着黃昏一到，萬一兵士們變了卦，那時怎辦？她生來本是聰明，忽然便想起開了後門，帶着那班婦女逃到那樹起外國旗底教堂裏。鄉下底教堂就像洋道台衙門，誰敢胡亂撞進去？她立刻把意思告訴屋裏底人，大家便抖擻起精神，先教玉官去把後門打開，然後回來領導她們。她把後門倒扣好，前門站崗底士兵還不知道。一進到福音堂便把大門關起，如約教看門底到營盤裏問問有衣服要縫補底沒有，說婦女們都在福音堂裏。

他們在教堂裏安住了七八天，兵士沒敢去作非法的騷擾，可是拿衣服去縫補底和到堂裏談道底也不少。玉官惦念她底孫子，想着家裏底人知道她被土共擄去，一定也很懸念，便向衆婦女辭別，把保護底責任交給在福音堂裏底職員。她出了村門，經過大王廟，見廟口一個哨兵在那裏踱來踱去，她給哨兵打過招呼，那兵已經知道她是社裏底女教士，也沒上前盤問她。過了橋，慢踱到鎮上，偶然想起陳廉許久沒相見了。一打聽，才知道前些日子鬧共底時候，他把肉店收起來，帶着老本「過番」去了。過番是到南洋去底意思。鎮東底人告訴她陳廉沒留下地址，只知道他是往婆羅洲底一個埠頭去。玉官本來懷疑陳廉便是金杏底男人，想把事由向他說明，希望他回家完聚底，如今聽見他出洋去了，心裏却為金杏難過，因為她幾乎得着他，又丟失了他。莫名其妙的失意，伴着她慢慢地在大道上走着。

託爾斯泰及其作品

Aylmer Maude著
李霽野譯

他是一個這樣多方面的人：
他似乎不是一個人，却是全人類的
精華。

——德萊登（Dryden）。

第一章 綠棒

託爾斯泰伯爵于一八二八年八月二十八日，在莫斯科南一百三十英里，祖傳的田莊亞斯那亞波里亞那降生。他一歲半的時候喪母。不滿九歲時父親也死去了。他在早年生活中，從一位遠門的親戚得到主要的指導，他稱這位遠親達提安那「姑姑」。她對于他的愛很影響他的品格，託爾斯泰也是極愛她的。在四兄弟中他最年青，他的長兄尼古拉對于他的影響是又深又久。關于這位哥哥，託爾斯泰告訴我們說：『他是一個了不得的孩子，以後是一個了不得的人。他有這樣的想像力：他能一連幾點鐘不斷，叙述拉得克里福夫人作品那類的開心的故事，鬼的故事，或童話，說時一停不停，而且十分活現，使人都忘去這全是空想出來的了。……在他不叙述故事或讀書的時候（他讀得很多），他常常畫畫。他所畫的差不多總是長着角，拖着鬍鬚的魔鬼，用各種最有變化的姿態彼此糾纏在一起，並作着種種頂不相同的事。這些畫也是充滿想像的。

『也就是他，在五歲，我的哥哥得米特里六歲，塞爾該七歲的時候，向我們聲稱他有一個祕訣，若是發表出來，可以使一切人幸福：不會再有疾病，苦惱，沒有人會生別人的氣，一切人都會彼此相愛，都會變化「蟻兄弟」。（註一）……我們甚至還組織了一種「蟻兄弟」的遊戲：我們坐在椅子下面，用盒子作屏障，用手帕遮掩起自己來，這樣蹲伏在黑暗中的時候，我們彼此緊緊擠在一塊。……蟻兄弟的事顯示給我們了，但是主要的祕訣——使一切人不再遭受任何不幸，不再爭吵生氣，並變成永遠幸福的方法——他却並沒有洩露。他說他將這密訣寫在一個綠棒上面，埋在山谷邊的道路旁了，因爲我的屍身總要埋葬，爲紀念尼古蘭加（註二），我請求死時就將我埋在這個地方。在這個綠棒旁邊，還有一座凡發蘿諾夫山，他說若是我們履行一切言定的條件，他可以領我們上去。這些條件是：第一，站在一個角落，不要想到白熊，我記得我常常到一個角落去，極力不想到一隻白熊。可是怎麽樣也辦不到。第二個條件是順着地板之間的一條裂縫行走，不要搖動；第三個條件是整年不要見到一隻野兔，無論是活的，死的，或烹調過的；並且還要立誓不將這些祕密向任何人洩露。實行了這些條件，和尼蘭加以後要說的更難的條件的人，無論他有一種什麽願望，都可以實現。

『我現在猜想，尼古蘭加大概讀到過，或聽人說過互濟會——他們求人類幸福的願望，和入會時的神祕儀式；關于莫拉文會(註一)的事，他大概也聽說過。』

七十七年後託爾斯泰逝世的時候，他果眞就被葬在假設埋藏着「綠棒」的地方，而且這個綠棒的紀念，可以作爲了解他的全部事業，全部著作，他的一切希望，志願，和努力的最好線索。

這個綠棒還沒有被發現；託爾斯泰要發現這個偉大祕訣的努力雖然熱烈，眞誠，堅決，他並沒有完全成功，而且我們從他的著作中所可以學得的東西雖然很多，也還需要許多受同樣精神鼓勵的繼起者努力，然後我們纔能夠『不再遭受任何不幸，不再爭吵生氣，並變成永遠幸福。』

註一：在俄文「蟻」爲 muravey，音與 Moravia 相近，因此託爾斯泰推想幼時長兄所謂的「蟻兄弟」和莫拉文會(Moravian Brothers)有關係。莫拉文會爲約翰拉斯(John Huss)的信徒所創的一個基督教派別。(譯者)

註二：尼克蘭爲尼古拉之親暱稱呼。(譯者)

第二章 從軍生活。——最初的故事。——薩瓦斯匍坡——。和平原則。

託爾斯泰和他的哥哥們到加然大學去，但是他沒有得學位便離開了。回到亞斯那亞波里亞那，他努力要改良他的農奴的情況，不過沒有什麽成功——因爲像當時一切俄國的地主一樣，他直到一八六一年都是農奴的主人。可是他結交了壞朋友，並因要紙牌負了債，使他受了好幾年經濟的窘迫。要擺脫他的這些相識和毀壞着他的生活，他便于一八五一年四月隨長兄尼古拉到高加索去，尼古拉正在那里的駐軍中作軍官。在那里託爾斯泰也被勸入了伍，但是因爲他沒有預備種種必要的公事文件，他不得不先作二年學兵，在一八五三年才作了礮隊的軍官——這也就是克里米戰爭發生的一年。他于是請求調到前線去，先參加西里斯特里之圍，以後又參加薩瓦斯匍坡之防守，在這里他有一時駐紮在第四碉堡，在全防線中這是最南和最危險的地方。

我們的礮隊若是比當時稍精，那便不僅危及他的生命，並且在他更大的著作寫成之前，一定會將他打死了。不過他已經發表了「童年」，「少年」和一篇描寫高加索戰事的很好的速寫「侵掠」。「童年，少年，青年時代」顯示出他的天才，並引起先進的作家屠格涅夫和朵斯妥夫司基很加賞識的注意。一部小說的興趣不在所發生的事實，却在其中的人物為什麼那樣作，在當時是一件出常的事。我們現在已經習以為常的心理的小說，幾乎可以說是從「童年，少年，青年時代」開始——託爾斯泰在書中應用他自己和朋友遊伴的早年經驗及印象，他活現的描寫出來他自己和他們的心是怎樣的活動。「童年，少年，青年時代」彷彿是新舊兩派小說之間的分水界。我們現在還有偵探小說，聳人聽聞的小說，和冒險小說，其中的人物都是刻板的，興趣全在所發生的事情；但是現今連閱讀這樣小說的人，也有許多覺得所讀的書人物既不生長，也無法從內心去窺看他們，有些不好意思。對于鄭重其事的讀者，心理的小說現在佔小說的最高地位，所以有這種情形，大半是託爾泰的影響。

不過明明確確使他被人承認為當時俄國大作家之一的，却是他在圍攻時所寫的幾篇「薩瓦斯甸坡」速寫。拋開文學的特色不說，這些故事也是值得注意的。和一向的情形一樣，託爾斯泰在這些小說中顯明出他關切農民和普通的兵士——受賜最多，受酬最少的人。他銳敏的意識到自己和他那個階級的人所享受的特種和優越，這和作着報酬很少的粗工，供給他和同輩們舒服的人所受的艱苦，正成反照。我們都熟悉一種人，他們無論生產與否，總過着舒適的生活，却覺得沒有得到適當的酬報。要找到一個著名的人，覺得自己的衣食住行，都由比自己得報酬少的人供給，他的工作却比這些人所要作的工作輕鬆，是不公平的事，可以說是十分的例外。

有一個故事說到在特拉發加的一個水兵，他在戰事剛要開始之前跪下了。他的軍官叫道：『到你的礮跟前去罷！我們就要開始作戰了！』『是，是，長官』水兵回答說，『我只是在向上帝祈禱，將礮彈像獎金一樣，十分之一送給兵士，其餘的送給軍官。』在普通兵士容易這樣覺得，但在軍官却是例外。

在圍攻開始，託爾斯泰寫「十二月的薩瓦斯甸坡」時（時為一八五三年），他是一個二十五歲，滿腔愛國熱忱，熱望祖國勝利的軍官，但是就在這一篇速寫中，他也將事情照實描寫。他的觀察的銳敏和描寫的忠實是驚人的，即使在他的同情有偏私的時候，他的觀察和描寫也使他的寫照近乎事情。

這篇速寫引起了剛登位的亞歷山大第二注意。他歡喜這篇文章，叫給翻成法文，並且傳說還下了命令，『留心那個青年人的生命』，這或者是託爾斯泰被從危險的第四碉堡調到一個比較安全的地點的原因。（註）

對于一個昇級很慢，被債務所累，懷着野心的青年軍官，沙皇的讚許是很關重要的事。只消維持沙皇的寵悅，便可以得到保護和提拔；但是「綠棒」却證明出這一種阻礙：使託爾斯泰不能在軍官中高陞。在他寫第二篇速寫，「五月的薩瓦斯甸坡」時，他已經明白了戰爭的恐怖，並有勇氣用空前的方式說出來，這爲以後描寫戰爭的書開闢一條道路，指示戰爭不是英雄的，美麗的冒險，却是人類所憎惡的野蠻行爲。作這件事費託爾斯泰很大的努力。他親自告訴我說，他當時沒有能將心裏的話完全說出。可是他已經努力將隱藏戰爭恐怖的幕從人們的眼前扯下，並且促進了戰爭將要停止的時間。「綠棒」的幻想鼓起他的勇氣作這樣的工作。

他用這樣的話結束他的「五月的薩瓦斯甸坡」：『我的故事中的英雄是眞理——我用靈魂的力量愛他，我盡力描寫他的全部美麗，他在過去，現在，和將來，都是美麗。』

三十五年後，他更明確，更直接的責難戰爭，和醞釀戰爭的政府，在他爲別人的「薩瓦斯甸坡回憶」所寫的序文中，他特別如此。……託爾斯泰在這篇序中說：

『戰爭！「有受傷，流血，和死亡，戰爭是多麼可怕呀，」一般人常說。「我們必須組織一個紅十字會，減輕受傷，苦楚，和死亡的痛苦。」但是戰爭中眞正可怕的並不是受傷，苦楚，和死亡。一向總是受苦死亡的人類，這時應該慣于苦楚和死亡，不應爲牠們恐懼了。沒有戰爭，人們也因爲荒年，水災，和瘟疫而死亡。可怕的並不是苦楚和死亡，却是那允許人將苦楚和死亡加到人身的東西。

「我們最急于要減少的，不是人身體的死亡，殘傷，和苦楚，却是他的靈魂的死亡和殘傷。不需要紅十字，却需要簡單的基督的十字來摧毀虛謊和欺騙。……

『在我正要寫完這篇序的時候，一個陸軍大學的學生來看我。他告訴我說，他被宗教的懷疑所惱。他讀過朶斯妥夫司基的「宗教裁判者」，苦于不知道耶穌爲什麼宣傳一種那樣難以實行之學說。他沒有讀過我的著作。我謹愼的向他說到怎樣去讀「福音」，以便在其中找到對于人生問題的回答。他聽着，並且表示同意了。在我們談話要終了的時候，我提起酒來，並勸他莫要喝。他回答說：「但是在軍中有時是必需的。」我以爲他的意思是說對于健康和力量必需，便想用從經驗和科學得來的證明，勝利的將他說倒，但是他繼續說：「例如在角克特泊，斯科必列夫必須要屠殺居民的時候，兵士們不願意作，但是他却給他們酒喝，以後……』戰爭的恐怖便全在這里了——在這個臉面年青，眼睛天眞，穿着擦得乾乾淨淨的皮靴，懷着這樣背謬的人生觀念的少年身上，具有全部戰爭的恐怖。

『這是眞正的戰爭的恐怖！

『他說的話裏所充滿的創傷——這是整個教育制度的結果——有多少紅十字的會工作人員纔能醫治呢？』

在最後二十二年的生活中，託爾斯泰仍然堅持着反戰的努力，並對這問題寫了很多的文章。「基督教與愛國思想」是他最好的和平論之一。……

註：原作者在所著「託爾斯泰傳」中，關于這件事有點更正。他說託爾斯泰被調動到別處是在五月十五日，那篇速寫却在「現代」六月號才登出來，所以調動是否出于亞歷山大第二的意思，是可疑的。不過亞歷山大第二受這文章感動，叫人譯成法文，却是事實。（譯者）

第三章　教育的活動。——自由。——不端的行爲。——結婚。

克里米戰爭一結束，託爾泰便從軍隊中退了職，並且從一八五九年冬天起，到一八六二年九月他結婚的時候止，他所作的主要的事便是教育亞斯那亞波里亞那和鄰近區域的農民兒童。當時俄國的教育是可憐的，農民受教育的機會幾乎就沒有。託爾斯泰作起什麼事來都是熱切緊張，他也同樣從事這樣工作。他到德國，英國，和法國，主要的是要看他們的教育制度。一八六〇年九月在法國的時候，和他一同在那里的長兄尼古拉因癆病死去了——這件事情給了託爾斯泰很深的印象，從此以後，死亡爲人生無可避免的終場這種思想對他發生很大的影響，對于有充分想像力，有思想的人，自然會有這樣情形。

農民兒童的教育有一時完全吸引住了他的注意，他總認爲這是他的最愉快的生活經驗之一。他和他的學生們的關係，在他的學童與藝術中，有引人入勝的一段描寫。……

除了請教師受他指導來教兒童之外，他也親自教他們。他有一種特出的才氣，可以引起各種兒童的興趣，並和他們成爲朋友。許多年後，他指示我自己的兒子怎樣用一片紙摺成鼓動翅膀的鳥，他們永遠沒有將這個手法忘記。一般的兒童總被託爾斯泰吸引，他對他們也是極感興趣的。

他的最顯著的特色之一，便是他對于一切事情的坦白，連人們通常總隱諱的事情也在內，而並卽使在這一篇短傳中，也必須提到他關于性方面的行爲。要不明白他在其中受教養的環境，不容易了解他的品格。他那階級的人有一種習俗：當他的父親尼古拉伊里奇託爾斯泰伯爵十六歲的時候，他的父母使他和一個農奴的女孩發生關係，因爲當時認爲這于青年男子的健康是必要的。他們生了一個兒子，託爾斯泰記載他自己的『奇怪的驚惶無措的感情，當我的這個以後窮苦無告，比我們都更像父親的哥哥，常來求我們幫助，爲我們給他的十或十五盧布便表示感謝的時候。』

在他的一八七八年開始，一八八二年完成的自白中，託爾斯泰將他的情形敘述得過火了，而且在熱切懊悔的感情中，他將他所犯的過錯都寫到最糟的地步，並運用他所能找到的最嚴刻的言詞，例如他將盡軍官的職責所作的事寫成「殺害人民」了。

說到一八四五年到一八五五年，他十七歲到二十七歲的時期，他說：

『我現在清楚的看出來，那時候我的信仰——離開獸的本能，使我的生活有動力的，我的惟一的眞信仰——便是相信可以使我自己完全。但是這種完全包括什麼，目的是什麼，我却說不出。我盡力在心理方面使我自己完全——我能夠學習的，生活拋給我的任何東西，我都學習。

古廟的迎春夜

汪琪

挨打的木魚兒哭訴着夜的脚步
貓頭鷹像是受了委曲正在生氣的嘟嚕

泥佛默默地靜聽着原野裏的春之呼聲
打盹的僧人咒罵着風鈴響走了一支粉紅的夢

死僵僵的深院任狡猾的小風來譏誚
失眠的白楊又吹起無聊的口哨

台階上轉着一個蓬髮的孩子
怔忡地凝望着兩隻淫笑的黑貓

武者小路先生的『曉』

張我軍

本書原作者武者小路實篤先生，在日本近代以至現代作家中，是我所尊敬的一位。他的作品，自魯迅先生所譯的一個青年的夢以次，被譯成中文的也不在少數，是日本作家中比較爲中國人所知道的一個，所以我在這裏似乎無須詳細介紹了。不過，我還是想要說幾句。

日本的文學批評家，有稱他和他的一派爲人道主義派的；他的作品中，確乎有不少人道主義的成份。也有稱他和他的一派爲新理想派的；不錯，他的作品儘管以現實爲基礎，却又篇篇都含有一種理想。還有，因爲他和志賀直哉先生等人辦了一個雜誌叫做白樺，幾個同人藉以爲發表作品和意見的機關，所以稱他和他的一派爲白樺派。

白樺這個雜誌創刊於民國紀元前二年，到了民國二、三年就被認爲日本文壇的一支勢力；到了民國六、七年居然執了日本文壇的牛耳。然而民國十二年雜誌停刊而日本文壇的主流也離開白樺派了。白樺派的代表作家，不消說是武者小路先生和志賀先生。

白樺派雖已成了文學史上的名詞，然而她所留下的足跡旣大且深，所以他們的作品，無論是當時的作品或是後來發表的作品，直到現在仍然爲日本的讀者層所愛讀。最近日本的書店還出版了白樺叢書，便可窺見此中消息了。掏出良心說着話的作品，性命是絕對不會那麼短的。

然而可惜志賀先生在這十幾年來不大寫小說了，只剩武者小路先生在那裏孤軍奮鬥。他不斷地在那裏寫戲曲，寫小說，寫隨筆，興頭到了也做幾首詩。而且他的作品，自始至終是掏出良心說着，逈異乎那班阿諛附和的作家，所以始終受人——至少一部份人——歡迎。

本書是民國三十一年發表的長篇小說，原題「曉」，我覺得單一個曉字不大好讀，而且現在國語中也不用於原義，所以用了「黎明」二字爲題。據明石書房版本書原作者跋中所說，這篇小說原是分六回登在「婦人朝日」的，當時爲了字數的關係，末尾寫得潦草，所以刊印單行本時，末尾的地方又補寫了不少。本譯文是依據明石書房版單行本的。

我和武者小路先生第一次見面是在民國三十一年十一月，地點在東京。去年四月又在北平見面數次，八、九月間再在東京會過幾次。識荊以來爲時雖然不久，但是一來有了知堂師的關係，二來爲了投緣，所以默默之中，我已敬之如師，他也以好友的學生待我了。

去年八、九月間，我曾到井之頭公園左近，穿過杉林去拜訪過他的書齋一次。那時他問我看過「曉」沒有。這一問可把我問住了。因爲我事實是沒看過，然而又好像有一點印象似的，於是含胡其辭的答道：讀倒是還沒讀過。然而不到一分鐘我就想起來了。原來這本書，我在八月中旬將啟程赴日時，曾經買到，因爲沒有工夫尚未過眼，而只看過了跋的一段。這時候他接着說：這一篇是我近來自以爲比較得意的作品。我便接着說：先生的跋中也這樣說着，我因爲忙於準備東渡，所以本文還沒拜讀，回國以後，一定要首先拜讀的。並且附帶說了一句：假如我有工夫把她譯成中文，先生願意嗎？武者小路先生當時表示同意，我也決計回國以後讀一讀看，認爲可以譯便立刻要譯成中文，介紹於我國的讀者。

九月中旬回國以後，我立刻讀了兩遍，覺得確乎是日本文壇近年來所產的傑作，而且喜歡武者小路先生的老而益壯了。究竟還是他！我得到這個結論之後，立刻就動手繙譯了。無奈終日爲生活而奔波，沒有較長的時間；加以家中多事，病人續出，譯筆不能揮動如意，至今五閱月纔譯完全書。

武者小路實篤（Mushyakouji Saneatsu）先生今年是六十整壽了。我誠然愛他的作品，尤其愛他的爲人。不知什麼緣故，我自從見了他之後，總是思念着他。然而一別以來五閱月，連一張明信片也未曾寄去。不過我深信他是不會怪我的；不但如此，他有時也會思念我無疑。（中華民國三十三年二月二日記於北平）

洛神賦

譚雯

第三幕

登場人物：曹丕　吳質　甄靜　甄婢　曹植　曹操　賈逵　楊修　曹彰　男僕　侍婢　若干人

時間：漢獻帝建安十九年（公元二一四年）。

地點：鄴城魏公府中的一小廳中，陳設華富，廳中擺有酒席，是府中家宴的所在。

幕開時：是將近中午時候，曹丕坐在椅上，低頭沉思，傍有侍女數人侍立。吳質偷偷地上。

曹丕（自言自語）是時候了，他爲什麽還不來？

吳質（偷聽曹丕說話，上前相見）五官將，我已來了，不知有什麽吩咐？

曹丕　季重，請坐，我們昨天商量的事，我昨晚細細想了一夜，覺得這次如果不成功，以後便不會再有這樣的好機會了。

吳質（坐下）而且這次丞相加封魏公之後，更加應該早日立定世子。所以這次如果一失敗，那末，我們將要永遠沒有出頭的希望了！

曹丕　所以，我請你再來商談一下。現在酒席已經完全準備好了。（指指筵席）而且已派人去請他到時前來。倘使他不來的話，——

吳質　那就糟了，他不來，誰也不能去拖了他來。

曹丕　倘使他是來的，但是他不肯喝酒。

吳質　那也是糟。他不肯喝，你不能硬倒在他的嘴裏，他那裏會喝醉？

曹丕　所以，我請你來，要你想出一個請他一定到，到了一定喝醉的法子。如果法子想不出，那麽我的世子的希望從此消滅，而你的官位，也就永遠沒有升遷的希望。爲了我，你的老朋友，也爲你自己，你必須盡力想出一個好法子來呀！

吳質　對於這件事，我當然應該効力，可是法子倒很不容易想！（皺眉再三，想了好久，面上漸現喜色）哈！哈！

曹丕（喜）法子想出來了？

吳質（笑）幸不辱命，法子果然有了！可是還有些困難，要你自已去克服。

曹丕　那麼請你先把法子說出來，然後大家再商量怎樣去實行。

吳質　（起立附曹丕之耳，說了好久，出聲）五官將，你看這個法子好不好？你能夠做得到嗎？（退坐原位）

曹丕　（點頭）法子果然很好，她現在已是我的人了，爲了我的前途，她總不至不依我。好！季重，時候已不早，你暫時迴避一下，待我喚她出來同她商量。這次，她如果不聽我的話，爲了大局，我不能不用强力來迫着她做了！

吳質　（起身）那麼，五官將，我先走了！（反身又回）可是事成之後，不要忘了我的功勞！（諂笑）

曹丕　（笑）這不待你說，我們是總角老友，就是你不替我出力幫忙，我也不會忘掉了你。你儘放心，將來我的目的達到，至少，我必定封你做我的丞相。

吳質　（大喜過望）謝謝五官將，再會！（下）

曹丕　（看着吳質出去）季重眞夠朋友，他替我想出的法子眞不錯。要是這次成功，那便是最後的成功。他的愛人，他的位子，便將永遠屬於我了。子建！子建！你別怪我沒有同胞的情分，只怪你爲什麼做了我的情敵和政敵。如果生在平常的人家，我們不是一對很友愛的好弟兄嗎？（歎息）

（甄靜淡裝上，强作笑容，徐步至曹丕旁坐下。）

曹丕　（回頭瞥見）靜，我正要叫人請你，和你商量一件事，巧極巧極，你自已來了。——

甄靜　我剛才起來，聽說爸爸就要在今天下午動身，不知道確不確？所以想來問問你。（看見酒席）你今天又請誰來喝酒？

曹丕　確的，因爲這次爸爸奉命去征東吳，多則十年，少則三年，決計不能在短期內回來，所以決定帶着全家同去，只留着我在家裏看守。

甄靜　那麼我可以不去了？

曹丕　當然啦，我不去，你自然也不去了。可是——

甄靜　可是你不願意在家裏看守嗎？

曹丕　（笑）靜，你猜得很對！你想：他們個個都建功立業去了，獨叫我悶守在這裏，我先有些受不了。而且這次爸爸東征，是把所有的軍隊完全帶去的，現在西蜀的劉備，已拜諸葛亮做軍師，很有窺伺中原的意思，萬一動起兵來，我們好似甕中之鼈，沒法逃走，必被他們生擒活捉，那更犧牲得絲毫沒有意思。

甄靜　那你爲什麼不請求爸爸帶了你同去？

曹丕　我已請求過了，爸爸說：這裏是我們的家，必須有一個親人在這裏駐守，才是上好的計策。你是我的最大的兒子，你不守，叫誰來守？你想：爸爸這樣說，叫我怎樣還好推諉？

甄靜　那麼你想怎樣呢？要不去又不能夠？

曹丕　方法我倒想得一個在這裏，可是必須由你幫忙，你如果不肯，那麼就只好罷了！唉！唉！

甄靜　要我幫忙？我也可以幫你的忙嗎？不知道要我怎樣幫法，請你明明白白的告訴我！

曹丕　事情是這樣的。爸爸的話不差，這裏是我們的家，必須有一個親人在這裏駐守，所以我要離開這裏，必須另外找一個親人做我的替身。

甄靜　那爸爸會答應嗎？

曹丕　這却難說，所以我必須用一下計策。

甄靜　那麼你想找誰做你的替身呢？

曹丕　靜，你猜猜看，除了我外，爸爸可以信托得的還有誰？

甄靜　這不消說，當然是子文和子建了。但是子文是個武將，戰場上不能沒有他，而且有勇無謀，講到駐守後方，自然只有子建最最適宜。

曹丕　你好聰明，全和我的意見相同。

甄靜　那你自已去和他商量就是了，用得到我什麼幫助？

曹丕　靜，你難道不知道？（狡笑）自從我們同居以來，他沒有一天不是垂頭喪氣，看見了我，總是不願和我說話。像這樣子，我能夠和他商量些什麼？

甄靜　那麼我去和他說，也不見得會有什麼用處。

曹丕　要你照實和他說，他當然也不會願意；可是我們可以用一些兒小計策。

甄靜　用一些兒小計策？（正色）這我可不願意幫助你！（搖頭）

曹丕　這個計策對他並沒有什麼不好。你只要幫着我請他到這裏來喝酒，等他喝醉了，動不得身，等我再同爸爸去說，叫他代了我的職務。爸爸看見他不能走，當然會答應我的請求。那不是對他沒有什麼不好，我就出去成功了嗎？

甄靜　（且聽且想）假如確是這樣，那對他的確沒有什麼不好。可是他來了之後，不肯喝酒，那你也沒有方法逼他喝酒呀！

曹丕　所以，（起身拜甄靜）這件事情必須完全拜托你幫忙。只要你肯多多相助，他一定會喝得不醉不休的。

甄靜　（仍想）那不妨試試看。如果事情不成功，那你不能怪我幫得不好。

曹丕　（大喜）決不怪你。只要你真心幫忙，事情決沒有不成功的。現在時候已經不早，你快快進去寫一張字條，由你出面請他一定要來，我也再差人去邀請他。

（甄靜下。曹丕命侍女喚一男僕入。）

曹丕 （對男僕）你立刻替我去請臨淄侯，說我在這裏專誠等候，請他就來。

男僕 遵命！

（男僕將下，甄婢上，授一紙條與男僕，男僕下）

曹丕 鶯兒，過一會子建來了，你也得幫着我勸他多多喝酒。

甄婢 （不高興）這關我什麼？她已經給你奪得了，你還不干休，要捉弄他？

曹丕 （賠笑）他的氣早平了，你還是這麼一套。我不是老早對你說過，我將來做了——（停頓），她是正宮皇后，你是皇妃，難道你還有什麼不滿足嗎？

甄婢 誰喜歡聽你這一套？我要是不看我家小姐的面上，我一定在四公子面前當場戳穿你的鬼計！

曹丕 好了！好了！你不高興，你不幫我的忙好了！可是你如果破壞了我的計策，哼！（奸笑）我可不答應。

甄婢 （忙作退步）好！二公子，我爲什麼不高興，只要你用得到我！（强作媚笑）

曹丕 那才是好鶯兒。你快進去幫助你小姐好好梳裝，今天要打扮得特別美麗，衣裳也須換得十分鮮艷，你自已也須同你小姐一樣。

（甄婢含笑點頭下，男僕上。）

男僕 （行禮）二公子，四公子叫小的先來回報，他一忽兒就到。

曹丕 （大喜）你辦得好！過來，我和你說句話。

（男僕上前，曹丕附耳說話，男僕點頭連連稱「是」，轉身下場。啞場片刻，曹植便裝上）

曹植 （拜見）多謝二哥相招，小弟不客氣的竟來了！

曹丕 （笑）四弟，你對我有什麼客氣？今天因爲你就將跟爸爸出征，所以我同靜商定，請你來歡敍一下。一則我們因爲事忙，好久沒有敍過，二則就當替你餞行。

曹植 二哥喚小弟談談，那當然奉命；如說是替我餞行，那就決不敢當了！

曹丕 四弟，你又來了！你我不必多作客氣，我在這裏恭候已久，這次並沒有招請別人，只有我和靜陪你，請你多喝幾盃。

（二人讓坐既畢，曹丕爲曹植酌酒，曹植連飲三盃。）

曹丕 （吩咐侍女）你快去請甄夫人出來，說四公子來此已久，專等她出來敬酒。

曹植　二哥爲什麼對小弟這樣的客氣，叫小弟實在不敢領受。

曹丕　我們這次分別，不知何年何月何日才能重會？四弟，我們想到了這件事，今天就應該痛痛快快的喝一下。（舉杯勸酒）

曹植　（乾盃）二哥不要傷感。爸爸這次東征，如果軍事順利，至多五年，一定能夠回來，那時我們可以再來喝個大醉特醉了。

（甄靜艷妝上，甄婢便服跟在後面。）

曹丕　靜（看見她換了妝飾，大喜），子建來此已久，你是主人，反遲遲晚到，應該罰酒！

甄靜　（含笑）我先來敬酒三杯，然後再罰酒三杯奉陪罷！（就坐）

（甄婢酌酒，甄靜連飲三盃，又舉壺爲曹植連酌三盃，曹植杯杯都乾。男僕忽上。）

曹丕　（回頭瞥見）有什麼事嗎？

男僕　丞相有命，因爲有事商量，請二公子立刻前去。

曹丕　（假作皺眉）我們正喝得高興，又有什麼事兒要喚我去了！（對曹植）子建，我就去就來，你不要做客，放懷多喝幾盃。（對甄靜）靜，你代我勸子建喝酒，一切都拜托你。

甄靜　你放心去罷。子建不是外人，他決計不會做客的，我一定陪他痛喝到你回來才罷！

曹丕　那好極了！好極了！我去了就來。

曹植　（起立相送）二哥快去快來，我們候你回來一同吃飯。

（曹丕很高興地下。男僕亦下。曹植放懷痛飲。甄靜用手暗示侍女，侍女都下。廳上只賸曹植，甄靜，甄婢三人）

甄靜（突然移去曹植酒盃）子建，你可以別喝了！

曹植　（已半醉）靜，爲什麼？你做主人，反叫客人不要喝酒？

甄靜　子建（沉痛），你難道這樣糊塗？子桓無緣無故請你來喝酒，他會懷着什麼好心眼兒嗎？

曹植　（稍清醒）我並不糊塗。靜，你不想，我們這十年來一共會過幾次？有幾次能夠大家細細地互訴衷曲？今天他請我來，自己請了不算，還叫你出面招我，我也早知他不安着什麼好心眼兒。可是爲了你，爲了我和你可以借此相見，那我即使中了他的計，或者因此犧牲了我的性命，我也願意。我們不要管他什麼，他恰巧有事走了，你何不伴我痛痛快快的喝一下，喝得喝醉了再說！

甄靜　子建！這也難怪你，你是這樣的消極！只是你爲什麼不放大眼光，做遠一些的打算。我已是一株殘花敗柳，絲毫不值得你的留戀。你爲愛我，也應該爲你前程着想，千萬不要消極！你難道還沒有明白，他所得到我的是我的身子，他是永遠得不到我的心的！

曹植　正因爲此，所以我甯願犧牲一切，求得和你暫時的會晤。他無論怎樣鬼計多端，我知道他沒有方法可以割斷我們精神上的連繫。

甄靜　你能夠明白這個就好了！可是你可知道他今天請你來喝酒的用意嗎？

曹植　這當然不消說，一定是爲了一件，不利於我，或許也不利於你，只對他有大利的事情！否則他怎肯叫你也出來陪我？但是我們不要去管他。在我，他對我的不利，總沒有再比奪去你更大的了。我連這樣的大不利也已忍受過來，還有什麼叫我忍受不下去？靜姊，讓他去行使什麼鬼計罷！我們只管喝我們的酒。

甄靜　（把酒盃還曹植，歎了一口氣）子建！這是我害了你！倘使沒有我，你決不會消極到這個樣子。這次大軍出征，你如果得了功勞回來，怕不是位現成的世子！我知道公公不叫子桓去，只叫你去，是有着很深的意思的。今天你千萬別喝醉。過一會軍隊就須出發，要是醉了，便不能上路的。

曹植　（連乾數盃）他難道想叫我喝醉了和他一起留下嗎？那也成，只要他從此肯常常放你陪我喝酒，我死了也願意。連愛人都犧牲了，世子不世子，這種空頭的名義我要牠來幹什麼！（喝酒）

甄靜　你越喝越醉了！難道你竟願意中他的鬼計，醉留在這裏，讓他的計策成功，高高興興地跟着公公出去嗎？

曹植　（仍喝酒）靜，也好！橫豎我就是出去也毫沒興致，索性讓他出去，我就代他守在這裏也好。只是我要你——

甄靜　要我什麼？

曹植　（又乾杯）要你也不要走，也留在這裏。

甄靜　這那裏成？子建！（低頭沉思，甄婢附上耳語。）

甄靜　（不住點頭）這樣也好，不妨試試看。只是我總不願意子建爲了我，把他偉大的前程完全犧牲了。

曹植　（言語模糊）什麼偉大的前程？世界上有比愛情再要偉大的事情嗎？（搖搖頭）我眞不相信會有！

（甄婢又連連爲曹植酌酒。曹植連連飲乾，醉伏桌上。）

甄靜　子建！子建！（推之不醒）果然醉了！（對甄婢）你爲什麼竟肯聽了他的吩咐，把他眞的灌醉了？

甄婢　這是四公子自己的意志，不醉，他也不願意，不如索性叫他醉了，倒好使他們兩方面都滿了意。

甄靜　可是你能夠料及，我一定也能夠留在這裏不走嗎？

甄婢　這很容易，只要你有決心，做作得像，一切的話都由我來對付，那是決沒有不成功的。

甄靜　那麽我先進去了。等到有人來時，你便把剛才所說的話去對付。子建，他既爲我而犧牲了他的前程，我無論如何，就是要了我的命，我一定也拿不走來滿足他的希望。但這完全須靠你對付得好。

甄婢　小姐放心！你快進去。等到有人一來，我們的計策便失敗了！

（甄靜下。曹植醉中欠身欲倒，甄婢把他扶住。曹操怒容上，後跟曹丕，賈逵等。）

曹丕　（奸笑）爸爸，你看！

曹操　（怒）好！這孩子好不識抬舉！我這次出兵，派他極好的缺分，預備將來可以封王受賞，不道他這樣沒出息，只知貪杯，不顧大事。現在軍隊馬上要出發了，他醉成這個樣子，怎好叫他率領了前進，不坍盡了我的老檯嗎？（回首對曹丕）丕兒，就叫他代你留守在這兒，你就代了他的職務罷！

曹丕　（喜形於色）遵命！

甄婢　（愁容滿面）二公子，剛才小姐因舊病復發，頭暈得坐不住，所以已經進去睡了。

曹丕　（着急）那怎麽辦呢？她這病不發就罷，一發就不是兩天三天能夠會好的，那我也去不成了！

曹操　那就叫媳婦在家裏靜養，你儘跟了我去，你的孩子們都交給你媽媽管理就是了。

曹丕　（想了一想）鶯兒，我把靜姐的事都托給你，病人有你服事，我很放心。等到她的病一好，馬上寫信告訴我！

甄婢　請二公子放心！一切都交托給我好了。只望二公子此去，不要再得了第二位袁家奶奶，忘了我家的小姐！（做媚眼）

曹丕　（笑）這是那裏會有的事！難道世界上會有第二個像靜姐那樣的姑娘值得我的留戀嗎？（搖頭）這是決計不會有的事，你放心好了！

曹操　既是這樣，時候已經不早，我們必須立刻上路，不能多多躭擱，就此動身罷！

（曹操，曹丕，賈逵等皆下。）

甄婢　（自語）好了！這一來兩方面都告了成功，可是我不知道失敗的人是誰？

甄靜　（應聲上）我就是那個失敗的人！

甄婢　小姐，剛才的一切你都聽得了？

甄靜　完全聽得。剛才如果他要到裏面來看我，那我們便失敗了；可是我早已料定他決不會來看我的。

甄婢　那我們怎樣安置四公子呢？

甄靜　他爲了我，一切都犧牲了，我們還顧慮什麽？你快幫着我，把他扶到我的牀上去就是了！

（二人扶起曹植，慢慢入內。啞場片刻，曹彰，楊修匆匆上。）

曹彰　（且慢且語）那眞糟透了！軍隊立刻就要開拔，四弟他到底到那裏去了？

楊修　（接口）而且，這次的事情關係很大，如果他再中了他的計，此後休想再能動搖他。

曹彰　我想，四弟決不會糊塗到這樣。

（甄婢由內出）

甄婢　三公子，楊先生！

楊修　臨淄侯在這裏嗎？

甄婢　他已經醉得人事不知，你們找他做什麽？

楊修　（頓足恨聲）果然中了那厮的計了！

曹彰　那末，二哥呢？

甄婢　丞相看見四公子醉得不能行動，叫二公子代了他的職務，已跟着丞相出去了。

曹彰　（大怒）那厮果然狡猾，連爸爸也給他欺騙，如果他不是我的二哥，我一定好好揍他一頓！

楊修　（又頓足）完了！什麽都完了！

（場後軍號聲大作，曹彰轉身下場。）（幕）

第四幕

登場人物：曹操　家人　華歆　甄靜　甄婢　賈逵　華佗　丁儀　丁廙　曹丕　家妓若干人　家將若干人　曹植　曹彰

時間：漢獻帝建安二十五年（公元二二〇年）亦即魏文帝黃初元年。

地點：洛陽城內丞相府中的一間起坐室，室後朱門圓框，十分耀目，內即丞相的寢室。門外懸帘。門前室中各種陳設齊備，都非常奢麗。

幕開時：是將晚的光景，檠上銀燭高燒，室中一片寂靜。曹操病容滿面，臥於一睡椅上。家妓數人侍立於旁。家人匆匆上。

家人　（跪伏曹操前）相爺！

曹操　（徐徐張目，聲音遲緩）有什麽事嗎？

家人　華御史請見。

曹操　（自語）現在將近晚上，而且他知道我正病着，在這時候來見，一定有什麽要緊的事。（向家人）請他進來，就在這裏相見。

（家人應聲起立下。片刻，華歆上，拜見曹操）

華歆　丞相，卑職有禮。（起立一旁）

曹操　子魚免禮！

華歆　稟告丞相，剛才東吳差使臣到這裏，說他們已將蜀兵打敗，關羽也被他們生擒斬首，且將首級送來，向丞相請功。

曹操　（不覺精神一振）眞的嗎？關羽一死，孤也可以高枕無憂了。可是孤不相信他們有這本領。孤和關羽有過多番交誼，和他很是相熟，可叫他們把首級送進來，待孤親自驗明，才敢放心。

（華歆拜辭下。家人匆匆又上。）

家人　（跪伏）相爺，太子妃在外面請見。

曹操　（驚駭）和太子同來的嗎？

家人　太子沒有來，只有太子妃一人，和婢女鶯兒。

曹操　（自語）奇怪！她爲了什麼事要來找孤？而且，她怎的會知道孤在這裏？（向家人）請她進來。

（家人應聲起立下，不久，甄婢扶甄靜徐徐上。甄靜素服淡妝，楚楚可憐，拜見曹操，未及發言，伏地而哭）

曹操　（更駭）媳婦，請起來！你遠道到這裏見孤，一定是受了極大的委曲。你儘管告訴孤，孤替你做主。

甄靜　（跪於地上，以袖拭淚）公公！（忽又大哭，伏地）

曹操　（忽怒）一定又是畜生的不好，趁我出門的時候，欺侮了你！（對甄婢）鶯兒，你可以代你小姐把一切的事情告訴孤。

甄婢　相爺，這件事情說起來很是複雜，而且小人不便啟口。

曹操　有孤做主，你儘管對孤說好了。

甄婢　那麼小人放肆了。這事情說起來也難怪我家小姐難於忍受，就是小人也看不慣。自從相爺出征之後，太子就絕跡不進宮裏。

曹操　（急問）那麼他住在什麼地方？

甄婢　他就住在銅雀台上。

曹操　（勃然大怒，連連擊椅子扶手）畜生！畜生！豈有此理！豈有此理！

甄婢　台上的姑娘們，有的關上了門拒絕他，他就讓她們絕食，一面叫別的順從他的姑娘進去勸誘，必須要她開門迎接他，他才干休。這倒不關我家小姐的事，——

曹操　（怒極，頓足不已）畜生！畜生！

甄婢　（接續）可是在三天之前，他知道相爺已經回到這裏，很是恐慌，他就回進宮來，强逼我家小姐做一件荒謬的事。

曹操　什麼？他自己做了那樣丟人的禽獸的事還不算，還要拖人下水嗎？

甄婢　他强迫我家小姐寫信給臨菑侯，勸他應太子的招請，到銅雀台上去喝酒。

曹操　這是什麽意思？

甄婢　他還要小姐幫他把臨菑侯灌醉。灌醉之後，把他放在一位姓郭的姑娘房裏，然後他來稟告丞相。

曹操　這畜生這樣的刁惡，竟沒有一些手足的情誼。

甄婢　相爺還記得六年前出兵去打東吳的那一天嗎？臨菑侯他本來奉命從征，後來不是因爲酒醉在宮，不能行動，遂臨時改派太子去的嗎？

曹操　難道這也是畜生的惡計？

甄婢　正是！所以他這次又要依樣葫蘆，誣害臨菑侯了。可是上次的事，關係尚小，當時小姐又沒有明白他的用意，所以貿然幫他把臨菑侯灌醉。這次明明是想誣害好人，當然不肯答應。而且不知道他又從什麽地方得來的消息，說相爺要廢掉他，所以已差快驛到長安去召鄢陵侯回京——

曹操　（大驚）那還了得！孤這次突然患病還都，恐怕動搖人心，連皇上也不給知道，他從什麽地方得來的消息？

甄婢　相爺不知道，這裏到處都密佈着他的心腹，所以小人今天大胆說話，不知給他知道了要把小人怎麽樣呢？這我倒不怕。可是他不該因爲我家小姐不答應做他的幫兇，便動手打她，而且口口聲聲，如果一定不答應，還要把她處死。——

曹操　（大叫）反了！反了！這樣的逆子，孤非殺掉他不可！

甄靜　（更放聲大哭）

（家人匆匆又上）

曹操　（强鎭精神）媳婦，你們暫時到裏面去歇息一下。對於畜生，孤自有辦法對付。只恨當年孤誤聽了孔文擧的話，否則你何至吃苦到現在。——

家人　相爺，華御史送關羽的首級來了。

（甄婢扶甄靜起立，徐步走入圓門內）

曹操　（對家人）快去召華御史進來！（强振精神）

（家人下未久，華歆手捧一木匣上）

華歆　丞相，這就是關羽的首級。（去蓋，授於曹操）

曹操　（接匣，對之作强笑）雲長公別來無恙！（突然失色，身向後倒）啊喲！

華歆　（忙接木匣）丞相怎麽樣了？

衆家妓　（共扶曹操）相爺！相爺！

曹操　（醒來，吁了一口長長的氣）雲長公果然英靈不昧，孤剛才喚他，他忽然對孤鬚髮怒張，倒駭了孤一大跳。（突然撫首）頭痛得很！呀！啊喲！痛極了！

華歆　（慌張）讓卑職去請一位大夫來瞧瞧好不好？

曹操　（痛楚萬分）好的！你就去召華佗來罷！

華歆　卑職立刻去召他進府！（捧木匣下）

曹操　（自語）彰兒爲什麼還沒有回來？植兒爲什麼不來見我？唔！唔！

（家人突引賈逵上）

賈逵　（拜見）丞相，貴體好些嗎？

曹操　（張目用力注視）梁道，是你嗎？孤已經好些了。

賈逵　聽說丞相差快驛去召鄢陵侯回都，有這事嗎？

曹操　（點頭）有的，還是孤沒有回到這裏以前就差去的，怕他就要到了。

賈逵　丞相這樣急急的召鄢陵侯回來，不知到底爲了什麼事？

曹操　這是孤的家事，請梁道不要干涉。孤正要問你：這次孤祕密回來，是誰告訴五官將的？

賈逵　（奸笑）這事卑職全不知道。不過依臣愚見，丞相貴體違和，應該通知五官將前來伺候。

曹操　（怒）這是孤的意思，孤不願意給他知道，誰也不應該去告訴他知道！

賈逵　（忙謝罪）丞相！是！是！

曹操　（忽又捧首）啊喲！又痛起來了！唔！唔！

（另一家人引曹植上）

家人　（伏見）相爺，臨菑侯到了。

曹植　（拜見）爸爸召孩兒前來，不知有什麼吩咐。

曹操　（仍捧首）唔！唔！頭痛得很，你站起來，待我慢慢兒和你說。

曹植　（目視賈逵，欲其告退）爸爸身體不好，還是到裏面去休息的好。

賈逵　（故作不見）

曹操　華佗快要進來替孤醫治，孤須在這里等他。

曹植　家里的人都不在這裏，一切都很不方便，爸爸爲什麼不回到鄴城去？

曹操　（冷笑）嘿！植兒，你太忠厚了，也太糊塗了，難道你連我爲什麼不回到鄴城去的原因都沒知道嗎？

賈逵　（側耳注聽）

曹植　孩兒的確沒有知道。

曹操　（喪氣地）孤這次突然得病後，就差人去喚彰兒回來，等他一到，孤立刻就有新的辦法宣布。植兒，你太忠厚了，給人出賣了，受了人的欺侮，還是一些也沒有知道。這果然是一個文人應有的風度，可是也不能過於謙遜。從此以後，你應該照孤的意旨行事，我雖不去犯人，但也不要讓人來犯我，好好地負起平治天下的責任，那麼孤死了也瞑目了！

曹操　（忽然想到）植兒，裏面有人等着你，你可以進去安慰她。

曹植　（詫異）爸爸，是誰？

曹操　（微笑）你進去會見了自會知道，而且，從此你可以永遠不離開她。

賈逵　（露駭色）

曹植　（茫然）那麼，孩兒進去了。（走入圓門）

（華歆華佗上）

華佗　（伏見）丞相，華佗拜見。（起立）

曹操　元化免禮。孤血病未愈，現在又多了頭痛，所以請人替我瞧瞧，到底爲了什麼。

華佗　丞相從前有過這病嗎？

曹操　（想了一想，搖頭）好像不曾有過。

賈逵　（插嘴）丞相從前有過的。

曹操　奇了，怎的孤一時想不起來？

賈逵　丞相記得陳孔璋草的那篇檄文嗎？

曹操　（恍然）是了！是了！這病還遠在討伐袁本初之前。那年孤也正患頭痛，忽然得報本初對孤有着異心，後來果然有反對孤的檄文出現，出於孔璋之手。孤讀後，覺得把孤罵得很是痛快，頭頓時不痛了。此後便沒發過。現在孔璋過世已有三年，孤再也讀不到他那樣明快爽直的文章了！（微喟）

華佗　既是舊病復發，便比較的難治。臣却有一個方法在這裏。

曹操　元化想叫孤服什麼藥方呢？

華佗　這病不是藥方可醫。臣擅長的是解剖的方法，丞相頭痛，是有了風的原因，只要剖腦去風，病便根本除去了。

曹操　（疑）腦爲全身之主，怎麼可以解剖呢？

華佗　一個人的四肢百體，在在有竅，只要中竅，什麼地方都可以解剖。

華歆　元化的解剖，全國聞名，一切難治的病，經他剖治，沒有一個不是手到病除。丞相儘可放心！

曹操　（似有所悟，冷笑）子魚，你們把孤當做小孩子嗎？其實，就是小孩子也懂個，腦子被剖，人決不再會活着的。

華歆　（俯首無言）

華佗　丞相，——

曹操　（怒）元化，孤沒有虧待你，你到底受了誰的囑買，想致孤死命？快快自己招來，免孤叫人來動手！

華佗　（驚伏於地）丞相，臣是照醫理而言，決不敢生異念！

（華歆賈逵亦伏地求情）

曹操　（冷笑）孤早疑心你們都是一黨！（大聲）進來！

（兩家將應聲上）

曹操　（指華佗）快把這廝送到大理獄去拷問，到底受了誰的主使，想把孤害死！

（三人連連叩頭，曹操不言，家將挾華佗下，華歆賈逵仍叩頭連連）

曹操　（冷笑）你們也出去罷！以後你們此果再把孤的祕密洩漏，要想不利於孤，當以軍法處治！

（兩人連稱「不敢」，起身狼狽下場）

曹操　（自語）今天我又發現了一個祕密，原來子魚梁道也是他的同黨。可是彰兒爲什麼還不來呢？

（曹植，甄婢扶甄靜自圓門上）

曹植　爸爸，我們來扶你到裏邊兒去歇息罷！

曹操　（對他們細看一番，歎氣）唉！孔文舉死有餘辜！當年如果沒有他那番鬼話，孤決不饒恕畜生，一定把他軍法從事，那麼你們何至會有今天！（頓足）可恨，當年棋差一着，又叫孤多費一番周折。

（衆人皆欷歔不已）

曹操　植兒，媳婦，走過來，我有祕密的話對你們說。

（兩人走近曹操）

曹操　這次孤突然回到洛陽來，表面上說是爲了生病，實在是因爲在前方得到了丁家兄弟的一個祕密緊要報告，知道丕兒將假借孤的名義，對於當今皇帝，將有非常的舉動。等到成功事實，再逼孤承認。孤所以不管前方軍情緊急，急急回來，一方差人喚彰兒率領了他的二十萬親兵東來，助孤解決此事。孤決意把他太子的名義廢掉，立植兒爲太子，繼承他的一切職務。

曹植　孩兒是個文弱書生，恐怕不能當這個重任。而且二哥得立已久，勢力龐大，恐怕爸爸一時也對付不了他。不要畫虎不成，給人笑話，爸爸還得鄭重考慮，——

甄靜　（目視曹植，大不爲然）

曹操　我不相信他有什麼力量，他到底是我的兒子。

曹植　但是他是副丞相，一切權力，僅次於爸爸一個人。

（丁儀丁廙匆匆上，行拜見禮畢）

丁儀　丞相，恐怕大事有變，太子已領兵進城，和城裏的兵合成一氣，現在把四門都緊閉了！

（衆人都大吃一驚）

曹操　（目視曹植）果然不出你所料！現在我的親信將士都在前線，彰兒還沒有來，這裏子魚梁道都是他的一黨，我反着了他的道兒了！（沮喪異常）

儀丁　依卑職愚見，丞相不如微服出走，想法逃出了城，等到鄢臨侯大兵一到，便不怕什麼了！

曹植　爸爸不要冒此大險，儘管在這裏養病，不動聲色，看他敢拿爸爸怎樣？

甄靜　子建，你難道還沒有知道你二哥的性格嗎？他是一個奸猾的人，到了這個地步，那會念什麼父子骨肉的情分，公公還是快快避開的好！

曹操　（忽又扶首）痛！痛！頭又痛起來了，怎麼辦呢？

（衆人都圍視，曹丕武裝率部將多人上）

曹丕　（在台中立定，大聲）爸爸！

（衆人大吃一驚，齊叫「啊喲」，都目瞪口呆）

曹操　（大怒）你是誰？這是什麼地方？你可以帶了許多的人隨意亂闖？

曹丕　（奸笑，拜見）爸爸，孩兒得到京城裏有不穩的消息，趕忙到來坐鎮，才知道爸爸已經回來。孩兒進城不久，忽報鄢陵侯帶了二十萬大軍也到城外，孩兒不知他的用意何在，所以不敢放他進城，一面帶了兵將前來保護爸爸！

曹操　（更怒）誰要你來保護？誰叫你不放彰兒進來的？

曹丕　（正色）鄢陵侯奉命鎮守邊疆，未得朝命，忽然傾兵來京，定有異志，孩兒職責所在，那敢隨便放他進來！

曹操　這是孤命令他回來的，你快去叫他進來見孤！

曹丕　（奸笑）既是爸爸的命令，那麼（對部將大聲）快去傳知鄢陵侯，說丞相有令，傳他單騎進城來見。

（一家將應聲下。衆人面面相覷）

曹丕　（瞥見甄靜）靜，你在這裏，累我找了你大半天。你爲什麼到這裏來了？

曹操　（勃然大怒）畜生！你做得好事，還想在孤面前裝聾作啞，快些替我滾出去！

曹丕　爸爸息怒！（奸笑）在公而言，你是當朝丞相，在私而言，你是我的爸爸，現在爸爸的部下在前線打仗，爸爸有病回京，孩兒當然負有保護的責任。

曹植　爸爸，你坐得太久了，還是回到裏邊兒去歇息罷！

曹丕　（笑）四弟的話不錯！（顧部將）幫我扶爸爸到裏面去。

（曹操未及發言，曹丕已同部將把他連躺椅抬進圓門，餘人欲跟入，門忽閉，皆大吃一驚，面面相覷）

丁儀　（頓足）我知道他什麼都做得出來，我們一切都完了！

丁廙　（喪氣）他一勝利，我們這裏的人誰都完了！

甄靜　（勉强鎮定）兩位侍郎可有方法把這裏情形通知鄢陵侯，趁他這時沒有出來？

（兩人皆默然）

（下移第一四八頁）

現代女作家書簡

××先生：

讀了蟄存先生的來信，非常喜悅。我如果有稿子的話，給貴刊當無意見。不過我先得聲明，本月底決趕不出，因爲有幾項拖得太久了，很難爲情，現在已在開始，預備一項項依序還淸。以後若有新的，一定寄上，並請指教。此祝編安！

丁　玲十二日

××先生：

惠書到，適患感冒發熱，未克卽覆，爲罪！

魯迅先生日記，前允在文匯刊登一部份，但似不宜過多，影響不久預備影印全部。此意已向文匯編者述及。先生愛念故人，發揚幽光，擬爲刊露，誠生死同感者。惟以上述理由，祇請曲諒，想先生明達，必不見責也。肅此，敬候著安！

許廣平上一月十日

××先生：

來信敬悉。關於作稿，豈明先生已催過兩次了，只因牙疾，不能寫作，抱歉之極。「××特輯」很動人，頗想寫他一寫，題目一時不能定，因爲我作稿，常常是後定題目的，在可能範圍內拙稿總擬在五月中旬奉上不錯。此請撰安！

冰心拜五月一日

××先生：

寄上拙作一篇，希賜收。如嫌太長，哲願自己删削。如用快信來回，七八天之內，准可寄回上海也。該文登出後，請寄五六份到山舍爲盼。此祝文安。

陳衡哲謹白廿六，八，五。

通訊處：江西廬山，廬山森林植物園。

××先生：

五月及六月兩示，均拜悉。又承賜貴刊，更爲謝謝。『××專號』極願附驥。不過在此一二月中，哲所欠之文債與講演債已積至四五起，舊欠未清，不敢再舉新債也。此層想定能蒙見諒。哲如有短文或文藝小品，决當寄與貴刊登載，以副屢次徵文之盛意。特哲之文，純恃興至，如限次時日，不特債多難償，且敷衍之作，貴刊亦何所取乎？匆匆奉覆，空手爲歉。（如蒙不限時日，年內當有短文請貴刊發表。）此祝文安。

陳衡哲上六月廿一日

又二月前蘇雪林女士曾寄來介紹信一通，雖所云『長篇文』事已成過去，然此信旣係致先生者，終以寄呈爲妥。哲又及。

××先生：

手示敬悉。對於先生之遭排擠，至爲同情。承欲見訪，甚盼。敝處電話爲二四二六四。何時有空，請來一電話，俾得奉待爲幸。此祝文安。

陳衡哲上十一月五日

××先生：

前承委囑向陳衡哲先生徵求文稿，現陳先生來信云有長篇故事共六萬言可以付貴刊登載。陳先生到滬時望先生親赴其寓所面爲接洽可也。又先生前來信云陳先生小相片光線過黯，不便製版，經林函懇陳先生將前贈林之半身照付印，已蒙陳先生允許，但須貴刊申明係林轉贈，蓋渠不願蒙『自登廣告』之嫌疑也。專此敬請大安。

蘇雪林啓

××先生：

來信及雜誌都收到，多謝！志摩日記及書翰正在抄寫中，只因信件太多，一時亂得無從理起，現在我才將散文，詩集等編好，再有幾天就要動手編書信集了，那時一定會抄就奉上的，好在也沒有多少日記了。××雖是新產生的，可是其味比××美得多，××也會問我要志摩的東西，我也沒有送去呢。

志摩全集大約三月中能出版了，到時一定送一份給先生看看，只是我頭一次編書，有不對的地方還望你們大家指教才好。

別的不說了，下次再談吧！此問近好。

陸小曼啓

××先生：

久未晤，滬上戰事，想××銷路定受影響不少，頗以爲慮。聞達夫云，七月中學曾寄給××文稿一篇，如已刊登，稿費乞寄富陽，因杭寓處三四重大目標之中，不得不全家暫移此間，較爲安適，鄉間消息阻隔，先生得此信後，有暇盼略告滬上實情，至以爲禱。此請撰安。

王映霞敬上九，七。

××先生：

前蒙惠函，適值回濟小住，日前歸來始得拜讀，遲復，殊爲抱歉。屢蒙貴刊索稿，無以應命，實覺慚愧。但近來天氣太熱，執筆困難，九月特大號實無稿奉上。原諒爲幸。專此敬復，順頌暑安。

沅　櫻 八月二日

××先生：

近來因爲學校畢業考試等等，忙的不得了。因此惠書遲遲未覆，請原諒。承允免費刊登英之著作，銘感不已。茲擬就廣告式樣一紙，請先生酌量間常賜與登刊，是爲至幸！至於式樣的更改或字句的省減及大小，則任憑先生斟酌爲是。

前函英所擬寫之戲劇派別各文已腹定七八個題目，一俟得暇，即當陸續寫出。

至於貴刊擬出××專號，英恐不能多幫忙，其原因是英及好友多半受××式的教育很深，不肯輕易顯露自己。這已成爲我們第二天性，恐不能一時改變。將來老了，也許要寫，現在仍舊非其時。這一點務必請先生見諒。……

袁昌英 六月十七號

××先生：

手示敬悉。盛意殊感。

關於××九月號撰文事，沅擬將平時讀書筆記整理奉上。題目是『元雜劇與宋明小說中的幾種稱謂』（約六七千字）。這自然是很淺薄的，聊以塞責而已。文稿在謄寫中，容緩奉。倘如因母喪返里，一時恐將方命。敬祝健好。

沅　君 六月廿四日

××先生：

日前蒙賜書索稿，以匆匆俗務，毫無寫作工夫，有方雅命，愧不作答。惟近日×××似有把握，不至挫折，大家似乎也都多少樂歡起來，心安之餘，就又想弄文墨溫習舊生涯了。貴社注重的四門，華頗感興趣，乞容時日，便當寄上領教。通伯因校務紛繁且要教書，恐最近不能寫什麼了。順此道歉附聞。

華數日內擬寫完一類乎傳人的一篇小說，如寫畢自認去得，便卽寄上。外一函乞便中代交陳衡哲先生，是爲感幸。匆匆敬請撰安。

凌叔華上 九月廿七日 通伯同候

××先生：

四月廿一日來信收到。我廿四日曾寄上……兩文，想已收到。

現在急於要與先生商量的是從軍時代的稿子尙有一萬二千字左右未付來，如貴刊能做一次登完，請來信，我立刻寄上，否則，就不能發表了，因爲稿件我已全部寄給良友，如果書已出版，同時又發現同樣的文章，還在刊物上發表，豈不鬧大笑話，卽使良友不向我搗亂，自己也難爲情而且對不住讀者，是以特地寫這封信來，如果先生能將這一萬二千字在最近一期上發表（共有五個小題目），我卽用快郵寄上，否則，就作罷論。

給××先生一紙，請轉交！……

冰瑩 四，廿七夜

××先生：

前次寄了一篇幾個不守紀律的男女兵給××，這是從軍時代裏的一篇，我已去信要他轉給你，請再去電話催一下如何。

××先生：

『××』承蒙如此幫忙，眞使我感激得說不出話來，目前別無圖報之法，祇有趕寫『××××』，俾得在新年號連登二章或三章耳。以後祇要能力所及，無不從命，祇望足下能繼續助『××』發展耳。

『愛說話的人』本期當預告，望勿失約。

×先生文章承慨贈，尤感激。當作第三期特稿，以資號召。……文稿抄好後當奉還，×××所損失之排版費，『××』償還，如何？

我已起床，但行走乏力，再請假數日，至下月一日起來××辦公，如何？乞轉告××××先生，不要忘了。

關於『××』事，又有許多要向你『顧問』了，見面時再說罷！

又，沈××君有篇文章囑轉交，且待面奉罷。

蘇　青廿五日

如臯杜玉淵君鑒：

四月四日尊處寄本社如臯郵局二五九號匯票一紙，因來示住址不明，無從辦理，務乞函示詳細住址，以免貽誤，爲幸。

風雨談出版社謹啓

屠格涅夫散文詩選譯

田尼

『薔薇花，多美麗，多新鮮……』

很久很久以前，在什麼地方什麼時候，我讀了一首詩。它立刻就給我忘了……可是那第一句却深印在我的記憶中——

『薔薇花，多美麗，多新鮮……』

現在是冬天。霧氣凍結在窗格上，黑暗的房中燃了一支幽獨的燭。我倦坐在一個角落：在我腦中那行詩回響着回響着——

『薔薇花，多美麗，多新鮮……』

我看見我自己在一座露西亞村屋的低低窗扉前面。夏的黃昏慢慢地溶入了夜，温暖的空氣充滿木犀和菩提的清香，窗畔坐了一位年青的姑娘，靠着臂膀，她的頭垂在肩上，靜緘而專心地凝視着天空，彷彿是想望新的星斗出現。在那夢幻的眼睛里是何等率直，何等靈感；那開着的問詢的嘴唇里，是何等動人的天真；那尙在成長，尙未受過煩惱的胸脯呼吸得多麼平穩，那年青臉孔的側影是多麼純潔多麼纖柔！我不敢向她說話；可是對於我她是多麼可愛，我的心跳得多麼激動！

『薔薇花，多美麗，多新鮮……』

但是在這房間里，漸漸暗下去了……蠟燭將燒盡了，跳動的燭影在低矮的天花板上震顫，外面聽見霜雪在颯颯地響，里面是老人凄涼獨語……

『薔薇花，多美麗，多新鮮……』

有別的幻像在我們面前出現。我聽見鄉野家庭生活的快樂的喧嘩。兩個淡褐色的頭偎在一起，以他們光亮的眼睛頑皮地看我，玫瑰的面頰因笑而顫動，在温暖的愛情中緊握着雙手，年青而柔和的聲音，一次比一次更響。稍遠，在整潔房間的盡頭，也是年青的手，以不熟練的手指飛舞在舊鋼琴的鍵盤之下，蘭諾的華爾滋不能掩沒古老茶壺的斷斷聲……

『薔薇花，多美麗，多新鮮……』

蠟燭閃着光燃盡了……這粗噪而重濁的咳嗽是誰的？我的老狗慄抖着盤繞躺在我的脚邊，我的獨一的伴侶……我冷……我凍……她們都死了……死了……

『薔薇花，多美麗，多新鮮……』

（一八七九年九月）

至尊主之宴

有一天至尊主要想在他的碧空之宮里張設一個盛大的宴會。

所有的『優德』都被邀請了。只請『優德』……而且不請男性……只請女性。

她們大大小小的一大羣。小『優德』比大『優德』更爲和悅而活潑，但所有她們都是文雅的，聚在一起溫和地閒話，變作更親近更知己。

可是至尊主注意到有兩位漂亮的太太是完全不相識的。

這位主人就引着一位向另一位去。

『慈惠！』他介紹第一位說。

『感恩！』他介紹第二位說。

兩位『優德』都失色驚愕了，自從世界建立以來，經歷了長長的時期，這是她們第一次會面。

（一八七八年十二月）

石

你可曾看見海灘上的一塊灰色朽石，當在春天的一個晴朗日子，漲潮中，生動的波浪擊着海灘各邊——擊拍，嬉玩，愛撫着它——，並替那生滿海苔的灘面洒下連串明亮閃耀的泡沫？

石子還是同樣的石子，但它的慘淡的表面煥發光耀的色彩。

他們告訴說在久遠的日子里，當溶解的花崗石開始變硬，發着火焰的紅色。

近來被圍繞着我的老朽的心，衝進了青春姑娘們的靈魂。……在她們親撫之下，我的心激漲着經久衰褪的色澤，燃燒過火焰的痕跡！

波浪退去了……顏色尚未變淡，雖然有一股寒酷的風在吹乾。

（一八七九年五月）

明天！明天！

當日子消逝，每天是多麼空虛，緩慢，荒廢！而它留下的痕跡是多麼稀少！當時辰一個一個度過，這些時辰是多麼無聊多麼拙蠢！

而生存是一個人的慾望；他看重生活，依靠他自己，依靠未來，他寄放了何等樣的祝福！

不，他甚至不想像它。他一些不愛思想，而他就這樣生活了。

『啊，明天，明天！』他安慰自過，直到『明天』把他投入墳墓。

而，當在墳墓中時，你無後選擇，你也不能再思想。

（一八七九年五月）

我們仍要繼續奮鬥

一椿瑣細的小事有時會改變了整個的人！

有一天，我滿懷沮鬱的思想，沿着大路走。

我的心被一陣憂慮重壓着，沮喪制服了我。我抬起頭……在我前面，在兩列高大的白楊樹中間，道路像一枝箭射到遠方。

越過它，越過這條路，離開我約十步，在夏天太陽的眩目的金光里，一羣麻雀，一個隨着一個的，莽撞地，可笑地，充滿着自信地跳躍着！

它們中間有一隻和別的不同，它以絕望的努力沿人行道跳着，挺着它的小胸膛，傲然地囀叫，彷彿是說它什麼也不怕！眞是一個英勇的小戰士。

同時，高高在頭上天空中飛翔一隻兀鷹，也許是命定來吞食那小戰士的。

我望着，笑着，搖動我的身子，憂愁的思慮飛走了：我感覺到新的生活的勇氣，膽量和熱心。

讓『我的』兀鷹也來飛翔在我的頭上吧……

我們仍要繼續奮鬥，不管一切！

（一八七九年十二月）

夢

南　星

蜜金色的路上，我的脚步又遲緩又輕悄，
踏起來的塵土發出微弱的花朵的氣味，
兩旁的門靜靜地掩閉着，車馬睡得深沈，
一叢叢在我周圍的新生的纖細的樹枝
喁喁地私語，做兩三個夢，又喁喁地私語，
而我自己也私語着，沒有人聽得見，只有
多星辰的天，多星辰的天（多星辰的天的
容顏像無數世紀前新造成的時候一樣）
和善而仁慈地竊聽着，我也就讓它竊聽。

一

低垂低垂細長的柳絲，
羞澀的燈火欲明欲暗。
窗中有多少夢的溫暖，
叫過路人的眼淚迷惑。

但一隻蝙蝠悄然飛過，
人也失去思想的力量。
蠟燭萎縮做一縷輕煙，
告別了啊細長的柳絲。

二

三月十二的午夜看見我獨自走在城中

今天，三月十三日，我看不見我的午夜了，
滿地是陽光，天空是深藍的，深藍得可怕，
我仍然聽見自己的語聲說，「你要教導我，
午夜，怎樣担當你去後我的過多的憂煩。」

三

緩緩的流水流過深院，
滿庭飄着樹枝的香氣。
不速的客人若來敲門，
只有細碎的鳥聲應答。

一株老槐夢想着青蟲
從它的枝間垂絲而下。
昨夜夢來訪問的時候，
我的心思却如同飛絮。

四

沒有痕跡的時間欲止又流，
陰陰的三月已在這兒爲客。
但我厭倦了它的溼潤的風，
它的白雲和它的無數鶯啼。

我也無意去守望它的芳草
或者它的下自成蹊的桃李。
我聽見自己低而又低地說，
來了麼來了麼惱人的輕夢……

霧都瑣憶

天游

三 張伯倫

高帽禮服手執雨傘的一位紳士的造像，凡愛看漫畫的人們都知道這是英國首相張伯倫先生。這理財出身的實利主義的政治家，現在雖然蓋棺論定了，也還値得一談的。張伯倫的令兄，可以說是一位理想的政治家，當香港大罷工，國民革命正在向長江進後之際，中英兩國的感情惡劣異常，而乃兄張伯倫便主張改變對中國的高壓手段而爲親善政策，所以有漢口九江兩地租界的收回，後來南京國民政府的右傾，與李滋羅斯的法幣政策的實行，都是他的主張的後果。然而乃弟的性格，却完全相反，他不相信什麼遠大的理想，現實所表現的利害關係，便是他唯一需要處理的國政。他積了一肚子的商業的經驗，他相信契約，相信金融萬能，握着金融與契約，便可以操縱國內政治與國際政治。自從他由紡織業聯合會的首領，出任伯明罕市長之後，曾發揮過他的商業政治的手腕，使市財政充裕，建設猛進，伯明罕人民稱他是一位良好的市長，而且是保守黨中理財的專家。於是在包爾溫第二次組閣時，便受命爲財政大臣了。他的背後有紡織企業的大資本家做後援，自然可以應付裕如，在出席國會質詢的時候，以老吏的口胳，答覆議員的問難，侃侃而談，具有嚴峻狠辣的風度，好像能夠担當大任的樣子。迨一九三六年包爾溫愛德華八世捧下台來，而自己亦掛冠而去，於是張伯倫便一躍而爲首相了。這是他一生最紅的時代，也是他政治生活失敗之始。

原來理財是他之所長，但若以理財的手腕去處理國家大事，便無往而不失敗。當時的外交大臣是艾登，他在包爾溫任內已看出德國的强盛，故主張拉蘇聯加入國聯，以裁制德義。但這位財政老手的總理大臣，却有他自己的自信。他以爲聯蘇總是危險的，他看着法蘭西和西班牙的人民陣線政府，心裏已經發抖，再把蘇聯加入國聯，更是如虎添翼，所以對於艾登的主張不大贊成。況且艾登是一個後起的外交家，年齡還不過四十左右，青年政治家的主張，總不如白頭宰相拿得穩一些，自從他和艾登激烈辯論之後，政府的外交路線，便轉向德義方面妥協了。至此，艾登不能不出於辭職。繼任外長的，則爲上院議長哈里法克斯，自是以後，英國的外交便由張伯倫親自折衝了。

在他實行聯法之前，先採「釜底抽薪」之法，低首下心去和墨索里尼打交涉。原來義大利征服阿比西尼亞之後，亞皇寄居倫敦，頗爲墨索里尼所不悅，德義軸心更因此而形成，但張伯倫的看法，義大利是個窮的國家，倘濟以借款，必能拆散德義之合作，至少也能阻止德意之聯合運動，於是對墨索里尼頻送秋波，曲意討好，對阿比西尼亞的事固不再提，即地中海的利益，亦願平外分色，這樣墨索里尼不費吹噓之力，便取得經濟與政治的權益，何樂而不爲！由此地中海的緊張情勢和緩下去，張伯倫的實利外交，似乎比艾登的理想政策較爲着實。然而地中海的風波剛平，北海的波濤又起，捷克問題發生，張伯倫又疲於奔命了。起初，他請託墨索里尼出任調停，繼之，親自出馬，三顧慕尼克，會晤希特勒，直接談判的結果，獲得一紙不兌現的支票——英德永不戰爭的條約，當其由德國飛返倫敦時，下了飛機，便興高采烈地把這簽約高舉宣示於衆曰：「此後英德兩國永不戰爭了。」英國的老太太們因爲上次大戰喪失了丈夫，這次戰爭如果爆發，又會喪失其兒子，所以對於戰爭與否，十二分關心，她們日夕守候於首相之門，靜德消息。張伯倫夫人撫慰她們說，當首相出門的時候一隻黑貓越過他的面前，這是吉利的預兆，請大家放心好了。及一聞英德不再打仗的佳音，衆皆感激得熱淚直流，而張伯倫夫人的被人尊敬，更是不用說了。

但是，慕尼克簽字的墨水未乾，而捷克的軍事已起，這在張伯倫認爲是意外，而認識德義政策的人則早在意料之中，至此張伯倫僕僕飛塵之勞，和他的妥協德義政策，都被捷克的砲聲所粉碎了。英國人相信他們的外交是永不失敗的，現在開始動搖了，海防空防的準備，更是張惶失措，那時社會上充滿了擾攘恐怖，驚懼的氣氛，一若大難臨頭。張伯倫在國會中答辯說：「他亦知道德義之不可靠，因欲延長準備應戰的時間，不得不出於妥協的手段。而今已獲得數月之餘暇，縱使德國食言，而預定的目的已經達到，則前此之簽約，並不是沒有代價的。」在國家將臨到危險的關頭，議員諸君也就無可奈何地原諒這位忍辱負重的首相了。若照普通的慣例，張伯倫的外交政策既經失敗，自應引咎辭職，以謝國人，可是這次上了德義的大當，英國的人民還能忍受着，不叫張伯倫去職，這是英國人沉着的地方。張伯倫演了半齣親德的喜劇，接着還要演半齣抗德的悲劇，這種演法，前後判若兩人，也就大難了，終於在歐戰失敗之頃，張伯倫便陷於力竭聲嘶的境遇中，而結束了他的生命。有一位朋友批評說：張伯倫的見識與第一次歐戰時主張Waiting and see的首相差不多，而邱吉爾的繼起，就有似勞合喬治第二了。

張伯倫之死，對英國是有利的。從此，英國的政策回復到艾登路線，繼張伯倫而為首相的則為具有歷史目光的邱吉爾氏，一個是反德健將，一個是親蘇名家，於是英國的外交方針纔明朗化。假使張伯倫不死，艾登不再長外交，則德蘇之合作仍將繼續下去，那麼，德國乘擊破英法聯軍大勝之後，渡海攻英，則英國本土或已被佔，而英皇或已流亡到加拿大去了。這樣想來，張伯倫之死，豈不是救了英國。世有以一身繫天下之安危者，張伯倫當亦其中之一人，只可惜他死得已經遲了一些了。

簡 一

沐華

泉：

從一離開家的那天起，我便想寫日記，因爲這一次遠遠的旅行，相信會給我生活上招來很大的變化，自然見聞經驗等等也會多起來的。但是我沒有能夠那樣做，原因是生活太沒有規則，心緒也太亂，想說的話很多，而往往提起筆來反不知從哪兒說起的好。因之，不但日記未曾寫下，就是妳那兒，至今已一個多月了，尚無一隻字遙遙寄去。

妳該不會怎樣怪怨我的吧，應該原諒我重新捉住了生活的逆鱗而向之低首時的異常渺茫而又糊塗的心。

南來一月，心思鬱結，無時不在黯然之中，主要的原因是爲了困人的陰雨。天天一起床來，便給我心上遮了一重厚幔的，是滿佈在空中的灰色濃密的雲。這是多麼憂鬱的氣氛呵，我的心陷於無限的困惑之中，像童年時代兢兢於黑暗而孤獨的夜。

一月之久，我再度嘗到了流浪的滋味，不知是酸澀呢還是清雋？總之我的心卻像是被埋在一堆沉重的砂囊之下，它再不會心猿意馬地動了，於是失眠病反而好了許多。這幾天清晨洗臉時，摸到自己兩腮的肉好像多了一些之時，從心的底層冒上了一種生命的喜悅。屋子裏沒有火，身上永遠是冷清的，冒了險脫去衣服洗面，倒也沒有感冒，於是我少少喜悅了這冷的刺激，對於我這萎靡得幾乎等於睡眠狀態的生命實在是一種強力的興奮。的確，我是需要着身力的煅煉，有如需要着多量的營養。

人要是缺少氣力，那才是沒有辦法呢。記得乘津浦鐵路在浦口下了車之後，紅帽子一個都喊不來，我和亞蘇每人帶了一隻皮箱出站，居然累得汗水滿額，兩臂酸痛。幸而過江時找着了人，不然的話，眞不知過得了江過不了。幾年來家裏過慣了悠閑歲月，總不大跑道兒，近來略爲多走點路，左足上竟起了肉刺，釘得生疼。現在我才知道自己是個半廢的人了，看着別人那種活跳活蹦的樣子，而自己走幾步路也是沒精沒神，眞會傷感地問：「莫非我已經老了嗎？」

多年不過學校生活，現在借住在學校裏，好像重新發見了新大陸。太陽還沒上昇，只東邊天際有一點紫紅色之時，學生們已在上早操了，在歌聲悠揚中昇起了國旗，我便也起來，打開窗子，向東吸一口冷氣，聽着那一羣青年們跑步的沙沙足聲以及清亮的笛聲，心裏有說不出來的躍動，我也想尾隨在他們之後而跳躍起來。

人永遠是不能自治的，稍為自由一點，便每天早上貪戀着溫暖的被窩，再也不肯起來。沒事的時候不要說了，從前在學校裏教書，住在家裏，如果前兩小時沒課，也是一樣不肯早起，縱然國文卷子堆在案頭要交卷了寧可夜間遲上床，也是不願早起的。

近來因為担任了一點職務，天天從建鄴路趕到中山北路來上班，相距往少說也有十里路。徒步走到白下路小火車站，到丁家橋下車，再走不遠就到了。今天到了白下路，火車沒有，只得又走回來，看看天氣不早，僱了黃包車，終於還是誤了上班時間。唉！南京太大了，我有點恨它。

天氣很好，這是一個多月以來少見的天氣。坐在黃包車上，在行人稀少的寬闊的馬路上走着，太陽煖煖地撫慰着我。陽光下，白藍兩色的國民政府的宮殿式的建築較之往日是更為艷麗了。遙望北極閣，樹林屋宇，掩映成趣。見了這些周圍的美景，我的心忽然安適起來，忽然悠閑起來，想到了生活的可愛，想到了人間的種種意味，並且又想到了妳。泉，四五十天來，這一刻是我心情上最愉快最開朗的一刻了。

想到並不是思念。老實說，此刻我僅止想到了妳而已，並沒有怎樣思念妳。別離就是別離，不見面就不見好了，又何必製造出無補於實際的空頭東西來自擾？我雖也是人類之一，但我不要任何的思念或追憶那些折磨感情的東西。人世本來是糊塗的，而人類遂被這糊塗的人世弄得更加糊塗。如果得不到澈底的明白，我寧願長此糊塗下去，也不願有一刻的清醒，只有那才是最可悲哀的吧。生活這種東西，不論在任何情形之下，當你正在其中的時候，永遠讓你糊塗，而只一過後回想起來，便又令人清醒。正如我們喝一杯濃烈的也許清淡的酒，喝在口中，渾然不覺，而只一嚥下肚子裏去後，從殘留在牙頰的那一點餘滴上，才會使你知道它的味道。因此，我決不願追想過去以及一切的人，那只有使我傷感而低徊。如今我只願把自己埋在生疏的並是雜遝的生活之中，面對着目前而糊塗下去，這樣我才能吃得飽且睡得着，才是快樂的。

但是我此刻又為什麼要想到妳呢？這個原因我不知道。也許是目前的景色太美而我的心又得到一刻安靜之故。

想到了妳並沒有別的，只是感到近來的生活太紛亂一點，連自己也不鬧不清楚。在先，我沒有一天不在遙遙地把思緒的繩索拋給妳，如輪船在大海裏投下了錨的一般，來繫住自己的心。可是，走到外邊來已竟五十天了，五十多天是個多麼悠長的時間呵，而今天，尙是第一度想到妳，這可以證明了我是如何地被生活封閉着而丟魂失魄。也可以證明了堆在我目前的是如何紛亂而茫無頭緒的一團『人生』。

一位友人來信說：「對於你此次跑到外邊去，大多數人都說，像你那樣孱病鬼的神氣，居然會有如此的勇氣，眞不能不會令人肅然……。」其實我自己已曾肅然過了，是的，我願意讓生活來囓咬我。

把瘦弱的靈魂來供生活的囓咬，在我曾付予了一副悲壯的決心的。我曾計劃着要把這一番酸澀的經過描繪下來，留待異日之咀嚼與愛我的人們的欣賞，所以很早便想要寫日記。不料日記尙未曾寫下一字，而日子一幌已是五十天過去了，光陰眞是比流水還快呵。

沒有職業想職業，有了職業又厭恨職業，人眞是不容易擺布的東西，我有點怨恨自己了。

每天要在辦公室蹲上八個鐘頭，而分配在我名下的工作，是連一小時也化不了就可以作完的。按說有這些空閑時間，不是很可以做點什麼了嗎？但是不行。人太多，聲音雜亂，還是小事，最擾人心思的，是幾位花瓶小姐，個個都裝扮得時髦漂亮，操着吳儂軟語，像穿花蝴蝶般，一刻不停地從我面前過來過去，實在不由我不對她們多看兩眼。這些誘人的小姐們，你要根本不去看她倒好，只要向她一望的話，你的眼光沒有不被她們吸住隨了前後左右亂轉。於是我的大部分時間就被她們搶去了。

回到學校裏去，天氣雖已不早，離睡覺也還有一段時間，本來也很可以做點什麼的。但亞蘇在學校裏教了一班女生，據說女生對待老師的態度要比男生溫柔得多，體貼得多，上了班總是咕咕嘰嘰笑個不停，不知爲什麼。亞蘇和我研究女學生的心理，一研究便是一晚間，於是整天便如此過去，一點事也做不出來。

今天因爲想到妳，聯帶地想到了五十多天的生活，想到了日記還沒有寫，更想到了多少掛念我的人在望着一封信的報告而我始終沒有這樣做，於是我赧然了，後悔着時間放過去的太不經濟。

過去的不能每一事都記下的了，我只能這樣籠統而零亂地寫下來，報告給你和一切的人們。日記未必眞能寫得成，像我這樣懶的人，最好還是不寫，從前也立過志，但不到一月就完了。倒是這樣的通訊，我想不妨答應妳時常寫一點，因爲縱使斷了也不要緊。

今天禮拜六，明早大約可以多睡一會兒了。朋友，我們都是草草勞人，且在這裏互相祝福。

二月十九日

二

泉：

新近我又找到了上班來的新途徑，是由建鄴路轉過朝天宮之前而入莫愁路，上海路，以至中山北路。比從新街口那麼走似乎近了一點，却也近不了許多，沿路的景緻非常之好，經過五台山下的曠野和新建起來的日本神社，地靜人稀，空氣鮮美，蘋果色的朝陽斜射之下，除了一些公務員和男女學生在路上走着之外，時有友邦的軍官騎了高大的馬去參拜神社，蹄聲得得脆地敲擊在舖了碎石的馬路上，敲擊在一個個忙碌於生活而弄成昏天黑地的勞人的心上，悠悠然不知那兒似乎有一點提示了什麼的意味，令人好像聽見了禮拜堂的鐘聲，不由的發動了自省。

昨晚躺在床上以後，和亞蘇談話談多了，結果多半夜失眠。今天依然起了大早，又徒步走了十來里路，走得挺精神，於是我暗暗喜悅了我的骨頭已相當硬朗起來，這幾十天流浪生活是有代價的了。

然而這代價却又給我招來了苦惱，便是吃飯問題。以前在家裏，我的飯量就不小，比普通一般人都吃得多。但不管怎樣能吃，永遠還是又瘦又弱，遂有人說這是一種病態。是不是病呢，我倒始終未曾留心過，且也決計不去管它。因爲我覺得「吃飯」這件事是人生的享受之一，山珍海味，酸辣甜鹹，吃到口裏，自然各有各的味道，從味覺上可以獲得一種快感，那是不用說了。我們平常雖沒有什麼山珍海味來供養自己，甚而連僅僅吃一點肉也會有買不起的時候，但儘可以晚食當肉，等到餓足了之後，飽餐一頓，那種狼吞虎嚥的暢酣之感，的確是痛快的。況且家裏的飯，好雖不好，而夠却很夠，所以那種放開了肚子去吃而毫無所顧忌的用飯，也要算是可愛的呢。近來在外邊多跑點路子，食量又大了些，若照稱之爲病的人們的說法，也許是胃病又重了些。但當此物價日高而又無一定食處，每飯必須現買，多吃一口也要當下就掏出錢來之時，我才開始苦惱於食量之大，與後盾之薄弱，而不能不有所顧忌了。自然，好的山珍海味還是沒有，米食不過白飯三碗，清湯一個，麵食不過餅四兩，麵條一碗而已，並且還都是素的，肉絲之類不是此地沒有，老實說是我吃不起。就是素的吧，如果吃飽了未嘗不可，然而却不容易。有時候兩碗飯吃完了，肚子並沒有飽，應該再吃一碗才對付，但既而一想，一碗米飯便是五六元，菜呢，多少有要一點，而伸手一探自己衣袋裏的錢，已是微乎其微了，這時爲了經濟打算，只好讓肚子受點委屈，作爲罷論。有時買大餅或燒餅，明知十元錢的決不夠自己吃，也是爲了不能不打算一點，只好就以十元了之了。其實，吃飯只吃得不餓了，也算到目的，況且中國人傳統的養生之道，專門教人只吃五六七八分飽，才不至生病，可見就是飽吃不上飯，實際上似乎也沒有多大的損害。但人究竟是有意志的動物，更是要求意志自由的動物，如果出乎自己願意不吃飽，那是爲了另一目的，當然是一件很好的事。如今我並沒有那種養生的自覺，而且因爲胃酸過剩之故，消化太速，不吃飽是不行的，但却爲了沒多錢而不能放開肚子去吃。明明還想吃得很，明明看見那兒有是米飯大餅，只爲缺少一層交易的手續不能使它成爲我的，只好戀戀地走了開來，那一刻的苦惱，的確很大。於是我才開始回味在自己家裏吃飯時的這種毫無顧忌地放開肚子去吃的情形，眞是神仙一般的自由而滿足了。

於是，我才眞切地了解了掙扎在飢餓綫上的人們的內心而始懂得付與同情。我往往把不敢買大餅吃而餘下的一元錢給了乞兒。

向來我沒有在生活上打過算盤，近來也被迫得打算起來。然而，照今日的情形看來，任你如何會在經濟上打算，結果也會是一本糊塗賬。就像我吧，近幾天爲了省下錢多吃點飯，上下一班連小火車也不坐了，往返走二十來里路，省下六元錢，可以多吃一碗米飯。但走破一雙襪子便是五十元，破一雙鞋子又是六七百元，省吧，只要你省得起。

然而，比較起來，襪子鞋不買可以，不穿也可以，飯不吃可不行。總之，像一個第一次上課的小學生認會了第一個字母般，我如今才知道吃飯問題的重要是超過一切的。因爲如果餓急了的話，比什麼沒有面子，被人恥笑等等要難受得多多。

做了半生人，吃了半生飯，而今日始認識了吃飯的眞實性，是小布爾喬亞的可悲又可笑的滑稽劇。現在我把這報告妳，也許比說別的還切實一些，正當一些。泉，妳說是不是呵？……

二月廿一日。

三

泉：

我是人間的孤獨者，現在一直還是這樣，孤獨，孤獨。

在這裏所謂孤獨，妳不要誤會，不是沒人理，不是受到什麼冷淡或排擠，只是自己時時感到了縱然與人相對而亦有精神的或內心的距離而已。看得嚴重一點，不僅是人與人，心與心的距離，更是宇宙和宇宙的距離。總之，我觀得別人有是佔了一個宇宙而我自己佔有的又是另一宇宙。

這話決沒有任何的誇大或自貶的成分。宇宙是卽物卽在的抽象觀，說我一人佔有了另一宇宙，謂之爲大固然可以，而謂之爲過於渺小自己又何嘗不可以？一滴水裏的微生物都能構成一個宇宙，何況我呢？

打不破我自己這宇宙的界限，我今生將永不會脫出於孤獨的吧。雖然也有朋友，也有娛樂，也有酒後的面紅耳熱，而唯一讓我感到無法追踪別人而跨入另一宇宙的，是我這一無所的空洞的心。

亞蘇屢屢規勸我說：「出門兒的人，該怎麼樣怎麼樣，和人家混混吧，別太孤芳自賞了！」對這我是曾經虛心地接受了來，而且準備努力來做的。本來麼，如果我眞有「孤芳」可以「自賞」的話，很可以跳出塵寰，就不必跑出來混跡於大千人海之中了。帶了「孤芳」來紅塵世上「自賞」，那眞是滑稽而又不可思議的事。但我的一切，在目前說起來，卻不能否認是有陷於這種矛盾的趨勢，有時候連自己也會莫明其妙。

所以造成如此另外一個宇宙的，最大的原因是我不論對於什麼都很容易感到無聊。爲什麼要無聊呢？我也茫然無以自解。

看見別人把一件不值當的事很有趣而熱烈地說下去，我也會極力强制自己一定要聽下去，或者也參加幾句，那樣才不至「離羣」。道理的確如此，我也要如此做。但不到三分鐘，便發生了「無聊」之感，只這無聊之感一起，我便無論如何也制止不住那過度的冷寂與沉默襲上心來，於是努力的計劃便又失敗了。

這樣，我是時時想從自己的宇宙跳入大衆的宇宙裏去，剛邁進了一隻脚還沒有站定之時「無聊」早又把我牽回來了。

所以，孤獨，孤獨，……一直孤獨下去了。

誰又願意這樣呢？而總不能這樣，正是一種「人」的悲哀。

泉，只有妳，倘足以理會到我這悲哀於萬一。

有天，我在傍晚時候去了一趟新街口，去幹什麼是已經忘了。徒步回來，走在豐富路一帶僻靜處，看見了懸在天上的一輪好圓的月。那面孔是如何稔熟呢？儼然只有它是我這宇宙內唯一的親人，唯一的相知者，我遙望那皎潔的光輝，不禁要把個多月來自己的孤寂與種種苦楚，向它傾訴……。

又一天清晨，我走在路上，塘裏的水是澄清如凝想的眸子，道邊叢叢搖曳着的三四寸長的綠草上，結了一里夜露染成的微白的霜。我訝然地暗自笑了，笑我所見的是這樣生疏而又熟悉。一個生長在冰天雪地之鄉的人，看見了他所素識的霜凝在草上，於是强烈地感到了江南的初春之晨寒而恍然於自身已置於如何生疏的地方了。

這些自然界的東西，不管是生疏或者稔熟吧，我的宇宙裏都能容納了它，所不能容納的，就是時常會我感到無聊的人們。

我也是人類之一，而時時在拒絕着一些人們走進了我的宇宙，這倒不是嫌他們汚濁，實際我也並不怎樣清，別人所生的汚穢惡劣的意念，我有時候也會發生出來，最簡單的就是當此經濟生活萬分嚴重之際，人們站在優勝劣敗的生存競爭場上而盡力地擠，總想把別人擠到旁邊去，讓自己立足於有利地位而便於攫取到需要的金錢和物質，在我也不是不要這麼來，因爲不擠的話，肚子就有挨餓的可能。但別人比我强的是人家有耐性可以一直擠到最後，大有得不到不休之勢，而我則往往擠到一半便退却了，拚着捱一次餓也不願再去擠，原因仍然是感到了無聊。

現在，幾乎是無一不需要擠了。走路上火車，得擠，不擠連票也買不到手。吸紙烟買配給，得擠，不擠就不經濟，諸如此類的風氣是染遍於生活的各部門了。爲了上火車，縱然無聊我也會極力擠到底，那是沒法子的事，但如紙烟之類，我也寧少吸支，也不願去擠的。不一定是爲了保持小市爾喬亞的尊嚴，這尊嚴早已毁滅無餘了。然而我的宇宙不允許我去硬擠。

五十多天的經過，寫意的事也有，但大部分充滿了生活高壓下的人與人相軋之象，我的無聊是益發過剩而深刻了。

二月廿三日

日本中堅作家論

丹羽文雄
容祺譯

所謂中堅作家的年齡，總是從五十左右到三十二三之間。照我的計算，他們大約有三十四五人。首先可以提起的是岸田國士。這也許不大妥當，可是他的工作態度是屬於所謂中堅作家的範圍內。「由利旗江」可說是代表的作品吧。刊載於朝日新聞的「泉」是別具風格的報章小說，不過似乎太高級了。對「泉」表示欽佩的是一般內行的人們。岸田國士是不寫短篇作品的稀有的作家。不寫短篇的作家，能夠使他的才能的某一部分高人一等，同時不免使他的某一部分發生缺陷。他是一個徹頭徹尾的戲劇家，他的作品中的登場人物的性格並不是獨自在發展的。他是用戲劇的作法寫着長篇小說。同樣爲內行人所畏懼的作家還有武田麟太郎。近來武田的通俗作品是值得欽佩的。他有點陰性的地方，似乎並不是單純的寫實小說的作家。

有人把火野葦平譬作林白，理由是他越過海馬上就升爲中校。可是在知道過去之火野的我看來，他的「軍隊三部作」（卽「土與兵」、「麥與兵」及「花與兵」）是當然的收穫。過去他寫着佐藤春夫式的小說，可是在戰場上自然不能這樣幹，只好回到平易的文章，這反而於他有利了。火野如要寫軍隊以外的小說，一定頗感痛苦吧。說起火野，人們就會想起軍隊。倘使偶然寫了一篇戀愛小說，世人一定會感到驚奇：「咦，他怎麼會寫這種東西的！」處於這種不懂事的世間當中，火野是怪可憐的。日比野士郎以「吳淞河浜」等一連串的軍隊小說而一躍成名，對他是一種幸福，同時也是一種不幸的出發。和火野與日比野比較起來，「黃塵」的上田廣並不使人感到像前者一般的危險，不知是什麼原故？上田在同人雜誌「文藝首都」上從事小說研究，而在前線仍繼續着這工作。也許是因爲他不像火野或日比野那樣轟動一時地登場，而是使人感到普通的作家到戰地去仍舊繼續寫着小說一般的感覺，所以與上述兩人不同吧。日比野或火野是藉小說這武器與人以作家的印象，而上田則不管他寫的是什麼，總與人以上田這人是作家的印象。

優秀的作家總是在過去有一部無條件地使人感動的作品。井伏鱒二的「朽助住着的山谷」，堀辰雄的「聖家族」，林芙美子的「淸貧之書」，深田久彌的「津輕的荒地」，這些作品大概會長存於後世的吧。可是並不是我有意識刺地把他們排列得如此，在我看來他們都好像不約而同地佔着文壇的包廂。包廂似乎有點過火，總之，決不是坐在正廳的人們。深田久彌有時好像也會跑到正廳裏來，可是其他作家是決不會離席的。尾崎士郎也擁有他自己指定的座位，這好像是在他們的座位和一般的座位之間的奇異的一種座位。他的「人生劇場」的靑春篇，似乎有降到正廳的模樣，可是雖說是一種奇異的座位，到底已經坐慣了，所以輕易不肯離開，現在竟已舒適地躺在那裏了。這是愛好尾崎士郎的人們的責任。可是他們的座位都各有各的特點，日本的文壇總喜歡這種獨特的吸引力。這麼寫着的我，在爲他們的吸引力所吸引的一點，也決不居人後。

阿部知二、芹澤光治良、石坂洋次郞，把這三人排在一起，感到另一種共通的氣息的，也許不是我一人吧。阿部的「北京」頗留下深刻的印象。阿部在過去也曾寫過俗不可耐的小說，可是近來的作品已將此種印象一掃而光了。這證明教養這東西確是大有道理。從前也寫着同樣俗不可耐的小說的石川達三，在「蒼氓」一作中發現了絕佳的鑛脈。石川是瘋狂地伸開手偶然觸着的，而阿部則是藉着教養的力量。只要一旦把教養纏在身上，隨時能夠得到及第的分數。石川達三則有時得着落第的分數，有時得着一百分。到底那一種於作家有幸呢，我可不知道。石川時常露骨地表示概念的傾向，這不是作爲作家的手法不如阿部的證據麽？不過石川的這種特色如果任其自由發展，一定會有大成無疑。當「蒼氓」出來的時候，有一個前輩說：「這人如從事通俗的作品，一定會有大成的。」這不是對石川達三的侮辱。可是在現在的純文藝的世界中，石川就是讓他最傑出的才能隱伏着，也能通行無阻的。也許僅就這一點，已表示石川的不同凡響了。石坂洋次郞從他的「年輕的人們」所獲得的好評，將來要被崇得怎麼樣子，是頗有趣味的事。他手中的紙牌好像只有一張，我希望他像在「門犬圖」一作中一般，充分把它向外露出來。我想這在他是辦得到的。「一粒麥」是表示他專長的作品，而「往何處去」似乎是他的餘技之作。倘使通俗小說能夠不至有害於他，誠屬幸甚了。原因是，聰明的他，模倣夏目漱石的「哥兒」式的「往何處去」，讀來滑稽可笑，像是有成功的希望，却是對他極危險的。芹澤光治良的「愛與死的書」是印象頗深的作品。雖說他具有和阿部知二共通的氣息，可是我覺得，作爲一個作家，芹澤是較優的熟練者。他在「不眠之夜」的序文中，曾說他預備作爲另一種藝術家重新出發。在過去，他就是在個人的生活中也感到一種刺激，根據這刺激他寫着種種的小說，不是現在對於這種刺激已經感到一種參悟，此後預備踏在這基礎上開始寫作了。

寫「岡本加納子論」（按岡本加納子是日本已故的現代女作家）時，川端康成曾用了許多引用文，而本人的文章却極少。那種論文，使讀者極易明瞭，又頗爲便利。因爲他似乎不必再買岡本加納子的書來讀了。而有趣的是，這種寫法也正是發揮着川端康成的特色。不論提出什麼問題，川端康成決不提出決論。他所寫的小說，決不留下將有被人責問可能的線索。他在作品中留下無數的指紋，而這指紋却會和犯罪毫無關連地被人忽過。就算有影子投下，那影子却像鳥的影子，遇到非把影子留下不可的地方，他就在那裏用墨塗上，決不會留下將來無法抹去的跡痕。確是輕快極了。他就是描寫悲慘的人生，也會使它飄然逸去。這也許和作家的肉體有密切不可分的關係。每寫一次作品，必受人責問，顚躓着而仍前進的作家是橫光利一。他和川端康成是絕好的對照，兩個絕無類同之點的作家之配合確也有趣。對於他的「旅愁」一作，我對橫光利一沒有什麼可說，但是對於他的「秋」却感到無限的興趣。此後的動向如何，在中堅作家中，橫光利一也許是最大的大家了吧。不知是那一個人，最初說他是文學的菩薩，現在可不大有人說這話了，還是改稱他爲文學的希望較爲妥當吧。

寫西鄉隆盛的大概是吉川英治（按係日本歷史小說家）之類，大家這樣不負責地推測着，不料却由林房雄寫出來了。像他那樣，並不顯著地表示任何才能，不爲人所覺地進行工作的人，確是少見。大部分作家都有一看就可認出的一種特色，可是林却並沒有這種東西，他好像不需要這種小招牌。他的「青年」、「壯年」雖然曾受盡批評，可是雖不是大衆作家的作品，每期的「文學界」中最像一篇小說而可讀的還不是林房雄的作品麽？竟有人作這樣辛辣的批評呢！

「西鄉隆盛」將要繼續幾年，誰也不知道，可是林一定能夠寫到最後一頁的。和林房雄不同，眼前雖掛着招牌，而本人和讀者之間保持一種奇怪的關係的作家是坪田讓治。他的那篇「風中的兒童」是使報章小說更形重要的一部作品。可是，如不使坪田寫兒童，而使他寫戀愛小說，却能夠寫出極爲辛辣的作品呢。這件事大概不大爲人所知吧。也許有人會說那是變態的，可是他具有素來寫戀愛小說的作家所沒有的熱情逼人的戀愛小說的才能。記得在什麼地方寫着，從事戀愛的作家不能描寫眞正的戀愛，可是不從事戀愛的作家却能抓住戀愛的眞髓。坪田讓治似乎是屬於後者的作家。雖然我不願說坪田是沒有戀愛經驗的那種失禮的話。

島木健作不論到滿洲去或是到朝鮮去，過後對他的批評都很好。據說，朝鮮的知識份子很是佩服，說是在朝鮮滯留五日以上的作家，只有島木一人。大多數，住一二天就離開了。這是島木的德性使然的，他的行動總留下一種誠懇的印象。這是作家中稀有的氛圍。他的作品中也充滿這種誠懇之感。明治時代有一個愛好思想的作家。他不斷地發表熱辣辣的作品，最近好像默無所聞了。想起島木健作，我就會聯想這位作家。他因爲思想偏激的原故，得不到現實的報答，從文壇上失其影蹤。島木却因爲他所抱的思想，反而得到不少現實的報答，因此我們做夢也不能想起他是會從文壇上消失的。島木是近代人。他並不是永遠抓住一個思想的，思想的種類儘可改變，可是他對一切都不免要加以思想。因此，他並不是一個普通的小說家。換句話說，他並不是像小說家一般的小說家。可是和島木出身相同的伊藤永之介，却更像一個小說家了。只要拿他的一篇「鶯」來看，也可以知道，伊藤實在充分具備着小說家的素質。有一個批評家說，伊藤的作品裏，思想像幻像一般地浮起着。可是這種東西根本不必費心去發掘它，他的小說家的素質却充滿全部作品裏。爲了樸實的原故，他不大引人注目。可是如一旦這樸實之感歸於消失，不用說伊藤永之介就要面臨危機了。有一個出口不遜的人說伊藤是飯攤。這莫非是諷刺他，不論生意怎樣繁昌，總不能成爲一個正式的菜館。可是樸實之感，不是對伊藤很重要的才能之一麼？德永直是一個能幹的作家。他的那一部成爲問題的作品「太陽的孩子」，報載他慌忙預備絕版，又想不絕版，於此可以看到他的爲人。也因爲此，他是不使人感到可怕的作家。而他的作品是沒有一次會落第的。當報章採用他的作品時，決不會感到失望。和德永相反，總不免使人擔心的作家是中野重治。不久前他所發表的「空想家和脚本」是絕大的收穫。如使島木健作稍形軟性、易解，也許就變成這樣的作家了，可是這比喻有被誤解的危險。島木的認定一個明標邁進的貪婪的目光，稍形放鬆一點，和緩一點，不是就變成中野重治麼？島木形似不顧一切，昂然我行我素，可是實際上却是極老於世故的人。然而，島木的左顧右盼中，却有進一步富有自信的姿態，反之，中野却不出左顧右盼一步。我就是這樣地看他們。可是，他們的目的地似乎是相同的，而中野重治的決非像小說家一樣的小說家，猶如島木一般。

宇野千代（女作家）像鄉下人努力要變成城市人的樣子。宇野要成爲一個城市人而獲得成功，就是使她所編的雜誌「時裝」的銷路增加，她本人實在沒有成爲城市人的需要，這我想是她周圍之人的責任。宇野千代原本是感性的作家，所以鄉下人要想做徹頭徹尾的城市人是有困難的。她如是掛着知性之作家的照牌出來的人，就可以免於露馬脚，可是事實却適得相反。因此宇野千代的那可貴的素質，現在却顯得像東京的鄉下人了。和她比較起來，窪川稻子却頗有自知之明，她充分明瞭自已的本質，因此她能相繼發表完美的作品。可是獲得成功的仍是描寫女性的「紅」，可見窪川也是一個女人的作家。只要是作家，不論描寫男女都是沒有分別的，可是有趣的是，女人總不免依賴女性的特性之應援。然而，這種看法也許是男人的看法。

報章有時有害於作家，有時也有利於作家。作爲適切的例子，我們這裏有和田傳和間宮茂輔。前者爲報章所奚落，可是後者却順利地爲報章之風所推進。受着隨風的推進而張翼飛行，確也是一種才能。「粗金」的前篇使人留下深刻的印象。常常聽人說，近代的作家，不該專門寫着小說，而多少應該採取聳動報章的行動，間宮茂輔就是實行着這一點。竭力設法推動報章的作家中還有高見順。高見好像天生是適應報章的人物。當然，這也是都會人的通性，既沒有敦樸之處，也沒有粗野之點。凡是作家，走進一家菜館，總是屬於食客，可是高見順在不知不覺中，成爲廚師了。圓滑地滾動的車子，當自己發覺的時候，已經滾入意外的地方，不覺吃了一驚，高見就是有這種圓滑性的作家。我時時讀着高見的小說，不禁要說，何必要把本領顯露到這般地步呢？例如，「臨終之際」，倘使率直地把事件描寫下去的話，也許要比那種腔調，更使人發生現實感吧。可是高見總喜歡在那種腔調上用功夫。簡潔和複雜的腔調都不能說是絕對的。兩方都有缺點，也有優點。可是以簡潔爲敵手，跳起來作複雜的跳舞，總不免是趨於極端之舉吧。

除了上述以外，中堅作家還有濟濟的人才呢。藤澤桓夫、舟橋聖一、中河與一、立野信之、榊山潤、尾崎一雄、大鹿章、眞船豐、村山知義、伊藤整、福田清人、久坂榮二郎、三好十郎，隨便一想，就會記起這許多名字。

以上所舉的作家都是所謂合格的人們。其後的發展，全靚他們的精神修養如何而定了。在這裏決定一切的是，作家的作爲一個人的價值，可見作家單靠書齋的用功是無濟於事的。

作家的生活是寫作，只有在寫作中生活，這種見解是正確的。可是在寫作中生活的作家中，也有身邊小說型的和不屬於此型的二種。倘使把它混合在一起的話，身邊小說型的將會發怒吧。在寫作中生活的條件中，有一條是需要作品及其作者的私生活須渾然融合爲一的。作者在私生活中是極單純的人，可是作品却極盡深奧的能事，在作品中辛辣得什麼似地，可是私生活却平凡而懦怯到極點，這樣絕不能獲得讀者之信用的。作家務必要負責使他的私生活和他的作品發生直接的聯絡。新進作家還可以設法遮蓋這一點，可是一變成中堅作家，就毫無遮蓋的餘地了。並且爲了要寫好的作品起見，使家族無論如何吃苦也不要緊的想法，在今日當然也不適用了。

吳苑試寫

王予

飢來驅我到蘇州，一忽于茲兩年了。做人做出了定型似的有幾分奧勃羅摩甫的氣息，奧勃羅摩甫終日懶在小地主之家的老沙發上喝咖啡，像我這樣的，自然只好得空坐坐茶館；空既易得，兩年來便跟茶館結了眞有一點不可解的緣分。其間，雖也有幾時坐過新式的茶室，坐來坐去，終不免有人地不很相宜的感覺，漸漸又覺得錢力不支，成了風氣似的三人樂隊的音樂和什麼南國名媛海上歌星的曲子更大大妨礙我的瞌睡，到底像一個被年輕佻達的少女趕出來的老人一樣，心甘情服地重回向舊情人的老式茶館的懷抱中來了。這還是吳苑。

吳苑是蘇州最出名的茶館，在我却是本來沒有經人介紹，一點也不知道的，只是一到蘇州，瞎撞瞎撞地撞了幾家，到撞進了吳苑，覺得很好，就一見鍾情地坐慣了的。

坐了幾月，就想以吳苑爲題，寫一點出來，却終沒有敢動筆，一，因所知不多，一因筆力不夠，同時也覺得吳苑這樣的地方，是只可以讓漫畫家來作一幅一幅的速寫的。

所以現在雖下了寫一寫的决心，也只敢以試寫爲題，而且，明知寫得不好是一定的，只是在自己，僅僅想以此紀念生活在蘇州的兩年而已。

吳苑究竟已經開了多少年，單是這樣一個問題就要把我難倒了的，但我想，那是考據家的事，倘然要知道的話，地方誌之類以及老年的茶房是終可以說出一個大概來的，我想在這個問題上破費我的給懶忙了的工夫。我們是都有一點崇拜年深月久的心理的，把吳苑的歷史假想到明朝，或者至少一百年，我們一定會感到很大的滿足，假想既然比眞實美，說不知可以讓別人任意假想，這里我就自以爲很得體地用了不知爲不知吧。

比吳苑更好一點的茶館，照理是可以有，也一定有着的，但終于讓吳苑獨佔了蘇州的茶館的口碑，這是因爲它獨得了地利吧：它是在蘇州城的中心太監弄，前臨觀前街，左靠北局，右傍宮巷，後面是第一天門，今設新市場。

觀前街是城內的精華，但至今還保存着鄭振鐸所歌頌的使人有一種像手壓了胸膛做着魘夢醒轉來的窒息之美的却已不是兩旁都是洋式門面的發財店的廣闊的觀前街，而是從北局拐過來的太監弄的一段了，吳苑的大門，在這裏就像一個香烟苑渺的幻象的夢中的古廟入口。

不願意跟進出的茶客撞一個滿懷的人大概是不走吳苑的兩扇玻璃的正門的，因爲在左邊烟紙店的櫃房，還有一條通路，右邊，却是做饅頭酥餅的地方。（據說，門口做着饅頭酥餅，也是蘇州的大茶館的必備的條件之一。）

進門靠左有兩隻碩大無朋的紫銅的茶壺，它們的容量，說是多到足以一次供給全茶館的用水，但我看現在它們沒有被應用，開水是從後面的灶間送出來的樣子。

門口就有座位，據說茶客都是引車者流。這裏我決沒有存着因此把門口的座位輕視了或是在觀念上給降低了的意思，即使眞是黃包車夫們的專有的地方，也不足以分地方的等級，何況，現在的黃包車夫的生產力三倍于我這樣的坐在愛竹居的文士。不過，那裏給他們坐慣了別人不再去侵犯他們的集團那樣的現象也許是眞的。但我曾經看見一個一年前曾經跟我的畫家朋友和我有過一夜之緣的先時很嬌豔後來成了死美人似的跑樂鄉飯店的妓女她的假父也坐在那裏吃茶。——大祇，一走進茶館就坐下來的茶客，在情緒上跟別的有閒者截然不同，是這一種不同形成了茶座的行幫性吧？

門樓上據說都是小學教師。不上樓，再進去一點，便是賣小古玩的攤頭，製小點心的攤頭，和掛滿了皮貨成衣的地方。

一直朝正中走，叫方廳，方廳裏外，老茶客大半是小學教師醫生，和吳江人。

方廳的右首，叫四面廳，像一個四字的樣子，當中放着大菜檯子和八仙桌，四周的圍廊裏是隔着小茶几的狹長的統座。那裏，律師是老茶客的一部份。

四面廳的背後，有一座假山，山上有亭翼然，老木幾顆給鐵柵圍着。鐵柵以外的空間，大晴客多，也有臨時安排的桌椅。請外地的朋友吃茶，以這里最討朋友歡喜。

方廳的右首，原先是書場，去年秋後，不再說書了，成了新闢的茶座。從這里進去，上話雨樓，樓的形狀像朴刀，門窗都是有色的玻璃，話雨樓上的茶客，似乎最多蘇州的少爺，出口充滿了富貴氣。

話雨樓下，便是我也算了老茶客之一的愛竹居。這里較多見的則是蘇州的老爺。律師和醫生，間有幾個；退休的縣長，在這里吃茶，鳳毛麟角似的文化人，也在這里吃茶。

我所以坐中了愛竹居，却只是爲了這里比別處狹窄一點，幽暗一點，人聲輕一點，除了那位禿頂的律師，和偶然闖進來的一家門。

我的朋友伊馬，每天下午五時以後，總坐在那里，像坐在貓羣中的老鼠，一聲不敢嚮地吃着起碼的饅頭和蟹殼黃，他們的面孔會得那樣陰鬱，恐怕就為了每天做着貓羣中的老鼠。

不再篷頭垢面的汪馥泉，時常帶了他的太太和小姐在愛竹居出現，殷殷勤勤地做着標準丈夫。也是他，帶了周作人先生一行北方學者在那里吃過一會茶。

叫賣者川流不絕，近半年來特別多出了一批賣香烟的婦孺，她們大都托一只小皮箱，像過去在上海電車上萬金油加克林的兜銷員的樣子。她們都有老主顧，一樣肯放賬。

最複雜的叫賣小吃的是兩個項頸上掛着一隻大托籃的，他們籃子裏所有的貨色，計：脆梅，軟的和硬的五香豆，油汆果肉，嘉興蘿蔔乾，金花菜等。其次是一個托着大批糖食的，五顏六色，非常動人。

貨郎似的出賣眼鏡，香烟嘴，牙刷等幾十種另用雜物的有兩個。他們也賣各種專放眼前人各一張的證明書的東西，所以總是叫：「良民證袋袋要嗎」？現在是：「居住證殼子要嗎？」

一個賣剜耳的人老是一言不發地從你的身邊走過，把一個剜耳贈送給你似的向桌上一放，你如果用得着，就等他再來時給他一塊錢，（過去是一角）用不着，他回來時取了就走，決不開口。

理髮師可以給你叫進來。

擦皮鞋的隨時在檢視你的脚。

報販的手中備着當天的各種報紙，向他要了看，看了把報紙還他，出一點租費，現在是每份五角。

點心，一年四季，各有不同。有粽子（以一個姓蔡牌子最老，一個大塊頭的滋味最好），斗糕，淡（袋）粽，高豆糕，新鮮鷄豆，綠豆湯，蒸餛飩，春捲，湯團。最普通的和常有的則是蟹殼黃，肉餅，饅頭，饅頭以反煎尤佳。此外街上所有的，都可以由堂倌隨叫隨到。

茶分紅淡兩種，另有羅春烏龍。

吳苑用的水，原先是到城外去取的，今也不知。

老茶客在早上泡一壺茶，下午再去時，不用重泡，堂倌給你放在一邊，可以省一壺茶資。他們還有自備的茶具放在那里。

老茶客的茶資和點心錢也不是另碎付的，可以做賬。因為有這樣的便利，我一個人在蘇州的時候，遇到沒有錢吃飯，不會挨餓，蓋可以走進吳苑，掛上一碗肉麵也。

許多論者以為從吳苑的生意興隆就看得出蘇州人的頹廢的風氣，實在是膚淺的看法。

蘇州人的吃茶，是一點也不頹廢的，他們在茶店裏，律師照樣接見當事人，米商布商照樣成交米布的買賣，他們是把茶館當做辦公時間以外的辦公室了，而且，因爲總是在什麼時候坐在什麼地方地固定着是很便于接洽種種業務的。

蘇州人吃茶也沒有淸談的習慣，他們很歡喜談，但是渾談，三句不離生活，不是說什麼貨色今天又漲價多少，便是細心地計算一塊錢現在合値過去的幾分幾厘，如一碗麵的價値是千準萬確的一萬八千元之類。

淸談者是多少有一點超現實的，但他們的論調却非常之現實，極無哲學的意味，雖則也多少成了闊海空天的不負責任的批評者，而他們的批評無不由于個人的切身的利害，是一本器量狹小的小市民的立場的。

頹廢，他們不會做到，也不想做到，也無法做到。

頹廢是悠閒的產物，悠閒是同時可以產生文化也可以產生頹廢，我甚至敢于說是眞正的頹廢也是一種文化，敢于說文明的頂點便是頹廢，然而現在，那里有悠閒？誰能悠閒？

蘇州的茶客，只是每天每天，用茶灌着腸胃，使自己覺得今天是在活着，活得不稱心，但也還可以馬虎，明天不知怎樣，也許好一點，也許壞一點，讓它好一點，就好一點壞一點就壞一點，到明天再說，如此而已。

至于我這一個吃茶者呢？還不也是如此而已？我不是蘇州人，但我也是中國人。生而爲中國人，還不是也只有如此而已？

所以作如是觀，作興與在吳苑吃了兩年茶打了兩年瞌睡不無關係，也未可知，但全部責任，是終不該由我所愛好的蘇州的吳苑來擔負的。

一九四四，一，九夜。

破襪子哲學

Vicki Baum 著
實齋 譯

五歲的時候，我去學游泳，可是我手中執着的以防下沉的繩子斷掉了。當下驚怖萬狀，身子也就下沉到池底去。雖然人們終於把我救了起來，可是自此以後，我每想去學游泳的時候，便心驚肉跳，連呼吸也感覺得困難。

『把你的身子弛鬆起來！只是自由自在地浮在水面上！』人們對我這麼大聲地呼喊着，可是那時沒有人指教我怎樣去把身子弛鬆起來，是以終於沒有學會游泳。

九歲的時候，我學彈琴，成績很不壞，可是一跨上了音樂會的演奏台上便不濟了。在演奏台上我便驚慌失措，我的手指僵硬不聽指揮，樂器上奏出來的聲音也粗厲失和。我的教師在台側向我做臉，輕輕地說道：『讓你的手指鬆弛！只是舒展着！』可是我不知道怎樣去鬆弛。

那時我們兒童常到當地的公園裏去玩耍。在公園里我遇見一位瘦小的老翁，他穿着滑稽可笑的老式衣服，常常來把食物餵給公園裏的鳥類吃。他往往坐在一個凳子上，會坐數小時之久，看看我們玩耍，並且對我們講我們所愛聽的笑話；我們所玩的球滾到他那邊去的時候，他便把球拋給我們，拋得驚人的準確。他叫我們稱他做彼得叔叔。後來我們知道他曾在馬戲班裏充過丑角，於是對他愈加欽佩，圍着他對他愈加親熱了。

有一天，我一個不愼跌了一交，彼得叔叔把我抱起來的時候，我的膝部出血了，手腕也脫了節。

他對我說道：『你不知道怎樣跌交，所以受了傷了。做人最緊要的事便是學會怎樣跌交，那便是說：雖傾跌而不受傷。自椅子上傾跌下來，自馬背上傾跌下來，自成功之峯上傾跌下來；都一樣。像你年齡的時候，我常常傾跌，以致差不多每根骨頭都受傷。後來我學會了雖傾跌而不受傷的本領。現在我就來教你。』

那年的夏季，彼得叔叔把學馬戲的孩子們須學會的基本訣要教給了我——像翻筋斗等等。你玩那一類的把戲時，你必須把渾身筋骨弛鬆起來；只是彼得叔叔與他人不同，他沒有大聲呼喊：『弛鬆你的筋骨！』他教導我怎樣去弛鬆筋骨。

他講解給我聽道：『你只是一隻團綯的破舊襪子。懂得嗎？變成了一隻破舊襪子後你便會雖傾跌而不覺得怎樣了。舊襪子是不會受傷，也不會破損的。整個的訣巧在此。現在我們就來學破襪子吧。不要倔强。你整個的身子已經柔軟無力了嗎？筋骨已經根根不僵硬了嗎？」他說着便把我自地上舉了起來，隨即放手讓我跌墮到地上去。我沒有受傷。我學得一種教訓了。

這是我所得到的教訓之中最重要的一個。此後我不只在身體方面這樣地訓練我自己，並且還在精神上這樣地訓練着。

多數人只在休息的時候弛鬆着身體，可是据我的經驗，覺得於工作的時候，如果把身體弛鬆着，效率便最好。我遇文章寫不下去的時候，或是遺忘了什麼事的時候我便在想像上把我自己變成一隻破舊襪子，接着事情也就都迎刃而解了。凡是遇到難受的事——像工作過於繁忙，或是損失了什麼，或是患了什麼痛症——那時我就應用破襪子哲學，結果終於把難受的事忍受了過去。

我十五歲的時候，母親因病進醫院去施手術，而醫生們都表示病勢嚴重，沒有多大希望。醫生開着刀，我在病房裏等候着，神經緊張，渾身顫慄，雙手冷而且麻。此時我忽然憶起了彼得叔叔，想起了他叫我變成一隻破襪子的一番話。這麼一想，我便不再緊張了。我極力設法排除焦慮；當我這樣弛鬆着的時候，我的手溫暖了，恐怖之心消失了，清新的思想開始源源流入我的腦際，像是流入眞空管一樣。我便向看護要了幾張紙，一支鉛筆，動手寫一個短篇小說了。

那時我忘記了時間，忘記了空間，只是埋頭寫着——直至他們把母親自手術牀上扛下來。難受的事已經過去了。我坐在母親的牀旁，她還沒有回復知覺，我安靜地繼續寫着。那數小時中的處境雖然極爲可怖，可是那時我信筆寫着，思想源源而來，我的寫作要算那時最不費力了。

後來那篇小說於一次重要的比賽中獲得了頭獎，於是也就成爲我著作事業的階石。

把我們的身體渾身弛鬆了不只能於危難的時候救我們的性命，實則我們日常生活之中也須要這樣。你希望人們對你有良好的印像時，把你渾身舒鬆了就是。只想自己的事的人往往神色緊張，這類的人往往使他人覺得不自在。破襪子狀態會使你嚮應他人的歡樂和憂患，他人也就會因此喜歡你。你在向人謀事的時候，或是宴客的時候，或是駕車的時候，或是教導你的孩子的時候，務請不要緊張——務須變成一隻破襪子，而不可緊張。若是緊張，萬事便都做不好。你不妨去請教舞蹈家，歌唱家，藝術家，運動家，拳術家，或行家，我是任何從事創造的人，他們會告訴你學會弛鬆身體的重要。

弛鬆身體是可以藉訓練而致成的。第一步是控制你自己，審察你的那一部份還有僵硬之狀，然後立即把牠弛鬆下來。你不妨只穿了短衣短褲，躺在地板上，把四肢都弛鬆下來。然後再審察一下，看看有沒有呈僵硬的筋肉。當你渾身弛鬆的時候，你的呼吸便和緩下來，你覺得渾身輕鬆，你的心緒也就安寧了。你這樣練習着便能隨時隨地弛鬆你的身體。

我深信應用這種破襪子哲學能使任何難事易於應付。我很能想像臨死的時候我必四肢弛鬆，心境安閒，對上帝說道：『上帝，我不過是一隻破襪子——把我帶走吧。』

跋——中西思想偶同之例甚多，上文即其一例。我國老莊讀罷此文必引爲同志。破襪子哲學頗爲實用，試舉四例於下：

初學騎自由車時，暗思這麼二個輪子的東西，形狀又是這麼扁狹，重百餘磅的身子棲在上面，寧不危殆萬狀？儘管教導者屢言『放胆踏去不要緊的』，總不深信。只以由教導者後面扶着車身，姑大胆踏去，可是身子騎在車上歪歪斜斜，只因後面有人扶着，故不甚怕。踏了數箭之遙，車子漸穩，向扶車者道：『奔着不吃力嗎？』沒有回答；回頭一看，那裏還有人扶着！心裏一慌，身子便連車倒了下去。於是捲土重來，再行登車，可是每見無人扶擋，總是不濟，每次傾跌，觀者大笑，好像與愚有不共戴天之仇似的。大恚；乃立志學會他，決與車共存亡。縱然因此捐軀，心想二十年後又是一條好漢，死何足惜，何況日子也過不下去呢，解脫了這個臭皮囊吧。這麼想着，不管三七廿一，一脚重重的踏了下去，接着另一足也接踪而踏，並回頭對扶車的喊道：『放手！』嚇，車身毫無不穩之像。原來雙輪滾動着的時候根本不會傾倒，只因心裏慌張，車子便難免要倒掉了。咱們孫總理不是說過麼，『要先有信仰，然後有力量。』再比方你在市區中騎着自由車，後面汽車嘟了，電車叮叮，契而不捨的追蹤而來，毫不寬假，此時萬萬慌張不得，只是若無其事的慢慢往前踏去就是。後面的車輛決不敢來故意撞你的。試想任何都市的交通規程只規定架車最高速度不得每小時超過若干英里，那有規定最低必須若干英里的？後面車輛撞了你，便是後面的人錯，你的頭背又沒有長眼睛，不是嗎？不過汽車夫或電車夫伸出頭來聲色俱厲的斥你『猪羅！儂車子騎得來哦？』時，總以始終充破襪子滿不在乎爲是，不必和他一般見識。這是第一例。

嘗學太極拳，初步工夫叫做『推手』，即二人對面站着，彼此的雙手像戲中好漢夤夜爬入人家屋子內在黑暗中摸索時一般，互相上下的進退着，彼退則我進，彼進則我退。『推手』這步工夫所注重的便是訓練雙手，使其軟弱無力，至雙臂節節筋肉毫無僵硬抗拒之像時爲止。太極拳以練得柔熟圓轉爲貴，把身子練成像一個圓形皮球一樣。人家打來，我便往後滾退，重心在於臍部，永無傾跌之患。若不然者，如路遇少林派好漢，他用足蠻力一拳打來，我亦以蠻力抗拒，若不敵，則必像電桿木頭那樣往下倒摔矣。這是第二例。西書中述及一長壽老婦，有詢其長壽之祕訣者，她答道：『我遇危難之事，便去睡覺。』（"I face crise by going to bed"）正亦此意。寫此跋之始，腦中明明有四例，今只憶其二，其餘二例是什麽記不起了，算了吧。

文壇消息

△予且近輯所著短篇小說百篇，聞將出版『予且百記』一書。

△柳雨生近成短篇小說『鬼吃記』及『栗子書』長兩萬言，將連載五月號六月號『大衆』。

△羅明近寫三幕劇『黃龍夢』，係以僧寺生涯爲背景。將交本刊發表。

△楊之華輯『文壇史料』（中華副刊叢書），銷行甚盛，已三版出書。

△蘇州江蘇日報副刊『新地』，係郭夢鷗主編，近日刊載知堂，周越然等文字。知堂所作爲『蘇州的回憶』一文。

△丘石木喪弟。

△蘇青著散文集『浣錦集』出版，共二十餘萬言，知堂題簽，天地社印行。

△丁諦近年所著短篇小說，聞不久有結集說。

△秦瘦鷗著長篇小說『秋海棠』，已由中野狄水譯成日文，連載於日文『上海』雜誌，永田勉作插圖。

飛鷹

馬博良

漸漸感到一點窒息一點寂寞了。

蒼白的牆，窗緣的樹木的影子，帶些潮濕氣的地板，作響的破椅子，白日寧又開始在其間旋轉起來，記憶的河緩緩地流着，流動着，少年人額間不知不覺又添多了幾條皺痕。

是陰鬱的黃昏，風，穿過濃密的葉叢吹開了窗門，接着把一串鷹的叫聲掃了進來。

鷹的叫聲，嘹亮而悲壯的，掠過雲霄。

像是山風和峽水織成的交響樂，更像是中古世紀騎士的呼嘯，鷹的叫聲，清朗尖銳又悠長，如根箭劃過了……

少年人不會遺忘鷹的故事的。

因爲鷹象徵着勇敢與戰鬥。

「我們是鷹，永遠翱翔在原野的陽光裏。」

然而說這句話的人，在大風暴來到的時候，張開翼他想飛撲出去，但是許多束縛阻住了他，等他掙脫一切，他已失去一半青春的活力，飛出去，無邊的黑暗蓋罩了前途，他向前撲，卻未達目的地已筋疲力盡倒下來了。

狂風暴雨的夜，淡黃的燈下，這句話永遠刻在少年人心上，同樣地，他依照這句話，拋離了他美麗的夢的王國走到眞正的世界上，幻想那世界是永遠春天，樹木是終年碧綠，貝殼笑在沙灘，海水湧在藍色的光裏，他向任何一個伸出手，他等待着溫暖，祈望着快樂的生的旋律，帶着好奇的心，他走向每一個地方，愉快地歌唱，但走多一步，他就多發現一個人的眞面目，差不多人都具備了一副假面的，他看到的，不是綠色和藍色，他遇到的，不是春天，他看見煙和灰色的火，塵埃與菌，他震懾了，他退後了，於是他想起他的鷹羣，偏又找不到昔日的伙兒，他單獨翺翔在穹蒼，他懂到了孤獨，他失望了，懦怯了，飛不起了，他不知道那隊鷹羣已於另一個風雨的晚上開始了艱辛的飛行，到一個遠方去，他被單單撇了下來，披滿一身秋天的落葉，忍受着深冬的霜雪。

他回想到那自己美滿歡樂的屋子了。

丁丁冬冬流泉般的琴音，通宵的燈光和笑聲，輕鬆的爐邊的日子，彩排新短劇本的緊張心，藍色的星樣的瞳子，紅酒杯旁的壯語，窗畔月下的幽思……

靜靜地走去，哪兒有屋子呢？碎瓦，衰草，頹垣，徘徊半天的結果，他由生滿蘚苔的小徑拾起一支笛，一支損毀的精緻的木笛，他記俏那婉轉的笛聲，曾緋惻地唱過英雄的哀愁，他記起那美麗的吹笛者，常常沉默地笑着，帶了那支木笛回去，他也學會了吹笛，學會了八月的夜禱。

雖然也生活在夢的王國，却不是燦爛的了。

笛掛在他的案頭，一天一天他變得古怪，長久不走到陽光照着的街上吹口哨，長久不昂頭望着星來散步，海浪的澎湃打耳鼓逝去了，山原的馬嘯也似乎嘶啞了，他歡喜那嗚嗚然的笛音，在靜夜，他用被掩住耳，怕聽遠處號角的吶喊，怕聽長巷中脚步，更怕聽叩門的聲響。忘記了春天，忘記了花開花落，忘記了純潔的人類的愛。

自然也忘記了鷹的叫喊，笛亦為塵土埋葬多時。

郤在這靜穆的暮色，嘹喨而悲壯的鷹的叫聲，如箭般劃過了天際，他的少年的心情被激起了。

鷹的叫聲象徵着勇敢與戰鬥。

——我們是鷹，永遠翺翔在原野的陽光裏。

他立起來，肌肉也為之緊張，奔到窗前望着廣闊的天空，那兒有鷹呢？他奔出去，追到街上去張望，他想看看那翺翔的矯健的影子，但一排排高樓大廈阻住了他的視線，鷹，那兒有？

——是的，在這充滿辛銳的煤烟味的都市，棲居山林的大鷹怎麼會駐足呢？它永遠翺翔在原野的陽光裏。

他回到斗室裏，拾起笛子，記起以前的一切。

在戶外，風雨嘩嘩地倒下來了，鷹最歡喜飛行在這時候的。

浮雲的偶遇

周幼海

也許是在大道邊的一個破壞不堪的茶亭裏，也許是在一條小河上的石橋的橋欄邊，也許是在古渡旁的一個無人的草棚中；……總之，是一個秋日午後，原野上無一點風，兩個流浪人偶然的遇見了。起先，他們沒有說話，後來，因爲兩人差不多有着同樣的打扮，背囊，手杖，和破舊的衣服。他們互相望着，互相笑着，漸漸，他們開始多談了。

甲：「老兄，今天天氣很好。」

乙：「是的，不冷也不熱！」

甲：「也沒有風！」

乙：「請問，老兄是從那兒來的？」

甲：「嗯？……哦，從我來的地方來的，我忘記那兒叫什麼了！」

乙：「上那兒去？」

甲：「上我要去的地方去，那兒叫什麼，我也不曉得。……你呢。」

乙：「我要去你來的那兒！」

甲：「那麼，你從那兒來的呢？」

乙：「瞧，大道的盡頭，你只消慢慢走過去，就可以到的。」

甲：「哦！……」

乙：「老兄，請問你當初，怎會踏上旅途的？」

甲：「爲了很多很多原因。主要的却是……」

乙：「因爲有姑娘傷了你的心？」

甲：「是原因之一，但不是主要的。」

乙：「……」

甲：「那麼，老兄，你又爲什麼呢？」

乙：「我的主要的原因是……到世界上來認識自己。」

甲：「結果？」

乙：「像是成功了，又像是沒有。……你也是這樣嗎？」

甲：「也所以說是像你這樣？但是……」

乙：「但是什麼？」

甲：「但是，我換了說法！」

乙：「怎樣的？」

甲：「我到世界上來尋找幸福！」

乙：「離開了你的家？」

甲：「是的。」

乙：「那麽，你以爲離開了自己的家，可以找到幸福嗎？」

甲：「我根本沒有離開自己的家，也許我矛盾……因爲我將那些帶在我心上。」

乙：「你後悔自己的矛盾嗎？」

甲：「我常常矛盾的，我愛自己的矛盾。……但任何時，我發覺自己的思想上，有前後衝突時，我總像，每一個人的一樣，輕輕向自己說，我是矛盾的……似乎，說了這句話後，我就能使自己不再矛盾的一樣！」

乙：「你找到了幸福沒有了呢？」

甲：「像是找到了，又像是沒有！」

乙：「你離開家後，有多久了？」

甲：「很久很久了，但我忘記究竟有多久。……你呢？」

乙：「我也忘記有多久，但，我記得，是在一個淸晨，我悄悄的離開了家。也像你一樣，將一些東西帶在心上……。」

甲：「我却是在一個黃昏！」

乙：「我倆有很多同樣的想法，同樣的經歷！」

甲：「是的，因此，我想也許，你也寫詩？」

乙：「你寫的嗎？」

甲：「當我想記起，或是當我想忘記在旅途上，所遭遇的一些事時……我也寫！」

乙：「很奇怪，我竟像遇見我自己了！」

甲：「……」

乙：「你苦勞過嗎？」

甲：「我以苦勞換得了歡樂！」

乙：「在歡樂中，我有笑，但也有淚！」

甲：「是的，我也曾那樣！」

乙：「你從來想過，再回到你最初踏上旅途的地方嗎？」

甲：「你呢？」

乙：「我？……有時也想。……那要當我在夜晚，錯過了宿頭，在路旁，野宿時。……」

甲：「你病過沒有？」

乙：「病過一次，……一個姑娘憂鬱的招扶了我！」

甲：「後來呢？」

乙：「當我病好後，我重復踏上旅途！」

甲：「爲什麼？」

乙：「爲什麼？……難道你沒有這經歷嗎？」

甲：「吃！吃！……我也像遇見我自己一樣！」

乙：「當你出走時，有人阻撓你嗎？」

甲：「有，當然有！」

乙：「怎樣的？」

甲：「他們說，我走的不是常道，不走常道的人，是不會成功的！」

乙：「現在，你以爲他們說的話怎樣？」

甲：「適合於他們，但不適合於我！」

乙：「是的。」

甲：「那麽你呢？」

乙：「我？……阻撓我的人，給了我更大的勇氣和希望！」

甲：「如今呢？」

乙：「如今？」

甲：「眞的，你的勇氣和希望怎樣了呢？」

乙：「我仍有勇氣，但聰明點了。……也有希望，但，我知道會失望的。」

甲：「你悲哀？」

乙：「不！……你當然也不囉！」

甲：「當然！……快樂嗎？」

乙：「也有時！」

甲：「遇到了一個美麗的姑娘？」

乙：「不，不一定！……」

甲：「難道……！」

乙：「比如，現在我就很快樂！」

甲：「現在？」

乙：「是的，因爲我遇見了你！……你不嗎？」

甲：「我不知究竟自己是有着快樂，還是有着那麽一點點悲哀。但，我知道我們分手後，我想，我會常常記憶起你的！」

乙：「你還記憶着誰！」

甲：「有時，我也記憶家！」

乙：「那你爲什麽不回去？」

甲：「就是因爲要記憶他們，我才不回去。……你呢？」

乙：「我似乎忘記一切了！」

甲：「那你比我幸福！」

乙：「也可以說比你不幸？」

甲：「對的！」

乙：「我倆都是有着點矛盾……我永遠忘不了你將才說的，關於你的矛盾的話！」

甲：「……」

乙：「以後呢……繼續找尋你的幸福！」

甲：「是的，繼續去找尋新的事物。近來，我發覺，自己所謂的幸福，就是去找尋的事物！」

乙：「從新的事物上，你也可以認識自己？」

甲：「是的，正如使你認識你自己的事物，很多，對你是新的一樣！」

乙：「的確，我倆很相像！」

甲：「所以，我們都說了，……像是遇見我自己了！」

乙：「看，日頭不早了，我該走了！」

甲：「是的，我也不能再錯過宿頭！」

乙：「你是向這邊嗎？」

甲：「是的，……你向那邊！」

乙：「是的，老兄，再見吧！雖然，偶然得奇怪，但我很高興會遇見你的！」

甲：「祝福你，祝福你去繼續認識你自己！」

乙：「是的，我是要去的。雖然，我明明知道，我將永遠不會認清自己的！……也祝福你！」

甲：「再見！」

乙：「再見！」

也許是在大道邊的一間破壞不堪的茶亭裏，也許是在一條小河上的石橋的橋欄邊，也許是在古渡旁一個無人的草棚中……總之，兩個流浪人，偶然的遇見了。他們這樣談了幾句後，看看日頭不早，又各自背上背囊，拿起了手杖，他們又像偶來遇見了的一樣，互不留戀的分手了。他們再互相笑笑，各自轉了身，踏上大道，沒有誰再回頭來的，向前走去。……

原野上無一點風，是一個秋日午後。

水滸傳作者的時代意識

楊劍華

「水滸傳」的作者究爲何人？說法雖多，但，這部偉大的文學作品是在明代寫成的，却是大家所公認的事情；其中所有的故事，乃是南宋以來流行的一種傳說，這也是沒有問題的。依此，我們可以說「水滸傳」所表現的社會是宋元乃至明代的中國社會；其所表現的社會意識也必然是存在于那個時代的中國社會中的社會意識。

宋元時代的商業資本，高利貸資本在中國已發展到了相當程度，一般商人和高利貸者在社會上也有很大的權威了。這情形在「水滸傳」的第一回中就表現了出來。我們知道：「水滸傳」中的高球，是身爲太尉的壞官僚，但，他是怎樣做了太尉的呢？依「水滸傳」的第一回所說，高球原來是一個幫閒的破落戶，即現在我們所稱的白相人，大亨，他因爲得到了開藥鋪的商人董將仕的介紹認識了小蘇學士，又因小蘇學士的介紹，做了駙馬王晉卿的親隨，後因踢球爲神宗皇帝的第十一子端王所寵愛，在端王接位號稱徽宗時，白相人大亨高球竟做了太尉。大家想想：在過去的中國社會中，一個開藥鋪的商人竟能與學士相結交，且竟能因他的介紹把一個白相人大亨推上了太尉的高位，這不是商人在當時的權威很高的明證嗎？

其次，我們再看與沒有工業投資的商人相結合着的高利貸者在當時的勢力。在「水滸傳」第二回「魯提轄拳打鎮關西」中出現的鄭屠，便是「有錢有勢」的高利貸者。他雖是一個殺猪的屠戶，但，因他「有錢有勢」，是高利貸者，所以人們都稱他做鎮關西，鄭大官人；而他自己也就可以橫行覇道，無惡不作了。請看一個受了他的蹂躪的女子翠蓮向魯達的訴苦吧！

「奴家是東京人氏，因同父母來渭州投奔親眷，不想搬移南京去了。母親在客店里染病身故，父女二人流落在此生活。此間有個財主，叫做鎮關西鄭大官人，因見奴家，便使强媒硬保，要奴作妾。誰想寫了三千貫文書，虛錢實契，要了奴家身體；未及三個月，他家大娘子好生利害，將奴趕打出來，不容完聚，着落店主人家追要原典身錢三千貫。父親懦弱，和他爭執不得，他又有錢有勢。當初不曾得他一文，如今那討錢來還他？沒計奈何，父親自小教奴家些小曲兒，來這裏酒樓上趕座子，每日但得些錢來，將大半還他，留些少女父們盤纏。這兩日，酒客稀少，違了他期限，怕他來討時，受他羞恥。女父們想起這苦楚來，無處告訴，因此啼哭。……」

你看，在當時的高利貸者是如何地仗勢欺人？

此外，如借放高利貸發財的藥材商人西門慶之霸佔武松嫂子潘金蓮，毒死武松哥哥武大郎，都足以表明商人在當時權位之高，勢力之大。至于「水滸傳」中所寫的當時各城市商業發展的情形，那更是當時商業資本發展的明白表現。

商業資本高利貸資本在當時雖很發達，但，却未能發展到工業資本主義的階段。因此，只能破壞原有的農村經濟，能只使許多農民日益破產，不能吸收這些破產的農民到城市裏來從事于工業生產。于是，這些破產的農民沒有出路，便只有挺而走險，跑上梁山，去實行反抗當時的官僚和高利貸者。「水滸傳」所表現的社會意識，主要的便是農民起來反抗當時的官僚和高利貸者的社會意識。如上述的對于鄭屠西門慶等的作惡情形的描寫，便是「水滸傳」的作者代表農民在暴露當時的高利貸者的罪惡的表現。

然而大家知道，農民是沒有獨立性的，他必須要在別人領導之下才能有大的社會行動，宋元時代的中國社會情形，一方面是商業資本，高利貸資本的發展，另一方面便是一部份土地貴族的沒落。這種情形，也在「水滸傳」中表現了出來。如柴世宗的嫡派子孫，貴族柴進，家裏雖有先朝太宗誓書，也不免要受當時的貪官汚吏的欺壓，甚至被當作死囚關在牢裏：這便是一部份土地貴族沒落的顯明的例證。這種沒落的土地貴族當然也是反對官僚和高利貸者的。同時，由于農村經濟的破壞，在農民中又產生了許多流氓，這些流氓更是不怕王法，對于官僚和高利貸者拚命反對的。于是，一部份沒落的地主領導流氓，流氓又領導農民，便構成了當時的反官僚和高利貸者的陣營——梁山寨。我們看——「水滸傳」中的晁蓋，宋江不是地主兼流氓頭子的人物嗎？假使他們不是地主，他們就沒有那麼多錢來結交天下好漢，因之也就不能在梁山寨做大王了。又看——柴進、秦明、花榮、關勝、呼延灼……不是貴族嗎？李逵、劉唐、三阮、李俊、張橫、張順、石秀……等不是流氓嗎？由此吾們更可以具體地說：「水滸傳」是表現了一部沒落的地主和流氓領導農民反抗官僚和高利貸者的社會意識的。

就在上述的高利貸者鄭屠仗勢欺人的一事中，也表現了當時的一部份貴族仇恨高利貸者的情形。在這中間，作提轄官的魯達為一部份沒落的貴族出了一口氣，活活地把鄭屠打死了。當魯達拳打鄭屠時他曾指着這位鄭大官大罵道：『洒家始投老種經略相公，做到關西五路廉訪使，也不枉了叫做「鎮關西」！你是個賣肉的操刀屠戶，狗一般的人，也叫做「鎮關西」！你如何強騙了金翠蓮？』這便是一部份沒落的貴族鄙視並痛罵高利貸者的顯明例證。

有人說，梁山寨的階級基礎全在流氓之上，因而謂「水滸傳」所表現的社會意識全是流氓的社會意識，這由上面的那些事實看來，可以說是錯誤的。

（一九四三，一二，一八宵深脫稿于蘇州拙政園。）

魯迅底矛盾

竹內好
何家燕 譯

自民國七年三十八歲時發表狂人日記起，至民國二十五年未完成死靈魂之譯稿，五十六歲歿於上海時止，凡十八年間，魯迅未曾一度退出中國文壇之中心地位；但人們明白地承認他爲文壇之中心，却是在他死後。雖然他生前褒貶他的人各居一半，可是無論是褒揚或貶責他的人，大都是和他較隔膜疎遠的人。這是由於他自己立異，自動地使人們和他更隔膜疎遠了的。十月十九日黎明，他死了；可是在死的一刹那間，他還是文壇的少數派。他終生未變更其強行區別自己、而頑強固守自己的態度。與其說因他的死，而將他和多數派兩者的對立無意義化，還不如說因他的死，而拯救了這種無意義的對立，使文壇的統一——我想恐怕這是生前作爲啓蒙主義者的他所最冀求的，但同時他那種作爲文學者的氣質却與此抵觸——於他死後實現。十月二十二日，他的葬儀擁得數千的侍從人，不期竟形成了中國第一次的民衆營葬。包裹在寫有「民族魂」的白布中的他底靈柩，爲一羣青年作家的手埋於薄暮的萬國公墓的土中了。雖伴有一種如盛會般的熱鬧興奮，然而事實上抱他的棺而慟哭的中堅作家們却很不少。次月的各文學雜誌，一齊出印追悼號。這便是第一次的沒有論戰的文壇。

沒有論戰的文壇是因他的死而才出現的。死對於他不祗是肉體的靜謐，現身的他差不多是在論戰中過着他的文壇生活，如除去翻譯及研究文學史的事業成績外，大半是論戰的文字；甚至於小說，尤其是晚年的取材於神話的數篇，都帶有論戰的性質。論戰，是魯迅之文學維持其本身的糧食。耗費了十八年的歲月於論戰的作家，在中國也頗罕見。「病態的」，這種批評自旁觀者發出是毫不足怪的。學匪、墮落文人、僞善者、反動份子、封建餘孽、毒舌家、變節者、唐吉訶德、出賣雜文者、買辦、虛無主義者、這些，專爲叱駡魯迅而想出來的嘲駡，在不劣於他所用筆名的數目那樣多的花色上，正暗示着論戰之激烈及論戰的性質。他不但攻擊舊時代，並且也不寬恕新時代，因此嘲駡他的倒大部是所愛的，和他同時代以後的青年。對於這種嘲駡，他不知退讓。因爲關於他的生性善良這點上，衆評既是一致，所以這論戰必需在他的文學這方面予以說明不可。他每逢論戰，總有所獲；或總有所棄；這，他若不在追求終極的靜謐，是辦不到的。論戰對於魯迅，也許是「生涯之道上的青草」。他因「掀下文壇即廢紙」之故而拚命，在這拚命之間，對手們與這不相合的魁首面對面相隔一柄三尺青鋒劍，應該從他有所學吧。「我好像一隻牛，喫的是草，擠出的是奶和血。」擠取奶和血的是青年們。不過他們太貼近牛身邊，倒忘了牛的存在；待牛橫身不動時，方愕然意識到了牛。他們已明白一直到現在還呼着魯迅之名的，其實就是他們自己。對於魯迅，死就是他的文學之完成，但青年們却開始體味到自己的孤獨了。

魯迅自覺到死沒有是個疑問，讀他近親者的病狀錄，看他主治醫須藤醫師的手記，都沒有根據可信他自覺到死；可是也沒有資料斷定他無自覺。三月發病，六月小愈；七月再發，八月再度小愈；九月五日寫小品文「死」。這篇文章雖常被人引用，可是並不能就拿它來視爲遺書。這篇文章的確是他晚年的佳作之一，但作品究竟是作品，如勉强說來，只可說充溢在他晚年作品的那種鬼趣，在這篇文章中也可同樣精確地看得到而已。魯迅常與藥爐爲伍是大概在死的兩年前，自那時起，他的文章更形簡練，苦澀之痕愈不顯目；初期作品所特有的顯明的技巧，在此時期中已看不見了。即在論戰時，他那「寸鐵殺人，一刀見血」（郁達夫語）的銳利仍依然不變，但包藏這銳利的某種不可言的和靄的東西都在搖曳着。在他思想上看起來，黑暗之底上似映射有希望之影。可是單從文章的進步上說，則也許是接近「完成」了罷。當然，他未曾敢再冒險去鑽破那「完成」，可以說是因他肉體衰退之故，但在自今日回贈過去的場合，我感覺得魯迅還是寫盡了他所應寫的文章；不過祗缺少了一種，他豫料到，還是沒有豫料到在「死」的形態上把它實現的那終結的一種，這，對於達到「完成」是不可少的。而死是最自然的「完成」。

魯迅之死係病死。病名，據須藤醫師證明是胃擴張、腸弛緩、肺結核、右胸濕性肋膜炎、氣管支性喘息、心臟性喘息、及肺炎。長年的文筆生活，侵蝕了他底肉體，我想這大概是確實的。他在病中謝絕轉地療養及絕對安靜等的勸告，「倘使我閒着什麽事也不做，一個月後我可復元的話，就費去兩個月也可以，還是讓我繼續工作吧。」這是他曾經玩笑般地告訴他主治醫的話。因爲在過去他沒有如此閒着的習慣，被禁止讀書或執筆，是比疾病更爲痛苦的。實在的，直到死的兩天前，他還是握着筆。這做爲文學者的一種決心，是可讚美的，但也可說是理所當然。僅在這一點上視他的死爲悲壯，仍不免爲幼稚愚蠢，然而他的死使我感覺得有一種愼重之行爲的意味。他的臨終，極其平凡，可是在我看來，這平凡內就有悲痛。死，他未曾目睹也未可知，但這種判斷不過是常識，牠不能說明命運。如果把我的假說誇張一點說的話，晚年的魯迅是超越了死，或是和死遊戲着的。他決意死的時機係在這時以前，所剩下來的祇是處置形骸的問題，若不是如此，人們爲什麼慟哭他的死呢？

李長之在他的長篇大作魯迅論的一部中，指摘魯迅底作品論及死的文章太多，利用此作爲一種旁證，證明魯迅不是思想家，魯迅的思想根本不出自於「人總得生活」那樣的生物學似的一種觀念。我以爲李長之之說確係卓見。關於李長之底魯迅論，我還想再詳細一點地予以論述，但這目前和我在此所論及的問題無直接關係。我贊成李長之之意見：他把思想家的魯迅之根抵歸於「人總得生活」這素樸的信條上。可是我現在除此以外站在另一個立場上——擬將魯迅的文學歸於一種本質上的自覺，這很難以適當地形容，勉强說來是一種近於意識到宗教的罪的知覺。——我感覺到魯迅確實有這一種難於抑制的情緒在推動。普通大都認中國人有種宗教的情緒，在這意味上，魯迅不是宗教的；反而可說是非常偏向於無宗教。我所說的「宗教的」，意思很曖昧，但似有這樣的意味：魯迅在Ethos（一）上，所把持的是無宗教的，而那把持的方法却是宗教的。換句話說，如果我們可以說俄國人是宗教的，那麼我底「宗教的」就是這種意思。魯迅並未以爲自己是殉教者，反而他却嫌惡人以爲他是殉教者。他不但不是先覺者，也不是殉教者。但在我看來，他那種精神的流露便是殉教者的。我猜想在魯迅之根抵上有種對於某種東西贖罪的情緒，究對於什麼東西呢？恐怕魯迅自己也沒有意識到吧；不過他在深夜裏有時和那某種東西的影子向對而座（見初期作品的散文詩集野草），那的確不是Mephist（二），中國所說的「鬼」，也許和它近似；再，將周作人說的所謂「東洋人的悲哀」，援用到此處來作爲註釋，只引用它爲註釋是無關緊要的。如前所述，魯迅不是思想家，魯迅之根本思想是在「人總得生活」這一點上。李長之便認爲魯迅底這種根本思想和進化論的思想是相同的，可是在魯迅底生物學的自然主義哲學之基底，我看見有更素樸粗野的本能所致的東西。人總得生活，魯迅並不把它當作概念。他幹的是文學者的工作，然而却在殉教者的態度中生活。我猜想他一定這麼想到過：在這生活過程的一段時機中，爲了得永生之故，人不得不死。這，宛如是文學上的正覺，而非宗教上的悟道，但達到這種境地的Pathos（三）的流露，就是宗教的。總之，這一點他沒有說明。魯迅曾思量過以死爲極端行爲之型範沒有，這，對於我尚是疑問；但他所愛用的「掙扎」這句話語所表現的激烈悽愴的生活方式，如不假定在另一方面有極自由任意的死，則我卽不能理解，一般人（譯者註：作者指其同國人）稱魯迅爲中國式的作家，可是如解此爲這種意味，否認所謂中國式的，也還是中國式的；那末我對此說也無異議。這一點，與他所攻擊的小品文派，及他所思慕的魏晉文人之生活，我們試予以幷想幷看，我覺得這恐怕也還是可以稱之爲中國人底智慧的。

我想魯迅在實際生活上，恐怕已不止一再地遭遇到死的危機，例如其中之一，卽是著名逸事：據說在他死的三年前，他因參與楊杏佛的葬儀，不帶房門上的鑰匙而走出了家。我揣摩這話未免有無稽之處，我說無稽，不見事實不符之意；我以爲這話解釋的太權變，正把他當爲英雄。魯迅不是英雄，這是他自己也承認的。參加葬儀後未死歸來的他，寫了一篇不特給任何人看的舊詩，我總以爲這件事內有意思。不帶鑰匙走出家去，我想他當然是已決心死，可是這種決心與作爲文學者的他底決心死比較起來，我覺得太無意味了。這也是引用陳舊了的一句話，可是更在七年前，「民國以來最黑暗的日子」裏寫了下面這樣的文字的人，如今又何必決心死呢？

『這不是事件的終末，是事件的發端。

用墨書寫的謊言，決遮掩不了以血書寫的事實。

血債必得以同樣的代價來償付不可；償付愈遲，利息必愈增。』（不開花的薔薇之二）

這恐怕便是絕望的呻吟聲，但絕望是能給自己生出希望來的唯一的東西。

魯迅在文壇生活上所過的十八年間，在時間上雖不長，但對於中國文學，牠便是近代文學的全史。在這期間內，中國文學經過了三大時機，卽是：文學革命、革命文學、民族主義運動。在每一段時機中，於混純的內部鬪爭之末，淘汰了成羣大量的先覺者們；單說文學革命的先驅者，就有：嚴復、林紓、梁啓超、王國維、章炳麟等等。他們在文學上的末路，無論那一位都很悲慘。而自文學革命這時機以前，留下來的祗有魯迅一人。魯迅的死，不是歷史上的人物的死，是馳騁疆場的文學者的死；稱魯迅爲「中國的高爾基」，做爲對這一點的比較是對的。爲什麼他身得這樣的長壽呢？魯迅不是先覺者，這是他再三反復地承認的，事實上也正是如此。他成就文學革命的實際之霸權的，是他底狂人日記，可是在理論上摧毁舊道德的，在他之前有吳虞及周作人等。當革命文學爲「創造社」及「太陽社」等所倡導時，他對舊道德惡戰苦鬪較任何人爲甚；可是結束這事的大同團結之中心人物却就是他。在他晚年和這同樣的情形又發生過一次，是因「救亡」所引起的不容辯駁的輿論之產物；甚至對於「文藝家協會」，病榻上的他也率領部下使他們與「文藝工作者」的少數黨對質相抗，而他的死使這種對立無意義化，已如前所述。這兩種事實，自表面看來，他倒維護了文學底純粹，不讓文學有偏向於政治主義的趨勢。在另一方面，他攻擊「新月」，「現代評論」以及小品文派時，對於有閑文學，他又作爲一個激烈的戰鬭者而出現。於是，崇拜魯迅的人以爲他是中庸，而他的論敵則以他這種行爲是機會主義，因此就有了極端的讚美，和極端的嘲罵。一個單獨孤立的文學者，竟使近代文學全史燦爛生輝，縱使是如何地短暫吧，却是普通所想像不到的事。中國的近代文學不如一般人所想像地那般脆弱，我相信至少不像最近的日本文學那樣的脆弱。魯迅却實現了這樣難得的事，這是什麼緣故呢？假使他是個先覺者，那麼恐怕他就不能如此了。他，未曾給新時代指示進路，不曾退避，也不追從，首先使自己與新時代對質，再將「掙扎」中洗鍊過的自己，從其中拖曳出來。這種態度予人一個强靭的生活者的印象。魯迅這樣强靭的生活者，恐怕在日本就尋不着；可是在掙扎洗鍊了的他，較從前的他並無變易。在他，沒有所謂思想的進步。他起初登場是一個進化論的宇宙觀的信奉者，後來他自述說他覺悟了進化論的誤謬；並於晚年，他後悔在初期作品中，含蘊有虛無主義的傾向。這，雖有人稱之爲是魯迅的進步，但自他的堅持不移固執己見上看來，稱之爲思想之進步，未免是過於次義的。自思想家的魯迅之一面，不能說明在現實世界的他底强靭戰鬭的生活。思想家的魯迅，常落於時代半步之後；驅他入激烈的戰鬭生活的是存在他內心中的本質的矛盾。在把革命家孫中山先生稱爲一渾沌的意味上，文學者魯迅就是一渾沌。他只追求一件物事，這，恐怕和日本元祿時代的詩人同樣地，只是一單句話語也未可知。但魯迅所吐露的是洋洋萬言，證明僅只一單句話語的不存在。

「偏愛我底作品的讀者們，常批評我底文章描寫眞實；但那是過獎，係讀者偏愛之故。當然，我不很想騙人，然而我却一次也記不得依着心裏所想的盡量說出來。」（誌於墳之後）

「有人以爲我是任筆將心裏所想的儘那麼寫出來的，其實不盡然，我的拘束處正決不少。……我以爲一點兒拘束也沒有地談論事物的日子，恐怕還未到來吧。」（同）

「我所說的老是和所想着的相違，若問那是爲什麼緣故呢？那就是在吶喊序文中所寫着的：因爲不欲將自己的思想傳諸於人。爲什麼不欲傳諸於人呢？那就是因爲我的思想過於暗晦，連我自己也不能淸晰地知道是否正確。」（寄許廣平的書信兩地書第一集二十四）

『悲哀的事我們彼此都忘不了，然而我愈加騙起人來了；如果這騙人的學問沒畢業，或不中止，圓滿的文章恐怕就寫不出來吧。』（我想騙人，原爲日文）

把這當作反面的文章看，是未免太皮相的。正如他說「蕭伯納不是諷刺家」時（見誰的矛盾及會見蕭伯納及來訪唔蕭伯納的人們記），他在蕭伯納身上看見自己那樣，看來雖是反面之論，其實便是他本質上的矛盾。他確實是吐露謊話，用謊話他才保守住了一個眞實，這便是他之所以與吐露許多眞實的俗流文學者有區別之故。「文學無用」，這是魯迅的根本文學觀，但爲了這無用的文學，而將青春的悠長歲月在古典研究中消磨了的却就是他。

魯迅底小說作的很笨拙，在近代文學的傳統淺短的中國，一般說來小說都很笨拙；但雖做如是觀，魯迅底小說也仍不免是笨拙的。他底作品無Cosmos（四）此種缺點，就在屬於他的佳作的孔乙己及阿Q正傳中也看得到。將興味拘限在過去的回憶中，僅此點，對於小說家已是致命傷。他的作家之才能，在研究文學史那方面反而顯現的淸楚。中國小說史略及與這有關連的一些編纂，因是他費盡了精力的東西，洋溢着他對於小說那樣疼憐似的愛，但可驚愕的是其中甚至連一鱗半爪的歷史觀念都沒有。另一方面他出版了新的文學理論之翻譯可是抽象的思維仍與他終生無緣。他似乎在文學史研究上更爲拘執，在激烈地論戰之暇，他才想着研究文學史。如果臨終的他也有所遺憾的話，那麼恐怕就是這一件事吧。自這些渾沌中浮湧上來的，是啓蒙主義者魯迅，和兒童般地深信純粹文學的魯迅兩相抵觸的同時存在。我以爲這就是他本質上的矛盾。不但不寬恕自己，且亦不寬恕他人，這樣激烈的他底現實生活，如果不以爲他一面有絕對靜止的希求，是難以理解的。似此，近代中國底優秀的啓蒙主義者，有着一顆使人難以相信卽是他自己影子的素樸的心。這兩者，恐怕連魯迅也不自覺，儘其不調和互不侵害。但這便是他所以不能成爲如周作人或胡適那樣的思想家之故。魯迅的此種矛盾，在魯迅本身中所表現的意味上說，便是中國文學的矛盾。因爲他以論戰爲工具，從中國文學中精煉出自己，而結果，他自己却成了中國近代文學的傳統。魯迅和中國文學，一面在極端的地位彼此對立，一面就這麼互作成一個整體，不能割分。同樣：和魯迅在一切之點皆立於對蹠的地位，而又爲魯迅最强的論敵的詩人郭沫若，却是私自憂鬱對於魯迅之死比誰都更爲痛恨的一人，由於這種事實而稱魯迅其人爲詩人亦爲不錯。

（譯文內引魯迅先生原文，因手頭無全集，暫用日文意譯。）

（註一）　時代思潮。

（註二）　歌德所著浮士德劇中之惡魔。

（註三）　至情。

（註四）　有組織有系統的思想，及全般之經驗。

關於「吟風弄月」

應寸照

有些人以爲社會風化的不良，筆頭上帶着「風花雪月」的文人，似乎要擔負些罪責。這話隨便想來，到像是不錯的，但要是仔細想來，則似乎也不能不有所聲辯。

「風化」與「風花雪月」，在字面上看起來，也許有些關聯的樣子，實在是不相干的。所謂「有傷風化」，是單指男女之間的屬於惡劣狀況的行品，「風花雪月」，則是自然界的空間現象。橋管橋，路管路，這有什麼可以牽扯的呢？

也許風化是有關男女的，而「風花雪月」，以至於「風月」，也當然不會不同樣地帶有「愛」呀什麼的色彩。這顯然也是男女的事情！說起來，男女的事，還會有什麼好事呢？左右總離不開「那個」的罷？然而這就糟了，糟的是世界雖大，好像沒有一句乾淨的話可說了。

我想科學家如能做到不以男女，也一樣得持續人種，到了那個時候，則「風」，「月」牠們，也就沒有用處。也許牠們自己想想沒趣，都打夥兒的溜得不知去向——就使牠們還要戀棧，也不能再給男女們私通關節，再做壞事體了。而其時之天下太平，「堯天舜日」，這該會多麼的有意思呀！

問題是這樣的科學家還沒有產生，人間到底還是男女混[illegible]的場合。他們非但要「風月」，還要「調情」，還要「勾搭」，還要「卿卿我我」甚至還要「拉拉扯扯」——就會「風花雪月」牠們全都逃跑了罷，而這些事情也許還是要繼續的發生下去；奈何！

實在呢，「風」，「花」，「雪」，「月」這些，全是宇宙底條件，人們是沒有方法可以去否定牠們的。這些東西不直接對社會底道德觀念發生何種底利害傾向。但是却以此保持了一個永恆存在底精神意義。牠們雖未曾落入於任何變化多端的法則裏去，牠們却是給與人類以無際無盡的思維啓發的線索，而致人類於更新底智慧之獲得，從而去造成那維變化多端底法則的前因。

藝人是不能缺少這些的，沒有牠們，這世界上不會有貝多芬與彌克朗，也不會有李白和雪萊。人類也是不能缺少這些的，沒有牠們，人類底情趣將蛹殭於乾烈的焙爐之上；人類底智能將被凍結，霉蝕，閹割，而至不能再有持續的新底創造的產生能力。不但如此，連那些既成底傳統理念，怕也將被散化或腐爛掉了。

我說得有些太覺駭人了嗎？是的，讓我來想法子委婉地說說罷：

我們之需要「風」，「月」，那也是「風」，「月」牠們確有教人捨撇不開去的緣由。簡單的說來，宛似植物之不能不要雨露來滋養芽葉一樣；也宛似我們不能要些湯水來潤濕我們的焦渴一樣。彎曲些的說來，沒有「風」，「月」，我們將看見一切的果子，全都要長在根條上，牠們都不再有花，也不會生葉，我們也將看見一切的羽類，都全像蹣跚而行的白鵝一樣，沒有文采，也不會翺翔。豬將是惟一能夠存在的牲畜了，因爲牠是頂不「風月」的啊！然而這會給我們一個多麽難堪的人間？

有了這些由來，詩底作者，也就未能免於「吟風弄月」或「吟」「弄」「風月」了。在我們以爲那不算是頂壞的事體。

不過，在別一意義上，我們還有加以補充底解釋的必要。

所說的「吟風弄月」以至於「吟」「弄」「風月」，雖屬也若干地包含着男女底成分在內，但不全是性關係的。那是性關係的氣分較薄，而其他素質的氣分較厚的一種化合現象。你若果抽取了那部分的，性關係的獨種素質的單位，那自然是成了桑間濮上的「狗男女」了。

「吟風弄月」或「風月」之吟，詩作者也是必須要把牠安置到一定的水準以上的。比方你須把一切底成分的各別原質，加以細心地配備，衡量，務要求更有益於身心底健康的。不要像那般「不肖之徒」所賣的一樣，是霸力的，僅僅引動一處人體的局部的「春藥」！

權衡底說，在作者的一面，「吟風弄月」的詩，並不是罪過的；只要那不是局部挑撥的穢褻手段。同樣地，在讀詩者底一面，也不應當專事於「吟風弄月」底詩裏檢尋男女，而忽略它所包含底男女以外的其他原質的各別性能。如果自己先有性神經之不良狀況底亢進毛病的，那愈加不能歸罪于詩了。

詩雖不只限於「吟風弄月」或「風月」底「吟」「弄」，但不能不也要「吟」「弄」「風月」或「吟風弄月」。因爲「風」，「月」，「花」，「雪」全是自然界底精神物產。一定要不許你對牠們有什麽話說，那除非把這些東西全都毀掉，或封閉在一只世外的保管箱裏。到了大家都瞧不見了的時候，也便自然地無話可說了。

酒後

張葉舟

一

親愛的母親：不會喝酒的我，今夜却又喝過，並且喝個爛醉……。你是最痛恨酒醉糊塗的人，在幼小時候，常記得作諄諄囑咐，酒能喪志，點滴也不可沾唇：酒氣薰人，誰都見了惹厭！然而，幾年來我遠離膝下，友朋酬酢中，偶然的碰杯，漸進爲迭次的乾杯，終於是忘懷了慈訓，獨自兒也得痛飲；要想解愁，愁更深，舊愁新恨彙集，欲訴無人，此情何堪？萬言千語，洶湧心頭，揮淚搥胸，悵望雲山遠隔，路迢迢，借箋紙訴給母親，雖便醉後狂語，言出衷腸，坦白眞誠，此心唯有天知。

請你原諒，醉酒並非過壞的行徑，沉浸在虛僞社會中的我，爛醉回復我孩童時代的天眞，使我懷戀起白髮的雙親，牽念到稚弱的弟妹，憐惜着待哺的妻兒，一剎那間，良知譴責自己，汨汨清淚，替代了陣陣懺悔！假如今夜在你的旁邊，早已跌入懷中痛哭啦！

你莫以爲我喝個眞醉，我的心是十分明白，若不是借着酒醉，我沒有勇氣向你傾訴；要是我眞的喝個爛醉，又怎能向你重重訴說？只有半醉而不醉的此刻，我方能掬其至誠，細數歷來創傷，輕輕敲動斷腸，撫今憶昔，話開場：——

這是你自己告訴我的：最有希望的孩子是我，最加疼愛的孩子是我，最費苦心的孩子是我，因爲在我以前，已有過六個可愛的孩子，但先後皆是夭折死亡；在我以後，又繼續誕生了四個孩子，現在只剩得一弟一妹了。所以當我入世之日，便受到無上的愛寵，你徹夜不眠的撫育着我，往往爲了微小的病症，即遭逢到父親嚴厲的唾罵，你雖然委屈地啜泣着，還是小心翼翼的日夜看護着我，毫無怨懟之情，如果我的臉上稍露絲絲鑿笑，你便滿心覺得甜快了。不幸我幼小時候偏是善哭，你不離臂腕的懷抱着我，一年又一年，直到我七歲的髫齡；又不幸我自小多病，你常常爐茶灶的不懈侍候我，記得我十七歲遠離你膝下的時候，你還是老淚縱橫的不忍割捨，躭心我獨個顧不了自己的飢飽冷暖！

從我稍知人事起，你就講述我家過去是如何的富裕，和目前是怎樣的困窮；你流淚，我們也無知地伴同你流淚；你那瘡痍的心，稚幼的我們是無從體會到分毫；然而，你咬着菜根，省下來讓我去啖魚肉，你穿着補衣，却替我裝點得全新！你是愛我的，刻薄了你自己不夠，還苛待了我的姊姊和弟妹！你常常對我說：「將來要孝順，莫辜負了我一片苦心……」

最使你傷心的，是姊姊的不孝，她處處地方違拂你的心意，能夠自立以後忘記了爹娘。記得有一次你從上海探視姊姊回來，哭腫了眼睛，並且發誓不願再去，那時我不甚了解，但也替你哀傷！你瘋狂地抱着我問：「將來討了媳婦，會不會忘記了娘？」我歪着小腦袋答：「不會，不會！」你滿足地笑了，我天眞地說：「永遠伴着媽媽，不要娶媳婦！」

你却搖搖頭說：「我是希望你早娶媳婦的！」

不過，我也是你唯一的慰藉：父親呵斥了你，親友欺負了你，或者思想起往日創痛，甚至於夜夢什麼不祥，你總要對我訴說，不管我了解與否，你似乎已是有了發洩，在我伴你垂淚的當兒，你偏又哄騙我嘻笑了。母親，你那時眞愛我，但我也確是愛你，我們彼此宣過了誓：「永永不分離！」明知難逃生離死別，你那時比較我懂得稍多，所以宣誓過以後，你便眼紅欲淚，等到我也悲從中來，你又欺哄我說：「媽媽還年輕，不會就死的！」其實你已五十多歲，謊騙了愛子，悲在你心中。

終於，我不得不遠別你他去，羽毛豐滿的小鳥，應該脫離老鳥的翅膀掩護下，飛翔到新世界去展開理想生活了；說不定新希望可以減少雛鳥們的悲哀，然而，老鳥瞥見子女們紛飛他方，此情何以自遣？同樣的，我在你淚眼閃閃時別去，平日歡喜叨嘮的你，變得默無一語，是骨梗在喉？是不忍再加叮嚀？朱自清先生捨不得老父分離時霎那的背影，寫出了動人心肺的文章，我雖沒有生花妙筆，十年來流浪到處，什麼印象都可淡漠，祗有這分離之晨你的一雙淚眼，不是將我脫胎換骨，是再也不能使我或忘的！

十年來遠離膝下，幻想着你「倚閭望兒歸」的悽境，我心如刺；姊姊的戰後失蹤，你雖曾抱恨她的不孝，根據「失物總是心愛」的原則，已足夠你悲慟欲絕，何況是素來寵愛的我，飄泊他鄉，遙無歸期，弟妹的來信，你齒牙動搖，耳也失聰，視也茫茫，白髮漸蒼蒼！母親呵，人生本如朝露，上壽八十，中壽六十，下壽四十而已，何況你已六十三歲了，死不足悲，可悲的是心愛的人兒未歸！在你尚未瞑目以前，要是想到了今生或許不得與我重見，悲痛更將何如耶？思念及此，我心惴惴無日，欲歸歸未得，母親呵，爲子的傷心，似乎更是較你「差勝一籌」了。假使有一天，我突然接到你的病重消息，狼狼蹌蹌的趕跑回家，你已不能言語，或早已撇我而去，咳，這叫我呼天搶地也難贖我的罪愆；人間悲劇，莫過於此，果眞我將成爲串演此劇的主角，我將奈何？

親愛的母親，我原不會喝醉，傾訴至此，我心已碎，可是，更使我心碎的事儘有，讓我再喝幾杯，增加一點勇氣，否則我怎能傾訴下去呢……

二

母親呵，我是喝得更其醉醺醺了，眼睛有點朦朧，神智有點昏迷，幸而如此，可以減少我內心的抱仄和哀痛！不過，我的心是明白的，依然是最最明白的啊！

我是不孝的，我所給予你的創痛，是超過了死去或失蹤的姊姊，咳，該從何細說？且讓我苦痛地追憶吧：——

你是一個最賢惠的母親，決不會因爲子女賺錢的多寡，來分別你的愛憎！你是一個最諒解的母親，如果子女眞的對你有什麼不是的地方，總會蒙你寬恕的。你也是一個最關心的母親，子女們的潦倒你不以爲恥，常以同情垂詢慰勉有加。然而，你我之間畢竟是有了「隔膜」，「母子之間」從此被隔開了，即使是一層很薄甚至透明的膜，可是，人世間的悲哀就「莫大於此」了。

這「隔膜」，是應驗了你過去的預言；自從娶了「媳婦」以後，漸漸形成了的！是我愛了「媳婦」忘了「娘」嗎？不是的；是「娘」嫉妬了「媳婦」而抱怨到「兒子」嗎？也不是的；是「媳婦」欺凌了「娘」而使「兒子」見罪嗎？也不是的；是「兒子」好待了「媳婦」不孝了「娘」嗎？更不是的！這裏面的情形太複雜了，我應該怎樣訴與母親知曉呢？

當我在窮途潦倒的時候，除了你以外，我又獲得了另一個人的同情，她伴我啜泣，她隨我噓唏，她甘心和我同受患難，吃盡苦辛；她情願拋離家庭，顚波流浪！她爲我蒙受了極大的犧牲，她爲我捐棄了母姊的私情，她爲我遭受遍親友們的嘲諷，她爲我嘗遍了人世的殘酷；她只要有我，什麼都不計求；她只要有我，生死都在度外！這樣偉大的愛，純潔的愛，艱苦卓絕的愛，如果不是「適身處地」的人，是斷也不能瞭解的！於是，我不得不撕裂過去父母所同意的婚姻，爲了前途的幸福，我倆必須結合爲夫婦，這是初步斲喪了母親的心，也同時斲喪了她的母親的心！我倆都願意孝順自己的母親，但我倆都不能拋棄這海枯石爛的癡情；兩者不可得兼，愛情超越一切，終是我倆不顧一切的結合，使兩方面母親的心上都射中了一支毒箭！

婚後的生活是無可訴說，飄泊，流浪，貧困，掙扎，但我倆具有大無畏的精神，和不能推移的決心，隨着生活浪潮的高漲，增加我倆的努力，隨着一個子女的誕生，增重我倆的負擔！雖然我倆所草創的是個簡陋的家庭，被人們不屑一顧的家庭，知足常樂，我倆不再有任何奢侈的慾望！

不過，小家庭的擔負，已足夠我倆掙扎得精疲力竭，上欲承歡父母，下欲提攜弟妹，久有此心，怎奈力量未及；清夜捫心自思，轉輾床側，憂煩如焚；非我不孝，實我無能；非妻不賢，實勢所迫；非忘懷故鄉，實汗顏歸去！或許，母親因此頻生誤會，因愛成恨，不忍恨子，遷怒及婦，從此以後，媳婦既爲母親所不悅，兒爲媳婦申辯，遂疑及兒已眞的「娶了媳婦忘了娘」，母子感情，日疏月遠矣！兒雖貧困如昔，潦倒如昨，顚仆流浪無異當年；但說與母親知曉，又怎能使你信任呢？

記否？當你戰後第一次到上海來探望我們，彼此是如何的歡忻？那時我經濟据拮非凡，但我倆爲了恐使你擔心，將眞情隱藏起來，從友朋處借了錢，替你添製衣服，爲你多備菜肴，誰知道，反被你斥責過分浪費，果然這也是出於你的眞愛，不願使你自己兒子加重負擔，但是你的媳婦，如何再能忍耐，數語不合，齟齬即起，我被處於夾攻地位，助母旣難對久共患難之妻，助妻又難對知我愛我之母，此心可忍，孰不可忍？

記否？當你第二次攜帶我妹妹重來探望我們時，過去不睦早已冰釋，我倆時刻小心，預備稍博母親歡心，以便彌補往日創傷！但那時候我的景況，更不能如前，自己失業，全賴賣文度日，母親此來目的，希望我能替妹妹鑽謀一職，或則爲我助理一些家務，長留我處；但我自顧不暇之際，却又未便明說；復加我筆耕終日，且日又繼夜，無有暇時伴同母妹閒遊，母親不測我的苦衷，誤解爲有意冷淡，憤然而別，責我不孝，斥婦不賢，盛怒在胸，我復何以自辯？從此「母子隔膜」以外，又增「兄妹情疏」了。

記否？當母親一年後第三次來上海，足見母子情深，什麼誤會均可寬恕，我喜出望外，希望母親從此和我偕住，妻也再三挽留，那時我們的境遇，也稍轉好一點了。假使我們能夠長此安居下去，我也可以承歡膝前，永無遺憾。誰知，爲了頑皮的孩兒，不從祖母的教誨，我妻加以責打，却又觸怒了母親，認爲是有意在孩子身上發洩怒氣，實際是對於母親的不滿……母親呵，並非是爲兒的左袒妻子，她對你確是毫無惡意，她希望我能善盡子道，她也極盼望能獲得你的諒解！這失望，她心中的難堪，觸發了歷年來倍受的瘡痍；她要我在你面前說句公平話，我又不知如何說起？結果更使她失望，可以共患難的丈夫，爲了成全母愛的緣故，似乎對妻子已有了偏心？她苦痛，她偷偷的想從自殺尋求解脫；幸得我瞥見加以救醒，她痛苦地說：「爲了成全你們母子之愛，就只有犧牲了我自己的生命！」咳，這是什麼話？母子二人是一體，爲什麼加進了一個媳婦，不能再成爲一體了呢？我悲慟欲死，妻也哀哭欲絕，你——我的母親啊，更是無限心傷，不可言說，老淚縱橫，悽對我說：「兒啊，爲娘的已經知道，兒子已是媳婦的了，不再爲娘所有！討了媳婦，原要忘記娘的！不孝的兒子，從此不必來見我，爲娘的此去，也永不再來！你們只當我已死便是，就是我病重，也不來通知你們了！……」母親啊，這樣決絕的話，使我聽了肝腸寸裂，我抱住了你痛哭，痛哭到死而復甦，痛哭到血中有淚，淚中帶血；總算是打動了你的慈心，額外開恩的說：「既然如此，你如果有良心，捨不得娘時，可以回家來看看我，至於我，是永不願再來瞧你們了！尤其是你那不賢不德的妻子，我連死也不願再瞧見她一次了！……」母親啊，你如此憤怒而去，我還能再替妻子說情，請求你的寬恕嗎？

現在，又是四年了，你沒有重來，我呢，四年來事業依然未成，又遭逢成兒的夭折，去歲爲了避免上海高貴的生活，不得已又遷住到了妻的故鄉岷山；好幾次要想鼓足勇氣回家來看你，只要想起了故鄉人們勢利的眼光，就使我慚愧得不敢回家。假使我眞的有一天回來，故鄉的人們見到會怎樣？一定的，他們是要這樣開口的問：「在遠方作的是什麼官？一月能賺多少錢？」如果我紅着臉輕聲地回答：「什麼都沒有！」他們便得投送過譏笑的目光，廢然地走了吧？的確，故鄉父老們的思想，是永遠擺脫不了「做官的迷夢」，而且是有根深蒂固的勢力維護着。「紗帽底下無窮漢」，因爲一做官，就把人生的名利兩途走盡了，否則，二千年前蘇季子落魄時所受的白眼，必然地也會光降到自己的頭上。誦「仕宦而至將相，富貴而歸故鄉，……」不禁慨然！這類文章在中國無怪有其悠久的運命。在「野火燒不盡，春風吹又生」的生了根的「官社會」裏，不作官也實在不能生存，你想不作官嗎？就請你離開這勢利的要官的故鄉，要官的家庭。所以，慈愛的母親，我是汗顏歸來呵！不過，你要不要再誤會呢？我如今長住在妻的故鄉，不回到自己的故鄉，是不是「娶了媳婦忘了娘」呢？這隔膜，那一天才能完全袪除呢？這些瘡痍，那一天可以填平呢？母子婆媳兄弟姊妹之間，那一天恢復樂敍天倫呢？

母親，我是的確愛你，我妻子也的確對你絲毫沒有惡意，我這樣說，是眞話，不是說的醉話呵！

三

酒能澆愁，我再喝酒，熱辣辣的淚珠滴入杯中，和酒混化，再一口口喝入嘴裏，不知是淚是酒，是酸是甜，是清醒還是朦朧？

一件是清楚又明白，那是我還未盡失「慈母的愛」，有的是「眞憑實據」，有妹妹寫給我的書簡爲證：

五個月前，我從艱難之中，抽寄了一

筆錢到家中，妹回信說：「母親知道你近況很困窘，抽出這樣的鉅款，心中十分不安……。」啊喲，母親，你還是心中有我，你還是像過去的疼我愛我，你還是這樣的慈愛，我應當如何的興奮，又如何的慚愧啊！

兩個月前，我又允許過弟妹，預備抽寄一筆錢到家中，但因爲兩個孩子及自己的接踵患病，將這筆預備好了的錢，却又一下子拖散了；我唯有去函家中申明緩寄的原因，妹妹却又來信說：「母親很知道，已經心領你的孝心，只要有心不怕遲……」咳，母親，你眞的能夠瞭解我的孝心嗎？然則，過去種種誤會，眞是已是完全冰釋了嗎？我倆已經獲得你的寬恕了嗎？

最近，接到父親的來信，希望我倆攜同孩子們，今年回到家中度歲；弟弟也來信說：「尤其是母親，她已年邁，特別歡迎你們回來……。」我們眞是歡喜，我們也正在計劃着什麽時候回去，好讓我們去享受那久已失去了的「天倫之樂」呵！

今夜，又被不知名的煩愁所纏繞，想借酒澆愁，新愁反挾同舊恨齊來，觸動創傷的心情，回復我孩童的天眞。清淚滴滴，懺悔陣陣，言言出衷腸，處處見眞情，忍不住舒展紙箋，揮動筆尖，向母親傾訴，雖明知關山萬重，路遠迢迢，到得母親手中，不知十日半月，但骨哽在喉，一吐爲快，既吐以後，滿心痛快，好讓我今夜獲得一個甜夢，夢見母親的笑顏吧！

母親，倦了，也眞的醉了，久久失眠的我，需要有一次鼾睡了！母親，再見，夢中再見！

三一，十二，十四夜，脫稿崐山馬鞍山下，狂醉以後。

寂寞的鑼鼓

隱琴

年殘歲暮，待在這只適合富商大賈當作引樂之場的都市裏，令人倍增惆悵。想起那荒落的家園，更不禁憶起兒時的歡快，這歡快的情緒像一隻紅汽球幻盪在空中，當中顯明地放着金色的鑼鼓笙簫，被我們弟兄環繞着而坐在中央，且吹且打，指揮教習的，便是我最敬愛的老父。猛的定神一發楞，老父去世已整整十年了，家中的鑼鼓笙簫早已束之高閣，沒人來理睬，怕那上面的灰塵，說不定已有相當厚了。

大概還是十歲前後的光景吧：我已隨着兩位小哥哥能知道一些「姜子牙和通天教主是對頭」之類的香煙卡片上面的歷史知識了，老父這一年循着我們的請求，特地購辦了一套京班鑼鼓。因為當時我們理由是頗為充足的：

「父老說少年時候，怎樣吹笙敲鼓，作畫吟詩的事，為什麼不肯教我們一些呢！」

老父年長我四十多，然而只要他不為那些太惱人的刺激所苦時，總是以一副笑臉來迎接我一顆童稚之心的。

他常常這般慨乎言之地說：

「人世本已夠煩惱，為什麼要讓孩子們太早嘗到那些酸苦滋味呢！」

當時聽了，不能透切領略其中之含意，如今雖然懂得，而老父已經離開我太遠了，太遠了。

一個沒有父親的人，像一片孤露。孤零零，如在太空中飄，只有那三月的楊花才能比得上他的浮盪。露，像一條牛，尾巴上着了火，逼着向前狂奔。他不可能含養停蓄，更無暇來悠哉游哉。

老父寫了很多詩篇，是一生情緒和生活的紀錄，迄今未能付梓，實為憾事。這本是我和我那繼承老父敲板鼓的蕃哥的宿願，而今，因為他已不幸躺在地裏了，這責任便落在我的肩上。眞慚愧，我又有何門徑讓我父許多現實而有韻味的詩篇，流傳於較廣大的人羣中間？其中有一首除夕，大概作詩的時代，我還沒出生於世間，正值遜清末年。現在姑以我拙劣的筆把她譯為語體罷：（原詩附後）

「平常過日子已經天天像過年關，
（度日已如歲，）
猛聽得「年已完了」！怎禁得住不心寒。
（驚聞歲忽闌。）

拖着累贅的家，原本是重担，
（有家原是累，）
沒有父親的人，才眞的領略了孤單。
（無父一身單。）
濁酒一杯伴着愁悶使人醉，
（酒濁愁先醉，）
詩句吟來都是窮的，只爲心更酸。
（詩窮心更酸。）
希望來年的春意早點到臨人間，
（明年春意早，）
可是黑暗的長夜仍自漫漫！
（長夜復漫漫。）
自覺庸愚，謀生的道路眞太苦，
（才拙謀生苦，）
家無蓋藏，要想還債可夠難。
（家貧償債難。）
我那裏沒有一腔含恨的熱淚？
（豈無含恨淚，）
何嘗能當人白衆地揮彈。
（不肯向人彈。）
假如不遭遇着梅花似的悽清，
（不到梅花瘦，）
又怎能知道堅冰白雪的嚴寒。
（奚知冰雪寒。）
每年過到除夕的夜深，
（年年除夕夜，）
只安慰着老母，說一聲：「還平安！」
（慰母只平安。）

這兩首五律，曾被家鄉許多頗負重望的前輩詩家一致推崇，認爲是頗有唐人味的。

我覺得父親在四十年前講的話，也就是我現在的處境和牢愁。他已經用他的生花妙筆，把我所要抒寫的完全抒寫罄盡了。

由此可知，中國社會的一般環境，在這四十年中，所加於一個純潔的書生者，迄未發生根本的變易。老父憤世疾俗，咒咀過「當道荆榛欲刺人」（時值戊戌以後）。而我，則已看厭了不少飛揚跋扈和手揮目送的臉譜。於是沒有路，只好歌詠着「少壯未爲冠蓋累，始知老去一閑民」的冲淡了。

切記得當那一年除夕，正是把全套京班鑼鼓一起辦齊了的時候，在一盞明亮的保險燈下面，把大家弟兄們一齊聚攏來，在一個六角門裏的大客座中，當中懸着一幅米派的墨筆山水畫。

好在大哥是懂得這一套的，父親便逐點說明，把冲場，出場，圓場，雙槍，七子鑼，走馬鑼等各種曲調，一一傳授給我們。我起初學的鐃鈸，後來升爲大鑼手，大哥精於糖鑼，二哥連鈸也頗難敲得十分順手，而三哥呢，不久以後，便把所有的鑼鼓學會了，而且能代替父親敲板鼓，指揮全盤音樂的行進。

父親去世以後，我們大家還住在一個大門裏，曾經好像還有兩三個新年吧：由三哥坐好了正位，指揮着全家人，在合奏着這和諧而奔放的，帶着原始的歡快情緒的鬧樂。而今，這一切，只能變爲最又慘的回憶，因爲我那可愛的三哥也於四年前，放下那敲板鼓的鍵子，而長眠於葦應物的「浩浩風起波，冥冥日沉夕，人歸山郭暗，雁下蘆海白」的境界裏了。

父親在壯年以後，稍稍得志，每當歲暮返里，嘗跟着他那雄偉的身軀和洪亮的喉音而同時抵達家門的，爲一長串的野鴨，風鷄，鹹腿。和成鉢的蟹油蛼螯之類。

晚餐往往給拉得很長，吃完了，常不肯就離開，總要聽父親談老古話，特別是關於我們這家庭的歷史的話：

「我們的老家在安徽，那兒，我們是大族。祠堂很高大，每年都要唱幾天戲，族中人佈滿了好幾個縣。

我們的老家，後門是香山，前門是綠水，天井裏只要把地板向上一拉，滿是清冽的山水，儘管旮……

我的曾祖父是爲着避亂才遷到這兒的的，你們的高祖母是從死人堆裏爬出來的……

你們的祖父是一個仁厚長者。因爲我是晚年生的獨子，所以太愛我了，我在少年時候常玩到更深半夜才回家，你祖父總是獨自捧着一根水煙袋，伴着一支高燒的殘燭，不斷地在門縫裏張張……

你們的祖父去世得很早，我受鄰居欺，受叔叔欺，受堂房哥哥欺。爲着祖產的一面牆，打官司遷延好幾年，結果終於讓我勝訴了。

我行醫不走時，一度參加戎幕也未能如意。當我們被逼着從大家家搬出來的時候，連一條板櫈也沒分得着，幾件東西至今還數得出來。小心眼兒，是不中用的。人要看得久遠。有力量還應該幫助他們……」

我父帶着十足的儒家思想：仁厚，寬大，肯幫助人，自奉甚薄，先從自家最近的族人戚友做起。就是後來完全變成流氓的堂兄，與莫明其妙墮落終身的表哥，一提起他，也沒有不感激涕零的。至於他的大多數同事和屬下，大都一概當他爲「老師」，從這一熱誠的稱謂中，可以想見他的爲人。

我父晚年居家之日較久，清晨嘗外出坐茶館。他之坐茶館與那班純粹享清福者有別，他常是受了人家的請托，而不得不出現爲排難解紛的人。

他因爲身體魁偉，非乘車不行，一出門就得化銅板，有時母親不免要嘮叨幾句，怪父親又不是爲着自家的事，爲什麼要如此出力！

父親當着我們子女的面，竟正言厲色的說：

「一個完全獨善其身的人，是很容易孤立無援的。只要我們肯出力幫助解決人家的危難，你自己才會常常得到人助和天助！」

這幾句話深深打入我的肺腑，我當時就已經十分領悟到這是我父很重要的人生哲學。他說：他不會有多少遺產留給我們，他這些話便是贈給我們最寶貴的禮物。

至於弟兄們對待父親的態度呢，是既覺得他如春陽之溫照，却又覺得他帶着些西風料峭的寒威。父親的聲浪似洪鐘一般雄渾，只要他眞的發怒了，大聲一嚷，大家都伏帖着感到一種「不言而威」的空氣之侵襲。我們很少受到他的責罰，最足引爲生平羞愧之事的：便是幼時會帶了大姪週遊城牆一週，弄得很晚回家，結果被父親罰了跪，並且痛打了一頓。

此後便漸漸走上成人的道路。我並不十分用功，對自己有着興味的課程孜孜不倦。一年秋天，黃葉吹打在京滬車車窗上，西風送着一個病人回家了。因爲伏案太久，竟在胸前起了一個希奇的外症，是一隻流動的核，又無膿血，漸漸隆起，同時併發了慢性的腸胃炎。孫先生是當地的名醫師，竟弄得莫明所以。我父精研岐黃，百般探討，後來終於試用了麝香而霍然告愈。病中感到生命如絲，自然不無傷感，可是只要一看到我父那紫銅色的大方臉出現在床邊，那溫軟如棉的手撫摸着我的前額時，我重新發現了希望的光和熱。

雖然我父也棄世十年了，十年中我歷盡了人世許多險巇的曲路，嘗遍酸辛的苦杯，可是不久，終能重行振作而得像生活的勇氣者，我想：也許我父的英魂會像盞明燈在隨時照應着我。

當我還在上海讀書的時候，父親恰巧爲着職務上的關係也到了上海。我們在四馬路一家中等旅館裏見了面，還有隨着父親一同來玩的小哥哥在座。

「我每月寄給你的錢還夠用嗎？」父親問。

「一半吃飯，一半買書，偶然賺得些稿費，便貼補零用和看看電影。」我很老實地回答。

「看電影！我花錢給你讀書，已是很吃力了，你那能常看電影。」說的口氣雖然很和靄，却使我有點兒悽楚。

「爺！我絕沒有常看。我是爲着學習英語會話而去看看的。」我解釋道。

「不過，我總很難相信，看電影可以把英語學好了的道理。」

眞的，從此我便幾乎絕跡於電影場，尤其是那種好萊塢的公式戀愛片，可以說此就沒寓目過。

於是，父親倒又很婉和地轉到別的題目上來。他說這兩天有人送了某大名公的生辰彩排戲贈券來，而他的同事葛君竟不肯去樂得觀光一次。他不覺對待那種吝嗇而土氣的人生觀，三致其歎息的扼腕。

華燈初上，父帶領着蕃哥和我一同出現於一個小酒館中，叫的一樣最特出的菜，便是我們都愛吃的「炒圈兒」，父親竟異常豁達地和我們多喝了兩杯。我們相互默默地在純淨的情感中，由醺醺而感到陶然的樂趣。

然後，由蕃哥的建議，一同去到明星看胡蝶的歌女紅牡丹，這在當時，還是最新應世的聲片。當父親那顫巍巍的胖體蹣跚地避着汽車陣而幌過馬路時，我心頭的酒意的微溫，忽地澆上一陣辛酸，我不禁抹着眼邊卽欲滴下的淚點，吞聲着嘰咕：

「老了！老了！」

二年以後，幾個少年時代的好友都一齊東渡留學生了。父親也很有意思讓我有機會再「深造」一下。不知怎麼地，他竟相信了一位似乎慷慨紈袴子弟的話，認為他確可以貸我以一筆留學的款項。

於是我們父子倆，便在一個天寒地凍的雪朝，乘有兩輛人力車，懷着滿腔的熱望，被拖進一個狹長的里巷。我們在公館的庭堂上都候了好久，結果好不容易才走出一個當差的，回說少爺早出去了。我父也不說什麼，自然我是有些哽咽着了。父親摸摸我的頭，又好像在安慰我，要讓我習慣於走這種人生的盤根錯節的路。眞出人意外，父反而怕我意識着世界的悽冷，把我帶到茶館裏，一直坐到中午。

對於我的婚姻問題，父親完全尊重我的意見。他興高彩烈地用着半新不舊的方式，由他主持了我的訂婚禮。有一天，他從北門城外回家，一進門便用着開心的口吻對母親說：

「今天我看到你那新媳婦，面團團的，很有福氣！」

現在我要謝謝我父的眼力，你所賞識的新媳婦，目前已是兩個孩子的母親了。最能讓你聽了定心的，就是她還能耐苦，識大體，雖處在極端玄黃尷尬的場合，她鼓勵我，不讓我失去了自信和勇氣。

大暑天，我過第二十個生辰，父親由於事業的不遂，臥病已達月餘。飲食進的很少，可是精神還未會十分衰頹。在一彎牛圭新月下面，院子裏坐滿了我的好友和家人。經過諸人的請求，父竟提神拿起那根古銅簫，吹了一齣幽美的崐腔。那根銅簫，是父親少年時代的紀念物，旁人吹不響，父却能使它發出嘹亮而古雅的樂音。我彷彿還記得，那曲調是唱的明建文出家的故事吧。

第一次出外教書，我寄了五十元給他。他病勢竟因而好轉，用他顫慄的手腕，寫了首詩寄我，並訴說他再也想不到還能有此福氣，用到我所賺的錢。

詩中最慘痛的句子：

「…百事縈懷惟畫債，
一生守拙累家貧，
而今賴有詩囊在，
世外浮名且讓人。」

難道沒有比山水畫更使他煩憂的事麼？他實在好像預見到已無暇再去想了。終於這首詩便成了絕筆。等到他病革見面時，他已不能說話，看看我只點點頭，好像叫我：「你好自為之吧！」

父在世時，對我弟兄觀察甚切，可是

不常擺在嘴上多所評論。那個太安於保守，那個太忠厚，那個光芒太露，至於我呢，他知道智慧不及蕃哥，惟若去其浮氣，或者尚能謹慎地顛蹶跋涉於世路上吧！

頻年飄泊，有類蓬轉車飛，又像燕鳴勞苦。而今依然是「徒有新詩饒國恨，愧無生計慰家貧」。（父句）一想起家，想起逝世十年的老父，想起那些寂寞的鑼鼓和塵埃佈滿的笙簫，再吟起蕃哥哭父的少年逝一詞：

「…歸舟逝水行雲遠，
依舊夢中杳。
古瑟藏絃，
暗錚絕調，
寂寞度元宵。」

我眞不知涕淚之何從。

我意識着，我在重復我父所走過的老路。而又是千年來中國若干忠直而落魄的「士」所走過的老路。終於，只有裝爲曠達，不以「盡深沉千古恨，都隨淸白大江流。」（父句）的心境來聊以自遣了。

明年的春風假如還不能把我吹到鄉里去的話，則夏天的太陽一定得照着我，讓我跑到我父的墓，吻一吻他墳邊的青草，哭訴一下這十年來的寂寞，一個失去慈父溫暖的人的寂寞。

而那些寂寞多年的鑼鼓笙簫和那些一向被蠹魚侵蝕的舊書堆，這都是我家庭昔日之象徵，曾一再受過我父和蕃哥之手的親炙，我必得使他重行得到活力，重行變爲融融生氣之核心！

遙遠的知音

長風

愛底溪流裏，
才有眞誠的涓滴；
眞誠的涓滴，
才能積聚起愛底溪流。
藍色的波光，
閃耀着，閃耀着，無終極地。
遼闊的瀛海，
宇宙間偉大而廣漠的愛底象徵呵！
但，又無情地，矛盾地，
分割了人世間眞摯的情愛！

一

江邊。

黃濁的浪濤正洶湧得緊，風刮得也很大，在秋天的末尾，已象徵了肅殺的景象。栽植在柏油馬路兩旁的法國梧桐，經不起海風的摧殘，無節制地跟着風勢的吹擊，讓枯黃的落葉，在飛舞，在飄零。

碧藍的天空，除去了停留在遙遠的天際，有幾塊靉靆的白雲外，簡直像一泓止水底面層，永遠找不出絲毫疤痕來。

幾羣南飛的歸雁，在天空裏悲鳴地劃過，逗留下的幾聲尖銳而又悽愴的哀音，雖然是那麽低沉地，但是烙印在江濱幾羣送別人底心痕上，却是深刻而又鬱勃。

「祝你鵬程萬里！」

「西蒂，前途珍惜！」

「去了，我們再會罷！」

「再會，再會！」

「再會！」

那一羣人們中，響起了一片喧擾聲，答謝聲……但漸漸地那聲音却消隱了去。

「西蒂，你可以上船了。」一個年華的女郎，靠近了一個青年身旁。臉龐上似乎露着笑意，但是這笑，並非是心底裏的微笑，是勉强的笑，也是苦笑。

那青年是西蒂，撩了撩西服的袖管，看着錶說：「還早，讓我再多逗留一會兒罷！」

「也好，可是現在我底心，不知怎的亂得眞難過！」她穿的是一件剛過膝蓋二三寸的駱駝絨旗袍，上身套了一件寬袖的羊毛外套，手撫摸在一顆雞心形的金質鈕扣上，聲音拖了些鬱悒答。

西苓瞥見她底一隻纖手，在他倆愛情的紀念物上撫弄時，心也被逗得在亂跳。

他沒有答話，讓無情的寂寞，絞痛着他們離別時的心痕。她抬起頭，向西苓癡癡地望着，望着，四條眼光的去路，突然截成了兩條交織的平行線，他們不肯輕易地放棄這離別時的一瞥，情願讓時間無情地去播弄着。

望，他們還是在癡望着。

最後，雯首先發現了自己神經的失常，苦笑了笑，又把頭低垂了去。

「西苓，伯父在照料你底行李，你過去幫湊幫湊他罷！」

雖然她說了這句話，但是理智一時不能制止情感的流露，她依舊偎近了他。

西苓也偎依着她，緊緊地，一陣陣自她那鬈曲的鬢髮裏擴散出來的幽香，鑽進了西苓底鼻孔裏，他陶醉了！他底心在亂撞，別別地，像要躍出這心腔似的。

「雯，你爲什麼老是看在紀念物上，不講一句話呢？」

「你呢？」雯底臉上，泛出了一層淡紅色。

「我不是在講話嗎？」西苓伸出左手，露出的是一隻金黃色的鴛鴦戒，微笑地說：「但是我何嘗分得開這戒指呢？」

雯不響，西苓激動得太利害了，他握着雯底右手說：「這戒指怎麼你套在中指上？」

「這有什麼分別呢？」雯淡淡地答。

西苓更高興了，他幾乎把臉頰偎貼了她底臉頰，正想說幾句心底裏的鍾情話，但是心亂得使他不能說出一句話。

「西苓，你還記得戒指裏的幾個字不？」

「怎麼不？……」

「你告訴我……」雯撒嬌地要求着。

西苓起於有些猶豫，過後想到了雯底可愛，就直率地說了出來：

「愛我，別離開他！」

剛說完，西苓迫着雯，要她把這句話重複說一遍，雯也接受了。

雯把這話說完了後，西苓點醒地說：「不對，應該是別離開她。」

西苓笑了，跟着雯也笑了。

二

××丸離開了碼頭，將駛往橫濱了。

西苓站在甲板上，眼瞳針對着父親和雯望着。汽笛尖銳地在叫了，船身離碼頭漸遠，西苓心裏的變化也愈多。他覺到苦悶，別離了家鄉，父母，愛人，到遙遠的日本去度那流浪似的生活，他有些不慣。但是想到了自己底前途，正象徵了光明時，對那些黯然魂銷的滋味，也稍稍可以減去了些辛酸與悽苦。

西苓高舉着一方雪白的手帕，上下左右地在搖晃着。意思像在說：可以回去了，謝謝你們底遠送。

雯底眼睛紅了，光亮的淚珠，滿溢在眼梢。眼瞳內一切的憧憬，變模糊了。她還竭力地在望，望那愈縮愈小的船身，望那黃色的江濤在翻滾。她癡癡地，快樂的個性，轉變了沉寂，她像一個神經痲木了的人。

她底腦袋裏，現在彷彿正幻想着一個夢境，看西苓在流淚！西苓在對她揮手。

然而，遠了，遠了，船身已隱約得不可捉摸了。

海鷗在江面上飛翔，它追蹤了去，但過後却又折了回來。

雯底心也跟隨了去，但是幾時能重返呢？她簡直像一艘航行在江海裏的孤帆，尋獲不到邊涯時，一般的不知所措。

三

船抵橫濱了。

子鈞是西苓底表哥，因爲離國時，曾有電報通知過他，所以他老早已等候在碼頭上，待一看見西苓，就拉住了他底手，殷切地問：

「表弟，等你好久了！」

「表哥，勞你等待了，表嫂可好？」

「謝謝你，很好，舅父母呢？」

「也好……」

說完了這許多客套話以後，子鈞就忙着把行李領了出來，搬上了馬車，由於熟認的人領導，省去了不少的痲煩。

兩人坐上了馬車，就直駛到子鈞底住所。

走下了車廂，就見表嫂迎了過來。她開口就問：「三年多沒見到你們了，都好嗎？」

「謝謝表嫂，他們都好，並且囑我問候你們哩！」西苓說完了這話後，表嫂就在前面引路，並且說：「表弟，裏邊坐罷！」

西苓想同表哥把行李安置好了後再進去，可是子鈞却堅持着不要他來操心。於是他跟着表嫂，走向住屋裏去。

跨上了階沿，表嫂停住了，她回過頭來瞟着，意思是請他先走。

西苓也並不辭讓，很快地走了進去。

「啊！」表嫂在後面驚訝地叫。

西苓也變了驚訝，調轉頭，癡呆地站着。

表嫂底臉龐，很快地恢復了原狀。她似乎嫌剛才的叫喊太多事，但又忍不住格格地笑出聲來。

西苓更弄得莫名其妙了，他死釘着表嫂底臉頰不動，彷彿他要從這上面，探到一些兒祕密似的。

她裝着沉着，脫下了皮鞋，赤着穿那絲襪的脚，然後再走進去。

西苓慌忙脫下了皮鞋，但就在這時候，子鈞已經站在門口說：

「表弟，既然走了進去，也不用脫了。」

西苓底臉有些發燒，他暗地裏在想：這是入國未先問俗所應受的一種難堪。

四

來到這風俗陌生的橫濱，已五個多月了。

西苓是在一所預科學校讀書，他就住在子鈞底家裏，空閒的時候，時常到各處景色較好的地方遊玩，並且還認識了一個比鄰的日本女子。

她叫櫻子，是在護士學校裏讀書，姿態很豐韻，體格十分健全，臉龐上常露着笑容，兩個淺淺的酒渦，配上了圓潤白膩的臉兒，使她更增添了不少嬌憨可愛。

她能勉強說幾句中國話，這些話，都是跟子鈞夫婦相處在一起時，學習得來的。她與子鈞夫婦間，沒有一些隔膜，所以她們間，調侃與說笑是慣常了的。

櫻子已沒有了父親，家裏僅有一個母親，生活費用是依持祖宗遺留下來的幾幢房產，租與他人而得來很少的房金維護着的。櫻子是將畢業了，畢業後的生活，在她底理想中，是沒有顧慮到這一點。

在她眼前憧憬着的，却也並不是畢業了後，如何去尋得一個服務社會的機遇。她底理想，憧憬着一個古老中國底一切，她愛中國人底禮義，愛中國底名勝，愛……她簡直可以說是一個不分彼此的標準女性典型。

她時常到子鈞夫婦處來，因爲她喜歡與中國人接觸。這次由子鈞太太介紹，又認識了一個新的友伴——西苓，她對中國人底理解，似乎又深了一層，沒有浮滑氣，待人眞摯……

西苓也覺到櫻子有無數迷人底魔力，有禮貌，肯刻苦，喜助人……但是他對櫻子却始終是以坦白與純潔的態度出現的。

他們會同子鈞夫婦逛過富士山，玩過海濱公園，名古屋……

粉紅色的櫻花下，蓊鬱而舒暢，他們娓娓地交換着心底裏不同的衷言。

琤琮的流泉，自高處瀉下，他們嬉戲地濯足在水中底，歡欣地頌談着他們祖國人民底個性。

「櫻子，你們富有一種刻苦的特性，但是我們中國人，很少有這種特性。」

西苓望着櫻子一雙浸沉在泉水中的足踝，又望望她今天出外旅行時，穿的一身質樸的和服，稱讚地說。

櫻子微微地答着：「那裏，我喜歡你們底文化，在我底理想中，最好我能到中國觀光一次。」

「櫻子，你對我們很親熱，但是你能觀察出我們底民族特長處來麼？」子鈞和太太，提起興趣問。

「我知道你們底民族，是含量頗大的。」櫻子惟恐說得不對，又加添了一句：「你們說這對罷！」

「對！還有呢！」西苓面露笑容。他快樂的是在他們之間已有了相當的認識。

「還有……」櫻子抬起頭，想了想說：「你們還富有表現性，所以文化發源了最早。你們更有着一種創造的能力，可惜缺少了完成的力量。」

「櫻子，你怎麼知道得這般詳細？」子鈞太太帶着疑惑的口氣問。

「我時常關心着你們底民族心理，同時我也時常閱讀那些關於我們民族心理的書籍，但是我總不能解釋你我底祖國間，爲什麼老是相隔了一個遙遠的空間？」櫻子垂倒了頭，語氣裏帶着些微感慨。

「這大概是大家不能相互了解罷！」子鈞接上了櫻子底話。

「剛才我講過了你們底民族性，現在要請你們來批評我們了。」櫻子微露白齒，提議着。

西苓要子鈞來答這個問題，子鈞不肯，開玩笑地說：

「表弟，你是留學生，你得解決這問題。」

「但是，你呢？領事館裏的長官，這是你底責任。」西苓辯駁地不肯直接就說。

「表弟，讓櫻子看了又要說，忸忸怩怩就是你們底民族性。」子鈞太太插嘴說。

櫻子嗤聲地笑了，跟着他們都笑了。

「依我觀察，你們底民族性最顯明的是：能苦幹，能模倣，能奮鬥，缺點是含量小一些。櫻子，你指謫我，這說得可對不？」西苓知道執拗不過，也就直率地說了出來。

櫻子聽完了西苓底議論，她那坐在岩石上洗足的姿態，突然變了跳躍在這澗水中，口裏還不斷地叫着：

「你們已了解了……」

五

時間是無情的，但時間又促使西苓與櫻子間的友誼增添了。

又是一個冬天了，在橫濱。

櫻子底母親病了，病得很重，是一種難治的痼疾症，櫻子弄得束手無策，她祇有哭，心緒的紊亂已使她沒有了注意。幸而，子鈞夫婦忙着幫湊她請醫生，料理家務；西苓替她購藥買什物，才使她減輕了些煩惱。

櫻子可以說是一個護士了，但是她現在變了茫然，她不知道用什麼方法可以解除去病人底痛苦。

「櫻子，我倘若因這病而不起的話，那你怎麼辦呢？」櫻子跪在母親病倒的席子（タタミ）上，老是釘住母親底面孔不放鬆。他看見母親瘦了，而且瘦得顴骨突起來。她沒有絲毫懼怕，懼怕那幾乎不像人形的母親，她偎依着她，她一瞧見母親深凹的眼梢間，撲簌簌的掉下淚來，口裏還不斷哆嗦着喃喃的聲音，她心底裏的鬱悒，激動着她，使她底眼淚也在狂溢了。

她不忍讓母親看到她在流淚，迴轉了頭，暗地裏卻偷拭着感傷的淚水。

她恐怕母親底病，因為担心她底將來而愈加添重，口裏又不得不安慰着她：「媽！冬天快過了，醫生說，祇要天氣轉變了暖和，馬上就會痊愈的……」

櫻子說這話時，聲音已有些低泣斷續了，幸而母親卻沒辨出，母親繼續吞吐地說：

「這恐怕不能罷！……」

她們母女倆，都在祇求着春天的到來，在祇求的日子內，苦痛的磨折，比之戰場上的英雄，在殉國時的一霎那，更悽涼，更難熬。

老天偏作怪，天氣又漸趨寒冷，午夜的時候，便下起大雪來了。

「櫻子，天氣怎麼又變冷了呢？」

母親在席子上翻動着被蓋，無力而又憂傷地說。

「天下着雪呢……」櫻子突然停止了話，她懊悔剛才太魯莽了一些。「媽！替你生火爐罷！」

「好……好……」是顯出了無力的樣子。

櫻子拿着火柴，木片在引火了，熒熒的火，自爐內擴散出來，冰冷似的房間內，彷彿漸漸地由熱力置換了。

「櫻子……我……難……過……」

這話突然刺進了櫻子底耳膜，她戰抖了。她躡聲地移到母親底席子邊，小心翼翼地摸着母親底額角，反應後那抖動的手，像變了痲木。

母親底熱度增高了，在這朔風大雪下怎麼辦呢？她不能決定了，現在祇有商諸子鈞夫婦和西苓來決定怎樣？

櫻子曾思索過：半夜裏敲人家底門，似太失禮罷，但是母親一張痙攣的臉，怎麼能讓她苦痛地受煎熬呢？

她顧不得許多了，於是啓了門，冒着大雪，逃過了一條磚石合砌的小徑，冰冷的手指握緊了，在門上捶着蓬蓬……的聲響。

她不敢多敲，她想利用熟稔的口音高喊，或許可以減少子鈞夫婦和西苓底驚悸。

裏面有聲音回答了，櫻子底心頭，像減輕了一些懸掛的重力。

雪飄在頸項內，風刺在面頰上，她沒有些微畏縮，在等，等，等待那一線光明的來臨。

門開了，出現在櫻子面前的是西苓一副睡眼惺忪的姿態。

「媽底病又轉劇了」櫻子走進了屋內，身體開始在顫抖了。

西苓抓着頭，無法可施地說：「半夜裏找醫生，恐怕不易罷！」

櫻子感到了絕望，但就在這時候，子鈞夫婦却也出現在他們底眼前。

「櫻子，怎麼事？」是子鈞太太惶恐的問話。

「媽病又轉劇了，今夜延遲了不看，恐怕……」櫻子說到這裏，眼淚又掉了下來。

「櫻子，記得你有一個老師在醫院裏當醫生！」子鈞想出了一個急智，急切地問。

「有的，可是天還下着雪呢！」櫻子沮喪着臉，沒奈何地說。

「下雪無妨，祇要把消息送到了醫院，醫生可坐汽車來這裏的。」

西苓底一句話，突然把櫻子底鬱悒，掃去了不少。櫻子接着又問：「送消息的人怎麼辦呢？」

西苓沉吟了一會。「我來担任這個責任罷，否則打電話決不會妥當。……」

子鈞夫婦底意思，也是這樣：「電話不可靠，表弟能救人之難最好。」

西苓忙着回房間穿大衣及雨衣，櫻子和子鈞夫婦却擴過了雪地，去看護櫻子母親底病態，發展到怎樣了。

櫻子底心不能安定，她拉開白網的窗簾，眼睛向外注視着。簾外是茫茫的夜，酷寒的天，一朵朵的雪花在飛舞，飄忽。

澹淡的路燈，照着陰暗的一角。突然，一個黑影，拐過苓尾，消隱在黑色裏了。

櫻子底心激動了：

「這是西苓，一個比鄰的友人，多熱忱！」

六

櫻子母親底病痊愈了，但却連累了西苓，患着重傷寒症。

櫻子對西苓很抱歉意，因爲西苓是爲了她母親而害這病的，況且西苓還在校裏讀書，功課的荒廢，是決不能免除的了。

櫻子常在西苓底席子前，表示內心十分歉疚，西苓聽到這些話時，總是安慰地說：「你再提起這些事情，那我現在將拒絕你對我底看護了。」

櫻子不再響了，從此，她沒有提過關於這一類的話。

天氣漸漸變了暖和起來，西苓底病也漸趨痊愈。當然，在櫻子多方的診護之下，沒有一些苦痛，再加上西苓又在櫻子苦苦的相勸下，答應以一個苦力底血，注入他底血液內，病魔的除去，似更迅速了。

某一個下午，櫻子出外代西苓購藥時，子鈞太太却在旁作伴，子鈞太太有意把這一次輸血的事，講了出來。

「表弟，你以爲輸血的事情，是否合乎人道？」子鈞太太從遠處轉到了這個話題。

「我不大贊成輸血……」西苓說了一半，突然停住了。

「爲什麼不說下去呢？」子鈞太太接着問。

「剛才我輸了血……」

「可是，你知道你所輸的血是那兒來的呢？」她說時微露着笑容。

「那還不是一個苦力底血啊！」淡漠地。

「想像似還簡單了些！」笑聲更格格地。

「那末是誰的血呢？」

相持了一會，她說：「是和你同血型的血。」

「到底是誰的血？表嫂，請你爽快地告訴我罷！」西苓被弄得不明白，急切地問。

「哈！哈！不告訴你，你還瞞在鼓裏！呆子你猜還有誰？

是櫻子！」

「怎麼？是她……」西苓更感動了，他幾乎驚訝地高聲狂呼了出來，現在他不知應該怎樣才好。

「你待她們好，她們報答你也不差呢！」

正說這話時，櫻子推門進來了。

子鈞太太趕忙把話收住了，她唯恐櫻子生疑，又掉轉了話題，對西苓在閒談。

西苓一條視線，老是逗留在櫻子底手臂上，他瞧見櫻子拿針管時，左手有些不便，而右手却很敏捷地鋸着葡萄糖針的管子。鋸開了，把針頭放進管，開始吸取裏面的溶液。他又望着櫻子，用藥水棉花把針頭揩乾了，又把針頭向上。突然，細如蛛絲的液體，成了拋物線般的射出來。他底心變了平靜與快慰，他在想：櫻子底體貼入微，與慈母底撫愛子女，簡直沒有什麼差異。

子鈞太太望着西苓這般出神的姿態，於是站起來，說了個謊，偷走了。

房間裏，剩下的祇有西苓和櫻子。

把針注射了後，西苓懇求着櫻子，要陪他坐在席子上談天。櫻子起初勸西苓多多休息，後來西苓堅持着，櫻子也就答應了他。

櫻子跪在席子上，西苓打起了精神，捉住了櫻子底手，心底躍動，突然因此而增速。

「櫻子，多謝你底診護！」

「那裏話，累你受罪……」

櫻子底左手無力地撐在席子上，面龐斜對着西苓，安慰地說。

「櫻子，你瘦多了！」西苓悵惘地望着櫻子一張近於灰白色的面龐，鬱悒地。「可是我呢？……」

「你也瘦多了！」櫻子低着頭，雪白的牙齒，咬着不十分殷紅的嘴唇。

「啊！你底手臂，怎麼這般無力，是受到了傷嗎？」西苓按在她底手臂上，有意吃驚地問。

「沒什麼？身體不大健全的關係罷？」

「不，你得撩出臂膀，讓我看清有沒有傷痕？」西苓裝着小孩子底口吻。

櫻子推諉地說：「天冷呢！」

「不，你騙我！」西苓並不生氣，依舊拉住她底手不放。

櫻子被迫得沒法，在急切中生出了一個智慧：「我可以給你看，但是你也得給一樣東西我看！」

「是什麼呢？……」

「你不用管，總之是你有的東西。」櫻子並不直接點破他，佯作着吞吐的樣子說。

西苓也不再多說，就把櫻子底寬袖撩了起來，在肘處彎曲的地方，一塊結了疤的痕跡，飛進了他底腦袋，反應像一塊旭紅的熾鐵，在向他內心猛烙一般的苦痛。

他們變成了沉默，但是兩顆赤誠的心，却相互在交流！過後，還是西苓首先打破了這寂寞。

「櫻子，剛才你要看的是什麼呢？」

櫻子首先不肯說，後來終究說了。

「你左手指上的那個金戒……」

西苓坦然地自左手無名指上，脫下那隻金戒，輕輕地放到櫻子底手裏。

櫻子小心翼翼地在退弄那金戒，無意間，她發現了圈內幾個小字。

愛我，別離開她！

這幾個字，激動了她差不多將墮下淚來，臉色也有些失常。看起來，她似乎正痙攣地强制着自己，不要把這反應顯露出來。

「櫻子，你在想什麼？」西苓就心地問。

「沒想什麼？」聲音似乎有些哽咽了，但她還强作笑臉，作難地問：「西苓，你能把這送給我嗎？」

西苓愛着她，又恐她多生疑慮，很快的答應了她：「那可以……」底下的話他不能說了。

櫻子瞧出西苓臉上有些微難言之隱，她又覺到不忍：「西苓，依舊套在你底手上罷！」

西苓望着她强笑的臉，安慰地說：「我已給你了！現在讓我來替你套上了罷！」

七

「西苓兒：

你母親罹病復趨嚴重，恐將成不治之疾，近日來，心境愈變惡劣，時催我與雯兒寫信通知你，希望你即日返家，與雯兒舉行婚禮，了却她終身之繫念。然而每每顧及你底前程，所以握筆寫信給你時，總未加提起。這次病又增深，自思母子間偉大的情愛，當不能因前途而因此忘懷。故吾意接得信後，與子鈞賢甥商洽妥當，或告假，或從此休學，可自行酌定。總之，速即返國，母親慈祥之顏容，或可趕及相見，勿誤。

父字」

是三個月以後了，西苓看完了這一封從遙遠的祖國寄來的家信，情不自禁地用手蒙住了臉，斜倒在席子上，號淘地在痛哭了。

這時候，在西苓底心裏，激起了兩種矛盾的爭奪——返國呢？還是仍留在日本？他不能用理智來決定。

信上的字跡，母親癱病變重了，而且爲時不久，又將拋開他而去了。臨終時的情景，假使他不在的話，母親一定更悽愴，更悲傷。她祇有一個兒子，現在又流浪在他鄉，她一定更詛咒，爲什麽他不回來看望我一次呢？西苓在想：也許母親在責備他太忍心罷！倘若現在他能火速地回祖國去，一定還能跪在母親面前，訴說他不能常侍左右的原委。母親看見了她底唯一的孩兒回來，煩惱與憂愁，或將可以使它遁走了去。

自己底前途，有什麽打緊？看不到母親一面，而聽她含恨地死了，將來要遺憾終身的。

回去了後，是沒有機會，再來這裏讀書的了，櫻子呢？也將永不能再見了。

他不願想到自他返國了後，櫻子對他底傷感是怎樣？他也不願想到櫻子底母親對她寄託着的人，離棄了他們時的苦痛傷悲。

他愛自己底前途，他也愛櫻子母親待他底慈藹，他更愛櫻子……刻苦，前進，摯誠，强健……一個東方女子底典型，突然在腦神經上顯現了出來，他怎捨得離開她而去呢？

他底腦神經，像模糊了。他詛咒造物，爲什麽同是一個黃種民族的人，心情相合，意氣相投，而末了不能結合呢？

他很明白，矛盾的心理和矛盾的環境下，一定有着一個悲劇演出，然而這悲劇底主角，該是誰來扮呢？他有些兒惘然。

拋棄了雯，和櫻子結婚，這怎樣說得過去呢？一幕消逝了的往事，又跳現在眼前。

母親生癱病的時候，雯是唯一的伴侶，她是母親底恩人，她盡了他沒有做到的孝順，自己底婚姻，是由母親作主，得到了自己底同意訂定了的。

雯是重於感情，性格極和藹，含量很大，旣賢淑又聰穎，……在上輪前的一幕，還歷歷如在目前。

他變了苦痛，離開了雯二年不到，怎麽現在能夠又變了心呢？他唯有太息，惟有讓幻夢來奪去他底隱痛了！

不知不覺中，西苓沉沉地睡熟了。

八

西苓醒來的時候，子鈞夫婦正跪在席子上看着信，在他們底臉上，都轉變了鬱悒。

西苓擦着惺忪的睡眼，裝着翻身的聲響。子鈞夫婦調過頭來，對西苓望了望，同時慨嘆地說：「表弟，櫻子出走了！」

「爲了什麼？」西苓吃驚地問。

「還不是爲你那封信嗎？」子鈞回答了很乾脆。

「唉！」西苓嘆了口氣，又無力地躺下了。

「她還留下一件紀念物在這裏呢！」子鈞太太看他刺激受了太深，給了他一個安慰。

西苓聽見這話，突然坐了起來說：「表嫂，你把信給我好罷！」

「信遲一會看，你先把櫻子底名字戒套上了罷。」子鈞太太說時，移近了西苓，小心翼翼地給他套上了。

子鈞看見自己底太太給表弟套上了戒指後，心底裏泛出了一陣微笑。他又把櫻子給西苓底一封信遞給了西苓說：「表弟，悲劇的主角，已沒有人再來扮演了，你首先得默禱着櫻子小姐永遠康健無恙。」

「表弟，櫻子小姐爲你犧牲了自己底幸福，這種特殊的個性和友誼，是値得敬羨和永遠聯繫着的。」子鈞太太嚴肅而正經地說。

西苓接過了那一封信後，心又劇烈地在跳動了，一個個字，像一顆顆黑色的子彈猛向着他底內心撞擊。他把信折了起來。他在想：信上一切的忠言與期望，當聽從她，而且還得把櫻子，雯和自己底心，聯繫起來，不讓它分裂開來，永久地。

櫻子雖然走了，但她會回來。西苓雖然將返了，但他不會忘記了櫻子。他現在又將那封信，翻了開來在細讀──

信是這樣寫着的──

西苓：

我走了，請你們不要躭心，這不過是暫時的。

出走的原因，你一定很明白。在我抱着最大的決心時，還祇是在今朝，我無意間走進你底房間內，發見你懊喪地斜躺在席子上。同時我也瞧見那一張墮在你邊旁的信箋。我明白了，我明白你是爲了矛盾心理的爭奪而苦痛。我了解你，你是一個重於情感的黃種人。你愛患着癱病的母親，你也愛苦心奉侍你母親底雯。我更坦白地說：你也正愛着我，然而我何嘗不是像你這樣愛着你呢！……

我知道你苦痛，苦痛的是用理智與情感，解決不了你底矛盾。

你有着慈愛的母親，你也有着賢淑的未婚妻，你更有着處在風雨動盪中的祖國……這些都是宇宙中偉大的愛，你得回去了。

我暫時避開了你，因爲惟恐你不願離開我。事前，我也得到了母親底慫恿，請你原諒我摯誠的衷心，在你離別前，我不再來送你。

我夾持在裏邊，我一定變成了一個惡毒的悲劇製造者，你忍心我担這汚名嗎？

茫茫的海，從此我們遠隔了，但是誰能承認我們間赤誠的心是被它阻隔了呢？

西崙，你歸了後，我們變成了一個遙遠的知音！望你珍惜前途，向着一個眞實的憧憬——宇宙間偉大的愛前進！

這裏留給你一個名字金戒，希望你套上你底手指，不要離開她，永遠地。

櫻子於離別前。

（接自七三頁）

甄靜　（目視曹植）子建，你也應該想個辦法。

（曹彰愁容上，後隨一老卒）

甄婢　（瞥見曹彰）好了！好了！鄢陵侯來了！

（衆人正與曹彰招呼，圜門忽大開，曹丕直立門中，部將分侍左右）

曹丕　（大聲）爸爸歸天了！（俯首）

（衆人先皆愕然，繼皆俯首，甄靜與曹植曹彰皆大哭）

（幕）

人生紀事

蘇曼三・莫罕著
許季木譯

前記

本文作者蘇曼三・莫罕（W. Somerset Maugham）氏以一八七四年生于巴黎，其父爲一名律師，曾在英使館供職。氏在巴黎度其童年生活，年十歲，赴英國皇家學校（King's School）就讀。畢業後升入德國之漢特爾堡大學（University of Heidelberg）。卒又返至英國湯麥斯醫院（Thomas Hospital）實習，獲得皇家內科醫學院證書（L.R.C.P.）及皇家外科學院會員籍（M.R.C.S.）。但氏生平迄未懸壺問世。會第一次世界大戰起，氏入特務部（Secret Service）任事。氏行跡徧天下，在東方遨游頗久。其若干作品，即以南海及遠東爲題材。按氏在文學上的造詣甚深，不愧爲西洋文壇有數的大手筆，在四十餘年的筆墨生涯中，先後撰有長短篇小說、劇本、游記、散文等集。截至一九四〇年爲止，已刊者凡四十五種。內如長篇小說，有戲院（Theater）聖誕假日（Christmas Holiday）月亮與六辨士（The moon and six pence）諸作。短篇小說有舊雜拌集（Mixture as before。按我國俞平伯氏有雜拌兒一書行世。譯名即仿此——譯者）阿金（Ah King）東與西（East and West）第一位少數（First person Singaula）等書，散文有戰時法國（France at War）書與足下（Books and you）等，游記有客廳中的紳士（The Gentleman in the parlour）佛南圖先生（Don Fernando）等。餘如史密斯（Smith）第十人（The TenthMan）杜脫太太（Mrs. Dot）喜劇六齣（Six Comedies）則均爲戲曲集矣。氏對撰作小說，尤擅勝場，情節有趣，敘事生動，而於書中人物，更有透澈的解剖，讀之興趣濃郁，不致索然生厭也。本篇即自舊雜拌集選出，內容詭奇而風趣，當可一新讀者耳目歟。

亨利・茄納脫慣常偷閑半日，在回家就餐以前出城上俱樂部去打紙牌。他是一個和藹可親的同伴。他的手法很高明，你能夠下斷語說，他把紙牌配搭得最中肯。他是一個輸牌不生氣的人。逢他贏的時候，他更願歸功於他的運氣好，而非他的手法高。他的度量很大，假使他的拚擋弄錯了牌，他終能替他找出一種可原宥的理由。因此，在這次牌局之中，令人驚異的是：他用不必要的嚴重語氣，告訴他的拚擋說他絕未見過門牌比他更壞的人；而更令人驚異的是：不但自己鑄成大錯，而且經拚擋指出錯誤的時候，他不講一切道理，用相當暴燥的態度說，他完全沒有錯。而拚賭的並非不願意從他自己的賭本上，贏一些錢來。然而和他一起玩的人，他們全都是老朋友，沒有人把他的壞脾氣看得很認眞。亨利・茄納脫是一個證券掮客，一家有名店舖的合夥人。他們之間的一人以為他所關心的某種股票，出了什麼岔兒。

他問道：「今天市面怎樣？」

「在漲呢，甚至曲辮子們也在掙錢。」

亨利・茄納脫的煩惱，顯然與證券無關；然而也正是同樣顯然的，終有些別扭存乎其間。他是一個爽直的漢子，身體極好，擁資不貲；他很愛他的妻，並且極關懷他的子女。他向來興高采烈，同時對於他們玩牌時談起的俏皮話，很容易縱聲大笑；但是今天他拉長面孔坐着，不發一語。他皺緊額角，口旁有一種恨恨的神色。旣而，其間的一人，爲了緩和緊張的雰圍起見，轉換另一話題，大家全知道亨利・茄納脫很歡喜提起的。

「亨利，你的孩子可好嗎？我知道他在網球比賽中打得很好。」

亨利・茄納脫的眉峯皺得更緊了。

「他並沒有像我所期望的打得更好。」

「他什麼時候從蒙脫（歐洲賭窟所在地蒙脫卡羅的簡稱）回來的？」

「他昨夜回來的。」

「他覺得很高興嗎？」

「我想來他很高興。我所知道的一切是：他幹了一件傻事。」

「嗯，什麼事呢？」

「假使你們不嫌侮慢，我不想談起它。」

三人帶了好奇心望望他。亨利・茄納脫氣呼呼地看着綠色粗呢的桌布。

「對不起，老朋友。你鬥牌。」

牌局在一種緊張的靜默下進行。茄納脫下了賭注。他的牌打得壞極，連輸三次，却不發一言。另一次鬥牌開始，在第三圈中，茄納脫揑住牌不打。

他的拚擋問他：「沒有牌了嗎？」

茄納脫就生着這種脾氣，甚至閉口不答。在牌局之終，發現他應當跟進而不跟進，他的過失，決定了全局的勝負。我們並不料想他的拚擋會默不作聲的寬容他的疏忽。

他說：「亨利，你見了什麼鬼？你的打牌眞像一個呆漢。

茄納脫滿心不樂。他自己輸了一大筆錢，還不甚在意，但是他的魯莽害他的拚擋也賠錢，却很不安。他提起精神來。

「我還是不再賭的好。我想打幾副牌會使我心神安泰。但是事實是，我的心不在牌上。老實說，我的肝火很旺呢。」

他們全笑了起來。

「老朋友，你用不着對我們說，一看就可知道的。」

茄納脫對他們苦笑了一下。

「嗯，我敢打賭，假使你們碰到我所遭遇的事，你們一定會生氣的。事實上我的處境極困難。假使你們之間的隨便那一位能夠供給我任何忠告，怎樣處理這件事，我眞感恩不盡呢。」

「讓我們先喝些酒，你將這件事全盤講出來。這裏有的是一位皇家顧問，（King's Counsel 爲英國律師的一種頭銜）一位政府官員，和一位外科名醫——假使我們不能夠告訴你怎樣應付某種處境，沒有人能夠了。」

皇家顧問站起來，按一按鈴，叫侍者來。

亨利說：「那是關於我的那個斷命的孩子的。」

他們開了酒的名字，由侍者送到席間。以下便是亨利・茄納脫告訴他們的故事。

他所講起的男孩子，是他的獨生子。他的名子叫尼古拉斯，當然大家叫他「尼凱」（是尼古拉斯的簡稱，亦即一種親暱的稱呼也。）他正十八歲。此外，茄納脫有兩個女兒，一個十六歲，另一個十二歲。但是不管說來似乎不合理，因爲一般人都認爲父親最愛他的女兒，同時雖然他力圖掩飾他的偏心，毫無疑義地亨利的大部份的熱愛，寄託在他兒子上。他對於他的女兒祗是一種膚淺的偶然的慈愛，逢到她們的生日和聖誕節，買了珍貴的禮物，送給她們，然而他最寵愛的是尼凱。除他兒子以外，沒有更可寶貴的東西了。他從他身上，懸想一個小天地。他難得將他的目光移開他。你不能夠怪他，因爲尼凱是一個「任何父母覺得可誇的」孩子。他身高六呎二吋，筋肉柔軟而結實，生着闊肩膀和細腰身，他身材筆挺，氣概煥發；他的頭部很漂亮，巔在肩胛上很適中，淡樓色的頭髮，微有鬈曲，在爽朗的眉宇下，有一對藍眼珠，睫毛長而烏黑，還有殷紅的嘴唇和淸潔微黃的皮膚。他微笑的時候，便露出極整齊潔白的牙齒。他並不怕羞，然而他的舉止，有一種動人的謙抑風度。他出外交際時，溫文有禮，安詳可喜。他是高貴健康而又規矩的富家子弟。他出身于良好的家庭，在良好的學校唸書，結果他成爲「你在長時期中所樂于找到」的青年典型。你覺得他誠實坦白，砥礪操行，正像他的外貌，一無矯飾之態。他絕未使他的父母有過片刻的不安。他從小難得生病，絕不頑皮。他的兒童時代，一切作爲，正合乎父母盼望。他的學校成績極佳。他的名氣很觸，離校之時，得到若干平添光榮的獎品，他是校中的魁首，又是足球隊隊長。然而一切並不祗此爲止。尼凱在十四歲的那一年，已經擅長出人意外的，打草地網球的絕技。他的父親不但歡喜這種游戲，而且打得極好。他在孩子身上，辨別出他有成爲網球名家的希望，嘉勉甚力。逢到假期時，他請了最優秀的職業網球家指點他，在他十六歲時，在年齡相同的孩子之間，已經贏了許多比賽。他能夠將他的父親打得落花流水。僅賴父母的摯愛，這位年齡較大的球員（卽指其父）才敢展露他拙劣的手法。十八歲時，尼凱進劍橋唸書。亨利茄納脫懷着一種奢望，在唸書完大學之前，他應該被選爲學校選手。尼凱具備成爲網球名手的一切資格。他身材很高，他的發球遠，他走得快，他計算時間極準確。他憑天稟知道球從什麼地方來，於是似乎從容不迫的，走過去接住。他的發球很有力，猛然發出以後，難以回擊。他的向前攔拍，遠接低送，準確無誤，使人束手無策。他的反擊，並不十分高明，同時他的回球很肆野，可是在他進劍橋以前，亨利．茄納脫請了英國最優秀的教師叫他在這些要點上用工夫，整整費了一個夏季。他雖然甚至沒有向尼凱提起，意下另外抱着一種熱望，期待他的兒子赴溫白爾登（Wimbledon 英國地名，網球賽多在此舉行）賽球。同時誰知道呢，也許他會膺選爲國家代表，參加台維斯杯的比賽。亨利．茄納脫幻想他的兒子躍過球網，和他適才擊敗的美國首席選手握手，在震耳欲聾的萬衆歡呼聲中離開球場，他的喉中不禁塞住一團硬塊。

亨利．茄納脫不時上溫白爾登去，在網球界中認識的朋友很多。某一天晚上，他參加市內一次宴會，與他的一位朋友勃拉巴松上校相鄰而坐。經過相當時間後，開始向他談起尼凱，在來年網球季中，有無機會被選爲大學代表。

上校突然說：「你爲什麼不讓他上蒙脫卡羅去，參加那裏的春季比賽呢？」

「我不以爲他好到有這種能耐。他還沒有十九歲。他在去年十月才進劍橋的：叫他對抗那一批名手，毫無僥倖的機會。」

「不錯，奥斯汀（Austin）和馮克蘭（VonCramm 以上上兩人爲著名網球家）等輩，非他之敵，但是他容或贏上一二局；同是假使他對抗名望較次的角色，說他不會贏兩三場，那是沒有理由的。他絕未向任何第一流球員對敵，那是於他極有益的實習。他從中得到的學識，要比你叫他參加的海濱比賽中，勝過多多呢。」

「我連夢也沒有做過。我不想叫他在學期中途，離開劍橋。我常常告誡他，網球祇是一種游戲，切忌妨礙功課。」

勃拉巴松上校問茄納脫學期在何時結束。

「那沒有關係。他大約祇要缺三天課便成。這自然有法可想。你知道的，我們信賴得過的兩位選手，未能前往，我們落了空。我們要派遣力所能及的一等代表，德國人赴賽的是他們最優秀的球員，美國人亦然。」

「老朋友，毫無辦法。第一，尼凱沒有那種能耐。其次呢，沒有任何人照管，我不敢叫他那樣年紀的孩子，上蒙脫卡羅去。假使我自己能夠抽得出空閑，我容或攷慮這一件事，但是這是勢所不許的。」

「我要上那邊去。我担任英國隊不上場的領隊。我來照顧他。」

「你很忙呢。而且這不是我希望你代負的一種責任。他有生以來，絕未到過國外。老實說，他留在那裏一天，我便不能有片刻的安心呢。」

他們交談到這裏告別。亨利•茄納脫便回家了。他惑于勃拉巴松上校的建議，禁不住告訴他的妻子。

「你且想想看他以爲尼凱有那種能耐。他告訴我他見過他打球，手法很高。他祇要多多練習，便可一舉成名。老奶奶，我們可以目睹這孩子參加溫白爾登的半决定性的最後比賽呢。」

使他驚異的是：茄納脫太太並未像他預期的那樣反對此舉。

「說來這孩子是十八歲了。尼凱絕未出過岔子，認定他在目前要幹荒唐事，那是沒有理由的。」

「他的學業，却值得攷慮，不可忘記。我以爲叫他在學期終了前缺課，開了一個極不好的先例。」

「但是三天有甚麼關係呢？害他喪失那樣好的機會，令人懊怍。我敢說假使你探問他的意見，他會直跳起來呢。」

「嗯，我不去問他。我不是叫他上劍橋去祇打網球的。我知道他很安心求學，可是中途給他引誘，儍不可及。叫他獨自上蒙脫卡羅去，年齡還嫌太小哩。」

「你說叫他對抗這一些名手，絕無僥倖的機會，但是你不能說得準。」

亨利•茄納脫微吁了一下。他在乘車還家的途中，曾經想到奧斯汀的健康，未必可靠，而馮克蘭也有他失着的日子。並不是我歡喜多爭論，譬如尼凱有了那一些兒的運氣——那末他將膺選爲劍橋的代表，毫無疑義。然而這一切都是空想而已。

「我的親愛的，毫無辦法。我已經打定主意，我不想更改了。」

茄納脫太太保持她的鎭靜態度。然而在下一天，她寫信給尼凱，告訴他一切的經過，同時探詢他以她站在他的地位上，應該有何舉動。如果他要去呢，要徵求父親的同意。一兩天以後亨利·茄納脫從他的兒子那裏接到一封信。他驚喜交集。他已和他的導師談過，導師本人便是一位網球家。他也見過院長，是和勃拉巴松上校很相熟的。關於他在學期結束前離校，並不反對，他們都認爲那是不宜錯過的機會。他想不出對他有什麼害處，如果他的父親能夠寬容他一次，祗此一次爲止，他答應在下學期中，全力讀書。這是一封寫得極美麗的信，茄納脫太太注視他的丈夫，坐在早餐席間讀信。她見到他臉上的皺紋，她內心無動於中。他將信擲給她看。

「我不懂得你爲什麼一定要把我私下對你說的話，告訴尼凱。你太不行了，現在你害得他心思不定了。」

「我很抱歉。我以爲他知道了勃拉巴松上校這樣看重他，他一定很高興。我不懂得一個人爲什麼只告訴人家他所聽到的關於他們的壞話。自然我在措辭中說得很明顯，他要去是不成問題的。」

「你叫我處在一種難堪的地位。假使我有任何可恨的事，那便是我的孩子把我看作一個殺風景的人和暴君了。」

「哦。他絕不作那種想法。他也許以爲你愚蠢而不近情理。但是我敢說他知道你對待他這樣嚴厲，只是爲他自己的好處。」

亨利·茄納脫說：「天呀。」

他的妻子頗有縱聲大笑之意。她知道這次爭執得勝了。哦，天呀，叫男人們依你心眼兒做事，是多麼容易。亨利·茄納脫爲了面子關係，擯持了四十八小時，然而接着他屈服了。兩星期以後，尼凱回到倫敦。他在下一天早晨，首途遄赴蒙脫·卡羅。晚飯以後，在茄納脫太太和她的大女兒離開他們的時候，亨利乘此機會，對他兒子提起某些有益的忠告。

他說：「在你這樣的年紀，讓你獨自上蒙脫卡羅那種地方去，我很放心不下。但是勢在必去。我只能希望你有清晰的眼光。我不想做一個古板的父親，但是我尤其要向你警告的有三事：一是賭博，不可賭博。二是錢，不可借錢給任何人；三是女人，不可和女人有任何交往。假使你不做這三件事中的任何一件，你不致遇到多少危害，所以要好好的記在心頭。」

尼凱微笑道：「父親，你說得不錯。」

「那是我對你說的最後一番話。我很通曉世務人情，要信賴我，我的忠告是顚簸不破的。」

「我不會忘記的。我答應你。」

「那才是個好孩子。現在讓我們走過去，和女太太們談談吧。」

尼凱在蒙脫卡羅的比賽中，沒有擊敗奧斯汀，也沒有勝過馮克蘭，但是他並沒有辱沒他自己。他對抗一個西班牙球員，攫得意料之外的勝利。同時應付某一個奧國選手，差不多工力相敵，爲任何人所想不到的。他在混合雙打賽中，進入半決定性的最後比賽。他的漂亮，使每個人傾心。他自己非常興高釆烈。一般人認爲他前程遠大。而勃拉巴松上校告訴他說，等他年紀大一些，與第一流選手多多練習後，他正是他父親的一件珍寶。比賽結束，他在下一天便要搭機飛回倫敦。他竭想守他最好的本分。生活異常謹飭，吸烟很少，滴酒不染，就眠頗早。但是在最後的一晚，他想看看耳聞很多的蒙脫卡羅的生活。當地的官方設宴款待球員。餐畢他和其餘諸人走進游戲總會。這是他第一次上那裏去。蒙脫卡羅有人滿之患。各房間內擁擠不堪。尼凱除在電影內以外，絕未見過輪盤賭。他在眼花瞭亂之中，在他進來後走到的第一只子桌旁立停。大小不一的紙片，散滿在綠色的桌布上，形成無可救藥的紙堆。專管賭注的人，敏捷地轉動輪盤，輕輕一聲，已將白色的小球，去入盤內。經過「看來似乎無限長的時間」以後，球停了。另一個管賭注的人，透露冷淡與漠不關心的神色，用木耙將輸錢漢的紙片耙進去。

一會兒，尼凱踱到玩「三十與四十」（Trente et Quarante 一種法國賭博名）的場所，但是他不能領悟玩的是什麼，他覺得很沉悶。他在另一間屋子中，望見擠了一羣人，他便軋進去。一種大規模的「巴克拉」（baccara 亦爲一種法國紙牌的賭博），正在進行。他頓時察覺情勢的緊張，打牌的人另有銅欄杆保護，以免和擁擠的觀客接觸。他們圍坐一桌，每邊九人。發牌的坐在中央，管賭注的面他而坐。巨額的金錢在轉手。發牌者是希臘會社的一份子。尼凱望望他不露聲色的臉。他的眼珠很留神，但是不論他輸贏如何，他的表情絕無更變。那是令人心悸，也是令人印象奇深的一種場面，在從小過着儉樸生活的尼凱看來，見到人家在一張紙牌的翻圍上冒了一千鎊的危險，同時逢他輸的時候，說了些俏皮話，哈哈大笑。這給與他一種特殊新奇的感覺。一切都很驚心動魄的富有刺激性。一個相熟的人走到他身旁。

他問道：「運氣很不錯嗎？」

「我沒有賭。」

「你很聰明。害人的玩意。我們去喝一杯。」

「很好。」

他們在喝酒的時候，尼凱告訴他的朋友，這是他第一次上這些房間觀光。

「哦，可是你動身以前，你一定要略試手氣。離開蒙脫卡羅而不碰碰你的運氣，是愚不可及的。說起來輸掉一百法郎左右的錢，於你無害的。」

「我亦不以爲有害，可是我的父親並不竭力主張我到這裏來。他特別向我告誡的三件不要做的事之一，就是賭博。」

但是尼凱離開他的同伴時，他踱回一張桌子，正玩着輪盤賭。他站了片刻，看着輸去的錢，被管賭注的耙進去，贏的錢配給贏家。否認它是新奇的玩意，是不可能的。他的朋友說得不錯。離開蒙脫而不將什麼東西在桌上祇押一次，似乎愚不可及。那是一種經驗。在他那樣的年齡，你一定要身歷你能獲得的一切經驗。他默忖並未允許他的父親戒賭，他祇答應不忘記他的忠告。那是另一會事，是不是？他從袋中摸出一張一百法郎的鈔票，很害羞地放在第十八號上。他揀選此數，因爲那是他的年齡。他以狂跳的心，注視輪盤旋轉，白色的小球像一個專門鬧事的小魔鬼吼吼發嚮，它似乎要停了，又再往下轉。等它落在第十八號的時候，尼凱幾乎信不過他的眼睛。一大堆的紙片推到他那裏。他拿起來的時候，手在發抖。這似乎是一大筆錢。他的心緒很亂，絕未想到在下一局中押若干錢。事實上，他不再有賭錢的心思。一次已足了；十八又再轉出的時候，他不勝驚愕。上面祇押着一張紙片。

站在他近旁的人說：「哎，你又贏了。」

「是我嗎？我什麼都沒有押。」

「不錯，你押的。你的原有賭注。除非你向他們索回，這筆賭注總是押在上面的。你可不知道嗎？」

另一堆紙片交給他。尼凱的頭在打轉了。他數一數贏進的錢：七千法郎。一種有力量的異樣感覺控制了他。他自以爲出奇的聰明。這是他絕未聽到過的賺錢最容易的方法。他的率眞而漂亮的臉，透露一串微笑。他的明亮的眼珠，與站在他旁邊的一個女人的目光接觸。她以笑靨相向。

她說：「你的運氣很好呢。」

她講的是英文，但是有外國的發音。

「我簡直不能相信。這是我第一次玩。」

「那就是了。借一千法郎給我，你可願意嗎？我在半小時內還給你。」

「很好。」

她從他的紙堆中，取出一大張紅色的紙片，說了聲謝謝，人便不見了。以前和他交談過的人歪歪嘴：

「你不會再見她了。」

尼凱猛一醒悟。他的父親已經叮囑他不要借錢給任何人。

他做了一件多麼愚蠢的事！將錢借給平生絕未見過的人。

但是事實上，他在那時候對於人類發生這樣的愛意，他絕未想到嚴詞拒絕。而那一大張紅色紙片呢，差不多令人難以相信它有任何價值。嗯，嗯，那沒有關係，他仍舊擁有六千法郎，他祇要再試一兩次手氣，假使他不贏錢，他要回家了。他在第十六號上押了一記，這是他姐姐的年齡，然而它沒有出來。接着放在十二號上，這是他妹妹的年齡，它也沒有出來。他任意試了各種數目，並無成功。那很有趣，他似乎失去他的小聰明了。他想祇再試一次，便停手；他贏了。他將輸去的錢全部贏還，而且還多餘少許。他在一小時之終，身歷各種起伏的波折以後，已經經驗過有生以來絕未嘗到的新奇滋味。他發現得到這麼多的紙片，幾乎在袋中塞不下。他決定走了。他走到換籌碼的辦事處。在念張一千法郎的鈔票攤在他面前的時候，他喘不過氣來。他一生中絕未有過這麼多的錢。他放進口袋，正想轉身出去時，向他借一千法郎的女人却向他走來了。

她說：「我已經找徧每處地方。我怕你已經走了。我很着急，我不知道你以爲我是何等人。這裏是你的一千法郎，承蒙借款，不勝感謝。」

尼凱的臉漲得通紅，驚奇的向她呆看。他是怎樣的已經看錯了她呀！他的父親已經說過，不要賭；嗯，他賭了，他已經贏了兩萬法郎；他的父親已經說過，不要借錢給任何人，嗯，他借了，他已經將一筆不小的錢，借給一個完全漠不相識的人，而她已經奉還了。事實是，他並非像他父親所想的，近乎愚騃之輩。他有一種天賦的本能，知道他能夠借錢給她，安全可靠。你看他的本能沒有錯。然而他顯見得不勝驚愕，那個嬌小的女人禁不住大笑了。

她問道：「你怎樣了？」

「老實說，我絕未預料錢會還來的。」

「你把我當做什麼樣人？你以爲我是一個——女騙子嗎？」

尼凱滿臉通紅直紅到他的波浪形的頭髮根旁。

「沒有，當然沒有。」

「我看起來很相像嗎？」

「一點也不像。」

她的服飾，十分素靜，穿着黑色的衣服。頸項中圍着一串金質的細粒項鍊。她的簡單的打扮襯出端正而玲瓏的身材。她有一張嬌美的面龐和俊俏的頭部。她搽着化裝品，然而並不過度。尼凱認爲她不致比他大三四歲以上。她對他展露友好的微笑。

「我丈夫在摩洛哥政府機關中供職。我到蒙脫卡羅來住上幾星期，因爲他想來我要更換一下生活。」

尼凱說：「我正想走了。」因為他找不出其他任何可談的事。

「已經要走了嗎？」

「嗯，明天非一早起來不可。我要搭機回到倫敦去。」

「自然是回去的時候了。比賽今天結束，是不是？你知道的，我看過你打球，有兩次或三次之多。」

「眞的嗎？我不懂得你為什麽應該注意我。」

「你的手法很美妙。你穿了短服，模樣極可愛。」

尼凱並不是一個荒唐的少年，但是他的心上的確閃過一個念頭，也許她告借一千法郎藉此和他結識。

她問道：「你到過熱格巴格（Knickerbocker 蒙脫卡羅跳舞場名）嗎？」

「沒有，我絕未去過。」

「哦，可是你沒有到過那裏，切不可離開蒙脫。你為什麽不去跳幾支舞呢？老實說，我肚子很餓了。我要吃些醃肉和蛋呢。」

尼凱憶及他父親的忠告，不可和女人有任何往來，然而這是不同的；你祗要一望那個美麗的小東西，立刻就知道她極尊貴。他想來她的丈夫所任之職，與政務官相當。他父母的朋友，便在政界服務。他們和他們的妻子有時候來吃飯。不錯，女太太們沒有這一個年輕，也沒有這樣漂亮，可是她正像她們一樣，具備貴婦的風度。他贏了兩萬元法郎以後，想來略尋歡樂，倒是一個不錯的主意。

他說：「我很高興和你一同去。但是如果我不在那裏逗留得很久，你不會見怪吧。我已經在我的旅館中關照他們在七點鐘來喊我。」

「隨你的歡喜，什麽時候要離開了我們便離開。」

尼凱在熱格巴格覺得極有趣。他飽啖醃肉和蛋。他們分喝一瓶香檳酒。他們一起跳舞。小女人告訴他跳得很美麗。他知道他跳得很不錯。當然和她跳舞很省力。輕得像一根羽毛。她將面頰貼住他。在她們目光相遇的時候，她的眼珠中有一絲微笑，使得他的心怦怦跳動。一個有色的女人用一種低嗄與淫佚的聲音在唱歌。舞池中人很擠。

她問道：「有人對你說過你長得極縹緻嗎？」

他笑道：「我不作如是想。」他想道：「我相信她愛上我了。」

尼凱並不是呆子，而不知道女人常常歡喜他的。在她提起這句話的時候，他把她抱得更緊一些。她閉住眼睛，唇邊逃出一縷輕微的嘆息。

他說：「假使我當着這一些人們吻你，我想來不很規矩吧。」

「你想來他們把我當做什麼呢？」

天色開始夜深了。尼凱說他想來眞應該回家了。

他說：「我也要走了。你順路到我的旅館中轉一次行嗎？」

尼凱付了賬，他對於金額之大，頗爲詫愕，但是他袋中有了那麼多的全部的錢，他儘能不放在心上。他們雇了一輛出租汽車。她偎着他，他吻了她一下。她似乎很歡喜此吻。

他想道：「咦，我不知道有無任何可做的事。」

不錯，她是一個已婚的婦人，但是她的丈夫在摩洛哥。就外表看來，她彷彿愛上他了。一些沒有錯。又一件事是他的父親確已警告他，不可和女人有來往，然而他再一想，他並未眞的答應他不來往，他祇答應他不忘記他的忠告吧了。嗯，他沒有忘記。他就在裏一刻工夫，也記在心頭。然而環境更動事實。她是一個可愛的小東西；在一樣東西像放在盤中那樣的遞給你的時候，你却錯過了冒險的機會，似很顯蠢笨。他們到旅館的時候，他出資打發了出差汽車。

他說：「我要一路走回家。我脫出那種地方的氣悶以後，空氣對我很有益處。」

她說：「跟我上去一會兒。我來給你看我的男小孩的照片。」

他略顯魯莽，詫怪道：「哦，你有了一個男小孩嗎？」

「是的，一個可愛的男小孩。」

他跟着她走上樓梯。他一點也不想看他男孩子的照片，但是他佯裝要看一下，祇是廝守他的禮節而已。他害怕自己會變成一個糊塗人。他以爲她會規規矩矩的領他去看照片。他的胡思亂想是一種錯誤。他已經告訴她他祇十八歲。

「我想來她祇把我當做一個小孩看待。」

他開始希望他沒有將那樣多的全部的錢，花在夜總會和香檳酒上。

但是說來是她沒有將她孩子的照片給他看。他們一跨進她的房間，她便轉身向着他，用她的手臂圍住他的頸項。深深地在他嘴唇吻了一下。他有生以來，絕未給人家這樣親暱地吻過。

她說：「大令。」（Darling 親愛的。此詞在我國的應用，已頗普遍，故照音譯）

在一剎那間，尼凱父親的忠告，一度浮上他的心頭，接着他忘記了。

尼凱是晚上極警覺的人。一絲兒聲音，就會攪醒。兩三小時以後，他醒來了。頃刻之間，不能幻想他在什麼所在。室內並不太嫌黑暗，因爲浴室的門半開着，裏面的光透了出來。他突然察覺有人在室內走動。接着他記得了。他知道那是他的小朋友。他正想開口時，她的行動的某種模樣，阻止了他。她走路極留神，彷彿恐怕驚醒他；她立停了一二次，向床上看。他不知道她要幹什麼。他馬上就明白了。她走到他擱置衣服的椅旁，又再向他那裏覷了一次。在他看來，似乎她等了無限長的時間。靜默的狀態，是這樣的緊張，尼凱想來他能夠聽見他自己心跳聲。接着她極緩慢而又極安靜地取去他的大衣，伸手探入裏面的衣袋，將那些美麗的尼凱引以自誇的贏來的一千法郎的鈔票，全數摸出來。她把大衣放回原處，再拿些別的衣服蓋在上面，這樣一來，看起來好像沒有搬動過。接着她手中揑了一束鈔票，又再呆立不動，約有片刻之久。尼凱已經壓制一種本能的衝動，並不跳起來抓住她；令他默不作聲的緣故，一部份是驚奇，一部份是他察覺置身在異國的一家陌生旅館內。假使他吵鬧起來，他不知道會發生什麼事。他半掩雙目，他敢斷言她以爲他睡着了。在這寂靜之中，她不難聽見他安詳的鼻息。在她自忖她的行動沒有驚擾他的時候，她用無限的小心，穿過房間，窗畔小檯子上，有一顆種在花盆內的罌納萊莉雅（Cineraria一種植物名）花。現在尼凱睜大眼睛注視她。這顆植物顯見得在花盆中很鬆動，因爲她輕輕執住花梗，便把它拔出來。她將鈔票放在花盆內，再將植物放好。這是藏東西的絕妙所在。沒有人能夠猜得出在這顆花枝招展的植物下面，會藏着任何物件，她用手指將泥撳下，接着她極緩慢地越過房間，提神吊胆地不讓發出最小的聲音來，溜回床上。

她用一種親暱的聲音說：「親愛的。」

尼凱鼻息安詳，好像一個沉睡着的人。小女人在她的那一邊，翻了一個身，安排自己睡覺了。但是尼凱雖然靜靜地躺着，他的思想却很紛繁。他對於適才見到的一幕，異常憤懣。他氣呼呼地自忖着。

「她不値得一顧，祇是一個可惡的莖片吧了。她，她的孩子，還有她在摩洛哥的丈夫，全是鬼話。我親眼見的才怪呢，她是一個害人的賊，她便是那種人。把我當做一個傻瓜。假使她以爲那樣一來，會把任何東西帶走，她打錯主意了。」

他已經決定辦法，怎樣擺佈他如此慧黠地贏來的錢。他早想買一輛自己的汽車，認定他的父親很吝嗇，沒有替他買一輛。說起來是，一個人並不願意常常坐着家中公用的車子出去。嗯，他要給他的老頭子一課教訓，自己買一輛。他花上兩萬法郎，約爲兩百鎊，能夠買一輛極精美的用過的汽車。他立意要把錢取回來；祇是他不知道如何下手 他不歡喜大鬧大吵的主意，他是一個陌生人，寄宿在一家他毫無所知的旅館內。容或極可能地，這個畜生樣的女人在這裏有熟人，他不怕和任何人明槍交戰，然而如果有人在暗中向他發槍，他顯得十分愚笨。此外，他極有理智的一想，無法證明錢是他的。如果大家反起臉來，她罰誓說錢是她的，他也許極容易被拉進警察署去。他眞不知道怎樣辦才好。一會兒，他從她均勻的鼻息上知道這小女人睡熟了。她一定心地輕鬆地在高眠，因爲她已幹畢她的勾當，未遇一絲阻礙。尼凱一想到她睡在那裏，如此安逸，而他却睜眼醒着，急得要死，不禁勃然大怒。突然，他轉到一個念頭。那是如此佳妙的主意，祇是憑了他全部的自制力，才壓制他自己，不從床上跳起來，馬上實地做去。第二人也能玩她的戲法。她已經偷了他的錢，嗯，他要把它偷回來，這樣便扯直了。他打定主意，靜靜地等着，守候他敢斷定這個騙人的女人已睡熟的時刻。他等了「在他看來似乎極長」的時間。她沒有動靜。她的鼻息，像一個孩子似的均勻。

他最後喊道：「大令。」

沒有回答，沒有動靜。她對身外一切，死一般的睡去了。

他一有動作，便停一下極慢而極靜地從床上溜出來。他木偶似地立了一會，向她注視，以便察覺已否攪醒了她。她的鼻息像以前一樣地安詳。他在床上守候的時間內，已經留神室內的傢具，這樣一來，他穿過房間時，不致碰撞一張椅子或桌子，發出聲音來。他走了幾步等一下；他再走幾步。他雙脚極輕，走路時，並無聲音。他足足費了五分鐘，走到窗邊。他在這裏又再守候。他猛吃一驚，因爲床微微發響，然而那祇是因爲睡的人在夢中翻身。他迫着他自己靜候，直到他數完一百的數目爲止。她睡得像一塊木頭。他以無限的謹愼，抓住馨納萊莉雅的花梗，輕輕從盆中拔出來；他的另一只手探入盆內。他的手指摸到鈔票時，他的心連跳十九至十二跳；他一手捏住慢慢地拖出來。他將植物再度放好，輪着他仔細將泥土撳下。在他幹這一應勾當時，他的一只眼睛，在留神床上睡的身體。它仍舊很安靜。他再停了一刻，輕輕地溜到安放他的衣服的椅子。他首先將一束鈔票，放在他的大衣袋內，接着他穿起衣服。他整整費了四分之一小時，因爲他不能鬧出一些聲音來。他已經在餐服內穿了一件軟襯衫，不禁暗自稱賀，因爲這比一件硬襯衫，更容易靜靜地穿上身。他不用鏡子打領結，略覺不便，但是他極聰明地一想，領結打得不甚好，並無關係。他的精神，在興奮之中。現在全盤的事似乎很像一齣滑稽戲了。最後，除鞋子以外，他已打扮完畢，他將鞋子拾在手中。他預備跨進走廊時再穿。現在他不得不穿過房間，走到門邊。他這樣安靜地到達，即使是最警覺的睡漢，不能給他吵醒。然而門非開不可。他極慢地轉動鑰匙；軋軋作聲。

「是誰？」

小女人突然在床上坐起。尼凱的心跳到口腔了。他費了絕大的勁，保持他的鎮靜。

「是我。是六點了，我不得不走。我想不要吵醒你。」

「哦，我忘懷了。」

她向枕頭上睡回去。

「現在你醒了，我來穿鞋子。」

他坐在床沿上。這麼穿着。

「你出去的時候，不要鬧出聲音來。旅館中人不歡迎的。哦，我是這樣的倦呢。」

「你馬上再睡便成了。」

「在你走的以前，吻我一下。」他俯身吻她。「你是一個可愛的孩子與一個絕美的情郎，祝你順風。」

尼凱一直等他走出旅館後，才覺得安全無事。天已破曉了。晴空無雲。港中的游艇與漁船，停泊在平靜的水面上，一無動靜。碼頭上的漁夫，正在準備開始他們一天的工作。街上很冷清。尼凱深深吸了一口晨間甜密的空氣。他覺得很活潑而舒適。他又覺得像讀了笨拙（Punch英國幽默雜誌名）那樣的有趣。他的肩胛向後張開，大搖大擺地走上土山，沿了夜總會前面的花園走去，——在光線通明下的花，有一種美妙的露水般的光輝——直到他安抵旅館爲止。這裏的工作已經開始了。脚夫們頸中圍着圍巾，頭上戴了扁帽子，在大廳中忙着打掃。尼凱走到他的房間，洗了一個熱水浴，他睡在室內，覺得他自己並非某種人心目中的傻瓜，頗爲自滿。浴後，他運動了一下，穿衣，整頓行裝畢，便去吃早餐。他的胃口極好。他不要吃大陸式的早餐。他吃的是葡萄薄羹，鹹肉及蛋，從鍋中新烘出來的小麵包，又脆又好吃，一到口中便溶化了。還有蘋菓汁，和咖啡三杯。他在餐前雖然覺得異常舒暢，餐後更覺適意。他燃起烟斗，近來他已學會吸煙了。一面付了賬，跨上汽車。這車正在守候他，把他載往坐落肯尼斯（Cannes 山名）另一端的飛機場。中途須經過多山的尼斯城（Nice地名，在地中海沿岸。）他的脚下是碧綠的海與海岸線。他無法否認它景色絕美。他們駛過尼斯，這城市在晨間是這樣的歡暢與可親，其後，他們折入一條沿海的筆直的大道。尼凱沒有用去上一夜贏來的錢，而是父親給他的錢，已經結清賬款。他在熱格巴格，已經兌去一千法郎付晚餐費。然而那個騙人的小女人已經將借給她的一千法郎奉還，因此他的袋中仍舊有念張一千法郎的鈔票。他很想拿出來看看。他從後褲袋內掏出，原來他爲完全起見，在他穿上出行的服裝時，已經窒在該處了。他逐一點數。鈔票中已經發生了極可怪的事。依理應該有二十張，反常地，却有二二十六張。他一點也弄不明白。他再數了兩次，毫無疑義地，反正他有了二十六張的一千法郎券，而非他應該有的二十張。他不能悟出其間的所以然。他半信半疑在游戲總會中，是否很可能地贏到比他記得的更多的錢。然而，不對，那是不容疑問的；他分明記得桌上的人將鈔票攤成四行，每行五張，他已經親自點過。突然他找到了一個解釋。他取出馨納萊莉雅花之後，伸手探入花盆時，已將盆底之物一古腦兒取出來。花盆是這小賤人的銀箱，他不但取出他自己的錢，連她的私蓄也到手了。尼凱向後靠在車中的坐墊上，發出哈哈的高笑聲。這是他生平難得聽到的最有趣的事。他冥想早晨過了一刻後，她一覺醒來時，走向花盆，想找出她以如此聰明取來的錢，結果不但察覺錢不在那裏，連她自己的也丟了。他一念及此，比以前笑得更厲害。就他說來，毫無辦法可想。他不知道她的姓氏，也不知道她帶他去的旅館名。即使他要將錢給她，他也不能交還。

他說：「她自作自受，極相稱呢。」

以上便是亨利．茄納脫在撲克席間告訴他朋友的故事，因爲在上一夜，晚餐已畢，他的妻子及女兒離開他們讓他們喝葡萄酒時，尼凱已經原原本本地訴說出來。

「而你們要明白，令我懊惱的是：他自以爲非常有趣，說是蝦蟆吃了天鵝肉。（原文爲「貓嚥金絲雀。」a cat swallowing a canary，爲符合我國俗諺計，謬改今譯——譯者）你們猜猜看他講完時對我說什麼話？他用那一雙天眞無邪的眼珠看着我說：『父親，你得明白，我無法否認你向我提出的忠告，有一些缺憾。你說，不要賭，嗯，我賭了。我贏了一袋袋。你說，不要出借錢，嗯，我出借了，而我取了回來。你又說，不要和女人發生任何來往，嗯，我來往了。我在這筆交易上，賺了六千法郎。』」

亨利．茄納脫並未得到較好的反應，他的三個朋友高聲大笑。

「你們這輩人無怪全要大笑，然而你們要知道，我處在一種極難堪的地位。孩子視我甚高，他敬重我。不論我說什麼話，他奉爲神聖的至理，現在，我從他的目光中察知他祗把我當做一個發昏的老呆蟲。儘我說執一端不足以概全體，並無用處。他不知道這是偶然的一件巧事。他以爲全局的事，都歸功於他自己的聰明。那足以毀滅他的。」

旁人間的一人說：「老頭子，你的確有一些呆漢的模樣，這是無法否認的，是不是？」

「我知道這會事，我不歡喜它。那是樣樣難堪的不公平。茫茫蒼天沒有玩那種戲法的權利。說來是，你們一定得承認我的忠告是完善的。」

「完善之至。」

「那個壞主意的孩子一定會燒傷他的手指。嗯，他還沒有呢，你們全都是飽諳世務的人。現在你們告訴我怎樣處理這種情形。」

然而他們之間，沒有一人能勝任此事。

「嗯，亨利，假使我做了你，我並不着急。」做律師的說：「我相信你的孩子生下來便有運氣。說來是，這比天生聰明或有錢要好得多呢。」

黃雨詩抄

黃　雨

彼岸

彼岸有隱者
一燈紅了
燈在燈的世界裏
也是寂寞的

亭

亭子也是無爲的智者
亭子和漁人一般靜
荷葉上的雨珠
吸引着飛鳥上下
極目的人字柳
草木皆兵了
我是荒蕪的城
怎說你願做
我心的亭子呢

冷暖自知

陳烟帆

通常父母給孩子的信裏常常寫到一句話「冷暖自知」，看似平淡，我却以爲這句話是感人至深的。寒夜擁被而臥，不免胡思亂想，那時有二種感覺：一種是想到世界之大，一種是想到世界之小，結果都是引起一番悲哀；世界之小是溫暖的祇有自己，知道自己的冷暖的還是祇有自己。世界之大是由遠遠地傳過來的火車汽笛聲和近處里弄的嘈雜聲想及還有自己以外的這許多人類，火車路線伸展出去還有這末廣大的地方，而且還有在火車路線以外的更多的地方，我想像許多人都在做他們自己的工作，想他們自己的事，各不相關。

各不相關，這是悲哀的事情，而且還要互相殘害，這是更可悲哀的事情。想到有這末許多人的同類，然而沒有二個人同時而有同樣的感覺，同樣的悲喜，雖然有可以使二個人有同樣的悲喜了，但是悲喜的感覺深淺濃淡程度的差別還是並不可知的，人與人之間的關係看來好像非常熱鬧，其實還仍如各各隔着一個星球而住，一些也不通消息，這種生活是夠寂寞的。人類據說是不能離羣而生活的，然而人們聚居在一起久了，仍要有悲劇，一個都市，想上去有無數人擠身於熱鬧場中，無數人有形似非常親熱的朋友，拉蒲魯葉譏笑那些擠身於熱鬧場中的人物道——「不堪孤獨的悲劇呵！」熱鬧原不可悲，可悲的是他們形似非常密切而不曾互相認識，和眞有互相瞭解的地方，於是他們的關係愈形熱鬧，愈想去否定自己的孤獨，愈想把自己弄得不孤獨起來，便愈覺得那種悲劇的深刻。

世界還幸而有愛，愛的世界是燦爛的。作爲一個孩子的時候，對世界人生尙未到睜開眼的時候，就是沒有冷暖的感覺，差不多那種感覺是由父母來負担的，由另一人來知覺自己的冷暖，分任你的憂喜，差不多是祇有愛，雖然我們有時也懷疑愛的本身的情素。因爲除了父母的愛之外，很少不帶一點附帶的願望，但是我總以爲只少愛情的一方已經負担了一點，就不必苛責他有一些附帶的夾雜的願望了。祇是許多的相愛者仍未能做到欣合無間的境地，或竟至仍未能有眞正互相認識，互相有澈頭澈尾的瞭解，各人都是除了自己可相信以外不能毫無疑惑，我曾經爲文友雜誌寫過一篇「誓語與保證」，說明除了心與心的信任之外，誓語是不足以保證人的作爲的，假如人類的社會以後處處都要以誓語之類去取信一個人的話，那眞是一個無法設想的壞局面了，因爲誓語的出現是人類互相疑懼的弱點，本來就爲什麼要留這樣一個虛罅呢？眞正的相愛者的出發是壯健的，互相有至高的信仰，他們的壯健的觀念不容許有那些虛罅，不容許有退却疑懼之浸入，但是這樣的人間能取得幾個呢？

人與人之間的維繫是在各人的責任心與感情上面，撤掉這二者似乎什麼事都推翻，其實可並不是由法律在管理一切，而況法律並不會管理社會生活的全部的呢？法律管理不了，誓語之類更左右不了一個人的作爲，誓語非但左右不了，而且多發誓語的人就頂可能是存心玩得兇一點，原因是這些人的心裏已經由不是憑的誓語代替了責任心與應有的情感了，自然祇多是心裏試驗着誓語裏的膺懲而已，自己且不去信，怎麼能取得別人的信任呢？某君曾經說起過這樣的一句話：「愛情是一種負担。」其實一切生之作爲又什麼不是一件負担呢？總之，上面說過人們各各隔着星球而住，互相不知道這句話是眞的，寒夜擁被而臥，覺得世界異常的小，並且異常凄涼。要訴說胸中的那種感覺，言語不能勝任，文字不能勝任，這些都是太隔閡的，作爲心靈溝通的工具祇有二種，我們還有別的憑藉嗎？藝術，藝術也還是很渺茫的。藝術是訴諸情感的東西，然而也最難得到知音，談到知音，便我想起一樁故事來：「有一個居於村野的音樂家，每天抱着七絃琴，獨自的奏彈，据他自己說從未得到過半個知音，也從未有人在他的窗下駐足聽過他的琴聲，有一次陰天，他又嗚咽的撥起琴聲了，奏了半天却聽見窗外有一個人跟着他的琴聲哭泣，他覺得這次該是他的知音了，連忙跑去看，原來是一個老嫗，她確是聽了這琴音而哭的，但是她斷續地說，「我因你的琴音而想起了我的兒子，我的兒子死了半年了，他生前是做彈棉花的，彈棉花的聲音和你一樣，……。」那位音樂家又大失所望，老嫗之不能瞭解音樂家，音樂家也不能知道老嫗的痛苦，這是人間的永無消除之望的遺憾。欣賞畫的人往往我的得意之筆並未注意，而我認爲平淡的地方他却嘖嘖稱讚，這實在是最痛苦的事情，也就是人與人的心靈永遠不能滲透的地方；雖說鍾期死後伯牙不再奏琴，伯牙該認爲鍾期是他的知音了，然而我想要說鍾期能夠絕對知道伯牙也還難說，他們之認爲知音，如果說「鍾期知道伯牙比旁人接近得一點，」就還是一個妥當的說法，因爲最知道你的，還是只有自己，愛人不能知道你，母親不能知道你，其餘的人可能性便愈來愈少。讚美悲多汶是人人知道的了，可是有幾個人是眞能瞭解悲多汶的呢。

也許一個人的確祇有屬於尚是孩子的時期，對世界人生尚未睜開眼的時期是最幸福了，我想做父母的對於孩子「提攜捧負，畏其不壽。」乃是中外一例的事情，愛之撫之，痛之惜之也仍是沒有其他用意的的事情，孩子雖有冷暖痛楚的感覺，但這種感覺尚是十分模糊的，沒有事後的記憶，而且不知道眞的人世的冷暖和痛楚辛酸等等，有愛之痛之的父母在，孩子的冷暖飢渴也必盡心籌劃得毫無欠缺。友人曾和我說起「哭也是一種享受。」一個人受了一番波折挫難委屈之後軟弱起來就常常想到要痛哭一場，這種哭確可算是極大的享受，怕只怕我們格于一種成見，要硬充英雄，不敢在人前流一滴淚，而且這種淚要流在最笑我疼我的人的面前，纔覺得是一種享受，成年之後最難找一個眞能知心的人，想到這裏不禁恍然明白作爲孩子的幸福還並不在不知道冷暖痛楚辛酸，而最大的幸福是孩子能在母親之前姿意的哭，受了委屈之後能姿意的哭，快樂的時候也能果眞眞情流露的笑，而成年以後的人不能有眞的感情之發洩。

悲痛的時候還是想起母親，因爲在這世界祇剩她一個人最知道我關心我了，還有嗎？那個人難說得很，我現在祇想母親，但是也離我這樣遠，一個慈和的眼光很差的老人，她的素儉，她的遠在鄉間的油燈下的針線生活，使我想起來好像可以鬆一口氣，那些委屈，那些淒涼，似乎只有她的影子可以消溺。

編後小記

本期我們很愉快的，發刊了一個『現代女作家書簡特輯』。記得去年夏天，我們曾經預告過幾個特輯的計劃，第六期的『繙譯特輯』，和本期的這個特輯，想來都能夠添增讀者們的歡喜。我們從這許多位女作家的書簡中，可以看得出她們平素是怎樣努力於她們本位的文學工作，事實上每一位都早已享得應有的盛名，也絕對不是偶然的事情。

知堂先生最新的散文，本刊讀者們早已讀到多次了。這一期的『關於王嘯岩』一篇，也是專為風雨談寫的，我們拜謝之餘，更當鄭重的向讀者們推薦。張我軍先生譯的武者小路實篤氏的長篇小說『曉』，改名『黎明』，不久將由太平書局出版了，譯者的序文先刊本期，權當向讀者們介紹。李霽野先生譯的『託爾斯泰及其作品』，南星先生的詩都是南方讀者們渴望而不易見到的，本期我們發表了這許多位北方名家的作品，盼望讀者們注意。

我們非常歡迎短篇創作，除了一面特約徵稿外，更希望讀者們賜稿。翻譯的風氣，最近半年來經我們努力提倡之後，在文壇上已經有了相當的影響。這期我們有竹內好作的『魯迅的矛盾』丹羽文雄作的『日本中堅作家論』，以及屠格涅夫散文詩選譯，巴爾札克的『一個恐怖時代的軼事』，都是很有價值的作品。同時，章克標先生最近又譯成了『現代日本小說選集』（第二集），不久將歸太平書局出版，裏面有森三千代，上田廣，高見順，芹澤光治良，井上友一郎，大谷藤子，舟橋聖一，嘉村礒多等的近作十篇，這是分量很重的作品，印行之後，想到定能給予這個寂寞的文壇一點熱烈刺激。

有許多讀者來函徵求風雨談某某期，有人不惜重金，或願意用什麼名貴的書籍交換，但是本社方面多已沒有多餘的存書了。本刊因為篇幅關係，也不能長期的代為徵求，希望愛好本刊的讀者們原諒，並採用長期購閱的辦法。

本期每冊國幣肆拾伍圓

風雨談月刊

第十一期　中華民國三十三年四月

編輯兼發行者　風雨談社　上海福州路三四二號太平書局轉

印刷　太平出版印刷公司

中央書報發行所及全國各大書店報攤俱有經售

風雨談

第十二期

周年紀念號

風雨談

第十二期

周年紀念號

四時作風雨，
萬斛瀉珠璣。
石屏詩集

第十二期

目次

讀齊民要術

何若

齊民要術一書，後魏高陽太守賈思勰撰。其自序之末云，「今採捃經傳，爰及謌謠，詢之老成，驗之行事，起自農耕，終於醯醢，資生之業，靡不畢書，號曰齊民要術，凡九十二篇，分爲十卷，卷首皆有目錄，於文雖繁，尋覽差易。其有五穀果蓏，非中國所植者，存其名目而已，種植之法，蓋無聞焉。捨本逐末，賢哲所非，日富歲貧，饑寒之漸，故商賈之事，闕而不錄，花草之流，可以悅目，徒有春華，而無秋實，匹諸浮僞，蓋不足存。鄙意曉示家僮，未敢聞之有識，故丁寧周至，言提其耳，每事指斥，不尙浮辭。」這書的內容和著者的用心，憑這幾句話可以想見了。

賈君是個地方官，不是農學專家，就他個人研究所得，成此專著，自是難能；我國農家書之前乎此的，多已失傳，這書是現存的包羅宏富的最古的農書，更覺可貴。後世的如元朝至元十年官撰的「農桑輯要」，還以這書爲藍本。明朝徐光啓「農政全書」，才蔚爲大觀，後勝於前。不過這一類的農書，是否眞能深入農村，普及農民，使農民實受其益，我不能不提出疑問。理由第一是我國農民的農事知識，是由世代相傳，參以經驗而得來的，不是得自書本的；政府雖常有勸農之舉，但是沒有施以農事教育。第二是撰著農書的人，對於某一種農業，例如種豆，養蠶，牧馬，製醬，其所知未必多過專業的農民所知。如果這些書祇是寫給四體不勤，菽麥不辨的讀書人看看，雖然也是好的，對於裕民足食，防荒救災，恐怕收效還是很微。我國自清末興學以來，大學先有農科，後來又進而改設農學院，次之有農業專校，而中學也有增教農科的，對於農業的改進，學校教育不無微勞。同時農學專書的出版，也與時俱進，不過多是學校教育用的，一般農民很少很少有寓目的機會。在政治方面，自從中央政府設立農工商部以來，政治雖屢經改革，名稱雖變而又變，農政之官不廢；省政府之建設廳亦兼理農政，縣政府更不用說；可是農民所知的祇是法令，所見的祇是形式，力耕而外，能夠接受新的農業知識的究有幾人？這令我悠然想起一千四五百年前的賈思勰，認爲確是我國史上不可多得的賢太守，他的書決不是單爲指示家僮而作的。

我國南北人之相輕，自古而然，南人輕視北人，在異族亂華，南北對立的時期中，自然更甚，所以賢如這書的著者賈君，亦不能免後世對他用「北傖」的稱呼。更兼書中頗記北俗，如牛馬酪，羊毛氈，葱蒜之類，或爲南人所不重視，或不喜歡，就不免加以嘲笑。祇因書中援引，史傳雜記，不下百餘種，方言奇字又不少，其所引如氾勝之書，崔寔四民月令，雜五行占候，食經等書，世所罕見，其他傳記，又多與今本不同，可供考證，故頗得後人稱美。我的看法與此不同。從此書考見當時我國北部民間「資生之業」，這豈不是一種極好的史料？況且其中種植，畜養，製造諸法，多有沿用至今的。祇是名詞，動詞不見於現代語中的很多，使我讀不出，無不可何。書分十卷，前九卷占九十一篇，後一卷自爲一篇。現在先從後一卷談起。

這一卷可作全書的一篇附錄看，題爲「五穀果蓏菜茹非中國物者」，註謂「聊以存其名目，記其怪異耳。」其所謂怪異，如引史記封禪書謂「安期生食棗大如瓜，」引漢武內傳謂「西王母以仙桃四顆與帝，」類此的記述，姑置不談。有些既不怪異，在當時非「中國」物，而在今日確是中國物的，不妨擇其可談者一談。

引郭璞，「蜀中有給客橙，似橘而非，若柚而芳香，夏秋華實相繼，或如彈丸，或如手指，通歲食之，亦名盧橘。」又引吳錄地里志曰，「朱光祿爲建安郡，中庭有橘，冬月於樹上覆裹之，至明年春夏，色變青黑，味尤絕美，上林賦曰，盧橘夏熟，蓋近於是也。」又引廣州記曰，「盧橘皮厚，氣色大如甘，酢多，九月正白色，至二月漸變爲青，至夏熟。」各說的盧橘不知是何物。廣東以盧橘爲枇杷之別名，甚通行，但枇杷決不是上說的盧橘。植物名實圖考引冷齋夜話，「東坡詩曰，客來茶罷空無有，盧橘微黃尚帶酸，張嘉甫曰，盧橘何種果類？答曰，枇杷是矣，又問何以驗之，答曰事見相如賦。」東坡此說爲張嘉甫駁倒，以賦中四句既說盧橘，又說枇杷，不應重用，東坡亦沒有反駁來證實他的見解。難道東坡到過廣東，即隨俗以枇杷爲盧橘乎？郭璞謂盧橘或如彈丸，或如手指，似指今之金橘，金橘確有長形的。又引裴淵廣州記曰，「羅浮山有橘，夏熟，實大如李，剝皮啖則酢，合食極甘。」這必然是金橘。植物名實圖考引吃田錄謂金橘「或卽以爲盧橘」，亦未確定也。上海之金橘有金蛋，金丸二別名。周美成詞有「金丸落，驚飛鳥」句，著一「落」字可知金丸必非射鳥之彈，疑卽指金橘。

引異物志曰，「甘蔗遠近皆有，交趾所產甘蔗特醇好，本末無厚薄，其味至均，圍數寸，長丈餘，頗似竹，斬而食之既甘，笮取汁如飴餳，名之曰糖，益復珍也；又煎而曝之，既凝而冰破如塼，其食之入口消釋，時人謂之石蜜者也。」說得非常之明白了，幾乎一字不可易。倒啖甘蔗的人說是漸入佳境，果然蔗頭較甜，其實亦差不多，非精於辨味者分不出。甘蔗在中國，古已有之，初未識製糖法，齊民要術中製甜食品仍用蜜或飴，賈思勰似仍未知蔗糖之美，植蔗之利，故把甘蔗放在存目之列。我國用蜜先於用糖，故有了糖仍叫作蜜，到今日，糖餞的東西叫蜜餞。常人說製糖法來自印度，據宋人洪邁糖霜譜論「糖霜之名，唐以前無所見，自古食蔗者始爲蔗漿，其後爲蔗餳，後又爲石蜜，後又爲蔗酒，唐太宗遣使至摩揭陀國取熬糖法，然只是今之沙糖。」據此則印度傳來的是製沙糖法罷了，榨蔗取汁，煮去水分，凝爲糖磚，中國早已能之。蔗漿之未經濾淨者爲紅糖，少加石膏，凝結益堅，切成塊則爲廣東之片糖，敲之作瓦片聲，遇水不易溶解，故不怕潮濕，便於貯藏或運輸。植物名實圖考引某人說曰，「中原植蔗於良田，紅藍徧畦，昔賢所唏，棄本逐末，開其流尤當節其源也。」古人以樹藝五穀爲本務，凡新興的農業，都以爲祇可當作副業；他們沒有遠大的眼光，不知興利的途徑還多。如果一種農產物的確不是必需品，過度發展以致影響民食，當然要施以限制，但是蔗糖也是一種糧食，他們不知道，即如八九年前，某省當局宣傳糖是奢侈品，要征重稅，實在太過了，某時某地缺糖之苦，他們何嘗料到呢？

引南方草物狀曰，「甘藷二月種，至十月乃成卵，大如鵝卵，小者如鴨卵，掘食蒸食，其味甘甜，注云，出交趾武平九眞興古也。」南方草木狀謂甘藷卽番藷，又作番薯；今有山芋，白薯之稱，或從西人稱甜薯，惟在廣東，通稱番薯。此物現在遍生各地，爲重要的雜糧，植物名實圖考引徐光啓甘藷疏復論，謂「諄諄仁人之言，惜未及見是物之踰汶踰淮也。」諸家記載都說此物來自呂宋，初種於閩廣，後及於江浙；農政全書引傳說謂「近年有人在海外得此種，海外人亦禁不令出境，此人取藷籐絞入汲水繩中，遂得渡海。」或問徐光啟，「藷本南產，而子言可以移植，不知京師南北以及諸邊皆可種之否？」徐濾應之曰，「可也。」據此，我國在第十七世紀初年，甘藷產地還是限於南方，難怪賈思勰把它列入非中國產之類。但是南北朝時已知交趾等地有此物，則來自呂宋之說似不可靠。或者閩廣人從海外得種亦未可知。

檳榔的吃法，據所引蜀記曰，「有蛤名古賁，燒以爲灰，曰牡礪粉，先以檳榔著口中，又取扶留籐長一寸，古賁灰少許，同嚼之。」現在南方吃生檳榔還有此法，不過扶留用葉，不用籐。扶留現在不叫扶留，用一字，音如「蔞」。生檳榔多嚼可以醉人，北方人吃的祇是乾的，經蒸製或加糖。引南方草物狀曰，「橄欖子大如棗，八九月熟，生食味酢，蜜藏乃甜。」又引異物志曰，「餘甘大小如彈丸，視之理如定陶瓜，初入口苦澀，咽之口中，乃更甜美足味。」所記二物都不錯，祇有所引臨海異物志，誤以橄欖爲餘甘。粵人誤呼餘甘爲油甘子，眞是「聲音少許變了。」此物吃後雖有餘甘，常人總是怕它苦澀，而且苦甘相半，正可抵消，又何必先吃一次苦呢？因此喜歡吃它的人可以說是沒有，有的祇是偶然吃着玩罷了。引南方草物狀曰，「鬼目樹大者如李，小者如鴨子，七八月熟，其色黃味酸，以蜜煮之，滋味柔嘉。」這鬼目不知今名什麼，從來沒有聽過，也再考不出，據此記似是黃皮。詩經「隰有萇楚」的萇楚是羊桃，而這羊桃不是楊桃，楊桃是五斂子。但是植物名實圖考引桂海虞衡志，嶺南雜記，南越筆記都以爲楊桃可作羊桃或洋桃。此書引廣志云，「三薕似翦羽，長三四寸，皮肥細緗色，以蜜藏之，味甜酸。」又引異物志曰，「薕實雖名三薕，或有五六，長短四五寸。」廣東現在有「三薕」，或作「三斂」，「山斂」，其實就是五斂子。三薕味酸澀，楊桃則酸甜，形狀無大異，惟產地人能一見而辨耳。原來三薕之名很古，故摘錄之。

此書第五十一篇是「種竹」，說得很簡略，似乎種竹祇在得笋，而未言及他因。就是竹可製紙，賈思勰也沒有說到，第四十八篇說種楮連及製紙，似乎當時還沒有竹紙哩。末卷再把竹列入，引漢書邛竹杖，引南方草物狀大竹可作屋柱，引神異經大竹可作製船材，引廣州記石麻之竹勁而利可削以爲刀，引吳錄日南有竹勁利可削爲茅。當日北人對於竹的知識，如此而已。南方確有茅竹，可以作刀或矛，但堅勁決非金鐵之比，廣州記謂竹刀「切象皮如切芋」，言過其實了。

這一卷中記所如龍眼，荔枝，楊梅，枇杷，豆蔻，芭蕉，椰子，木棉之類，都暫置不談。

再從頭翻檢，前九卷九十一篇中，關於食糧的佔十四篇，瓜菜的十五篇，果子的十二篇，樹木的九篇，染料的三篇，家獸的三篇，家禽的二篇，養魚的一篇，造酒的四篇，製食物的二十二篇，煮膠的一篇，筆墨的一篇，其他的四篇。匆匆讀一過，其中方言奇字，不能識的實在不少，但有些名詞，在今日還是熟聞的，如井花水，蟹眼湯，笊籬，簸箕，糉子，䊦等是也。其中之䊦，廣韻讀烏結切，今廣東仍有此物，仍用此名，仍讀此音，常人則不知其字了。製䊦與製糰子法相同，用稻米粉，加糖及果子肉，外塗以膏油，捺之成塊，箬葉裹之蒸即熟成，總是甜的。䊦又與糌不同，今之日本點心，糌最普通，率用豆沙作餡，也是甜的。糉子製法「用菰葉裹黍米，以淳濃灰汁煑之令爛熟，」至今還是如此。我讀此書不能盡通，雖然不能强以不知爲知，但也絕非無所得，如果要把內容整理一下，我還有些話要說。

「種作曰稼，收斂曰穡，」稼穡之艱難，我所知極少，不敢瞎談，祇就讀到覺得有趣的地方，摘錄數行，聊以自娛，不爲無益。

第一是數字。種穀（卽是粟）篇說，一畝之地，長十八丈，廣四丈八尺。凡種禾黍，一畝合萬五千七百五十株；麥，一畝凡四萬五千五百五十株；大豆，一畝凡六千四百八十株。禾一斗有五萬一千餘粒；大豆一斗有一萬五千餘粒。上田一畝收粟百石；中田五十一石；下田二十八石。大豆一畝收十六石；小豆美田一畝可十石，薄田尙可五石。麥一畝得百石以上。這些數字不是很有趣嗎？種瓠一畝得二千八百八十實，一瓠黃熟可破作兩瓢，一瓢値十錢，一畝可得五萬七千六百文。凡此之類，是否事實，恨不得起古人而問之，以爲賈君之說之證。種樹的利錢更大，如楡，五年之後一根値十文；十年之後可作木椀一椀，値七文；十五年後可作車轂，越發値錢；除此之外，不成材的小枝可作柴賣，柴一束値三文。男女初生，各與小楡樹二十株，比至嫁娶，一樹可作車轂三具，一具値絹三匹，可得絹一百八十匹，夠普通人家的結婚費用了。種白楊也好，一畝四千三百二十株，三年成材，每根値五文，得二萬一千六百文，賣柴所得在外。種楊柳一畝二千六百六十株，三年斫賣，一根値八文，百樹又可得柴一載，値一百文。種梓也有大利，十年後一樹値千文，柴在外，梓又是製棺的良材，勝於松柏。凡種樹，不勞耕種，如種幾十畝，平時祇用一人守護，斫伐和束柴時才雇用臨時工人，無業者爭來就作，「比之穀田，勞逸萬倍」云。況且種楡則楡莢可以作醬，種梧桐則有子可炒食，豈不更妙？可惜關於畜養的沒有舉出數字，有之祇是引陶朱公養魚經說到此業的利益，其說如下。以六畝爲池，求懷子鯉魚長三尺者二十頭，牡鯉魚長三尺者四頭，以二月納入池中。到來年二月，得鯉魚長一尺者十萬五千枚，三尺者四萬五千枚，二尺者萬枚，平均枚値五十文，得錢一百二十五萬文。又一年，得長一尺者十萬枚，長二尺者五萬枚，長三尺者五萬枚，長四尺者四萬枚，留長二尺者二千枚作種，所餘皆取錢，得五百一十五萬文。再候至明年，不可勝計也。這種說法，似太樂觀，又令人懷疑。

其次是關於製造了，種麻篇提到漚麻，種楮篇提到造紙，都說得不詳細。種紅花，藍花，梔子篇却有趣。其中有作燕脂法，眞所謂北地燕脂，用途大則利錢大了。其次是合香澤法，用淸酒浸香，祇舉出丁香，藿香，苜蓿，蘭香四種，可知香料之少也。澤用胡麻油及豬脂。面脂則用牛髓和酒浸上述香料中。又有脣脂，要加入熟朱，這必然是婦人用的。北方天氣乾燥而多風，婦人固然要厚塗脂粉，男人冒霜雪遠行的，或齧蒜令破以揩唇，可免劈裂，或以熟梨汁塗面，則面皮不皴。還有塗手藥，用豬脂，白桃仁汁，香料合製，令手軟滑，似今日的雪花膏。既有燕脂香澤，不可無粉，於是有製粉法。又有製米粉法，多著丁香，以供粧摩身體，這就是今日的爽身粉。種藍種紫草各爲一篇，又有種地黃法，當日衣料多用這三種顏色，可以想見了。膠的用途必然很廣，在北方，原料特別多，牛皮豬皮爲上，驢馬駝騾皮爲次，破皮鞋底皮靴底，但是生皮，無問年歲久遠，不腐爛者，悉皆中用。筆有羊毫兔毫的；墨的原料是煙煤，好膠，梣皮汁，雞蛋白，硃砂，麝香。二物是日用品，農家應該自製。

食物的製法更有趣。我國人自古善能保藏食物，在罐藏法，冷藏法發明之前，保藏法好像是惟我國獨多，至今我國家庭中必有許多甕子，壜子，貯藏着食物；「我有旨蓄，亦以禦冬」，每家都足以自豪的。無論植物動物，曝乾風乾最容易了，其次是用鹽，至於油，酒，醬，醋四物爲保藏食物之用，每家都需要很大的量。胡瓜冬瓜可用豆醬作醬瓜；蕪菁，蒜頭可用鹽醋作菹；胡椒芥子曝乾搗作末，食時加油醋作醬；桃李梅杏葡萄木瓜各種果子或鹽醃，或蜜漬，或作脯，或作果子醬；豆沙，棗泥，林檎粉都有了。棗泥，杏沙林檎粉更好用，三物可與炒米粉和水成糊，加蜜作點心吃，於旅行的人尤爲便利，等於乾糧；和水成漿，可以解渴，即如今日之果子汁。蜜薑似乎當時的人很愛吃，也和現在的人一樣。至於製豉製酒製麴諸法，說得更爲周詳。粱米酒黍米酒都極强烈，著者勸人節量少飲；藥酒中最普遍的是五加木皮酒。乾菜，鹹菜，魚醬，肉醬，肉脯，乾魚之類，不消細說了。

我可以替當時的人開一張宴客的菜單，包括酒漿，點心，乾果，水果，而且連烹調法都附帶說明。（一）粱米酒，五加皮酒，杏子蜜水，林檎蜜水（飲料）（二）炒雞子，胡炮羊肉，蒸雞，鯉魚湯，醃豬肉，牛肝炙，五味鹿脯，豬蹄酸羹（八大碗）；（三）水引餺飩，鹽鴨蛋，蕪菁菹，兔肉醬，菘湯（飯菜）；（四）蜜薑，蜜梅，栗子，榛子（乾果）（五）牛乳環餅，膏環（點心）（六）林檎，梨（水果）。這樣配合，可稱爲現代化的中等筵席了，一千四五百年前的齊民未必有這樣奢侈的享用，但每樣分開來看，又確是當時極普通的食品。懸想那位高陽太守，設如照我的食單請一次客，未必要費很多錢。酒不必說，果子蜜水用果子粉加蜜和水便成。炒雞子和今日的作法一樣，加葱白絲，鹽花，豉醬，麻油。胡炮羊肉將羊肉切細片或切絲，拌以鹽豉葱薑胡椒之類，納於羊肚中，縫合，置火灰中，上覆以灰，熟透取出。蒸雞用瘦豬肉，香豉，葱白，蘇葉，醬油，鹽作配料，蒸令極熟，作法和今日的一樣。鯉魚湯用大鯉魚肉，去鱗，切成方塊，與豉汁，白米糝同煮熟，加薑與橘皮屑。醃豬肉本叫豬肉鮓，製法，豬肉去骨，切成長條，煮熟，但勿令爛熟，出待乾，帶皮切作細片，以粳米飯爲糝，加白鹽至鹹淡適口，取生茱萸子布於甕底，放入肉片，又加生茱萸子少許於肉中，手按肉片令堅實，用荷葉或蘆葉蒻葉閉甕口泥封勿令漏氣，露天置甕使受日光，約一月後可食，食時加蒜或薑任便。牛肝炙作法甚簡單，切牛肝成小塊，漬葱汁鹽豉，以羊肚脂裹之，穿於木棒，在火上轉動炙至熟。五味肉脯不限於鹿肉，牛羊豕麞肉俱好，秋末冬初製此最宜；切肉作條，或作片，別槌牛羊骨令碎，煮熟取汁，以汁煮香豉，加鹽，細切葱白擣爛，和椒末薑末橘皮末於汁以浸脯，手揉令勻，三日後出脯，細繩穿脯條懸於屋北簷下令陰乾，候至堅實，紙袋籠而懸之。豬蹄酸羹亦易製，先將豬蹄煮爛去骨，下葱頭豉汁苦酒，加鹽試味，又可加餳，煮之即成。以肉汁調麵粉，切成小塊，拉長如箸大，浸水中，以手捺至薄如韮葉，又二寸一斷，用急火沸水煮熟，即爲水引餺飥。環餅是一種甜食，用蜜或棗子汁，牛羊脂或牛羊乳調麵粉，切成小塊，拉成長條，屈之成環，膏油煎之，美脆好吃。此物又名寒具，人以爲寒具即今之油條，其實二物大同小異，則不可混也。膏環與環餅甚似，亦甜食之一，環餅用麵粉，膏環用稻米粉，膏環又不用脂或乳，不同之處在此。廣東現有此物，名膏煎，原來也是古法，而名亦正確，順德縣人製者尤佳。

還有很多好吃的東西，不必煩廚師施技，齊民自會動手。不過北人喜歡肥濃辛辣，清淡的就不多見。還有像今日的燒肉，燒腸，糖蒸藕，杏仁粥等，千幾百年間，古今人有同嗜焉。

研究我國史而別闢蹊徑，從人民生活方面探討的，數十年來，大有其人，祇因史料散碎，蒐集不易，至今仍未見有此類的巨著出版。我此次之細讀齊民要術，寫成此篇，不過因爲偶有餘閒來讀書，又偶然得到這部書，讀後筆記所知，勝於瀏覽一過，隨又忘却。如讀者因我的漫談與摘錄而發生與我相同的興趣，則高陽太守這一著作，至今不朽，並且有功於民族。我想一查賈思勰究爲何如人，翻魏史北史，尋出的祇是賈思伯，賈思同兄弟二人而已。

風塵澒洞室日抄

紀果庵

新新外史

以百餘元買新新外史十二册於舊書肆，亦講晚清與民初故實者，民國八九年頃，連續刊載於天津益世報「益智粽」欄，其欄如今之副刊，而專載滑稽諷刺之品，又多以當時政局要人爲對象，並有胡淡人君之諷畫，尤對當軸備致熱嘲，設在後此，早被懲處矣。是報主持者爲天主教會，吾鄉劉濬卿先生爲經理多年，故幼時縣中無不閱之者，劉君雖不知以新法改進，而十數年如一日，其精力亦有足多，民廿後劉故，改易經理，比國雷鳴遠司鐸實陰持其事，羅隆基錢端升等，曾分別爲總主筆，以社論敢言，爲時所重，然余鄉則以劉君旣卒，轉不閱之，代而興者則極端通俗化之新天津報也。新天津爲劉髯公所主持，在津東之銷路，無與倫比，聞變後已停刊，今劉君未悉如何。新新外史，濯纓著，其人似姓董氏，殆久歷宦場，對晚清故事制度極稔熟者，筆墨頗條暢幽默，突梯處大類官場現形記廿年目睹之怪現狀等書，而又較其多寫實成分。但有不必隱而妄爲曲折者，如徐錫麟刺恩銘，徐旣久爲後人所崇仰，恩又早故，而諱其省爲江西，諱其名爲徐天麒，他如袁世凱諱爲項子誠，慶親王，爲恩王，張之洞爲莊之山，振貝子爲輿貝子，端方爲瑞方，不一而足，然又有絕不諱者，如李鴻章，寶芬等，亦頗不少，蓋隱名於疑似之間，乃是時著書一種風氣，有時日久忘記，則又不隱也。此書體裁，亦如官場廿年諸作，分之則成片斷，實非眞正之長篇說部，此亦報紙小說例有之現象也。

蔣式理

胡思敬國聞備乘蔣式瑆參慶王條云：「奕劻初封貝勒，後封親王，辛丑回鑾以後，寖寖用事，旣領樞務，五福晉爭寵，各通賄賂，積存金銀日多，多寄頓匯豐銀行，過百萬，道員吳懋鼎爲匯豐行司會計，私以告御史蔣式瑆劾之，事下尙書鹿傳霖，左都御史溥良查辦，奕劻大懼，遣使先與吳約，願劃其半，以借券還之，請勿宣，吳許諾，翌日，傳霖等至，呈其簿據觀之，凡巨室所存母金，皆隱其名曰某堂某會，傳霖等不能辨，亦不願窮究其事，結怨於王，遂以查無實據入告，而式理斥還翰林院，懋鼎寢寖富矣。」此事亦晚清最駭人聽聞傳說之一，新新外史第三十四回特著之而諱蔣爲江士興，吳懋鼎之角色則曰梅子林，恐係出於杜撰，最可異者，謂慶王此項賄款，乃張鳴岐所獻，鳴岐以岑春煊幕賓緣爲廣西巡撫，陛見入都，以一百五十萬金賂慶王等，遂不次擢兩廣總督，蔣時新爲御史，張奉炭金二百金，以爲少，思發其事以洩憤，而匯豐司賬與有戚，爲之謀，先言於銀行經理，果慶王以注消此款爲請，乾沒之數，當畀蔣若干，既上白簡，慶王大驚，使其門吏海亮入行疏通，蔣竟獲三十萬金云云，情節描摹逼眞，不知與事實合否？晚清吏治之壞，前史所無，自作孽不可活，覆亡豈不宜哉！

帝京景物略

劉同人帝京景物略，奇書也，世之爲方志者，苟能有取乎足，又何致令人見而頭痛耶。余昔只有河間刪本，失其眞矣，舊刊已不甚易得，價亦殊昂。今秋過保文堂書肆，忽見一帙，略一翻檢，則羅莘田先生舊藏也，一印曰：「羅常培讀」。余來金陵買書，遇故人所藏，此係第二次，其一則橋西草堂主人李釋戡先生所藏漁洋精華錄，硃墨爛然，足見吾師功力之勤，乃於去歲，璧返草堂，珠還合浦，較在寒齋，爲得所矣。今此帙索直至千數百元，雖物價騰湧，亦覺非措大所堪，而又不忍恝置，爰先持回瀏覽一過，日來幾經磋讓，此責粗了，稍加拂拭，爲之跋云：「癸未秋遇此帙於金陵保文堂書肆，云北估寄售者，價約二千金，余錯愕久之，既展卷，則羅莘田先生圖章，殷然入目，因姑持以歸，秋檠虫吟，連宵細雨，籀讀一過，愈喜劉君之作，以爲求之於今，固不可得，求之於古，亦無幾人，抑且念及是編，師友之藏弃，其間必有不少隱曲轉折，足爲後之談資者，鼙鼓未息，各在天涯，及今不收，不知又將流轉何許，人生之緣，更能有幾？心中忐忑，實難爲懷。昔我遠祖以山河爲泡影，而不能已涕淚於片紙公羊，文人結習，蓋如是夫！爰摒擋舊書數事，益以賣文之資，至冬十月，此債差了，自到江南，斯蓋齋中第一珍籍矣。他人之珍之與否，良非可知，宋人寶燕石，未嘗非敝帚之意，周客徒胡盧何爲者！憶初得是書時，曾移札知堂老人告以經過。覆信云：莘田藏書，散出已不少，去歲苦雨齋曾收其彊村叢書云云。眼底滄桑，曷勝可慨，然余之買此，無非以寄一時之興，來日若何，又焉所計！達觀人亦不作種種想耳。此書雖未刪本，而實印於順康間，觀其中涉及北虜字樣，皆已剜去可證，唯即此亦可窺見清初文網之密，又不必以爲悒悒也。冬十二月五日即禹歷十一月初九日，晴窗翻檢，拂拭積塵，加簽小印二枚，乘興記此。」

小館

與知交數人飲於同慶樓，京中最小之飯肆也。以席爲覆，人語雜沓，殊非大人先生所宜至，然價賤而餚亦匪惡，吾輩中人，趨之者如鶩焉。堂倌老李豐碩滑稽，尤爲衆客所寵，此肆之盛，蓋頗有功。吾輩食已時，忽訇然一聲，發於通衢，座客大驚，李則坦然曰：午砲，午砲，快對表，諸人出而視，一時又半矣，則相與大笑，蓋車輪爆裂作響也，其機智如是。憶在舊京，若此小館，隨處而有。皂溫，耳朵眼，穆柯寨皆是也，皂溫在隆福寺，以爛肉麵著，穆柯寨在王廣福斜街，以炒疙瘩著。皂溫者，或云其肆通宵有火，隨時可吃，昔承平，人多耽賭，中夜散場，過此則問曰：皂尙溫乎？曰：皂溫，皂溫，於是訛而成遭瘟，雖然，遭瘟從此幸矣。穆柯寨老板，爲一半老徐娘，西人也，（山陝而非泰西）主其肆數十年，親爲割烹，客多善之，比年多用美男爲招待者，或曰面首也，來之敢知，如非熟客，罕自操刀，而餘人稍有疏忽，巨掌隨之，批頰作響，不敢計較，觀者異焉。凡此諸肆，昔日皆有帶炒來菜之法，顧客爲經濟計，可外買肉菜，交彼代作，味腴直賤，甚爲方便，余在黌舍，每與同學過之，今日回想，都成夢寢。又南新華街師大南鄰一山西小館，曰慶華春者，原係賣酒之肆，旣學生多往就食，遂成飯館，當日以一角五分可吃炒火燒，過油肉，撥魚兒，刀削麵諸品，任憑自擇，其主人亦西人，病頸而曲，聲高以銳，吾輩每於寢室中學之以爲笑樂，後此公忽有所戀，竟累其停閉，改染坊，未久，又於琉璃廠天順居操其尖銳之聲，周旋於食客之前矣。友人某君，長於余約十歲，告余云，當彼入中學時，日食兩餐，銅幣十枚足矣，以視我儕，已爲三代以上，若今之一飯千金，又豈昔時所及料哉。初至金陵，宴客無不六華春，太平洋，西餐則福昌，江河日下，今也卽同慶樓，猶覺勉强，不知何時，同慶樓亦只有望門大嚼矣。

樊山批牘

樊山批牘有極資噱者，如批汭縣令一稟云：「苟馬仁生一女，特招李檢娃入贅，兒壻兩當，自應愼選於先，乃能和睦於後，及檢娃不孝，又繼令伊女與金來娃苟合，並欲殺李而贅金，及被檢娃看破，有要殺兩之語，彼老龜者，遂同來娃，將其綑打致死，此亦丈人行中所僅見者也。夫女旣適人，則其身已在本夫勢力範圍之內，此非可隨時改良者也，乃爲之岳者，竟欲開爲公共馬頭，許其迭相佔領，姦其女者，亦遂視爲長江流域，可以彼此通商，彼本夫自有之權利，一旦姦婦欲自由，奸夫欲平權，不惟損其名譽，要亦大違公法。是以得其影響，立起衝突，憤然有革命流血之思想，而其岳與奸夫，本有密切之關係，不甘身爲犧牲，聞此風潮，立成反對，逞其野蠻手段，必欲達其目的而止，而本夫李檢娃遂立斃杖下矣。奸婦李荀氏供稱通奸屬實，謀殺不與，猶恐狡供避就，仰再研究確情，按擬招解。」徐一士先生云：「雜用許多新名詞，以道鄙褻之事，殊屬不像官話，輕薄太甚，乃竟刻流行，甚無謂也。」頗有微詞，若樊山翁著，遊戲人間，何事不可供其筆端揮洒，文人作惡，亦不過如斯耳，故吾曰：文人筆端，畢竟不如武士劍端。

金息侯記徐又錚

息侯老人瓜圃述異，多記近人掌故，其徐又錚條云：徐又錚，余初不識其人，初至瀋，說張雨師入關，余向主守關待時，力阻之，徐歆以利，張意動，遂決遣兵。徐屈意訪余，暢談大勢，謂亂成矣，非武力不能定於一，論辯滔滔，凡所言皆譎而不正。余正色告之曰：余唯知至誠耳，徐曰：待友可誠，待敵不可誠。余曰：余所言誠，至誠也，不論敵友，皆以至誠待之，久而自效，不在一時。徐笑曰：公行王道而我用霸術，東周已不可爲，姑從管仲後耳。余亦笑曰：失言矣，齊桓尊王，何不可爲東周乎？遂一笑而別。後同在燕。對客必尊余上座，戲謂此王者，必當在正位也。余亦戲謂之曰：見子鈐章乾卦，仿御印，殆亦以王者自娛邪？徐不覺失色，力辯無之，蓋慮人窺其隱耳。甲子文字獄，徐發書爲余辯白，至以狂疾爲解，雖非眞知我者，其意良可感矣。徐縱横排闔，才實可愛，惜未竟其用而遽死！聞臨行多有阻者，皆不聽，方登車，有犬啣衣不釋，亦不顧，竟中道被禍。棺厝津寺，夜常發聲如裂帛，聞者驚嘆，求仁而得仁，又何怨邪。寫小徐飛揚跋扈，頗入神理，余前記張樵野，其才蓋相侔，所以終遭凶閔，究不學故也。林琴南先生與徐極相得，文中多稱頌，有知己之感焉。徐曾在故鄉創辦成達中學師範等校，規模宏遠，校風嚴肅，今其址已改爲新民印書館，又一滄桑矣。所云甲子文字獄，蓋指遜帝出宮後檢出金氏奏摺等件，有密謀恢復之計，當時由故宮委員會提起公訴者，時正段氏執政，徐爲辦解，固有力也。

李越縵論桐城派

李蒓客不滿於桐城，多所訾議，同治二年二月初三日日記云：「閱姚姬傳惜抱軒集十六卷後集十卷，法帖題跋三卷。姚氏之文，自謂遠承南豐，近淑望谿，而實開桐城迂緩之派；予於丙辰之春曾閱一過，爾時日記中，謂其碑表志傳散漫不足觀，而序記諸作，春容大雅，有得於師承，爲乾嘉閒文章家之俊；今日閱之殊覺諸體多宂滯平弱，前言非也。姬傳人品高潔，故文自身無齷齪氣，而性情和厚，語言亦無險怪之習，此其可取也。唯生平學術頗疏，文習於望溪而好議論，意欲持漢宋之平，出入無主，遂致持議頗僻。……」初六日日記云：「桐城劉大櫆，詩文皆不成家，其文尤乏佳處，雖稍有氣魄而粗疏太甚，其生平於古人文法亦甚留心，而所作往往軼於軌度，又或摹仿淺拙，轉多可笑，詩稍勝於文，苦無作意，而程魚門姚姬傳輩極推之，姬傳稱之尤力。……」同治三年十月十九日記云：「昭代文至劉海峯朱梅崖，詩至沈歸愚袁子才，可謂惡劣下魔矣：而近日更有桐城末派，如陳用光梅曾亮者，則以歸唐之磊苴，爲其一唱三嘆也。」此外所論尚多，不及備記。李氏固好雌黃，然桐城派學問稍疏，固誠有之，其末流則視古文如八股，以定格爲範，凡屬性質相近之題，胥以納之範中，昔徐凌霄隨筆會摘張廉卿墓誌文中之匡廓相同者，以爲比較，張氏在桐城中尚爲健者，若庸自標識，並桐城之法乳而亦未得者尤不必論矣。

張佩綸論桐城派

張佩綸潤于日記，前年購藏，始於遣戍終於甲午，而福建之役闕如，又所記多簡略，迄未卒讀。頃閱壬辰正月初二日云：「余最不喜桐城派，蓋李臨川錢宮詹之說，先入爲主也。近日作古文者，於鹿門所選八大家亦未涉獵，案頭姚姬傳古文辭類纂一部，便高視闊步，有睥睨一切意，甚無謂也。偶閱序說一門，歸震川壽序數篇，亦復入選，體固陋劣，文實不佳，如戴素庵壽序，乃泛泛應酬之作，人爲鄉愿文亦鄉愿，此何足以爲法？婦人壽序，更難出色，顧文康夫人序，前後追溯文康，無非庸腐，及夫人生平，則曰公之德厚而順，其坤之所以承乾乎？夫人之德靜而久，其恆之所以繼咸乎？尤覺寬廓可笑。然猶云應酬之作也，其母吳氏事略，其父尚在，婦以夫爲綱，子以父爲綱，乃通篇不及其父一字，直屬大謬。王弇州以爲歐陽定是晚年荒亂之倫，而虞山奉爲神明，桐城尊爲鼻祖，殊不値通儒一哂也。桐城方勝於劉，劉直亂雜無緒耳，然則姚選有刪及方劉者，當是定本，惜康吳兩本，均以多爲貴，不知抉擇也。士大夫欲作古文，當自出手眼，爲周秦漢魏，爲韓爲歐曾，爲三蘇爲豐山，即不然，亦宜博考三朝兩宋閒，求其理解，而以本朝諸學人之經說史論參之，無徒博古文之虛名，恃姚選爲祕本，稗販倫竊，以水濟水，流於空滑無味之文也。」張氏之言殊有激切處，如歸熙甫文，固非篇篇如是，唯歸不出里閈，其庸處昔賢早有議及者。弇州著論，非可爲衡，不過韓文傷於容氣，歐文難免舛疏，在今日清新一派盛行之時微辭當所難免。若論古今人造詣之分，今人恐尙相去有間，非智力相去太遠，實時代使然，倘持語體爲較，則又古不逮今矣。

挺經

讀崇德老人自撰年譜，頗可知曾文正公治家之嚴儉，子孫享其餘澤宜矣。文正晚年，以中法天津和約，備受指摘，實則爲大局着想，不得不忍辱出此。且當時交通困難，消息隔絕，又豈可以存心辱國責之老成邪。年譜紀其自保定赴天津時，立遺囑而後往，足見其毫無苟活畏葸之心。吳漁川庚子西狩叢談記李文忠叙公挺經故事云：「我老師的祕傳心法，有十九條挺經，這眞是精通造化，守身用世的寶訣，我試講一條與你聽：一家有老翁，請了貴客，要留他在家午餐，早間就吩咐兒子前往街市上備辦菜蔬果品，日已過已，尙未還家，老翁心慌意急，親至村口，看見離家不遠，兒子挑着菜担，在田塍上與一個京貨担子對着，彼此不肯讓，就釘往不得過。老翁趕上前婉語曰：老哥，我家中有客待此具餐，請你往水田裏稍避一步，待他過來，你老哥也可以過去豈不兩便嗎？其人曰：你教我下水，怎麼他下不得呢？老翁曰：他身子矮小，水田裏恐怕担子浸着濕壞食物，你老哥身子高長，可以不致於沾水，因爲這個理由，所以請你避讓。其人曰：你這担內，不過是菜蔬果品，就是浸濕，也還可以將就用的，我担中都是京廣貴貨，萬一浸濕，便一文不値，這担子身分不同，安能叫我讓避？老翁見說不過，乃挺身就近曰：來，來！然則如此辦理，待我老頭兒下了水田，你老哥將貨担交付給我，我頂在頭上，請你空身從我兒旁邊岔過，再將担子奉還如何？當即俯身解襪脫履，其人見老翁如此，作意不過曰：旣老丈如此費事，我就下了水田，讓你担過去，當即下田避讓，他只挺了一挺，一場競爭，就此消解，這便是挺經中開宗明義第一條」。所謂挺字，亦卽負責耳，試閉目思之，我國人病根，豈不在滑推脫虛矯客氣邪？時至今日，還須來一挺字。至於十九條云云，乃是誕詞，有此一條，諸難可消矣。

俞恪士詩

花隨人聖盦摭憶，文筆清麗，掌故羅胸，信筆記良構也。其記陳伯弢哀碧齋雜記一條云：「歲辛丑余需次江寧，僦居烏衣巷，一日飲集同人，待俞恪士觀察不至，旋以詩來辭云：寒風吹脚冷如冰，多恐回家耍上燈，寄語烏衣賢令尹，醃魚臘肉不須蒸。轎夫二對親兵四，食量如牛最可嫌，轎飯若教收折色，龍洋八角太傷廉。轎飯，京師謂車飯錢，雖每名只犒一角，然南京宴會，如座客有道台五七人，親兵之外，尚有頂馬繖夫，開銷動輒百餘名，跟丁則每名倍之，或竟有需索者，廉員請客固不易也。」黃君云：「辛丑間轎飯一角，至甲辰以後，則皆兩吊矣。」今日宴客者，汽車夫須五十元至百元，包車夫至少三十元，各可抵昔日中下級公務員一月薪俸，然猶有時呶呶不休，以爲主人請得客，豈遂賞不得車飯錢邪？即被人所約，亦是難題，貧夜往返，車費不貲，一也：設有包車可坐，向主人需索酒資，頗難爲情，二也。故對俞公此詩，頗有同感。按俞名明震，號觚庵，山陰人，進士，官至甘肅提學使，項城當國，充肅政使。陳伯弢又云：中國人有三貴徵，小辮子，近視眼，怕老婆。有三不和，前後任，大小妻，正副考，殊趣，惜今日人事多變，當有以更列之矣。

南北

南北之見，自古有之，五朝亂華，北稱南曰島夷，南詬北曰索虜，較之蠻子、韃子，京派海派之爭尤甚。中國地大物博，民風因環境而有不同，漢書地理志言之詳矣。南北朝時，南人尚無備中樞者，古文化原在中原河汾之間也。南史張緒傳：齊高帝欲用張緒爲僕射，以問王儉，儉曰：緒少有佳譽，誠美選矣，南士由來少居此職。褚彥回曰：儉少年或未諳耳，江左用陸玩顧和，皆南人也，儉曰，晉世衰政，未可爲則。又沈文季傳：宋武帝謂文季曰：南風不競，非復一日！是已見晉宋時南北之限頗嚴。通鑑記宋眞宗欲相王欽若，王旦曰：祖宗朝未有南人爲相者，乃止其入相。欽若曰：爲子明遲我十年作宰相。寇準北人，極排南籍，宋史晏殊以神童與進士試，援筆成文，神氣不懾，將賜同進士出身，準曰：殊外江人，帝曰：張九齡非外江人耶！江鄰幾雜志云，蕭貫當爲狀元，寇萊公進曰：南方下國，不宜冠多士，遂用蔡齊，出院顧同列曰：又與中原奪得一狀元，其無理之態，頗可哂。元以異族入主中國，分中土爲蒙古色目漢人南人四等，南人後降，故尤次於漢。明興江淮，南人始漸用事，然禮闈猶以南北分配比例，不得稍有偏枯，及其末世，南方文化遠較北人爲高，北人遂漸失勢。清初雖以武功，專用滿人，而文治諸臣，無不籍隸江浙，蘇州一城，至以產狀元聞名國內，北人眞如檮昧，唯晚年張文襄公兄弟出，始略張其軍。余北人，然不諱北方之少文，顧亦不樂南方之巧僞。輪軌交通以來，風氣漸可混化，願南北各去其短，互補厥長，庶亦國家民族之福也。

被唖記

余自某校授課歸，雇一敝車，車夫老羸，如不能勝，心中已極憐之，駕馬鹽車，行自念耳。比至通衢，則前後各駛來汽車一輛，進退維谷，勢不可避，幸後車繞道而過，方幸免於輪下，不意車中客乃啟窗伸首，向車夫加以一唾，濁沫飛揚，余亦承婁師德之享焉，車夫戴舊笠得其蔽，一若不知也者。余則露頂，醍醐滿面，車中人初不類顯者，短後衣，御墨鏡，殆十足傖棍也，見老車夫不敢與抗，輒矜然喜，數數向余車作獰笑，噫，世界之大，唯容此輩橫行，良可嘆慨。轉念萬卷撐腸，終復何用，余對門一汽車夫，初尚為人傭僱，汽油節約，遂自買一車，走下關，載單幫，每日奇贏數百元，積日無多，已有車兩部，晨起熾炭，煙塵瀰漫，日初上，疾馳以去，比晚飽獲而歸，婦子怡然，蓋若不知人世有艱辛者。友人曰：子徒知車，而不知單幫之利也，夫攀援輪舟而為之，置身輪下而甘之，倘非重利所在，何不畏死如此，老子曰，民不畏死，奈何以死懼之，其亦今日之謂矣。莊子曰，支離其形者，猶足以養其身，況支離其德者乎！吾輩不能支離其德，宜其受唾於傖夫，而唯握管以自抒其憤也，哀哉，作被唾記。

聖誕節

基督聖誕，遠較孔子誕為熱烈有趣，即商店廣告，未見有因孔誕而減價者，然 X'mas Sale 則比比也。窗廚陳有鬚之老人，高尚家庭有冬青之樹，綴以電炬，即不信教者，亦以發賀年卡為趨時，送 X'mas Gift 為摩登，友人柳雨生君恆操一語曰：「亦一異也」，用之此事，可謂不差。帝京景物略曰：耶穌，譯言救世者，尊主陡斯，降生後之名也，陡斯，造天地萬物，無始終形際，因人始亞當，以阿襪言，不奉陡斯，陡斯降世拔諸罪過人，漢哀帝二年庚申，誕子如德亞國，童子瑪利亞身，而以耶穌稱，居世三十三年，般雀比利多，以國法死之，死三日生，生三日昇去，死者，明「人」也，復生而升天者，明「天」也。其教，耶穌曰契利斯督，法王曰俾斯玻，傳法者曰撒責而鐸德，奉教者曰契利斯當。祭陡斯以七日，曰米撒，於耶穌降生升天等日，曰大米撒。明時耶教在中國已頗盛，今北京宣武門內天主堂曰南堂者，即利瑪竇傳教之所也，明神宗母后篤信天主，受羅馬教皇詰勸焉。故劉同人記之如此。花隨人聖庵摭憶，昔之風俗，冬至日獻襪履於舅姑，今日但知聖有誕節，不知有冬至，但知有聖誕老人贈兒童玩具之襪，乃至新婦多不願有舅姑，遑知有獻襪乎？即此一端，餘不枚舉，吾聞古者亡人國家易，亡其國之風俗難。若國未亡而俗先自喪，所謂見披髮於伊川，知百年而為戎，理或不誣，抑何其異也。慨乎言之，吾人宜知所警惕矣。

元日

江盈科進之都門早春云；「無家無夕不傳觴，玉燭銀燈澈夜央，按節管絃嬌鳥語，踏春兒女蜜蜂房。深閨抓子閒家計，平地空鐘趁豔陽。總爲君王休物力，饑寒從未到街坊！」雖所指非新歷，然其升平氣象，固自足慕。劉同人帝京景物略春場條記正月云：「女婦閒，手五丸，且擲且拾且承，曰抓子兒，丸用橡木銀礫爲之，競以輕捷。空鐘者，刳木中空，旁口，盪以瀝青，卓地如仰鐘，而柄其上之平，別一繩繞其柄，別一竹尺有孔，度其繩而抵格空竹，繩勒右却，竹勒左却，一勒空竹轟而疾轉，大者聲鐘，小亦蜣螂飛聲。一鐘聲歇時乃已，製徑寸，至八九寸，其放之，一人至三人。」如劉言，昔之空鐘，殆較今製爲繁複。北中空鐘非舊歷新年無有，南中則一入冬日，街巷小兒，人手其一矣。明人又有詩曰：「花無桃李非春色，人有笙歌是太平」，比來人之所苦，蓋已至極，笙歌之樂，非復所望，但有衣可禦冬，茅廬可蔽風雨，足矣。然海上米價，有五千之謠，爲五斗而折腰者，亦須有兩千半之數，談何易易！故江詩所云：「饑寒從未到街坊」者，尤足爲齊民所蘄盼也。獻歲書此，聊當息壤。

袁海叟詩

袁凱字海叟，有海叟詩集，傳本甚稀，唯選本在野集通行，亦明初一大家也。而其後以文字得罪高祖，幾與高季迪同命，幸其抽簪早退，佯狂自放，獲以苟全。余最喜捜輯文字獄史料，斯亦其一也。叟詩取法杜陵，何仲默大復集推爲明初第一；程孟陽至謂自宋元以來，學杜未有如叟之自然。楊鐵崖亦稱其白燕詩之名。朱氏明詩綜曰：海叟純以清空之調行之，洵不易得，然合諸體觀之，則不及季迪伯溫尙遠，何仲默推爲國初之冠，非篤論也。陳氏明詩紀事云：海叟詩骨骼老蒼，摹擬古人無不逼肖，亦當時一作家，何大復標爲明初詩人之冠，過爲溢美，宜諸公之不取也。此外，香祖筆記明詩別裁皆對之略作微辭，今不具引。袁氏所以構罪，明史本傳云：洪武三年，荐授御史大夫。武臣恃功驕恣得罪者漸衆。凱上言：諸將習兵事，恐未悉君臣禮，請於都督府延通經學古之士，令諸武臣赴都堂聽講，庶得保族全身之道。帝勑台省延名士直午門爲諸將說書。後帝慮囚畢，令凱送皇太子覆訊，多所矜減。凱還報，帝問朕與太子孰是？凱頓首言，陛下法之正，東宮心之慈。帝以凱老猾持兩端，惡之。凱懼，佯狂免告歸，……背戴烏巾，倒騎黑牛，遊行九峯間。……」傅沅叔藏園羣書題記校海叟詩集跋引陸文裕金台紀云：「凱一日趨朝，過金水橋，詭得風疾，太祖命以木鑽鑽之，忍死不爲動。歸田後，以鐵鎖項，自毀形骸。太祖每念之曰：東海走却大鰻鱺，何處尋得！遣使即其家起之，凱對使以唱月兒高一曲。使者復命，以爲凱誠風矣，遂置之。又傳聞告歸後，背戴方巾，倒騎烏犍，往來峯泖間，潛使家人以炒麵攪沙糖，從竹筒出，狀類豬犬矢，遍布籬根水涯，匍匐往取食之。太祖使人覘之，以爲食不潔矣。嗚呼，公負軼世之才，事雄猜之主，雖得罪放歸，而猶遣使偵刺，不懌於懷，卒以毀形自汙，躬食不潔，風狂浪迹，塵而得免，其際遇蹇屯，良可傷嘆。顧其豪縱瓌奇之氣，無所輸寫，乃一於詩發之，故其詩野逸高淡，疏蕩傲兀，往往得老杜興會：觀集中古意二十首，苦寒行，荒園，題葛洪移家，題三味軒，楊白花諸詩，皆感憤遙深，隱攄胸臆，而集外所傳題四皓圖及詠蚊二詩，尤譏切深至，豈公陰有畏忌，而有意刊落之歟？曹一士敘公集，言明祖用法嚴峻，寵眷如潛溪，卒以貶死，吳之高楊張徐，半由文字構禍：叟佯狂自廢，匿路消聲，其所自定，殆必有大滿已意，而不得已而悉從刪薙者。可謂知叟之深矣」。觀乎此，欲求免於雄鷙之主，豈易事哉。按叟蚊詩云：「羣蚍戢戢方鬥爭，蝦蟆蛞螻相和鳴，百足之蟲行無聲，毒氣著人昏不醒。蚊蚋雖微亦縱橫，隱然如雷吁可驚：東方日色苦未明，老夫閉門不敢行。」或云此傷元季世亂之作，而太祖以爲譏已，亦太附會矣。靜志居詩話言叟居松江府治東門外，崇禎末單恂即其址搆白燕菴，李舍人待問書聯於柱云，春風燕子依然入，大海鰻魚不可尋。不知松江今尚有其遺蹟否耳。

屠門大嚼記

貧忙交迫，蜷伏一隅，不入市肆，幾兩月矣。昨日偶得休沐，躑躅太平路上，予唯閱書耳，他何敢求？久不交易，諸肆主殆如不相識矣。而插架萬卷，固仍如故。及詢其市價，未免錯愕。余先至南京書館，以其爲海上各大出版商代理店也，主人昔亦稔熟，見包裹堆集不下千百，以爲必上海新奇圖籍，詢之，則擬自京寄滬者：蓋申莊缺貨，遂爾倒流。南京本非出版地，今若是，曷勝可慮。翻書數種，據云最近又加價廿二成：數十頁之書，定價恆在百元以上！而圓明園西洋建築殘迹，才廿頁耳，價二百五十餘元：幾不知是夢是囈！昔人云，字字珠璣，今人有焉；匪著述可以覆世藏山，紙價則然也！凡予所願一閱者，如房龍之思想解放史，某君譯本之婚姻進化史，皆商務星「標準書」，而一册之值，咸逾三百：囊中羞澀，屢翻屢止，不能新也。爲敷衍計，買兒童讀物兩册，亦百四十餘元，踉蹌擬歸。見有影印詞林紀事廣告，書十册，紙墨精好五百元：

較之洋紙諸書，終不為昂，余藏有排印本，又不事吟味，識之而已。入上海書店，無可覽觀：循道南行，過慶福萃文諸肆，欲求一經韻樓集而不能得：盈架溢案，皆陳腐集部及海上低級趣味言情小說也。至保文堂，小坐，允從他處代借數書，又托覓隨園詩話刊本，至翰文齋，見蔡元培先生六十生日紀念論文集上册一本，價五百元：倘有下册殆非千元不可！夫有力購書者，初無讀書之癖好：措大如我輩，又唯有自嘆無錢：世事不偶，莫甚於此。書林道德日頹：或則論斤稱紙，或則囤而居奇。聞辭源一部需洋二千。工具歟？裝飾歟？誰得而知之？抑售者購者，又咸苦於須繳消費稅：買書一事，在金錢為消費，在書籍則未嘗為消費：士多困窮，不知此稅可蠲否？甚願賢有司一措意也。又北平所刊各書，聯銀券不過一二元者，到此皆售百餘元：此其折合率，又不知以何為準？總之，吾輩書癡，無往而不受剝削，可為嘆憤！書既不能買，徒使胸中　悵。歸途過一食肆，一貧兒植立窗外，目注板鴨不少瞬，饞涎下咽有聲，余為黯然：既思吾之於書，毋乃類是！因作大嚼記。

日抄至此，未再賡續，多則取厭，如老婦人瑣瑣米鹽，豈不煩人？可以止則止，亦哲學之一道也。甲申三月尾風雨如晦，悶坐校此，附記數語，以為結束。

玉官 (四)

落華生

八

城裏底風聲比郊外更緊，許多殷實的住戶都預先知道大亂將至，遷避到別處去。玉官回到家門，見門已倒扣起來，便往教堂去打聽究竟。看堂底把鑰匙交給她，說金杏早已同天錫到通商口岸避亂去了。看堂底還告訴她城裏有些人傳她失蹤，也有些說她被殺底。她只得暫時回家歇息，再作計較。

不到幾天工夫，官兵從錦鯉一帶退回城中。再過幾天，又不知退到那裏去，那纏紅布底兵隊沒有耗費一顆子彈安然地佔領了城郊一帶的土地。民衆說起去也變得眞快，在四十八點鐘內，滿城都是紅旗招展，街上有宣傳隊，服務隊，保衛隊等等。於是投機的地痞和學棍們都講起全民革命，不成腔調底國際歌也從他們口裏唱出來了。這班新興的或小一號的土劣把老字號的土劣結果了不少，可以說是稍快人心。但是一般民衆底愉快還沒達到盡頭，憤恨又接着發生出來。他們不願意把房契交出，也不懂得聽「把羣衆組織起來」，「擁護蘇軍」，這一類底話。不過願意儘管不願意，不懂儘管不懂，房契一樣地要交出來，組織還得去組織。全城底男子都派上了工作，據他們說是更基本的，然而門道甚多，難以遍舉。

因爲婦女都有特殊工作，城中許多女人能逃底早已逃走了。玉官澹定一點，沒往別處去，當然也被徵到婦女工作底地方去。她一進門便被那守門底兵士向上官告發，說她是前次在錦鯉社通敵逃走底罪犯。領隊底不由分訴便把她送到司令部去。玉官用她底利嘴來爲自已辯護，才落得一個遊街示衆底刑罰。自從在錦鯉那一夜用道理感化那班兵士以後，她深信她底上帝能夠保護她，一聽見要把她遊刑，心理反爲坦然，毫無畏懼。當下司令部底同志們把一頂圓錐形底紙帽子戴在她頭上，一件用麻布口袋改造底背心套在她身上。紙帽上畫着十字架，兩邊各寫一行「帝國主義走狗」，背心上底裝飾也是如此。「帝國主義走狗」是另一宗教底六字眞言，玉官當然不懂得其中的奧旨。她在道上，心裏想着這是侮辱她底信仰，她自己是淸白的。她低着頭任人擁着她，隨着她，與圍着她的人們侮辱，心裏只想着她自己底事。她想自己現在已經過了五十，建德已經留學好些年，也已三十六七了，不久回來，便可以替她工作，她便可以歇息。想到極樂處，無意喊出「啊哩流也」，把守兵嚇了一跳，以爲他是罵人，伸出手來就給她一巴掌。挨打是她日來嘗慣底，所以她沒有顯出特別痛楚，反而多喊了幾聲「啊哩流也」！

第二天底遊刑剛要開始，一出衙門口，便接到特赦底命令。玉官被釋，心境仍如昨天底光景，帶着一副腫臉和一雙乏腿慢慢地踱回家。家裏，什麼東西都被人搬走了。滿地底樹葉和搬剩底破爛東西，她也不去理會，只是急忙地走進廳中仰望見樑上，那些神主還在懸着，一口氣才喘出來。在牆邊，只剩下兩條合起來一共五條腿底板凳。她搖搖頭，嘆了一口氣，趕緊到廚房灶下，掀開一塊破磚，伸手進去，把兩個大撲滿掏了出來，臉上才顯着欣慰的樣子。她要再伸手進去，忽然暈倒在地上。

不曉得經過多少時間，玉官才從昏矇中醒過來。她又渴又餓，兩脚又乏到動不得，便就爬到缸邊掬了一掬水送到口裏，又靠在缸邊一會，然後站起來。到米甕邊，掀開蓋子一看，只剩下一點黏在缸底邊底糠。掛在窗口底，還有兩三條半乾的葱和一顆大蒜頭。在壁櫥裏，她取出一個舊餅乾盒，蓋是沒有了，盒裏還有些老鼠喫過底餅屑。此外什麼都沒有了。她喫了些餅屑，覺得氣力漸漸復元，於是又到灶邊，打破了一個撲滿，把其餘底仍舊放回原處。她把錢數好，放在灶頭，再去舀了一盆水洗臉，打算上街買一點東西吃。走到院子，見地上留着一封信，她以爲是她兒子建德寫來底，不由得滿心歡喜，俯着身子去檢起來。正要拆開看時，聽見門外有人很急地叫着「嫂嫂，嫂嫂。」

玉官把信揣在懷裏，忙着出去答應時，那人已跨過門檻踏進去。她見那人是穿一身黑布軍服，臂上纏着一條紅布徽識，頭上戴着一頂土製底軍帽，手裏拿着一包東西。楞了一會，她才問他是幹什麼來，找底是誰。那人現出笑容，表示他沒有惡意，一面邁步到堂上，一面說他就是當年底小叔子，李糞埽，可是他現在底官名是李慕寧了。他說他現在是蘇區政府底重要職員，昨天晚上剛到，就打聽她底下落。早晨底特赦還是他講底人情。玉官只有說些感激底話。她心裏存着許多事情要問他，一時也不知道從何處問起。她請慕寧坐在那條三脚板凳上，聲明過那是她家裏剩下最好的傢俱。問起他「蘇區政府」是什麽意思，他可說得天花亂墜，什麽共產主義，馬克司主義，唯物史觀，一套一套地搬，從玉官一句也聽不懂底情形看來，他也許已經成爲半個文人，或完全學者。但她心裏想這恐怕又是另一種洋教。其實慕寧也不是眞懂得，除了幾個名詞以外，政治經濟底奧義，大概也是一知半解。玉官不配與他談論那關係國家大計底政論，他也不配與玉官解說，話門當然要從另一方面開展。慕寧在過去三十多年所經歷底事情也不少，還是報告報告自己的事比較能着邊際。他把手裏那包東西遞給玉官，說是吃底東西。玉官接過來，打開一看，原來是鄉下某地最有名的「馬蹄酥」。她一連就喫了二十個，心裏非常感激。她覺得小叔子的人情世故比以前懂得透澈，談吐也不粗鹵，眞想不到人世能把他磨練到這步田地。

玉官並沒敢問他當日把杏官的女兒雅麗抱到那裏去，倒是他自己一五一十地說了些。他說在蘇松太道台衙門裏當差以後，又被保送到直隸將弁學堂去當學生。畢業後便隨着一個標統做了許久的哨官。革命後跟着人入這黨，入那黨，倒這個，倒那個，至終也倒了自己，壓碎自己的地盤。無可奈何改了二個名字，又是一個名字，不曉得經過多少次，才入深山組織政府。這次他便是從山裏出來，與從錦鯉來底同志在城裏會師，同出發到別處去。他說「紅軍」底名目於他最合適，於是採用了。其實是彼此絕不相干，這也是所謂土共底由來。

雅麗底下落又怎樣？慕寧也很爽直，一起給她報告出來。他說在革命前不久，那位老道台才由糧道又調任海關道，很發了些財。他有時也用叔叔底名義去看雅麗，所以兩家還有些來往。革命後，那老道台就在上海搖身一變而成亡國遺老。他呢？也是搖身一變變成一個不入八分底開國元勳。亡國遺老與開國元勳照例當有產業置在租借地或租界裏頭，照例應有金鎊錢票存在外國銀行裏頭。初時慕寧有這些，經不起幾次底查抄與沒收，弄得他到現在要回到民間去。至於雅麗底義父，是過着安定的日子。他們沒有親生的女子，兩個老夫婦只守着她，愛護備至。雅麗從小就在上海入學。她底義父是崇拜西於文明不過底人，非要她專學英文不可。她在那間教會辦底女學堂，果然學得滿口洋話，滿身外國習氣，喫要喫外國的，穿要穿外國的，用要用外國的，好像外國教會與洋行訂過合同一般，教會學堂做廣告，洋行賣現貨。慕寧說在他丟了地盤回到南方以前，那老道台便去世了，一大樁底財產在老太太手裏，將來自然也是女兒底。雅麗在畢業後便到美國留學，此後底事情，他就不知道了。他只知道她從小就叫雅麗，在洋學堂裏換底怪名字，他也叫不上來。他又告訴玉官切不可把雅麗底下落說給杏官知道，因爲她知道她底幸福就全消失了。他也不要玉官告訴杏官說李慕寧便是從前糞掃底化身。他心裏想着到雅麗承受那幾百萬財產底時候，他也可以用叔叔底名義問她要一萬八千使用。

玉官問他這麼些年當然已經有了弟婦和姪兒女。慕寧搖搖頭像是說沒有，可又接着說他那年在河南底時候曾娶過一個太太。女人們是最喜歡打聽別人底家世底，玉官當然要問那位嬸子是什麼人家底女兒。慕寧回答說她父親是一個農人，欠下公教會底錢，連本帶利算起，就使他把二十幾畝地變賣盡了也不夠還。放重利的神父却是個慈善家，他許這老農和全家人入教，便可以捐免了他底債。老頭子不得已入了教。不過祖先底墳墓就在自己的田地裏，入教以後，就不能像以前那麼拜法，覺得怪對祖先不起底。在禮拜底時候，神父教他念天主經，他記不得，每用太陽經來替代。有一次給神父發現了，說了他一頓。但他至終不明白爲什麼太陽經念不得。又每進教堂，神父教他「領聖體」底時候，都使他想不透一塊薄薄的餅，不甜，不辣，一經過神父口中念念咒語，便立刻化成神肉，教他閉着眼睛，把那塊神祕的神肉塞進他口裏底神妙意義。他覺得這是當面撒謊，因而疑心神父有什麼特別作用，是要在死後把他底眼睛或心肝挖去做洋藥材呢？或是要把他底魂魄勾掉呢？他越想越疑心那象徵的人肉行爲一定更有深義存在，不然爲什麼平白就免了他幾百塊錢底債？他越想越怕，寧願把一個女兒變賣了來還債。於是這件事情展轉遊行到慕寧底軍營。他是個長官，當然討得起一個老婆，何況情形又那麼可憐，便化了三百塊錢財禮，娶了大姑娘過來當太太。她說他老丈人萬萬感激他，當他是大恩人，不敢看他是女壻。革命後還隨他上了幾任享過些時老福，可惜前幾年太太死了，老頭子也跟着鬱鬱而亡。太太也沒生過一男半女，所以現在還是個老鰥。

玉官問他他軍隊中人爲什麼反對宗教，沒收人家底財產。慕寧便又照他從反對宗教底書報中，摘出底那套老話復述一遍。他說近代的評論都以爲基督教是建立在一個非常貧弱而不合理的神學基礎上，事靠着保守的慣例與組織漂蕩。這於新政治，社會，經濟等等底設施是很大的阻礙，所以不能不反對，何況它還有別的勢力夾在裏頭。玉官雖然不以爲然，可也沒話辯駁。他又告訴玉官他們計劃攻打這附近的城邑已經很久，常從口岸把軍火放在棺材裏運到山裏去。前些日子有一批在玄元觀被發現了，教他們損失了好些軍實。他又說不久他們又要出發到一個更重要的地方去。這是微露出他們守不住這個城市和過幾天附近會有大戰底意思。他站起來，與玉官告辭，說他就住在司令部裏，以後有工夫必要常來看她。

把慕寧送出門之後，玉官從口袋裏掏出那封信，拆開一看，原來不是建德底，乃是杏官從鷺埠底租界寄來底。信裏告訴她說天錫從樓上摔到地下，把腰骨摔折了。醫生說情形很危險，教她立刻去照料。金杏寄信底時候，大概不知道玉官正在受折磨。那封信好像是在她被逮底那一天到底。事情已過了三四天，玉官想着幾乎又暈過去了，逃得災來遭了殃。她沒敢埋怨天地，可是斷定這是鬼魔相纏。

她顧不了許多，摒擋一切，趕到杏官寓所，一進門，便暈倒在地上。杏官急把她扶起來，看她沒有甚麼氣力，覺得她底病很厲害，也就送她到醫院去。

匆匆地一個月又過去了。鄉間還在亂著，從報章上，知李慕寧已經陣亡，玉官爲這事暗地裏也滴淚。她同天錫雖然出了醫院，一時也不能回到老家去，只在杏官家裏暫時住下。天錫底腰骨是不能復原底了，常常得用鐵背心束着。這時她祇盼着得到建德回國底信，天天到傳教會底辦事處去打聽，什麼事情都不介意。這樣走了十幾天，果然有消息了。洋牧師不很高興，可也不能不安慰玉官。他說建德已經回來了，現在要往南京供職，不能回鄉看望大家。玉官以爲是教會派她兒子到那麼遠去，便埋怨教會不在事前與她商量。洋牧師解釋他們並沒有派建德到南京去，他們還是盼着他回來主持城裏底教會，不過不曉得他得了誰底幫助，把教會這些年來資助他底學費連本帶利，一概還淸。他寫了一封很懇切的信，說他底興趣改變了，他底人生觀改變了，他現在要做官。學神學底可以做官，眞不能不贊歎洋教育是萬能萬通。玉官早也知道她兒子底興趣不在教會，她從那一年底革命運動早已看出，不過爲履行牧師營救底條件，他不能不勉强學他所不感到興趣底學科。她自然也是心裏暗喜，因爲兒子能得一官半職本來也是她底希望。洋牧師雖然說得建德多麼對不住教會，發了許多許多的牢騷，她却沒有一句爲兒子抱歉底話說出來，反問她兒子現在是薪金多少，當什麼官職。洋牧師只道他底外國官名，中國名稱他底本地語先生沒教過，所以說不出來。他只說是管地方事情底地方官。然而地方官當然是管地方事情底，到底是個什麼官呢？牧師也解不清，他只將建德底英文信中所寫出底官職指出給她看。

從那次夏令會以後，建德與安妮往來越密。安妮不喜歡他回國當牧師，屢次勸他改行。她家與許多政治當局有「裙帶關係」，甚至有些還在用着她家底錢。只要她一開口，什麼差使都可以委得出來。好在建德也很自量，他不敢求大職務，只要一個關於經濟底委員會裏服務，月薪是二百左右。這比當傳教士底收入要多出三份之二。不過物質的收獲，於他並不算首要，他底最重要的責任是聽安妮底話。安妮在他身上很有統制底力量。這力量能鎭壓母親底慈愛，教會底恩惠。她替建德還淸歷年所用教會底費用，不但還利，並且捐了一筆大款修蓋禮拜堂。她並不信教，更使建德覺得他是被贖出來底奴隸。他以爲除掉與她結婚以外，再也沒有其它更好的報答。但這意見，兩方都還未會提起。

玉官不久也被建德接到南京去了。她把家鄉底房子交給杳官管理，身邊帶着幾隻衣箱，和久懸在樑上底神主，並殘廢的天錫。她以爲兒子得着官職，都是安妮的力量，加以對於教會償還和捐出許多錢，更使她感激安妮底慷慨，雖然沒見過面，却已愛上了她。建德見她兒子穿着一件鉄背心，要扶着拐棍才能走路，動彈一點也不活潑，心裏總有一點不高興，老埋怨着他的丈母沒有用心調護。玉官底身體，自從變亂受了磨折，心臟病時發時愈。她在平時精神還好，但不能過勞，否則心跳得很厲害。建德對於母親是格外地敬愛，一切進項都歸她保管，家裏底一切都歸她調度。生活雖然富裕，她還是那麼瑣碎，廚房，臥房，浴室，天井，沒有一件她不親自料理。她比家裏兩個傭人做底還要認眞。不到三個月，已經換了六次廚師傅，四次娘姨。他們都嫌老太太厲害，做不下去。

母子同住在一間洋房裏，到也樂融融地。玉官一見建德從衙門回來，心裏有時也會想起雅言。在天朗氣淸底時候，她也會憶起那死媳婦所做底一兩件稱心意底事，因而感嘆起來，甚至於掉淚。兒子底續絃問題同時也縈迴在她心裏。好幾次想問她個詳細，總沒能得着建德底確實意見，他祗告訴她安妮底父親是淸朝底官，已經去世了。她家下有一個母親，並無兄弟姊妹，財產却是不少，單就上海底地產就值得百萬。玉官自然願意兒子與安妮結婚，她一想起來自己便微微地笑，愉快的血液在她體內流行，使她幾乎禁不起。建德常對他母親說安妮是個頂愛自由底女子，本來她可以與他一起回國，只因她還沒有見過北冰洋和極光，想在天氣熱一點底時節，從加拿大去買一艘甲板船到那裏去，過了冬天才回來。他們底事要等她回來才能知道，她沒有意思要嫁給人也說不定。

平平淡淡地又過了一年。殘春過去，已入初夏，安妮果然來電說她已經動身回國。日子算好了，建德便到上海去接她，就住在她家裏。在那裏逗留了好幾天，建德向她求婚，她不用考慮便點了頭。她走進去，拿出從外洋買回來底結婚頭紗去給建德看，說她早已預備着聽他說出求婚底話。他們心中彼此默印了一會，才坐下商量結婚底時日，地點，儀式等等。安妮底主張便是大家底主張，這是當然的理。她把結婚那天願意辦底事都安排停當，最後談到婚後生活。安妮主張與玉官分居，她是一個小家庭底景慕者。

他們在上海辦些婚儀上應備底東西。安妮發現了她從外洋帶回來底頭紗還比不上上海市上所賣底那麼時派。這大概是她在北冰洋底旅行太過久，來不及看見新式貨物。她不遲疑地又買上一條。她又强邀建德到那最上等的洋服店去做一套大禮服，所費幾乎等於他底兩個月薪俸。足足忙了幾天才放建德回南京去。

玉官知道兒子已經決定要與安妮結婚，愉快的心情頓然增長。可是在她最興奮底時候，建德才把婚後要與她分居底話說出來。老太太一聽便氣得十指緊縮，一時說不出什麼話，一副失望底神情又浮露在她臉上。她想這也是受革命潮流底影響。她先前的意識以革命是：換一個政府；換一樣裝束；以後世故閱歷深，又想革命是：換一個夫人或一個先生。但是現在更進一步了，連「糟糠」底母親，也得換一個。她猜想建德在結婚以後要與他底丈母同住，心裏已十分不平，建德又提到結婚底日期和地點，更使她覺得兒子凡事沒與她商量。因爲他們預定行禮底一天是建德底父親底忌日。這一點因爲陽曆與陰曆底相差，建德當然是不會記得。而且他家底祭忌至終是由玉官一人祕密地舉行。玉官要他們改個日子。建德說那日子是安妮定底，因爲那天是她底生日。至於到上海行禮是因女家親朋多，體面大，不能不將就。這也不能使玉官十分滿意。她連嘆了幾口氣，眼淚隨着滴下來，回至房中躺在床上，口中喃喃，不曉得喃些什麼。

婚禮至終是按着預定的時間與地點舉行。玉官在家只請出她丈夫底神主來，安在中堂，整整哭了半天。一事不如意，事事都彆扭，她悶坐在廳邊發楞，好像全個世界都在反抗她。

第二天建德同新娘回來了。他把安妮介紹給他母親。母親非要她披起鼓紗來對她行最敬禮不可。她底理由是從前她做新娘時候，鳳冠蟒襖總要穿戴三天。建德第一次結婚，一因家貧，儀文不能具備；二因在教堂行禮沒有許多繁文禮節。現在底光景可不同了，建德已是做了官，應當排場排場。她却沒理會洋派婚禮，一切蛋糕分給賀客喫完之後，馬上就把頭紗除去，就是第二次結婚也未必再戴上它，建德給老太太講理越講越使她老人家不明白，不得已便求安妮順從這一次，省得她老人家啼啼哭哭地。安妮只得穿上一身銀色禮服，披起一條雪白的紗。紗是一份在身兩份在地上拖着。這在玉官眼裏簡直不順。她身上一點顏色都沒有，直像一個沒着色底江西瓷人。玉官嫌白色不吉祥，最低限度，她也得披一條粉紅紗出來。她在鄉下見人披過粉紅紗，以爲這是有例可援。什麼吉祥不吉祥且不用管，粉紅紗壓根兒就沒有。安妮索性把頭紗禮服都卸下來，回房中生氣，用外國話發牢騷。老太太也是一天沒吃飯。她埋怨政府沒規定一種婚禮必用的大紅禮服，以致有這忤逆的行爲。她希望政府宣佈凡是學洋派披白頭紗不穿紅禮服底都不能算爲合法的結婚。

金陵行

丁丁

一

舊曆年底回到蘇州以後，匆匆地將近兩個月了，沒有出過碼頭。不要說出碼頭，就是上街也是難得的事。閉戶讀書嗎？未必見得，因爲除了晚上孩子們睡覺以後，到半夜之前，是我看書或者寫作之時間以外；白天，除看報或偶然翻翻書外，大部份的時間是交給了孩子們。

停刊了整整一年的作家月刊想把牠復刊，月刊無力辦決定改爲季刊，便在這時間裡着手籌備。這樣閑散的過年，是難得有的事，所以和妻商酌，等季刊編好的時候，一同到南京去一次；一方面付印刊物，一方面孩子們吵鬧的家庭生活，過得太覺煩累了，借此到南京去清閒的玩一個星期，以消積悶。

決定二月十四號到南京，可是十一號晚上第二個孩子發熱起來，十二號沒有好，希望十三號能退熱。據醫生說，孩子的病是沒有關係的，所以十三號我便買了二張火車票，准定十四號動身。

醫生的針打過了，藥片和藥水也吃過了，希望下午退了熱，第二天早上我們動身；可是到傍晚熱度不減。這使我們焦灼起來，我們是疼愛孩子的，尤其是妻更體貼，她告訴我，如果孩子的熱度不退，她是不放心走的，如果晚上退了熱，第二天便同走，不然叫我一個人去。我呢？除了默禱孩子的熱度能退去外，心想，稿子是急需要排了，火車票也已經買了，不去不可能；但如果一個人去，我也不得安心。因此，我們非常躊躇，非常焦慮。當晚，孩子們不舒服，使我們不能安靜的睡，我們談着，想睡也睡不着，直到午夜後二點鐘，我才朦朧的睡去。

睡着後也曾醒過，十四號早晨我醒來時，是八點鐘過些，妻告訴我，她簡直沒有好好的睡着過，孩子的熱度依舊，她是決定不能同去了，沒法，我只能起來，準備動身，然而我的心眞是非常不安。我們約定，第二天我一定趕回來，過幾天，等孩子的病好了，我們再到南京去看作家季刊的淸樣，處理出版的事務。

跨出門，踏上行程，我的心依舊在家裏，記掛着。

二

火車的乘客，想不到比二個月以前更是擁擠了。我到車站的時候，離火車開行的時間還有半小時，但人挨肩擦背的擠得滿滿地。沒有適當的立足之地，我便擠呀擠的擠到樓上食堂裏去，要了一杯咖啡，利用這空暇來寫季刊的編後話。計算該是上海的車快要開到的時候，便出來，看下面還沒有軋票，而人你擠我，我擠你的，因爲他們都焦急的想進站去等候火車。我想，如果早些軋票，早些讓乘客月台上去，那末站上的秩序不至于如此的亂吧？不多回兒，開始軋票了，看到有一部份人是從旁邊進去，再去交職員軋票的！我便下樓，擠過人潮，擠到那一部份人進去的地方，也依樣辦理，居然順利通過。

少數的人到了月台上，大多數的人還擠在站裏等軋票。引首東望，見火車在向西來了；大鐘噹噹的敲起來報告了，那沒有軋票的人當然要焦急的恨不得把那攔着的欄衝毀了。羣衆的情緒所以往往會得對限制他們的理智激起反感。

車停下來，車上的人像潮水一樣的瀉，車下的人便像浪花一般後浪推着前浪似的向前湧。我擠上去，休想去搶座位，連門口也擠得沒有隙地，只得擠在一邊。

站着，點上一枝烟，抽出一本雜誌來看，然而不息地有過往的人，過路是沒有的了，所以一個人擠過，站着的人一定要受到擠軋的不安，因此要安靜的看書也不可能。

過了一站，有下去的人，于是坐在座位手檔上的人有時有機會坐到座位上去，站在座旁的人可有坐到手檔上的機會，而擠在門口的人，便得擠進到車廂裏，讓後來上車的人站在門口。

立的人是那麼高，坐在手檔上的人是比較低了一截，坐在座位上的人則更低了。然而座位上的人最舒適，手檔上坐的人次之，立的人最高則最苦。記得有人說過，這年頭，空有高高的官位是沒有用的，往往實際負責下層的人倒有辦法；…………

………。我看了車上這情形，覺得倒是很好的象徵。

要小便時，我立刻到廁裏，覺得很寬敞，于是點起烟以戒臭氣，掏出書來看，非常舒服。我很高興，被我發覺了這樣一個地方！我也想到了唯美派的王爾德，以爲醜便是美的眞理。

三

將到常州的時候，我設想各站下去的人很多，或許可找到座位了，所以先去等候，免得被人「捷屁股先坐」，然而，到了常州，雖然又下去了不少的人，但還是找不到座位。

肚子還並不覺得餓，但想起食堂裏吃東西可以坐一回的，于是便擠到食堂裏。

車上食堂裏的女招待，傲慢而沒有禮貌，這是一般乘客都知道的，不要說她來招呼你，就是你招呼她，她也不大理你睬你，有時竟把你的招呼當作耳邊風，所以乘客對她們有一個總的綽號上海話叫做「慢娘」。聽得人家說，有性情燥急而有特別辦法的人會經因此把她們痛痛快快的打過，使人稱快。然而，她們的本性難移，對待顧客，還是一付「慢娘面孔」。

我的吃東西，是有副作用的，便是借此坐一回，所以她們不來招呼我，我並不燥急，儘管坐着也不理她們。她們忙着過去，忙着過來，看見我呆坐着的次數多了，我對面的人吃過去了，終于來收拾盆叉的時候問着我：

「你要吃什麼？」

語氣傲慢，說話的時候，眼睛望着手裏在收拾的東西似乎不屑招呼的樣子。

「有什麼吃的？」

我明明知道這時候只有一種客飯可吃，但來而不往非禮也，所以照樣反問她一句。

「只有客飯！」

她似乎不屑告訴人似的。

「只有客飯那麼你還問我做什麼？」

我也不客氣。使她一時沒有適當的答復，只能向我瞪了一眼，臨走時說：

「一客？」

「一個人當然一客！」

我還是硬硼硼的答復她。因爲聽說有的乘客借吃東西去實行吊膀子的，有的乘客借此肉麻當有趣的調笑一下的，我則並無此項目的，不想和她們攀親眷做男朋友，我的目的僅不過要坐一回吃一些，所以不客氣的給她們碰釘子。慢慢的吃，儘可能挨着時間，吃完了，只能站起身來走。走到車廂裏，依舊只能立着抽烟看書。

我是買的二等票。目下百物昂貴，……………………但火車票只較戰前漲起三十倍，比較是便宜的。另一方面，知道人很擠，頭等車或者較易得到座位，難得出門的人，多化一點車錢譬如少抽了兩包香烟，不一定算是浪費吧？所以也想買頭等票。可是買不到，所以買的二等票。

陰曆除夕前幾天，我們從上海回到蘇州的時候，也因爲買不到其他車票而坐三等車。那樣擠的人，簡直是意想之外的，眞是擠得水洩不通，我們被擠得氣也透不過來。下車的時候，妻先擠了下去，孩子怕擠傷，所以我從窗口裏授出去給妻接抱的。……………………………………………………………………………………

這種場合，「禮讓」是事實上所沒有的，快到鎭江站的時候，我總算湊巧附近有人下車而搶到了一個座位，否則是只好立到南京的了。

四

鎭江到南京，僅不過一小時的時間，因爲站得久了，所以坐一回特別感到舒服。眞的，沒有吃過苦的人，不會知道享受時的快樂。

站着時看書，坐下來時，舒服得不想看書了，抽着烟，仰倚着，瞭望那初春的原野。

鐵路的兩邊，許多老百姓在沿線掘壕，大約這是「護路壕」吧？這倒是一件浩大的工程。秦始皇築萬里長城，那樣浩大的工程，想必也是這樣運用老百姓的勞力，累年累月而完成的。萬里長城是防匈奴侵犯的，含有民族的意義；這「護路壕」該是防自族中的不良分子，含有治安的意義吧。同時我又想到，上海的高大洋房，都是水木工人建築的，但洋房沒有水木工人居住的可能；而這掘護路壕的老百姓，也恐怕是很少有機會趁火車的。

經過玄武湖的時候，望得見微波的湖水，湖面上疏朗的飄着幾只小船，一叢一叢的樹林，春意已在蕩漾了。在玄武湖裏遊玩的時候，覺得這境地的可愛，使人留戀忘返。而遠眺中的玄武湖，我覺得更其可愛，像一篇充滿詩意的散文，令人設想，令人可望而不可卽，令人興起無限的幽思，無限的感慨。

過了玄武湖便快到南京車站了，乘客騷亂起來，有的搬取攜帶的物件，有的穿起脫下的外衣，坐着的人也很多站起來，或者伸伸懶腰；性急的人，便先走到車門口去，以便爭先下車。

在氣笛的鳴聲中，車緩行起來，進站，終于停下來了。乘客想爭先下去，後面的人也向前湧着，可是，不能，臨時的戒嚴，一般的乘客不准下來。慢慢的，讓有人引導，……………

……………………………

五

下了車，有的人急步走，有的人則奔跑爭先。我呢？脚步是不期然的比平時加速的，但並不奔搶，所以看見爭先的人搶前，看見攜着大件行李的人落後。正像海浪，有的衝前，有的雖也前進而顯得落後。

跨出大門，跟那攬零招乘客的汽車夫，上了那破舊的木炭汽車；接着兩個人，三個人上來，像裝行李一般的，一輛車中開車的車夫竟擠了九個人，幸而我是先坐上，所以比較還舒適。

到城門口，照例下車；走進了城，又爭先去坐車。半路上，拋了錨，車夫下車把那鐵棒搖了幾轉，加些水，總算又開出了。到了中央飯店，要一個房間，招待領去看，但茶房有意推却似的，說房間還沒有收拾過。因爲我以前到南京總先到中央飯店開房間，所以住在那邊的次數多，知道茶房和老板間的不協調，厠所的板壁上可以看到「中央飯店的老板死要錢」的標語，有許多應該茶房得的利益很多被剝奪了，因此有怨言，而對來客會有這種態度。我便告訴他，我有事要立即出去，房間儘管慢慢的收拾好了。于是，我沒有坐下來，打開皮包，拿了該付印的作家的稿子，立即出來到印刷所去。

印刷所的經理不在，我便把稿子交給了排字房，一方面留了一個條子給經理。順後打了兩個電話。出來，就過去看啓兄，他出去了，摸出卡片來寫了兩句，留下，便去一家衙門裏看冰兄。在冰兄處談話時，啓兄打電話來，要請我吃晚飯，我因還有事，婉謝了。我們談了一回，便訪某位先生，談話時，有人來，雜着談，說有人打電話給我，我一聽是印刷所的經理，便約他稍待到中央商場的中央茶室裏會見。談話儘會得延長下去的，爲了時間有限，不多一回我便退出；到冰兄房間裏，適巧包兄在，招呼了一下，匆匆忙忙的下樓到中央茶室去。

六

我以爲多就擱了，恐怕那位朋友已久等，然而我到那里時，他還沒有到。我便坐下來，要了一杯紅茶，也要了一些點心，正需要稍稍的休息。

好一回兒，不見他來，叫侍者去打電話，回說已出去了，沒法，只得坐等。

來了一位全副武裝的客人，在一個桌上坐下，一回兒，保鑣的爲他脫大衣，我正無聊的望着那保鑣的放置衣帽的時候，却聽見那武裝客人在叫我十多年前某一個時期做地下室工作時所用的名字，我很快的向他看時，原來是瑛兄，便招呼他到我的座上。雖然是十多年的老朋友，但第一次看見他全副武裝，所以我不會注意，不會想到他。他說因爲七點鐘要在附近的電台上去演講，所以順便先來吃些點心。久違了，所以我們談起來，談的話很多。

印刷所的一位夥計來，他因爲我打電話去的緣故，他到來還不見那經理，也很奇怪，他說會不會因爲先前聽錯電話而到中央飯店去等我了？我說可去打個電話試一試。果然，他打了電話回來告訴我，確是等在那裏，馬上就來。大約一刻鐘的時間吧，眞的來了，而且同着傅公彥長。

傅公已好久不見了，除夕前在上海，克兄雖特地到他寓所去找他，以便在新雅喝茶談天，可是他赴京未返，不勝悵然。現在出乎意料之外的碰到，使我很高興。他說：他正到中央飯店去看一位朋友，在水牌上看到了我的名字，便不去看那位朋友而找到我們房間裏，又正巧平君接到電話，所以一同趕來了，偶然的會晤，大家很高興。

大家坐下來談天，因爲時間已不早，客人不多，很是淸靜，所以閒談正是小息的好辦法。平君要請我們吃晚飯，問喜歡到那里，傅公和我都沒有成見。平君提出幾個地方，有的因爲我好久不到京而沒有去過的新開店；既無成見，還是到新開店可以作爲觀光。因此，一同趕到夫子廟去。我們落座的，是一個新的商場中的新店，叫做「金剛酒家」。

七

啓兄是在過夜生活的，主持一家報紙的編務，我約着晚飯後到報館裏去和他會唔。

晚飯後，我告訴他們要去看個朋友，因爲時間尙早，又喝着茶坐了一回。出來，爲了防空的燈火管制，街上燈光甚少，但行人還不少。傅公平常往往安步當車慣了的，雖經有一個時期，每天從城南到城北，從城北到城南，路雖遙遠，他却安閒的來回走。爲了看看和以前不同了的夜景，爲了再可以談談，所以我決定和他步行，等他中途回寓時，我便到報館去。然而，我談起了我要去看的是啓兄，他說他也好久不見了，如果我和啓兄沒有特殊的話要談，他情願一同去。我和啓兄還不是會會而已，他能一同去，當然是最好的事，于是一邊談着一邊走，信步向前。

傅公的文章一致稱爲「天書」，其實他的文章，詞句都有縝密的斟酌，篇篇都闡述着眞理，頭腦簡單，不肯對所讀的文字加以思索的讀者不容易立卽瞭解而已。他的談話，平凡的談話裏也統統說出警闢的話語。一舉一動，都是純樸的學者風度，所以朋友中間，從沒有和他有不協調的事情的。我們相見時，從來不會感到有話須談，也不會感到話是談得完的。我們緩緩的走着，言不及義的談着；雖然偌大的石頭城裏，不會因爲有了我們的閒談而熱鬧，我們却是驅走了寂寞。

到得報館，啓兄還沒有到，我們旣來之則安之，走得也有些乏了，有着兩個人，也不會寂寞，看到室隅有幾只沙發，于是不用人招待，就坐下來，繼續天南地北的隨便閒談。

有關的朋友們的情形隨便談，無關的不認識的人的事也隨便談；旣無目的，也無成見，更不想有什麽結論，所以七搭八連的談。甚之，大家知道的人到頭來終是一死這類的話，我們也不避重談。

「飽食終日，言不及義」，可見閒談確是很容易消磨時間的，我們談着，很多的時間過去了，還不見啓兄來到，想必他臨時有事而遲到，如果我們走，那末剛才所等的時間，勢必前功盡棄，所以我們安坐不動，繼續談着。

等到啓兄到時，我們的談話又有了新的材料，談着談着，很快的是午夜過後一時三刻了，話似乎談不完的，于是决定談到二點鐘告退。

二點鐘時告退，與傅公分手，我坐着報館裏的車子回到中央飯店去睡覺。

八

在奔波，在匆忙，在朋友的會敍時，是不容易感到疲倦的；然而坐在車上，淒涼的夜深，單身的寂寞，環境會告訴我應該睡息了。所以到了中央飯店，喝了一杯茶，便上床去睡。

上床睡，卽想能立卽睡着，以便休息。然而，想要睡，反而睡不着。

早上出來的時候，大的孩子已上學去了，第二個孩子病在床上，小的孩子也已起身，奶媽抱在園裏去了；然而，第二個孩子的病，已經從紅粒的顯現上可以斷定是出痧子，痧子是會得傳染的一種孩子病，那末其他兩個孩子有沒有又傳染到呢？如果傳染了，妻將怎樣的煩亂而担憂？第二個孩子的痧子是否已完全發出？病情如何？像一把亂絲纏繞了我的心，使我理不出頭緒來。

本來打算此次來京，是和妻同來的，想重過幾天初婚時期兩個人的簡單的優悠生活，然而妻爲了孩子的病，不忍心離開，又使我一個人孤單的住在旅館裏；我是這樣的寂寞，她會得爲了孩子的煩燥不能安睡而也沒有安睡吧？

想起上一次我也曾一個人到京，正巧是防空演習之夜，所以不便通行，在附近的一家飯館裏吃過晚飯後，黑暗中摸着回到中央飯店，爲了無聊，在暗淡的燈光下寫了一篇三千多字的散文，追記在鎭江的一件事，叫做「寂寞的鎭江」，現在爲時不久，這裏竟實行了長期防空的燈火管制。

刊物的用紙來源及排印等事，接洽而尚未確定的，明天離京之前必須再得接洽一下，不知可能得到結果嗎？還有，還有什麼事須接洽嗎？

想着想着，心裏覺到煩，已經近四點鐘了，不知什麼時候能睡着，勢必又是失眠了。

失眠這是對于一個人的健康有妨礙的。年輕時，我是不懂什麼叫做失眠的；到了中年後，偶然也有失眠的時候；而現在，似乎時常會得失眠。是年齡的關係吧？如果是年齡的關係，那末因年齡而失眠，因失眠而影響身體，使我不免感慨。而且，失眠是一件痛苦的事。

不知什麼時候入睡的，醒來時，電燈黯淡的，亮着，想多睡一回兒養養神神，朦朧朧的，一回兒又醒了，那黯淡的電燈還沒有熄，不知什麼時候了，看看表，已經九點鐘過了，因爲防空的關係，窗上有厚厚的窗帘，所以陽光透不進來，室內白天會和黑夜一般，于是便起身。

吃過「早茶」，先到新街口去買了火車票，便去看冰兄。

九

冰兄談起目前文藝界的情形，我眞有「不知有漢，無論魏晉」似的茫然之慨，因爲我現在是「閉門家裏坐」，對于和政治有關的活躍份子可說毫無接觸。我的辦刊物，確實是不受人指使，並無什麼目的，完全因爲興趣所在，性之所好而已。

文藝界如果有派別的話，我覺得是近于笑話的一件事。因爲目前這年頭，兵荒馬亂，文化人的一枝筆，實在分文不值。…………要用文章建功蹟實在是不可能的。文化人自古以來，往往是寄生的，說什麼「文章華國」，或者筆桿甚于槍桿，這不過不是爲人作嫁，便是自欺欺人之談。

有位朋友曾經有兩節使我欽佩的話，一節：不論阿猫阿狗做了什麼×長×長，以爲是名不見經傳，有欠資格，其實只要天天報上登載×長阿猫，×長阿狗，人們便會知道×長是阿猫，×長是阿狗，也即是阿狗是×長，阿猫是×長；而阿猫阿狗走出來，人家看上去也十足像是×長×長的大官兒了。這話雖不是定理，未必合于「革命的理論」，但確有令人作「會心的微笑」之可能。文化人之如何如何，亦大可作如是觀。

他說包兄關照過，我到時給他打個電話；打去，原來他要請我吃飯，我婉謝了，因爲下午要匆忙的走。高兄有電話給冰兄，冰兄說我在，我便接電話，他說來不及爲作家寫長稿，當趕寫一首詩，我謝謝他盛意，至于會敍，只能約着等我過了一星期再來時。平君電話來，說在中央飯店等我，我本想再到一家書店裏結算從前代售作家及叢書的賬目等事，可是來不及了，所以約冰兄同去吃飯談天。

爲了要方便談話，不坐車，兩個人步行，走着談着，直到中央飯店。與平君三個人一同到西首金城酒家吃中飯，吃過中飯，不但半天的時間已經交代過去，而且下午的時間已經去了一部份。

想搶座位，在中央飯店談了一回，我便趕到火車站去，擠進了人潮，在人潮中洶湧，暮色蒼茫的時候，我又回到了蘇州的寓所。

劉知遠諸宮調考

青木正兒著
葉夢雨譯

金元時代之諸宮調，流傳國內者，向有二種，一爲金董解元西廂記，經先師王靜安先生之考究，方論定爲諸宮調體，一爲元王伯成天寶遺事，初由任二北先生從各曲籍中輯錄佚曲粗具面目，自後踵事輯逸者不一，近年蘇俄探險隊在蒙疆忽獲得此世間孤本劉知遠諸宮調，治斯學者同聲稱快。原書攝景本譯者昔在北平趙斐雲先生處曾獲覩之，匆匆歲月，又十餘年矣，國內學者對此研究之論著，尙未多見，茲覓青木正兒氏此文，遂譯如左：

是編今藏蘇俄列寧格勒學士院，乃世間孤本也。昔年吾師狩野直喜先生遊歐途次，曾於該院獲此稀世之珍。後先生六十還曆之慶，承蒙京都帝國大學文學部講師聶歷山氏（Nicolas Nevsky）之助，及列寧格勒大學教授學士院會員阿里克氏（Alexiev）之盛意，特爲攝影寄贈，當時先生更加以研究，擬爲文公布於世，事冗未果，乃命不佞爲之，遂借影片複製，暇日展讀，雖略明梗概，然考定此編寫作年代，猶未能遽決，束之高閣久矣。然而欲求確證，至今尙未能得，姑叙所見，用報師命，倘乞吾師及博雅君子多所是正焉。青木正兒識。

× × ×

本書原名不詳，叙述五代後漢高祖劉知遠與其妻李三娘故事。全本爲合十二折而成之說唱，現殘存五折四十二頁，每折首尾標有題目，茲擧其目如次：

知遠走慕家莊沙佗村入舍第一（共十二頁內缺第三第四兩頁）

知遠別三娘太原投軍第二（共十一頁內缺第二頁）

知遠充軍三娘剪髮生少主第三（第一第二兩頁缺）

（自第四折至第十折缺）

知遠投三娘與洪義廝打第十一（共十頁內缺第一第二第三三頁）

君臣弟兄子母夫婦團圓第十二（共十二頁無缺）

此書以十二折完結，觀上列篇目自明。且其第十二折尾曲云：「曾想此本新編傳，好伏侍聰明俊賢，有頭尾結末劉知遠。」意總全篇，筆終於此，毫無疑義。

細審本書體例，乃一種名爲「諸宮調」之說唱，諸宮調創自北宋末葉神宗哲宗時澤州孔三傳，當時士大夫皆能誦之（詳見碧雞漫志卷二）。其曲文存於今者，向僅知有金章宗時董解元西廂記及元初王伯成天寶遺事二種。今復新得此劉知遠一種。西廂記，明以來稱搊彈詞或絃索調，即相傳以琵琶伴奏之說唱體也。歷來未有明言其爲諸宮調者。王國維氏宋元戲曲史（第四章）始斷爲諸宮調。王氏考證：據西廂記序曲「比前賢樂府不中聽，在諸宮調裏卻著數」作者自言此曲爲諸宮調。又元凌雲翰柘軒詞中有賦鶯鶯西廂事「翻殘金舊日諸宮調本，才入時人聽」。是金人有以諸宮調敘西廂事者。元王伯成天寶遺事放套，散見雍熙樂府九宮大成中，體例大致與董解元西廂同。元鍾嗣成錄鬼簿（卷上）王伯成條下云「有天寶遺事諸宮調行於世」，若天寶遺事爲諸宮調，必與董西廂同類無疑。董西廂，明清有舊刊數種，今通行暖紅室新刊本。天寶遺事諸宮調，書殆已佚，不可得見，明嘉靖間無名氏編雍熙樂府及清乾隆間莊親王編九宮大成南北詞宮譜中曾選有散套若干。吾友倉石武四郎曾爲輯佚，今爲斯文，承以稿本假閱。雍熙樂府選天寶遺事各套，套名楊妃澡浴明皇遊月宮等，而未註明出自天寶遺事。九宮大成中所引天寶遺事套曲，計十四套。合北詞廣正譜九宮大成二書所引天寶遺事單曲以證其散套，得十九套，又九宮大成卷二十八越角套曲引雍熙樂府者一套，合計三十七套，確爲天寶遺事散套。其他可視爲天寶遺事散套者，雍熙樂府中尙存十七套。

今據上引二書考諸宮調體例。諸宮調結構係結合諸種宮調之小曲調二闋或數闋爲一套，復次第合此短套連成一長編，各套與各套之間，概穿插以說白。一曲宛如詩餘，分爲兩段，常相當於北曲之么篇南曲之換頭。每套有尾聲，尾聲作七言，以三句爲常格。今舉董西廂引子曲牌之輯次爲例：

仙呂調【醉落魄纏令】引辭……【整金冠】……【風吹花葉】……【尾】……以上第一套

般涉調【哨遍斷送】引辭……【耍孩兒】……【太平賺】……【柘枝令】……【牆頭花】……【尾】……以上第二套 ○此中有說白

仙呂調【賞花時】……【尾】…… 以上第三套 ○說白

仙呂調【賞花時】……【尾】…… 以上第四套 ○說白

仙呂調【醉落魄】……… 以上第五套 ○說白

黃鍾調【侍香金童】……【尾】……… 以上第六套 ○說白

如上所列，先唱一套曲，而後以簡單說白作敘述，以推演劇情。自廣義言之，此編固爲說唱之一種，唯所用宮調，屢有變易，因名曰諸宮調。關於其尾聲句格，今舉西廂卷一中一曲爲例：

【尾】東風兩岸綠楊搖，馬頭西接著長安道。正是黃河津要用寸金竹索纜著浮橋。

句中小字爲「襯字」（曲文外多餘之字用以襯托曲意）有爲三言二句者，或爲七言一句者。每句必須押韻。此種諸宮調曲調之編次及尾聲之句格，與元人雜劇頗異其趣。

劉知遠之體例，亦復如是。下文所舉，爲「知遠投三娘與洪義廝打第十一」敘劉知遠與前妻李三娘重聚一節

知遠笑道：

不用布裙三兩幅，恁兒身穿錦綉衣，小禿廝兒也不是伱兒，聽我說。

【仙呂調】繡帶兒

昨日個向莊裏臂鷹走犬，引著諸僕吏打獨爲戲。因渴交人買水，郭彥威將身去欲取水，陌見伊家成祐甚驚悸。前者作夢火坑，見伊將身立。稱言救我離此地，他心疑忌喚到根底。〇問伊因甚着麻衣，青絲髮剪得眉齊。伱把行蹤去跡細說眞實。他垂雙淚，騎馬便歸城內。甚伱却抵諱，問我兒安樂存亡，劃地道不知。伱須曾見眉眼耳腮口和鼻，比我只爭些年紀，如今恰是一十三歲。

【尾】恁子母說話整一日，直到了不辨箇尊卑。伱嬌兒便是劉衙內。

三娘怒喝　衙內却道是伊兒

想伱窮神　怎做九州安撫使

知遠恐他妻不信，懷中取一物伊觀。

三娘兒，喜不自勝，眞個發迹也。

體挂布衣番做錦綉（插頭）草索變作金冠是甚物是九州安撫使金印，三娘接得懷中揌了。

【黃鍾宮】出隊子

知遠驚來，魂魄俱離殼。前來扯定告嬌娥，金印將來歸去呵，紅日看看西下落。〇三娘變得嗔容惡，罵薄情聽道破。伱咱實話設些箇，且得相逢知細鎖，發迹高官非小可。

【尾】金印奴家緊藏着，休疑怪不與伊呵。又怕是脫空謾謊我。

知遠再取，三娘終不與，知遠，收則收着。不管无失，不限三日，將金冠覆帔依法取伱來。伱聽祝付。

【般涉調】麻婆子

是日劉知遠頻頻地又祝付。又告三娘子，如今聽信我。重鎮官封長山河，四方國柄我權握。二十五兩造莫着，成做小可。〇有印後者安撫，无印後怎結束。上面有八個字，解說着事務多。被儞一生在村泊，不知國法事如何。有多少蹺蹊處，不忍對儞學。

【尾】此貴寶勞覷着，若還金印有失挫，怎向并州做經略。三娘見到，牢收金印，告兒夫聽。

【仙呂調】醉落托

三娘告啟，劉知遠伊自參詳。我因伊喫盡兒打桄。今日高遷，寶印我收藏。〇孤眠每夜何情況，一十三歲阻鸞凰。知遠聽說相偎傍，雖着粗衣，體上有餘香。

【尾】抱三娘欲意窩穰，方地權牙床，這廝科假做青紗帳。

三娘言夫婦雖團圓，起拜知遠。

兒夫肯發慈悲行　救度三娘離火坑

再三早告來取我。

復以劉知遠中所用曲牌與董西廂之曲牌試相比較如左：

（一）與董西廂同者：

（仙呂）醉落托（西廂作醉落魄）整花冠　戀香衾　繡帶兒　一斛叉　勝葫蘆　六么令　相思會　整乾坤（黃鍾調亦有之）

（中呂）牧羊關　安公子　（正宮）文序子　甘草子

（南呂）瑤台月　一枝花　應天長　（道宮）解紅

（黃鍾）出隊子　雙聲叠韵　耍孩兒　牆頭花　沁園春　哨遍　廝婆子　蘇幕遮　（越調）玉抱肚　（商角）定風波（在商調）（大石）玉翼蟬　紅羅襖

（二）不見於董西廂者：

（中呂）柳青娘　木笪綏　拂霓裳　酥棗兒　（正宮）錦纏道（黑鍾）快活年　顛成雙　女冠子　（雙調）喬牌兒　（越調）踏陣馬　（商調）迴戈樂　拋球樂　（大石）伊州令（有伊州滾）　（高平）賀新郎

（歇指）枕屏兒　永遇樂　耍三台（正宮有三台）

復有見於董西廂而不見於此劉知遠者，爲數約有七十種以上。惟劉知遠全帙不傳，今所得僅約三分之一，則曲牌之見於彼而不見於此，爲數至多，勢所難免。董西廂使用之曲調，種數甚多，因其係一長篇全本，而劉知遠之曲牌，爲數不多，因其係一殘本，是以數量上不能盡合，此屬當然之事。此外或因兩者所用之音樂，隨時代之推移而遺留其演變之痕蹟，或因三者流行之地，南北——南宋與金——相異，遂致不同，凡此皆可爲解釋之資助也。古板本學家吾友長澤規矩也君嘗鑑定此書板式，與靜嘉堂所藏金板某書酷似。若此書爲金板，其流行之地，當亦在金，與金董解元之西廂爲同一地方之諸宮調。果如此則上文所敘二書兩牌之出入，當由於時代之演變以致有不同處也。但板式問題非經愼重研究，殊難遽予論定耳。

余以爲二者體例，當有「原始的」與「進步的」之區別。更取晚出之天寶遺事比較之，則此三種諸宮調，其演變之程序，可分爲三個階段。西廂作者董解元，輟耕錄（卷廿七）謂爲金章宗時（公元一一九〇——一二二三）人，天寶遺事作者王伯成，據錄鬼簿（卷上），大約爲金末至元一統初（公元約一二三〇——一二八〇）間人。二書體例上之演進，甚覺顯明。尤以劉知遠較董西廂，體例更具原始的形式；其演變之跡，亦猶董西廂與天寶遺事之關係也，因時代之先後而呈蛻變之跡者，申言之，卽劉知遠之寫作期較董西廂爲古也。下文再詳論之。

今取劉知遠董西廂之體例及曲牌考之，劉知遠較董西廂爲單純。玆先就劉知遠每套曲牌之編製形式論述之。考其殘存七十六套中：

（一）單曲合尾聲而成者六十三套

（二）僅有單曲而無尾聲者九套（第三折南呂一枝花尾聲因原本殘缺不明故未計入）

（三）連數曲而附有尾聲者三套

是劉知遠之一套，由單曲合尾聲而成之第（一）種形式，當爲常格。更就董西廂觀之，全本一百九十三套中，屬於（一）者九十六套，屬於（二）者五十一套，屬於（三）者四十六套，而採用第（一）種形式者，仍佔最多數。其次，僅有單曲而無尾聲者，或祇限於特殊之宮調，卽具五套者，屬高平調，四套者，屬歇指調，而此二調，皆不附有尾聲，故或僅限於此二調不用尾聲，殆成慣例，而第（一）種形式，則爲常格也。其次，連接數曲而附尾聲之三套，均綴以「纏令」，亦爲其共有之特點。

（正宮）應天長纏令……甘草子……尾……第一折

（中宮）安公子纏令……柳青娘……酥棗兒……柳青兒……尾……第一折

（仙呂）戀香衾纏令……整花冠……繡裙兒……尾…………第十二折

所謂纏令，據南宋人都城紀勝瓦舍衆伎條，蓋北宋流行歌曲之一種，「有引子尾聲者爲纏令」位於曲之前後，配以引子（序曲）及尾聲，而成爲一種混成曲。右列三套曲牌之編次，卽取此形式。劉知遠中列有「纏令」者，僅限此三套而已。此種變格之形式，殆係借用纏令而成者也。西廂中用纏令者，有三子套，其曲牌編次，與此大略相同。

準此觀之，劉知遠除僅羼入纏令而外，其體例極盡單純原始之致。至於西廂，則往往借用他曲，體例又較複雜矣。惟劉知遠係殘本，其闕佚部份，是否混有其他曲調，尙屬疑問。然就西廂考之，凡諸宮調，性質上作爲冒頭語之曲及近於團圓之場合，均可借用他曲以爲潤飾。劉知遠幸首尾尙存，而其作爲潤飾之用者，僅爲纏令，似可由此概見其全矣。但董西廂中，纏令之外，尙有明受「賺」「斷送」之影響，或出於「纏達」形式之套，此種套法，較之諸宮調常格呈現顯著之進步。茲先舉其中受其他歌曲影響之曲牌如左：

（一）由纏令而來者三十套

（越調）上平西纏令（四見）廳前柳纏令　鬥鵪鶉纏令（般涉）哨遍纏令（三見）（仙呂）點絳唇纏令（三見）醉落魄纏令（二見）　河傳纏令　（中呂）香風合纏令　碧牡丹纏令　棹孤舟纏令　風合合纏　（正宮）甘草子纏令　虞美人纏　文序子纏　梁州纏令　（黃鍾）侍香金童纏令（二見）　喜移鶯纏令　降黃龍纏令　快活爾纏令　（大石）伊州袞纏令　（道宮）凭欄人纏令

（二）由賺而來者五曲

（般涉）太平賺　（中呂）安公子賺　賺　（正宮）賺　（道宮）賺

（三）由斷送而來者二曲

（般涉）哨遍斷送　（正宮）梁州令斷送

關於纏令之套法，董西廂所載，雖與劉知遠略同，但其使用之多寡，則大相懸殊。劉知遠，殘本七十六套中，僅用三套，董西廂全本一百九十三套中，用至三十套。據都城紀勝及夢粱錄，賺係南宋紹興間張五牛大夫所創，雜採諸家腔調以成歌曲。今檢上舉董西廂曲牌諸套中，有

中呂【安公子賺】……【賺】……【渠神令】……【尾】……上卷

此一套是否純係用賺，尙難斷定。此外般涉調【哨遍斷送】一套（卷一）中用【太平賺】正宮【梁州令斷送】一套（卷四）中用【賺】，道宮【凭欄人纏令】一套（卷四）中用賺，此等用法，皆單在套內插入賺一曲，甚爲顯明，比之纏令之影響較爲微弱。據都城紀勝及武林舊事，斷送爲南宋雜劇中附帶演奏之樂調。以愚見推測，斷送猶似雜劇之序曲，不用歌唱，僅止奏樂【詳見拙著支那近代戲曲史第二章第二節】。然西廂中【哨遍斷送】【梁州令斷送】皆並存曲辭，或係借其樂曲而另附之以辭者歟。

【譯者按：青木正兒氏此點推論殊嫌牽强。】

以上借用諸曲之各套，其形式皆僅連數曲而附以尾聲，與常格各套，不相混同。據此，可知諸宮調進步之跡，在能借用各種曲調。但此種曲調，不能混用於固有之套曲中，其間實有規矩存焉。

其次，有類於纏達者一套。據都城紀勝，纏達亦爲北宋流行之歌曲，「有引子尾聲者爲纏令，引子後遞以兩腔且循環間用者爲纏達」，殆似纏令，惟中間以甲乙二曲循環交互爲用耳。董西廂（卷三）有：

仙呂調【六么實催】……【六么遍】……【哈哈令】
……【瑞蓮兒】……【哈哈令】……【瑞蓮兒】
……【尾】

一套。其中【哈哈令】【咍哈令】字形相似，且其第四第五末句均綴以【也哈哈】【也咍哈】俗語，以此名其曲調，實爲同一之曲，其字形所以不同，或由傳寫歧誤，孰爲正確，二者中必有其一也。此點雖無他例以資勘定，尚難遽斷，然此曲與【瑞蓮兒】曲，循環互用，則與纏達之形式正相符合。又此套中【瑞蓮兒】一曲，除於【點絳唇纏令】（卷四）一套中曾一見外，並未見於他套，似係特殊之曲，或專爲纏達所借用，亦未可知。（「六么實催」「六么遍」當由大曲演變而來），

其次，可注意者，有左列一套：

黃鍾調【間花啄木兒第一】……【整乾坤】……【第二】（按此爲「間花啄木兒」第二下同）……雙聲疊韻……【第三】……刮地風……【第四】……【柳葉兒】……【第五】……【賽兒令】……【第六】……【神仗兒】……【第七】……【四門子】……【第八】……【尾】（卷四）

此套淵源雖未能明，但所用間花啄木兒第一至第八，皆爲北宋以來流行之大曲，與「散序」「排遍」之結構相類，董西廂全文中，別無此例，由此觀之，當由假借別種歌曲而來也。

準此以言，董西廂在音樂上常假借他種歌曲，收容較廣，因而體例遠較劉知遠爲複雜也。劉知遠中連結數曲成一套者，實限於纏令，而在西廂中則卽非纏令，用此種套法者亦復不少。董西廂全本一百九十三套中，纏令三十套，其他連合數曲而成者十六套，其比率如此。更考晚出之天寶遺事，已無類於董西廂之長套出現，申言之，卽其長套實與元雜劇及套數無大差異也。茲試將二者比觀，其區別如下：

（天寶遺事）　中呂【粉蝶兒】……【醉春風】……【迎仙客】……【喜春風】……【石榴花】……【鬥鵪鶉】……【普天樂】……【乾荷葉】……【上小樓

】……【滿庭芳】……【紅繡鞋】……【快活三】……【鮑老兒】……【六么序】……【隨煞】（雍熙樂府祿山泣楊妃）

（元雜劇） 中呂【粉蝶兒】……【叫聲】……【醉春風】……【迎仙客】……【紅繡鞋】……【快活三】……【鮑老兒】……【古鮑老】……【紅芍藥】……【剔銀燈】……【蔓青菜】……【滿庭芳】……【普天樂】……【啄木兒煞】（白仁甫撰梧桐雨）

在此例中與雜劇不同之曲牌，皆係元曲中慣用之曲。此外，雍熙樂府之力士泣楊妃及哭楊妃中所用之中呂【粉蝶兒】一套，亦與此略同。祿山憶楊妃中雙調【新水令】一套，馬踐楊妃之正宮【端正好】一套，及九宮大成南北詞宮譜（卷二十八）所引越調【踏陣馬】一套，均與雜劇之套法相似。蓋天寶遺事作者王伯成亦曾作雜劇，（李太白貶夜郎一本今尚存）其撰諸宮調，當可應用雜劇套法，原不足異。惟諸宮調體例及所用曲牌，因時代影響，必遺留若干演變之痕跡，此則不可忽視者也。

復次，應注意者，即爲諸宮調所用尾聲之句格。劉知遠中所用之尾聲，無論在何宮調中，皆以七言三句爲常格，至於襯字，蓋爲俗曲所通用，其第一句之七言，往往分爲三言二句，減去一二字者甚少。但七言三句之格式，其基調則易辨識也。（參閱上舉劉知遠本文）劉知遠殘本中尾聲凡六十六，其中僅商調【拋球樂】一套之尾聲（第一折七頁）爲七言四句，蓋變例耳。董西廂尾聲，大部分亦以此爲常格。不獨諸宮調如此，賺之尾聲亦以此爲常格，如王國維氏所發見論斷爲南宋時作品（宋元戲曲史第四章）之圓裏圓賺（事林廣記戊集卷二）其尾聲即由七言三句構成。賺前所載【遏雲要訣】論唱賺拍法云：「尾聲總十二拍，第一句四拍，第二句五拍，第三句三拍煞，此一定不踰之法」。其說當不限定此例如此也。可知凡賺之尾聲，必由三句而成，甚爲明顯。然則七言三句爲宋代俗曲尾聲之常格，可斷言也。但元曲尾聲之格式，種類甚爲複雜，考元人芝菴論唱（影元刊本「新編樂府陽春白雪」卷首）論尾聲種類云：「賺煞隨煞隔煞羯煞本調煞拐子煞三煞七煞」，此與元雜劇所用正可對照，除羯煞拐子煞七煞三種外，其餘皆爲元雜劇所常用者。元劇更有啄木兒煞玉翼蟬煞黃鍾尾煞鴛鴦煞離亭煞高平煞等尾聲，句格亦有多種。在天寶遺事中僅具二三曲之短套，尾聲概用七言三句，猶存古體，但長套則用後庭花煞賺煞離亭煞歇指煞隨煞鴛鴦煞七煞四煞三煞二煞一煞等新體，較之劉知遠不能不謂爲一大進步也。董西廂大部分雖仍守古體，亦採用若干新體。

○（卷一）越調上平西纏令一套　（卷二）越調門鵪鶉令一套　（卷四）越調上平西纏令二套之尾聲　○（卷四）越調上平西纏令一套　越調水龍吟一套之緒煞　○（卷二）南呂瑤台月一套之三煞等

其中句數無一非二倍或三倍於古體，（一句之字數，大抵皆以七言爲主。）右舉之三煞，亦見芝菴論唱中，屬元曲正宮調，句格雖不相同，但至少必有音樂上之關係。「緒煞」九宮大成中引董西廂，註云：「隨煞緒煞格式大同小異，本爲一體」。可知此等尾聲之新體，蓋由他曲借來者。此種現象，當爲嚴守古體之劉知遠至盛用新體之天寶遺事間之過渡情狀。綜結以上所論（一）諸宮調可借用他種歌曲（二）套法之單純與複雜（三）尾聲句格之字數三點，此三種諸宮調演變之過程，當經三個階段，並可暗示其製作年代之先後，是以吾人得推斷劉知遠爲最古之作。

尙有一點，可認爲劉知遠猶存諸宮調之古色，卽其所用之【歇指調】，不見於董西廂者，凡四曲。此調元以來已成絕響，然南宋末張炎詞源列舉當時通行之宮調名中有此調，又見於金末元初人所著之芝菴論唱中，可知當時尙有用之者。且西廂諸宮調，經元迄明，尙能演唱。其間歇指調似已不能供一般應用而易以他調矣。此調既不見於今本西廂，可爲推定劉知遠曲比較近古之一證。但北詞廣正譜第十二帙猶存此調調名，而爲牌曲譜則已闕佚矣。又九宮大成南北詞宮譜中所不見，而見於劉知遠者，有【枕屏兒】（第一折）【耍三台】（第二折）【永遇樂】（第二折及第十二折）三曲，不可謂非戲曲上重要之資料也。

至於用韻一層，就劉知遠董西廂二書與元曲差異之點觀之，亦有可以討論者。二書用韻，大體與南宋紹興年間所編菉斐軒詞林韻釋（淸人疑其爲元明間之僞托者，但有宋刊本現存「影宋元本隨菴徐氏叢書」中）及元人中州音韻中原音韻一致，惟可注意者，爲詞林韻釋之（八）寒閒及（九）鸞端（十）先元（中原音韻之寒山恒歡先天）三韻，往往可以通押，南三，占炎（中原音韻之監咸廉纖）二韻亦間有通押者。茲列舉上列諸韻之各套如左：

（劉知遠）（第一折）商調拋球樂　黃鐘女冠子　（第二折）仙呂勝葫蘆　（第十二折）仙呂整乾坤（以上純押先天韻）○（第一折）商調迴戈樂　南呂應天長　（第十二折）黃鐘出隊子（以上寒閒，鸞端先元通押）○（第十二折）越調踏陣馬（寒閒，先天通押）

（西廂）（卷三）中呂滿庭霜（僅彈字通押寒閒韻）

雙調芰荷香　仙呂喜新春（以上純押先元韻）○（卷一）仙呂點絳唇　仙呂惜黃花　仙呂繡帶兒　大石玉翼蟬　（卷四）中呂風合合纏　中呂古輪台（以上寒閒鸞端先元韻通押）

上示爲通押之例。茲再各舉一套幷錄其韻脚之字：

（劉知遠）（第一折南呂應天長）院（先天韻）漫（鸞端韻（半）鸞）觀（鸞）桓（鸞）○（第一句末衫子（南三韻）亦似通押）漢（寒閒韻）鑽（鸞）轉（先）團（鸞）顯（先）○算（鸞）換（鸞）冠（鸞）

（西廂）（卷一，仙呂繡帶兒）欄（寒閒韻）滿（端鸞韻）看（寒）劗（鸞）歎（寒）囀（先元韻）顫（先）斷（鸞）○遠（先）憚（寒）言（先）前（先）輾（先）團（鸞）赧（寒）漢（寒）見（先）眷（先）○喘（先）面（先）散（寒）

再檢天寶遺事佚文中所用右三韻之例：

（明皇望長安）（楊妃乞罪）（祿山謀反）以上純押寒閒韻○（明皇遊月宮）（楊妃藏鈞會）（祿山憶楊妃）以上純押先元韻（用鸞端韻之例尚未見之）

以上三韻，並不能通押。元雜劇及套數，亦均不能通押（雜劇有借押相近之韻者但甚少）此三韻之通韻，宋詞中却盛行之。據清戈載詞林正韻所考宋詞用韻之分類，凡與寒閒，鸞端，先元之韻相當者，皆合爲一類，列爲第七部，而與南山，占琰二韻相當者，合爲一類，列爲第十四部。徵諸宋詞實例，誠如是也。如晁補之「梁州令」「梁州令疊韻」（據萬氏詞律卷六）尚不僅寒閒等三韻，且通押占炎等三類。茲舉其韻脚之如左：

（梁州令疊韻）慣（寒閒韻）燕（先天韻）徧（先）淺（先）雁（寒）遠（先）斷（鸞端韻）占（占琰韻）箭（先）絆（鸞）伴（鸞）勸（先）面（先）

余尤注意者，劉知遠中南山韻可通押者凡二處，西廂中占炎韻可通押者凡三處。押韻法類宋詞而不類元曲，此亦可見其爲古制之一端也。

此乃大悲劇

吳易生

有人問：『人生於世，有甚麼意思？』

我答道：『沒有意思。我們沒有目的，只有動作；凡是人，都是這樣，我們吃飯的時候就是吃飯，吃茶的時候就是吃茶，寫文章就是寫文章，相罵就是相罵，生兒子就是生兒子，賺錢就是賺錢，揩油就是揩油，窮就是窮……若要追究的話，追到底，也追不出一個結論。』

這個無底的無解釋的人生，乃是天地間一大悲劇。

我們不知道爲何生下來，也不知道爲何死去，地球儘是在轉動，日子儘是在消逝，人儘是在老，水儘是向東流，我們只見過去，不見未來，未來者只是過去的準備，一來便就過去了。永遠是過去，是毀滅，天然的創造，人爲的創造，都是爲毀滅而生長的。

科學家說：太陽在幾萬萬年之後，必有毀滅的一日，那時天下全黑了，甚麼也都沒有，似乎就是最悲慘的時候了，唉！我可看不見這一日，然而我平時見着太陽在一分一秒的默默地移動，便覺得這是個大可哀的悲劇，世上無論何物都是隨着這「默默地移動」而走向毀滅之途，女人的玉膚紅顏一會兒便成雞皮鶴髮，這是最短最速，不必談了，就是我們所認爲偉大的長城與巴黎鐵塔，看去好像是永世不朽的，他們其實也是一天一天的在衰老下去，毀滅下去，人生數十年，一霎眼便老，便死，便無形了，眞是尤不足一道。

然而更可悲的是我們往往並不想到這些，或想到這些而並不覺其可悲，因之我們便生出許多慾望，難以滿足的慾望，而且不知足。

我們要錢，不惜終日的鑽之營之，都是爲着它，然而眞正懂得金錢的人，也並不多，有某翁一生苦儉，得金元無數，臨死時身上只是一件破棉襖，尙不知世上有肉味也；這等人只知錢是可愛，而不知其所以可愛，他們生活的意義，最簡單，就是賺錢，而不知道賺來幹甚麼，苦苦一生，幾乎忘記有自己。這是最可憐。

然而無錢的人呢，自然更苦，越是苦，越是生不下去，天天在碼頭上「杭育杭育」的和天天坐在寫字台前絞腦汁的，都是爲了生，也都時時要生不下去，我覺得人間就是一大苦海，人的一生，就是由此岸泅到彼岸。

小孩子出世，到他會講話會讀書止，這一段小歲月，可說是眞正的黃金時代，以後則是「人生識字憂患始」，甚麽苦惱都層層來了。又要考試，又要升學，又要戀愛，又要世故，又要謀事，又不免於要失業，無處不使你焦心，勞瘁，哭笑不得。我平常看見小孩子讀書，就感到悲哀起來，讀了書，有了學問，究竟有甚麽用，是求快樂呢，還是求苦惱？求快樂吧，甚麽是快樂，我看那些偉大的哲學家，一生研究一門學問，高深是高深極了，或者已被他求到一個甚麽結論，然而我覺得世事最怕有結論，結論是要不得的，一切的無聊與空虛，都因爲把世事看得太明白太透徹而來，我們這世界，天生是應該糊塗的活下去，不應該不安分，不安分便是自尋沒趣，世上沒有甚麽「眞理」，「光明」這些東西，這都是騙人的玩藝兒，因爲我們的生活太枯燥，所以有這些點綴品，使我們永遠想追求他，而永遠追求不到。這一個大騙局，才眞是人類所以能延續到現在，而且還要延續下去的原因。

藝術家，文學家，詩人，他們的作爲，不是追求幸福，而是表現苦悶，所以他們就來得比較可愛。世界的名著大半是悲劇，便是一個證明，喜劇呢？我不相信世界上有眞正的喜劇，強顏爲歡是有的，諷笑是有的，嘻皮笑臉也是有的，而眞正由於衷的去歌頌人類的優美與快樂，我武斷的說，這世界永不會會有，永不會有！我們也不應當在這樣的世界裏妄想這個。

我們其實是不應該有這個世界的，有了是多麽苦惱，最好是不生不滅，那就一切是安閑的，無機的，渾渾然的？不知所由來，亦不知由所終，亦無來，亦來終，這樣多麽好。有人以爲人類有生有滅是悲劇，有生無滅才是開心的事，初聽聽像是很對，一轉想便更可怕了。人類若一日眞的沒有死亡，而且永遠快樂的活下去，我告訴你，這悠悠的歲月，你只要過一百年，或一千年，你也要厭透了，過厭了快活的日子比過厭了苦難的日子更難捱，這況味可以請教有錢的少爺小姐們去。總之，一旦自己覺得自己的生活過厭了，想逃逃不掉，想死更不成，無盡地無盡地要你活下去，這時的悲劇味，便要比有笑有淚的數十年的人生更深切。秦始皇幸而死了，若不幸而眞的求到不死藥，他吃到今日的山珍海味，戴到今日的皇冠，坐到今日的寶座，玩到今日的妃子，是不是要膩得發瘋，然而瘋也無用，死還是死不掉。唉！這就不堪設想了哪。

所以死還是要死的，然而我們不幸又有點善於作怪的「情感」，見到人死了，又要悲哀起來，說出「死者已矣，生者何堪」的話，好像死也不好，生也不好，不知如何才能解釋這矛盾。想來想去，這世界終是壞地方，無論怎麼樣都是苦惱，我們一年三百六十五日，難得有五天是眞正暢心的。

我是一個無救的慣世者，想自殺已有多次了，有一次已把安眠藥服下去，又被醫生用強心針救回來，使我仍在世上這樣莫名其妙的活着。如今我又結了婚，還有老母，爲別人想，似乎眞死不得了。我希望這悲劇不是加深下去的，而是延續下去的。

木偶奇遇記

(木偶劇台本)

譚惟翰

第一幕

佈景　老蓋的屋子

人物　老蓋　小秋兒　警察

一間破板屋，後壁有大窗，用木條隔成一個個的方格，沒有玻璃。靠壁有一方桌，兩旁是兩把竹椅。右壁上懸着一張廣告畫，畫上是一位美麗的少女。在畫的近處安放着一張小牀。門有兩個：一通戶外，一通內室。

開幕時，小秋兒坐在牀上。老蓋坐在竹椅上。

老　我費了這麼大的力，總算把他造成了一個人形。

秋　嘻嘻嘻……

老　你知道你是怎樣到我家裏來的嗎？

秋　嘻嘻嘻……

老　別儘管癡笑。問你的話，你究竟聽見了沒有？

秋　聽見了。

老　那麼你說給我聽聽，你是怎麼會到我家裏來的？

秋　我記不大清楚。

老　你說說看。

秋　我是一塊木頭，成天的躺在王木匠的店裏。有一天王木匠瞧見了我，他很得意的搓搓手，自言自語的說道：這段木頭眞好極了，要是我把它做一根抬柱那眞是再適合也沒有了！……

老　你說下去呀。

秋　於是王木匠立刻取了一把鋒利的斧頭，向我的身上斫下來。我的天！我的天！他斫得我多痛啊！我忍受不住，直叫起來，這一下子可把王木匠弄得莫明其妙。

老　（笑）嗬嗬嗬……可不是嗎？他本來沒想到一塊木頭居然會說起話來的！

秋　後來，他在屋子裏找了好半天，什麼也找不着。他還當了自己是有神經病咧。待會兒，他又拾起鉋子來鉋我身上的皮肉，我在那個時候幾乎要痛得暈了過去，哇的一聲大哭起來。可是，這一次眞把王木匠嚇壞了。他的面無人色，倒在地上，就在那時候……

老　你的記性實在不錯，就在那時候，我到了王木匠的家裏，你知道他是我是多年的老朋友，我見他那個樣子，連忙跑過去扶他。王木匠醒來問我有什麼事，我說我想向他討一塊木頭，打算做一個美麗的木偶，我要教這木偶知道跳舞，知道玩劍，知道耍刀，將來我還要帶它週遊世界哩！王木匠聽了我的話，就把你送給我來了。

秋　（點點頭）我還記得，你把我帶到家裏就趕快的跟我做好頭髮。

老　我又替你做好額角和眼睛，接着又爲你做鼻子，可是你的鼻子越變越長，長得簡直不成樣！

秋　（摸摸自己的鼻子）眞是不成樣。

老　末了，我又替你做好了嘴，配好了身體和手腿，這樣你總算完全像一個人形了。

秋　你還沒有給我取個名字！

老　不錯。（起身，走來走去的想）我替你取個什麼名字呢？

秋　金子！這名字唸起來，很好聽。

老　不好。我不喜歡金子，它不會給我幸福的！

秋　佛蘭克林。

老　太洋腔！我不贊成。（又踱了幾步）哦，我看索性就叫小秋兒吧，因爲你是秋天開始到我家裏來的。

秋　好好，我就叫小秋兒吧。但是我叫你什麼呢？

老　你……你自然叫我爸爸！

秋　爸爸！

老　喨！你叫得多好聽。（走近秋）你再叫我一聲。

秋　爸爸！

老　（喜得跳起來）哈哈哈……我的好寶貝！

秋　嘻嘻嘻……我的好爸爸！

（稍停）

老　小秋兒。

秋　什麼事？爸爸。

老　現在讓我們來談幾句正經話。（咳嗽）我是一個上了年紀的孤老頭，沒有一個親人，惟有你是我一手造成的。我既然把你當作我的親骨肉看待，我就得好好兒的管教你。第一，我要教你學會走，學會跑，然後我再要把你送進學校。

秋　進學校有什麼好玩呢？

老　孩子，單玩是沒有意思的。一個人除了玩之外，他還應當知道怎樣去求知識。將來成爲社會上有用的人。簡單的說，進學校的目的，便是要求得豐富的知識，養成健全的人格。

秋　爸爸，人格這樣東西可不可以換飯吃？

老　好孩子，你聽我說。人活着不是專爲了吃飯。祇會吃，不會做事，就同黑豬一樣，這種人無論走到那兒，都要被別人瞧不起……

秋　那麼你快教我走路，我學會了走路就可以上學校了。

老　你肯學，我就高興。你先站起來。

（秋小兒立起）

（老蓋，走到小秋身旁，立定）

老　小秋兒，你瞧我的。（作姿勢）我說左，你就動左脚，我說右，你就動右脚。你懂得嗎？

秋　（點頭）我懂。

老　我們先試一試。（起步）左—右—左！左—右—左！……

（老蓋已走了很遠，回頭見小秋兒仍未動）怎樣啦？

秋　我動不來。

老　唉！（走回）這樣吧。我的手指着你的左脚，你就動左脚，我指着你的右脚，你就動右脚。這樣看行不行？

秋　試一試。

（老蓋與小秋兒對面立着。老蓋一步步往後退，同時指小秋兒的腿喊「左右左」，秋跟着向前走）

老　（大喜）好極了！好極了！你走得眞好！再走一遍。

秋　好，再走一遍。

（動作如前，再走回來）

秋　嘻嘻嘻嘻……好玩！眞好玩！爸爸，我會走了，你讓我一個人到外面馬路上去走走看。

老　外面的雪下得很大，路上又滑，一個剛剛學會走路的孩子，一不留神，很容易就會跌交的，你不能出去。

秋　我祇要試幾步就行了，你可以在窗口頭看看我！

老　也好。可是，你得小心啊！

（老蓋開門，秋走出）

（老蓋反身靠窗檻）

秋　（立窗外）爸爸，你喊左右左……

老　（依窗看，一邊喊）左—右—左！……左右左！……小秋兒，你別跑得太快啊！小秋兒！……小秋兒！……

外面的聲音：

看木頭人走路啊！

看木頭人走路啊！

大家來看稀奇事呀！

哈哈哈哈哈……

木頭人跑得多快啊！

哈哈哈哈哈……

老 （急得跳脚）小秋兒！小秋！糟了！糟了！（在室內亂走，無主張）我的大衣呢？（他跑進內室，披了一件大衣，急出）小秋兒！小秋兒！

（老蓋開門欲尋小秋，小秋正在門外，背後跟隨一個巡警，小秋與巡警同進門）

警 這木頭是此地的嗎？

老 是的，他是我的兒子。

警 要木頭做兒子有什麼用？

老 這不關你的事。

警 可是，你得注意，別再讓他一個人在街上亂跑亂跳。你瞧馬路上的人都把它當作希奇事看。假使每一個人都有一個像你這樣的兒子，我們當巡警的想抽一枝煙也沒功夫了！你最好別讓他再跑出去。

老 對不起！對不起！不過，我不能不讓他出去。我還預備送他進學校去念書呢！

警 木頭念書？笑話！

老 先生，如今的世界，笑話可多着呢！請你原諒，以後我叫他不要打人多的地方走就是了。那樣，也許可以免掉許多的麻煩……

警 好，好，你自個兒留心一點……再見。

（巡警走。）

老 小秋兒，我叫你別跑遠了，你偏不聽！差點兒沒鬧出事來！

秋 我的脚動得太快，要停，一下子可停不下來了。

老 以後應該再走慢一點。

秋 知道了，爸爸。（倒在椅上）

老 你在家裏好好的待一會兒，我出去一趟馬上就回來。

秋 爸爸，你上那兒去？

老 我到學校裏去替你繳學費，還要給你買幾本新書。我一會就來。你不許亂跑。

秋 這我知道。

（老蓋將出門，小秋說話）

秋 爸爸，你還是等一等再出去。外面的雪越下越大了。

老 不要緊，我穿了這件厚大衣。（下）

秋 （自語）爸爸眞是個好人。他成天的爲我辛苦，他把我從一塊木頭塑成人形，現在又要拿錢叫我去讀書……他愛我，心痛我，我有了這樣的一位爸爸，眞是我的幸福！……啊！他教我唱的一隻歌，讓我來練習……

（小秋立起，一邊跳，一邊歌唱。燈光漸暗，以示時間的消逝，舞台全黑，叩門聲。歌聲止。門開，室內小燈亮。

天已晚。）

老　（老蓋緩緩進門，身上大衣不見）

小秋兒，學費我已經替你繳過了！哦！眞貴！窮人簡直念不起書！爲了你的學費……我（改變語氣）我的小秋兒，我替你買了幾本新書哩。你瞧！

秋　（老蓋以手中的書包給小秋看，小秋注意到老蓋的身上）爸爸，你身上的大衣呢？

老　你別問這個，祗要從明日起，你好好兒的念書就是了。

秋　不！你要告訴我，你的大衣……

老　大衣？

秋　你究竟放在那兒去了？

老　孩子，你爲什麼一定要逼着我說？你爸爸的大衣，爲了要替你付學費，買書本，已經送到當店裏去了！

秋　（感動的跪下）我可憐的爸爸！

老　（撫小秋頭髮）不，我不可憐。我到底還有那麼一件大衣當了給你做學費！小秋兒，你可知道世界上有多少父母，想讓子女們念書，沒有錢給他們去念！即使想拿東西去當，也不能如願！眼看着自己一個個的孩子常年失學，那才眞是可憐，眞是傷心咧！比起他們來，你的爸爸還算是幸運的……

（秋兒哭聲）

第二幕

布景　都市的一角

人物　小秋兒　小三子　洪痲皮　看戲的三四人　馬老板　戲子甲乙丙

空地上築成一座小型的舞台，位於左角。這時戲尙未開鑼，布幕依然遮着。布幕上有六個大字：「露天木頭人戲」。台右排着兩三條長凳，有幾位戲迷早已候在那兒了。

幕啟，露天舞台在打鬧台，鑼鼓敲得非常響亮，隔了兩三分鐘鑼鼓息了，小三子和洪痲皮兩個頑童跑來。

三　洪痲皮，你要看木頭人戲嗎？

洪　木頭人會做戲？

三　做得好呢！眞刀，眞槍，會翻斛斗，還會打仗！

洪　那我最歡喜！那我最歡喜！

三　可是，你有錢看嗎？

洪　沒有。你呢？

三　我的錢早吃在肚裏了。

洪　那怎麼辦？這樣好的戲看不成，多可惜！

三　可不是？

洪　喂，小三子，看一場戲，一個人要多少錢？

三　一個人五毛錢。我和你要一塊大洋就可以看了。

洪　我口袋裏祇有一塊，一塊大石頭。

三　那，我們還是走吧！趕明日向媽討到了錢再來看……

（小秋兒背着書包上場）

三　喂，（呼小秋）小朋友，你要不要看木頭人戲啊？

秋　木頭？不，我不要看。

洪　好看得很呀！有唱，有打，眞有趣啊！

秋　我不要看。我爸爸叫我上學校去念書的……

三　念書？小傻瓜，爲什麼有得玩，不去玩，偏要去念那沒意思的死書。

秋　你不懂的，爸爸說讀書是叫我們求知識，學做人的道理。

洪　快別相信那許多瘋話。聽那些老傢伙滿口胡說，還不如聽唱戲有趣。小三子，你說對嗎？

三　對呀！書隨便什麼時候都有機會念，我們正年輕着呢！

洪　可不是！缺一天課沒有關係。我時常五六天不上學校，先生也不問信。——小朋友，你的學費都沒有繳淸了嗎？

秋　昨日我爸爸替我繳過了。

三　繳了，就得了。學校裏的先生是祇問你繳過學費沒有，他決不問你念過書沒有。

秋　眞的嗎？

洪　我怎會說假話，我也是學生。

三　洪痲皮，怎麼好的戲，他不看，你就隨他去好了，何必硬要拖他呢？好在他不看這戲，將來懊悔的是他，不是我們。

秋　看戲要多，多少錢？

洪　一個人祇要五，五……

三　（搶着說）一個人祇要一塊五毛錢。你帶了錢沒有呀？

秋　我帶，帶了。是爸爸給我買鉛筆和圖畫紙的。一共五塊錢。

三　那足足有餘。你看了戲，買筆和紙的錢仍舊夠了。

秋　眞的？

洪　小三子，從來不肯說假話的。我們天天在一起，我也不說假話。

秋　這麼說，我就看一會兒戲再去上學。不過——我最多祇看五分鐘。

三　好的，好的。你把一塊五毛錢先交給我，我代你付，免得人家欺負你。

秋　（伸手作授錢狀）謝謝你。

三　我們快坐下來，開台剛才已經打過了，一會兒就要開演。

(三人同坐下。鑼鼓聲又起，一會兒即停。)

(小舞台上的布幕兒開，從旁邊門簾裏走出一位黑臉大漢。——他是這劇團的馬老板)

馬　(向觀衆深深的一鞠躬)諸位，我們這劇團是專門表演木頭人戲的，我們走遍天下，到過各個碼頭……不是兄弟吹牛，諸位看了保險滿意……

(觀衆一致鼓掌)

馬　多謝諸位捧場。我們今天一定把最拿手的好戲演給諸位瞧瞧。不是兄弟吹牛，保險諸位滿意……

(觀衆掌聲)

馬　諸位請暫時不要鼓掌，我還有幾句話要向諸位說。可是，嘿，我不說諸位也許早已知道，那就是…那就是……哦，我眞不好意思說出口。但是爲了諸位的眼福，我實在又不能不說。那就是咱們走江湖的一句老話，在家靠父母，出外靠朋友。此刻我想請諸位先付一付錢。每人大洋五毛！

秋　(對三)他說多少？

三　他說每人一塊五毛。

(馬老板向觀衆收錢——錢聲，馬老板連說「謝謝，謝謝」。走到小三子跟前，小三子說話)

三　(作付錢狀)我們三個人是一起的！

馬　謝謝！(回到台上)現在我們的戲就要上演了。頭一齣是「張飛夜戰馬超」。我的閒話少說，諸位請看戲吧！(鞠躬，從小舞台後面下)

(鑼鼓)

(「夜戰馬超上場」開打。演至緊張處，觀衆鼓掌。有的人大喝其彩。)

(小秋兒半當中想走，洪痲皮以手攔住他)

洪　早着呢，再看一會兒吧。

(夜戰馬超戲終)

馬　(上)多謝諸位捧場，兄弟覺得眞是萬分榮幸。現在我們要演第二齣拿手好戲，是白玉芳同孫四喜的「蘇三起解」。她們都是了不起的角兒，一定會使諸位滿意的。(鞠躬，退)

(鑼鼓，胡琴聲)

(崇公道與蘇三出場)

蘇　苦—哇！(唱流水)蘇三離了洪桐縣，將身來在大街前，未曾開言心好慘，過往的君子聽我言。那一位去往南京轉，與我那三郎把話傳，言說蘇三把命斷，來生變犬馬當報還。

崇　我說蘇三啦，走着走着不走啦，你跪在這兒是祝告天地，還是哀告盤川啦？

蘇　一非祝告天地，二非哀告盤川。

崇　那麼你跪在這兒幹什麼呢？

蘇　老伯，你去到客店之中，問問可有到南京去的沒有？

崇　問有南京去的沒有幹什麼？

蘇　與我三郎帶個信兒，就說蘇三起了解了。

崇　哈，啊喲，眞有你的！到這時候，你還惦記着他哪！嘎，這是好事，我得給你問問。我說店裏的掌櫃的請啦！（請啦，做什麼？）有到南京去的沒有？（有倒有，前三天就走啦。儘臢上熱河，八溝喇嘛廟拉駱駝的啦！）好大的嘴棍兒！我說蘇三啦，上南京去的前三天全走哪！

蘇　如此說來，我的命好苦哇！

崇　別哭啦！咱們還是慢慢的走吧。

蘇　老伯！（流水）人言洛陽花似錦，久居監中不知春。低頭出了洪桐縣境，老伯不走你是爲何情？

蘇　（白）老伯爲何不走？

崇　（瞧着台下，不做聲）

蘇　（重念）老伯爲何不走？老伯爲何……

崇　（指小秋兒）那個小傢伙，好像很面熟似的。

蘇　（急）糟了！你戲要不要再演下去？

崇　（不理她，對小秋兒招手）小弟弟，小弟弟，你過來。

觀衆：噓噓噓！噓噓——

崇　小弟弟，請你過來談談。

（小秋兒立起。崇公道從台上走下來，到小秋兒跟前）

崇　你還認識我嗎？

秋　我一時想不起來。（離座，向崇打量）

崇　你的記性眞壞！我和你本是一塊木頭上的料子，可是，後來被人斫斷了，於是我們就分離了。我做夢也沒想到我跟你還會碰頭。（兩個木人擁抱）

秋　你現在專門做戲嗎？

崇　唉，這也叫沒辦法，祇能說是混混罷了。不過，怪來怪去，還是怪我孫四喜的臉蛋兒生得不行，祇能唱小丑。若是稍微生得標緻一點的話，像台上那位唱青衣的就有人捧了。

蘇　老孫，你今日怎麼啦？你戲究竟唱不唱哪？

崇　白老板，你別着急。我一會兒就來。

觀衆：噓！噓噓！噓——

蘇　眞是叫我下不了台。我的臉都讓你丟完了。明兒格我再也不要你跟我配戲了！（蒙着臉，帶哭聲下）

秋　（對崇）怕不早了罷？我還要上學校去。

崇　哦，你在學校裡念書？你的福氣可眞不小。

秋　咳！

觀衆（大喊）退票！退票！退票！

（馬老板由後台走出）

馬　（用兩手向下揮）諸位請靜一靜。靜一靜。這眞是我們意想不到的事。不是兄弟吹牛，我不知跑了多少碼頭，這種事從來也沒碰見過！今天實在對不起諸位，我想請諸位免費看下場戲吧。——下場戲比這場更好，有全部「四郎探媽媽」，「李阿毛大戰歐陽德」，「豬八戒夜遊百樂門」，還有「潘金蓮活捉唐伯虎」……

觀衆：（滿意的）好好好，我們下場再來。

馬　諸位下場再來，決不要再花錢。我若是再向諸位討一分錢，我就是混帳王八蛋！

觀衆　我們下一場來看「李阿毛大戰歐陽德」吧。（同下）

（馬作拉幕狀，幕閉。然後走到秋面前）

馬　什麽人叫你到這兒來搗亂的？

秋　我……

崇　他是我的兄弟，馬老板請你饒了他！

馬　什麽話？饒了他！咱們是吃什麽長大的。他這麽一來不是把咱們的飯碗都要砸碎了嗎？好！瞧咱們來收拾你！

崇　這也是我的不是，不能完全怪他。請你這一次別同他爲難吧。

馬　你是什麽東西？不許插嘴。

秋　（懇求）老板，請你放我回去，下次我不再來了。

馬　哼！好容易。不讓你吃點兒苦，你是不會知道咱們的利害的。不讓你吃點兒苦，你是不會知道咱們的利害的。（對崇）進去，叫王德奎來帶一根馬鞭！（崇遲疑不行，馬又喊）快去！

（崇下）

（扮張飛的王德奎穿着戲裝，執馬鞭出）

馬　跟我把這小子拖下去，重重的打一頓。德奎，你的氣力比我大。

奎　恐怕他受不了。

馬　不要緊。

秋　（跪下德奎面前）張三爺，張飛先生，做做好事吧。

奎　什麽張三爺，張三爺，我還不是跟你一樣的一塊木頭料！老板怎麽吩咐，我怎麽做。你快跟我走！（拖秋至幕內）

秋　（邊走邊喊）饒了我吧！我下次不來了！饒了我罷！

（幕內有皮鞭聲。隨着那聲音，小在秋哭在喊）

秋　（在幕內）啊！爸爸！……爸爸！我不情願死，爸爸！你快來救救我的命吧。爸爸……

馬　（獨在台上）哈哈哈哈哈哈……

夜闌人靜

譚惟翰

十九

因爲一夜失眠，早上起來，大家全感到有些兒頭暈。

早飯剛擺好，孔玉山就特地跑了來，通知竹貞：

「今日你就要開始正式工作了，你總要稍微弄得整齊一點兒……」

「不錯，」薛老先生也附和着孔先生的話，「交際場中，總少不了一件好行頭；過於壞，是走不出去的。……貞兒，你訂婚的時候，做過的那件綠絲絨旗袍，爲什麼不拿出來穿？」

「早……當了！」竹貞怪不好意思地對父親說。

「嗯？」

老人沒聽得清楚，但孔玉山早已聽進了耳朶裏去。

「薛小姐，我看趁早去贖回來吧。」他說，「擱久了，一來要背利錢，二來衣服又要給蟲咬壞，現在做一件新的，什麼價錢！」

孔玉山這幾句話激動了竹貞，他一下樓，竹貞便拿錢託阿銀往仁豐當店將旗袍連帶還有呂楓的兩套比較像樣的西裝取了回來。

黃昏。

竹貞和呂楓提早吃了晚飯，她擦了點脂粉，修飾得較平時格外漂亮，呂楓換了一套藏青的西服，精神也顯得煥發多了。

這一對青年男女走出門，先到廣德醫院去探視了一下薛老太太的病。

十三號病室裏躺着六個病人。三個患肺病的婦人，一個生盲腸炎的少女，一個生瘧疾的小孩，還有一個便是薛老太。

薛老太從白布牀巾露出頭臉來，皮膚灰白而全是皺紋，像她心裏解不開的煩悶。她微微地睜開眼，朦朧中瞧見裹在織銀的淡綠絲絨旗袍中的女兒，和她身邊並立着的有美好儀態的青年，眞是天生的一對好夫妻。她對他們微點了點腦袋，笑了一笑，雖很勉强，然而也可以看出老人心中浮起的一陣欣慰。過了一會兒，老太太說：

「今天又打了一針，比昨日稍許平靜了一點，你們放心！」

」

「伯母，您吃過點什麼？」呂楓問。

「只喝了兩淺碗粥湯。旁的我吃不下，醫生也不准吃。」說着，他又望望女兒，「竹貞，你現在……是預備做……做事去嗎？」

「是的，媽！」

「這樣就好。」老太太又點點頭，「……孩子，雖說你唸了那麼些年數的書，人也二十開外了，可是，做事還是第一次……無論做什麼，總要把事當一件事做，切記不可馬虎，待人也要和和氣氣的……不懂的地方要請教旁人，不比在家裏……」

「是，媽……」竹貞喉嚨作梗，說不出旁的話。

薛老太太眼皮輕輕地閉上，似乎已感到非常吃力的樣子，可是，她還是想說話。

「你們可以走了……回去告訴爸爸，就說我的病不久就會好的……叫他不要着急！」

一個看護捧着藥物進房來，拿了一只寒暑針放在薛老太太的嘴裏，他們兩人就慢慢地退出了門外。

出了醫院的大門，竹貞向呂楓說：

「你先回去，當心爸爸一個人在家担憂……」

「你呢？」

「我……我不是要上戲院去嗎？」

「讓我送你。」

「不要，」竹貞竭力設法來阻止他，「路遠得很呢！——爸爸在家等你的回音。」

呂楓放不下心。

「你一個人走路多寂寞，還是讓我送你一段……」

「不要緊。」

「你不怕路上出事麼？」

「我又不是三歲的小孩。」她裝作滿不在乎的神氣，「我從前上學校還不是一個人走去走回，路上從來也不會出過亂子。楓，你還是在家等我吧，不等戲散場，我就會回來的……」

她强笑了一笑，便獨自兒走向前面去了。

呂楓怔了一會，暗自感到她的神色可疑。平日他們一同在馬路上走，幾乎每次都是她來邀他，但今天，他要送她，却反而被拒絕了，這不是怪事嗎？

說是上戲院去做事，然而這戲院的名稱和地點，始終是吞吞吐吐地不肯直說，這又是什麼緣故？

竹貞走了幾十步路，又偷偷地回過頭來，祗見呂楓還立在醫院大門口，沒走；她便遠遠地揮一揮手，意思是叫他趕快回去。呂楓也把手迎一迎，點點頭，就朝與她相反的方向走了。

不過呂楓走了兩三家門面又停住了脚。他躲在一家百貨公司的大石柱旁邊留心竹貞的去向。

竹貞轉了灣，他趕緊追上去，暗隨在她的身後，兩人總相差兩丈遠的光景。

經過了三條馬路，她直向外灘走去。

呂楓正在疑慮，他問自己：「這兒幾時開過戲院的？」突然發現竹貞匆匆地踏進了馬賽舞廳。

二十

心裏一陣雷響，呂楓的每一根神經都受着震動。頓時他起了一種驚訝與迷亂幾乎令他無法自主。

到底他還是跟到了馬賽舞廳的大門口，那壁上的一圈圈的美術圖案就像你一連串數不盡的問號向他腦海裏擠，她進去幹什麼？她裏面認識誰？她……

望着門前炫耀的霓虹燈，他的兩眼發花，兩脚似乎也不能立定了。他在門外徘徊了一刻兒功夫，摸摸口袋裏的幾張鈔票，決意跑進去找她！

大概因爲服裝整齊一點的緣故，這回竟沒遭到守門人的留攔。他經過黑白的大理石砌成的廊道，走到了正廳。一個侍役招待他，身體稍稍鞠下了一點，用右手朝外一捧開：

「那邊有空位子，靠舞池前邊……」

沒理睬。眼望着舞池中心一對對正在旋轉着的男女，呂楓在進門右面，靠牆角裏那張墨綠色的沙發上坐下了。

「吃什麼？」侍役問。

沒回答。眼儘望着舞池裏，舞池裏燈光不夠亮，在暗藍的燈影裏浮動着的像一羣幽靈。

「泡一杯清茶？」侍役又問。

他一驚。隨口回答：

「好。」

侍役不高興的神氣，朝呂楓望望便轉身走了。

音樂台上的大喇叭吼着，吼着，領導者手裏的一根白銅棒幾乎要給他揮斷。人影轉着，轉着，踏着Fox-trot的旋律。男的嘻開嘴，用自己的臉緊貼着有紫眼皮的臉——狐狸的臉。是誰趁轉身的當兒，用右手指頭在舞女的胳窩裏扒了一下，女的便衝着被唇膏塗得發亮的嘴巴「格格」地笑起來……

小鑼一聲響，燈亮了。音樂停止，像地球爆炸了似地，湧出一堆掌聲。

男的挽着Parter的纖手，回到各人預定的桌邊。學着從西洋販來的禮節，替女的拉了拉椅背：「請坐！」看樣子，比對自家兒的母親還要恭敬一些……

呂楓從侍役手捧着的一只銀盤裏接過清茶一杯，他拿着杯子，可並沒有放到嘴裏喝，因爲沿舞池四周坐着的一羣舞孃當中有一個穿淡綠旗袍的女子吸住了他！

那不是別人，就是竹貞！

一瞬間，他聽得見自己腦神經一根根地在抽得響，他的頭給什麼東西壓着，不自主地垂了下來，手裏的茶也有一些從杯口傾在柚木的地板上。他忙放下了玻璃杯，等他再抬起頭的時候，舞池的燈又轉暗了，這一下子，是深紅的光照在走下舞池的客人身上。

然而呂楓所注意的，還是那一個人，他的未婚妻！

在音樂起奏之後不到一分鐘，就有一個打扮得自以爲挺美的青年男子走到她面前，向她鞠個躬。竹貞遲呆了一會——就祇那麼一會，隨即站起身，非常文靜的樣子。那男子擺了擺他蓄了足足八個月的菲律賓式的長髮，然後用一隻手握住她的手，另一隻手摟住她的腰，隨着音樂的節拍溜到舞池中心去了。

於是又轉着，轉着，男的女的，一對對從呂楓眼前閃過，呂楓垂在沙發旁邊的手臂也有點兒顫抖了，宛如提琴上正在抖動的弦弓一樣。

拿起雙手，把發漲的頭埋在裏面，雖是內心很不願再受這種激刺，可是仍舊從指縫裏在凝視裏一羣瘋狂似的人。

燈再亮了，那個蓄着菲律賓式的頭髮的青年放開了竹貞的手，從呂楓這邊走來。

他的椅子離呂楓的座位極近，當他正要坐下來的時候，忽然和呂楓的視線相碰着。

「Hallo! Mr.Lu!」跑過來握住呂楓的手說，「How are you?」

呂楓驚奇地望着面前這個人，過了一會，他纔想起這位就是以前的同學，蔡榮輝！

「啊，你是老蔡……」呂楓慢吞吞地說。

「You still remember me? Haha!」蔡榮輝還是老脾氣，無論和誰講起話來，總愛夾句把洋話，「一個人來的嗎？」

呂楓給他問得很窘，只勉强地點點頭：

「嗯，一個人！」

「要不要我跟你介紹一位？」沒等呂楓開口，他又輕輕地附着他的耳根說，「喂，我告訴你一件新聞，咱們學校裏以前的皇后——密絲薛，今天下海了！你瞧，她坐在那兒眞Marvelous！可是……這是沒想到的，呃，你說？」

呂楓不響。

這個冒失鬼並不知道呂楓和竹貞的關係，他又說：

「你陪她去跳兩跳，老同學，捧捧場！」

呂楓的心臟都被戳亂了，他的嘴唇像觸了電，停停，苦笑着，說出了一個字：

「不！」

「啊，我忘了你是規矩人，一向是反對跳舞的。」蔡榮輝俏皮地說，「But why do you come here to-night?」

呂楓說不出話。

音樂重行起奏，蔡榮輝走向舞池的時候，拍拍呂楓的肩頭：

「Come on!my friend! Don't waste your time……」

蔡榮輝又直朝竹貞的座位走。呂楓實在不能再看下去。最初他還想跑到竹貞面前，責罵她幾句，但此刻他的胸中充滿了憤怒，遭受到不可告人的侮辱，他已經開始在暗地裏怨恨着她。對於這種下流的東西，他不屑再浪費口辭。

「女人的心……」一個語音，呂楓掏出鈔票朝桌上一擲。負着一身的痛苦，他跑出了舞場。

二十一

沿着江邊走，一個人。

江水是寂寒的，人心也是寂寒的。

他沒有雇車，拖着瘦長的身影直往前進，耳邊有江濤滾滾的響聲。

天空中懸着深藍的幕幃，秋月孤單地望着她，星子也時時對他眨眼——像是同情，又像是譏諷。

風，吹着，吹着，把所有的往事一起捲到了他的腦海裏，想起同竹貞從陌生到相識，從相識到熱愛，從熱愛到訂婚，中間不知經過了多少波折，多少煩難。她口口聲聲說，她是以整個的心獻給他的，她敬佩他有不平凡的才智和良好的品格，她還說至死她都願意同他在一起。

這話都是她親口對他說的，沒有誰勉強她。然而自己建立起來的愛之階梯，又用自己的手輕輕兒地去毀了它！很明顯地，在呂楓看來，她受到虛榮的作祟，她不能把美麗的青春讓窮困折磨得乾乾淨淨，她不能下嫁給一個無恆產又無職業的人……

可不是？她同蔡榮輝混在一起，蔡榮輝是什麼東西！靠着祖上有些臭錢，在學校裏一向是不肯唸書的，他的工作就是寫情書，看電影，跳舞，玩女人……沒有一個正派的人會瞧得起他。竹貞在學校唸書的時候，連和他說一句都不高興，雖然他也曾經一度追求過她。但是現在呢？現在……

他不能再往下想。到了家，倒在亭子間裏的牀上，悶聲不響。

不過，他的心緒再也不能安定，雖是秋天，他的汗水還是佈滿了額角，手把布單用力地拉，恨不得要給它拉得粉碎才痛快的；他的眼前仍舊晃動着那個被他愛過如今又被他恨着的女人的影子。他暴燥地跳下牀來，推開房門，直朝樓上跑，他預備去責問他的岳文爲什麼讓自己的女兒去幹這種勾當。

可是，薛老先生不在家，門上了鎖。於是他又祇好垂頭喪氣地走下來，他走了沒幾步路，在樓梯上碰見了孔玉山。

孔玉山向他奸滑地笑着：

「呂少爺沒出去？」

託爾斯泰及其作品

Aylmer Maude著
李霽野譯

我盡力使我的意志完全，我立了規律，並努力遵行；我在身體方面使我自己完全，用各種運動培養我的力量和靈敏，用各種的刻苦使自己慣于忍受和忍耐。（註一）這一切我認為都是追求完全。這一切的開端當然是道德的完全，但是不久這便被一般的完全代替了——就是不再希望在自己或上帝的眼中，却是在別人的眼中顯得更好了。很快的這種努力又變成要勝過別人的慾望了：要比別人更有名，更有錢，更重要。

「有一天我要將在青春的十年中，我的動人的，含教訓的生活史，敍述出來。我想有許多人有同樣的經驗。我一心一意願意成為善良的，但是在我尋求善良的時候，我是年青，情熱，孤獨，完全的孤獨。每次我要表現我的最眞誠願望，就是要在道德方面成為善良的時候，我總遭到輕視和嘲笑，但是我一向卑下的感情屈服，便受人稱讚和鼓勵。

「野心，愛權力，貪，淫，驕傲，氣怒，復仇——都被敬重。

「對這些感情一屈服，我就變得像成人一樣了，並覺得他們贊成我。住在我們家裏的仁慈的姑姑，自己是最純潔的人，她常告訴我說，她最希望我和一個結過婚的婦人發生關係：「再沒有什麼比和文雅婦女發生密切關係更能成就一個青年男子了。」她希望我得到的另一種幸福便是作副官，若是可能的話，作皇帝的副官。但是最大的幸福是我和很有錢的女子結婚，以便儘量的多多擁有農奴。

「我想到這些年不能不覺到憎恨，厭惡，痛心。我在戰爭中殺人，挑人決鬥以便殺死他們，在賭牌上輸錢，消耗農民的勞力，使他們受懲罰，過放肆的生活，並欺騙人家。撒謊，搶掠，各種的奸淫，醉酒，凶暴，殺人——沒有罪惡我不會犯過，我的同時代的人們在過去和現在却都認為我是比較道德的人。」

在他的一八五三至五七年日記中，他提到他和偶然遇到的婦女們發生關係一時的關係，也提到他要約束自己，和要不作自覺錯誤的事情的决心和努力。當他在一八五五年十一月剛從克里米戰爭回來，在彼得堡住在屠格涅夫那裏的時候，他似乎因爲戰爭的危險和艱苦引起一種特別不良的反動，自己完全失了足。詩人費特述說，他有一天早晨十點鐘去拜訪屠格涅夫的時候，見得門內間掛着一把軍官的劍，並問男僕是誰的。『是托爾斯泰伯爵的劍，』男僕回答說。『他在客廳裏睡覺呢。屠格涅夫正在書房裏吃早飯。』在費特拜訪的一點鐘時間內，他和主人不得不低聲談話，恐怕吵醒了托爾斯泰。『這些時他完全像這個樣子。』屠格涅夫說。『他從薩瓦斯甸坡礮臺回來；在這裏住下，過一種放蕩的生活。縱酒，吉僕西女孩，紙牌，終夜不斷——以後像屍身一樣一直睡到下午兩點。一上來我還想約束他，但是現在我拋開這個念頭，讓他隨意作去了。』

不過除了從他的自述之外，關于他的不端行爲，這幾乎是我們所有的惟一證明，而且兩個月以後，我們看到他又重新寫他的日記，立了很好的決心，記道：『我的主要的缺點是懶惰的習慣，缺乏秩序，性慾，和嗜賭。我要努力克服牠們。』

早就希望結婚，在一八六二年他熱戀上一個十八歲的女子蘇菲亞博爾斯，過了很短的時期便結了婚。他們的結合有些年是幸福的，不過現在從她的日記我們知道，從一開始事情便不總是完全順利。這婚姻雖然是托爾斯泰熱烈期望的，他覺得他的責任是要冒被拒絕的危險，讓她看看他的日記（日記中坦白的記載着他的缺點和不端行爲），免得她懷着錯誤觀念同他結婚。讀了日記，哭過以後，她將日記還給他，原諒了他，並和他結了婚，但是多年以後，她在她自己的日記中却對他讓她讀日記的事，苦苦的訴怨。若是他沒有這樣自白便和她結了婚，她或者倒更有理由訴怨罷。

結婚的結果之一，便是托爾斯泰不得不放棄他很喜愛的教育工作，因爲他的妻子是很苛求的，要求他要將全部的時間和注意獻給她，或作事養活她和他們意料中孩子。

註一：在有一個時期中，他的野心是要成爲世間最强健的體育家。事實上他在體育和一般的遊戲上都是很好的，很活動並且有力。（原作者）

第四章　結婚生活——田莊——戰爭與和平——安娜克里寧娜——柯里羅夫的寓言

在以後十六年中，事實上托爾斯泰也幾乎用了全部精力去改良他的田莊，在沙瑪拉（Samara）省買了幾千畝地——在那裏用很低的價錢便可以買到肥沃的草原——並且寫著他的偉大的小說「戰爭與和平」，「安娜克里寧娜」，和一部銷售很廣的初級讀本。高茲渥綏（Galsworthy）說「戰爭與和平」是『最偉大的小說』，瑪麗巴克（Mary Baker）女士說她『願將她的生活重過一次，以便再得到第一次閱讀「戰爭與和平」的快樂』——她是一個年青可愛的美國財產繼承人，我所以引她的話，因爲她是一個廣于交際的女子，對于幾乎吸引了現今許多讀者全部注意的「銷路最廣的書」，是很熟悉的。我在這里不能細述這本書的內容，也不能細述幾乎同樣偉大的「安娜克里寧娜」——這部小說的最後些章已經表明託爾斯泰的活動在此後要走的方向了。我只要說：若是在近些年中，你盡閱讀了批評家和喧囂的廣告引你注意的「銷路最廣的書」，而且讓這些使你未得閱讀「戰爭與和平」，你錯過了一種很大的經驗。納特莎，皮爾，安得路，尼古拉，和瑪麗小姐，這些人物在讀過這本書二十年以後，也還活現的存留在人的記憶中，而且我們對于他們和他們的思想，比較對于許多最近親屬的思想和性格，還要認識得更爲清楚。……在「戰爭與和平」中，安得路親王和皮爾代表託爾斯泰自己的多方面性格的不同方面，而且在書要完結時，有一段顯然是他用結婚幾年之後，完全注意家事的妻作模本描寫出來的：

『納特莎不自約束到了這樣的地步：她着衣梳髮的樣式，她的選擇不得當的言語，她對于索尼亞，保姆，每個漂亮或不漂亮的妬嫉，已經成爲周圍人習慣的玩笑材料了。一般人的意見都認爲皮爾受妻子的管束，這也確是實情。在他們結婚生活的頭些天，納特莎便宣佈了她的要求。他妻子以爲他生活的每一分鐘都屬于她，屬于家庭，這種見解在他是完全新奇的，很使皮爾吃驚。他妻子的要求固然使他驚訝，可也使他高興，他便屈服了。

『皮爾的屈服在下面的事實中可以表示出來：他不僅不敢和其他婦女調情，就連微笑着向她們說話也不敢；不敢作爲消遣到俱樂部去吃飯，不敢爲一時的高興花錢，而且除了有事之外，也不敢離開很長的時間——在事之中他妻子包括他的求知的工作，這，她一點也不了解，可是認爲非常重要。彌補這種情形，皮爾有權完全依照他自己的心願，規定他自己和全家的生活。在家裏，納特莎對于丈夫自居于奴隸的地位，而且在皮爾有事的時候，例如在書房裏讀書或寫字，全家都欠着脚走路。皮爾只要對什麼表示偏好，就總照着他所喜好的作。他只消表示一種願望，納特莎便會跳起來，跑着去使他的願望實現。

『按照假設的皮爾的命令，這就是說，按照納特莎所努力猜透的他的願望，管理整個家庭。他們的生活方式，居住的地方，他們的相識和交結的人物，納特莎所作的事，孩子們的教養，不僅按照皮爾明白說出的願望，却也按照納特莎從他談話中所表現的思想推測出來的願望，加以決擇。她所推測出來的願望大體都十分正確，而且一經推測出來，便固執的不肯放鬆。在皮爾自己要改變心意的時候，她會用他的武器和他爭鬥。

『例如他們的第一個孩子是軟弱的，在她生出後，他們不得不換三次奶媽，納特莎因為絕望病了，在這樣他永遠記得的苦惱的時候，皮爾有一天將他完全贊成的盧梭的意見，以為僱奶媽是不自然並有害的，告訴納特莎了。在她第二個孩子生出來的時候，雖然她母親，大夫，和她丈夫自己都極力反對她給自己的孩子哺乳，因為那在當時是沒有聽說過，並認為有害的事，她也非要照自己的意思辦不可，而且從這以後，所有的孩子她都自己哺乳。』

在寫完「戰爭與和平」，還沒有開始「安娜克里寧娜」之前，託爾斯泰在一八七一——七二年，編了一部學校讀本，在俄國這類書中，這讀本是最為風行的，賣了幾百萬册。但是文學的成功，家庭的幸福和物質的興旺，並不能使託爾斯泰完全滿意。「綠棒」提示全人類幸福的希望；限于他自己家庭的幸福，用對于以勞力養活他的農民太貴太長的小說供富裕人們消遣，並不足以滿足這種志願。事實上在夫妻間已經有壓抑住未發的衝突了。伯爵夫人要一切都為家庭。託爾斯泰要惠及全人類。

在他那本大值注意的書自白中，他述說到他對于生活觀點的改變。這部書是很短的，和較長的「我的信仰」成為「世界名著」（World's Classies）叢書的一卷。

「自白」包括很有趣的自傳材料，對于替他作傳的人，或要了解託爾斯泰的人格和觀點的人，都是不可缺少的著作。但是這部書主要的是訓戒的書——就最好的意義說。牠的目的是要勸我們以鄭重的態度看生與死的問題。牠說不快樂是從自私出發，若是人人都在為別人服務中得到自我犧牲的快樂，綠棒便會被發現，天國也會來到地上了。感情熱切的託爾斯泰，像奧古斯丁（St. Augustine）和班揚（Bunyan）

一樣，並不憐惜他自己，却堅持的加重描寫他過去的不端行爲。現今許多批評家最常提到的本書的部份，不是託爾斯泰關于人生與死亡，責任與精神的滿足所說的話，却是他對于過錯的自責，若不是爲了這種公然的自白，我們幾乎就不會知道這些過錯——這種情形只足以表示他們的那羅以得的心境罷了。眞正使批評他的人們驚駭的，似乎不是他在未婚時常常行爲放蕩，却是他缺乏英國人的美德——假道學。沒有一個體面的作家，因爲另外一個作家青年時生活不檢，尤其是他若婚後總是忠實（託爾斯泰便是如此，他在三十四歲時結婚，以後忠實的和妻子過了四十八年的生活），便責罵他，但是若有人承認他生活不檢，便有些人以爲有傷大雅，于是批評家們便覺得這樣坦白要得嚴厲對待，要得抓住機會鋪張大誇託爾斯泰所承認的事，特別因爲一世紀以前出生的俄國貴族，現今在我們間大概不會找到許多替他辯護的人。

新聞記者和別的人時時表現樂于攻擊託爾斯泰，也許別有解釋；但是下面柯里羅夫的寓言，也許指明一種有時發生作用的動機。

毛斯加是一匹短鼻短頭的狗。柯里羅夫說有一匹象被領着從一個市鎭經過，跟着許多看熱鬧的人，毛斯加從什麼地方冒出來了，凶狠狠的對着象吠叫。「爲什麼把自己的嗓子都叫破啞了？」一個旁觀的人問，「這對于象並沒有影響呀。」「也許是這樣罷，」毛斯加回答，「但是別的狗將要想，『毛斯加一定有力量，因爲他那樣向一匹象吠叫！』」

使託爾斯泰的作品有永久生命力的特色是：他的異常眞誠，他的極度熱切，還有他不斷寫到有永久深刻要義的事；而且他使讀者和他發生同感的藝術的力量，在他的自傳的和哲學的作品中同在小說，戲劇和故事中一樣顯明的表現出來。

在最偉大的藝術，最完全的宗教的作品中，自白一定會永遠佔一個地位。

第五章　「四福音」——五誡——無抵抗——甘地——人生的目的——盧加德夫人的故事——使五千人飽食

在這以後，託爾斯泰用四五年的時間專心研究「四福音」，但是並不按照教會所解釋的樣子。並不將牠們看爲神奇的啓示，却將牠們看爲幫助人尋求人生意義的書籍來閱讀，而且因爲他看不出，不加附會的讀起來，「四福音所討論的正是使他苦惱的問題。他想要看看牠們所給的答案，和他憑自己的理智，良心，同經驗所得到的結論是否一致。他將神奇的成分完全拋開；他說我們不能從消化不了的食物爲身體得到養料，所以也不能從不了解的東西爲心靈得到養料。

在「聖經」中他認爲「新約」是最重要的部分；在「新約」中他認爲「四福音」最重要：在「四福音」中他認爲耶穌的話最重要，在耶穌的話中以山上垂訓爲最重要，山中垂訓中尤以耶穌的五誡爲最重要。

這些誡命的第一條是：『你們聽見有吩咐古人的話，說：「不可殺人。」又說：「凡殺人的，難免受審判。」只是我告訴你們：凡向兄弟動怒，難免受審判。』

在俄文譯本和一六一一年的英譯本中，都在動怒之上加上「無緣無故」的字樣。這自然使全段都無意義了，因爲不假設有緣有故，誰也不會動怒。沒有人會胡塗到這樣地步，至于走進一間屋裏說道：『我大生瓊斯的氣——一點原因也沒有！』凡是動怒的人，總想他有一種理由。從最好的希臘文的根據，託爾斯泰發現出這插入的 樣。（在英譯本的修正版中，這些字樣被刪去了。）

所以對于一個基督徒，第一條重大的規律的：莫要動怒。

人們也許要說：『可是我們並不承認耶穌的權威呀——爲什麼我們不應該動怒呢？』

但是無論你願意用什麼來試驗：用經驗也罷，用其他偉大教師的忠告也罷，用最好的人心境最佳時的榜樣也罷，你都會看出來這個忠告是很好的。

實驗一下，你會發現這個忠告對于你的身體方面也是最好的。若是在某種情形之下——例如說，在你要吃飯時飯沒有好——你讓自己大大動怒，你便會分泌對你不利的膽汁。但若在同樣情形之下，你制住了你自己的脾氣，這會對你更有好處，而且在得到飯吃時，你可以消化更好。

但是最後你還可以說：『我禁不住動怒，這是我的天性：我生就是這樣。』好罷，不作你必須要作的事，並沒有什麼危險。宗教和哲學存在，是要幫助我們正當的思想，正當的感覺，並且在我們的動物的本性容許的範圍之內，對我們加以指導。假如你制止不住完全不動怒，盡你的力量能夠作到的地步加以制止。

篇幅不容我將五誡一一加以討論，但是我必須對第四誡略加伸說。

『你們聽見有話說：「以眼還眼，以牙還牙。」只是我告訴你們：不要與惡人作對，有人打你的右臉，連左臉也轉過來由他打。』

這就是說，莫要爲自己復仇，或想法損害那些作壞事的人。莫要使一個瞎眼的人兩眼都發青黑。

我不能費許多篇幅批評託爾斯泰的意見，不過却要說到他對于經文的解釋似乎有重大的缺陷。他使得經文的意思說：用武力阻止任何人作他高興作的事，總都是錯誤的。

若是我們承認他這種基本的立場，他的全部無抵抗的學說便合乎邏輯，無可避免的隨來，而且我們不僅要責罵戰事和刑典，連用警察制止犯罪，强迫的法庭審判，用兵士，獄卒，絞手，審判官，地方官，或稅吏的政府，也要責罵。我們也要接受他堅決主張的基督教無政府主義的立場，不過這種立場在我看來却是不健全的。受篇幅限制，不能對這種學說詳加討論，不過誰也莫要以爲這是可以平平安安置之不理的學說。

現今甘地不和印度「惡魔政府」合作的政策，便是順着託爾斯泰學說的線索思想出來的，而且他們兩人曾爲這通過信。若是我們加以考察，我們便可以看出來，對于使用武力和暴力的「現存權勢」加以詛咒，是許多時代中好多教派和運動的一個主要信條。十二十三世紀在法國南部有一種教派稱阿比簡西司（Albigeneses），以後被宗教裁判所殘酷的壓滅了，這種信條便是他們的學說一部份。不在這裏深談這問題，我只願指明出來：迫害或對這學說置之不理，都不能阻止牠一再像酵母一樣在人心中發生作用，並且產生嚴重的社會和政治的影響。除了甘地在印度運動的之外，對于相信同樣學說的多霍保爾教派（Doukhobor）要怎樣對待的問題，使坎拿大政府莫知所措。在「託爾斯泰傳」中，我希望對這學說已經令人信服的加以討論了。要應付這班持無抵抗學說，破壞法律的人們的地方官，審判官和官吏，若是眞正了解了託爾斯泰的學說和對于這學說的眞正答覆，他們的困難便會減少許多。實際上我們的官吏對于這種學說並不大了解，他們却不得不向深信這種學說的眞理的人發言，結果政府的代表在辯論上常常敗北。一個多霍保爾派教的農民，在他那教派的人拒絕服軍役時，替他們作發言人，一位俄國將軍被派來要他們爲國家盡義務，對他加以盤問，略經討論之後，將軍說道：『我同意若是人人都同樣作，將另外一面臉轉過去給人打是很好的，但是在有土耳其人準備侵略我們的時候，我們也必須準備作戰；無抵抗的時期還沒有到來！」多霍保爾教派的農民回答他說：『將軍，我們不知道這時期在你是不是到來，但是我們是已經到來了！』——在一個號稱基督教政府的官吏，這是一個難以應付的答話。實在的，除非可以指明政府運用武力有益人類，這種爭論便壞得是眞理對暴力的爭論。我們不應忽視這個問題，便是爲了這種原因；而且托爾斯泰雖然在學說上也許是錯誤了（我以爲也確是錯誤了），他將無抵抗學說叙述得這樣淸楚明確，我們現在可以對牠加以考察，並可以暴露其中的弱點，他也就算作了一件很有價值的事了。在這種學說含糊不明的時候，我們對牠沒有辦法。培根(Francis Bacon)說得對：『從錯誤中，比較從紛亂中，更容易找求出眞理，』經過一個時代又一個時代，一個國家又一個國家，這種學說一再的出現，總吸引着被虐待的，弱小的，和受壓迫的人，牠根據耶穌的話，並在每種嚴刻的法律，正義不張，官家的錯誤，或苛刻的行爲中（特別在韃靼人壓迫之後，俄國所受的專暴中），找到印證。我們得到托爾斯泰將這種學說這樣淸楚簡潔並有力的敍述出來，使我們不得不考察他，並看看爲什麼在實際上不能實行。眞理的力最後可以列在秩序，紀律，和興旺方面，不會顯得是在紛亂，迷惑，和破壞方面了。

托爾斯泰的作品總是十分淸楚眞誠，即使我們西方人不能贊同他所表現的意見，他的作品也自有價值和重要。

『上帝給人的天賦是公正的：他使人覺到眞理，並渴望得到眞理，拿錯誤作爲中途的幫助，直等他們達了事實。』

「綠棒」上所寫的文字，不是一個人所能完全闡明的。必須一代接着一代，有許多人繼續專心去考察牠，直到最後能明白閱讀爲止。

拋開這第四誡的問題不說，托爾斯泰從「四福音」中所得的指導也有根本的重要。盤据在他心裏，不明到解答使他不能安寧的問題是：我的生活的意義和目的是什麼呢？他覺得除非他能回答這個問題，他不能繼續生活下去。

發財是他的生活目的嗎？他著的書得到很高的報酬，並且在沙瑪拉省買得二萬畝地。他自問：假設他富上二倍或十倍，會使他滿意嗎？若是這使他滿意，死亡不是要來到，剝奪了他的一切嗎？錢越可貴，死亡便越可怕，因爲死亡會將錢從他取走。

家庭幸福——愛妻子兒女——會使他滿意，並解釋人生的目的嗎？許多溺愛的父母將他們的幸福寄託在一個獨生的孩子身上，並使這成爲他們生活的目的。不過這樣人是多麼不幸呵；若是孩子病了，或出去回來得太晚，他們會使自己同別人變得多麼可憐。對於「我爲什麽到世間來？」這問題，家庭的愛顯然供給不了滿意的答話。每天一步一步過近的死亡，又不僅威嚇着一個人的本身，却也威嚇看他所愛的一切人。他和他們必須分離——這是何等可怕呀！

再有名聲：他漸漸得到普及世界的文名！這是死亡毁滅不了的，于是他自問，若是他變成比莎士比亞或莫理哀更有名，是不是會使他滿意。但是他覺得這是不會使他滿意的。一個作家的作品比他的生命長，但是牠們也消滅。死後千年還被閱讀的作家有多少人呢？我們用以寫作的文字豈不是不斷在改變，並漸漸變爲古朽嗎？不吉的日子只是向後拖延罷了。而且，我們不能再親身享受的時候，名聲有什麽用處呢？身後的名不能對生活供給一種解釋。

他關于這個問題想得越多，可是還解不了這個謎的時候，他有一時覺得——像索羅們，叔本華，和初遇貧窮病死諸問題的釋迦一樣——生活是一種罪孽，是我們願意擺脫的東西。「空中之空，一切皆空。」「誰人隨心所欲，即使隨心所欲，又有誰是幸福呢？」

這全盤的事情，豈不是一種惡魔的力量向我們開了一個殘酷的大玩笑——像我們和螞蟻玩耍，打消牠一切的目的，破壞牠所建的一切是一樣嗎？自殺不是最好的逃脫方法嗎？

託爾斯泰費了很長的時間和許多苦鬥去求得一種答案，以便供給他一種目的，使生活着並運用自己全份精力成爲有價值的事，他所求得的答案便是「綠棒」上所寫的文字。

他看出每個健全的人都贊成和不贊成什麽事。假如我們不這樣，我們便分不淸左右手。我們便不知道要作什麽，希望什麽，要歡迎什麽，或要避免什麽了。託爾斯泰有一次表現這個意思，說每個人都受三種基本宗教中的一種所指導。第一是嬰兒的宗教，他們只盡力要求奶和溫暖，別的都一概不管——這是圖個人物質舒服的宗教。其次是這麽一種人的宗教：他在他的家庭，家族，部落，民族，或甚至全人類的福利中，看出他生活的目的，我們可以將這稱爲愛國思想的宗教。最後有一種人承認有種必須服從的至上的法律或主宰。這種的人會說道：「卽使天塌，也必實行正義，」——這是至高服役的宗教。

我們必須贊成和不贊成：若是你對于這說法有疑問，可以讓我將從已故盧加德（Lugard）夫人聽來的故事說一說。在她還是福勞拉蕭 Flora Shaw）小姐，並爲「泰晤士報」作非洲通信員的時候，她想要找到一個沒有道德顧忌的健全人。有一天去訪一個退化的食人部落時，他看到其中一個最令人厭惡的人，她想這也許就是她所要找的沒有道德顧忌的人體。所以她請翻譯人問他，是否有什麼事情她認爲作起來是不對的。他說，有！他認爲吃他的生母是不對的。福勞拉蕭並不喪氣，進一步想除去他的成見，並向他指明他和他母親，許在沙漠中，離開部落有幾天的路程，他們的食糧却完全吃盡了。他們不能兩個人都回來。除非吃了對方，兩個人都一定死亡，他母親吃了他有什麼用處呢？她是一個老婦人，不過只會成爲部落的負累罷了，可是他若明達，作了正當的事，吃了他的母親，他還可以回來，並且因爲是健康的青年，還可以對部落中多年的用。難道他沒有看明白他應當吃了他的母親嗎？這個可憐無知的食人的人只好起手來說道：「只有壞東西會作那樣的事！」福勞拉蕭從此便不再尋求沒有道德顧忌的健全人了。

但是，託爾斯泰說，人旣然生就必須贊成和不贊成，自然就想要了解他爲什麼這樣作，而且在他要對這加以解釋的時候，他就是開始形成一種宗教了。健全並令人滿意的宗教便是這麼一種合理的了解，牠使我們內心裏存在的一切與周圍無限的生命聯合，並領導我們的行爲。

鼓動我們的理智和良心，不是我們自己有的，牠們一定從我們身外的或物產生：而且卽使我們說牠們由一種演進的歷程產生，這也並沒有將情形加以改變，因爲必須有種什麼演進的歷程的一種傾向，產生了理智和良心。這些問題是超出我們理解以上的，我們談論牠們時，不能像談論孩子或所玩的狗一樣明確。我們要談論牠們的話，必須使用詩的文字，宗教的人提到必須遵行他的旨意的「在天的父」時所運用的說法，雖然是詩的，却並不是不合理。將我們的理智和良心的來源稱爲「在天的父」，也許並沒有什麼不妥，而且旣然只有憑了理智和良心，我們才可以得到生活的指導，那麼要說我們運用理智和良心探求天父的旨意，並能明白實行他的旨意是人類生活合理的目的，要說他的旨意是要我們幫助在地上建立天國，來替同輩服務，換句話說，就是我們應當闡明「綠棒」上的使命，想法從世界上將疾病，不幸，缺乏，憤怒和一切罪惡剷除——這樣類推也不算不好。一切其他的目的都被死亡挫折打敗了——只有這種目的，和無限發生連繫，是不會這樣失敗的。

託爾斯泰的「福音要義」和「論人生」，便討論這個問題。作爲他解說「四福音」的例證，我只有篇幅提到他對于使五千人飽食的奇蹟是怎樣解釋。

他說，大家一知道有一個得人心的說教者要到鄉間去，並從山旁露天說教，所以就有約五千願意聽他說教的人，便利用這個機會去野餐，並如「福音」中所說，他們還帶着籃子。因爲是明達的猶太人，他們所帶的籃子自然不會是空的。在耶穌宣說了博愛互親的學說之後，到了吃飯的時間了，他看他的門徒只有五個麵包和兩條小魚可以分配。他告訴門徒使人家分成一組約五十人坐下，並且告訴他們莫要吃東西，先要把食物獻給別人，作一個講朋友，有禮貌的榜樣。他們遵守了他的教訓，這使得別人也照樣作起來，所以結果不僅人人都有充分的食物，『他們集起剩餘的食物，還盛了十二籃子。』

若是像一般假設的一樣，耶穌作了一個戲法，從帽子裏弄出食物來，這種榜樣對于我們並沒有用處，因爲我們模仿不了，但是假如我們不像奸邪的人們一樣，渴望着什麼奇蹟，却滿意照「福音」中所寫的樣子來閱讀這敘述，那道德的教訓便淸淸楚楚，並且可以應用到我們一切人的身上了。

託爾斯泰所譯述的「四福音」有可以注意的地方，便是牠有意義——可是普通教堂通行的譯本却往往不可解，不僅不能使事情明瞭，却使人心理上覺得消化不了，使得許多人厭惡宗教。

託爾斯泰的心靈並不停頓。在寫了「自白」和開始上面提到的一些宗教作品之後，他又活了三十年。隨着時間，他的觀點也有些改變，他不再專心注意「四福音」特殊的經文，却在考察了其他宗教之後說道，一切偉大的宗教在根本上都宣說同樣的眞理，使得各宗教分離的只是那些迷信的結凝物——這些東西雖然因爲習慣的關係，我們在自己的宗教中可以看不到，在其他宗教上看到時，却就顯得荒謬了。

黃龍寺

四幕劇

羅明

僧人徧滿天下，不是西域送來的，卽是中國之父子兄弟，窮而無歸，入而難返者也。削去頭髮便是他，留起頭髮還是我，怒眉瞋目，叱爲異端，而深惡痛絕之，亦覺太過。

鄭板橋——家書

出家一事今人多以爲避偷安計，其下焉者，則無有生路，作偷安計，故今之出家者，多皆無賴之徒，致法道掃地而盡，皆此輩出家者爲之敗壞而致然也。

出家爲僧，乃專志佛乘與住持法道而設，非謂佛法唯僧乃可修持也。

印光法師——嘉言錄

人物：智清—小和尚年十九歲
桂香—智清的戀人年十七歲
楊子石—畫家兼詩人年二十八歲
姚依萍—子石的戀人年二十四歲
小禿子—桂香的未婚夫年十八歲
老張—廟裏的香火年五十二歲
周老三—賣碑帖的年四十五歲
老龔—子石友年二十六歲
勒修—智清的師兄年三十五歲
汪太太—勒修俗家妻年二十八歲
祥齋—廟裏的「知客」年三十六歲
劉嫂—禿子媽年三十二歲
王子清—無賴年三十二歲
吳大先生—塾師年六十三歲

第一幕

黃龍寺，是一個將近有六百年的老古刹，地點在離津浦線不多遠的一個小鎭上，像一般的傳說該鎭有一位仙僧因練功得法成了一位眞人，有一次天上飛下一條黃龍，這位眞人就坐着黃龍而去，故後人都稱這位仙僧爲「黃龍眞人」，爲着紀念這位眞人故在本鎭一個山上建築這個黃龍寺，這座山也改名爲黃龍山。

黃龍寺自建廟以來，也出過十幾位名僧，可是敗類的和尚也有不少，尤其幾近十年來了世道反常人心不古，廟裏尤存着許多無賴之徒，更因爲本寺廟產很大，和尚衆多，份子更見複雜，同時因爲自從革命以來，由着新思潮的感染，環境的引誘，有一般和尚竟不安於位，所以在這一個莊嚴偉大的寺院裏，內幕藏着很多的人間悲劇，天天在醞釀着，時時刻刻在變化着，他們最大的原因就是懷疑着「佛」的存在，一個僧徒的矛盾心理，但這些決不是寺外的人可以明白的。

寺內的人既然是不安於位，大家都在探詢着寺外的新事物，誰都恨不得出了這個廟門到外面去一看究竟，去把他這些對人生不解的問題，能夠非常具體的尋出一個答案來，然而，同時更矛盾的，令他們更爲不瞭解的，就是天天還有些俗人到廟裏來鬧着要出家，說是他塵緣已滿，立不住脚，只有到佛地裏找個安身之所，也想修行修行他下半世，但既入了廟門受了法戒以後，他又像是很後悔似的，也是一樣的不安於位，看他的一切情形又好像他的塵緣並未滿似的，這個，更爲令人費解的事。

我們爲着要使觀衆明瞭起見，我們把這古老的寺院劃作四部，一部一部的展開在觀衆面前，再檢幾個在這寺裏常出進的人物，一並搬上舞台，讓他們自由活動，給聰明的觀衆們看一個究竟。

展開第一幕就是本寺的前過道，迎着觀衆的面偏左方（以舞台左右爲標準）有一對朱漆的大門，十分高大，又寬又厚，做開在兩旁，因爲年代久遠，門上的灰佈有的已經脫落，顏色也變得非常的灰暗，因爲受着舞台尺寸的限制，故我們只能看到門身下端的三分之一，在門的下垂各有一很巨大的石門礎，門外面是一對石獅子，門裏面是門臼窠，中間開一條溝，插着個木製的門檻，這個門檻又是非常的高寬，看到這條門檻就會令人推想出這一對高大的廟門。

觀衆的目光穿過了門，就看到一排黃色的短牆，上面書着一排一人多高的大黑字，「南無阿彌陀佛」，但因爲牆的地基低，門檻尺寸高，故我們只能看到字的上部一半，兩邊的「南」及「佛」字只能看到一角，牆的後面長短不齊的伸出許多翠綠色的樹梢，在牆簷下，長些「爬山虎」（一種爬牆的植物）及一些無名的野草，牆外遠遠的有點山景。

在大門的兩旁各有一個單扇的邊門，但現在只剩下右側一個，也是朱紅色，已經鎖了很久早已不用了，左側一個門已用石磚砌上，因爲周老三在這兒賣字帖，故石磚上全貼些字帖樣子，連左壁上也是，大大小小各色各樣的碑帖，在左牆角下放着一張方桌，桌上也堆些疊好了的碑帖，還有把破嘴的茶壺，左壁是用羅底磚砌成的，故還能看出斜方形的圖案，壁下有一條又長又寬非常笨重的長凳，近台口開一個邊門，門頂作半圓形，門下有兩登石級，這是直通大殿的便門。

右方的後牆一直的伸進去，上面現着幾塊石碑，故我們看不到右壁，在舞台的前方直對着右邊門，放着一張方桌，桌側置三條長板凳，右側還有兩張番布睡椅，這是香火老張賣茶的地方。

現在正是夏末秋初之際，天氣還是熱得利害，一點風也沒有，門外還照着熱烘烘的落山太陽。開幕時小禿子倒坐門檻上，背朝着觀衆在嗑瓜子，手裏抱着一個大籃子，籃子裏有花生瓜子，香烟，糕餅等食物，專留兜售給遊山客人的，他的外形很醜，頭上全是已好瘡疤，左耳上還戴着一支銀墜子，頸上又套着一個銀項圈，穿着一身藍布掛褲，他坐在這兒像是等人，又像是坐在這兒看山景。

周老三是一個賣字帖的，年約四十五歲，看出是一個老江湖手，個兒並不高大，未留鬚，剃得很乾淨，頭有點敗頂，他上穿着白洋布短衫，下面配上一條黑香雲紗褲，他是香火老張的至友，他一個人坐在左面的長凳上，像是睡了中覺才起，右手拿着芭蕉扇子很命的扇，左手拿着一把破嘴茶壺很有滋味的在品他的香茗，隔了半天他才說話：

周：（代表周老三）小禿子（音則）！不用等了，待會你媳婦回來！我代你告她一聲得了！

禿：（代表小禿子）……

周！（又品幾口茶）這小子眞有勁！我睡了一覺還看你在等，眞他媽的忠心，我告訴你早啦！太陽不落盡了，你別想見她回來！（見他吃瓜子）好小子！嗑着瓜子看山景！眞樂！

禿：（還在吃他的瓜子）……

周：（半天地）小禿子（音則）給我一包翠鳥！

禿：沒有！

周：那麼來一包哈德門！

禿：也沒有！

周：那麼大聯珠！

禿：沒有香烟！

周：他媽的！我來看！

（周老三去拉小禿子的籃子，小禿子不肯，周老三翻出幾包香烟，拿出一包哈德門，還抓一大把花生，洒了滿地）

禿：你看你看！洒了滿地！

周：誰叫你騙我！

禿：不賒給你！

周：媽的我幾時少過你的？

禿：（鄙視的）吃不起不要吃！（笑了兩聲）在你周三爺闊的時候別說哈德門，大聯珠，連大英前門都不吃，全是加利克三砲台，可是現在——

周：年頭改良了，自己又倒霉，不用提了！

禿：（鄙視的）現在連哈德門大聯珠也吃不起了！

周：（爽直的）多少！

禿：周三爺！這包烟還是算欠的還是算現的！

禿：（奇怪的）嗄！三爺今天闊了！連陳欠一共是十三塊六角！

周：見你媽的鬼，你怎麼算的？

禿：本來是十二塊二毛加今天的一塊四你算是多少！

周：什麼一盒哈德門要一塊四毛？

禿：哈德門只要一塊二……

周：這二毛吶！

禿：是花生錢！

周：去你的！你他媽的吃了半天的花生瓜子都算我的！

禿：我吃的不算，就你先抓的一把！

周：媽的！我周三爺待你不錯！這點交情也不賣，就你媽來也得——

禿：得了得了！花生算我請客！你給我十三塊四毛！

周：沒有這麼多錢！只算今天的！

禿：一塊四毛！

周：（幾個口袋湊在一起不到一塊錢）今天不夠下次一塊兒算（自怨的）眞他媽的！

禿：行！（半天的）三爺！桂香還得多早晚回來？

周：我告你早啦！她是跟姚小姐出去的！不到太陽落盡了別想她回來！

禿：（焦急的）那可……

周：禿子（音則）！自己也得識相點，別那麼老釘着！再說她雖然是你團兒媳婦，總還未成過親，別那麼釘死！

禿：（聲明的）不是！不是我！是我媽……

周：你媽想她？離不開她？叫她回去當少奶奶去？

禿：不是！是家裏有事。

周：家裏有事，這兒也有事，她既然在這兒幫工，當然得侍候化錢的姚小姐！

禿：不！是因爲我爸爸打城裏來了！

周：你爸爸？你爸爸不是早死了？

禿：這是我叔叔！

周：叔叔就叔叔！幹麼趕他叫爸爸？

禿：因爲我媽又嫁給他了！

周：所以你這個油瓶也拖過去了！

禿：（自覺失口）我媽不叫我說的！

周：你不說我也知道！你周三爺在這廟裏住了一年多，這山下前前後後左左右右的，誰家的底細我都摸得清！（最後還得來一句）告訴你吧！

禿：（含羞的）周三爺！我叔叔說要給我成親！

周：成親？

禿：叫我跟桂香成親！

周：幹嗎這樣急？

禿：是我媽的意思，說我已經不小了，桂香也成人了。

周：你今年多大？

禿：十八啦！

周：桂香吶！

禿：她！她比我小一歲！

周：好吧！早點也好！你三爺贊成！不然——

禿：不然怎麼？

周：（改話頭）禿子（音雜）！說眞的！桂香這孩子長相可眞不錯，配你實在也眞有點寃？

禿：（莫明其妙）寃？

周：可不是！你看人家，長得頭是頭，脚是脚，粉團團的小臉，一把烏油油的頭髮！可你呢？相也太難了！

禿：（不服氣的）可我命好！八字硬！我媽是她的恩人，我們家救了她的命，養她這麼大！

周：（肯定的）禿子（音雜）綠帽子有的給你戴，瞧着吧！

禿：（慚愧地）我媽也說——

此時老張很慢的自大門走進來，他是黃龍寺裏的香火，年紀已經五十三歲了，是一個孤孤零零的可憐人，可是往年也走過時，在軍閥時代當過營長，打過戰，娶過兩房姨太太，可是不幸右腿上中了子彈，成了殘廢，到現在走起路來還不大方便，鬢髮均已經蒼白，因爲過去的磨練，雖然他只有一支眼，但他看事非常的清，成了一個非常懂得事故的人，北伐以後，他的家人走的走，散的散了，自己受着通緝，一直的避在這個廟裏，當個香火，夏天就在廟門口賣賣茶，這樣的生活他已經過了七年了，今天因爲周府上借廟裏唸經，叫他去買香燭，所以他進來手裏提着一大包東西，頭上帶一個斗笠）

禿：張大爺！您來了！

張：（代表老張）你們爺倆在潦天！

周：大哥！又買些什麼？

張：有大香。有檀香！有蠟燭！都是替周大爺買的！（很疲倦

的坐下）

周：這些錢化的眞怨！

張：可有錢的不在乎！錢多了拿拿錢做做面子！爲了已經死了上十年的人，還得做週年做佛事吶！

周：今天的經起碼唸到二更！

張：聽說大和尚也出台！

周：方丈也出台！面子可不小！

張：當然囉！周家也是咱們鎮上一個大姓，有錢有勢！數一數的人家！

周：（不平地）可咱也姓周，就他媽的兩樣！周與周不同，咱家就該守廟門賣字帖！

禿：你八字不好！

張：（忽憶地）爐子息了吧？

周：沒有！我剛添上炭！

張：天可眞熱！

周：（送扇子）大哥！您扇扇吧！

張：（拒之）你扇！我得弄爐子，來杯熱茶！解解喝！（自右下）

周：眞也怪一個茶客也沒有！

張：（內應）說的是啊！

周：要是有個把茶客咱的字帖也可以銷他兩張！

張：（端兩杯熱茶上）老三喝茶！

周：（去拿茶壺）我這還有！

張：那麼禿子喝吧！

禿：謝謝你！（一口氣喝完）

周：大哥來根香烟！哈德門！（送烟）

張：哈德門？

周：剛在禿子籃子裏欠的！

張：（吸火）楊先生跟姚小姐還沒有來？

周：沒有！禿子（音雜）還在等桂香吶！

張：（羨慕地）像楊先生樣人，過的才有意思吶！

周：天天做詩畫畫！

張：（忽然想起）我得到後面去了！和尚恐怕已經吃過飯了！馬上上台了！你們潦吧！

（他說着就拿着香燭自左邊門下）

禿：今天有焰口（和尚念經意思）在那兒！

周：大殿上！

禿：我去看去！

周：早啦！陪你三爺潦潦！坐下！坐下！你坐下！

禿：潦些什麼吶！

周（找話說）禿子（音雜）！你喜歡桂香嗎？

禿：（怕羞的）喜歡！

周：可桂香吶！

禿：我想她，她也會喜歡我！

周：喜歡你？喜歡你個屁！

禿：怎麼？

周：你在做夢！她不會喜歡你的！

禿：她不敢不喜歡我！

周：爲什麼？

禿：她要不喜歡我，我媽會罵她，我媽疼我，媽向着我！

周：可你媽不會老滴咕着她一輩子！

（此時從大殿裏傳來一陣鐘鼓聲，和尚們已經開台了，大和尚正在咪裏瑪啦唸引子，不久衆僧隨樣高唸，可用唱片放，以後繼續的傳來鐘鼓聲，誦經聲）

禿：（天眞的）開台囉！（欲去看）

周：慢着！我還有話問你！

（此時王子淸鬼鬼祟祟的自大門入，他的身體非常的瘦弱，滿臉烟色，穿着一身非常瘦小已經發黃的紡綢大褂，頭上戴一頂褪色草帽，嘴上含着一個極小的煙頭，手裏拿了一把黑紙扇，一望而知不是一個正路人，他是本鎭上一個流氓，不務正業，對於女人的消息比誰都知道清楚，專門做人家皮條客，假如要硬找出他一個職業來，那麼就是私販烟土，是他唯一的正事）

王：（代表王子淸）嘻嘻！周三爺，天氣眞熱啊！（打開黑紙扇恨命的在扇）

周：啊王大爺！多少天不見了！您這向………

王：馬馬虎虎！沒有什麼道理！糊糊口！您吶！

周：倒霉！兩天沒見一個大啦！

王：所以我勸您還是改行吧！這年頭糊口還不易，誰還有閒錢來買你的字帖！

周：可我沒有長你那麼大的本領啊！

王：三爺！您別開窮味啦！夠啦！

周：這鎭上誰不佩服你有兩手！

王：得啦！我受不了啦！（又傳來一陣誦經聲）怎麼今個兒，誰家做佛事？

周：周大爺的老太爺做冥壽！

王：（聽到一陣宏亮的經聲）啊！這是大和尚聲音，怎麼老方丈也出台啦！小禿子來包煙！（他摸出一大把票子，拿一包哈德門，交一張五元幣給禿子）找！三爺你來一根！

周（歡喜地）您眞太太客氣了！

王：老張吶！

周：在裏面侍候香火！怎麽要吃茶！

王：不！我馬上就走！（半天地）三爺！請問你「知客」忙不忙？

周：您說的是祥齋和尚？

王：因爲有點事要與他碰碰頭！

周：行！（對禿子）小禿子（音則）你去跑一趟！找知客來！

（禿子由左門下）

王：（佈置成功得意的笑着）眞麻煩您啦！

周：那兒話？

王：老張！

（這時老張自左門上，拿着一條大手巾在擦汗）

張：哦您吶！好！

王：來根烟！（送烟）

張：謝謝你！老討光你！

王：這是什麽話！自己兄弟！

周：王大爺來找知客！他閒着吧！

張：他沒有事，在小樓上算帳！

周：小禿子去找啦！

王：知客是一位大才，這廟裏芝麻點小事也都得他經眼！尤其是這麽大廟產，銀錢來往，左右調度，可眞不容易啊！

周：說的是！

（此時祥齋自左門上，他穿着一件黑色麻布僧袍，個兒相當的高大，身材魁偉，圓胖的臉，頭臉剃得很乾淨，他是黃龍寺的「知客」，除下方丈悟空之外，在這寺裏算他權利最大，然事實上悟空根本不管事，一切全交給他，由他一人主宰，寺中一切行政問題全歸他一手包辦，因爲經歷多，處事也非常的圓滑，但，有時也相當的固執，因爲錢的方便，就容易作惡，所以他表面還好，私底下行爲非常之不檢，他一進來見到王子淸一驚，當然他們中間有什麽秘密）

祥：（代表祥齋）是你？

王：是我！有點事跟您商量！

祥：請坐請坐！

王：還是請你出來談兩句！

祥：（裝佯地）有什麽事啊？

（子淸拉着他自大門出去）

周：王子淸這傢伙來又不是好路道！

張：衹要不管咱的事，隨他去！

周：大哥！爐子也該熄啦！太陽都落山了！沒有什麽客人來了！

張：我這就預備熄啦！

周：年頭眞不好！咱哥兒倆混得一年不如一年啦！

張：（消極地）過一天是一天，做一天和尙撞一天鐘！（自左方下）

周：唉！想起從前你當營長的時候多威武啊！那個時候咱哥兒倆在一起多自在，可是好景不長，現在咱哥兒倆落得這樣！

張：（內應）過去的事不用提了！

周：（繼續地）想起了從前眞跟作夢一樣，那時候你還有兩位姨太太吶！我跟你幹司書，要不是咱們大帥倒了旗，你又打傷了腿，咱們隊伍全都散了，你還落得個通緝令，怎麼會跑到這兒來安身，當一名香火，我就東奔西跑作買賣，都虧了本，這樣的日子算起來也不少了………

張：（在內應）七年了！

周：（繼續說）現在咱們還是光棍一條！你還是個香火，我弄他媽的字帖，本錢倒化了不少！隔他媽十天九天才賣出一張！

張：（出來）唉！倒霉的點子全被我們摸着了！

周：我這次從南方趕到這兒來本來是想當和尙的——

張：（接着說）幸虧沒有當，當和尙也不是一個辦法！我要不是害在我這支腿上我也早走了！

周：大哥！你的眼後來怎麼也瞎了一隻！

張：兄弟！眼是通心的，一個人心裏有事還能會有好眼嗎？

周：眞也難怪！

張：（引起他的心事）你想我聽到有通緝我的命令，我那時眞跟一條無家可歸的野狗一樣，東奔西跑，仇人又多，後來就到這廟裏來，本來看破了紅塵想來當和尙，可是我是一個殘廢人，年紀又大了，腿脚又不便，自問也不夠，所以只求着當個香火，有個安身地方就算了，心裏還想家裏人——

周：就是那兩位——

張：可是一直都沒有信息，後來才知道她們都嫁了人了！

周：俗話說婊子無情，戲子無義，她們倆怎麼還會想起你大哥吶！

張：還有我那八歲的小孩……我就這麼一個兒子！也——

周：兒子！兒子有什麼用，和尙無兒也下地，姑子無兒也下坑，現在我倒還覺得單身漢自由自在吶！死了總不能在土上頭！

張：（繼續地）因爲一急，這隻左眼就瞎了，看不見了！

周：（搖搖頭）——

張：你說當和尙，當和尙又有什麼用，還不是爲着一張嘴（肯定的）要吃飯！就說這個黃龍寺吧！一共也有四五百個和尙，可是除下大和尚悟空師父外，有幾個是眞心修行！（大殿又傳來誦經聲）兄弟！人生就是那麽一回事！

周：可也有命好命壞的！

張：說的是不錯，命好的不去說他，命壞的都怨命不好，什麽消極啊！看破紅塵啊！當和尙啊！當尼姑啊！其實到處都一樣！兄弟！祇怪你托生人！人就該受罪的！

周：大哥這話說的對……

（此時自左方走出一個靑年來，年二十六歲，身體很瘦弱，是一個消極主義者，穿着一灰色紡綢大褂，面還露出米色西裝褲脚，看樣子是一個剛出大學的學生，他因爲事業失敗，變得非常消極，他對人類發生了懷疑，他經不起人事間的鬥爭，雖然他滿肚子學理，但終因爲社會經驗少不會應付，不會討好，做事少决斷，欠圓滑，所以他看破了紅塵想來當和尙，卒因爲楊子石及老張給他不少的感染，破解給他聽，他才對人生有了新的認識）

張：龔先生！快開飯了您還出去？

龔：（代表老龔）我在大殿上看了半天和尙唸經，無聊得很，想出去找子石去！

張：楊先生嗎？他就快回來了！您先坐會，我給你泡茶杯！（老張自右下）

龔：不用了！

周：龔先生！昨天又到了一批帖您來看看！

（老龔到左角去看碑帖，周老三一張一張的理給他看）

龔：這兩張不錯！

周：倒地是漢碑！

龔：（換一張）這一張就是後面那一塊碑？

周：對啦！前天才錘的！（換一張）這是蘇東坡的放鶴亭！這是董其昌的！

張：（端一蓋碗子茶放在方桌上）龔先生！您請用茶！楊先生跟姚小姐恐怕馬上就來！

龔：老張！謝謝您！

（此時有一個三十歲的女人自大門進來，身段還不壞，看出不是本鎭人，她是汪太太，今天才從城裏來，因爲她倆了人，她的丈夫汪先生一氣就去當和尙了，可是他並沒有告訴她是到那一個廟裏去出家，所以累得這位汪太太跑了很多的地方廟裏去找，都沒有她丈夫的踪跡，她穿着一件海昌藍旗袍，臉上也沒有胭脂，像是很憂愁似的）

張：你是找誰啊！（大家都很注意）

汪：（代表太太）老伯伯！請問您這兒有個姓汪的沒有？

張：姓汪的！是幹什麽的？

汪：（不好意思說）是——

張：（替她說）是帳房先生，是道士，還是打雜的？

汪：都不是！

張：那麼是幹什麼的？

汪：是——是當和尚的？

張：當和尚的，可是我們這兒和尚全沒有姓，他的法名叫什麼？

汪：法名？

張：對啦！就是和尚的名字，譬如我們這兒大和尚法名叫悟空，小和尚叫智清，知客叫祥齋，還有勤修，覺敏，智能，德明，緒塵，法禮，悟禪多啦！人人有名字，一人一個，您太太是找那一位？

汪：他叫……他叫企塵！

張：企塵？

汪：對啦！汪企塵！我是他的太太！

張：那你找錯了，我們廟裏和尚都沒有太太，再說更沒有叫做什麼汪企塵的！

汪：老伯伯！謝謝你！（哀求地）勞您駕，請你替我到廟裏邊問問？

張：（莫明其妙）問問？

汪：對啦！請你一個一個的問問看有沒有叫汪企塵，勞你駕告他我來找他，找他回家！我來給他陪不是，（越說越有勁）過去都是我不好，都是我的錯，我認錯，只要他肯回去，我以後什麼都聽他的，（越說越快）我再也不找麻煩給他了，我知錯，我認錯，請他看在孩子份上，他萬不能來當和尚，千不是萬不是都是我的不是，可是他千不該萬不該丟下我們來當和尚，叫孩子們向我要爸爸，叫我守活寡，請你告訴他，我看到他留下來的信，我哭了三天三夜，一粒米也未吃，一滴水也未進，隨便怎樣看在夫妻份上請他跟我回去，而且我們又是自小奶婚，也是他父母作的主，（她竟哭着訴着，大家看得莫明其妙）她要什麼條件我答應他什麼條件……

張：慢看點！（半天地）你這位太太瘋了！

汪：不！我不瘋，我很明白，我知過改過，老伯伯求求你一個一個的替我問問！

張：沒有！這廟裏有五百多個和尚叫我上那兒問去？

汪：（失望地）沒——有？

張：沒有！你太太找錯了！

汪：（控制不住的）哦天啊！

（她放聲大哭的跑下去，老張，老龔，周老三三人都立到門口向外看，仍聽到哭聲，大殿上又傳來誦經聲，大家轉過

來搖搖頭)

周：眞是一個瘋子！

張：老三！她不是瘋！她受的刺激大概很重！

龔：(同情地)對！老張的話對！我們應該同情她！

張：她眞是一個可憐的女人！

龔：我覺她的丈夫更可憐，更叫我們同情！老張！你應該替她查查才對！

張：廟裏和尙這麼多，叫我上那兒查去！

周：這究竟是怎麼一回事？眞叫人摸不着頭腦！

龔：這只有她自己心裏明白！

周：我想大概是夫妻吵架！鬧別扭！

周：我想或者是這個女人偷了漢子，傷了她丈夫的心，就一去當和尙！

張：大家都不要想了！假如你們這樣的愛替人家想，那天底下的事情也太多了！

龔：(悲觀地)咳！人生眞是一個悲劇！

(此時由大門外進來了三個人，一個是楊子石，年紀很輕，大約二十八歲，身體相當的勻稱，他是一個畫家，有時也會寫出兩首抒情詩，他穿着一身白番布西裝，未打領帶，頭髮蓬鬆着，看出很自然，他進來時手裏提着一幅未完成的油畫，臂內夾着畫架，另一支手提着畫箱，滿頭是汗，與他並排的是一位姚小姐，她名子叫依萍，年紀只有二十四歲，完全是一個都市型的女子，她着一身西服，裙子很短，頭髮又厚又長，扎着一根緞帶弄得很自然，戴一副米許林黑色眼鏡，手上還戴着網狀的白手套，左手拿着一大把花，右手提着一個草編的圓形提包，她是子石的未婚妻，又是與子石同學，她是學音樂的，後面跟着的是桂香，年紀只有十七八歲，雖然是鄉下姑娘，然而看上去很美麗，假如把依萍的一套衣服脫給她穿，她的美麗並不亞於依萍，她梳着一條很長的髮辮，前面還留着幾根留海，穿着一身藍色花布衣褲，看出很玲瓏，很天眞，很活潑，她手裏抱着一頭白色捲毛小狗，這個狗是依萍的，因爲依萍與子石來這山上避暑，就由人介紹桂香來侍候依萍，所以她老釘着依萍，依萍也很歡喜她，她是小禿子的未婚妻，自小因父母去世，就團圓給禿子家的，可是她並不喜歡禿子，她知道她美麗，禿子實在配不上她，旁人也是這麼說，可是長的美麗，但是生來命苦，又有什麼法子呢？尤其近來與子石及依萍接觸，她發現人生是有意義的，除下她知道的以外，還有很多的新奇事物，因之她越發厭惡小禿子，厭惡她的家庭，厭惡她的環境，因爲這許多的心理擾在她的身邊，她對自己的爲人有點動搖了，所以她在戀愛，她的對象是黃龍寺裏的小和尙智淸，雖然一個禿子一個和尙，都是光光的頭，但是她總以爲智淸比禿子可愛，而且智淸也在愛着她，這就是她近來心理上最大的波動）

楊：（代表楊子石）天氣可眞熱！（把東西放下）

龔：今天怎麼這麼晚才回來！

姚：（代表依萍）要不是我叫他回來，他非要把這幅畫畫好不可！

楊：別說了！還不是在等你！

周：龔先生本來想去找你吶！

張：楊先生你們坐會，我給你們泡茶去，剛開了一壺水！

楊：也好！謝謝你！來一大壺！老龔等會到大河裏去洗澡去！

（說着卽用袖子擦額上的汗）

姚：又用衣服擦汗了！

楊：橫豎這套衣服要洗了！上面全弄些顏色！

姚：你的手巾吶！

楊：你沒有交給我？

姚：哦！我忘了！在我提包裏！

（她打開草提包取出一塊折得很好的乾淨的男用手巾交給子石）

龔：（羨慕地）姚小姐眞會照應子石！

姚：（自以爲得意）子石這個人，才叫馬虎着吶！要不是我滴咕着，那他還不知道糟塌成什麼樣！

桂：（代表桂香）小狗恐怕也要吃食了！

姚：Karlo（狗名）！來！

（小狗對她叫兩聲，很幸福的跑到依萍的懷裏，此時老張送上臉水）

張：楊先生，先洗把臉吧！茶就來！（下）

楊：也好！依萍！你來一把吧！

姚：我不來！（楊自洗）桂香你也累了吧！

桂：不，一點也不！

周：桂香！剛才小禿子來找你！

桂：（馬上現出厭惡）找我？

周：等了好半天！

桂：找我幹嗎？

周：說他媽叫你回去一趟！

桂：討厭！我沒有空！走不開！

周：他還在裏面看着唸經吶！

（內裏又傳來鐘鼓聲及誦經聲）

姚：大殿上又在唸經了！子石！我們去看！

楊：別小孩子皮氣，這有什麼好看！

姚：我頂愛看啦！幾十個和尚站在一起瞎着眼睛，規規矩矩的，嘴裏「迷裏廝啦」的，也不知道在唸些什麼？

楊：眞是小孩子，像你們小姐們在都市裏，跑慣了舞場，聽慣了爵士音樂，到鄉下來對老和尚唸經也發生興趣了！

姚：我不是愛聽他們唸經，我是愛看他們的傻像！

楊：（開玩笑地）阿彌陀佛！當心菩薩聽見！

張：（送茶上）姚小姐！來杯茶！今天大和尚也上台！

姚：眞的！那我非去看！桂香！咱們走！

楊：慢着點待會咱們一道去！

（周老三看時候不早了，把牆上掛的碑帖取下折好）

姚：（搖搖頭）眞是孩子氣！（見周三收字帖）怎麼收啦！

周：收啦！天不早了，橫豎沒有生意！

楊：怎麼老龔不說話！又有心事了！

龔：沒有！

張：楊先生！您沒有見着，剛才有一個瘋女人來找她男人！

楊：到和尚廟裏找男人？

張：因爲她男人當和尚了！叫什麼——

周：（接着說）汪企塵！

張：對了！汪企塵！您想我們這廟裏，裏那有一個和尚叫什麼汪企塵的！

楊：究竟爲什麼？

張：那誰知道！哭哭啼啼的！我們連一句也聽不懂！

楊：就是剛才？

張：跟您脚前脚後！

楊：對啦！我們剛才上山的時候，在轉灣的地方碰見一個女人！不錯，臉上還掛着淚吶！大概這個女人又引起老龔的心事了！

張：龔先生對這個女人很同情！

楊：老龔！別替古人担憂了！

龔：沒有的事！我不過在想，天底下爲什麼會生出這麼多我們不懂的事！

楊：老兄！太多了！

龔：可是你很幸福！

楊：爲什麼？

龔：因爲你精神好，凡事都能看得開，還有……還有像姚小姐這樣會體貼的女人在照應着你，在愛你！可是我……太孤獨了！

楊：別那麼想！老兄拿點精神出來！（忽然的）你看！我今天這幅畫！

（這幅畫是桂香抱着那個「卡羅」站在一棵大樹底下，桂

香的頭上還包着一條花布頭巾，看上去非常的美麗）

張：這是桂香麼？

周：畫得可眞像！

楊：還沒有畫好，有些地方還得修改！（對老龔）這一張我相當的滿意，這一次我回上海去開畫展，這一幅畫可以出出風頭！

龔：可是我對於畫畫一點興趣也沒有，我總覺得畫畫與照相一樣，只可以現出人的外形，不能現出人的內心，因爲每一個人的外形總都差不多，可是內心却一人一樣！這實在是値得我們研究的！

楊：你的悲觀主義者的哲學又來了！

（此時吳大先生自右方出來，他已經六十多歲了，他是前淸時秀才，滿肚的子曰，可是受兒女們罪，不給吃喝，只得在廟裏借間屋子教書，他與老方丈相處不錯，人很瘦弱，多話，討厭）

楊：大先生放晚學了！

吳：（代表吳大先生）早放了，您在喝茶！

楊：您坐會吧！

吳：不啦！不啦！

張：大先生也來杯茶，好龍井！

吳：我得回去啦！

楊：近來有什麼大作沒有？

吳：沒有！不行了，眼也花了，晚上看不見！白天又沒空，天又熱蚊子也多！（忽然想起）不過……不過我今天晚上得作兩副輓聯！

楊：送給誰的！

吳：不是我自己的，是替兩個朋友作的！

楊：是誰家老太爺死了！

吳：不是！是一個朋友弔他朋友的姨太太！

楊：（明白地）哦！還有一副吶！

吳：還有一副是替一個女人作的！

楊：因爲她父親死了！

吳：不是，因爲男人死了！

楊：大先生！您手裏提的一包什麼？

吳：（看手裏東西）嘻嘻！是兩個饅頭！問大和尙討帶給我孫子吃的！因爲廟裏的饅頭是五穀雜粮做的，小孩子吃是好的！

楊：那你快走吧！明天談！

吳：再見！再見！（自大門下）

楊：和尙吃四方，他吃八方！

周：你不要瞧他雖然是受媳婦罪，但是很討大和尙喜歡，他是城裏什麼佛教委員會的委員吶！

楊：這個廟裏的人，眞是千奇百怪，樣樣俱全！老龔啊！你與其有心替古人担憂，何必不把心用在這個廟裏，細細的觀察一番，寫一個劇本，就題名叫「黃龍寺」，我想一定是一齣好戲，准受人歡迎！

（此時自大門又進來一個女人，有三十七八歲，是禿子媽，雖然是鄉下人，但帶相當的風流氣，頭髮梳得很光，老來俏，但並不擦粉點胭脂，穿一身藍布短衣，她姓劉，前夫已死多年，現又改嫁禿子叔叔，大家都稱她爲劉嫂，她人還沒有進來，就大叫着小禿子）

劉：（代表劉嫂）小禿子（音雜）！小禿子！（音則）！小禿子（音則）！（看見楊）哦楊先生！（對老張）張大爺！您見着我們家小禿子沒有？

張：剛才在這兒的！

周：在後面大殿上聽唸經了！

（周老三把一個洋布包包好了些字帖）

劉：（生氣地）這個禿子！胆可不小，我還在家老等着他吶！

周：有什麼事嗎？

劉：（不留意的）他爸爸——（自己覺失口，馬上又重改口）他叔叔打城裏來了——

周：究竟是他爸爸，還是他叔叔！

劉：他——他爸爸早死了，這是他叔叔！

周：你不是叫他來找桂香的嗎？

劉：是呀！

周：桂香剛才跟楊先生姚小姐回來！

楊：劉嫂！我們快回上海了！

劉：天氣還熱着吶！山上涼快，幹嗎不多玩兩天？

楊：玩也玩夠了！上海還有事！

周：楊先生回上海結婚去了！

劉：那可得恭禧了！

楊：沒有的事！還有些時候吶！（繼續前語）所以桂香這孩子我們也要還你了！

劉：對姚小姐有什麼不周到的地方，還得請楊先生跟姚小姐多包含點！

楊：桂香這孩子很好，依萍很喜歡她！做事很勤快，人也很好！

劉：那是姚小姐調理得好！楊先生早晚走啊！

楊：還有幾天！待明兒再告訴你！

劉：桂香還有點孩子氣，她的脾氣我知道，她自小父母就死了，是我一手養大，正好我也有個兒子——禿子，所以我就預備把他們小兩口兒成個家！還有，桂香的年紀也不小了，常出來跑，我也不放心，我們那個禿子雖然楞，可是心地好，人忠厚！楊先生您看吶？

楊：（敷衍地）很好！很好！

劉：楊先生！您坐着！我進去找禿子去！

（她一面走着一面叫着自左門下）

楊：（對龔）這是一個活寶，却是「黃龍寺」裏的好角色！

周：（對老張）老張！時候不早了，可以收了！

楊：（對龔）我們進去吧！來！幫我拿拿！

張：楊先生！您放在這兒好了！我待會給帶進去！

楊：不！還是我們自己來！

（子石與老龔把油畫等拿着自右方下，老張與周老三把桌子櫈子都搬到右方去，成了一個空空的舞台，此時大殿上傳出響亮的誦經聲。

舞台空靜了不久，小和尚智清自左門上，他今年只有十九歲，人長得並不高大，眼鼻生得很勾稱，頭髮剛剃了三四天（化裝時切不可用頭套，只有請演員犧牲頭髮，因智清乃是本劇主角，如頭皮太光，會引起反效果），所以看出烏黑的頭髮，皮膚相當健白，眉目秀麗，態度大方，看出是個有涵養人，決不是一個平凡的僧人，他也因爲受到子石的感染，得了很多新的思潮，同時他懷疑着「佛」的存在，生出了許多的問題，這些問題都是他每日所思尋的，因爲主觀的需要，客觀的便利，他已經與桂香發生戀愛，他穿着黑色僧袍，領口現出白色襯衣，黑白分明，令人發生美感，他是出來找香火老張的）

智：（代表智清）老張！老張！咦！沒有人？都收了！

（他像是悶得很，站在門口，對着外面看看野景，忽然他聽見左面有人說話聲，正是劉嫂，他馬上到右面藏起來，禿子，桂香，劉嫂自右門出）

劉：（罵禿子）天天長在廟裏，死沒有出息，喜歡廟，送你來當和尚！

禿：我不是來賣東西的嗎？

劉：賣東西！錢吶？你賣多少錢？賣東西賣到大殿上！賣給菩薩！

禿：我！我在等桂香！

劉：死不要臉的畜牲！叫你找桂香找到現在！回家！廟裏又沒有生意，以後不許到這兒來！桂香也跟我回去！

桂：（不樂意的）待會姚小姐還有事叫我！

劉：（兇惡的）待會再來！都走！（自言自語地）廟裏都有些什麼好人！

（桂香無可奈何的只有跟着他們下去，他們三個人剛轉臉走到門檻口，智淸卽走出來，與桂香對視一下，他呆立着看了半天，不自主的也跟了出去了。

他們剛走了不久，祥齋很快的走上，面上現出不高興狀，王子淸跟在後面，嘴裏唸唸有詞的）

王：您這也太難了，我是受人之托忠人之事，李二姐的脾氣你知道的，您跟她的事也不是一次了，這點錢夠幹什麼的？您您不是沒有辦法的，這廟裏的錢財都歸你管，你就大方點，錢也不是你的，也是廟裏的——

祥：怎麼你想敲我竹槓？

王：那我怎麼敢，不過您是一位出家人——

祥：（知道自己的弱點）王子淸！我祥齋平時總算待你不錯！

王：那還有說的嗎？不過這一次——

祥：你如果黑良心，那是沒有辦法——再見！

（他說着卽自左門下，智淸此時由大門上，還可看到祥齋的背影）

王：（以爲背後人，駡着祥齋）禿驢！等着瞧吧！

（他說完卽轉臉向外走去，亦未與智淸打招呼，智淸莫明其妙的看着他，搖搖頭，慢慢地自左門走下，此時大殿上傳來很大的誦經聲，幕布慢慢的落下來）

洛神賦

譚雯

第五幕

登場人物：甄靜　甄婢　曹叡　曹女　曹丕　曹母　曹植
宮監　宮女若干人　郭氏　華歆

時間：魏文帝黃初三年（公元二二二年）。

地點：洛陽魏帝宮中，一切陳飾，十分富麗。

幕開時：在早晨，甄婢爲甄靜理髮。甄靜仍很年輕，可是愁容滿面，兩宮女遠遠侍立。理髮畢，主婢開始談話。

甄靜　鶯兒，你的消息確實嗎？

甄婢　這是郭公公說的，他常常跟在皇上左右，當然不會弄錯的。

甄靜　爲了前年的事，他始終把他的兩位兄弟恨入骨髓，所以一做皇帝，立刻驅逐他們出都。這次無緣無故地召任城王進京，一定又不懷着好意，任城王到京以後的行動，你也曾聽見郭公公談起嗎？

甄婢　據說任城王還是前天進城的。他一進城，便要進宮來拜見太后，誰知皇上却不放他進來。

甄靜　那麼太后知道他來了沒有？

甄婢　沒有。

甄靜　（點頭）我也想是沒有，否則她一定要召他進宮來的。（忽然想到）雍丘王有消息沒有？

甄婢　（搖頭）倒沒有聽到他們提起過。

甄靜　（歎息）回想前年的事，公公一片好意，不意反而自己送了性命，以致我和子文子建都受盡苦難。當時他爲了顧全自己的名譽，不敢就把我們怎樣，此後他一定要對我們行施報復的。可惜子建總是忠厚待人，處處不肯先下一着，將來我們一定要吃了他的大虧才罷。

甄婢　娘娘的話不錯。這三年來皇上總是住在郭妃宮裏，早已不把我們放在他心上。不過，我們住在這裏沒有什麼活動，他也不能拿我們怎樣！

甄靜　可是我很替他們弟兄倆担憂。任城王是個莽夫，更容易受他擺佈，這次召他來京，我更替他担心。

甄婢　那麼我們應該想法和他通通消息才好。

甄靜　我正也在這樣想。

（一宮監自外上，伏地拜見。）

宮監　啓奏娘娘，太子和公主進來請安，現在門外候旨！

甄靜　（立現笑容）叫他們進來好了。

宮監　領旨！（下）

甄靜　（歎息）唉！他一做皇帝，連孩子們也和我疏遠隔閡了，古時候有人曾立過誓，願生生世世勿投生到帝王家裏去，原來很有道理。

甄婢　（正擬作答）

（曹叡，曹女上，後隨宮監二人。向甄靜拜見請安畢，站立一旁。甄婢忙取糖果分與曹叡、曹女二人。二人取食，很是高興。）

甄靜　孩子，此後你們要來看我，儘管自由來往，不要聽爸爸鬼話，一定要在什麼時候，一定要行什麼禮節。

曹叡　那麼爸爸知道了要責備的呢？

甄靜　他那裏管得到這許多，你們見機行爲好了！

（又一宮監悄悄上，呈一信與甄靜）

甄靜　（疑）是誰給我的？（拆信而閱，面現喜色）呀！原來是雍丘王也到京裏來了！

曹叡　誰是雍丘王？

甄靜　就是你的四叔。他自從你爸爸做了皇帝以來，已有三年不到京師。這次他奉詔來京，現在已經到了，所以寫信告訴我。

曹叡　自從四叔離開我們之後，不知爲了什麼緣故，在爸爸面前一提起他，爸爸總是很不高興，不許我們再提。這次他自己爲什麼又忽然召他進京起來了？

甄靜　這確有些兒奇怪！（問宮監）這信送進來時，曾給別人看見沒有？

宮監　沒有。來人還候在牆外，等候娘娘覆信；娘娘快些寫了，待我悄悄地遞給他。

甄婢　那麼娘娘快些就寫。我看兩位王爺同時被召，這裏面一定有什麼蹊蹺！

甄靜　（歎息）鶯兒，在他的信裏，仍舊是多年前那樣的纏綿，他要求我不要顧慮一切，設法使他進宮來和我一會。你想！他連他召他來京的用意也沒知道，不是要來自投羅網嗎？

曹叡　（天眞地）那麼媽媽爲什麼不就公開地差個人去請他來呢？

甄靜　（苦痛）孩兒，你年紀還小，不懂這裏面的道理，現在你爸爸很和他不對，所以不許我們會見。

曹叡　那麼，四叔住在那裏，我就伴媽媽出宮去見他也好。這又不犯什麼法，讓爸爸反對好了！

甄婢　（以目示意，催甄靜寫回信）

甄靜　（取箋欲寫，正凝神細想）

（曹丕忽上，後隨宮監多人。衆人都吃驚，甄靜欲收藏曹植來信，已經不及，爲曹丕搶去。）

曹丕　（怒容，取信讀畢）隔絕了已有三年，他還是不肯忘情于你！（冷笑）哈！哈！我這位好兄弟，他眞是一位天下少有的多情人！（忽板臉）這是誰送進來的？

（宮監戰慄，不覺向曹丕俯伏。）

曹丕　好，宮裏的人竟敢大胆替外人遞信，皇法在那裏？（顧跟來的宮監）把他帶出去用金爪打死！

（兩宮監抓送信的宮監下，宮監面呈死色。）

曹叡拉曹女共伏曹丕前）

曹叡　爸爸息怒！這不關宮監之事，請爸爸恕了他的死罪！

曹丕　（怒氣未息）小孩子懂得什麼？這樣的大罪，那裏可以饒恕！

（宮外一陣鞭打聲，慘叫聲，宮中人都失色掩面。曹丕神色自若，踱步細想，忽然點頭。）

曹丕　（對甄靜）你和我已做了十多年的夫妻，生下一子一女，我待你也沒有什麼不好。但你的心始終在他，他也始終在你，可謂堅如金石，始終不渝。（狡笑）旣是這樣，我倒有個成全你們的法子。——

衆人　（都驚愕）

甄靜　（正伏桌而泣）

曹丕　（繼續地）這樣，可以省得他遠居異國，晨夕想念，你也可以免得和我這個你所不願意和他同居的人勉強住在一起。靜，你贊成嗎？

甄靜　（依然伏桌而泣，不理他）

曹丕　（大聲吩咐宮監）你們快去準備白絹一幅，送娘娘到西宮去自裁！

（甄靜聞言驚倒，甄婢把她扶住，曹叡，曹女跪向曹丕哭求。宮監亦呆立不動）

曹丕　（怒喊）你們竟不聽我的命令了嗎？今天就是太后到來，也決不收回我的命令！

甄靜　（已淸醒，忽然堅決地）子桓！

曹丕　（驚愕）你爲什麼叫起我名字來？

甄靜　（冷笑）哼！你以爲一做皇帝，地位就高貴了，要怎樣就怎樣？你當初要我的時候，明知我是個有夫之婦，你用強力把我奸污了，强迫我不能不跟從你！子建是我從小就相愛的人，你也明知他放不下我，我放不下他，可是因爲你也要我，所以只當不知道地謅媚我。前年公公洞悉了你的奸惡，要把你廢掉，誰知給你先下手爲强，反使公公丢了性命。當時你因人言可畏，所以不敢立刻就把我們怎樣。現在事隔多年，你的皇位已穩，不怕什麼人了，而且又另外有了年青的人做你的皇后，不去掉我又無法實現你的心願，於是，有意召子建進京，做就了圈套，想把我們殺害，來順從你的心願！很好！子桓！你的毒計！

曹丕　（意外地被說中，不知所答）

甄靜　（對孩子）孩子！你們牢牢記着，你媽媽並不是你這禽獸爸爸的妻子，他做了强盜，做了竊賊，把我用强力奪來的。今天因爲他要立別人做皇后，所以把我殺害。孩子們牢牢記着，你們如果是有志氣的，將來一定要替我報仇！（毅然出宮，宮監隨後）

（曹叡、曹女追隨出宮，哭聲喚「媽媽」，十分慘悽。曹丕不知所措，來回踱着）

曹丕　（忽對宮監）你快去召雍丘王到這裏來，說我請他在這裏相見。

（宮監下，曹叡曹女扶曹母急上）

曹丕　（笑容迎接）媽媽來了，請坐請坐！

曹母　（氣急得說不出話來，只用手指宮外）丕兒，你快快下令把媳婦放回來！你好忍心，竟這樣沒有一些夫妻的情分！

曹丕　媽媽！這是她自己的願意。而且，這時恐怕她早已登了天，孩兒就是要赦她也來不及了！

曹母　（頓足而哭）我早知你必有這一天，只是料不到就是今天！你好忍心，這到底不是她的過失！

（曹叡和曹女也號啕大哭。）

曹丕　（正色）孩子們快到外邊去，媽媽也不用哭了。剛才我已派人去召雍丘王到這裏來相會，這樣鬧嚷嚷像什麼樣子！

曹母　（停哭，驚問）你召植兒進來做甚麼？媳婦已給你害死了，難道你還想殺死你的弟弟嗎？他是你同胞的弟弟，你爲什麼一定容不得他？

曹丕　（奸笑）媽媽放心！我決不殺他！我不過要叫他知道媳婦已死，他可以從此絕了念頭，好好回去做他的國王，多做些有利國家的事情，不要再癡心妄想了！

（宮監前來覆命。）

宮監　萬歲，娘娘已經升遐！

（曹母聞言又哭，曹叡曹女也哭，共扶曹母出宮。曹丕吩咐宮監預備筵席，宮監應命而下）

甄婢　（呆立一旁，如癡如醉）

曹丕　（大聲喚醒）鶯兒，你進去把娘娘服用的東西取出一二件交給我。之後，你便可以出去休息。我把孩子們的事都托給你，要和娘娘在時一樣當心。（也有些黯然）

（甄婢下。宮監們送筵席上。一會，甄婢復上，手持一繡枕授曹丕，復下。曹丕置枕于几上。曹植上。二人見禮畢。）

曹丕　（直截，責備的口氣）四弟，你要見你嫂嫂，爲什麼不逕向我說，鬼鬼祟祟地寫信給她，給人家知道了像什麼樣子！

曹植　（不知所答）是！是！這是小弟一時沒有想到，請皇兄恕罪！

曹丕　（正色）四弟，過去我們確實各有不是之處，但我們總是同胞的兄弟，究竟沒有什麼深讎宿怨，何必看得像仇敵一樣？

曹植　兄弟從來沒有這種心理，只要皇兄能夠容我，我一切都服從你的命令！（可憐地）

曹丕　（强笑）這才像是同胞兄弟。（又正色）可是我現在要告訴你一件事，你聽了之後，不必因此傷心，但也不要怨我！——

曹植　（愕覗）什麼事？

曹丕　這雖是一件十分殘忍的事，可是我確實爲了國家，也爲了你我的感情。我覺得長此以往，我不放心你，你懷恨于我，終必造成悲劇的結果，所以在你未來之前，我已命令叫你我都愛的靜自裁了！

曹植　（不信）眞的嗎？

曹丕　（强笑）哈！哈！我爲什麼要騙你！

曹植　（不覺淚如雨下）皇兄，你好忍心，你儘可以禁止我永遠不和她相見，爲什麼一定要把她殺死呢？

曹丕　這是爲了你我的感情。她一死，不是你我間的隔閡完全消除，都可以一心爲國家做事了嗎？

曹植　（泣）皇兄，我倒不願她爲我們而死。我寧願我自殺了使你放心，不願犧牲她來成全我們的感情！什麼國家之事，你現在是皇帝了，我也決不來過問，請你不必担心！

曹丕　我早猜到你是不會了解我的好意的。但你不要忘記，我們到底是同胞的兄弟，總不該爲了一個女人失了終身和氣。望你快快用理智來鎭住你的感情，我對你決沒有什麼歹意存着的。

曹植　（仍泣）那麼我可以見一見她的遺體嗎？

曹丕　（想了一想）人已死了，見了徒然引起傷感，你只當世界上不曾有過她這一個人，只做了一場噩夢就是了！

曹植　（忍不住）人總是感情的動物，難道你竟連讓我最後見她一面也不許，還以爲這是你對我的好意嗎？

曹丕　（歎氣）四弟，她死後我自己也沒去見過她，不單是不許你一個人。你如果仍念念不忘于她，我本早就預備把她的遺物送給你作爲紀念。（取枕授植）見了遺物，不同見了她自己本人一樣嗎？

曹植　（抱枕而泣）皇兄，我佩服你的忍心！但也佩服你的大量！（將枕放下）

（曹母扶曹叡，曹女上。曹叡一見曹植，連呼「四叔」，投入懷中而哭。）

曹植　（抱着曹叡，向曹母行禮）媽媽，你一向可好？

曹母　（面容悽慘）植兒，你這次進京，可不可以多住一時，時常進宮來和我談談？

曹丕　（插嘴）四弟不妨搬進宮來和媽媽同住。

曹植　謝謝皇兄好意，只是我國中還有許多事情，要我回去，才能着手進行，所以不能多多躭擱。

曹母　那我也不來留你了。只是我年已衰老，在世不久，希望能看見你們兄弟倆有一天能夠消除意見，和好如初，那我死也瞑目了！

曹丕　（大笑）哈！哈！媽媽！那麼就是今天。我剛才已對四弟說過，我們總是同胞兄弟，究竟沒有什麼深仇宿怨，何必視若仇敵？這樣，媽媽的希望不是實現了嗎？

曹母　（也喜）你能這樣，完全出于我的意外。那麼你們今天兄弟相見，大家好暢叙一會，我帶了孩子們暫時進去一下，過一會再出來相見。（欲下）

（曹丕與曹植堅留，母子同桌而飲。曹丕竭力勸曹植乾盃。曹植滿腔悲痛，借酒消遣，不覺醉倒。）

曹丕　（亦醉）我們酒已喝得差不多了，再行一個令便卽散席。

曹植　（含糊地）那麼請二哥下令！

曹丕　（板臉）令出如不能奉行，當以國法從事！

（曹母與二兒均失色，目注曹植。）

曹植　（仍含糊地）那儘請二哥吩咐！

曹丕　你詩才極速，限你走路七步，成詩一首。

曹植　那很容易！（卽起身，搖搖欲跌，想了一想，隨走隨吟）

煮豆燃豆萁，
漉鼓以爲汁。
萁在釜下然，
豆在釜中泣。

本是同根生，
相煎何太急？
二哥，不是不到七步，詩已做成了嗎？（有得色）
曹丕　（很有慚色）四弟詩才果速，應該賀酒三盃！
（曹植果然連飲三盃。曹母注目示意，曹植未覺，牽其衣始覺。）
曹植　（起身告辭）皇兄，小弟酒已喝飽，要向皇兄告辭了！
曹丕　（已醉）四弟再喝幾盃去！
曹植　喝不下了！謝謝皇兄，媽媽，姪兒，姪女再會，待將來進京，再來請安。
曹母（悽然）你回國之前，不再和我見面了嗎？
曹植　因為明天一早就要動身，所以不再進宮來叩辭了。媽媽皇兄，姪兒，姪女再見！（獨下）
曹丕　（一人獨酌）
曹母　（對曹丕）你慢慢地喝，我同孩子們出去了！
（曹母同曹叡、曹女下。曹丕仍獨酌。郭氏忽上。）
郭氏　（嬌笑）萬歲，你在一個人獨酌，不覺得寂寞嗎？雍丘王那裏去了？
宮女　（代答）雍丘王已先告辭走了！
曹丕　（忽然看見郭氏，大喜，拖來並坐）賢妃，你的心願可以實現了！
郭氏　（以手示意宮女等令退出）
（宮女宮監等皆出宮，宮中僅賸二人）
郭氏　（手勾曹丕之頸）萬歲，你打算幾時封我做皇后？
曹丕　（笑）你現在住在這裏，已經就是皇后了，封不封有什麼關係？
郭氏　（撒嬌）那不成！就是百姓人家娶正妻，也非行大禮，告祖宗，怎好這樣隨便！
曹丕　（醜態畢露）那你今天晚上打算不陪我睡了嗎？
郭氏　你到我那邊，我照常服侍你。只是要我住在這兒，必須先行大禮！（媚笑）
曹丕　哈！哈！那倒說得很對！（相抱而吻）
（一宮監匆匆上）
宮監　萬歲，有華司徒在外稱有要事請見。
（兩人吃驚，連忙分開）
曹丕　快去召他進來。
郭氏　我回去了！
（宮監與郭氏下。曹丕仍獨酌。未幾，華歆上，神氣很驕。）
華歆　皇上，剛才邸中有人來報告，說任城王突然嘔血死了！

曹丕　（若無其事）朕道是什麼，他死了也好，朕可以安心了！

華歆　可是爲了防止天下議論，必須把他的死因公開發表才好。

曹丕　那很容易，可以代朕草一詔書布告天下，說：任城王來京後，在邸中喝酒過多，又突然暴怒，以致血管爆裂，嘔血不止而死。這樣說法，不是很合他的性格和事理嗎？

華歆　（諂笑）皇上眞是聰明，一想就很周到。

曹丕　（不覺大笑）哈！哈！從此朕可以安安穩穩做朕的皇帝了！

（幕）

第六幕

登場人物：驛官　監國使者　曹植　洛神　驛卒若干人

時間：較第五幕後幾天。

地點：洛水之上的一個驛站中，陳設十分簡陋，中間一無別物，僅旁置破案一張。

幕開時：時間在晚上，驛卒甲在站中打掃，驛官在一旁催促，監國使者上

驛官　（笑迎）使者大人，這裏因爲好多年沒有老爺們經過住宿，所以地方官將一切經費都扣留不發。今晚雍丘王突然駕臨，事前又一無準備，恐怕十分簡慢，這要請大人在殿下面前說明原因，免得責備！

監使　（安閒地）這沒有什麼！雍丘王是個失勢的王子，他決不計較這些。而且這次一切招待費用，你儘可開明數目，向地方官去請領，他們決不會不給你的。

驛官　（放了心）阿彌陀佛，虧得大人指示，否則我那裏敢向他們請求？在平時只要他們不向我索取孝敬，已經心滿意足了，我那敢向他們請求一個大？

監使　只是我有一件事要囑咐你。這次我在京未行之先，今上皇帝囑我一路留心雍丘王的言動，無論什麼，都須詳細上報。所以一路行來，每經一站，我都有報告送給皇帝。這裏的事，必須你幫我留心，勿要疏忽。你如果留心得好，將來我一定大大幫助你，介紹你升官。

驛官　（大喜）那就這麼辦好了。雍丘王的一言一動，我一定一些不遮瞞的告訴大人，好讓大人報告皇帝！

（驛卒乙上）

驛卒乙　（向兩人致敬）報告大人與老爺，雍丘王的車駕已到驛外，他叫我進來通報。

驛官　（不知所措）那必須出去接駕了。可是怎樣接的呢？（

搔首摸耳地）

監使　（看着好笑）那你照平常接待地方官的禮節接待他好了。你只要一切看得平凡，那你一切就都好辦了。

驛官　（笑）多承指教，那我就去！（下）

（驛卒甲乙都下場，監使在室中踱步來往，看看驛中簡陋情形，不住皺眉。曹植風塵滿面上，驛官跟在後面。驛卒甲送茶上，大家在桌子附近讓坐畢）

曹植　（強笑問監使）你到了多久了？

監使　我也到得不久。殿下渡過洛水的時候，沒有遇到大風浪嗎？

曹植　沒有！剛才恰巧風平浪靜，所以很平安地渡過了。

驛官　（再三要說話，只是不敢說）

監使　（看着暗笑）殿下，這裏因爲是個冷僻所在，難得有官員經過住宿，所以十分簡陋。這位王驛官（介紹驛官）剛才對我說，怕因此怠慢殿下，受殿下責備，——

驛官　不敢！不敢！

曹植　（笑對驛官）請王驛官放心！我這次離京返國，因爲不願驚動地方官員，所以專抄小路來走。我在這裏一宿就行，你們一切照常，不要爲我破費，我決不見怪。你儘放心！

驛官　不敢！不敢！

監使　那麼王驛官，今天殿下已坐了整天的舟車，這時已經十分疲乏，你可吩咐弟兄們，把殿下的行李搬到這裏，就請殿下早些安置吧！

驛官　我就去！我就去！

（驛官果出外，監使亦向曹植道別下。曹植連連呵欠。驛卒二人抬一榻上，放在中央靠壁，將曹植行李打開。驛官復上。）

驛官　（見一切已辦妥）殿下，請早些安置吧！有事只管呼喚，門外有弟兄們聽候吩咐。

曹植　你們只要把驛門關好，我晚上不會有什麼吩咐的。你也請自便。我們明天見罷！

驛官　明天見！再會！再會！

（驛官等下。曹植解衣就寢。燈光漸暗，至于完全黑暗。音樂之聲，由細而高。曹植入夢境。台上漸現綠光，背景已變爲一片波濤，曹植站立岸旁，向波濤站立不動。洛神漸漸由波濤中出現，面上覆布，且歌且舞，走上岸來）

洛神　（唱，用幽靜的樂調）

高台多悲風，朝日照北林。
之子在萬里，江湖迥且深。
方舟安可極，離思故難任。

孤雁飛南遊，過庭長哀吟。
翹思慕遠人，願欲托遺音。
形景忽不見，翩翩傷我心！

（歌畢，舞近曹植，樂漸止，舞亦漸停）

曹植　（仍呆立不動）

洛神　（很熟的聲音）子建！子建！

曹植　（愕然後退）你是——！你是——！

洛神　我是甄靜。（溫柔的聲音）

曹植　（驚奇）是靜姐！

洛神　正是我！難道你連我的聲音也聽不出了嗎！

曹植　靜姐，你爲什麼遮着臉兒？爲什麼不揭開了面目和我相見？

洛神　（淒涼的歎息）唉！子建！我當時死得好苦！而且死後給那妬婦毀壞了我的面容。我不願意把我醜惡的臉給你看見，你也不必要看我的醜惡的臉。我們生前雖不能常在一起，可是這僅僅是肉體上的不能常在一起；在精神上，我們自從相愛以來，從來沒有間隔過一刻。子建，你以爲我的死亡是我的痛苦嗎？

曹植　死亡當然是痛苦的，況且你又是不自然的死亡！

洛神　這倒並不這樣。因爲我活着的時候，我的精神雖然永遠屬于你，可是肉體總是爲他所佔有。他殺害了我，把我的肉體毀了，但毀不掉我的精神，我的永遠屬于你的精神。所以死亡僅僅是對于我肉體的一種威脅，但反而永遠的消除了我精神上的痛苦！

曹植　那麼，靜姐，我們從此可以永遠的相聚嗎？我也不願再回雍丘去了。

洛神　那你又差了！你是人，我是神，不要說人神不能配合，就是我是人，我從此也不願再和你作肉體上的結合。只有精神的戀愛是偉大的，永恆的。如果我們過去也僅僅是肉體的戀愛，那我們就不會有今天這一次相會了。

曹植　可是使一對相愛的人的形體永遠放在兩地，那總是一件痛苦不過的事喲！

洛神　那你可以想，你可以用想像來滿足你的戀愛和希望。你是一個文學家，更是一個詩人，你沒有讀過屈原的離騷嗎？離騷所寫的一切，就是屈原所想像的一切，也就是屈原所戀愛所希望的對象。你愛我，發狂似地愛着我，這對於我，對於你，都有什麼好處？你爲什麼不把愛我的一切寄托在你的想像裏，而寫成你的偉大的作品呢？那是我，你所愛的我對於你的最大的希望！

曹植　靜姐，你是神，所以你可以想得這樣的透徹；可是我還是人，人是肉做的，無論怎樣總不能使我把你忘掉了不想！靜姐，我今天一會到你，我便想從此不和你分開了。

洛神　（笑）子建，你好癡！你如能使肉體永遠存在，那你才能做到和我不再分開。肉體的結合是暫時的，只有精神的相愛是永恆的。聰明的你，難道還沒有懂得這個道理嗎？

曹植　（上前）靜姐，你越說我越不懂了，只是我不願再離開你，（大聲）我要得到你。（欲抱洛神）

洛神　（避開）子建，你如果願意我們這最後的相會時間不要十分短促，那你趕快停止你這沒意識的舉動！

曹植　（愕然）這是沒意識的舉動？（搔頭細想，大悟）原來我當初熱烈的想得到你，所以留下了許多痛苦；要是我那時專爲自己前程着想，不讓子桓處處佔先，那麼你也不至於作最後犧牲，我也不會有此下場！——

洛神　而且，你當時假如跟着公公出征，立了功勞回來，太子的位子也決不會給子桓奪去，那麼公公一死，漢家的天下還是漢家的天下，歷史上那會有這樣的大變化！我們也未見得一定沒有機會作永久的結合。

曹植　照你這樣說來，爲了你我一時的肉體的愛情，竟不但犧牲了你我個人，也犧牲了[illegible]的國家。靜姐，但是當時我們那裏料得到會有這樣的結果？

洛神　過去的已經過去了，再提他也徒然引起懊喪，悔恨，對於事實還是沒有什麼補救。所以你從此以後，越是愛我，越是不要想得到我。你快把那愛我的精神，完全用在創造你偉大的作品上面，那我們都永垂不朽了，不比僅僅一刹那的會合，歡敍，要有意義有價值多嗎？

曹植　（仍是戀戀不捨地）

洛神　（解下身上掛的一串珍珠）子建，恐怕你疑心我們這最後的一會只是一場空夢，所以送你一串珍珠，作爲永久的紀念。（授與曹植）

曹植　（受珍珠，另解玉佩授洛神）靜姐，你也留着這個做我們這次相會的憑證。

洛神　（受玉佩，笑）哈！哈！子建，你捨不得和我分離嗎？

（走近曹植）

曹植　（突抱洛神）靜姐，我實在捨不得你！

（場上突暗）

洛神　（笑）哈！哈！子建！我知道你總免不了這一套！哈！哈！（笑聲漸遠）

（暗場片刻，燈光復明，仍恢復驛中一切原狀。曹植從榻上翻身坐起，用手拭目，呆坐着想。）

曹植　（忽然輕喚）外面有人嗎？

驛官　（應聲推開了門進來）殿下，有什麽吩咐？

曹植　（疑）你還沒有睡嗎？

驛官　因爲殿下住在這裏，恐怕弟兄防護不固，所以我親自守在外面，而且聽候殿下的使喚。

曹植　（起身下床，穿衣）現在什麽時候了？

驛官　大約丑盡寅初了。

曹植　（坐在桌前）好奇怪！我做了一個夢！

驛官　殿下做了一個怎樣的夢？

曹植　（忽然衣袋中掏出一串珍珠，細看，驚愕異常）這似乎又不是夢了！

驛官　殿下可以把夢中所見的告訴我嗎？

曹植　（想到了什麽）我問你：在你們這裏洛水附近一帶有什麽神靈沒有？

驛官　（想了一想）有的！我們這裏相傳水中有一位女神，名宓妃，凡屬有情的人，常在水上和她相會。殿下難道也在夢中和她相會了嗎？

曹植　（點頭）正是，不差！她臨走好像還送我一串珍珠，（舉以相示）醒來珍珠果然在我衣袋裏。我似乎還贈她玉佩，（用手在腰間摸索）呀！我的玉佩果然沒有了！難道這不是一場空夢，而是一次眞的會合嗎？

驛官　那倒是一件希奇的事！我們這裏雖然有這個傳說，却從來沒有人眞的和她會過。殿下有此奇遇，可見殿下是一位古今少有的多情人了！哈！哈！

曹植　夢中的一切，這時我還記得淸淸楚楚，我想把他寫下來。恐怕一到明天，不但影象模糊，而且情緒也已變移。王驛官，你有現成的文房四寶沒有？請你叫人送一副進來，我要寫一篇賦。

（驛官立卽轉身下場，送上文房四寶，曹植把紙攤開，驛官替他磨墨。）

曹植　對不起，我自己來吧！

驛官　我沒有什麽事，殿下儘管寫下去。我請求殿下把我對你說的話也寫進去；讓我也得同殿下的文章，永垂不朽。

曹植　（喜悅）你這要求很有意思，我一定也把你寫進去。

（驛官笑容磨墨。）

曹植　（且想，且寫，且誦。）

翩若驚鴻；婉若遊龍。

榮曜秋菊；華茂春松。

髣髴兮若輕雲之蔽月；飄颻兮若流風之回雪。

遠而望之，皎若太陽升朝霞；迫而察之，灼若芙蓉出綠波。

禯纖得衷；修短合度。
肩若削成；腰如約素。
延頸秀項；皓質呈露。
芳澤無加；鉛華弗御。
雲髻峨峨；修眉連娟。
丹唇外朗；皓齒內鮮。
明眸善睞；輔靨承顴。
瓌姿艷逸；儀靜體閑。
柔情綽態；媚于語言。
奇服曠世；骨象象圖。
披羅衣之璀粲兮；珥瑤碧之華琚。
戴金翠之首飾；綴明珠之耀軀。
…………
（驛外雞鳴聲作）

（幕）

中國與日本

辜鴻銘

一

介郎弗祿德在其題爲『基督教之哲學』一論文中，有這樣的話：『在一個暖和的夏天早晨，藏在濃綠葉下的一朶薔薇花，偶然在花根之下看到培養牠自身的土塊，再詳細一看，是非常骯髒的土塊。便嘆息着說：『我是花兒。尤其是花中最美的花，怎麼會和這樣骯髒的東西有緣呢？』這樣美麗的薔薇花，正向着天空表現他那秀麗的姿態時，就被那最先經過的人，折在手裏成爲很美麗的花束。但是這讚賞的時間，不過瞬間。這美麗的花束，就喪失了美麗的姿態而枯萎了。』這美麗的薔薇花，就是××，培養薔薇的骯髒土塊，就是××。得了美麗的薔薇花，而自以爲美的花束，就是現代歐洲的文明。……………………………………………………

……………………………………………………是爭鬪這件事在弟兄比他人更要多。……………………………………就和從前法英兩國人間所存之反感一樣。這種反感，是由於英國人自以爲比法國人優越而發生的。英國人因法人吃田鷄，以爲法人是汚濁的劣的人種。加之英人中相信一個英人有打倒六個法國人的力氣。換言之，英國人和法國人間，所發生反感的原因，就是英人對於法人，表示自已是優秀人種的自誇態度。與此相同，……………………………………。其實輕視法人的英人的優點，也是由法國傳來的。實際就是法國的特質。英人從諾爾曼弗侖其繼承來的那種禮儀端方的英國貴族的氣質，正是托馬斯•加來爾氏所讚揚過的。又因其性質勇敢，精神崇高，所以英國公衆學校的青年學生，有一種打倒他們的敵人時，絕不肯用脚踢的風氣，就是英人可以自豪之處。但是這絕非英人之特性，完全是純粹法人的品質。由於諾爾曼弗侖其之戰勝者，而傳到英國，成爲英國武士道根源。與此相同，…………………………………………………………可是日本能有今日之興隆，不歸功於中國而又歸於誰呢？日本……………………，取得中國的精粹，造了優秀的人格……………………。可是這些優越的風格，並非日本人原來所特有者，而是由中國人之風格所得來者。例如日人向外國人表示，在東京有四十七烈士之墓，而以此等烈士，爲其藩主報仇後，切腹自殺之逸話自誇。然而中國浪士田橫，於其君主漢高帝死時，爲表明其忠義而自殺，距今已有二千餘年。日本經新渡戶博士之創意而成之所謂武士道者，其精神皆得之於中國。日本史上被稱爲英雄而崇拜的楠公，皆取範於中國之關羽。中國人以關羽爲Militarism名義之保護者而崇拜者。無學之外國人，以關羽爲中國之軍神。（God of War）

我正想說一句驚人的話。……………………………………即是唐朝時代的中國人。在唐朝之中國文明，百花燦爛，達到極點。我等中華人，由蒙古之元朝時代化爲半蒙古之中國人，繼承了蒙古之不純潔，而且粗暴之性質。因之中國國土中，至今日猶能繼承中國純粹文明之地，恐怕只有浙江，江蘇二省。宋朝之漢人皇帝，爲避免蒙古遊牧民之襲擊而遷都於杭州。因此南方二省的人民中，尙能保存中國固有之純粹文明。略言之，能夠得到純粹××文明之眞髓者，可說只有在今日之日本。今日之中國文明由於漢唐時代。眞的中國文明，已爲元朝前後之蒙古遊牧民及韃靼族所蹂躪，而失其本來之眞髓。攻擊日本的忽必烈汗的兵艦，被暴風吹散不得上陸，眞可說是天意。因此眞正中國文明，纔得遺留在太陽普照之海島日本，由此而使全世界之人類，迄至今日尙能享受此文明。勞斯教授曾說過如此的話：『在我遊過的世界各國中，能使我想像到昔日之希臘者唯有日本』。如有想知道中國文明與日本文明之差別者，可往上海稱爲六三花園之日本花園，及北京胡同內之一家，相互比較觀之。即有從排利苦來斯時代的希臘，而到在歐洲歷史上所謂『密得爾耶其』的野蠻時代之歐洲中心地之感吧。在我的許多歐洲友人中，對於我如此痛切而且熱狂的讚美日本，或許要以驚奇眼光相看吧。然而我有足以證明這件事的實例。日本學者岡千仞氏，約在四十年前旅行中國，有旅行實話一書，公諸於世。其中記有如此之事實。在香港一家四樓上，遇到一位貧苦的日本婦人。問其何以來到中國，她答說：『因我有一弟，欲使其受得完全教育，而來求學費者』。我在蘇格蘭大學求學時，曾讀過蘇菲克列肆及希臘人之詩。我常稱讚安契科涅及伊費西尼亞，是有女性之崇高風格者。然而在現在十九世紀之日本，我又發見與希臘歷史上的安契科涅及伊費西尼亞同格之女子。卽是在日俄戰爭之際，於滿洲旅順之役與日本交戰之一俄國高級軍官，對我曾發表如此之談話：『日本人之勇敢，非眼見者不能相信。在世界有史以來，僅有過一次，卽是昔日希臘的沙毛彼萊山道上所記載者』。許多人皆……………………………………；然而日本國民，是更超越道德以上者。因此歐洲人中，如風格崇高之拉夫加底·亢，沙·耶得溫·亞諾爾特，法國不利烏等人，方能了解眞正日本人之風格。

二

然則亞洲國民中，何故唯有日本能抵抗泰西諸國之侵略，而獲得成功，此不得不使世人驚奇者。美國婦人密斯野連在其所著書中，有這樣的話：『東亞民族中，唯有日本國民，未被歐洲人之侵略鐵蹄所蹂躪』。我對此不禁惡答覆說：『因爲日本人是崇高的國民』。然而，爲何要說日本人是崇高之國民？因爲在西洋文化輸入時，日本爲政者，不特保持着由中國繼承之文明的外衣，而且保持着其精神。爲何中國人對歐洲人之侵略，束手無策呢？其理由卽是因爲在今日之共和中國的知識階級，以爲忠孝二字，是乾燥無味之死文字。然而日本知識階級，所謂『士』者，對中國文明中之所謂『尊王攘夷』四字，把握了其眞精神。這種精神之存在，當美國裴爾利初到日本時，日本國民纔能全體一致，協力防禦。不僅以物質之日本，防衛其國家，而且有從中國繼承來的中國精神之神髓，其結果保護了日本文明之理想。

現在已到我的論文所要討論的要點。勞斯第勤孫教授說：『日本的文明，如此之單純，如此之完全，並且是如此純一發生，然而現在已經成爲過去』。又說：『日本爲避免列國之强迫西化，而自行西化。爲維持其生存而決心捨棄其固有之精神』。在現代所見之一切事物，在北京亦可看到。勞斯教授所說雖然有些眞理，但依我的見解，亦不能盡信以爲然。因爲如日本那樣高尙的國民，對其祖先傳來之高貴遺產，亦卽繼承的純粹中國文明之眞實精神，十數世紀間，保持無損，而竟然全部捨棄之事，我是不能相信其爲實在的。

總之，我這篇論文的主旨，是要對現代的日本人說：明治初年的武士，決心採用西洋文明之利器，決非爲使日本歐化。其所以採取歐洲文明利器的目的，是在取其利器，而防止其蹂躪日本及歐化日本。世人如問我爲什麽厭惡西洋文明？我可以在此公開發表。我所厭惡者：並非現代之西洋文明而是在今日之西洋人士。就是惡用現代文明之利器。例如現代之歐美人，在現代科學上，所得到的成績，非但不厭惡，而且是稱讚不已。然而歐美人對現代科學的用途，我以爲是非常謬誤，而不能予以稱讚者也。

就以德國爲例。在現代文明的意義來說，在第一次歐洲戰爭以前之德國，是歐洲最文明之國家。德國國民之文明利器，爲世界任何國民所不能企及。如若善爲利用，是可以發達至非常優秀而且完全之程度。然而，第一次歐戰因其惡用此種文明之利器，不僅禍害了一國，而且禍害了全世界。因此，我厭惡西洋文明，所厭惡者並非文明之本身；及德國人民，而是厭惡一切的歐美人惡用現代西洋文明之利器。

以我所見，歐美人所以惡用其文明利器之理由，因爲他們並不去求發見及了解眞正文明之正確意義及計劃，徒傾注全力於文明利器之增加。如白布爾所說之建築巴貝爾塔的人，只努力向高建築，而不顧其基礎之堅固。因此現代歐洲文明之可驚歎的建築物，將要如巴貝爾塔之倒坍，而跌成粉碎。

所謂文明之正確意義及其計劃，我把斯被利卞爾。弗米勒之聖典，作爲道德的標準。一國國民，如能使其國民文明之道德標準發達，卽可發見其生存之意義。然而不幸，歐美人還沒有這樣道德標準。他們的道德標準早已陳腐，很早就喪失其生存的意義。歐美人現在用法律來代替道德，以期調整社會。然而以法律組織的社會，是需要警察的。正如卞來爾說過今日之歐美狀態，純然是一個無政府，而以警察支持的狀態。有眞正文明的國民，是不需要什麽法律和警官的。我曾經讀過在日本駐劄之某英國公使著書中，有如此的話：『在古代的日本，沒有臭蟲和律師』。

日本國民自明治初年以來，爲要獲得歐洲文明之利器，曾傾注過所有之精力及熱誠。據我所想，日本已到必須學習文明利器正確用法之時期。能夠正確運用文明之利器，如前所述，必須要有國民道德的標準。所以問題就是日本在何處獲得道德之標準，而運用歐洲現代文明之利器。採用了現代歐洲文明利器之日本，爲要求得其新道德的標準，與其赴歐美，還不如回到中國。就是日本爲要恢復從中國繼承來之舊道德，必須仍回到古代的中國。我想說一句，現代進步的日本人，對歐洲人及歐洲的一切事物都在讚揚，都在仰視，而對中國人及中國之一切事物，都在侮蔑，尤其對中國從古時傳來的事物，更在輕視侮蔑。然而在實際上的中國，尤其是古代的中國，如我在本論文之最初所說，現在雖然骯髒，也是培植日本的土塊。所以切望美麗的薔薇，不要忘記生了自己，而使長到現在的土塊。

現在我還有一事，要喚起現代進步的日本人之注意。就是日本人，把骯髒的中國人，與住在壯麗房屋中之歐洲人比較，而輕視中國人。我要在此舉一個極恰當的故事。曾有一位日本婦人，對其日本友人，批評其所雇用之中國僕人之壞處，而有如此之答復：『穿着非常襤褸。然而其心却是如錦之善美』。

我的論文已到結論。不過我還想說一句話。不僅是日本，卽是東方之將來，專賴日本能否防止其本身之歐化，及保持其從中國繼承之中國文明。如果只有其外衣，在精神上完全歐化，那麽正如介耶弗祿德氏所說，卽是放在案上的美麗的花束，只有數小時之榮耀，而終於枯萎的無根花。然而日本如能保持自國所繼承之中國古代文明，而運用歐洲現代文明之利器，不僅使日本不致歐化，而且足以防止中國之歐化。最後由日本之力，把明治時代以前在日本所保存之眞正中國文明，再傳到中國之使命，亦可完成。

最後我要爲現代之日本告者，卽是日本採用歐洲現代文明利器之目的。我在此再重一遍：決非使日本歐化。日本之目的，決與此相反。不僅是爲要保護日本國民，不被歐洲人所蹂躪，保持眞實的日本，道德的日本，大和魂的日本之精神，而且爲要保護東亞精神之安全。眞正的中國文明，從元朝以後，在中國未能保持。所以日本必須要達到保持這種精神之目的，而復興眞正中國之文明。換言之，爲了全東亞之民族，復興眞正的中國文明，可以說就是日本之責任。

（原題直譯爲中國文明的復興與日本）

世外桃源

James Hilton 著

實齋 譯評

第七章

康惠的態度保持着鎮靜，只是他和張老者走過了靜悄悄的天井的時候，暗暗覺得心焦。如果張老者的話屬實，那不久他就可以發見眞相了；不久他就可以知道他的猜測是否全無根據了。

而且毫無疑問，此次去見主持定是頗饒興趣的。他曾遇見過許多怪傑；他素來以冷眼觀察那些名人，他的估計人物往往是很正確的。他的舉止很是大方，雖然不甚懂得某種語言，却能以那種語言說客套話，這種本領是很有用的。只是這次他也許但須靜聽着，不必多說話。張領着他走過了許多他先前不曾到過的房間，這些房間裏點着美麗可愛的燈籠，光線很是晦暗。接着又走上了一座蟠梯，到了一個房間，張老者叩着門，門應聲而啓，開門的是一個藏人僕役，開啓得那麼迅速，康惠疑心這個僕役是在門後等待着的。這所喇嘛寺的樓上一部份，其佈置的優美不亞於其他部份；康惠走到這裏感覺得一股乾燥的熱氣衝來，好像走進了有熱氣裝置的建築，又好似窗戶都關閉着。他再往內部走去，空氣愈感熱悶；最後張老者走到了一個房間外邊停了下來，這個房間裏一定比外面還要熱悶，好像是間土耳其浴室呢。

張低聲對康惠說道：『你一人進去吧，主持只願和你一人密談呢。』張爲康惠開啓了門，讓他一人進去，隨卽又輕輕地把門關上，悄悄的走開了。康惠在門內猶豫不決地站着，呼吸着熱悶的空氣，室內的空氣不但熱悶，而且還充滿着灰塵呢；且晦暗異常，他這樣站着有數秒鐘，才能看淸室內的輪廓。他漸漸察覺這個房間四週懸着黑窗幔，屋頂很低，樸素地放着幾個桌子和椅子。在其中的一把椅子上坐着一位身材矮小，臉色蒼白，皮膚多皺的老人；這個老人在黑陰中毫無動靜地坐着，看去好似一幅已退色的古畫。如果世間有種沒有實質的人形的話，那麼這就是了；這個老人儀態很是尊嚴，只是這種儀態與其說是具體的形態，倒不如說牠是一種無形的發射出來的東西之爲愈。康惠很懷疑這種印象是否正確，他猜這也許只是在熱悶的黑暗之中所產生的幻覺；在這位老人的目光注視之下，他覺得頭暈眼花；他往前走了幾步就停止。此時那坐在椅子上的人輪廓比較的清晰了，只是看去並不比前更具形體；他是個瘦小的老人，穿着寬大的中國服裝。他以純眞的英語低聲說道：

「你是康惠先生嗎？」

語聲很是悅耳，微帶悲哀的意味，康惠聽了感覺得一種說不出的愉快；只是他還是疑心這只是室內的高濕度所造成的印象。

他答道：「正是。」

那老人又低聲說道：「康惠先生，我遇見你很覺愉快。我請你來乃是因爲我覺得我們最好談一次話。請坐在我的旁邊吧，不要怕。我只是個老人，不會加害於你的。」

康惠答道：「我能來見你眞是非常榮幸。」

「謝謝你，我親愛的康惠——這種稱呼是你們英國的習慣，以後我們將這麼稱呼你。我眞是覺得很愉快呢。我的目光已衰了，只是請相信我的話，我能用腦力看見你的人。我相信你們到了聖格里•勒後沒有覺得什麼不舒服吧？」

「一切都很舒服呢。」

「我很歡喜。張一定招待得很週到呢。他也覺得很愉快。他告訴我說，你曾經詢問過他許多關於這裏實情的話呢，是嗎？」

「對於這裏的事我確乎很感興趣。」

「那麼如果你不介意的話，等一忽後就讓我慢慢的把這寺的簡史告訴給你聽吧。」

「這正是我最感興趣的事。」

「這也正是我所料想的——同時也是我所希望的……可是在講那事之前，且……」

他把手悄悄一揮，一個僕人立即端了茶走進來，只是康惠不懂他用的是什麼法術。像雞蛋殼樣的小杯裏面盛着一種幾乎沒有顏色的液體，杯子下面托着漆過的茶盤；康惠很懂得品茗的儀式，心想這個習慣很不壞。他正在這麼思想着，老人說道：「那麼你是懂得我們的習慣的了？」

康惠覺得心裏有一種莫可名狀的衝動，就脫口而出道：「我在中國住過多年呢。」

「你可沒有對張提及過這點呀。」

「不錯。」

「那麼何以我會受到特別待遇呢？」

往常康惠總是能夠解釋自己行爲的動機的，可是這次却想不出說這話的理由。最後他答道：「我坦白對你說吧，我委實想不出何以會對你說明，我猜我只是想告訴你而已。」

「這是最好的理由，彼此將發生友誼的二人之間正該這樣才是。……只是請告訴我，這茶的香味很不壞吧？中國所出產的茶種類繁多，香味都不錯，只是這茶是我們自己山谷裏的特別土產，照我個人的意思並不比別種的茶壞吧。」

康惠端起杯子來嚐了一下。是種很難形容的滋味，到口有一種莫可名狀的香氣。他說道：「滋味很好呢，而且這種茶我還是初次嚐到。」

「不錯，我們山谷裏所出產的花草有許多很是名貴，這茶也是其中之一。須慢慢的嚐才好——這不只是爲珍愛這種的茶，而且爲享受最大的樂趣也該這樣才對呢。一千五百年前有一位名叫顧愷橋（？）的（Kou Kai Tchou），他便是這樣的，我們不妨學他，他吃甘蔗決不狼吞虎嚥，必慢慢地欣賞；他說：「我是悠閒地進入愉快之境的。」你曾談過什麼中國的古代名著嗎？」

康惠答稱他曾約略讀過幾種。他知道依照禮貌這種難以捉摸的談話將繼續着，直止品茗已畢茶具移去時才談正題；只是他並不認爲可厭，雖說他急於聽取聖格里•勒的歷史。毫無疑問，康惠也粗俱顧愷橋的那種悠閒的性格呢。

最後老人的手又神祕地一揮，那個僕人就走了進來，把茶具端了出去；接着那位主持卽開始講述聖格里•勒的歷史。

「我親愛的康惠，你大概略知西藏的歷史吧。張告訴我說你常常到我們的藏書室裏去讀書呢，我們這裏所有的關於西藏歷史的書籍雖然不多，却都是精選之作，這些著作我猜你一定是讀過的。你一定知道中古時代的時候基督教的勢力在亞洲傳播得很廣，雖然後來是衰落了，可是很久以後還有人們記得這件事。到了十七世紀，羅馬方面又派遣教士到亞洲來，想復活基督教的勢力。不久教會的勢力漸漸擴展，甚至拉薩(西藏地名)又設立了教會，且存在了有三十八年之久，這是件很可注意的事，然而今日的歐洲人很少有知道的。到了一七一九年有四個修道士出發到中國內地探尋教會的殘跡，只是這四位教士的出發點並不是拉薩而是北京。

「他們經過蘭州向西南行了幾個月，所遭遇的困苦不言而喻。三位在途中死掉了，第四個教士也離死不遠了，幸而偶然走到了今日唯一通藍月谷的峽道。他見谷中居民生活豐裕，待他很是和善，驚喜不止。這裏的居民頗爲好客，這是這裏最古老的風俗；他到了那裏，居民立卽殷勤招待。不久他就恢復了健康，開始向居民傳教。居民多數修奉佛教，只是也願意聽他講道，所以他的傳教工作獲得良好的成績。那時就在這山脊上有一所古老的喇嘛寺，可是在建築上及精神上言，都已呈破敗之像，所以當他的信徒日漸增多着的時候，他想在這優美的原基上建造一所教堂。他監督着把原來的屋宇加以修葺，有的地方並重新建築起來；到了一七三四年他便移居此寺，那時他是五十三歲。

『現在我再講些關於此人的生平吧。他的名字叫配拉爾脫（Perrault），是德國盧森堡人。他在往遠在傳教之前曾在巴黎，波倫亞（Bologna 意大利地名），以及別處的大學裏念過書；我們也可以說他是個學者。今日的文籍很少關於他早年生活的記載；只是他年紀那麼青，又是從事那種工作的人，文載沒有記載是不足怪的。他喜歡音樂和其他各種的藝術，頗有語言天才，在他尚未擇定職業之前他已嘗遍了世間一切的快樂。馬爾樸拉愷（Malplagnet 法國北部地名）戰事正在進行的時候他還年青，他親身體驗過戰禍與被侵凌的痛苦。他的身體很是强壯；他到了這裏之後的起初幾年之中和常人一樣地工作，種植着他自己的田園，一方面教導着居民，一方面向他們學習着。他在山谷附近發見金礦，可是金礦不足以引誘他；他所感興趣的是當地的花草。他爲人恭歉，毫無傲然自以爲是的態度。他不讚成一夫多妻，只是谷中有一種菓子叫做日格子（Tangatse），居民很喜歡吃，據說能治病，實在只是一種和淡的痲醉品，他認爲沒有反對居民吃這種菓子的理由。事實，配拉爾脫本人也嘗吃這種菓子呢。凡是谷中一切無害而令人愉快的東西他都享受，爲報答這種享受起見他以西方精神之中可寶貴的東西教給居民。他不是制慾者，除教信徒們以教義之外他還教他們以烹飪之道。總之他是個熱情，勤奮，飽學，質樸的人，往往乘傳教之暇，穿了石匠的工裝幫着餘人築造這所房屋。築造這所房屋當然是非常艱巨的工作，只是他有自負好勝之心，又抱着不屈不撓的精神，終於把房屋造好了。我說他有自負好勝之心，因爲在開始的時候這種好勝之心確是主要的推動他的力量——他對於自己的宗教很是自負，以爲釋迦牟尼旣然能使人們在聖格里•勒的山脊上建造寺院，羅馬天主教當然也有這種力量。

『可是時間漸漸的過去，他的自負好勝之心也漸漸消失，變得柔順好靜了。好勝之心畢竟只是青年人的精神，而到了房屋落成的時候配拉爾脫已是上了年紀的人了。山谷裏的居民以及寺院裏的和尚都很喜愛他，聽從他的命令；歲月易逝，又過了幾年之後，他們都非常敬重他了。有時他也派人到北京的主教那裏去報告工作狀況，只是派去的人往往不能抵達目的地，大概路途遙遠，交通險阻，在途中死亡了，所以配拉爾脫後來漸有不願使人們冒着生命的危險去向主教報告工作狀況之意，到一七五〇年左近他便不用派人到北京去了。只是他以前送去的報告之中有幾次一定是達到目的地的，而且他的工作報告引起了教會當局的猜疑，因爲在一七三九那一年有人遞來一封信，這信還是十二年之前所寫的，信中命他回到羅馬去。

『即使那信途中沒有躭擱，立即送到聖格里・勒，那時他也是七十歲的人了；被躭擱了十二年，他已經是八十九歲了。那時他關山隔阻，要回去是不可能，他怎能受得住外界的巨風和嚴寒呢？所以他寫了一封很客氣的覆信，說明他的處境，派人送去，可是這信似乎沒有達到目的地。

『於是配拉爾脫繼續住在聖格里・勒，這並不是他故意違抗上司的命令，而是因爲事實上辦不到。反正他已經是上了年紀的人了，一切都可以死了之。正在此時他所創立的教會發生了很大的變化。這也許是可以認爲遺憾的，只是實在不爲奇；因爲我們怎麼可以期望一個人單身匹馬地去根本剷除這裏原有的習俗呢？他精力衰退的時候，並沒有西方的同志幫助他繼續他的事業；原來的喇嘛寺自有牠比基督教還要久遠的歷史，在牠的原址上建造教堂也許根本是種錯誤。希望太奢了；可是那時他是年已九十餘的白髮老戰士，要求他覺悟自己的錯誤豈非更是不合情理嗎？總是配拉爾脫那時並不悟到自己的錯誤。他年紀已是那麼大了，生活又是非常的愉快。他的門徒雖然有的已經忘記了他所教導的教義，只是仍是很忠心；而山谷裏的居民又是那麼地敬愛他，自然宥恕他們的回復原來的習俗了。他還是非常活動，他的視覺聽覺等還是很敏銳。到了九十八歲他開始研究佛經，這些佛經是前人遺留在聖格里・勒的；那時他想利用殘年寫一本書，站在基督教的立場上攻擊佛教。這件工作事實上竟是完成的呢（他的原稿現在完全保存着），可是他的攻擊是很溫和的，因爲那時他已是整整的一百歲了——到了那個年紀的人就是對於殺父之仇也會冷然置之的。

『却說那時他的門徒有許多已經死了，這是你所能想像的；新的門徒又很少，所以信奉耶教的人漸漸減少了。有一時期多至八十個，後來減少爲二十個，又後來減爲十餘人，這十餘人也都是有了年紀的人了。此時配拉爾脫只是靜靜地等候死神的降臨。他那時年紀已是那麼大，自然覺得萬事皆足，而且疾病是不會犯害他的了，只有死神才能把他捜去，而他並不怕死。山谷裏的居民敬愛他，供養着他；而藏書室的書籍可以供他消遣。此時他的身體已經很是衰弱，只是體力還能使他去執行比較重要的宗教儀式；無事的時候他讀着書，回憶着過去，並享受着上述的那種痲醉品的樂趣。他的思想能力還是那麼的敏銳，此時他竟開始研究印度和尙的那種靜坐法了，這種靜坐法以種種特別的呼吸法爲基礎。這樣大年紀的人去練習靜坐法當然是很危險的，所以不久之後，在那可紀念的一七八九年配拉爾脫終於快將逝死的消息傳到了山谷裏去。

『我親愛的康惠，當時他便是躺在這個房間裏的，在這個房間的窗戶向外望去他已經衰退的目光還可以隱約望見卡拉克爾山；只是他能用他的心力去觀看呢；五十年前他初次看見這座壯嚴的高山，現在他還能在腦海中想像此山的優美。同時他還憶起了種種往事：沙漠與高地上的跋涉，西方城市中熙熙攘攘的人們，馬爾勃羅將軍統率下的軍隊的步伐聲，等等一齊湧上心頭。他的心境很是平靜，他已準備死去，願意死去，喜歡死去。他叫友朋們以及僕人們到他的牀邊來，與他們道別；然後他命他們到室外去，庶幾可以安安靜靜地躺一忽。他的軀殼往下沉着，他的精神往極樂世界飛升着；他希望在靜悄悄中與世長逝。……可是事實上並不這樣。他毫無動靜地躺了好幾個星期，接着身體却又漸漸健康起來。此時他是一百另八歲了。

低語停止了一忽，康惠坐在椅子裏移動了一下；在康惠聽來，主持好像是在講述很久以前的一個夢。過了一忽主持又續說道：

『也像許多別位閉目待死的人一樣，配拉爾脫稍稍懂得了死的意義；關於這點我們以後再說。現在我且講述他的行動，他的行動眞是很特別的。一般人必以爲此後他將安心養病了，可是事實上不然，他立卽從事修練身體；所奇怪者，他同時還用着麻醉品。一邊吃着藥物，一邊作種種的深呼吸運動——這種方法，以情理論，似乎不足以使人長生不老；可是事實上到了一七九四年老和尙們都已逝世，而配拉爾脫却還活着。

『聖格里‧勒如果有懷着歪曲的幽默感的人，他聽到了這事或許會覺得可笑的。這個老人的精神比十多年前同樣的康健，他以他自己所發明的祕方保養着身體，不久之後在山谷居民的心目中他已成爲一個獨居於高峯上的法術高强的神祕隱士。只是他們仍繼續敬愛他；他們常常到聖格里‧勒來，留下點小禮物，或是做點這裏所需要的體身工作，他們認爲這樣是能積福的。對於這些朝山進香的人們配拉爾脫都一一予以祝福——他早已忘了他們是迷途的羔羊了。到了此時在山谷的廟宇裏『上帝呀，我讚美你』和『南無阿彌陀佛』的聲音都同樣的可以聽到。

『十九世紀快將來臨的時候，上述的傳說變成了一種奇特的民俗；居民紛紛傳說配拉爾脫已經成仙了，他能創造奇蹟，每逢月之某夜他會飛到卡拉克爾高峯上去爲玉皇大帝執臘燭云云。月圓的時候那山上本來總是有一種慘白顏色的；可是事實上配拉爾脫或任何人都不曾攀登到那裏去過。這話也許是不必要的，只是我所以對你說明者，乃是因爲這裏的居民之間有一種不可靠的傳說，說配拉爾脫能做許多事實上所不可能的事。例如據他們說他能使自己的身體離地，佛學書籍裏確有許多關於這種武藝的記載；可是事實上並不如此，他只是作過多次的試驗，可是並沒有成功。不過他發現了一個事實，那就是：人身上的某種感官受了損害時，別的感官會特別發達，予以補償。他能知道他人的心事，這也許是奇怪的；他雖不自稱有治病的特別本領，只是他確有某種質素，患着某種的病的人只要見到了他毛病便會全愈。

『你也許想知道他這麼大的年紀如何排遣他的光陰。他的態度簡單地說來這末回事：他以爲通常人們到了某種年齡便會死亡，而他天然並不死亡，那末將來他也許還可以活一時。他自知這是變態的，這種脫離常軌的狀態也許會隨時終止。因此之故他索心不想到死的問題了；先前所不可能的生活現在却如願以償了，須知在各種無常的變遷之中他的內心始終是個學者。他的記憶力殊足驚人，此時似已不受軀殼的桎梏而進入一種明察秋毫的境界了；他覺得學生時代所學不到的現在都得到了。不久他需要更多的書籍，這是當然之事；不過寺裏本來幾本書，其中有一册英語文法，一本字典，和一册弗洛里和（Florio）譯的蒙丹（Montaigne）文集。他靠了這幾本書學會了你們的語言，我們的藏書室裏現在還保存着他當年學習英文時的作品呢，是一篇蒙丹「論虛榮」的藏文譯作——這恐怕可以算是世間稀有的譯作了吧？』

康惠笑着說道：『如果你允許的話，我很想拜讀一下呢。』

『當然可以的。你也許以爲這種工作未免太不務實際了，只是須知配拉爾脫早已到了不務實際的年齡了。他的生活很是孤寂，總得做點工作——直至十九世紀的第四年，這一年是我們這裏的歷史上很可以紀念的一年。因爲在那一年裏又有一位歐人到達藍月谷。他是一個奧國青年，名叫漢斯契爾；他曾在意大利參加過反抗拿破崙的戰爭——是個貴族出身的青年，舉止很是儒雅，學問也好。爲了戰爭他失去了一切的家產，於是沒有目的地漫遊着俄國，隨後到了亞洲，心裏不無想發財的意思。他是怎樣到達這裏的呢？這是很饒興趣的事，只是他自己也不甚了了；事實上他到達這裏的時候也正和配拉爾脫一樣，已經奄奄一息了。聖格里•勒殷勤地寬待他，不久這人便回復了健康——可是過此以往他的情形便與配拉爾脫不同了。因爲配拉爾脫是來傳教的，而漢斯契爾却注意這裏的金礦。他最大的目的是發財，然後就立即回到歐洲去。

『可是他沒有回去。因爲接着發生了一件很奇特的事——只是這樣的奇事後來屢見不鮮，所以我們不妨認爲畢竟並不怎樣奇特。他屢次想動身回去，只是見了這山谷裏和平穆穆毫無塵世牽掛的景像，乃屢次延期動身。有一次他聽得關於這裏的傳說，乃登山到聖格里•勒寺來，初次與配拉爾脫見面。

『這次會面眞是很可以紀念的。配拉爾脫雖然已經到了不動心的年齡；只是他慈祥的態度深深的感動了他，正如喜雨降在乾土上。我現在且不說他們二人之間密切的關係如何發生，總之他很敬愛配拉爾脫，而後者以他的智慧歡樂和他唯一的理想傳給此人。』

主持說到這裏停了一忽，康惠乘機鎭靜地問道：『請原諒，只是你的話我可不大明瞭呢。』

『我知道你不大明瞭。』主持輕聲答着，語氣很與他表同情。『你若是明瞭，那却是怪事了。那事經過我往後再和你說明，此刻我先對你說些較爲簡單的事，這是要請你原諒。且說這裏的中國藝術品以及圖書樂器等是漢斯契爾所搜集的。他曾赴北京，於一八〇九年回來，帶來了第一批的貨物。此後他就不再離開藍月谷了，可是他費盡了心機想出了一個自外界運取貨物的方法，至今寺裏能取得所需要的東西便得歸功於他。』

『我猜你們是以黃金償付貨價的吧？』

『不錯，我們很是幸運，這裏有一種很爲外界所珍重的金屬。』

『外界珍重得了不得呢，他們不搶着來開掘眞是貴寺之幸。』

主持把頭略微一低，表示同意。他說道：『我親愛的康惠，漢斯契爾所担心的就是這點。他絕對不許那般運送書籍和藝術品的夫役們走近藍月谷；他命夫役把貨物運至離這裏一日路程的地方，然後再命藍月谷裏的居民去把貨物搬運到這裏來。他甚且還派人去守望藍月谷的入口。可是不久他就想到此外另有一個較爲確當的守衞方法。』

『是嗎？』康惠的語氣顯得相當的緊張。

『你知道雖有千軍萬馬想侵入這裏，事實上我們也無須恐懼。這裏的地形是那麽的峻險，那一類的事是不可能的。充其量只是幾個迷路的旅行者而已，這些旅行者到達這裏的時候必定已經精疲力盡，縱會身懷武器，也是不足爲害的了。是以我們決議自此以後外人要來這裏我們絕不加以禁止——只是有一個重要的條件。

『此後某一時期之內確常有外人到這裏來。中國商人意圖越過西藏的高原，有時偶然到達這裏。西藏的遊牧民族與族人失散，有時也會像疲乏的動物樣地到達這裏。我們一例予以歡迎，只是有的到了谷中便即死亡。在滑鐵盧戰爭的那一年有二位英國教士想由陸路到北京去，在崇山峻嶺之中經過了一個不知名的峻道，竟然鴻運亨通安然抵達藍月谷，他們到這裏的時候態度不慌不忙，毫無驚詫之狀，像是在拜客似的。在一八二〇年我們在這裏最高的山脊上發現一個希臘商人和他的幾個旣病且餓的僕人淹淹一息躺在那裏。在一八二二年三個西班牙人聽得這裏有金礦經多次的漫行及失望後到達這裏。在一八三〇那一年，來到這裏的人更多。二個德人，一個俄人，一個英人，一個瑞典人竟不顧一切越過了天山，他們的動機是探險——這個動機後來日見平常了。此時聖格里•勒對待外客的態度已略有改變——他們如果偶然到達這裏，我們不但予以歡迎，而且只要他們到達離這裏數里的圈子範圍之內，我們就往往派人去迎接他們。我們這麼辦是有一個理由的，這點我們往後再談，總之我們不再像往常那樣只是予以寬待，而沒有更積極的行動，須知聖格里•勒需要更多的客人。是以接着的數年之中凡有探險的人到來，我們總派人去迎接他們，他們之中很少有拒絕的。

『却說本寺自此以後便粗具現在的規模。漢斯契爾是非常有才能的，聖格里•勒之得有今日，一半因是牠的首創者的功勞，一半却也是靠漢斯契爾的努力，這點我得特別提出來對你說明。是的，我常常以爲他的功勞初不小於本寺的首創者。任何機關在發展的過程中總是需要像他那種寬嚴兼施的人的；如果他在沒有完成的工作之前逝世的話，他的死亡定會使本寺受到不可彌補的損失。』

康惠舉起頭來情不自禁地愕然道：『他死了！』

『不錯。他的死亡是突然的。他是被殺的。那正是你們印度發生譁變的一年。離他的死不久之前一位中國畫家爲他繪了一個肖像，那個肖像現在我可以給你看——就懸在這個房間裏。』

說着他又把手那麼微微一揮，一個僕人便走了進來。僕人走到房間的那邊一端去，扯開了一個小幔，在黑越越的影子之間懸上了一個燈籠，康惠只是像失魂似的看着。接着他聽得主持低聲命他走到那一邊去，他覺得移步甚爲困難。

他顚躓着走到那顫動着的燭光那裏去。他舉頭望去，見壁上懸着一幅彩色的肖像，雖然不大，只是畫得很是精緻。畫中人優美異常，幾乎像是一個女子；這雖只是一幅人爲的肖像，而且已經是死了這麼久遠的人的肖像，可是康惠陡然起了敬愛之情。最奇怪的事是：他張大了嘴欣賞了好久之後才想到肖像中人的臉貌乃是一個青年的臉貌。

他踱回來時吶吶問道：『你…你說這個肖像是在他逝世之前不久繪的？』

『是的。繪得很逼眞呢。』

『那末如果他是在你所說的那一年逝世的話……』

『是的。』

「而你方才告訴我他於一八〇三年來這裏，來時還是個青年？」

「是的。」

康惠半嚮說不出話來；定了一回神才說道：「你方才說他是被殺死的？」

「是的。一個英國人用槍擊斃了他。那是在那個英人抵達聖格里•勒不多幾個星期以後的事。他也是探險家。」

「爲了什麽事擊斃他的呢？」

「他們二人爭吵着——爲了夫役的事。漢斯契爾告訴這人說，我們這裏招待客人有一個重要的條件。這件事可不十分容易辦；我雖然年老身弱，只是我覺得這事總要設法做到才好。」【大致終於沒有做到，因爲今日世界各地又是烽火連天了。】

主持停着不說話又有好一忽；在那靜默之中似乎含有詢問之意。最後他問道：「我親愛的康惠，你也許在狐疑着那個條件是什麽吧？」

康惠昏昏沉沉地思索着；此時室內黑影重重，在重重的黑影之中間端坐着那慈祥的長者。方才主持說話的時候，康惠又是注耳傾聽着，沒有工夫想到那一番話的絃外之音；現在他思索着想回答主持的話，心裏充滿着驚愕之感，他雖已猜得了結論，只是欲言而止。他吶吶地說道：「這好像是不可能的。只是我沒法不得到這樣的結論。這是雖然特別，雖然奇怪，雖然令人難以置信，只是我以爲並非絕對不可能。」

「你的結論是什麽呢，我的孩子？」

康惠的聲音顫抖着，心裏充滿着某種情感，他不知道何以會起這種情感，同時却也不想掩遮這種情感激發。他答道：「我的結論是：你還活着呢，配拉爾脫牧師。」

第八章

接着主持靜默了一忽，因爲他又要品茗了；康惠覺得這是當然的，因爲他說了這麽多話一定是很感疲乏了。康惠本人也以爲這樣休息一忽實在是很需要的。他覺得這樣休息一下，一邊啜着茶，一邊說着客套，頗有藝術意味，正像音樂中的尾聲。康惠心裏正在這樣思量着，主持立即把話題轉到音樂上去，這足證他能知道他人的心事。主持問康惠對於寺裏的音樂設備是否滿意。康惠彬彬有禮地回答，並對寺中所備歐洲作曲家所作樂譜很是豐富一點表示驚異。主持安閑地啜着茶，回答康惠的讚語道：「我親愛的康惠，我們這裏幸運得很，寺人之中有一位是天才音樂家——他還是蕭邦【Chopin 名作曲家，生於一八〇九年，死於一八四九年】的門生呢——寺中音樂室的事務是由他掌管的。你得見見他才是呢。」

『我很想和他會面。張對我說，西方作曲家中你們最愛好的是莫柴（Mozart），可不是嗎？』

主持答道：『不錯。莫柴的音樂聽來頗有嚴肅意味，我們覺得很是悅耳。他的樂曲正像一所不太大也不太小的房屋，屋內的陳設很是雅潔。』

他們二人這樣隨便的談着，直至僕人進來把茶具撤去康惠才鎮靜地說道：『我們再談方才的事吧。你們是否想把我們永遠留在這裏了呢？我猜這便是你所說的重要條件了？』

『我的兒，你猜得很正確。』

『換句話說，我們不能回去了？』

『正是。』

『只是有一點我不懂：地球上的人可多極了，何以檢中我們四個人呢？』

主持又像先前那樣有條不紊地說道：『這事說來話長呢。你知道我們始終想盡我們的力量使寺裏的人員不減少下去——須知寺裏能有各種年齡各種時代的人是件令人愉快的事。只是不幸得很，自從歐戰以及俄國革命以來，外界與西藏的交通幾乎完全中斷了；除你們之外，我們最近的客人是一個日本人，他還是一九一二年來這裏的，我親愛的康惠，我們可並不是騙人的滑頭醫生呢；我們並不保證來寺的人個個成功，而且事實上也不能作這樣的保證；有的人住在這裏一點也沒有什麼長進；有的人只是活到平常人的高壽，隨即爲了些微恙就死去了。一般說來，西藏人習慣於高原上的生活，是以感覺不及外界別種民族那麼的敏銳；他們是一個很可愛的民族，在這裏修道的很多，只是我相信他們之中能活到一百歲之上的人是不會多的。中國本土人的成績比較的好，只是他們之中失敗的比例也是很高的。成績最爲良好的當然要算歐洲的腦迭克民族與拉丁民族；美國人也許不會比他們壞，所以今日我們竟已得到一個美國人實是一件大可慶幸的事。只是我得繼續答覆你的那個問題。我已經說了，往昔這裏並不歡迎外人，只是寺裏的人時有死亡，所以就有一個問題發生，幸而數年之前寺裏有一位西藏人想出了一個新奇的主意；他是一個青年，原是這裏山谷中的人士，爲人可靠，對於寺方的宗旨他很表贊同，只是他也和山谷中別的人一樣，爲了天賦關係，不能享受遠道而來的人們所能享受的機會。他主張離開這裏到別國去，利用先前所不可能的方法去增募人員。這是一個驚人的建議，只是我們考慮之下就表贊成。你看，甚至在聖格里•勒我們也得跟着時代一同走呢。』

『你的意思是不是說：你們是特地派他用飛機去招募人材的？』

「這個嗎？你須知道他是一個足智多謀的青年，我們很信任他。那是他個人的計劃，我們就讓他自由地去實現他的計劃，不加任何限制。究竟是怎麽一回事，我們不甚分詳細，我們只知道的計劃的第一步是到一所美國航空學校裏去學習飛行。」

「可是困難多着呢，他是怎樣去應付其他困難的呢？培斯克爾那時適巧有一架特製的飛機，可是那只是偶然的機遇呀。」

「不錯，我親愛的康惠——許多事是出於偶然的機遇的。不過那湊巧是塔魯所需要的機遇。如果他沒有碰到那個機遇，一二年後他也許會找到別的機遇——當然也許會找不到。不瞞你說，這裏的瞭望員來報告他的飛機降落的消息的時候，我眞是大爲驚奇。航空的進步雖然很快，只是我初以爲須再經過相當的時候後他才會找到一架能夠飛越這樣高的山嶺的飛機。」

「可是那並不是一架普通的飛機，而是一架適宜於高空飛行的特製飛機呢。」

「又是出於偶然的機遇嗎？我們的那位青年朋友眞是好運氣呢。我們今已不能與他談論這點眞是件憾事——對於他的死我們都是很感悲痛。康惠，他不死的話，你會和他成爲好友呢。」

康惠微微地把頭點着；他覺得那是很可能的。他靜默了一忽之後說道：「可是這一切的目的何在呢？」

「我的兒，你這樣問法，我很是歡喜。我不聞這樣這樣鎮靜的語氣已有好久了。人們聽了我的那一番話，反應各各不同——有的表示憤慨，有的不勝悲痛，有的怒不可抑，有的表示不相信，有的聽了便發狂——可是從來沒有只是表示感覺興趣的，只是這是我所最喜歡的態度。今日你感覺興趣，明日你會進一步表示關切，最後你也許會敬愛。」

「這點我可沒有把握。」

「你的疑慮我就覺得歡喜——這是信念的基礎……只是我們且不要爭辯。你已感覺興趣是實，而這已是出於我的希望之外了。只是我要求你暫且不要把我對你所說的話告訴你的同伴。」

康惠沒有作聲。

「他們將來總有一天也會像你一樣知道這裏的眞相，只是我們最好讓其自然發展，不要勉强。我知道你很懂事的，你的決斷一定不會與我的意思相反……只是我先來談一談你的前途吧。依照世人的標準，你還年青，正如人們所說，「鵬程遠大」依照一般的算法，你大概還可以在世界上活二三十年，在這二三十年中你的生活差不多將與先前同樣辛勞。這樣的前途實在也不能說怎樣的可悲；我當然不能希望你的看法和我一樣一——在我看來，那種生活實在太劇烈，太匆促。你在上半世在幼稚的烏雲之下過着生活，年紀太青，不能幹什麼事，你在下半世是在老年的更可悲的烏雲之下過生活，年紀太老，又不能幹什麼事了。在這二重烏雲之間試想短促的人生之中能有多少陽光呢〔列子卷七楊朱篇：「楊朱曰：百年壽之大齊。得百年者千無一焉。設有一者，孩抱以逮昏老幾居其半矣；夜眠之所弭，晝覺之所遺，又幾居其半矣；痛疾哀苦亡失憂懼又幾居其半矣；量十數年之中逌然而自得，亡介焉之慮者，亦亡一時之中爾，則人之生也奚爲哉？」〕只是你的運氣也許會比較的好，因爲依照聖格里•勒的標準，你的充滿着陽光的年歲還只是剛才開始呢。在未來的數十年中你也許會不比今日衰老——你也許會像漢斯契爾一樣，能夠保持長期的青春，不過只是初期的現象。你遲早必會像他人一樣地衰老，只是衰老得比較的慢而且年齡愈長身心愈加快樂而已；你到了八十歲也許還能舉步像青年人一樣地去登山，可是到了一百六十歲你便不可過存奢望，以爲身體還能繼續先前那麼的碩健。我們並不是仙人，不能長生不老。我們只是減低生命的速度而已。減低生命速的方法在世人看來也許以爲不可能，在這裏行之却是非常簡單的；只是不要誤會我的意思，我們遲早都是有一死的。

「話雖如此，這樣的生活可也不壞呢——你渡着悠游的歲月，毫無牽掛，不像世人那麼的慌張；世人以時計爲時間的準繩，你却只以日出日入爲準繩。歲月來了又去，你起初是愛好感官之樂，其後將漸漸轉入比較嚴肅可是同樣可樂的境界；你的筋力也許漸漸衰弱，你的食量也許會比前減少，可是失於此必得於彼；你的心神必將更甯靜，你的思想必將更深遠，你將比前更成熟更智慧，而且你的記憶力將更敏銳。最可寶貴的一點是：你將不愁沒有時間——你們西方人士愈是追求時間却愈是得不到。你仔細想一想吧。你將有充份的讀書時間——你將不必匆匆忙忙地略過幾頁以節省時間，也不必忍痛不去研究某種問題，爲的是恐怕那個問題太有趣了會使你費時失業。你除喜歡讀書外，還愛好音樂——那末這里樂器樂譜有的是，你既然有悠長的歲月，便盡量地去享受吧。如果你好清靜的話，這裏不是有幽靜的亭榭可供你獨自沉思嗎？」

主持靜默了一忽，康惠還是不想插嘴。

「我親愛的康惠，你沒有說話呢。請原諒我的滔滔不絕吧——我所屬的時代與民族並不認爲滔滔說話是件不好的事……只是你也許在思念人世間的父母妻子兒女吧？你相信我的話吧：先初你也許會覺得悲痛，可是一二十年後你便不會牽掛他們的了。不過據我想來你是沒有這些牽掛的。」

主持的猜測是那麼的正確，康惠不禁大爲詫異。他答道：『不錯。我沒有娶妻；也沒有怎樣親密的朋友，而且也沒有什麼大志。』

『沒有大志？胸懷大志是今日世界上很普遍的病態，你何以竟沒有被染呢？』

這次康惠眞想暢所欲言了。他說道：『我並不喜歡升官。位居高官不只是須作許多不必要的努力，而且並不使人快樂，我是服務於領事館的——職位很低，可是很適合我的口味。』

『並不認眞把全力用於你的職務工作上吧？』

『是的。我天性是個懶坯。』

主持面部的縐紋愈深，而且似乎在微微顫動着，康惠心想他大概是在莞爾而笑了。主持接着又輕聲說道：『懶得做愚事有時可以成爲一種很好的美德。好在我們這裏並不強使人們工作勤奮。我猜張已經對你講過這裏所遵守的中庸之道了吧；我們在工作方面最重中庸之道。就以我自己來說吧：我學會了十種語言，若是不守中庸之道，拚命地學習，也許可以學會二十種語言。可是我不會拚命地去學習。別方面也是一樣；我們並不縱慾，也不禁慾。我們若是還沒有到達應該珍重自己身體的年齡，我們便盡量享受口福之樂。至於說到我們這裏年紀比較青的男同事們，可喜的很，山谷裏的婦女們對於貞操觀念也是實行中庸之道不爲已甚的。總之據我看來你必會習慣於這裏的生活，不會有任何困難的。張很樂觀——我與你敘談之下也覺樂觀了。只是不瞞你說，我覺得你有一種非往昔來這裏的客人所有的特別之處。嚴格地說，你並不憤世嫉俗，更無怨恨之意；你的特點也許是澈悟吧？不過同時你的頭腦也很清楚，我初以爲只有年已超過百齡的人才會有這樣清楚的頭腦。簡言之，你的特點是：沒有熱情。』

康惠答道：『你說得很是。我不知道你是否把來這裏的人分類的，如果是的話，你不妨把我標作「一九一四——一九一八」那一類的人。這使我成爲你們這裏的古董博物院中的一件奇物——與我同來的三位不是屬於這一類的。在那一段時間之內我已經用去了大半的熱情與精力，我雖然不常談及這事，可是自從那時起我只願世人不要再來麻煩我。我在這裏找到了清靜與某種可愛之處，正如你所說，我將會習慣於這裏的一切。』

『就只如此而已嗎，我的兒？』

『希望能夠信守你們的中庸之道。』

『你眞聰明——張對我說你很聰明呢。只是此外沒有更可愛的東西了嗎？』

康惠靜默了一忽之後答道：『你爲我講述的關於這裏的過

去歷史我聽了深爲感動，只是老實對你說，關於將來的那一番話只能引起我的抽象的興趣。我不能預料過遠的將來。若是我明天必須動身離開聖格里·勒，或是下星期，甚至明年我必須離開這裏，我心裏當然是會覺得很難過的；只是我活到百歲時將是什麼心境我殊不能預料。我能夠耐着心挨過任何的將來，只是要對於將來發生熱情，那種將來必須有個意義，人生本身不知有意義否？我有時很覺懷疑。如果沒有意義的話，那末長壽將更沒有意義。」（列子卷七楊朱篇：『有人於此貴生愛身以期不死可乎？曰：理無不死。以期久生可乎？曰：理無久生。生非貴之所能存，身非愛之所能厚。且久生奚爲？五情好惡，古猶今也；四體安危，古猶今也；世事苦樂，古猶今也；變易治亂，古猶今也。既聞之矣，既見之矣，既更之矣，百年猶厭其多，況久生之苦也乎？』）

「我的朋友，這裏的佛教與基督教很足以供你安身呢。」

「也許是的。不過要我羨慕百歲長壽必須有確切的理由。」

「理由確是有的，而且很是確切。這裏偶然集合的一羣人之所以要願意活到非常人所能活到的年齡便是爲了這個理由。我們不只是在癡想，或是作着一種無聊的實驗。我們抱着一種可以實現的理想。這個理想是在一七八九年配拉爾脫躺在這個房間裏快將瀕死的時候想起的。我已經對你說過了，他躺在牀上回想着往事，他悟到一切可愛的事物都只是暫時存在的，都是要毀滅的；將來也許會有一天世間一切可愛的東西將爲人慾，獸性及戰爭所破壞無遺。他憶起了過去親眼目擊的一切，又料想到其他的事；他知道世界上有的民族日漸强大，獸性日增，而智慧却一如往昔；他知道機械的力量愈來愈大，將來也許會有一天一個手執一件武器的人足以抵禦千軍萬馬。他預料到海上陸上的東西都被破壞之後，人們將到空中去……他的預見不是已經成爲事實了嗎？」

「不錯。」

「可是並不至此就罷了呢。他預見到殺人技術已經很是高明的人類將來會猖獗於全世界，那時一切寶貴的東西，一切的圖書，一切柔弱的人與物將受到威脅——一切將被毀滅，像羅馬李維（Livy）時代的書籍，或是像北平的圓明園被英軍所破壞一樣。」

「我的見解和你相同。」

「可是講理性的人們的見解遇到了鋼鐵有什麼用處呢？相信我的話吧：配拉爾特的預料是會成爲事實的。我的兒，我的所以在這裏，你的所以在這裏，都是爲了這個緣故；現在四週的黑暗正在會集，我們之所以想長壽活過這個黑暗時代也便是爲了這個緣故。」

「活過這個黑暗時代嗎？」

「是有可能性的。你的年齡與我一樣的時候黑暗時代已可過去了。」【依照前文，配拉爾脫於一七六九年時是八十九歲，書成於一九三三年，書中所述之事當在一九三〇年前後，故配拉爾脫說這話時當是二百五十歲左右。那時康惠是三十七歲，離二百五十歲還差二百二十三年。今年是一九四四年，離一九三〇年已十四年於此，故依照主持的預測，再過二百九年天下便可太平，然則且等到了西曆二一五三年再看吧。那時我是二百三十八歲了。】

「以爲聖格里•勒能夠躲過刼數嗎？」

「也許可以。我們並不希望世人大發慈悲，不來破壞聖格里•勒寺，那是不可能的，只是他們也許會把這裏忽略過去。我們將居留在這裏，或讀書，或奏樂，或沉思，設法保存柔弱的文化，同時又尋求智慧，將來的人類把獸性發洩盡了時便需要這種智慧了。我們這裏有一筆寶貴的遺產可以遺留給後人。我們此刻且盡情享樂，等候着明時代的蒞臨。」

「再往後又怎樣呢？」

「我的兒，那時相爭的強者已同歸於盡，基督教的道德觀將成爲事實，恭歉的弱者將繼承世界。」

主持輕微的語聲其語氣顯得比方才爲重，康惠聽了不禁心爲之醉。此時他又看見四週重重的黑影，可是此次黑影變成了一種象徵，象徵着世界上正在醞釀着的暴風雨。接着他看見主持竟然移動着站了起來，依稀像是一個幽靈。康惠想走過去扶他，可是心裏陡然一種衝動，於是做了一件他從來不曾對任何人做過的事：他跪了下來。只是他不知道何以會跪下來的。

他說道：「配神父，我懂你的意思。」

他不知道他最後是怎麼告別的；他只是昏昏沉沉的像是在做夢，過了好久之後才清醒過來。【筆鋒這麼一轉，甚好。若是詳述如何握手告辭，那便是拙筆，像是中國電影的佈局，拖泥拉水，嚕嗦之至。】他只記得自樓上熱悶的房間中走出來覺得外面的空氣寒冷入骨，只記得張老者在外面等着他，隨即二人就默默無言地走過了星光滿照的天井。此時聖格里•勒的景色美麗愈恆；從峭壁向下望去依稀可以望見山谷，像是一片深沉無浪的湖水，其甯靜正像他的思慮，因爲康惠此時已無驚奇之感了。他聆聽了主持的一夕話之後，心中空虛，但覺身心非常愉快而已。甚至他對於將來的疑慮也不足以使他煩心了，但覺得一切都很和諧。張老者沒有說話，他也沒有說話。那時時間已不早了，他回到臥室，見餘人都已睡了，心裏甚覺高興。

談螺絲釘

語堂

柳夫人：那新裝的水龍頭還在滴水呢？

柳：你不會把他擰緊。

柳夫人：何嘗不會用死勁擰過，可是無用。起初水是從龍頭口出來，等到你擰緊了，他便由你手按着的螺絲槓上頭週圍這樣一古腦兒溜湧出來。等你又擰鬆一點，上頭不流了，却又由水管口一直流出。就從昨晚到今天早晨一直這樣的的達達的滴的滿地板……。

朱：我曉得了，你必定是用的國貨。

柳夫人：就是因爲愛國，不然還上了這個當。當時又貪他便宜，想省幾個錢，現在我想還是叫水匠換個來路貨，不但不省錢，還要多賠幾個錢。我想國雖要愛，也要叫人愛國莫當阿木林才是。那些洋鬼子，東西怎麼造的這樣好，叫我有時佩服他們，有時又恨他們。

柳：恨的好。爲什麼偺們螺絲釘造不好，他們偏偏造的好。眞眞豈有此理。辜鴻銘先生早就先爾而言之矣。眞眞豈有此理。爲什麼西洋人不講精神文明，專講物質文明，工業文明，螺絲釘文明。該恨！該恨！（柳先生笑了。）

朱：且慢，老柳。辜先生坐的是蘇揚馬桶呢，是抽水馬桶呢？老辜也未免不思之甚矣。難道滿身是虱，坐蘇揚馬桶，精神便文明起來嗎？什麼叫做精神，什麼叫做物質？莎士比亞說的好，腦袋，腦袋，沒有袋，那裏去腦——他並沒有這樣說，不過我揣他的意思，想當然耳，亨利第五那劇中是有過這種意思的。東方才子莫如莊生，西方才子莫如尼采，二位腦袋未嘗不好。然莊生死後，腦漿一硬，還會做齊物論嗎？還眞會跳出棺嗎？尼采那種頭腦，那種天資，小小的花柳病菌一入，也發瘋了。西方物質文明實由西方精神而來，而這精神原來就是跟你席上吃的『鴨腰』一樣軟細的白質做的。

柳夫人：什麼叫做『鴨腰』？

柳：你別問了。總而言之，鴨之腰也。

柳夫人（呆了一會）：好！鴨腰者，鴨之腰也。你們咬文嚼字先生，總是不得其死然。……你們不告訴，我也不問了。——老朱的意思我是贊同的。什麼英雄才子，誰不是娘胎生下來，一層皮包一層肉做的，三天不吃飯，就要精神不振，七天不吃飯便要上西天。李白斗酒詩百篇，可見得他的詩原來是酒精做的。蘇東坡醉筆，還不是酒精在腦裏作怪？你看他，他不吸烟文章便做不出來，他的文章都是肚裏烟灰做成的。

柳：虧你知己。我文章不是烟灰做來，也是烟魂做來的。莎士比亞說過，烟者，烟是波立敦也。

朱：眞會挖苦人。你也來「想當然耳」了。

柳：充其量，也不過如你胡鬧而已。

柳夫人：別鬧，我來做個和事老吧。我們還是談談螺絲釘，好不好？

朱：談吧。

柳夫人：我想不愛國了。我眞要換個舶來水龍頭。爲什麽中國人一個螺絲釘就做不好？請大家研究一下。到底是精神不好呢，是物質不好呢？

柳：兩者都有。螺絲釘物質不好，就是一則原料不好，二則馬馬虎虎，分寸大小，不精不準。西洋人一毫一釐之差，都要尋根究底，中國人一毫與一釐無別，一分也與一釐無別。這就是精神不好。你那天那件二十塊錢衣服，還不是給裁縫馬馬虎虎做壞了嗎？我早就叫你先試樣，像做西裝一樣，試好了樣，再比比看看寬窄長短，領口大小，肩膀寬緊，鋪的平平直直，然後去裁去縫，萬無一誤。可是中國裁縫，萬古相傳，就是不肯改良，有時二三十元一件衣服，給那裁縫裁壞了，悔之已晚，和他生氣也無用。他肯試樣，我肯多花工錢，但是他嫌麻煩——簡直不理我。原因呢？他三代祖宗做裁縫就沒聽見過試樣兩字，那裏敢違背家傳祖訓呢？

柳夫人：這話固然是，也有不盡然。我想是時代不同而已。你意思說西洋人精益求精。我們向來沒有自來水，所以水龍頭做不好。若中國印泥，何嘗不精益求精？但是有一件，我們生在現代，見古人所未見，聞古人所未聞，若肯平心靜氣算算西人的好處，到可以得了不少學問。若單談什麽國粹，趾高氣揚，欺人自欺，終必滅亡。我們比西洋人長處固然多，西洋人比我們強處，也眞不少。我不是講什麽社會經濟哲學那一套，是講眼前人生，第一樣西洋人就是放屁放的好。

柳，朱：……？

柳夫人：放屁就是禮貌，禮貌就是放屁。放屁無聲叫做好，有聲叫做不好，聲愈小愈好，愈大愈不好。外國屁的聲小，所以比我們好。外國人屁不亂放，中國人屁亂放。這是他們「禮」字比我們強。不但『禮』字強，『義』『廉』『恥』都強。說起來，他們的儒學，比我們精。據我看來，老子思想，才是東方特色，『知足常樂』也委實不錯，若儒家道理，他們講的比我們實在。

柳：別的我不曉得，禮字我承認。

柳夫人：禮義之邦，禮義之邦！我們什麼禮義？我問你，你到公司買物，是西洋伙計有禮呢？是中國伙計有禮呢？是外國司車有禮呢？是中國司車有禮呢？是外國司閽，外國巡警有禮呢？是中國司閽，中國巡警有禮呢？戲台買票，是中國人亂擠亂撞有禮呢？是西洋人排隊順序而來有禮呢？我們自稱知禮，罵人夷狄，眞不害臊。中國人所講的禮，都是對上司磕頭，對祖宗跪拜，對親友聯歡之禮。若是一則非上司，二則非親非戚，據我看來，路人皆當仇敵，同車卽是寃家。

朱：你也言過其實了。外國人到處親吻，路上也吻，車上也吻，月台上也吻，夫與妻吻，父與女吻，母與子吻，這成什麼禮？

柳：你也未免太酸了。

柳夫人：這正是中國所言之禮，什麼『男女授受不親，禮也』，古來就是這一套。其實就我看來，禮之精義，廣而大之，就是講整個社會的秩序，而社會秩序，由隣屋住家，至公共場所，醫院，戲台，博物院，圖書館，甚至毛廁便所，都是西洋比我國好。……怎麼水到現在還沒開？（柳夫人跑去看，原來他們三人只顧談，烘爐上的火已快滅了。柳夫人用鐵箸夾兩塊炭加上，一面用芭蕉扇煽爐，一面談下去。）馬上就開了。

朱：還是我來吧。今天我要行外國禮了。中國男子實在太舒服了。……你去吧。叫說書先生煽爐子是不大好意思。你講下去。

柳夫人（跑回原座）：我說的就是一句話，大家憑良心講。若是說我們文明，應該我們要人跑到國外，可以教教洋鬼子知禮，由我們學點禮貌，怎麼反常自己鬧出笑話呢？

朱（也就座）：那麼還有三件呢？

柳夫人：其次是義。義者宜也。樣樣事物上軌道，人人得盡其才以應世，盡其才後，人人可得合理的報酬，不必使什麼鬼蜮技倆，這叫做有義的社會。你說是中國人人得盡其才呢，還是西洋呢？是中國國家以才用人呢，是外國國家以才用人呢？工程師當縣長，牙科醫生主教育，宜在那裏，義在那裏？這倒也罷了，工程師若眞有才治事，當當縣長，辦辦教育，原也沒有什麼不可以，不可過於拘牽，世人眞才未必在其專長所學。只怕是當縣長並不是治事眞才，而是由狗洞鑽營出來的。不然中國何以這麼一團糟？……『廉』字更不必說了。水開了，我來！（她一面冲茶，一面講下去。）

……………………

……………………

……………………

……………………

……………………

……………………

……………………

……………………

……………………

……………………

……『恥』字原來比『廉』字要緊，有恥便有廉，不過字義廣一點。你想中國人臉皮厚呢？外國人臉皮厚呢？今天世界的國家，那一國不爭氣？日本五十年前就爭氣，蘇俄二十年前就爭氣，土耳其也爭氣，意大利也爭氣，就是亞比新尼亞也爭氣，偏偏只有一國不爭氣，不要臉，不但彼虎我羊，抑且羊皆附虎，而且要假虎威耀武一下……喝杯茶吧！

三人默默無言。那晚大家不歡而散。

×　　×　　×

那晚朱先生在柳家談後，步月歸來，滿腔悲憤。第三日晚飯後，又到滄浪亭來了。

朱：水龍頭換好了沒有？

柳夫人：你又來水龍頭了！

朱：我不是又來水龍頭，我是又來親聆你的螺絲釘高論。

柳夫人：螺絲釘還有什麼可談？我不過瞎扯瞎拉罷了。我只會歪纏而已。你還不記得前晚我們談得大家嘸趣，不歡而散？也許今晚又要歪纏的你哭出來！

朱：我不怕。你儘管歪纏下去吧！我決不哭！

柳（夢中驚醒）：哭什麼？

朱：哭中國禮義廉恥不如人。

柳：老朱也未免太多情了。

柳夫人：我只哄他玩。他叫我再談螺絲釘。我看他上回談到一半眼眶兒就紅了，今天還要來，害臊不害臊？其實我們鄉居夕話，不像人家做八股，本無起承轉伏，連我也不知要談向那裏去。誰保得住？我要說到那里就算那里。我想談得叫人哭也不好，叫人笑也不好。最好是談得人家心頭癢癢難過，哭不得，笑不得，才算上乘。

柳（點頭稱善）：癢字用得好。原來世上最快樂之事莫過於搔癢。此道理惟聖人能知之。以前我有過『香港脚』（Hong Kong foot），足趾癢得難過，晚上倒一盆熱水燙脚了，此中樂境不足爲外人道也。那個適意眞可以叫你銷魂，叫爹叫娘起來。可惜現在腳病也好了，有時想再享這種豔福而不可得之突！夫癢之妙，在於搔，愈癢愈搔，愈搔愈癢，留個味兒，叫你又難過，又好受……

柳夫人：老實說，古昔先賢立言，得傳於世，皆因搔着癢處而已。聖人者，先得我心之所同癢者也。比如我喜莊生某句，便是莊生替我搔癢，我喜杜詩某首，亦僅是杜甫替我搔癢。至於抄襲章句之輩，未能搔着癢處，只算『隔靴』。

朱：那末請尊夫人給我搔搔癢好不好？

柳夫人：可以是可以，只不要搔着癢處喊出來，才是君子。

朱：你搔吧！我有勇氣！

柳：夫人，你也給我搔搔癢吧！

柳夫人：我給老朱搔，不給你搔。你還是磕睡吧！

柳：我睡偏不磕！此刻也不睏了。你講吧。

柳夫人：那里講起？當眞還講螺絲釘嗎？

柳：爲什麼不？

柳夫人：好，就講螺絲釘與法律。原來這螺絲釘之發明，說難也難，說容易也容易。我們總怪西人工業何以如此之精，而不知西人所以如此者，有利可圖也。國家有發明法專利法的保護，器精則發財，不精則不發財，試問精乎？不精乎？當然要精。螺絲釘是英國一家人家發明的，因這個發明，那家平地發了幾百萬，到現在那家子孫還坐享餘蔭。中國人發明一個螺絲釘，馬上就有人仿冒；你除了罵仿冒的人爲『男盜女娼，烏龜王八蛋』外，還有什麼法子？這罵人『男盜女娼』，也不過罵個高興出氣而已，難道人家就不仿冒，猶上海女人罵『殺千刀』，那被罵的就眞正死於千刀之下嗎？我們是沒有法治之國，只有人治；也可說是『君子國』，可是有君子，必有盜娼，也必有烏龜王八蛋。君子愈多，男盜女娼也愈盛。結果吃虧的是君子，發財的是盜娼。

朱：螺絲釘現在誰也可製造，還是那家把持的嗎？

柳：是這樣的。現在那發明權已過期而屬於公有了，可是他家財也發夠了。

柳夫人：可不是嗎？我聽說美國有人發明婦女所用的曲線壓髮針(hair pin)，也成了巨富。原來婦女用的壓髮針都是直的，那位發明家一天看見他太太把針先折彎了，再插頭上，他問他太太『何以如此』？他太太說，『這樣一彎，就不容易落下來』。『好了』，他說：『我財神到了！』他馬上去註册專利，而財也只好讓他發。你想國家法律這樣保護工業的發明，怎麼不蒸蒸日上呢？

朱：你所說的固然是。外國工業發達由於法律的保護，及在法律保護之下，大家競爭謀利。不過有時也競爭的好笑。你看汽車一年出一新式，你也發明，我也發明，大家角逐，只因不如此不足以號召。大家用老牌，誰肯買新車？其實家家都造得好，這里加一個螺絲釘，那里加一個點烟具，都是行所無事。不但汽車如此，抽水馬桶，牙膏，牙刷都是如此。難道造牙膏也要什麼大發明嗎？抽水馬桶，你也一式，我也一式，還不是大同小異嗎？

柳夫人：這個自然。人家過，而我不及。人家行所無事的發明，而我們只抱殘守缺。原因呢，就是沒有法律。中國人沒有法治，只請出一個烏龜來，你想烏龜果然有靈嗎？中國人太好講仁義道德，天理良心，連這種法律上的事，也以『天理良心』『我是正人』『你是烏龜』了之。

朱：聽說現在上海三馬路還有一家店舖，外懸着一塊大烏龜招牌。

柳夫人：這實在太可憐了。你可罵人家烏龜，人家就不會罵你烏龜蛋？大家爭吵起來，你罵我『男盜』，我罵你『女娼』，這是東方君子國之文明。其實這只是法治與人治之不同。

朱：上回你講禮義廉恥，似是新式儒家，今天又像法家了。

柳夫人：儒也好，法也好，我只知道，欲行儒道，必先行法。欲國家有禮義廉恥，必將不禮不義不廉不恥者下獄槍斃。單談仁義道德是無用的。人家不肯廉，無羞恥，你能奈他何？你說我是法家，我也承認，我最恨儒家道德仁義之談。咱們中國人開口『良心』，閉口『廉恥』，而喪廉寡恥之事比外國多。拿毛廁來講，咱們中國毛廁總是寫個『君子自重』四字，然而你相信這四個字便叫人眞能自重嗎？還不如『如違送捕』四字來的有力。『君子自重』的毛廁便是儒家的毛廁，『如違送捕』的毛廁便是法家的毛廁。你想是法家毛廁整潔呢，是儒家毛廁整潔呢？我想中國這個國家，就像儒家毛廁，到處牆壁上看見貼兩字『君子』，而一個君子影兒也不見，只有滿坑的穢氣觸鼻。西洋國家就像法家毛廁。你說君子自重，大家不自重，你能奈之何？

朱：原來你是個毛廁法家。

柳夫人：是的，莊子說的好，道在矢溺，矢溺不能見道，其道非道。講到『良心』，更笑話極了。雍正皇帝批上諭，不說『你違某條法律』，却說『你沒良心，該斬！』而結果雍正殺人最多。因爲良心這個東西，本來無從捉摸。法有明文，而良心可任意解釋。…………

……你想大馬路汽車行走，是憑紅綠燈的『法』好呢，是憑各車夫之『良心』爲憑好呢？西洋人汽車出事，開口罵來是：『你這個儍瓜，你沒看見紅燈在前嗎？』或是『你怎麼在右邊走？你違法，叫你賠損失！』中國人開口罵來是：『猪玀！你良心到那里去了！』你想，沒有紅綠燈，聽兩個車夫在大馬路拋球場評論彼此的良心，危險不危險？等他們倆把各個的『良心』研究出來，自從日昇樓到外灘就要擠的水洩不通了。原來世間道理，各有其時，韓非說的好，不可以緩世之政治急世之民。以前兩個小車夫在阡陌間相遇，大家問問早安，互相禮讓，或左或右，各憑良心，都無不可，若在大馬路汽車行走憑這個老法，結果必一團糟。以此治市則市亂，以此治國則國亂。以孔孟之道行於堯舜之世擊壤而歌之民，是可以的；在現在汽車飛機盛行的『急世』而不助之以法，是要失敗的。

朱：你說中國喪廉寡恥之事比外國多，是不是中國人道德比外人壞呢？禮義廉恥就可以不講嗎？

柳夫人：正正不是。世人生來本無兩樣。中國官僚愛錢，難道外國官僚就不愛錢嗎？禮義廉恥，不是不可以講，但是單講是沒用的。紐約市政府的黑幕才叫你觸目驚心。哈丁總統任下的政府，醜史穢聞，罄竹難書。然而此中有個分別：咱們是君子國，專講禮義廉恥，人家是小人國，不講禮義廉恥，單講法律。人家是有王法的。哈丁任內賄賂橫行，然而美國人民並不向華盛頓袞袞諸公說仁說義，只用法律裁判。結果把一個七十老翁的部長審出罪狀下獄。此位老翁不幸，你說；但是這至少證明美國國家還有個王法。中國的部長，你試捕一個下獄給我看看。就是人家不講廉恥，所以還有廉恥，我們專講廉恥，所以廉恥掃地。

柳：你知道，我們中國爲什麼專講禮義廉恥呢？

朱：因爲儒教？

柳：並不是。因爲禮義廉恥談來很便宜。比方說，有官僚對你講『禮義廉恥很好』，老百姓自然也說『禮義廉恥很好』。談起來於人無損，於己有益，又可博關心風化之美名，又不傷人感情，又不費錢。但是比方那官僚不講廉恥，而講法治，老百姓說，『好！我們就依法起訴，在法庭上與你算算賬，請你坐獄』。那還了得！此禮義廉恥之談之所以風行一時也。所以道德仁義之談不止，民之蟊賊不死。

柳夫人：我也是這樣想。孔夫子叫君子治國，所以我們也把官僚眞正當君子看待，絕不加以法律的制裁。西人不講君子治國，所以把官僚當兇犯看待，時時繩之以法律，恫之以監獄，防之以輿論，動不動就要彈劾，把他送入牢獄去。西人是相信韓非的話，不期使人爲善，只期使人不敢爲惡。我想這就夠了。我們遇了清官廉吏，給他豎立牌坊，表揚德政；遇了貪官汚吏，却不把他送入監牢。西人遇了貪官汚吏，給他送入監牢，而遇了清官廉吏，却不給他豎立牌坊。這是法家與儒家之不同，也是人治與法治之不同。西洋天下就是法家的天下。其實世上善人少，惡人多，東西原無二理。……

……

……

……

……

柳：你也路跑得太遠了。人家叫你談螺絲釘，你說什麽東西政治。你到底搔着癢處沒有？難過是有的，好受則未也。

柳夫人：別忙。我來搔。老朱不是笑我爲毛廁法家嗎？其實吾道一以貫之。無論是螺絲釘，是毛廁，是政府，是人民，都是一樣。有法治便好，無法治便壞。我們也不必太過悲憤，妄自菲薄，陷於絕望。我是這樣夢想一個太平的中國的。在這樣有法治的國家，螺絲釘也好了，毛廁也好了，人也容易做了。人家說我們中國人道德不好，我却說我們中國法律不好；法律好了，道德也就好。人家說我們苟且偷安，消沉畏葸，我說這都不是我們生成這樣個壞根性，是因爲沒有法律保護，不得不苟且偷安，消沉畏葸。我們此刻中國做人太難了。人命本來就如狗命。在中國社會做事，不久就學出卑污苟賤，才能生存，若有英雄俠骨，必被社會磨折而死。剩下來只有給人家舐屁股的順民。我就是想，在有法治的國家，做人也可以容易一點，品格可以高貴一點。我是夢想這樣一個新國家的自由國民，大家在法律範圍之內，可以大開其口，大揮其筆，大展其才，大做其事，只要不犯法，誰也不能動我一根頭髮。那一個……干我自由，侵我的田，姦我的妹，我馬上可告他，不必托人講面求情，而有勝訴之希望。這樣一來，民氣自然由消沉而積極，由懦弱而倔強，由畏葸而勇毅，由散漫而團結，由苟賤而高貴，由衰老而少年。那裏像此刻這樣求生不得，求死未能，專舐人家的屁股呢？你要不要這樣一個新國家的積極的，倔強的，勇毅的，團結的，高貴的少年民族？

朱：我有點難過，也有點好受了。柳夫人，我癢搔着了。

× × ×

朱：水龍頭換好了沒有？

柳夫人：你到底是來喝茶，還是來問候水龍頭？你不會自己去瞧？

朱：我看你那樣得意，不瞧也罷，水龍頭定占勿藥了。

柳夫人：可不是呢，水龍頭無恙了！

朱：那你必定又在恨洋鬼子了。

柳夫人：說着玩吧。若當眞要恨，那還恨得完嗎？

朱：我記得，你說他們螺絲釘也比我們好，一恨也；禮貌規矩也比我們好，二恨也；守義也比我們好……

柳（在夢中喃喃）：三恨也。君子有三恨，也就夠了。

柳夫人：那不行，底下還有廉，恥，合螺絲釘，禮，義，不是有五恨了嗎？

柳：你自己忘記，還有洋鬼子法律比我們好，不是六恨嗎？

柳夫人：六恨就由他六恨。什麽君子有三樂，君子有三畏，這都是隨口說說。袁子才看見『下論』專做這種八股，什麽三樂，三畏，三戒，三愆，三友，三變，所以疑心下論不甚靠得住。他說上論是好的，脫口而出，語得天然。上論是小品文，下論是八股文，先算好一，二，三，再下筆的。其實三樂三畏，都是文人腔調。難道君子眞正只有三樂三畏嗎？孟子所謂父母俱存，兄弟無故，仰不愧於天，俯不怍於人，得天下英才而教育之，固然可樂，浴乎沂，風乎舞雩，豈不就是四樂？聞人歌，使之和之，豈不是五樂？有過人必告之，豈不是六樂？吃栗子，啖花生，豈不是七樂……

柳：珠娘，你發癡了……

柳夫人：有過，被丈夫罵，豈不是八樂？同老朱談螺絲釘，豈不是九樂？

朱：君子也有九畏嗎？

柳夫人：畏天命，畏大人，畏聖人之言，畏老婆，畏曾羅，畏庸醫，畏窮酸秀才，畏衙門司閽，畏武人愛國通電，一，二，三，四，五，六，七，八，九，九畏全有了。

朱：那末，你也有九恨了？

柳夫人：九九八十一都可以。原來君子有九思，就是三三如九，再求平方，就是九九八十一。你要做下論八股文章，說三恨，九恨，八十一恨都可以。眞正要算西洋人可恨而又可佩服之處，恐怕不止百恨，就可以做一篇百恨歌。

柳：像你那樣說法，西洋人放屁也比我們强，毛廁也比我們强，恐怕千恨歌也不難做。

柳夫人：聖人教人見微知著，就是叫人不要心好大，由小及大，由邇及遠。大家開口仁義，閉口禮智，你說中國强，也一說，他說外國强，也一說。若教取眼前，抓住毛廁一端，則其優劣立見，不容你强辯了。文明兩字那種題目，範圍廣大，捉摸不定，還是腳踏實地，一樣一樣算去，高下就立見了。

柳：不過不要失之於繁瑣就是了。

柳夫人：百恨是什麼？讓我隨口道來……

柳：你一張利口眞可覆邦家。我讀了五十年書，今日才明白，婦人四德，只要三德便夠——「婦言」實在不必教，自己就會的。

柳夫人：夫子錯矣！四德所謂「婦言」，是教婦人不說話，不是教婦人說話。所以婦德婦容婦工我都學得來，就是婦言我萬世學不來。

柳：你看見過古今中外有一個婦人不說話的嗎？

柳夫人：眞眞豈有此理。爲什麼沒有「夫言」，只有「婦言」？「百恨」你不教我算，我便不算，讓你們天下男子去算。

柳：不是不教你算，是教你不要重複瑣碎。我說一個笑話給你聽。有一個美國人到英國赴茶會，女僕上來問他，要「茶呢？咖啡呢？芝哥力呢？」他答「茶」。女僕又問：「錫崙（茶）呢？詹美克（茶）呢？中國（茶）呢？」他答「錫崙」。女僕又問：「檸檬呢？牛奶呢？奶漿呢？」他答「檸檬」。女僕又問：「熱呢？冷呢？冰呢？」美國人聞言登時暈過去。這樣你算算，吃杯茶也有九九八十一花樣。

柳夫人：這有何難？人家說揚州茶館有廿四種點心。讓我開一茶館，我就有七十二種春捲。

一，鷄肉，香菰，筍。

二，鷄肉，蝦仁，筍。

三，鷄肉，蝦仁，香菰。

四，蟹肉，蝦仁，香菰……

柳：五，蟹肉，鷄肉，蝦仁。

六，蟹肉，鷄肉，筍。

七，蟹肉，鷄肉，筍，香菰。

朱：嚼舌頭，鷄肉，筍。

柳夫人：朱肉，朱蹄，朱鼻，筍。

朱：牛母肉，牛母舌頭，筍。

柳夫人：牛肉不比牛肉好吃。

朱：不見得，柳舌頭很有名的。西洋大餐有柳舌湯。

柳夫人：不來了。

朱：牛舌其味甚甘。請你講下去吧。

柳：他叫我不重複，也可以。廣而大之，百恨千恨都算得出來，約而言之，也很容易。五十年前，中國人就知道西洋戰艦槍砲比中國好，三十年前我們才知道西洋政制比中國好，二十年前才知道西洋文學哲學學術比中國好，現在大家才慢慢承認西洋人禮義廉恥社會秩序也比中國好。這裏面拆開來講，百恨千恨就都有了。大家說中國偉大，中國民族如果眞正偉大，就不要諱疾忌醫，正心誠意，見賢思齊，不恥下問，有容人之雅量，學學西洋人的好處。隨便談談一二樣。譬如中國音樂有樂調（melody）而無音和（harmony）， 這誰也不能否認。你說是株守成法好呢？是借他山之石，自己發展，創造出來中國音樂的音和，配舊有之樂調，又利用西洋的樂器，如大弦琴 cello 之類，增加其音階範圍好呢？只要有創造的精神，何事不可闖出蹊徑，發揚光大固有之文明？茲再舉幾個例：

（2）西洋校勘學比中國校勘學精。

（3）外國書校對比中國精。

（4）外國報紙以新聞為本位，以廣告為附庸，中國報以廣告為本位，以新聞為附庸。

（5）西洋傳記學，比中國傳記學好。單舉三派：Boswell，Morley, Strachey 都是中國所無的。

（6）外國百科全書體例，中國尚未夢想到。

（7）外國母鷄有一年生三百粒蛋的鷄種。

（8）外國人有容人之雅量，見賢思齊，中國人刻薄，見賢思妒。（與工業文明無與）

（9）外國文化比較懂得小孩心理。

（10）外國人守時間。

（11）外國人比中國人清潔。（手藝文明人也未嘗不可重清潔）

（12）外國貪官替社會做事，中國貪官不。

（13）外國人能解放黑奴，中國人有買賣僕婢制度。

（14）外國第五流政客才幹學問精力抵得過中國第一流政客。

（15）外國人爽直，中國人重虛套。因此——

（16）外國辦事快，中國辦事慢。

（17）外國現代文明近人情，中國文明虛矯道學。

（18）外國老人有英邁之氣，中國少年有衰老之象。

（19）外國醫院管理比中國好。

（20）外國有博物院，中國向來無之。

（21）外國有公共圖書館，中國向來無之。

（22）外國書出得比中國多，範圍廣，內容富。

（23）外國舟車上秩序比中國好。

（24）外國喪禮簡樸嚴肅，中國喪禮繁雜滑稽。

（25）外國兵拿得到薪水，中國兵拿不到。

（25）中國人當巡捕，被外國人訓練出來便神氣。

（27）外國人打仗比中國人勇敢。

（28）幾十個外國人在殖民地，就能成立一個工部局。幾十個中國學生或華僑同在一城，未有不必為兩個對立的『學生會」等。

(29)中國刊物流行匿名罵人，外國編輯不登此種稿件。

(30)外國乞丐告地狀，所寫的是格言，勸人上進，樂觀，有供有取；中國乞丐以爛瘡觸人目。

(31)上海改良洋車夫生活，外人最熱心，討論最活潑，中國人組織團體，阻撓此事，社會漠視之。

(32)外國人辦賑災有良心，中國災官視爲發財捷徑。

(33)日本輪船駛往倫敦亨堡等埠，中國出一個招商局。

(34)太古輪船起貨卸貨比中國輪船快，船期比中國準。

(此係精神上問題，又與機器無與)

(35)外國領事保護外僑利益，中國華僑少受領事幫忙。

(39)輪船失火，戲院失火，外國比中國秩序好。

(37)外國救火隊管理比中國救火隊行。

(38)外國店伙計比中國伙計有禮。

(39)外國電報比中國電報快。

(40)外國學堂不欠薪，中國學堂欠薪；外國學生比中國學生尊師敬長；外國教授比中國教授用功；外國學堂不發現手槍；外國校長普通是個德學兼優的長者。

(41)外國司閽沒有中國司閽勢利。

(42)外國電燈，自來水，汽車好。

(43)洋人監督之海關鹽務解與中國政府稅入多。

(44)洋人管理的海關郵政對職員待遇好，比較講成績，比較不講私情，辦事人較安心。

(45)中國皮匠皮鞋做不過外國人。

(46)外國胭脂比中國胭脂好。

(47)外國學術界多創作精神，家法之謹嚴，思想之豐富，皆遠超過中國。

(48)外國武人只是軍官，中國武人是內皇帝。

(49)外國治安比中國好。

(50)外國司法比中國好。

這已有半百了。那裏講得完呢？總而言之，外國强，中國弱，你能說只是器械之精，螺絲釘之巧，你能說只是物質文明工業文明嗎？居今之世，聞古人所未聞，見古人所未見，好學者，自然深思，不好學者，也不免深思以求其故。若還以爲中國道德文明勝於西洋，不閉門思過，發憤圖强，那末，中國眞眞不可救藥了。

× × ×

朱先生剛跨入柳家，就聽見他們倆夫婦爭辯之聲，連忙拔起脚往裏跑，要做個和事老。

『你別哄我。專門說這種欺人的話！』他聽見柳夫人氣憤慣的說。

「誰來哄你？你自己聽錯了……」柳先生答道。

「罷了，罷了，什麼事啦？也可以好好的講」，朱先生走上來向他們兩人講。

柳夫人：喏，他說杏仁之仁字，作心字解，典出金樓子，金樓子我是沒看過的。這不是明白嘔人嗎？後來我跟他辯，他才說，他剛才說的，不是「天下杏仁」，是說「天下興仁」。

柳：老朱，請你公評一下。我的話對不對？你想杏仁何以叫做仁呢？我說仁字有「心」義，並引「仁，人心也」為證。她說也不見得，「蝦仁」不見得是蝦心。我說蝦仁是去蝦之外殼，明指與蝦之外表相對。她說「那末，井有仁焉，也必定是說井裏有蝦仁了」。請你評評，是她嘔我呢，是我嘔她呢？

朱：我以為什麼事，這種小事，也值得吵，隣家都聽得見。

柳：原來我批評她的人治法治論，她就有點不服。我說人治法治並沒有什麼大不同，她說有。我說她是法家，她也一口咬定她是法家，我便拿出道家的話來壓她。

柳夫人：他在做愛國者呢，看見我把中國禮義廉恥批評得不值一文，遂托出一個「仁」字來强辯。你聽他講，聽他替東方文明作辯士。我早就說東方思想之特徵不在儒，而在道，所以他要和我辯，就不得不講「仁」了。

朱：怎麼一回事？連我都聽糊塗了。老子說「絕仁棄義」，「大道廢，有仁義」，是很看不起仁。「仁」字是儒家的拿手好戲，怎麼變成道家的遺產了？

柳夫人：是這樣的。孔二先生老是說仁，但總說不出一個仁的影兒來，讓人捉摸不定，瞻之在前，忽焉在後。顏淵問仁，孔子說「一日克己復禮，天下歸仁焉，為仁由己，而由人乎哉？」等到顏淵請問其目，孔子答的却不是仁之本身，而是禮了（「非禮勿視，非禮勿聽……」）。這叫人怎麼辦呢？仲弓問仁，孔子說的又是禮，「出門如見大賓，使民如承大祭……」。推敲其用「仁」字，是與知相反，是主靜的，主安的，故有「仁者靜」，「仁者安仁」，「天下歸仁」，「君子無終食之間違仁」，仁可以歸，可以違，可以安，是靜不是動，而這靜不就是道家本色嗎？

柳：珠娘這些話說的不錯。請夫人不必生氣，我們好好的講。原來孔子就是道家。

朱：什麼？

柳：我說孔子就是道家，至少得了道家一脈。不是道家，他就不講人治了。所以我要替人治辯一下，不得不托出一個仁字來。我老實不是替東方文化辯，想做一個愛國者。要眞正批評東西文化，非先看準仁字一字不可。仁者何，叫人做人而已，那一個文化叫人做人，做得像樣，做得安樂，便是好的文化。什麼科學，哲學，宗教，發明，改良，進化，都是餘事。人生之目的是快活，不是進化。你要批評東西文化，就得先把這個標準拿定。老老實實我們禮義廉恥都不如外國人，只有在叫人做人道理，有點意思。也不是只有中國人懂得做人道理，中國人禮義廉恥輸與人，根本就做人做不大像樣。但是此有所短，彼有所長，儒有所短，道有所長。儒家專談的是居喪年月，棺槨尺寸，早已笑痛墨翟和莊周的肚皮。若說這是儒家的精義呢，那麼儒家該死。但是幸而儒家尚有個仁字，不過講同含糊罷了。可是這仁字終究成爲儒家最高的理想，猶如禮運大同終究成爲儒家的政治理想。不過仁也說了，大同也說了，但總是懸空的，實際上儒家所行的是小康，不是大同，是禮不是仁。所以我於儒家之儒，認爲小人儒，於儒家之道，才認爲君子儒。實際上講禮的多，講仁的少，所以我也看不大起儒家了。儒家之唯一好處，就是儒教中之一脈道家思想。孔子之偉大就是因爲他是超乎儒教的道家。

朱：你剛才說孔子是道家，這怎麼說法？

柳：孔子一個人跟我們一樣，有時想入世，有時想出世，有時想幹一下，有時想乘桴浮於海。你想孔老先生坐一張木筏在東海飄流，乘風破浪，隨其所之，不是徹底一個道家嗎？孔子乘桴過大海，老子騎青牛過函谷關，其中有什麼分別？四十而不惑，五十而知天命，這不是道家嗎？六十而耳順，這不是養生要訣嗎？七十而從心所欲不踰矩，這不是可做天台山道士騎鶴羽化而登仙嗎？假使孔子生於今日，目覩這個亂世，假使他不是個修養十足爐火純青的道士，請問他的耳朵順不順，能一點不生氣嗎？天命之謂性，率性之謂道，這「率性」兩字怎解？不是道家思想是什麼？這「命」字怎解，「性」字怎解？「道」字怎解？

朱：依你這樣講，孔子曾子子思都是儒家兼道家之流了。諸葛孔明也是道家兼儒家了。

柳：正是。我想中國人生下來就是一個道家。有時展出治國經綸，暫做儒家，可是骨子裏還是道家，一旦無法對付，尿就甜了，下野歸田，優遊林下。所以中國人在朝時都是儒家，在野時都是道家；成功時都是儒家，失敗時都是道家；幸福人都是儒家，窮苦人都是道家。道家再進一步，病入膏肓，就變成佛家，窮苦而至於無告，忍無可忍，不是投河，就是出家。所以富者爲儒，窮者爲道，窮得不得了者爲釋。管事時爲儒，不管事時爲道，事眞管不了就去做和尚。中國人之神經專靠這道家道理節制調攝，揖讓之餘，也得來一下優遊林下，不然一天揖讓到晚，一定發狂。所以中國好的詩文，都是道家思想，都是敍田園林泉之樂，假如一天到晚念那些狗屁不通的經濟文章，劇秦美新，歌功頌德，中國整個民族要進瘋人院了。這是要道家思想對中國文化之遺賜。

柳夫人：但這與中西文化何關？我還是說，中國人命如狗命，人還是在西洋國度做得像樣，做得高貴。

柳：我剛才是跟你嘔氣。你說西洋國度，人做得像樣，我也承認；人家一腳把西人踏在地上，西人不滾在地上叫敵人爸爸，我也承認。

柳夫人：那不是明明因為人權有法律的保護嗎？

柳：這話我也承認。不過有利便有弊。外人剛强，華人柔弱；外人進取，華人安分；外人動，華人靜；外人陽，華人陰；外人是火做的，華人是水做的。我問你一句話：假定你未出閣，你要嫁給洋人呢？要嫁給華人呢？

柳夫人：當然嫁給華人。

柳：這就是我的意思。有東方丈夫，有西方丈夫，這東方丈夫就是東方文明之結晶，西方丈夫就是西方文明之結晶。假定我未婚，也是想娶中國女子，不娶西洋女子。這是什麼呢？也不盡在於飲食居室之不同。抽象言之，中國丈夫輸於西洋丈夫嗎？中國太太輸於外國太太嗎？這是中西文化最後的標準，看他教出的人是怎樣。我總覺得中國人溫柔忠厚明理一點。是個人就是文化最後的目的。

柳夫人：我想文化最後的標準，是看他教人在世上活的痛快不痛快。活的痛快便是文化好，活的不痛快，便是文化不好。

柳：像中國的陶淵明那裏恬淡自甘的生活，中國文化能養出一個陶淵明，你能說中國文化不好嗎？能養出一個夜遊赤壁的蘇東坡，你能說中國文化不好嗎？

朱：你可別讓普羅聽見，要說你落伍了。

柳夫人：狗娘養的。那些拾人牙慧未學做人之流你別管他了。他們會的是掛狗領，打領結，唱時調，做歐化散文。陶淵明雞鳴桑樹顛采菊東籬下的生活，據說並非大衆的農民的生活，而赤壁賦江上之淸風與山中之明月是資本階級才有的。放屁不放屁？普羅不要人家賞菊，只要人家吃芝古力糖。菊花中國所有，所以一賞就是落伍，芝古力糖出自西洋，共女學生食之就是革命。我看他們的靈魂不是臭銅坏做的就是芝古力糖做的。黃金黃金，一切是黃金。不是黃金就不值錢。

柳：普羅作家是什麼，就是窮酸秀才之變相。聽他罷了。現代中國人，酸得厲害，本來就是神經變態。聽見兩句笑話，就想亡國。眞是勞倫斯所謂『半卵』之流亞，自經於溝瀆，可也。所以我要講仁。意思是講講做人的道理，希望做人也要健全一點。

朱：仁字怎麼講？

柳：仁字向來最難解，也最淺現。據我看來，仁就是做人而已，所以淺現；可是『人』是什麼東西，沒人知道，所以難解。你看孔子說『天下歸仁』『三月不違仁』，孟子說『居仁由義』，這講得何等玄妙？怎麼叫做『居』？怎麼叫做『歸』？怎麼叫做『不違』？『不違』時是怎樣？『違』時是怎樣？這顯然是講一種得人情之正的境界，居於此種境界，叫做『居仁』。後來孟子把他分出惻隱，羞惡，辭讓，是非之心，惻隱只是仁愛，合四者才是仁之廣義。不然『回也其心三月不違仁，其餘則日月至焉而已矣』，那裏講得通呢？老子所看不起的，也是王莽一流人之假仁假義，不是做人的道理。希臘文化之理想是『達才』，故稱人生之理想為得達其才（the exercise of one's powers in their lines of excellence），中國文化之理想是達情。這達情的境界是難做到的。為什麼難做到呢？……

柳夫人：我知道了。

柳：你知道什麼？

柳夫人：一貫。

柳：好！人總是矛盾，破碎。誰能抱一，守一，就能一貫。現代人就像一面破鏡，原來一物，照到鏡裏影就亂，或是像一架破琴，發出的是沙沙的啞聲。欲琴聲韻和，必先自身調和。由破碎達到完整，由矛盾達到調和，這就是仁的境界。道家歸眞返樸，也是一條路，儒家應世，求得人情之正，也是一條路，相差無幾了。

柳夫人：好，你把儒道合一了。不過我心中還有一點缺憾。

柳：什麼？

柳夫人：你把法家丟開了。

柳：毛廁法家，你也太強項了！

柳夫人：你要合儒道，我要合儒道法。儒道二家只能滋陰，法家才能補陽。以西人之法補東方之儒道，這樣的世界做人可眞就有意思了。

柳：和尚那裏去了？

柳夫人：和尚是人類的贅瘤。在家人不生和尚，和尚早就滅種。若是生育得太多，讓幾個去做做和尚也無妨，就好比一人有十個指頭，有一指殘廢，或痲木不仁，也不礙事，你說是不是？

柳先生愛她極了，俯首吻她而不答。……

等他們吻完，柳夫人忽然抬頭看朱先生，怕難爲情。

柳夫人：老朱怎麽不見了！

朱先生已悄悄地走到大門口了。

第二天得老朱來一短札如下：

珠娘老柳：昨夜步月走訪，賢伉儷一會兒吵，一會兒好，發乎辯而止乎吻，豈所謂得人情之正者歟？徘徊月下思之，皆因多長一張口耳。然兩道兩儒，一法互吻，其勢不能平，所以不辭而退者以此。弟將騎青牛去也。螺絲釘白。

國民政府宣傳部登記證誌字第一三二號

上海市第一區警察署登記證C字第一一三四號

本期售價每冊六十元

《風雨談》二十一期總目錄

第一期目次（中華民國三十二年四月）

第二期目次（中華民國三十二年五月）

第三期目次（中華民國三十二年六月夏季特大號）

第四期目次（中華民國三十二年七月二十五日）

第五期目次（中華民國三十二年八月二十五日）

第六期目次（中華民國三十二年十月號）

第七期目次（中華民國三十二年十一月）

第八期目次（中華民國三十二年十二月二十五日，新年特大號）

第九期目次（中華民國三十三年一二月號合刊，春季特大號）

第十期目次（中華民國三十三年三月）

第十一期目次（中華民國三十三年四月）

第十二期目次（周年紀念號）

第十三期目次（中華民國三十三年七月）

第十四期目次（中華民國三十三年八月九日）

第十五期目次（中華民國三十三年十月）

第十六期目次（中華民國三十三年十二・一月　小說狂大號）

第十七期目次（中華民國三十四年四月）

第十八期目次（中華民國三十四年五月）

第十九期目次（中華民國三十四年六月）

第二十期目次（中華民國三十四年七月）

第二十一期目次（中華民國三十四年八月）

秀威經典 人文史地類 PC0578

風雨談（四）

原發行者 / 上海風雨談月刊
主　　編 / 蔡登山

數位重製・印刷 / 秀威經典
http://www.showwe.com.tw
114台北市內湖區瑞光路76巷65號1樓
電話：+886-2-2796-3638
傳真：+886-2-2796-1377
劃撥帳號 / 19563868　戶名：秀威資訊科技股份有限公司
讀者服務信箱：service@showwe.com.tw
網路訂購 / 秀威網路書店：https://store.showwe.tw
網路訂購：order@showwe.com.tw

2016年12月
精裝印製工本費：15000元（全套六冊不分售）

Printed in Taiwan

國家圖書館出版品預行編目

風雨談 / 蔡登山主編. -- 一版. -- 臺北市 : 秀威經典, 2016.12
冊； 公分. -- (人文史地類 ; PC0575-PC0580)
BOD版
ISBN 978-986-93753-1-3(第1冊 : 精裝). --
ISBN 978-986-93753-2-0(第2冊 : 精裝). --
ISBN 978-986-93753-3-7(第3冊 : 精裝). --
ISBN 978-986-93753-4-4(第4冊 : 精裝). --
ISBN 978-986-93753-5-1(第5冊 : 精裝). --
ISBN 978-986-93753-6-8(第6冊 : 精裝). --
ISBN 978-986-93753-7-5(全套 : 精裝)

1.中國文學 2.期刊

820.5 105018595

讀者回函卡

感謝您購買本書，為提升服務品質，請填妥以下資料，將讀者回函卡直接寄回或傳真本公司，收到您的寶貴意見後，我們會收藏記錄及檢討，謝謝！
如您需要了解本公司最新出版書目、購書優惠或企劃活動，歡迎您上網查詢或下載相關資料：http:// www.showwe.com.tw

您購買的書名：____________________

出生日期：________年________月________日

學歷：□高中（含）以下　□大專　□研究所（含）以上

職業：□製造業　□金融業　□資訊業　□軍警　□傳播業　□自由業
　　　□服務業　□公務員　□教職　□學生　□家管　□其它____

購書地點：□網路書店　□實體書店　□書展　□郵購　□贈閱　□其他

您從何得知本書的消息？

□網路書店　□實體書店　□網路搜尋　□電子報　□書訊　□雜誌
□傳播媒體　□親友推薦　□網站推薦　□部落格　□其他________

您對本書的評價：（請填代號　1.非常滿意　2.滿意　3.尚可　4.再改進）

封面設計____　版面編排____　內容____　文／譯筆____　價格____

讀完書後您覺得：

□很有收穫　□有收穫　□收穫不多　□沒收穫

對我們的建議：____________________

____

____

____

請貼
郵票

11466
台北市內湖區瑞光路 76 巷 65 號 1 樓
秀威資訊科技股份有限公司 收
BOD 數位出版事業部

....

（請沿線對折寄回，謝謝！）

姓　　名：________________ 年齡：________ 性別：□女　□男

郵遞區號：□□□□□

地　　址：____

聯絡電話：（日）________________ （夜）________________

E-mail：____